文艺学批评实践

WENYIXUE PIPING SHIJIAN

郑惠生／著

广东高等教育出版社
Guangdong Higher Education Press
·广州·

图书在版编目（CIP）数据

文艺学批评实践/郑惠生著. —广州：广东高等教育出版社，2017.7

ISBN 978-7-5361-5983-9

Ⅰ. ①文… Ⅱ. ①郑… Ⅲ. ①文艺学-研究-中国-当代 Ⅳ. ①I206.7

中国版本图书馆 CIP 数据核字（2017）第 178132 号

出版发行	广东高等教育出版社 地址：广州市天河区林和西横路 邮政编码：510500 电话：（020）87553335 http://www.gdgjs.com.cn
印　　刷	广东信源彩色印务有限公司
开　　本	787 毫米×1 092 毫米 1/16
印　　张	30
字　　数	430 千
版　　次	2017 年 7 月第 1 版
印　　次	2017 年 7 月第 1 次印刷
定　　价	68.00 元

目录/CONTENTS

文艺学批评“非学术化”批判
（代序）

众所周知，从文艺作品、文艺创作到文艺思潮再到文艺理论和文艺史，都可以成为批评的对象。正是由于文艺批评对象的广泛性，加上不同批评主体、不同接受主体的差异性，才有了所谓的“随笔式”批评的“合法的生存权”[①]。若仅就文艺学批评本身的正常情况而言，则只能是学术批评。所以如此，是因为它所面对的是“学术领域”，是一种“有系统的、专业性很强的学问”[②]。也就是说，唯有与之相称的合逻辑延伸的批评才可使该领域真正获益。然而，令人担忧的是，当今文艺学批评虽然并不缺乏，可真正有学术性的不多，而诸如“绝对主义”“印象主义”之类[③]的非学术批评却很常见。故此，对之探究是当前一项重要而又紧迫的课题。

（一）文艺学批评“非学术化”的具体表现

现今文艺学批评“非学术化”的具体表现，是多种多样的。其中，最主要的如下。

---

① ［俄］瓦·叶·哈利泽夫．文学学导论［M］．周启超，王加兴，黄玫，等译．北京：北京大学出版社，2006：162.

② 李行健．现代汉语规范词典［Z］．北京：外语教学与研究出版社，2004：1 482.

③ ［日本］浜田正秀．文艺学概论［M］．陈秋峰，杨国华，译．北京：中国戏剧出版社，1985：5.

1. 笼统式批评

这种批评也可称悬空式批评、抽空式批评、回避式批评。虽然它针对某种文艺研究现象进行批评，但该对象究竟是一个什么样的文本[①]，或者具体是一种什么样的状况，则读者无法从其评论中获得必要的信息。比如，王确教授在他的“认知策略”以及“我读故经典在”的“生成论”的基础上否定了所有关于文学经典的“守护”与“颠覆”[②]，而谁在“守护”或“颠覆”、怎样“守护”或“颠覆”以及如此“守护”或“颠覆”错在哪等，都没有明示。由于批评过于笼统、含混，结果，王确教授的论辩对手在表面上是无数个，可实际上却很难看到一个。

2. 自顾式批评

这种批评也可称自立式批评。与笼统式批评不同的是，它明确提出了具体的批评对象；不过，在对批评对象不做任何具体分析的这一点上，两者却是一致的。比如，魏建亮先生的《短信文学文化意蕴再探讨——对郑惠生、马相武二教授争论之回应》[③] 一文，仅开头第一段（约 80 字）提到马的观点[④]和郑的商榷文章[⑤]，而在后面阐述（约 5400 字）中却只字未提郑与马商榷的观点、资料和论证，更没有涉及作者本人的立论与郑、马之间的异同。像这样的批评，虽似文艺学的学术批评，但由于它关心自身的立论远胜于关注批评对象所论之当否，所以，它更像是一篇正面阐述的文章。

---

① ［美］乔治·J. E. 格雷西亚. 文本性理论：逻辑与认识论［M］. 汪信砚，李志，译. 北京：人民出版社，2009：16.

② 郑惠生. 论文学经典的生成、意义和特性：兼与王确《文学经典的历史合法性和存在方式》商榷［J］. 社会科学评论，2009（1）：18－19.

③ 魏建亮. 短信文学文化意蕴再探讨：对郑惠生、马相武二教授争论之回应［J］. 菏泽学院学报，2009（1）：30－33.

④ 马相武. 短信文学的文化意义［J］. 中国人民大学复印报刊资料·文艺理论，2005（3）：100.

⑤ 郑惠生. 短信文学的文化意义“怎么估计也不过分”吗：与马相武教授商榷［J］. 汕头大学学报（人文社会科学版），2006，22（4）：8－11.

3. 偏执式批评

这种批评也可称极端化批评。尽管谁都懂得，任何事情或问题都不能极端化，但在批评实践中，仍有学者有意无意地走极端。如黄浩教授对已有文学史分期方法和成史标准的指摘①以及对"文学是语言艺术"命题在当下价值的否定②，陶东风教授关于"机械创作论"的批评③以及对文艺学教材编写中的综合性的贬斥④，等等。这种批评，虽然里面可能还包含着某种合理性甚或创新性的因素，但其偏执既不符合"客观性"要求，也难以引发被批评者的反思。

4. 臆说式批评

这种批评也可称想象式批评，是一种事实依据不足甚或毫无根据的大胆断言。如黄浩教授对传统文学分类的批评⑤和对传统文论中关于文学娱乐功能问题的臆断⑥，季广茂教授关于《西方正典》的作者布鲁姆"没有说，也说不清"审美价值的批评⑦，王强先生对余秋雨"不通外文"且"只能靠别人翻译过来的二手材料进行研究"的论断⑧，等等。这种批评，除极个别是为了

---

① 郑惠生. 学术研究不能反学理：对黄浩教授"经论"和"后论"的学术批评[J]. 汕头大学学报（人文社会科学版），2008（2）：18.

② 郑惠生. 学术研究岂可背离学理：对黄浩教授《文学的面孔：正在变得模糊起来》的学术批评［J］. 汕头大学学报（人文社会科学版），2008（5）：7.

③ 郑惠生. 论文艺学的越界：与陶东风教授商榷［J］. 新疆大学学报（社会科学版），2003（1）：98.

④ 郑惠生. 对大学文艺学的批评能这样吗：就《大学文艺学的学科反思》与陶东风教授商榷［J］. 汕头大学学报（人文社会科学版），2003（3）：20.

⑤ 郑惠生. 学术研究岂能背离事实与逻辑：对黄浩教授《走进"后文学时代"》的批评［J］. 学术界，2008（4）：102－103.

⑥ 郑惠生. "国家哲社科学基金项目"成果焉可错谬百出：对黄浩教授《从文学信仰时代到文学失仰时代》的学术批评［J］. 汕头大学学报（人文社会科学版），2009（5）：21.

⑦ 郑惠生. 现在"是一个不需要经典的时代"吗：对季广茂教授《经典的黄昏与庶民的戏谑》的学术批评［J］. 汕头大学学报（人文社会科学版），2007（2）：5－6.

⑧ 杨长勋. 捏造与谩骂不是学术批评［J］. 文艺自由谈，1998（4）：62－64.

立论而故意捏造外，多数为没时间或者不愿意多花时间查证、思考所造成。

5. 随意式批评

这种批评也可称信笔式批评，与此类似的还有即兴式批评。它的最大特点是凭感觉、随性情自由发挥，语言多流畅生动且往往会让人产生“作者很得意、不假思索地说话”的想法。如孔庆东博士嘲讽学者们关于“通俗小说概念”的论争①，李春青教授断定“时下许多学者”对“文学本质”和“文学规律”等重大问题的“苦苦追寻”是“空耗精神之举”②。再如，陈晓明教授在《历史断裂与接轨之后：对当代文艺学的反思》一文中这样写道：“现在，在中国的大学建制中，没有任何一门学科像文艺学这样英雄气短——曾经辉煌一时，作为中文系各门学科的基础与前提；而今，虽然像文学史一类老实巴交的学科还不得不沿用文艺学的那些基本命题，其他的学科算是与文艺学不辞而别了。”③ 此处的错谬，是明摆着的。中文系开设的课程多种多样，既有专业课，又有公共课。就专业学科而言，不仅有文学类的，还有语言类的。不管文艺学怎样“曾经辉煌”，都不宜说它曾经是语言类学科（如语言学、古代汉语）的“基础与前提”，更别论对于诸如哲学、英语之类的学科了。像这样的一些情况，身为北大教授的陈晓明博士是否都不清楚，显然不是。可他的“白纸黑字”还是让人以为他不辨菽麦，而真正的因由，应为其“信笔滑行”所致。

除上述外，如今文艺学批评非学术化的具体表现还包括吹捧式批评、推销式批评、捏造式批评、上纲式批评、打压式批评、谤毁式批评、谩骂式批

---

① 郑惠生. 通俗小说的认识判断与价值判断：对孔庆东博士《通俗小说的概念误区》的学术批评［J］. 汕头大学学报（人文社会科学版），2004（2）：13.

② 郑惠生. 反科学倾向不利于文学理论的学科建设：就《对文学理论学科性的反思》一文与李春青教授商榷［J］. 东南大学学报（哲学社会科学版），2004（3）：90－91.

③ 陈晓明. 历史断裂与接轨之后：对当代文艺学的反思［J］. 文艺研究，2004（1）：29.

评等等。因这些名声不佳的批评为多数人所知晓，也常被学界所论及，这里就不再赘述。需要予以特别说明的是，虽然在理论上对文艺学批评的非学术化进行归类分析是必要的，但对其分类命名的科学性却难以一蹴而就，它需要文艺学界同仁的合力探索。另外，就事实层面而言，各种各样的非学术化批评方式常常纠结在一起。有时候，多种非学术化批评方式同时出现在一个具体的文艺学批评文本中；有时候，一种非学术化批评方式换个角度看或进一步分析，就完全有可能是另外的一种非学术化批评方式——如随意式批评、臆说式批评和捏造式批评。像这样的一些情形提醒我们，对其分类有益于辨识和操作，但不能机械套用。

（二）当前文艺学批评“非学术化”盛行的原因

本质上属于学术批评的文艺学批评领域，现今却存在着“非学术化”盛行的现象。这其中的原因，包括两大方面。

1. 文艺学学术批评本身的难度

一般来说，批评比研究容易；然而，如果是针对具体的研究成果进行研究性的批评，则属于学术批评的范畴，这样的批评从某种角度来看比研究还难。

首先，文艺学学术批评无法回避对象本身所给出的问题——包括论点、论据和论证。尽管真正的文艺学学术批评发生于同行之间，但实际上，正如约翰·齐曼所言：“很少有研究科学家在狭窄领域之外学识渊博。”① 也正像波普尔所说的：“我们各人所有的各种点滴知识大不相同，在无限的无知上却全都一样。”② 同行之间在学术背景、问题意识、知识结构等方面总是存在着

---

① ［英］约翰·齐曼. 真科学：它是什么，它指什么［M］. 曾国屏，匡辉，张成岗，译. 上海：上海科技教育出版社，2002：318.

② ［英］卡尔·波普尔. 论知识和无知的来源［M］//卡尔·波普尔. 猜想与反驳：科学知识的增长. 傅季重，纪树立，周昌忠，等译. 上海：上海译文出版社，1986：41.

这样那样的差异。进而言之，作为批评对象的文本所给出的全部问题，通常并非批评者都很熟悉。故此，如何填补批评者自身的知识储备与批评对象所给出的问题之间的鸿沟，就成了批评者在学术批评活动中需要克服的头等大事。有时候，克服在短期内可以达标，但仍然是艰难的，它意味着学习、学习再学习；有时候，克服从理论上讲可以做到，但在实践上却几乎不可能，因为一个人的理论水平、知识积累等远非一夜之间可以大为改观。这就是为什么一些学术批评“冲动”未能“结果”的原因，这就是为何一些学术批评成果还会重复被批评对象的谬误甚或产生出新的错漏的缘由，这也正是何以当前笼统式批评、自顾式批评等很盛行的原因之一。

其次，文艺学学术批评既不能抛弃客观性原则，又不能没有价值评判。而这一点，恰恰是不容易做到的。就具体活动过程而言，文艺研究常常可以不做价值判断，但以其为对象的批评却不可能不包含诸如对或错、创新或重复或剽窃之类的价值鉴定。从批评主体角度看，并非所有的文艺研究都会引发批评，即是说，只有那些“激起”批评者“介入”欲望的文艺研究现象才会成为批评的客体。因此，能不能摆正“介入”冲动、个人立场与批评客体本身所固有的属性之间的关系，就成了批评者首先必须解决好的问题。像偏执式批评、推销式批评、吹捧式批评等之所以是非学术化的批评，原因就在于批评者过分被个人的欲望或成见所左右，以致忽视了批评对象的客观属性。

2. 文艺学学术批评环境的不良

正像培根所指出的：“一个事物不被尊崇就不会兴旺。”① 如果仅仅是学术批评本身有难度，那就只会出现唯有少数具备较高学术素养的学者参与其中的局面，而不会有今日文艺学批评非学术化盛行的情况发生。换言之，其所以存在，是由于有适合它生长的土壤。

首先，学界普遍缺乏“自律”和“他律”意识。学术发现、学术创新乃

---

① ［英］培根．新工具［M］．许宝骙，译．北京：商务印书馆，1984：72.

学术研究之主要目的，也是令真正的“学术者”欢快的事情。然而，学术研究并非总是一帆风顺。有时候有花无果，有时候有花又有果。不过，即便结了果，它也可能是“空心”的甚或是“有毒”的。当这些东西“涌入公共论坛”时，学术园地便被污染了①。故此，通过学术批评来“排污”就成了学术界一项不能缺少的工作，也是任何真搞学术的被批评者所乐意接受的。令人痛心的是，由于急功近利的社会氛围，当前有许许多多的所谓“学术研究”并非基于科学精神，而是出于经济学意义上的“投入产出”，结果，认真严肃的学术批评便被这许许多多的“学术投资者”视作是对其“名利”的侵犯，因之不满、怨恨乃至报复的事也就经常发生。在这样的背景下，不要说“皇帝的新装”极少有人揭穿，就是“小丑的新装”也不会有多少人愿意道破。

其次，学术交流的许多平台“不平”。学术批评同学术研究一样，需要交流的平台。虽然交流的平台有多个②，但显而易见，被视为科学研究里“最重要的信息源”的学术期刊③是最合适的。然而，令人遗憾的是，当前的许多学术期刊，或出于审稿困难或出于人际关系或出于所谓的“办刊宗旨”等等，对学术批评尤其是针对性强的学术批评稿子抱敷衍，甚至是全然拒斥的态度。如笔者与吴兴明教授商榷的一篇文章，就有此类的经历，而仅笔者一人就远不止一次。像这样的学术“平台”所构筑起来的交流“语境”，自然是抑制了学术批评者的积极性，在客观上也纵容了非学术化的“学术研究”及其批评。

---

① ［美］爱德华·希尔斯．评价的秘密性和匿名性［M］//爱德华·希尔斯．学术的秩序：当代大学论文集．李家永，译．北京：商务印书馆，2007：403．

② ［英］南希·罗斯韦尔．谁想成为科学家？——选择科学作为职业［M］．乐爱国，译．上海：上海科技教育出版社，2006：75．

③ ［日本］山崎茂明．科学家的不端行为：捏造·篡改·剽窃［M］．杨舰，程远远，严凌纳，译．北京：清华大学出版社，2005：123．

最后，学术权威常常缺席。尽管有学者断定世上“没有权威”[①] 或认为“科学家们相互行使权威”[②]，也有学者认为学术界“等级制度的必要性极其有限”[③]，“论资排辈和等级划分的整笔交易就如在艺术界中一样，总而言之是无章可循，以致是不合理的”[④]，但包括拥有“行会权力”和“学术寡头权力”等[⑤]在内的许多所谓“学术权威”，仍是一种似乎永无法消除也无法回避的客观存在。这些人在其所在领域里影响广泛，从理论上讲最容易发现其目标领域存在着的弊端和谬误，也最具批评的说服力。然而，令人痛惜的是，一些学术权威除非他们自己的著述遭到抄袭、剽窃或指摘，否则，学术同行很难看到其进行严谨的有具体针对性的学术批评活动。比如，在钟华教授与季广茂教授对垒的事件中，一些现当代文学研究者、古典文学研究者乃至非文艺学学者都先后公开发表意见。相反，本来应该也更有可能做出切实回应的文艺理论界人士，在公开的合专业要求的学术批评上却几乎都成了“逃兵”，以至于有学者如此发问：“什么时候学术争端可以诉诸同行评价？什么时候我们可以有优质的学术批评?”[⑥] 完全可以这么说，一些学术权威在公开的学术批评活动上的经常性缺席，很不利于学术批评与争鸣的健康发展，客观上也非常有利于其所在领域“伪劣产品”的衍生。

---

① ［英］卡尔·波普尔．走向进化的知识论［M］//波普尔．走向进化的知识论：《通过知识获得解放》续集．李本正，范景中，译．杭州：中国美术学院出版社，2001：228.

② ［英］迈克尔·波兰尼．科学共和国及其政治和经济理论［M］//迈克尔·波兰尼．科学、信仰与社会．王靖华，译．南京：南京大学出版社，2004：176.

③ ［美］W. 布劳德，N. 韦德．背叛真理的人们：科学界的弄虚作假［M］．朱进宁，方玉珍，译．北京：科学出版社，1988：93.

④ ［英］约翰·齐曼．知识的力量：科学的社会范畴［M］．许立达，李令遐，等译．上海：上海科学技术出版社，1985：114.

⑤ ［美］伯顿·克拉克．学术权力，概念，模式和观点［M］//［加拿大］约翰·范德格拉夫，等．学术权力：七国高等教育管理体制比较．张民选，译．杭州：浙江教育出版社，2001：188－198.

⑥ 胡勇．非典型的学术批评与典型的学术生态［J］．博览群书，2008（10）：24.

（三）文艺学批评“非学术化”盛行的后果与应对

文艺学批评“非学术化”盛行的后果，是相当严重的。概括地说，它模糊文艺学批评的学术化、学理化视线，妨害文艺学批评“获得命题真确性的澄清与认定”[①]，并进而影响到了当下文艺学领域学术秩序的和谐和学术水平的提升。虽然当前常能见到的学术抄袭、学术剽窃等不端行为乃至学术腐败现象有其更为复杂的社会原因，但毫无疑问，批评非学术化的盛行与学术批评的严重缺失这一硬币的两面，是其生生不息的温床。下面，就如何在文艺学领域推动严肃的学术批评以遏制非学术化批评盛行这一问题，谈谈个人的思考。

第一，文艺学界应充分认识到科学是“一个永远开放的战场”[②]，其“客观性不会（也不能）产生于个别科学家追求客观性的企图，而是产生于许多科学家的合作”[③]，应“拒绝以任何的形式压制批评者以及他们的看法”[④]，视文艺学学术批评为文艺科学良性发展之必需，视文艺学学术批评为文艺及文艺学研究之正果。诚然，今日也有一些针对性强且较为认真严肃的学术批评，如王彬彬先生对蓝棣之教授《论穆旦诗的演变轨迹及其特征》一文的批评[⑤]，邢建昌先生对不同时期三部有代表性的文学理论教材的评析[⑥]；但跟文艺学界

---

① 李润洲. 学术批评的价值之维：一种教育学的视角［J］. 教育学报，2008（2）：47.

② ［法］埃德加·莫兰. 为了科学［M］//埃德加·莫兰. 复杂思想：自觉的科学. 陈一壮，译. 北京：北京大学出版社，2001：11.

③ ［英］卡尔·波普尔. 开放社会及其敌人：第二卷［M］. 郑一明，等译. 北京：中国社会科学出版社，1999：334.

④ ［德］汉斯·波塞尔. 科学：什么是科学［M］. 李文潮，译. 上海：上海三联书店，2002：244.

⑤ 王彬彬. 文学批评的语文品格：以一篇文章为例［N］. 中华读书报，2009－11－4（14）.

⑥ 邢建昌. 理论讲述的科学性问题：以三本有代表性的文学理论教材为例［N］. 文艺报，2009－12－08（3）.

粗制滥造的数量相比，像这样的学术批评极为匮缺。因之，在文艺学界大力倡导认真严肃的学术批评极为必要。当然，无论从“责任就是权力的一个功能，无权者无责任”原理[①]出发，还是从“官本位”早已弥漫于中国学术界的这一实际情况来看，文艺学界权威人士的倡导和践行都至关重要。因为，如果连在“评价系统”中起着关键作用的“学术权威”[②] 对文艺学界出现的种种弊端和谬误都避而不谈或竭力掩饰，那么，健康的学术批评氛围就难以在专业“学术共同体”内部形成。

第二，学术期刊界应该为学术批评的繁荣昌盛创设良好的平台。从道理上讲，学术既有“正面研究”的，也有对“正面研究”予以学术性批评及对其反批评的。张茂泽先生说“没有学术批评则无学术可言”[③]，这或许是过分了些；不过，毋庸置疑的是，缺少学术批评，就既不可能有正常的学术秩序，也不可能有基于论辩、纠错和打假之上的真正的学术进步。换言之，研究和对之进行学术性的批评构成了学术进步“不可或缺的两翼”。顾名思义，学术期刊发表的是学术文章，其编发视野应当是“不可或缺的两翼”。虽然当今学术期刊界也有一些很重视两翼齐飞的——如《学术界》2000 年开始就“坚持学术为公，强化学术批评”[④]，10 年来发表了大量涉及学术批评的文章，《汕头大学学报》（人文社会科学版）2003 年以来也设置了“学术批评与争鸣”专栏（2004 年起成了每一期都不会缺少的“菜单”）；但是，更容易看到的事实却是，跟现今各个学科学术泡沫的严重程度相比，包括文艺学专业期刊在内的各类学术期刊在编发学术批评文章方面还是少之又少，真可谓是杯水车薪。基于此，笔者以为，学术期刊界应充分认识到“掩盖错误是最大的理智

---

① ［德］汉斯·约纳斯．技术、医学与伦理学：责任原理的实践［M］．张荣，译．上海：上海译文出版社，2008：224.

② ［美］史蒂芬·科尔．科学的制造：在自然界与社会之间［M］．林建成，王毅，译．上海：上海人民出版社，2001：132.

③ 张茂泽．论学术批评［J］．学术界，2001（2）：85.

④ 黄安年．实事求是，强化学术批评［J］．学术界，2002（1）：286.

的罪恶”[①]，意识到“有组织的怀疑”“既是方法论的要求，也是制度性的要求”[②]，广开学术批评言路，竭尽全力编发学术批评，尤其是那些针对性强的学术批评文章。关于这一点，笔者还认为，那些在刊名中含有“批评”“争鸣”“评论”等字样的学术期刊，应该带头把这方面的工作做好。因为如果连这一类有“标示”的刊物都只是“叶公好龙”，都不在学术批评上承担多一点的责任，那么，似乎就没有更大的理由要求其他的刊物在这方面提供良好的平台。此外，值得一提的是，在促进学术批评上，作为能够更有效地“抵制学术赝品、揭穿学术剽窃、击碎学术泡沫”的“权威的学术评价载体”（包括《新华文摘》《中国社会科学文摘》《高等学校文科学术文摘》《中国人民大学复印报刊资料》等）[③]，更有着不可推卸的重任。

第三，学术行政管理机构和部门应通过制度性的建设来鼓励学术批评。诚如迈克尔·马尔凯所言：“如果批评带不来多少正面的奖励”，那么，“任何对知识的创建性贡献就被人们看做相对来说是更有回报性的工作”[④]。对一般的学者来讲，效益最大化是其行为的主要动机，而目前的制度建设状况，使得“正面研究”远比学术批评更容易满足这样的一种动机。可铁的事实是，认真严肃的学术批评不仅像认真严肃的“正面研究”一样耗时费力，而且所冒的风险往往还会更大——揭示、戳穿别人学术成果中存在的问题“相当于学术执法”[⑤]，这在通常情况下是一件很得罪人的事，有时候还会遭到素质低下的被批评者的肆意报复。这也就是为何任东来教授在回应杨玉圣先生《学

① ［英］卡尔·波普尔．宽容与知识分子的责任［M］//波普尔．通过知识获得解放．范景中，李本正，译．杭州：中国美术学院出版社，1996：236.

② ［美］R. K. 默顿．科学社会学：上册［M］．鲁旭东，林聚任，译．北京：商务印书馆，2003：376.

③ 孙永怡．社科学术文摘学术评价功能的局限与抵制学术腐败的责任［J］．中国出版，2007（8）：39.

④ ［英］迈克尔·马尔凯．物理学系的结构和过程［M］//迈克尔·马尔凯．科学社会学理论与方法．林聚任，等译．北京：商务印书馆，2006：84.

⑤ 王友良．学术批评的道德思考［J］．现代大学教育，2001（2）：92.

术批评应当署本名》时要说“匿名批评也同样应该受到欢迎”[1] 的主要原因。基于此，学术行政管理机构和部门应该通过制度化的建设来激发广大学人参与学术批评的积极性，保证学术批评者以及被批评者的合法权益不受侵害。譬如，应建立并完善课题立项、结项和论文评审回避制度以及专家评语公开制度；再如，可借鉴公安机关对举报人有奖、大众传播机构对新闻信息提供者有赏的做法，建立揭发学术不端、学术腐败行为的奖励制度。

① 任东来．学术批评为何不署本名［J］．学术界，2001（2）：161．

第一章

文艺批评的批评

20 世纪七八十年代，极左的批评妨碍了文艺学的建设。而到了 90 年代，尤其是 21 世纪初以来，貌似具有时代气息的“娱乐化”“去经典化”“价值无差别论”等各种批评又从另一个方面损害了文艺学的健康发展。

一、文学经典的生成、意义和特性

——兼与王确先生商榷

近些年来，“文学经典”问题成了中国文艺理论界的一个前沿性话题。其中，不仅“颠覆经典”的立场应该引起我们的重视，而且一些貌似“中立”的观点也很值得我们注意，更需要我们辨明。为避免讨论过于空泛，这里拟在正面阐述个人看法的同时兼对王确教授发表于《文学评论》2007 年第 2 期的《文学经典的历史合法性和存在方式》[①] 一文（以下简称《方式》）进行学术批评。

（一）文学经典的生成是认知与评价的统一

尽管百分之百还原历史是不可能的，但找回被遗忘了的历史本相仍是一些人尤其是历史学家、考古学家努力追求的目标。就文学史而言，最早发生的文学生活是一种什么样的情况呢？由于那时既没有文字，又没有录音，并且口口相传的“文学词汇”也没有今天这么丰富，再加上人群与人群之间的联系甚少，结果，最早发生的文学生活一定是朴素的、简单的。自然，那时的社会生活并不存在“文学经典”的事实。不过，随着时间的推移，那些动听或更动听的、有趣或更有趣的、内涵丰富或更丰富的、表达出人们共同愿

---

① 王确．文学经典的历史合法性和存在方式［J］．中国人民大学复印报刊资料·文艺理论，2007（7）：38－45．

望或更表达出人们共同愿望的、给人以教益或给人以更多教益的文学作品，尽管未有定型的“文本”，但还是以口口相传的方式传给了后人。在这一过程中，“增删”是不可避免的，甚或可以说“多重易变”是此类文学作品共有的本质①。自然，能一代一代传承的那些作品，不是越来越精致就是越来越丰富甚或兼而有之。对这部分今天我们未必都能见到的文学作品，可将其视为“准文学经典”。到了有文字的年代，这一部分中的一些便被记录下来。尽管作为“后世的追述，它们总是不完整的”②，但其内容和形式在整理编集过程中基本“定了型”，今天我们能看到的如《诗经》③《摩诃婆罗多》④《罗摩衍那》⑤《古丹乌内》⑥ 等，大概就属于那些较早发生的“文学经典”现象。至于相反或完全相反的那一部分文学作品，由于不能满足或不能很好地满足价值主体的需要而先后消失在后来人的视野中——像与《荷马史诗》同时代的“许多广为传诵的原始叙事诗”，就经历了这样的命运⑦。自书面语言出现以后，文学的发展及其经典的产生要稍复杂一些。首先，文学作品有了定型化的工具，这不但使个性化乃至风格化的创作成为可能，使文学作品的传播更加广泛，使文学作品的“存蓄”和传承更为容易，而且还使人们“增删”文

---

① ［美］约翰·迈尔斯·弗里．口头诗学：帕里－洛德理论［M］．朝戈金，译．北京：社会科学文献出版社，2000：102.

② ［美］菲利普·惠尔赖特．论神话创造［M］//［美］约翰·维克雷．神话与文学．潘国庆，杨小洪，方永德，等译．上海：上海文艺出版社，1995：23.

③ ［美］余宝琳．诗歌的定位：早期中国文学的选集与经典［M］．何鲤，译//乐黛云，陈珏．北美中国古典文学研究名家十年文选．南京：江苏人民出版社，1996：261.

④ ［法］路·勒诺．《摩诃婆罗多》与《罗摩衍那》［M］．杨保筠，译//季羡林，刘安武．印度两大史诗评论汇编．北京：中国社会科学出版社，1984：469－470.

⑤ ［美］赫·戈温．大史诗［M］．葛维钧，译//季羡林，刘安武．印度两大史诗评论汇编．北京：中国社会科学出版社，1984：451－452.

⑥ ［美］唐纳·罗森伯格．世界神话大全［M］．张明，张子清，黄毓麟，等译．太原：北岳文艺出版社，1990：637－654.

⑦ ［英］吉尔伯特·默雷．古希腊文学史［M］．孙席珍，蒋炳贤，郭智石，译．上海：上海译文出版社，2007：32.

学作品的可能性大大地减少。其次，作为最古老文学生活方式的口头文学，虽然因书面文学的出现而变得不那么重要，但在实践上仍能看到它的踪迹和意义——譬如，19 世纪的德国就还有许许多多“讲故事的人”[①]，再如，14 世纪以后，早已创立“藏文”的西藏[②]还有许多专业说唱艺人继续传诵着诸如《格萨尔王传》史诗之类的文学作品[③]，而且在理论上也被认可[④]。自然，有了文字以后的口头文学绝大部分“随风而逝”，少许则转变为“案头”的东西——有的被简单地记录下来，如一些意味深长的笑话；有的被整理编辑成书，如《乐府诗集》[⑤]；有的被记录之后，又被改造“修补”，如中国的孟姜女传说[⑥]和日本的许多传说[⑦]；有的以各种不同的方式汇入文人笔下，转变成其作品有机的组成部分，如《义鹘行》[⑧]《三国演义》[⑨]《水浒传》《西游

---

① ［德］瓦尔特·本雅明．讲故事的人：尼古拉·列斯科夫作品随想录［M］．张耀平，译//陈永国，马海良．本雅明文选．北京：中国社会科学出版社，1999：291－315.

② 中国大百科全书出版社编辑部．中国大百科全书·语言 文字［Z］．北京：中国大百科全书出版社，1988：512.

③ ［法］石泰安．西藏史诗与说唱艺人的研究［M］．耿昇，译．拉萨：西藏人民出版社，1993：819－844.

④ ［苏联］格·尼·波斯彼洛夫．文学原理［M］．王忠琪，徐京安，张秉真，译．北京：生活·读书·新知三联书店，1985：1.

⑤ ［法］侯思孟．神玄歌：中国 5 世纪的通俗宗教诗歌［M］．王礼君，译//乐黛云，陈珏，龚刚．欧洲中国古典文学研究名家十年文选．南京：江苏人民出版社，1998：67.

⑥ ［德］艾伯华．中国民间故事类型［M］．王燕生，周祖生，译．北京：商务印书馆，1999：430.

⑦ ［日本］柳田国南．传说论［M］．连湘，译．北京：中国民间文艺出版社，1985：35－70.

⑧ ［澳大利亚］谭达先．杜甫记录的民间故事及其他［M］//谭达先．谭达先民间文学论文集．北京：中国友谊出版公司，1993：124－129.

⑨ ［俄］李福清．三国演义与民间故事传统［M］．尹锡康，田大畏，译．上海：上海古籍出版社，1997：1－46.

记》“三言”[①]《三侠五义》[②]《琵琶记》《牡丹亭》[③]《九命奇冤》[④]《竹取物语》[⑤] 等等。当然，跟一开始就是书面文学的“文本”一样，口头文学在变成“案头”以后，也不一定能行之久远。显而易见，不论文学作品一开始是什么样的存在方式，文学“文本”的出现使人们更易于通过比较分析来把握其特性和判断其价值，进而也更有可能较理性地选出更能满足人的精神需求的“文本”推荐给包括后来者的世人。的确，在何样“定型物”更能满足人的精神需求的问题上往往存在着不同的看法——像亚理士多德对《荷马史诗》的评价[⑥]远高于柏拉图[⑦]、福克纳对《尤利西斯》的评价[⑧]远高于辛格[⑨]就是显例。不过，这种情况并不妨碍“时间老人”对“定型物”价值的裁定。整部文学史表明，无论一个人多高明多权威，光凭个人的力量无法决定文学作品的价值，甚至有时连一个时期或一个时代也不足以达至这一目标——如“在一年中出了十三版”的曾“使《包法利夫人》黯然失色”的小说《法妮》

---

① ［美］夏志清．中国古典小说导论［M］．胡益民，石晓林，单坤琴，译．合肥：安徽文艺出版社，1988：83，89，130，137，345.

② ［日本］前野直彬．中国文学史［M］．骆玉明，陈广宏，贺圣遂，等译．上海：上海古籍出版社，1995：276.

③ 朱承朴，曾庆全．明清传奇概说［M］．香港：三联书店香港分店，1985：32－33，65－66.

④ ［捷克］米琳娜．从传统到现代：19至20世纪转折时期的中国小说［M］．伍晓明，译．北京：北京大学出版社，1991：117－130.

⑤ ［日本］野口元大．从传承到文学的飞跃：《竹取物语》和《斑竹姑娘》［M］．斯英琦，译．上海：少年儿童出版社，1983：6－19，56－68.

⑥ ［古希腊］亚理斯多德，［古罗马］贺拉斯．诗学·诗艺［M］．罗念生，杨周翰，译．北京：人民文学出版社，1962：82－91.

⑦ ［古希腊］柏拉图．文艺对话集［M］．朱先潜，译．北京：人民文学出版社，1963：21－89.

⑧ ［美］福克纳．创作的法则［M］．王义国，蔡慧，译//裴善明．诺贝尔文学奖获得者访谈录．南京：江苏文艺出版社，1997：37.

⑨ ［美］辛格．娱乐是写作的首要目的［M］．山城，译//裴善明．诺贝尔文学奖获得者访谈录．南京：江苏文艺出版社，1997：235.

“今天已被遗忘”[①]，“作品的价值只有靠各个时代的广大读者在自然而然和不知不觉中确定”[②]。今日我们还能看到的历史上的“定型化”作品尤其是那些至今仍在不断翻译出版的文学文本，不是偶然存在的，也不是某一位好事者随机挑选的，而是一代接着一代的读者不断筛选以后的“遗留物”。从社会角度讲，这些“遗留物”是在一代代的政治、宗教、教育、经济、文化等力量的综合运作下“累积形成”的[③]。概言之，文学经典的生成是认知与评价的统一，是人类价值选择的结果。

然而，《方式》的导语部分在批评“守护经典”和“颠覆经典”这两种“理论视角显然是不合时宜的”之后写道：“实际上，文学经典的生成依据，主要并不在经典本身，而是在人们认识文学这一现象时所选择的认知策略。”（第2段）真的是这样么？非也。

首先，王确教授的观点本身是站不住脚的。其一，从主体角度看，倘若读者主要出于“认知策略”而不出于评价来认定文学经典，那就意味着所有被读者读过认识过的文学作品都成了“文学经典”。而事实上，谁都知道，历史上存在过大量被读过认识过但不被看作是“经典”的文学作品。诚然，不读不认识文学作品不可能断定其中哪些是值得推崇的，但仅停留在认知而不通过“价值等价物”[④] 的选择来比较它们之间的价值差异同样不能断定其中哪些值得推崇。易言之，世上并不存在没有经过评价而成为文学经典的文学

---

① ［德］汉斯·罗伯特·尧斯．作为向文学科学挑战的文学史［M］．王卫新，译//中国艺术研究院马克思主义文艺理论研究所外国文艺理论研究资料丛书编委会．读者反应批评．北京：文化艺术出版社，1989：151－153.

② ［日本］大塚幸男．比较文学原理［M］．陈秋峰，杨国华，译．西安：陕西人民出版社，1985：124－125.

③ ［加拿大］斯蒂文·托托西．文学研究的合法化［M］．马瑞奇，译．北京：北京大学出版社，1997：44.

④ ［捷克］弗·布罗日克．价值与评价［M］．李志林，盛宗范，译．上海：知识出版社，1988：93.

作品。本来，“在两种价值之间舍此取彼”是“一种简单的心理行为”[①]，可不知为何王确教授把它给忽略了。如此，自然是使其在论证“文学经典生成”时产生了“逻辑断层”。其二，从客体角度看，倘若所有的文学作品的价值都是一样的，那就意味着一些文学作品被确定为文学经典只是出于偶然，也意味着确定文学经典可以随心所欲。而事实上，“大量的客体中包括毫无价值的、一般性的、中等的以及好的与杰出的作品”[②]，或者说“价值在相互关系中具有一个‘级序’”[③]。诚然，讨论价值问题不能不涉及主体的需要——因为主体的需要是价值得以生成的基础；但是，如果仅仅涉及主体的需要，那也同样不能澄清价值问题——因为客体的客观属性是价值得以生成的条件。具体地讲，作为人类价值选择的结果，“文学经典”本身的客观属性是“文学经典”得以生成的主要依据之一。王确教授的不妥正在于，一方面撇开主体的评价行为，另一方面抽空客体的客观属性进而舍弃其价值内涵。

其次，王确教授的论证过程是有漏洞的。文学经典既是事实判断之结果，也是价值判断所使然，可王确教授却抛开主要生成依据之一的“价值选择”来论证它根源于人的“认知需要”——在讨论“我们为什么需要经典”时，《方式》如此写道：“可以肯定，无论是文学史家、文学批评家还是文学爱好者，有谁不渴望了解更多的甚至全部文学现象呢，但他们在认知行为的选择上却只与很少的一部分文学现象相攀谈，很显然，这不是他们不想了解更多，而是做不到，是不可能。于是文学史家在他们所写的文学史中，只选择他们已知的文学现象中极少一部分加以阐释……文学读者的这种选择与文学史家相似，都是建基于认知的策略。”（第5段）“文学史家和批评家所提供的所谓

---

① ［德］施普兰格尔．价值的等级［M］．杨晓山，译//林方．人的潜能和价值．北京：华夏出版社，1987：16．

② ［美］乔治·T．迪基．艺术界［M］．程介未，译//李钧．二十世纪西方美学经典文本：第三卷．上海：复旦大学出版社，2001：811．

③ ［德］马克斯·舍勒．伦理学中的形式主义与质料的价值伦理学：上册［M］．倪梁康，译．北京：生活·读书·新知三联书店，2004：104．

经典不论恰当和不恰当，其核心标准就是这些作家作品的‘代表性’，进而通过这些‘代表’实现窥一斑而见全豹的目的。”（第6段）“不代表人们认知需要，经典就毫无意义，也就无所谓经典不经典。从这个意义上说，所谓经典，就是‘读者认知需要的代表’。”（第7段）

诚然，任何个体所能“攀谈”的文学作品，都是有限的，但这并不等于任何个体对未曾“攀谈”的对象毫不知悉。之所以这样，是因为个体在社会生活里并非孤单地存在，每一个个体在有限的文学“攀谈”之后往往会将其感受、思考以一定的方式表达出来，从而或多或少地影响到了他人对特定文学作品的看法和选择，使有限的“攀谈”具有了无限“攀谈”的可能性。这也就是为什么《汤姆叔叔的小屋》刚出版时便有许多读者①的一个原因，这也同样是为什么《红与黑》和《巴马修道院》诞生时甚少有人读②的缘由之一。假使主体同客体的“攀谈”都是随机的，那么，惠特曼的《草叶集》（1855）与朗费罗的《海华沙之歌》（1855）的“命运”就应该是一样的，可事实上这两部作品的“命运”却大不一样——前者是先冷后热，后者是先热后冷③。假使文学经典的生成依据主要为“读者认知需要”而与“读者价值选择”无关，那么，我们就无法解释莎士比亚能够在他的许许多多的前辈和后辈——包括格林、黎里、皮尔、马洛、基德、查普曼、本·琼森、德克、马斯顿、海伍德、米德尔顿、弗莱彻、特纳、约翰、韦伯斯特、福特、马辛杰等中“胜出”④，也无法解释古希腊许许多多喜剧作家的作品早已失传或只

---

① ［美］埃德蒙·威尔逊．爱国者之血：美国南北战争时期的文学［M］．胡曙中，等译．上海：上海外语教育出版社，1993：3－10．

② ［丹麦］勃兰克斯．十九世纪文学主流：第五册（法国的浪漫派）［M］．李宗杰，译．北京：人民文学出版社，1982：236－272．

③ ［英］马库斯·坎利夫．美国的文学：上册［M］．方杰，译．北京：中国对外翻译出版公司，1985：99－141．

④ ［英］哈里·布拉迈尔斯．英国文学简史［M］．濮阳翔，王义国，等译．成都：四川人民出版社，1987：58－113．

剩下一些片断[1]，而被昆体良高度赞誉的米南德[2]还有若干个完整的剧本流传至今。假使文学经典真的就是甚或只是“读者认知需要的代表”，不管谁，都难以明白何以笛福、菲尔丁和理查逊等人的杰作能成为文学经典[3]而与之同一个世纪的广泛流行的“街头文学”以及爱德华·金伯、亨利·麦肯齐等人的作品[4]就不能。概言之，人类主要不是因为“不可能”“了解更多的甚至全部文学现象”而必须寻找“代表作”并视之为“经典”，而是因为文学作品如同“食物”有优劣之分一样而必须通过比较来决定取舍[5]并将其中最具价值部分视为“经典”。自然，把文学经典看作是“文学代表”也是可以的，不过，这个代表不是“均值化”的，不是王确教授所宣称的那样“以‘较少’代表‘许多’”（第6段），而是由于它的“高值化”而使它最具“文学代表性”——换成瓦·叶·哈利泽夫的说法，那就是“文学的‘黄金储备’”，是“文学顶峰的顶峰”[6]。可以说，王确教授的误断主要源于他错把确立文学经典的“社会、历史力量”等同于“个体、一时力量”，没有注意到艺术评价“感受于内，表达于外”的双重性[7]所带来的不同个体之间交互影响的积极意义，尤其是忽略了“批评家的鉴赏判断”和既有经典作品所确立的“鉴赏的

---

① ［苏联］谢·伊·拉齐克．古希腊戏剧史［M］．俞久洪，臧传真，译校．天津：南开大学出版社，1989：207.

② ［英］凯瑟琳·勒维．古希腊戏剧艺术［M］．傅正明，译．北京：北京大学出版社，1988：228－229.

③ ［美］伊恩·P. 瓦特．小说的兴起：笛福、理查逊、菲尔丁研究［M］．高原，董红钧，译．北京：生活·读书·新知三联书店，1992：347.

④ ［美］泰勒·考恩．商业文化礼赞［M］．严忠志，译．北京：商务印书馆，2005：72－73.

⑤ ［美］H. 帕克．美学原理［M］．张今，译．桂林：广西师范大学出版社，2001：106－126.

⑥ ［俄］瓦·叶·哈利泽夫．文学学导论［M］．周启超，王加兴，黄玫，等译．北京：北京大学出版社，2006：165－166.

⑦ ［苏联］莫伊谢依·萨莫伊洛维奇·卡冈．艺术批评和艺术的科学研究［M］//莫伊谢依·萨莫伊洛维奇·卡冈．美学和系统方法．李实，译．北京：中国文联出版公司，1985：131－132.

可能的尺度”① 对于“差的选择者”② 的引领作用。

（二）文学经典的意义是规制与创造的统一

由于文学经典不是一夜之间从空中掉下来而是在人们不断揭示和阐发的基础上形成的，所以，作为一个整体，它比一般文学文本具有更深刻更丰富的内涵，更具认识、教育和审美的意义，更具提升人的内在精神品格的力量——这一点，在读者是“冒牌读者”③ 或曰“第二个自我……接管了我”④ 的时候尤为明显。就主客体的关系而言，文学经典是规制与创造的统一。一方面，正如赫施所言：“本文的意义不可能超越用以表达本文的语言意义的可能性和控制。”⑤ 特定文学经典以其特有的卓越“品性”规范制约着特定接受主体的想象、体验和思考；另一方面，特定接受主体以其特有的个性参与特定文学经典的“创读”。这就是为什么虽然“有一百个读者就有一百个王熙凤”但却难寻把王熙凤想象成祥林嫂的根本原因，这也就是《红楼梦》《哈姆莱特》《浮士德》《变形记》等文学经典的意义何以会越来越丰富的主要缘故。尤其值得注意的是，不但文学经典的文本具有规制性，而且，正像理查德·罗蒂所指出的：“对一个文本的阅读，首先是参照其他文本、其他的观点、其他的信息，或你所具有的其他任何东西而进行的，然后你才会去看一

---

① ［德］霍斯特·吕迪格．比较文学的内容、研究方法和目的［M］．张隆溪，译//张隆溪．比较文学译文集．北京：北京大学出版社，1982：18－19.

② ［美］马斯洛．心理学的事实和价值理论［M］//马斯洛．人类价值新论．胡万福，谢小庆，等译．石家庄：河北人民出版社，1988：21.

③ ［美］沃克·吉尔森．作者、说话者、读者和冒牌读者［M］．何百华，译//中国艺术研究院马克思主义文艺理论研究所外国文艺理论研究资料丛书编委会．读者反应批评．北京：文化艺术出版社，1989：50.

④ ［法］乔治·普莱．文学批评与内在感受［M］．鹿金，译//中国艺术研究院马克思主义文艺理论研究所外国文艺理论研究资料丛书编委会．读者反应批评．北京：文化艺术出版社，1989：88.

⑤ ［法］E. D. 赫施．为作者辩护［M］．朱立元，译//李钧．二十世纪西方美学经典文本：第三卷．上海：复旦大学出版社，2001：721.

看究竟发生了什么事情。”[①] 以往的读者对于文学经典的真正“创读”也具有规制的作用——今人读《哈姆莱特》，除缺乏兴趣或文学修养太差外，已不太可能当然也不该像17世纪初多数英国读者观众那样仅仅把主人公看成是一个为父报仇的简单复仇者，而极有可能也理当参照众多专家学者的富于洞察力的解释（如柯尔律治[②]、赫士列特[③]、弗·史雷格尔[④]、别林斯基[⑤]、海涅[⑥]）来理解。

应该予以特别强调的是，尽管文学经典的意义离不开读者的参与，但正像萨特所说：“阅读是引导下的创作。”[⑦] 也如同瑙曼所言：“作品具有引导接受的特性……每一部作品都是一种接受指令。”[⑧] 读者的参与不应是过度“游戏性”的，更不能信口胡说，而应该是在文学经典的规制下进行的真正的创造性参与。不然的话，读者的文学经典参与活动就会丧失它所应具有的意义。譬如，对哈姆莱特的犹豫不决和悲剧命运可以有多种解释。不过，假如有人

---

① ［美］理查德·罗蒂. 实用主义之进程［M］//［英］斯特凡·柯里尼. 诠释与过度诠释. 王宇根，译. 2版. 北京：生活·读书·新知三联书店，2005：113.

② ［英］柯尔律治. 关于莎士比亚的演讲（1818）［M］. 刘若端，译//杨周翰. 莎士比亚评论汇编：上. 北京：中国社会科学出版社，1979：145－156.

③ ［英］赫士列特. 莎士比亚戏剧人物论（1817）［M］. 柳辉，译//杨周翰. 莎士比亚评论汇编：上. 北京：中国社会科学出版社，1979：211－218.

④ ［德］弗·史雷格尔. 论哈姆莱特（1795—1796）［M］. 杨业治，译//杨周翰. 莎士比亚评论汇编：上. 北京：中国社会科学出版社，1979：311－316.

⑤ ［俄］别林斯基. 莎士比亚的剧本《哈姆莱特》：莫恰洛夫扮演哈姆莱特的角色（1838）［M］. 满涛，译//杨周翰. 莎士比亚评论汇编：上. 北京：中国社会科学出版社，1979：430－436.

⑥ ［德］海涅. 莎士比亚笔下的少女和妇人［M］. 刘半九，译//张玉书. 海涅选集. 北京：人民文学出版社，1983：499－500.

⑦ ［法］让－保罗·萨特. 什么是文学？［M］. 施康强，译//李瑜青，凡人. 萨特文学论文集. 合肥：安徽文艺出版社，1998：100.

⑧ ［德］瑙曼. 接受理论［M］. 范大灿，译//［德］瑙曼，等. 作品、文学史与读者. 北京：文化艺术出版社，1997：17.

这样说：他“很想行动起来，但因为长得太胖”，所以“动弹不得”[①]；那么，这样的说法就会被看作是荒谬的。实际上类似于这样的不合理的解释，在“莎评”中并非只是一种假设，而是常能看到的事实，像弗洛伊德对“哈姆莱特”的“俄狄浦斯情结”解读[②]、屠格涅夫对“哈姆莱特”的极端否定性评价[③]、托尔斯泰对莎剧的过分指责[④]等，就是很典型的例证——虽然这些解读者在各自的专业领域内具有一流的地位，但或因“过度诠释”[⑤] 或因“错误的具体化”[⑥] 而使得他们的意见基本上只能当作“莎评”的反面教材来用。

然而，令人遗憾的是，王确教授不仅否定文学文本本身在经典生成中的重要地位，而且还忽视文学经典文本本身在意义产生中的规制性，把“曾有过”的“他者”的富于洞察力的诠释置于无足轻重的位置上。《方式》如此写道：“文学作品能否被确认为经典要看读者的选择……任何他者的判断对于‘我’来说都只能是一种咨询意见，这种意见能否成立，要看特定读者是否认同。”（第 20 段）“文学经典的确定最终不是他者的行为，而是具体的读者的行为，只有与经典实际相遇和攀谈着的读者能够让休眠的文本重新复活，进而使经典被确定。”（第 27 段）

诚然，文学经典是读者选择的结果，不过，正如斯坦利·费什所言：文

---

① ［美］H. G. 布洛克. 美学新解：现代艺术哲学［M］. 滕守尧，译. 沈阳：辽宁人民出版社，1987：223.

② ［奥地利］西格蒙德·弗洛伊德. 陀思妥耶夫斯基与弑父者［M］//弗洛伊德论美文选. 张唤民，陈伟奇，译. 上海：知识出版社，1987：160 – 161.

③ ［俄］屠格涅夫. 哈姆莱特与堂吉诃德（1860）［M］. 尹锡康，译//杨周翰. 莎士比亚评论汇编：上. 北京：中国社会科学出版社，1979：465 – 485.

④ ［俄］列夫·托尔斯泰. 论莎士比亚及其戏剧（1903—1904）（节译）［M］. 陈燊，译//杨周翰. 莎士比亚评论汇编：上. 北京：中国社会科学出版社，1979：501 – 519.

⑤ ［意大利］安贝托·艾柯. 过度诠释文本［M］//［英］斯特凡·柯里尼. 诠释与过度诠释. 王宇根，译. 2 版. 北京：生活·读书·新知三联书店，2005：47 – 70.

⑥ ［波兰］罗曼·英加登. 对文学的艺术作品的认识［M］. 陈燕谷，晓未，译. 北京：中国文联出版公司，1988：296.

本的意义“既是主观的，又是客观的”[①]。也正像乔纳森·卡勒所说：“意义……既是主体的经验，同时又是一个文本的属性。它既是我们的知识，又是我们试图在文本中得到的知识。”[②] 这种选择总是基于被选择了的那个客体的内在品性，并且，其选择的主体是“复数”而非“单数”——其中也包括那些为“可靠”的“价值判断”创造了“一定的规范模式”[③] 的“他者”。王确教授所谓的“任何他者的判断”“能否成立”“要看特定读者是否认同”，实际上是“任何人判断的对错都以我的判断为准”的另一种表达方式。然而，不管“他者”是如何判断的，假如人类中的一个“我”认为《死亡日记》《上海宝贝》以及他自己写的打油诗是文学经典，它们真的就成了文学经典么？如果王确教授表示赞同，那就说明王确教授出现了罗曼·英加登所指出的“价值幻想”[④]；如果相反，则王确教授是在用自己的巴掌打自己的嘴巴。显然，王确教授在此处犯了一个把“整体”（复数）偷换成“个体”（单数）的错误，并且忽略了“他者”和“我”在一定条件下是能够相互转换的——“他者”可以是“我”，“我”可以是“他者”。接下来让我们做进一步的假设。倘若包括“我”在内的“任何他者”的判断能否成立要看包括“任何他者”在内的“我”是否认同，那么，“我”不认同“他者的判断”的“这一意见”是否无可置疑——譬如，跟“他者的判断”相反，“我”认为“世界上从来就没有一部作品是文学经典”，“我”的“这一意见”能成立吗？如果能，那就意味着任何“文学经典的确定”的行为都是错误的；如果不能，则意味着“文学经典的确定”并不取决于“我”的认同。王确教授之所以会有

---

① ［美］斯坦利·费什．看到一首诗时，怎样确认它是诗［M］//斯坦利·费什．读者反应批评：理论与实践．文楚安，译．北京：中国社会科学出版社，1998：62.

② ［美］乔纳森·卡勒．文学理论［M］．李平，译．沈阳：辽宁教育出版社，1998：70.

③ ［美］欧文·拉兹洛．系统哲学引论：一种当代思想的新范式［M］．钱兆华，熊继宁，刘俊生，译．北京：商务印书馆，1998：335.

④ ［波兰］罗曼·英加登．艺术的和审美的价值［M］．朱立元，译//陆扬．二十世纪西方美学经典文本：第二卷．上海：复旦大学出版社，2000：740.

如此逻辑上的漏洞，是由于他忽略了事实判断与价值判断的真假依据不是或不完全是“我”，而是或部分是客体的客观属性。就“文学经典的确定”这一问题本身而言，王确教授的错误在于：一方面没有注意到“适当的抽象水平出自作品的本性”，“低于适当水平，阐释就会成为武断的”[①]；另一方面没有考虑到并非每一个“我”的“文学能力”都一样高[②]且都高到其“判断”易于被“他者”“认同”的水平，而“他者”中的许多文学专家在其目标领域里比一般的“我”更能“正确地评定”[③]，更具有说服力[④]。

（三）文学经典的特性是流动与稳定的统一

如前所述，文学经典是人类价值选择的结果。由于新创作出来的文学作品或多或少地改变了既存的文学作品体系[⑤]，也由于“阅读活动无法实现全部的潜势”[⑥]，加之“价值意识的进程不同于认识过程……其外延性是有限的。在价值意识进步时，它在获得的同时又在失去”[⑦]，结果，作为价值选择结果

---

① ［美］鲁·阿恩海姆．艺术心理学新论［M］．郭小平，翟灿，译．北京：商务印书馆，1994：424.

② ［美］乔纳森·卡勒．文学能力［M］．杨怡，译//中国艺术研究院马克思主义文艺理论研究所外国文艺理论研究资料丛书编委会．读者反应批评．北京：文化艺术出版社，1989：184.

③ ［日本］GIYOO HATANO，KAYOKO LNEGAKI．高级认知中的知识获得和应用［M］．焦书兰，译//［德］KURT PAWLIK，［美］MARK R. ROSENZWEIG．国际心理学手册：上册．上海：华东师范大学出版社，2002：252.

④ ［澳大利亚］MICHAEL A. HOGG．社交过程与人类行为：社会心理学［M］．寇彧，译//［德］KURT PAWLIK，［美］MARK R. ROSENZWEIG．国际心理学手册：下册．上海：华东师范大学出版社，2002：444.

⑤ ［英］托·斯·艾略特．传统与个人才能［M］//艾略特文学论文集．李赋宁，译注．南昌：百花洲文艺出版社，1994：3.

⑥ ［德］沃尔夫冈·伊瑟尔．阅读活动：审美反应理论［M］．金元浦，周宁，译．北京：中国社会科学出版社，1991：30.

⑦ ［德］哈特曼．体系中的伦理学与美学［M］．罗悌伦，译//刘小枫．人类困境中的审美精神：哲人、诗人论美文选．上海：东方出版中心，1994：429.

的文学经典便不可能永无变化，甚或可以说，它“时刻处于确立和重新确定的过程中”①。不过，不同的价值主体，虽然需要和不需要都不尽一致，但总还是有一些属于最基本的、带有普遍性的——譬如，人们普遍需要温饱、安全、空气清新、乐音、结构和谐、语词优美丰富、受到尊重，而普遍不需要冷饿、危险、空气污浊、噪声、语词粗俗贫乏、受到歧视。基于此，作为价值选择结果的文学经典，便不可能只有差异而毫无相同或相近之处。易言之，文学经典既是流动的，又是稳定的，是两者的统一。就具体作品而言，有些流动性大于稳定性，而有些则反过来。关于这一点，宇文所安在讨论“民国初年对文学史的重写”时给读者提供了许多典型的材料和有益的启示②。这里就不再赘述。

然而，王确教授心目中的文学经典只有流动的一面。《方式》这般写道：“我们无法针对某一部或某些部作品来判定它们是不是经典，而应根据认知需要来确定，当你的认知需要发生变化，你心中的经典也将重新面临选择。”（第 3 段）这段话虽然不长，但问题却不少。

首先，既然认为可以“根据认知需要来确定”“文学经典”，并且《方式》一文也举了若干文学经典文本作为例证，又怎么能说“我们无法针对某一部或某些部作品来判定它们是不是经典”呢？这不明显就是自相矛盾么？难道根据“你的认知需要”来确定“某一部或某些部作品”为经典不也同时是在“针对某一部或某些部作品来判定它们是不是经典”吗？

其次，“认知需要”是什么？在王确教授笔下，就是“了解的需要”，它的关键在于选择“认知的策略”（第 5 段），其目的有两个：“一是较少的认知投入；二是要了解更多”（第 6 段）。像“低投入高产出”这样的“认知需

---

① ［美］莫瑞·克里格．文学评估的特权［M］//莫瑞·克里格．批评旅途：六十年代之后．韩明岱，译．北京：中国社会科学出版社，1998：199．

② ［美］宇文所安．过去的终结：民国初年对文学史的重写［M］//他山的石头记：宇文所安自选集．田晓菲，译．南京：江苏人民出版社，2003：306－335．

要”会发生变化吗？除非脑子有问题或没有认知方面的需要，否则，是不会的。由于《方式》一文始终未有直接描述和分析“认知需要”的变化情况，所以读者很难想象“当你的认知需要发生变化，你心中的经典也将重新面临选择”是怎样的一种情形。当然，如果不太拘泥于字面意义而找寻王确教授真正想表达的意思，再结合《方式》第7段里的这么一句话：“所谓‘代表’应该是同时代表着文学的认知对象和认知需要……”那么，就可以说这里的“认知需要发生变化”指的是“渴望了解”及其“对象”发生变化。由于文学作品能否成为“文学经典”在王确教授那里主要取决于读者在产生“认知需要”时是否与之“攀谈”（第5段），也就是说，只有那些被“攀谈”上了的文学作品才能成为“认知对象和认知需要”的代表（经典），所以，除非一个人此后再也没有文学方面的“认知需要”，再也不跟别的文学作品“攀谈”，不然，他“心中的经典”便永远处于不断添加或更换中。倘若承认王确教授的看法是正确的并据之进行推理，那么，我们就必定会得出一系列错误的结论：一是，当“我”与之“攀谈”时，该文学作品是“经典”，当“我”没有与之“攀谈”时，该文学作品就不是“经典”，这两点都不因别人是否曾与之或正在与之“攀谈”而有所改变；二是，包括下三流在内的任何新的文学作品，只要有人与之“攀谈”，便可一下子成为“文学经典”；三是，每一个人心中的文学经典的“质级”无争辩；四是，一方面，世界上并不存在着一个可以冠以“文学经典”的文本，另一方面，世界上的文学经典多如牛毛，俯拾皆是；等等。

由上述可知，虽然王确教授对“守护经典”和“颠覆经典”都持很不赞成的态度，但实质上他却完全站在“颠覆经典”的立场上，只不过其选择的“颠覆策略”使其颠覆性变得隐蔽一些罢了。

最后，应该予以特别指出的是，正由于文学经典是人类价值选择的结果，才有了它的稳定性和流动性，也才出现了关于它的“守护”与“颠覆”之间的争论，并且，除非人类毁灭，这两者之间的争论还将是永无休止的。然而，

《方式》却告诉我们："……实际上经典与阅读活动共在，与读者共存，哪里有什么永恒和不朽。如果我们有了这样的共识，'守护'与'颠覆'等观点的根基就自然蒸发了，我们的认识也就超越了这种对立和争论……"（第24段）"……谁都无法为他者确定哪部作品是经典，哪部作品不是经典，于是我们毫无必要去讨论哪些作品是经典或不是经典，不必针对不存在、不在场的假想经典去守护，或是去颠覆了……"（第28段）像这样的一些看法，错漏是很明显的。

从理论上讲，文学经典是人类价值选择的结果，而选择，当然是选择好的有用的（一般评价判断），如果都好都有用，那自然是选择更好更有用（优先评价判断）[1] 的。这样的道理很简单、很易懂，可恰恰在哪些是更好更有用的问题上，是有争议的[2]。如果文学经典真的只是作为个体的"我"（即王确教授所说的"特定读者"）阅读认同的结果而与评价是否确当无关，那自然就没有必要"守护"什么也不可能去"颠覆"什么。比如，"我"认为"我"写的打油诗是"文学经典"，并且这种自以为是的妄称不可能因"他者"的质疑而失效，在这种情况下"我"有必要去"守护"它或"他者"有可能"颠覆"它吗？当然都不！若依照王确教授的所见来推论，"守护"与"颠覆"的"根基"自然是"蒸发了"。可问题在于，文学经典的生成并非如王确教授所见，它本身就蕴含着权威性，蕴含着高端价值的确认，蕴含着包括许许多多的"他者"在内的一个个"我"在一定时空内的共识，所谓的"守护"和"颠覆"都是以这样的某个范围、某种程度的共识为对象的。也就是说，王确教授的"蒸发论"完全是建立在他的"认知策略"以及"我读故经典在"这一错误"生成论"的基础上的。或许王确教授想超越"对立和争

① 孙伟平. 事实与价值：休谟问题及其解决尝试［M］. 北京：中国社会科学出版社，2000：147.

② ［古希腊］亚理斯多德. 修辞学［M］. 罗念生，译. 北京：生活·读书·新知三联书店，1991：37.

论”的努力值得我们尊重，但可惜的是，这样的努力不可能有成效。

就教育实践而言，选择历史上那些最为优秀的文学作品是必要的，换个角度说，“能够站得住脚的文学史必须着眼于重要作家”①。如果真的是像王确教授所说的那样“毫无必要去讨论哪些作品是经典或不是经典”，那就意味着所有文学作品的文学教育价值是一样的，意味着不管哪个作家哪部作品在文学史上都可等量齐观。譬如，编写和教授19世纪法国文学史，可以不重点探讨或完全舍弃雨果、司汤达、左拉、莫泊桑、福楼拜、巴尔扎克、波德莱尔等作家的作品而重点探讨大仲马、欧仁·苏以及等而下之的作家作品。毫无疑问，假使有人这样做了，那他是很难获得文学教育专家的普遍认可的，也不可能有良好的教育效果。当然，由于“不朽的作品在继续行动”②，而新的作品也在不断涌现，结果，既有的文学史对于重要作家作品的选择就不可能一劳永逸。至于哪些作家作品会或应该从“经典的圣坛”上拉下来，哪些作家作品在现在和将来有资格或更有资格被称作“经典”，则必定是有争议的——请不要忘记这样的一种常识：信息的“编码”和“抽象”是一种“充满冲突的活动”③，也请记住：“在判断之间出现冲突，这是科学发展的刺激因素之一”④。也许，文学经典的魅力部分正在于它总是处于人类“共识与争论”的这一统一体中。

---

① ［美］罗伯特·斯比勒．美国文学的循环［M］．汤潮，译．北京：北京师范大学出版社，1993：序3．

② ［法］米·杜夫海纳．审美经验现象学：上［M］．韩树站，译．北京：文化艺术出版社，1996：93．

③ ［英］马克斯·H．布瓦索．信息空间：认识组织、制度和文化的一种框架［M］．王寅通，译．上海：上海译文出版社，2000：240－248．

④ ［美］欧内斯特·内格尔．科学的结构：科学说明的逻辑问题［M］．徐向东，译．上海：上海译文出版社，2002：7．

二、“不需要经典”论

——对季广茂教授的学术批评

近些年来，颠覆经典不仅在中国文化娱乐圈愈演愈烈，而且在中国学术界也开始流行起来。对此尤其是后者，笔者以为应该认真地对待。为避免讨论过于空泛，这里拟对季广茂教授发表于《山东师范大学学报》（人文社会科学版）2005年第6期的《经典的黄昏与庶民的戏谑》[①]（以下简称《戏谑》）进行学术批评。

（一）“社会环境和阅读环境”的“大为改观”使我们可以“不需要经典”？

尽管《戏谑》涉及面很宽，也有许多分论点，但纵观全文，可知其最重要的结论为：“这是一个不需要经典的时代”。在季广茂教授看来，其所以如此，那是因为“社会环境和阅读环境均已大为改观……这是媒介化和视觉化的时代，是网络、电影、电视、报纸、杂志、广告、动漫作品、流行歌曲的时代”（第33段）。的确，今天的“社会环境和阅读环境”已不同于往昔，它不可能不对经典的接受造成极大的影响，但要由此而说我们这个时代“不需要经典”，却是非常之不妥的。

---

① 季广茂．经典的黄昏与庶民的戏谑［J］．中国人民大学复印报刊资料·文艺理论，2006（3）：58－65．

首先，从事实层面看，阅读经典仍是一种普遍的需要。如若不然，就无法解释像《安徒生童话》《格林童话》《伊索寓言》《红楼梦》和《三国演义》等许多经典名著为什么至今还是常销书，更无法解释季广茂教授何以要说“对于出版商，经典意味着滚滚的财源”（第6段）。当然，季广茂教授可能会说，人们读经典并不是出于真正的需要，而是被“强制”的——就像《戏谑》“摘要”所讲：“经典意味着阅读的强制。”诚然，要分辨出众多的读者读经典是源于内心的需要还是被外力所强制，并不那么容易。不过，从发自内心需要的行为易于产生愉悦感而违背个人意愿的行为易于产生不悦感的角度讲，则有一些个案能够证明经典阅读并非被强制，如叔本华就说：“没有别的事情能比阅读古人的名著给我们带来更多的精神上的乐趣，这样的书即使只读半小时，也会令人愉快、清醒、高尚、刚强，仿佛清彻的泉水沁人心脾。”① 在谈到华兹华斯的诗歌时，穆勒同样说道：“我仿佛从一种内在的快乐之源汲取了愉悦的想像的快感，这是所有人类都可能分享的……当我被这些诗所影响时，我即刻感到更充实、更愉快。”② 也有一些调查资料表明非常多的读者阅读经典确实是出于真正需要的——譬如，在302位大学生填答的“给你带来最大审美愉悦的两本书”中，有58%属于经典名著③；又如，在397位高中生填答的“给你带来最大审美愉悦的书”中，有32%属于经典名著④。简言之，季广茂教授的所谓“不需要经典”，与客观事实不符。

其次，从历史层面看，经典之所以成为经典，是因为它经过了时间的检验，经过了许许多多的前辈富于洞察力的解释并被证明是有较高保存价值的。

---

① ［德］叔本华．论读书［M］//［英］毛姆，等．阅读的艺术．陈安澜，等编译．上海：上海翻译出版公司，1988：6.

② ［英］拉曼·塞尔登．文学批评理论：从柏拉图到现在［M］．刘象愚，陈永国，等译．北京：北京大学出版社，2000：187.

③ 郑惠生．应该重视大学生文学审美趣味的培育：以调查研究为基础的探讨［J］．美与时代（学术版），2005（4）：7.

④ 郑惠生．中学生最欣赏与最反感的作家作品有哪些：中学生课外阅读调查研究之三［J］．内蒙古师范大学学报（教育科学版），2006（2）：59.

换言之，经典就是历史上遗留下来的那一部分具有较高级价值的作品或著作。这一部分有多大？依叔本华所言：“运用各种语言撰写的浩繁书海中，大约只有十万分之一的书才能作为真正具有永久价值的文献传诸后世。”[①] 照艾德勒与范多伦的估量：“只有百分之一，千分之一，甚或万分之一的书籍……是作者的精心杰作，所谈论的也是人类永远感兴趣，又有特殊洞察力的主题。”[②] 若按埃斯卡皮的说法，则“在出版20年后，只有1%的作品变成‘经典著作’，被收入构成文学文化的传世之作的不朽书目之中”[③]。之所以会出现如此不同的“经典”数量的说法，那是因为“经典”标准的严格程度有差别，或正像《戏谑》所说的：“经典也有程度（‘公认度’）之分”（第8段）。进而言之，在整个人类的历史长河中，并非每一部经典都堪称最优秀，但绝大部分仍值得我们高度重视。否则，我们就会对祖先的智力和动机产生这样的疑问：他们中的佼佼者怎么能够不负责任地把一些平庸之作说得天花乱坠并推荐给子孙后代？我们就难以解释人类的精神文化何以在发展过程中虽不无曲折与艰辛但总体上仍是向前迈进的原因。诚然，已经发生了很大变化的社会环境和阅读环境使我们拥有了更大的选择空间和更多的选择路径，或正如《戏谑》所言：“不必全在‘经典’这棵树上吊死”（第25段），但这并不意味着我们这个时代已不需要“历经长时间考验”的经典，因为“新的经典作品不可能一夜之间从地下跑出来”[④]。从发展的维度讲，如同朗松所说：“最有独创性的作家大多在他身上既装载着前几代的沉积，又作为当代各项运动

---

① ［德］叔本华. 论文学艺术［M］//叔本华. 叔本华论说文集. 范进，柯锦华，等译. 北京：商务印书馆，1999：388.

② ［美］莫提默·J. 艾德勒，查尔斯·范多伦. 如何阅读一本书［M］. 郝明义，朱衣，译. 北京：商务印书馆，2004：294.

③ ［法］罗贝尔·埃斯卡皮. 文学性和社会性［M］. 于沛，译//于沛. 文学社会学：罗·埃斯卡皮文论选. 杭州：浙江人民出版社，1987：131.

④ ［美］万·梅特尔·阿米斯. 小说美学［M］. 傅志强，译. 北京：北京燕山出版社，1987：72.

的总汇：他身上有四分之三的东西不是他自己的。”① 也正像纪德在论及“文学上的影响”时所说的那样：“害怕并逃避影响的人默默地承认了他们的心灵是多么贫乏。在他们身上发现不了任何新东西，因为他们拒绝接受对发现的指引。他们之所以不在乎寻找亲族，我想正是因为他们预感到自己的亲姻关系不太妙。”② 拒绝经典就意味着放弃更高层次、更具价值的精神文化创造。

再次，从经验层面看，诚如H. 帕克所言：“不把艺术作品彼此加以比较，是不可能的……由于标准是作为日益增多的艺术经验的结果而起作用的，一度看起来美的东西到后来看起来就往往不美了。而且……我们不可避免地要把传留下来的美的事物，按其高下或等级加以排列。”③ 也正如艾略特所指出的：“一部文学作品，如果仅仅受到大众欢迎，而实际上并没有包含任何新的内容，这样的作品的新颖性不久就会消失：这是因为后一代的读者宁愿读具有独创性的作品，而不愿读模仿它的作品，当二者都已成为历史上的陈迹时，尤其是如此。”④ 与占大部分的非经典相比，占小部分的经典具有较丰富且深刻的历史文化内涵，因而也更具有常读常新的启迪价值。这也是经典为何接受起来较为困难且重读率相对较高的主要原因之一——据调查显示，大学生认为70部经典名著“值得重读”的比例远高于“不值得重读”的⑤；另据调

① ［法］居斯塔夫·朗松. 文学史方法［M］//［美］昂利·拜尔. 方法、批评及文学史：朗松文论选. 徐继曾，译. 北京：中国社会科学出版社，1992：7.

② ［法］安德烈·纪德. 文学上的影响［M］. 桂裕芳，译//纪德文集（文论卷）. 广州：花城出版社，2001：350－351.

③ ［美］H. 帕克. 美学原理［M］. 张今，译. 桂林：广西师范大学出版社，2001：111.

④ ［英］托·斯·艾略特. 古典文学和文学家［M］//艾略特文学论文集. 李赋宁，译注. 南昌：百花洲文艺出版社，1994：263.

⑤ 郑惠生. 大学生离经典名著有多远：大学生课外阅读调查研究之三［J］. 内蒙古师范大学学报（教育科学版），2005（9）：62.

查的结果，无论中学生[①]还是小学生[②]，在其读两遍以上的书中，经典名著量大于流行通俗量。

应当指出的是，人类之所以需要经典，还因为个体的生命有限。一个人终其一生能够读完的书有多少本？一种说法是“大约四千本”[③]，还有一种说法是“不会超过两千本”[④]。人类社会出版的书籍有多少？暂且不论长期以来书业较为发达的英、法、德、美、西班牙和日本等国出版图书的数量[⑤]，就说书业发展相对落后的中国，仅2006年出书便有24.5万个品种[⑥]。两相比较，可知对个体而言，书是永远读不完的。自然，也不该摸到什么书都读，因为读书就像“进餐”，还是需要讲究一下“营养”的。那么，书海茫茫，该找什么样的书来读呢？绝对化当然不行，但一般情况下先找那些已被历史证明是有较高“营养”价值的经典来读，是不会错的，至少不会有大错——若换成给“读经典”列出了许多理由的卡尔维诺的总结语，那就是“读经典总比不读好”[⑦]。

最后，从学理层面看，尽管由于新时代出现了一些新的文化品种，结果，经典的地位会发生一定的变化，但不论什么新品种，只要它还不是更为完善，还不能完全代替经典所能起到的作用，那么，它的出现就不能被用来证明新

---

① 郑惠生. 中学生离经典名著有多远：中学生课外阅读调查研究之二［J］. 内蒙古师范大学学报（教育科学版），2005（12）：85.

② 郑惠生. 城乡小学生离经典名著有多远：小学生课外阅读调查研究之二（上）［J］. 湖北教育学院学报，2006（11）：105.

③ ［苏联］G. 索洛维契克. 趣味学习法［M］. 赵秋长，杨启善，译. 石家庄：河北人民出版社，1985：184.

④ ［苏联］瓦·阿·苏霍姆林斯基. 给教师的建议：全一册［M］. 杜殿坤，编译. 修订本. 北京：教育科学出版社，1984：399.

⑤ ［法］弗雷德里克·巴比耶. 书籍的历史［M］. 刘阳，等译. 桂林：广西师范大学出版社，2005：395.

⑥ 薛昌词. 推动阅读是媒体的责任［N］. 中华读书报，2007-01-17（9）.

⑦ ［意大利］伊塔洛·卡尔维诺. 为什么读经典［M］. 黄灿然，李桂蜜，译. 南京：译林出版社，2006：10.

的时代“不需要经典”。《戏谑》认为在新的时代里，经典原有的“政治教化、伦理教育的功能”可以由“政治课”和“网络、电影、电视、报纸”等“一般的文化产品”来承担（第25段）。然而，季广茂教授既没有考虑到经典的功能远不只包括这两个方面——在弗莱看来，莎士比亚、狄更斯等人的作品甚至还具有治疗疾病的功效①；也没有注意到诸如“网络”之类的“文化产品”本身就是一把“双刃剑”②；更未想到经典发挥“政治教化、伦理教育的功能”与“政治课”之类的东西有着很大的不同。应该指出的是，跟季广茂教授的这种“出现了A就不需要B”相类似的观点，历史上不是没有存在过——譬如，1938年就有人预言，铅笔的使命行将终结，而1975年则有人预言，电脑会很快使“办公无纸化”③；再如，1912年俄国未来主义者发表宣言称：“只有‘我们’才代表‘我们时代的面貌’。时代的号角由我们通过语言艺术吹响。过去的东西令人憋气。科学院和普希金比象形文字还难于理解。把普希金、陀思妥耶夫斯基、托尔斯泰等等，从现代生活的轮船上扔出去。”④然而，时间的推移却无情地证明了，新的时代“不需要”的是那些“持此类观点的人”——多少有些创造性的马雅可夫斯基或许可算作是个例外，而不是那些“被认为不需要的东西”。今天，持“不需要经典”论的季广茂教授，有可能逃脱这样的历史命运吗？

---

① ［加拿大］诺思洛普·弗莱．文学的疗效［M］．王静安，译//吴持哲．诺思洛普·弗莱文论选集．北京：中国社会科学出版社，1997：63－78.

② ［美］道格拉斯·凯尔纳，斯蒂文·贝斯特．后现代理论：批判性的质疑［M］．张志斌，译．北京：中央编译出版社，2001：384.

③ ［美］约翰·希利·布朗，保罗·杜奎德．信息的社会层面［M］．王铁生，葛立成，译．北京：商务印书馆，2003：19.

④ ［俄］布尔柳克，克鲁乔内赫，马雅可夫斯基，等．给社会趣味一记耳光［M］．张捷，译//翟厚隆．十月革命前后苏联文学流派：上编．上海：上海译文出版社，1998：111.

（二）“经典之所以为经典，与经典自身关系小”？

季广茂教授之所以要说今日“不需要经典”，还有一个很重要的原因，那就是他认为经典是时势造出来的。《戏谑》这样写道：“时势造英雄，时势造经典。英雄之所以为英雄，与英雄自身关系小，与时势关系大。同样，经典之所以为经典，与经典自身关系小，与时势关系大。”（第15段）毫无疑问的是，由于季广茂教授在此处的类比属于“不完善的类比”[①]，所以根本无法让人信服。

首先，说“时势造英雄”只道出了真理的一半。不错，英雄的产生离不开特定的时势，但这并不意味着特定的时势一定会造出英雄，更不意味着特定的时势只会造出英雄——君不见同样的时势在出现英雄时也存在着大量的庸才、奴才和恶才么？英雄之所以成为英雄，首先在于他自身具有英雄的气概和品质，其次才是他赖以存在的时势。“狗熊”之所以成为“狗熊”，道理也是一样。就“经典”而言，虽然它与“时势”不无关系，但正像韦勒克和沃伦所说的：“社会环境似乎决定了人们认识某些审美评价的可能性，但并不决定审美价值本身。”[②] 也正如赫拉普钦科所言：“如不认识艺术作品的内在特性，就不能了解它的社会功能及其持久的生命力。”[③] “经典”之所以成为“经典”，必定有其“自身”的重要原因。

其次，经典与英雄有所不同。尽管后人有可能重新评价英雄甚或在某些特殊的情况下还会完全改变对某一英雄的看法，但作为会消失的“血肉之躯”

---

① ［英］L. S. 斯泰宾. 有效思维［M］. 吕叔湘，李广荣，译. 北京：商务印书馆，1997：92.

② ［美］雷·韦勒克，奥·沃伦. 文学理论［M］. 刘象愚，邢培明，陈圣生，等译. 北京：生活·读书·新知三联书店，1984：107.

③ ［俄］赫拉普钦科. 传世的秘密：文学作品的内在特性和功能［M］//中国社会科学院，外国文学研究所，二十世纪欧美文论丛书编辑委员会. 赫拉普钦科文学论文集. 张捷，刘逢祺，译. 北京：人民文学出版社，1997：206.

的英雄通常只经受他所处的那个时代的考验。然而，作为不易消失的“文本形式”的经典，则必须且有可能不断地接受超越于它所诞生的那个时代的检验。这也就是为什么一些由特定时势造出来的所谓“经典”最终会被扫进历史垃圾堆的基本原因，这也正是何以许许多多历经各种“时势”考验的经典最终会变得难以动摇的缘故。对于《伊利亚特》《理想国》《神曲》《哈姆莱特》《堂吉诃德》《安徒生童话》等这样的一些经典，季广茂教授难道还要说与其“自身关系小，与时势关系大”吗？如果是，那就只能说明他所持的“时势”概念已经是大到无当的程度了。

当然，如果把季广茂教授看作是一位彻底的“时势造经典”论者，那也不够确切，因为《戏谑》中就把“李白杜甫的诗作”当作是“‘公认度’很高的经典”来举例（第8段）——李杜诗作承受住了一千几百年各式各样的“时势”的考验，至今仍有“很高的公认度”，表明李杜诗作之类的经典“与自身关系大”而“与时势关系小”。由此可见，季广茂教授时而以偏概全，时而自相矛盾。

（三）“经典”概念“是不可取的”？

季广茂教授不但认为“经典”主要是由“时势”造出，而且还认为“经典”概念“不可取”。在论到“经典也有程度（‘公认度’）之分”以及列举李杜诗作、胡适白话诗、“文革”“样板戏”等不同“经典”时，《戏谑》如此写道：“有人称前者为‘文学史经典’，称后者为‘经典’。其实这是两种不同的‘经典’观，前者只是一个历史性概念和描述性概念，后者则是‘当代性概念’和规范性概念，蕴含着过于强烈的价值评判，因而是不可取的。”（第8段）这段话虽然不长，但问题却不少。

首先，季广茂教授断定“经典”概念不可取的理由是“蕴含着过于强烈的价值评判”。这一点实在让人疑惑：第一，要被季广茂教授认为是“具有‘使人信服的力量和威望’”的“经典”（第3段）完全不蕴含着“价值评判”，是可能的吗？如果不可能，那么，第二，什么样或谁的“价值评判”才算不“过于强烈”？倘若“经典”概念蕴含着的“价值评判”真的是“过于强烈”，则何以这样的“经典”概念就是“不可取的”？细读《戏谑》全文，可知季广茂教授没有提供能够自圆其说的答案。

其次，季广茂教授认为称“文学史经典”与称“经典”是“两种不同的‘经典’观”，并断言后一种观念“是不可取的”。如此，倒是跟他本人所持的“时势造经典”论相一致。可问题是，只取“文学史经典”概念而不取“经典”概念，不会把连季广茂教授自己都已经认可的各种不同“公认度”（很高、一般、较低或很低）的“经典”全给模糊掉了吗？换言之，若依照季广茂教授的意见抛弃“经典”概念，那些不仅具有历史意义而且还具有现实意义的“经典”该如何“处置”呢？季广茂教授或许还会像《戏谑》中所写的那样回答：“不需要。”若此，则又会产生新的问题：既然连“公认度”“很高”的“经典”都“不需要”“不可取”了，又何必紧抱着“公认度”“较低或很低”的“文学史经典”不放呢？

最后，从思维的角度讲，概念是“抽象的东西”[①]，因而也必定是规范的。可是，《戏谑》却告诉读者：“经典”是“规范性概念”，而“文学史经典”是“描述性概念”。像这样的背离常识，实在是太过于明显了，故无须赘述。至于季广茂教授认为“文学史经典”可取而“经典”不可取，则与“认知经济性必须与信息丰富性保持某种均衡”的精神[②]相抵触，因而也是不当的——如果有人说“鸟”概念可取而“动物”概念不可取，我们能说这是正确的吗？当然不能！

---

① ［匈牙利］贝拉·弗格拉希．逻辑学［M］．刘丕坤，译．北京：生活·读书·新知三联书店，1979：152－153.

② ［英］M. W. 艾森克，M. T. 基恩．认知心理学：上册［M］．高定国，肖晓云，译．4 版．上海：华东师范大学出版社，2004：417.

（四）“传统意义上的经典”的价值“就是用来制造笑料，博人一乐”？

在“高度赞赏《Q版语文》”时，《戏谑》写道：它“把严肃的经典转化成庶民的嬉戏，‘将那无价值的撕破给人看’……在这个时代，如果说传统意义上的经典还有什么价值，那就是用来制造笑料，博人一乐。让那些经典的拥护者，让那些刻板、枯燥、乏味、无趣之人，在儿童的笑声中瑟瑟发抖，惶惶不可终日。也难怪，他们永远不会理解笑声的意义，尽管笑声让他们感到莫名的恐惧”（第32段）。尽管这段话听起来颇有气势，但其中所包含的感情却远远胜过理智。

首先是前后矛盾。《戏谑》的第25段还肯定了经典的“积极面”——包括“发挥着政治教化、伦理教育、文化传播的功能”，只是由于社会的变迁，“有些功能正被日益弱化”，“有些功能”则“可以由其他的文化产品来发挥”。也就是说，季广茂教授在这段文字里虽然不认为经典在新的时代可以发挥多大的功能，但毕竟还是承认了经典是有价值的。然而，季广茂教授在几段文字之后却又“笔锋一转”地告诉读者：“严肃的经典”“无价值”，“如果说”“还有什么价值，那就是用来制造笑料，博人一乐”。像这样飘忽不定的思维，实在是让人莫名其妙。

其次是论证乏力。“让那些经典的拥护者”和“让那些刻板、枯燥、乏味、无趣之人”被季广茂教授并列在一起，如此，是指“分别开来”的人？还是指“无法分开”的人？若是前者，则意味着“刻板、枯燥、乏味、无趣之人”可以是“经典的拥护者”，也可以是“经典的拒绝者”，还可以是“不知经典为何物者”。就此意义而言，季广茂教授不加区别地说“刻板、枯燥、乏味、无趣之人”会由于经典被“用来制造笑料”而“惶惶不可终日”，岂不是“乱弹琴”？若是后者，则季广茂教授何以断定“经典的拥护者”就是“刻板、枯燥、乏味、无趣之人”？如果拿不出有力的证据却又硬要将两者

“捆绑”起来，那么，就只能说明季广茂教授是在“攻击稻草人”[①] 了。

最后是强词夺理。有些儿童喜欢经典甚或热爱经典，有些儿童不喜欢经典甚或厌恶经典，这本来是很正常的事情。对此，“经典的拥护者”是否都不知晓？是否又都不高兴或想不开？假如答案是否定的，那么，季广茂教授怎可不分青红皂白地说：“让那些经典的拥护者”“在儿童的笑声中瑟瑟发抖”？需要特别指出的是，类似于此种“人为制造矛盾”的情况在《戏谑》中还有若干处。如第33段写道：“我们不再执著于史诗、悲剧、莎士比亚、托尔斯泰，不再执著于诗经、汉赋、唐诗、宋词、元曲、明清小说，我们关心的是当代社会，关心网络文化和视觉文化，关心各种各样的文化现象和形形色色的文化事件。一句话，关心现实，关注当下，而不是遁入经典的乌龟壳，做美妙的‘春秋梦’。”像这样的宣言，确实是代表了时下一些人的想法，可问题是，为什么就不可以或者不能既执着于“经典”又关心“当代社会”呢？难道极力推崇“古典文学”的爱因斯坦[②]不就是一位“有高度社会责任感的正直”的科学家么？难道把《四书》《易经》《楚辞》《李太白》等“经典”列为《最低限度之必读书目》的梁启超[③]不也同时是一位非常“关心现实，关注当下”的学者么？再如第27段写道：“经典黑暗的一面：……经典的形成，意味着对非经典的歧视或遮蔽，意味着对读者选择权利的轻视或蔑视，意味着对读者个性的强烈否定。”真的这样？非也。如果有人说蔬菜的营养价值高于水，季广茂教授能说这个人以及蔬菜“歧视或遮蔽”水了吗？包括季广茂教授在内的读者，就连数落“经典”的不是乃至肆意嘲讽“经典的拥护者”的“权利”和“个性”都已经充分拥有了，怎么会由于“经典的形成”而丧失了决定要不要读经典或选择读何种经典的“权利”与“个性”呢？

---

① ［美］罗伯特·所罗门．大问题：简明哲学导论［M］．张卜天，译．桂林：广西师范大学出版社，2004：416．

② ［德］爱因斯坦．论古典文学［M］//爱因斯坦文集：第三卷．许良英，赵中立，张宣三，编译．北京：商务印书馆，1979：303．

③ 中华读书报．现当代书目推荐活动概况［J］．新华文摘，2005（18）：130．

（五）“上级审定的语文教材”是“建制化的经典”且“去掉了应有的生趣”？

可以看到，《戏谑》讨论经典问题不仅在理论层面上，而且还较多地涉及了当前的语文教材。其中的一些说法并非毫无道理，但仍明显存在着思考欠周的地方。

首先，是如何看待“上级审定的语文教材”问题。《戏谑》写道：“建制化的经典，本身就是权力的一种表征，上级审定的语文教材，享有权威性与强制性，体现了国家的意志，却去掉了应有的生趣。”（第28段）看得出季广茂教授对“上级审定的语文教材”很不满意，可事实上，“上级审定教材”是一种世界性的普遍现象——它不但存在于中国，而且也存在于俄、美等国，即便是在课本的“编写、出版、发行、买卖”都有着极高自由度的法国，国家也并非放任自流，而是要“负责查处和禁止内容上危害学生精神健康或违背宪法及法律的行为”①。问题的关键不在于是否有“上级审定教材”，而在于上级是哪一级？这一级包括一些什么样的人？学生、教师、家长在整个教材运作体系中能发挥多大的作用？为何一些国家的中小学语文教材不像中国那样“去掉了应有的生趣”？季广茂教授对于这些更有重要意义的具体细节没有深究，却指责一种具有世界普遍意义的做法，结果也就必定是劳而无功。

必须指出的是，季广茂教授借批评所谓“上级审定”的“建制化的经典”来否定“经典”的做法，是欠妥的。第一，“上级审定的语文教材”都是“经典”吗？季广茂教授似乎就是这么认为的，可实际上，当前语文教材中不少质量太过于一般的文字，恰恰就不是“经典”。第二，退一步说，即使“建制化的经典”都能称作“经典”且都糟透了，那也并不等于既存的“经典”都同样是要不得的，因为所谓的“建制化的经典”充其量也仅仅是“经

① 李文云，徐励，唐惠颖．管理课本，一点不能含糊：内容经过层层筛选，教材不用学生掏钱［N］．环球时报，2006-01-13（19）．

典”的一个部分。进而言之，哪怕有百分之百的理由来否定“建制化的经典”，也仍然没有同样足够的理由来否定教育家苏霍姆林斯基所说的话：“经典作家的作品在每个学生的心灵中一定要留下深刻的印象。”①

其次，是如何看待“中小学语文教材的教育教学作用”问题。《戏谑》写道：“即使中小学教育需要某些文本，我们也未必一定册封它们为‘经典’，不必令其承载着政治教化、伦理教育的功能，而只是把这些文本当成学习知识、掌握技能的手段，因为政治教化、伦理教育的功能自然由政治课来承担。”（第25段）语文课程应坚持“工具性与人文性的统一”，是《义务教育语文课程标准》所明确指出的，也是当前学界比较一致的意见——只不过在“两者的比重”问题上，还存在着不同的看法罢了。然而，季广茂教授却反其道地告诉读者：只把语文课本“当成学习知识、掌握技能的手段”，至于“政治教化、伦理教育的功能”，就“由政治课来承担”。这里的问题，至少有以下两个方面。

第一，季广茂教授似乎还是很承认“政治教化、伦理教育”这两种功能的重要性的，不然的话，他就不会说到要“由政治课来承担”。但是，季广茂教授却未曾谈到“本身就具有人文性的语文课程”为何就不能兼顾“政治教化、伦理教育”，或者假如兼顾了会出现什么样的严重后果。倘若季广茂教授在这一点上讲不出更多的道理却又要语文课程逃避“政治教化和伦理教育”，那可就太不合乎情理了。事实上，语文课程不仅能够也可以兼顾“政治教化和伦理教育”，而且作为“人文学科”的重要组成部分②，还应该积极主动地承担起人文教育的任务。关于这一点，已越来越成为世界许多教育思想家的共识——像约翰·怀特就写道：“审慎、勇气、克制、仁慈以及明智、思想独

① ［苏联］瓦·阿·苏霍姆林斯基．让少年一代健康成长（公民的诞生）［M］．黄之瑞，张佩珍，等译．北京：教育科学出版社，1984：154.

② ［瑞典］托斯顿·胡森，［德］纳维尔·波斯特尔斯威特．简明国际教育百科全书·课程［M］．江山野，编译．北京：教育科学出版社，1991：270－275.

立、智慧、幽默和活力等品质是受过教育的人的特征……受过教育的人应该通晓所有的知识，区别在于，对他来说，知识是美德的必要前提，而知识本身不是目的。”① 奥恩斯坦则不仅批评只教知识的消极面，而且还明确地指出：“学校的阅读课应当具有道德的风味……学生们需要仔细阅读、分析和解释具有道德内涵的书籍，以帮助他们理解人性的邪恶面或黑暗面。”② 而埃德加·莫兰更是坚称：“文学、诗歌和电影应该被看作主要不是进行语法的、句法的或符号学的分析的对象，而是如同‘生活的学校’。”③

第二，不管是谁，要做到只把语文课本“当成学习知识、掌握技能的手段”，从根本上来讲是不可能的——即便语文课本如季广茂教授所主张的那样不收录“掩饰着权力关系”的“经典”，情况也还是一样，因为“教科书在任何国家的教育制度中都是核心因素……也是文化斗争和争论的焦点”④。应该说，季广茂教授对教科书有着高度的敏感性是一件好事，但实际上，由于学校“是道德和社会控制的场所”⑤，所以“经典”也好，“教材”也好，关键并不在于是否能够或需要发挥政治教化和伦理教育的功能，而在于其中蕴含着什么样的“政治观”和“伦理观”。季广茂教授不但不着力于这方面的挖掘，反而极力倡导语文教材剔除他自己认为“不需要”的具有“政治教化和伦理教育”功能的“经典”。这实在是让人感到遗憾，也不能不让人深思。

---

① ［英］约翰·怀特. 再论教育目的［M］. 李永宏，等译. 北京：教育科学出版社，1997：139.

② ［美］阿伦·奥恩斯坦. 教学中的关键问题［M］//［美］阿伦·C. 奥恩斯坦，琳达·S. 贝阿尔－霍伦斯坦，爱德华·F. 帕荣克. 当代课程问题. 余强，主译. 3版. 杭州：浙江教育出版社，2004：133.

③ ［法］埃德加·莫兰. 复杂性理论与教育问题［M］. 陈一壮，译. 北京：北京大学出版社，2004：134.

④ ［美］P. 阿特巴赫. 教科书：国际比较的角度［M］//［美］M. 阿普尔，L. 克丽斯蒂安－史密斯. 教科书政治学. 侯定凯，译. 上海：华东师范大学出版社，2005：316.

⑤ ［美］亨利·A. 吉罗克斯. 跨越边界：文化工作者与教育政治学［M］. 刘惠珍，张驰，黄宇红，译. 上海：华东师范大学出版社，2002：108.

最后，是如何看待“‘太阳当空照’的改写”问题。在论及“中小学生……要想证明自己的价值，就必须从经典中创造出别样的生趣”时，《戏谑》举了在笔者看来并不适合贴上“经典”标签的《太阳当空照》作为例子（第29段）。季广茂教授认为，原作“空话连篇”，“充斥其中的全是‘爱学习’、‘爱劳动’、‘立功劳’之类的革命大话”，而“通过改写，我们重新体验到了机智、幽默和智慧”。真的是这样么？不完全是！

尽管原作只是一首读起来较易上口且内容也还算健康的普通儿歌，并且其中的“长大要为人民立功劳”一句显得有些“空洞”——根据皮亚杰、科尔伯格等人的认知发展理论和道德发展理论①，孩子在“形式运算”阶段（11、12岁开始）之前，对“祖国”“人民”等较为抽象复杂的概念很难理解好，也很难获得恰当的情感价值；但是，原作远非季广茂教授所批评的那样“空话连篇”“充斥……革命大话”。难道作为“人类生活基础”的劳动②和作为“自我养成条件”的学习③不是到了上学年龄阶段的孩子每天“都在做”或者“都应做”的事情？季广茂教授把“爱学习”和“爱劳动”称为“革命”，把孩子“说”或“读”“爱学习”“爱劳动”看作是“说”或“读”“革命大话”，也未免太看低“革命”和“孩子”了。

的确，原作的“改写”符合季广茂教授所谓能“博人一乐”的“别样的生趣”的标准。但是，如果要说它是“从经典中创造出”的，则言过其实。因为对原作的“改写”，只是一种仿写，况且，该“改写”的“空洞性”远

---

① ［瑞典］托斯顿·胡森，［德］纳维尔·波斯特尔斯威特. 简明国际教育百科全书：人的发展［M］. 中央教育科学研究所比较教育研究室，编译. 北京：教育科学出版社，1989：234－239，354－360.

② ［苏联］A. C. 马卡连柯. 儿童教育讲座［M］. 诸惠芳，译. 石家庄：河北人民出版社，1997：59.

③ ［德］沃尔夫冈·布列钦卡. 教育科学的基本概念：分析、批判和建议［M］. 胡劲松，译. 上海：华东师范大学出版社，2001：170.

比原作突出——无论“实然”状态还是“应然”状态①，“你为什么背上炸药包？我去炸学校，心情特别好，点上火，赶快跑，轰隆一声学校炸没了！”都的确是存在着较大的问题。或许季广茂教授会说，“改写”只是文学作品，它巧妙地表达了学生被压抑的心理，不宜用一般的“实然”和“应然”来衡量。若此，则又有了这样的问题：“改写”中的这种被压抑的心理潜藏着的“暴力意识”也能算是“博人一乐”的“别样的生趣”么？如此“暴力意识”是否也属于《戏谑》中所极力推崇的“童心”（第30段）的范围？如果答案都是肯定的，那么，就不仅是“暴力意识”者很让人担心，而且“乐”者和“推崇”者也同样让人担忧了。当然，我们不必过多地指责“暴力意识”者及其娱乐者和推崇者，因为任何意识，说到底都来源于客观现实生活。故而，更为有益的做法是看看我们的社会究竟在哪些方面出了问题，以至于连“暴力意识”这样的东西也受到了推崇，也被拿来娱乐消遣。

（六）哈罗德·布鲁姆“没有说，也不清”“何谓‘审美价值’”？

《戏谑》还如此写道：“立论甚高，却又陈腐不堪，乃当今学者一大通病。中国人如此，外国人亦然。专门研究‘经典论’的美国学者哈罗德·布鲁姆在他的《西方正典》一书就反复强调‘审美价值’对于经典构成（canon formation）的重要性。但何谓‘审美价值’，他没有说，也说不清。”（第16段）像这样的说法，漏洞实在是太大了。需要说明的是，季广茂教授所列的关于布鲁姆的参考文献目录（第［7］条）为英文，笔者不具备条件对这个英文版本进行分析，不过，依据江宁康的中译本（2005年4月版）②，也许照样能够说明一些问题。

首先，《西方正典》并不完全像季广茂教授所说的那样“反复强调‘审

---

① ［美］莫蒂默·艾德勒．6大观念［M］．陈德中，译．重庆：重庆出版社，2005：57－62.

② ［美］哈罗德·布鲁姆．西方正典［M］．江宁康，译．南京：译林出版社，2005.

美价值’对于经典构成的重要性”。据笔者的粗略统计，仅“序言与开篇”“经典悲歌”和“哀伤的结语”三个部分，“审美价值”就出现了18次。也就是说，布鲁姆确实是多次提到了“审美价值”。然而，仔细阅读，可知布鲁姆主要是认为接受乃至评价包括“经典”在内的一切文学作品，应该坚守美学立场、抱着审美态度、运用审美标准、注重审美价值，并且，他的看法经常是在批评论敌忽视“审美价值”时说出的——如“实际上，审美价值可以被认知或体验，却无法传达给那些无法抓住其感受和知觉的人。以审美的名义进行争吵总是大谬不然。我更感兴趣的是许多同行们避开了审美领域，其中一些人至少在当初还有体验审美价值的能力”①。再如，“我……主张审美选择总是经典构成的每一世俗方面的指导准则……就对审美价值的伤害而言，从意识形态上捍卫西方经典与那些宣称要摧毁或‘破解它’的人的攻击是相同的”②。在布鲁姆眼里，缺乏审美价值的文学作品自然成不了经典，但有了审美价值的文学作品也并非一定就能成为经典。那么，构成经典的关键因素是什么呢？对此，布鲁姆倒是有一种很明确的说法：“对于这二十六位作家，我试图直陈其伟大之处，即这些作家及作品成为经典的原因何在。答案常常在于陌生性（strangeness），这是一种无法同化的原创性，或是一种我们完全认同而不再视为异端的原创性。”③ 尽管进一步探讨该看法不是本文的任务，也没有足够的篇幅来完成这样的工作，但应当指出的是，所持观点与布鲁姆的这种看法相类似的人，笔者可以列出长长的一串名单——包括乔治·科林

---

① ［美］哈罗德·布鲁姆. 西方正典［M］. 江宁康，译. 南京：译林出版社，2005：12.

② ［美］哈罗德·布鲁姆. 西方正典［M］. 江宁康，译. 南京：译林出版社，2005：16.

③ ［美］哈罗德·布鲁姆. 西方正典［M］. 江宁康，译. 南京：译林出版社，2005：2.

伍德[①]、丹纳[②]、卢卡契[③]、斯蒂芬·欧文[④]、别林斯基[⑤]、阿多诺[⑥]、克利夫顿·费迪曼[⑦]、瓦莱里[⑧]、毛姆[⑨]、亨利·詹姆斯[⑩]、泰戈尔[⑪]等。由此可知，季广茂教授完全不顾布鲁姆有一个涉及较深层面且易于被认可的明确答案，而只抓住布鲁姆一个涉及较浅层面且易于被否定的笼统说法进行评论。这不能不让人感到遗憾。至于其中的缘故，大概只有季广茂教授自己最清楚。

其次，"何谓'审美价值'"，布鲁姆"没有说"是一个事实，但季广茂教授说布鲁姆"也说不清"却是捏造出来的——换成索尔·克里普克的类似说法，那就是"被如此指称的那个有关对象不存在"[⑫]。本来，季广茂教授既然已经知道了布鲁姆"没有说"，也就完全没有必要进一步指责布鲁姆"说不

---

① ［英］罗宾·乔治·科林伍德．艺术原理［M］．王至元，陈华中，译．北京：中国社会科学出版社，1985：282.

② ［法］丹纳．艺术哲学［M］．傅雷，译．北京：人民文学出版社，1963：358－364.

③ ［匈牙利］卢卡契．《浮士德》研究［M］．范大灿，译//范大灿．卢卡契文学论文选：第一卷．北京：人民文学出版社，1986：203－338.

④ ［美］斯蒂芬·欧文．盛唐诗［M］．贾晋华，译．哈尔滨：黑龙江人民出版社，1992：1－6.

⑤ ［俄］别林斯基．别林斯基选集：第四卷．满涛，辛未艾，等译．上海：上海译文出版社，1991：520－630.

⑥ ［德］阿多诺．美学理论［M］．王柯平，译．成都：四川人民出版社，1998：297－298，358－359.

⑦ ［美］克利夫顿·费迪曼．一生的读书计划［M］．乔西，王月瑞，编译．海口：海南出版社，2002：4.

⑧ ［法］瓦莱里．用形式进行创造的维克多·雨果［M］//瓦莱里．文艺杂谈．段映虹，译．天津：百花文艺出版社，2002：148－156.

⑨ ［英］毛姆．巨匠与杰作［M］．孔海立，王晓明，杨苡，等译．上海：华东师范大学出版社，1987：215－220.

⑩ ［美］亨利·詹姆斯．屠格涅夫和托尔斯泰［M］．智量，译//智量．外国文学名家论名家．上海：华东师范大学出版社，1985：261－271.

⑪ ［印度］泰戈尔．文学的革新［M］//泰戈尔．泰戈尔论文学．倪培耕，等译．上海：上海译文出版社，1988：223.

⑫ ［美］索尔·克里普克．同一性与必然性［M］．朱新民，译//涂纪亮．语言哲学名著选辑：英美部分．北京：生活·读书·新知三联书店，1988：373.

清”了，因为把这“两者”并置在一起，明显就是让其“自相残杀”。有必要指出的是，类似于这样的“自相残杀”，在《戏谑》中常可看到——譬如，一会儿说：“有些文本特别幸运，作者在世时，其文本就完成了经典化的过程，比如李白和杜甫。”（第10段）一会儿却又说：“周星驰主演的电影虽然风靡一时，但究竟能否被册封为经典，那是后人之事。经典是被追封的……”（第14段）一会儿还要这样说：“在当代社会，流行破坏了经典化的进程，旋风般的流行甚至终止了经典化的美梦。”（第15段）当然，季广茂教授可以辩解地说，他说布鲁姆“也说不清”是推测性的。若真的这样，问题也还是存在着，因为正像笛卡尔所言：“对于事物真理作出判断，千万不可夹杂推想。”[①] 诚然，布鲁姆尽管“可以称得上是西方传统中最有天赋、最有原创性和最具煽动性的一位文学批评家”[②]，但对可以由美学家写成一本书的关于“审美价值”的话题（如斯托洛维奇[③]、梅内尔[④]）未必就能够论说得很透彻。不过，由于“可能性”并不等于必然性，所以，季广茂教授在这位好歹也曾任过哈佛大学、纽约大学和耶鲁大学教授的文学理论家“没有说”的情况下还坚称他“也说不清”，则明显是太过于武断了。

最后，还须特别指出的是，季广茂教授所谓的“立论甚高，却又陈腐不堪”并不太适用于时下许许多多的学者——至少是套不上“愿意也会”写出诸如《戏谑》之类的文章的那部分“学者”，但季广茂教授却要以偏概全地说它“乃当今学者一大通病。中国人如此，外国人亦然”，甚至还很不恰当地拿极富于理论创新能力的布鲁姆当例证。当然，如果从微观的角度看，《戏

---

① ［法］笛卡尔．探求真理的指导原则［M］．管震湖，译．北京：商务印书馆，1991：9.

② ［美］马克·爱德蒙森．文学反抗哲学：从柏拉图到德里达［M］．王柏华，马晓冬，译．北京：中央编译出版社，2000：217.

③ ［苏联］列·斯托洛维奇．审美价值的本质［M］．凌继尧，译．北京：中国社会科学出版社，1984.

④ ［英］H. A. 梅内尔．审美价值的本性［M］．刘敏，译．北京：商务印书馆，2001.

谑》批评中外学者的这一百多个字就具有“立论甚高”的特点。此外，尽管“它”还不至于“陈腐不堪”，但却又留下了“证据明显不足”的毛病。

（七）结语

综上所述，尽管《戏谑》中也有一些正确的说法，但从总的情况看，却存在着诸多背离学理的地方——或以偏概全，或自相矛盾，或不符事实，或证据不足，或任性发挥，或随意指摘，或强词夺理。就其“不需要经典”的这一核心观点而言，在认识上是“假”的，而在价值上则是“负”的。

的确，不同的社会，其经典的名单会有所差别①；不同的时代，其经典的目录也不尽一致。但不论如何，都远非等于现时代已经“不需要经典”——换成理查德·罗蒂的说法，那就是“不能就此抛弃经典的概念”②。实际上，对作为人类文化遗产的一个重要组成部分的“经典”③，恰当且较为有益的做法，既不是讨论现今“需要”与否，也非像季广茂教授那样“博人一笑”地说它只能“用来制造笑料，博人一乐”，而是根据人类社会的变迁和文化进步的要求重新加以诠释，并在富于洞察力的诠释的基础上区分出不同“文本”的价值差异，以此来决定增减。

---

① ［荷兰］D. 佛克马，E. 蚁布思. 文学研究与文化参与［M］. 俞国强，译. 北京：北京大学出版社，1996：201.

② ［美］理查德·罗蒂. 文学经典的启迪价值［M］//理查德·罗蒂. 筑就我们的国家：20 世纪美国左派思想. 黄宗英，译. 北京：生活·读书·新知三联书店，2006：100.

③ ［比利时］弗朗索瓦·奥斯特. 遗产与后代［M］//热罗姆·班德. 开启 21 世纪的钥匙. 周云帆，译. 北京：社会科学文献出版社，2005：177－185.

三、"文学经典终结"论

——与吴兴明教授商榷

近若干年，表面上看似乎很前卫的各式各样"终结"论开始在内地学术界流行起来。这其中，虽不乏启迪意义之作，但只要深究一下，就能发现一些文章存在着许多背离学理的言论。为避免讨论过于空泛，这里拟对吴兴明教授发表于《中国比较文学》2006 年第 1 期的《从消费关系座架看文学经典的商业扩张》[①]（以下简称《扩张》）进行学术批评。

（一）文学经典的命运远非取决于"经济力量"

《扩张》认为，由于当今社会是一个"经济力量"起"主导"的"消费社会"（第二部分），所以，文学经典的"命运是：'走向终结'"（第三部分）。真的是这样么？非也。

众所周知，人类社会是一个高度复杂的有机整体。尽管把今日之社会称为"消费社会"不无道理和意义，但必须看到，作为一个概念，它只是对客观现实生活的某个方面的抽象，与"媒介社会""法制社会"等类似。应该讲，以这样大的范围的抽象物为坐标来考察某些具体事物的特征，是适宜的，也常常是有效的。然而，如果仅仅以之作为推断某具体事物命运的依据，则

---

① 吴兴明. 从消费关系座架看文学经典的商业扩张［J］. 中国人民大学复印报刊资料·文艺理论，2006（4）：105－110.

要冒极大的“学术风险”，因为事物的出现及发展趋势往往是多种因素合力的结果。譬如，在“名副其实”的法制社会里，人们普遍按法规办事，可我们却不能由此而推断出“拉关系走后门”“没有了”“终结了”——据报道，即便是法律对受贿采取“零容忍立场的瑞典，也仍然不能保证不发生贿赂案”[①]。就影响文学经典的各种因素而言，虽然今日之“经济力量”不容忽视，但要说它已断送或能断送“文学经典”的生命，则明显是太过于夸张了。

的确，文学经典在今天常常成为“经济力量”进行“商业性扩张”的工具。不过，对“文学经典命运”起着举足轻重作用的文化机构、学术团体、政治力量等，从来就没有完全处于休眠的状态——譬如中国，在学生经典名著阅读远不够理想（包括大学生[②]、中学生[③]和小学生[④]）的今天，上海世纪出版集团就推出包括《诗品》《唐宋八大家文钞》等在内的《大学经典》国学部分 15 种[⑤]，山西古籍出版社于 2003 年至 2006 年出版了包括文学经典在内的《中国家庭基本藏书》6 大卷共 75 个品种[⑥]，湖北少年儿童出版社从 2006 年 1 月起开始推出百年百部中国儿童文学经典书系[⑦]；再如日本，“24 卷的《世界文学全集》、30 卷的《日本文学全集》等重量级的经典文库”成了 2007 年“出版界的香饽饽”，艰涩难懂的《卡拉马佐夫兄弟》“居然售出了

---

① 丁刚．瑞典的受贿标准［J］．读者，2007（10）：42－43.

② 郑惠生．大学生离经典名著有多远：大学生课外阅读调查研究之三［J］．内蒙古师范大学学报（教育科学版），2005（9）：62.

③ 郑惠生．中学生离经典名著有多远：中学生课外阅读调查研究之二［J］．内蒙古师范大学学报（教育科学版），2005（12）：83.

④ 郑惠生．城乡小学生离经典名著有多远：小学生课外阅读调查研究之二（上）［J］．湖北教育学院学报，2006（11）：103.

⑤ 余传诗．《大学经典》为经典研读者提供优秀读本［N］．中华读书报，2007－11－21（1）.

⑥ 张继红．让传统经典走进千家万户：《中国家庭基本藏书》的成功之道［N］．中华读书报，2006－12－20（19）.

⑦ 陈香．“百年百部”是如何实现无炒作热销的？［N］．中华读书报，2007－01－03（4）.

50万册”[①]。换言之，在形形色色的“经济人”出于“利润最大化”动机[②]而充分利用“文学经典”时，各种与之相抗衡的社会力量也在发挥着积极有效的作用。其中，特别值得一提的是教育机构。像美国，虽为世界第一经济大国，但其教育部却颁布了包括《伊利亚特》《奥德赛》《埃涅阿斯纪》《坎特伯雷故事集》和《神曲》等在内的“中学生必读书目”[③]。美国的这种情况，同样存在于世界许多经济发达的国家[④]，即使到了教育改革步伐越来越加快的今天，这些国家也仍然没有放弃对学生阅读文学经典的要求——如英国资格与课程局在2008年9月开始实施的新课程方案中，就明确要求11～14岁“儿童必须阅读包括莎士比亚在内的古典作品”[⑤]。进而言之，在各式各样强劲的非经济的社会力量还非常关注乃至积极干预文学经典的建构或重构的今天，吴兴明教授认为“文学经典的生命”会因为“经济力量”的“商业性扩张”而走到尽头，显然是“一叶障目，不见泰山”。

应该予以特别指出的是，吴兴明教授由于低估了国家对“文化生产”的影响[⑥]，尤其是忽略了中国的市场经济还远不充分以及中国“信息空间”还只是“从采邑制区域转向宗法制区域”[⑦]，结果也就想当然地说“经济……之

---

① 戴铮．经典与网络争先：《朝日新闻》盘点2007日本出版业［N］．中华读书报，2008-01-30（17）.

② ［美］加里·S. 贝克尔．人类行为的经济分析［M］．王业宇，陈琪，译．上海：上海三联书店，1995：5-19.

③ 石翔．美国教育部颁布的中学生必读书：名著阅读计划［M］．北京：社会科学文献出版社，2003.

④ 倪文锦．阅读经典：提高学生语文素养的必由之路［J］．中国人民大学复印报刊资料·小学各科教与学，2005（4）：12-15.

⑤ 严开胜，李松林．英国中学课程改革迈入新阶段［N］．中国教育报，2007-04-30（8）.

⑥ ［美］约翰·R. 霍尔，玛丽·乔·尼兹．文化：社会学的视野［M］．周晓虹，徐彬，译．北京：商务印书馆，2002：280-286.

⑦ ［英］马克斯·H. 布瓦索．信息空间：认识组织、制度和文化的一种框架［M］．王寅通，译．上海：上海译文出版社，2000：602.

上没有更高的权威”（第二部分）。有趣的是，《扩张》以“红色经典”的改编为例来证明“不管如何限制，赚钱篡改的意志仍然百折而不回”（第二部分）。这，难道是真的？不！在今天，“赚钱篡改的意志”似乎很“顽强”，但事实上，它总是小心翼翼，总是在官方意识形态放松监控因而也是风险较小的领域“做文章”。不妨设想一下，如果中国政府在必要时对“红色经典”的“篡改者”们动用“铁的手腕”，那些一心只想着“赚钱”的“篡改者”还会“百折而不回”吗？照常理说是不会的，因为那些“赚钱”是为了“消费”的“篡改者”还不至于不懂得如果连命都“折”了，就不能“赚钱”，即使赚了钱自己也无福消受。

诚然，笔者并不否认文学经典在当下常被一些人当作“商品”来“卖”和“买”，也不否认在“卖”“买”的过程中产生了一大批如吴兴明教授所列举的“变异的形态”，更不会像威廉·莫里斯那样认为“商业……占了优势”是一种“非常严重的罪恶”①；可是，不管如何“卖”和“买”，都不可能“卖断”和“买断”文学经典的生命。倘若非要把文学经典当作“商品”的话，那么，借用莫瑞·克里格的话说，它是一件卖不完也买不完的“永恒的商品”②。

（二）人及其社会的需求多样性决定了现今和未来仍需要文学经典

吴兴明教授不仅在社会力量的层面上论证“文学经典的终结”，而且还从“经济力量的主导”“转化为大众消费意志的主导”的角度来证明“人的需求”会没有“文学经典”的位置。《扩张》如此写道：“消费时代大众需要的时代变迁是，消费关系座架下的生活感成为文化诉求的核心；而接受文化产

---

① ［英］威廉·莫里斯．艺术与社会主义［M］．张俊焕，成林，译//［英］赫兹利特．十九世纪英国文论选．盛宁，等译．北京：人民文学出版社，1986：277.

② ［美］莫瑞·克里格．艺术与进步观［M］//莫瑞·克里格．批评旅途：六十年代之后．李自修，等译．北京：中国社会科学出版社，1998：291.

品，包括文学经典的基本方式变成了‘消费’。”（第二部分）“我以为，持久的消费社会化，即消费社会的体制逻辑最终是，不需要经典。”（第三部分）像这样的看法，妥当吗？不！

首先，就人及其社会而言，其需求是多种多样的。有人更倾向于物质，有人更倾向于精神；有人喜欢中餐，有人喜欢西餐；有人更喜欢大鱼大肉，有人更喜欢蔬菜水果；有人喜欢花天酒地，有人喜欢山水花鸟；有人更喜欢流行，有人更喜欢经典。这一点，不仅过去这样，现在这样，以后仍将是这样。易言之，不论哪个时代，人及其社会的需求都不可能只有一种。尽管由于时代的变迁，结果文学经典在相当一部分人的需求中变得无足轻重，但这并不等于所有的社会成员都已经不需要它了。吴兴明教授似乎没有想到这样的一些基本常识：“不可能指望一种文化产品会被所有人喜欢、接受并消费……文化市场具有极为复杂而细分的特征”①，人们“从价值判断中产生了欲求……大量的价值判断与真、善、美相关”②；也似乎没有注意到今日确实还存在着许多人喜爱文学经典这样的一个基本事实——据2004年和2005年笔者的调查结果，大学生喜欢阅读中国古典小说的占73%、喜欢阅读中国古典诗歌的占67%、喜欢阅读外国古典小说的占52%③，给大学生“带来最大审美愉悦的书”有58%属于经典名著④，给中学生“带来最大审美愉悦的书”有32%属于经典名著⑤；另据2007年一项有50 000位读者参加网上投票的调

---

① ［加拿大］弗朗索瓦·科尔伯特．文化产业营销与管理［M］．高福进，等译．上海：上海人民出版社，2002：81．

② ［美］弗兰克·奈特．经济学与人类行为［M］//［美］丹尼尔·豪斯曼．经济学的哲学．丁建峰，译．上海：上海人民出版社，2007：108．

③ 郑惠生．关于当前大学生喜欢阅读哪类课外书的调查研究［J］．江西教育学院学报，2005（2）：55．

④ 郑惠生．应该重视大学生文学审美趣味的培育：以调查研究为基础的探讨［J］．美与时代（学术版），2005（4）：7．

⑤ 郑惠生．中学生最欣赏与最反感的作家作品有哪些？——中学生课外阅读调查研究之三［J］．内蒙古师范大学学报（教育科学版），2006（2）：59．

查结果，在“当代读者最喜爱的100位华语作家”中，“鲁迅的得票率高居榜首”，曹雪芹、巴金、李白、孔子、冰心、庄子、白居易、苏东坡、老舍、朱自清等也进入前20名[①]；又据2006年初英国的一项有2 100人参加的调查显示，《圣经》《第二十二条军规》《傲慢与偏见》《杀死一只知更鸟》和《呼啸山庄》等经典名著进入“自己最喜爱的10本书”中[②]，而2007年3月1日第十届“世界书籍日”网站投票的结果则显示出，“英国读者最喜爱的书籍是经典小说《傲慢与偏见》”[③]。也就是说，吴兴明教授所认定的“消费关系基础化”会使“文学经典终结”，是一种缺乏事实根据的臆断。

其次，就文学自身而言，其价值是有高低和正负之分的。所谓文学经典，借用刘象愚概括的话说，就是指那些具有“内涵丰富性、实质创造性、时空跨越性、无限可读性”和较高审美性的文学作品[④]。吴兴明教授断言“消费关系座架”会终结文学经典，显然是忘记了文学经典形成之历史，忽略了文学经典真正价值之所在，错把“经济”当成了“文学的品格”[⑤]，误以“市场的逻辑”替代“文学的逻辑”[⑥]。这里不说文学经典的深邃意蕴于健全人格的养成有多大的意义，不说它确实能给一些人带来很大的审美乐趣，就只说它对一个人更快地步入文学殿堂、领略语言奥妙，也是有莫大的益处的——弗莱曾中肯地指出：“在教学中采用一些已有定论的经典作品，这些作品已证明卓有成效，这样做的好处是我们可以越过初步的阶段，扫除理解道路上的一

---

① 小陈. 文坛巨匠难敌青春写手?［N］. 汕头都市报，2007-07-22（11）.

② 成蹊. 赶时髦读书［N］. 中华读书报，2006-01-06（18）.

③ 雷俊. 资讯［N］. 上海新书报，2007-03-16至2007-03-22（B2）.

④ ［美］约翰·克罗·兰色姆. 新批评［M］. 王腊宝，张哲，译. 南京：江苏教育出版社，2006：总序（二）6-7.

⑤ 郑惠生. “经济”是“文学的品格”吗：对曹路先生《文学的经济品格》的学术批评［J］. 汕头大学学报（人文社会科学版），2003（1）：1-5.

⑥ ［墨西哥］奥克塔维奥·帕斯. 另一个声音［M］//奥克塔维奥·帕斯. 批评的激情. 赵振江，译. 昆明：云南人民出版社，1995：70.

切障碍，惟有如此方能真正掌握。”[1] D. 佛克马、E. 蚁布思也这样说道：“在教学、教学理论方面对经典的需要还没有消失……现如今，进行选择的职责落到了教师们的肩上……”[2] 概言之，在文学经典的的确确还大有存在价值的当下，吴兴明教授匆忙断定未来“不需要它”，是一种缺乏逻辑说服力的过激之辞。

（三）贬斥文学经典“精英取向”的态度不可取

在消费社会，“大众取向”受到了前所未有的肯定与尊重，这当然是好事。不过，如果由此而贬斥“精英取向”，则很让人担忧，之所以这样，是因为两种不同的价值取向均为社会所必需——不管一个社会发展到什么程度，客观上总是存在着“精英阶层”和“非精英阶层”[3]，总是存在着精英文化与大众文化[4]，也总是存在着不同层次的价值取向；倘若只肯定其中的一种而不分青红皂白地否定并抑制另一种，则易于导致社会发展的单一化。进一步说，心智健全的人，会清醒地认识到各方都有其存在的价值和合理性，并懂得如何对自己所不喜欢的另一种价值取向加以尊重和宽容。

然而，令人感到遗憾的是，吴兴明教授在分析“文学经典的商业扩张”时明显表现出一种贬斥文学经典“精英取向”的态度。

《扩张》第二部分这样写道：“那些辽远的崇高和大写的情感，那些字正腔圆的装腔作势和英雄主义的拯救，那些据说可以救人于水火的教化、探索和启蒙，也逐渐变成了空洞和虚假”。很显然，说“字正腔圆的装腔作势”

① ［加拿大］弗莱．显性批评与隐性批评［M］．徐炳勋，译//吴持哲．诺思洛普·弗莱文论选集．北京：中国社会科学出版社，1997：31.

② ［荷兰］D. 佛克马，E. 蚁布思．文学研究与文化参与［M］．俞国强，译．北京：北京大学出版社，1996：61.

③ ［英］巴特摩尔．平等还是精英［M］．尤卫军，译．沈阳：辽宁教育出版社，1998.

④ 郑惠生．审美时尚与大众审美文化［M］．北京：中国文联出版社，1999：182－186.

“逐渐变成了空洞和虚假”是客观的、可取的，而说“辽远的崇高和大写的情感”等“逐渐变成了空洞和虚假”，则是不客观的、不可取的。的确，我们可以也应该毫不留情地揭露批判“假崇高”“伪真理”“假民主”和“伪英雄主义”，但是，正像列·斯托洛维奇所言：“真正的崇高不同于一切伪价值。”① 也正如舍斯塔科夫所说：“真正的英雄主义总是崇高的。”② 我们不该抨击或嘲讽名副其实的崇高、真理、民主和英雄主义，因为这些东西体现了人类的价值与尊严，是人类真正地不同于“牲畜”的标志，是人类不会走向灭亡的保障，也是人类社会得以不断进步的基本前提。由于中国有过长达两千多年的封建社会，加上一段不堪回首的“文革”时期，结果，包括一些学者在内的部分中国人对常被看作跟“权力、教化和启蒙”有着密切关系的“精英取向”持高度警惕的态度，这当然无可厚非。不过，如同苏·卡利·詹森所说的：“没有了乌托邦理想的冲动，高尚的不满便失去了它的高尚而只能堕落为愤世嫉俗。”③ 也正如哈罗德·布鲁姆所提醒：“放逐莎士比亚，或把他还原到他的社会环境中，并不能使我们摆脱暴君。”④ 倘若由此而不加区别地贬斥所有的“精英取向”，则不但不是进步的表现，反而是一种极其缺乏智慧的倒退行为。其所以如此，是因为在一个远欠完善的社会里，那些消解所有“崇高”、否定所有“大写”、娱乐所有“英雄”、蔑视所有“探索”的人，尽管还不是社会上的罪恶之源，但在有意无意之间却充当了各式各样邪恶力量的帮凶。

那么，究竟是何原因使得吴兴明教授及其笔下的大众对诸如“崇高”“英

① ［苏联］列·斯托洛维奇．审美价值的本质［M］．凌继尧，译．北京：中国社会科学出版社，1984：128.

② ［苏联］舍斯塔科夫．美学范畴论：系统研究和历史研究尝试［M］．理然，译．长沙：湖南文艺出版社，1990：209.

③ ［美］苏·卡利·詹森．批判的传播理论：权力、媒介、社会、性别和科技［M］．曹晋，主译．上海：复旦大学出版社，2007：355.

④ ［美］哈罗德·布鲁姆．西方正典［M］．江宁康，译．南京：译林出版社，2005：28.

雄主义”之类的东西抱着贬斥的态度呢?《扩张》第三部分这般写道:“经典的高端价值、专业指向和精神负载无论如何都意味着一种精英取向,这种指向取得广泛的社会认同长期以来是依赖于权力、教化和启蒙。但是,大众消费的自主选择本然地具有反教化、反启蒙和反权力胁迫的离心趋势,不是因为公众有逆反心理,而是因为消费社会把购买的绝对选择权交给了大众……在他之上没有可以强迫他的意志,他就是自己的绝对权威。而他购买所要付出的是再多也仍然嫌少的绝对硬通货(金钱)。付钱总是慎重的……付一次钱痛一次心……因此,消费者总是会本着自己最内在、最本能的需要去购买。”在笔者不厌其烦引述的这段话中,读者能够清楚地了解到,吴兴明教授之所以认为文学经典“精英取向”会遭大众的拒绝,是由于他以为前者及其所依赖的“权力、教化和启蒙”与后者“最内在、最本能的需要”背道而驰。毫无疑问,这样的看法是很有问题的。

第一,诚如B. H. 史密斯所言:“一种语言制品的‘持久’……可能或多或少独立于由那些具有政治权力的人所控制的机构。”① 也正如瓦·叶·哈利泽夫所说:“在真正的经典文学同由某些权威(国家、艺术精英)坚执地塞入社会意识的那种文学之间,有着严重的差异。”②文学经典的“高端价值、专业指向和精神负载”远非总是与“权力”尤其是官方统治的“欲望”相一致。然而,吴兴明教授硬是把文学经典和“权力、教化和启蒙”捆扎起来,这样做无疑是将复杂问题简单化了。

第二,推动消费者去“购买”的需求是多样的。从人所抱的价值观来看,消费者也可分为多种不同的类型③。虽然“本能性”很重要甚或可能是越来

---

① [美] B. H. 史密斯. 价值的或然性 [M]. 罗务恒,译//周宪,罗务恒,戴耘. 当代西方艺术文化学. 北京:北京大学出版社,1998:139.

② [俄] 瓦·叶·哈利泽夫. 文学学导论 [M]. 周启超,王加兴,黄玫,等译. 北京:北京大学出版社,2006:169.

③ [日本] 马场房子. 消费者心理学 [M]. 李士瀛,译. 北京:工商出版社,1984:94-95.

越重要，但它仍只是作为完整意义上的人[①]的需求的一个方面内容。吴兴明教授的不妥在于，先把消费社会中的人的需求“片面化”，极端地放大人的“身体性、本能性和最本我的快感”，忽略人的需求中完全可能存在着“高端的精神指向”，然后将这种“片面化”了的需求与文学经典的“精英取向”对立起来，从而错误地推导出拥有“绝对自主的权利”的“买者”会拒绝“购买”与其需求相背离的文学经典。

第三，“文学经典总是依附于文化体制的存在、地位和持久性上”[②]。它的最主要的存在方式为学校、图书馆、家居等地方的“阅读”以及“批评的传统”[③]，而不是网吧、红灯区、酒店等场所的“消费”以及“游戏的时尚”。吴兴明教授认为大众拒绝蕴含“精英取向”的文学经典不仅由于它与“片面化了的需求”相冲突，而且还由于接受它要付出让人“痛心”的“硬通货（金钱）”。如此见解，显然是没有注意到包括文学经典在内的许多“高等价值质量”具有“不能用完、不能用旧和没有消费竞争的特点”[④]，没有考虑到包括审美、创造性行为等在内的许多“体验都不能根据经济原则来衡量”[⑤]，也似乎没有想到诸如到公共图书馆阅读文学经典之类的活动在正常情况下“都是免费或接近于免费的”[⑥]。

第四，吴兴明教授既然已经认为文学经典的“精英取向”“取得广泛的社

---

① ［德］M. 蓝德曼. 哲学人类学［M］. 彭富春，译. 北京：工人出版社，1988：123－284.

② ［加拿大］斯蒂文·托托西. 文学研究的合法化［M］. 马瑞奇，译. 北京：北京大学出版社，1997：55.

③ ［美］庞德. 严肃的艺术家［M］. 罗式刚，麦任曾，译//伍蠡甫. 现代西方文论选. 上海：上海译文出版社，1983：273.

④ ［德］彼得·科斯洛夫斯基. 伦理经济学原理［M］. 孙瑜，译. 北京：中国社会科学出版社，1997：98.

⑤ ［美］威斯考夫. 生存与价值观念［M］//［美］A. H. 马斯洛. 人类价值新论. 胡万福，等译. 石家庄：河北人民出版社，1988：208.

⑥ ［英］艾德里安·弗恩海姆，迈克尔·阿盖尔. 金钱心理学［M］. 李丙太，高卓，张葆华，译. 北京：新华出版社，2001：384.

会认同长期以来是依赖于权力、教化和启蒙”，那么，在逻辑层面上就必须论证文学经典赖以生存的基础即“权力、教化和启蒙”在今日的这个所谓“消费社会”已经不存在或变得毫无意义，唯此也才有可能有效地证明文学经典的终结。换言之，吴兴明教授要证明今日乃至未来的大众通过拒绝“付钱”来终结具有“精英取向”的文学经典，就应该先证明大众能够通过“花钱”来“买断”文学经典的“后路”——包括一切的“权力、教化和启蒙”。令人遗憾的是，吴兴明教授并未加以证明。事实上，即使吴兴明教授想要有效地证明这一点，也是不可能的。须知，不要说“权力”，就说承担着部分“教化和启蒙”任务的“公共教育”，也并“不是按市场的要求组织”①。

最后，值得一提的是《扩张》结尾的这么一段文字：“能否想象一个没有经典的时代？能否想象一个没有价值高度的差异、没有精神审判、没有经典奠基的时代来临？……”对此，笔者的答案是：“难以想象。”诚如帕森斯和布洛克在谈到“精选的伟大作品”时所言：“在很大程度上，新一代艺术家经过研究这些经典，找到了艺术史的方向感和时代的需求。他们通过直觉进行创作，将这种传统经典内在化，接受或者批判其价值，促动或者改变其趋向。”② 也正如拉尔夫·史密斯所说：“人类正是凭借这些东西与自己的过去发生一次又一次的联系，也正是凭借这些东西，人类才能对将来作出聪明的预示。”③ 假使真的出现了文学经典全都消失的这样一天，那么，这一天既是文学最为悲哀的一天，又是人类极其不幸的一天。

---

① ［美］C. E. 林德布鲁姆. 市场体制的秘密［M］. 耿修林，译. 南京：江苏人民出版社，2002：85.

② ［美］帕森斯，布洛克. 美学与艺术教育［M］. 李中泽，译. 成都：四川人民出版社，1998：80.

③ ［美］拉尔夫·史密斯. 艺术感觉与美育［M］. 滕守尧，译. 成都：四川人民出版社，2000：268.

四、“短信文学功能夸大”论

——对马相武教授的学术批评

随着手机的更新换代，出现了各种各样与手机有关的新的文化形式，如手机电视、手机电影、手机报纸和手机文学等。自然而然，对此类新生事物的探讨也就成了当前一个小小的学术热点。笔者认为，在颇为流行的看法中，有一些观点很值得注意并加以深究。为避免讨论过于空泛，这里将对马相武教授的《短信文学的文化意义》（载《光明日报》2005年2月4日第6版[①]，以下简称《短信》）进行学术批评，与马相武教授商榷。

首先，《短信》写道：“短信文学在大众文化的引导和建设上能够发挥独特而有效的作用，其社会文化意义怎么估计也不过分。”像这样的看法，实际上是过分夸大了短信文学的社会文化意义。

第一，任何事物，不管有多重要，它的意义都只能是一定的，世界上并不存在着一种“社会文化意义怎么估计也不过分”的事物——“短信文学”自然不会是个例外。

第二，如同传统的文学，当前的短信文学既有高雅的也有通俗的，而通

---

① 马相武．短信文学的文化意义［J］．中国人民大学复印报刊资料·文艺理论，2005（3）：100．

俗中又可分为低俗与雅正两种[1]。从这个角度讲，我们可以说“应该对短信文学加以引导，使之高雅或通俗而不低俗”，也可以说“不低俗的短信文学有其积极的意义”，但却不宜在短信文学还未有公认的杰作且确实存在着许多“垃圾”的情况下不分青红皂白地认为它“在大众文化的引导和建设上能够发挥独特而有效的作用”。也许马相武教授并不认为短信文学中存在着低俗的东西，可这样一来，又会出现新的矛盾，因为《短信》接着写道：“色情、低级趣味和庸俗无聊的需求，是一部分不健康短信段子流行的主要原因。推广和倡导短信文学，能够抵制这样的流行色。”从逻辑上讲，倘若“一部分不健康短信段子”不属于“短信文学”这个系统的范围，那么，对其接受便不是对短信文学的接受；故而，“推广和倡导短信文学”（哪怕是很健康的），也就不可能像马相武教授所希望的那样有效地“抵制”“一部分不健康短信段子”的流行了。

其次，为了证明“即使从文学本身发展的意义上，短信文学也有可发展性和原创性”，《短信》如此写道：“印刷媒体产生的文学经过文人化和书面化，特别是千百年来的封建教化传统的浸染，也经过所谓文学权威的固定格式化，变得僵化八股化，难以创新。”这段话虽然不长，但失当却是多方面的。

第一，印刷媒体只是一种媒体，承载于上的文学有没有创新，关键在于主体，而非媒体本身。诚如法国哲学家和科学家让·拉特利尔所言：“能够自动使创造性插上翅膀的并不是客观形式，而是支持和决定行为的内在指令。”[2]对于有文学创新意识和能力的人来说，用纸笔来传达创造性的构思绝对不是一个问题，反之，用任何工具（包括被马相武教授看好的手机）都一样拿不

① 郭德茂．学术批评的时序品格和理论成色：评《汕头大学学报》“学术批评与争鸣”栏目的学术论争［J］．汕头大学学报（人文社会科学版），2006（1）：25.

② ［法］让·拉特利尔．科学和技术对文化的挑战［M］．吕乃基，王卓君，林啸宇，译．北京：商务印书馆，1997：159.

出具有创造性的文学作品来。马相武教授怎么能够为了褒“手机媒体”而贬“印刷媒体”呢?

第二，从文学发展史来看，欧洲文学虽然受过千百年封建文化传统的浸染，但19世纪以后仍表现出生生不息的创造力。从司汤达、巴尔扎克、维克多·雨果到莫泊桑、爱弥尔·左拉再到罗曼·罗兰、纪德、普鲁斯特和加缪，从歌德、施托姆到托马斯·曼、海塞再到雷马克，从莱奥帕尔迪、卡尔杜齐到皮兰德娄、黛莱达再到莫拉维亚、夸齐莫多和蒙塔莱，从普希金、果戈理到列夫·托尔斯泰、屠格涅夫、陀思妥耶夫斯基再到帕斯捷尔纳克和索尔仁尼琴，从狄更斯、萨克雷到王尔德、托马斯·哈代、康拉德、伍尔夫再到戈尔丁，从易卜生、斯特林堡、比昂松到拉格洛夫、汉姆生再到温塞特，可见一两百年来的欧洲文学是群星璀璨、巨匠辈出，根本不像马相武教授所说的“变得僵化八股化”。自然，在没有明确限定的措辞中，马相武教授可以说他指的并非欧洲而是中国。可即便这样，我们还是不能说在封建社会里出生甚或长大的鲁迅、郁达夫和老舍等作家的作品没有了创新，也不能把新时期以后的顾城、北岛和高行健等人的作品都归入“僵化八股化”之列。

第三，按照《短信》的意思，旧媒介（纸本）文学由于受到“传统的浸染”和经过“文学权威的固定格式化”而变得“难以创新”；至于新媒介（手机）文学，则由于没有这方面的问题而“有可发展性和原创性”。真的这样么？当然不是！其一，新旧与优劣并非总是成正比，这一点在文学艺术领域里尤为明显。美国著名戏剧导演、耶鲁戏剧学院院长劳埃德·理查兹虽然也承认电视的巨大力量，但仍这样说：“我认为戏剧不会先电视而亡。”① 就文学本身而言，没有采用“自动写作技术”的荷马史诗、伊索寓言、莎士比亚悲剧、安徒生童话、卡夫卡小说等至今仍闪耀着光芒；而像20世纪一二十

① ［美］拉什沃思·基德．对未来进行提示的导演：劳埃德·理查兹［M］//拉什沃思·基德．未来的课题．辜建中，译．石家庄：河北人民出版社，1989：49.

年代超现实主义的“自动写作技术”①，在它产生的那个时代算是够时髦的了，可却是昙花一现，也难觅佳作。由此看来，把文学的发展与创新寄托在伴随着手机而出现的“短信文学”身上，其实并不那么牢靠。其二，如果马相武教授所说的“传统的浸染”和“文学权威的固定格式化”现在还存在着的话，那么，它怎么有可能只对“纸本文学”而不对“手机文学”起作用？毫无疑问，作为活动工具的纸笔和手机都是死的，而作为活动主体的人才是活的。莫非马相武教授认为“传统的浸染”和“文学权威的固定格式化”只会影响“拿纸笔”者而不会影响“拿手机”者？或者认为一个人在“拿着纸笔”时创作出来的文学作品会受到“传统的浸染”和“文学权威的固定格式化”的影响而在“拿着手机”时创作出来的文学作品便不会？若此，则明显离学理和事实甚远。

再次，《短信》还认为：“文学需要降低自己的门槛。文学能够降低自己的门槛，让千百万大众在成为文学读者的同时成为作者。”像这样的“降低门槛”说，近年来在学术界颇为盛行，如南帆教授就写道：“的确，文学降低了高度，但是，文学却进入了更多人的生活——这就是网络空间文学社会学的真谛。”② 然而，对于诸如此类的颇具诱惑力的说法，笔者以为很可怀疑。

第一，从难度上说，传统文学的高度究竟有多高？就其最高而言，应说是远在当前的手机文学和网络文学之上；但就其最低的高度而言，则也许还不如手机文学和网络文学。在谈到“世界范围的文学”时，希腊常驻联合国教科文组织大使瓦西里·瓦西里科斯正确地说道：“我们应该记住文盲的比例是惊人的……同样，当我们谈论全球化时，必须记住这个星球上有60万个村

---

① ［英］罗伯特·肖特．达达主义和超现实主义［M］//［英］马尔科姆·布雷德伯里，詹姆斯·麦克法兰．现代主义．胡家峦，高逾，沈弘，等译．上海：上海外语教育出版社，1992：274．

② 南帆．游荡网络的文学［M］//宁亦文．多元语境中的精神图景：九十年代文学评论集．北京：人民文学出版社，2001：171．

庄或社区还没有通电（也就没有电视和计算机）。”① 显然，跟接受有识字要求、通电要求的手机文学和网络文学相比，接受最传统的文学（口头文学）要容易得多。故此，先设定传统文学的高难度，后证明手机文学、网络文学的低难度，进而断定后者更易于走进千家万户，是不科学的，也是与客观实际情况不符的。

第二，从品位上说，传统文学的高度究竟有多高？就其遗存下来的主要部分而言，当然是今天的手机文学和网络文学所望尘莫及的。如果文学是从这一点上来“降低自己的门槛”，那它自然是像马相武教授所说的容易走进“千百万受众即参与者甚至写作者的心里”。不过，这肯定是一件非常值得做的好事吗？戴维·钱尼精辟地指出：“事实上，要适应大众市场的苛求，将意味着不可避免地把表现力稀释为苍白的多数主义。”② 假如我们看不到文学在这一点上降低高度所潜藏的弊端，以为“文学能够降低自己的门槛”就任其降低门槛，甚至还鼓吹“文学需要降低自己的门槛”，那就很有可能得不偿失了。

最后，《短信》在文末这样写道：“文学借助新技术和新载体，进入大众社会，并通过倡导健康的短信文学来扬弃通俗文学或民间文学的庸俗性，就能够进一步确认文学本身又进入了一个新的发展时代。”此处的不妥，主要有下列三点。

第一，虽然通俗文学或民间文学中有一些是庸俗甚至是很庸俗的，但庸俗并非通俗文学或民间文学固有的属性。故而，马相武教授说“通俗文学或民间文学的庸俗性”，实际上是有意无意地贬低了通俗文学和民间文学的价值。

---

① ［希腊］瓦西里·瓦西里科斯．文学的未来［M］//［德］热罗姆·班德．开启21世纪的钥匙．周云帆，译．北京：社会科学文献出版社，2005：207.

② ［英］戴维·钱尼．文化转向：当代文化史概览［M］．戴从容，译．南京：江苏人民出版社，2004：245.

第二，尽管“倡导健康的短信文学”具有积极的意义，但其积极意义主要在于能够抵制“不健康的短信文学”（依《短信》的说法就是“不健康短信段子”），而不是成为包治百病的灵丹妙药。马相武教授要“通过倡导健康的短信文学”来扬弃通俗文学或民间文学中存在着的“庸俗”成分，这既是夸大了它的功用，又是对它提出了过高的不切实际的要求。众所周知，通俗文学包括武侠小说、言情小说、侦探小说和玄幻小说等许多不同的类别，而民间文学则广泛地存在于包括“非手机族”类以及“文盲、半文盲”人群等在内的老百姓中间。要“健康的短信文学”来对抗如此庞大的文学家族中那些庸俗的东西，会有多大的成效，那是很容易想象的。

第三，说“文学借助新技术和新载体，进入大众社会……就能够进一步确认文学本身又进入了一个新的发展时代”，虽然并非无稽之谈，但是，对其中所可能存在着的问题，却是万万不可掉以轻心的。一方面，我们必须注意到潜藏于新技术背后的商业力量。由于大众传媒“通过不断迎合占市场最大份额的人的品位”来维持“系统的财政稳定”①，所以，警惕其出于“利润最大化”动机而操纵所谓的“短信文学”，是非常之必要的。不然的话，就极有可能只看到马相武教授所说的“产业的意义”，却看不到马相武教授所希望的“文化的意义”。另一方面，我们必须竭力避免走入“技术万能论”的心理误区。弗兰西斯·巴尔和杰拉尔·埃梅里说得好：“如果今天这个无能的或者说不负责任的社会陶醉于技术万能，或者向工程技术人员的急不可耐让步，那么看来憧憬未来一定是轻而易举的。但是，只要指导新的表达形式和社交形式的规则尚未确定下来，憧憬这个未来就完全是盲目的。”② 实际上，“文学本身”是否“又进入了一个新的发展时代”，最重要的是它“自身”是否为

① ［美］马尔文·德夫勒．作为社会系统的大众媒介［M］．宋健兰，译//熊澄宇．新媒介与创新思维．北京：清华大学出版社，2001：66．

② ［法］弗兰西斯·巴尔，杰拉尔·埃梅里．新媒体［M］．张学信，译．北京：商务印书馆，2005：131．

人类社会提供了富于创造性的东西，而不是出现了“新技术和新载体”与否——谁都知道，像欧洲17世纪古典主义文学的出场、18世纪末19世纪初浪漫主义文学的登台、20世纪初前后现代主义文学思潮的掀起，都是在“纸上”进行的。诚如特丽萨·埃伯特所言：“在所有的文化和社会实践中，人类的劳动和中心性永远具有优先地位。”[①] 倘若把“文学本身”进入“一个新的发展时代”寄托在“新技术和新载体”上，那么，虽然不能说完全是梦想，但仍不免让人感到有些悲哀。

另外，值得提出来探讨的是，手机这种“新媒体”包容各不同文学种类的可行性究竟有多大?《短信》这样写道：“小说、诗歌、散文、剧本等体裁和其他文体，都可以是短信文学角逐的赛场。”对于各式各样的尝试，自然是不该多泼冷水而该多加鼓励，不过，就文学创作而言，认识到手机媒体的局限性是有着重要的意义的——至少，它可以减少尝试的盲目性。一项题为“在手机上阅读长篇小说，您认为值得吗?”的调查结果显示，397位高三级学生认为“值得”的仅占4.28%，而认为“不值得”或“很不值得”的则高达94.72%[②]。像这样的调查结果，完全在意料之中。因为除手机小说的“商业性压倒文学性”[③] 外，一个人在每次只能显示几十个汉字的普通手机的屏幕上读完较长篇幅的文学作品，是不可能不极为疲累的。从手机屏幕所能显示的字符数来看，讲究“以少总多”“以一当十”的诗歌倒是一种较为合适的文学类型，可即便是诗歌，在手机上的输入与收受也还是存在着难以处理好的问题。原因是诗歌出于表达感情的需要而较重视行、节的排列，印在纸上为一行的诗句到了普通手机的屏幕上可能变成两三行，而印在32开纸上的几

---

① ［美］特丽萨·埃伯特. 新技术与社会机构的可能性［M］. 王光林，译//谢少波，王逢振. 文化研究访谈录. 北京：中国社会科学出版社，2003：86.

② 郑惠生. 关于当前中学生视听与读购状况的调查研究［J］. 内蒙古师范大学学报(教育科学版)，2006（6）.

③ 朱自奋. 手机小说：商业性压倒文学性［M］//《读者参考丛书》编辑部. 2005：中国发展路线图. 上海：学林出版社，2005：180.

行诗一进入普通手机就占满或几乎占满全部的屏幕空间，毫无纸上排列所留下来的空间视觉美。至于像阿波利奈尔的《被杀的和平鸽》《米拉波桥》之类的诗歌，一旦进入到普通手机的屏幕，不是成为谁也不知道在说些什么的言语碎片，就是理当具备的视觉上的美感荡然无存。

早在20世纪70年代末，国际交流问题研究委员会就在其编写的报告中指出："技术革新开辟了巨大的新的可能性。不过慎重是必要的，它们不是仓促从事的奇迹，而是工具……技术革新在经济和社会两方面都往往具有消极作用，并且可能改变全面发展活动的方向和优先顺序。"① 而20世纪80年代，美国加利福尼亚州立大学历史学教授西奥多·罗斯扎克在论及"花样翻新的宣传"和"计算机专家何以轻视传统图书馆"时则更为尖锐地批评道："专家们扮演了推销员的角色。他们已习惯于为新闻界、为大众、为投资代理人推测令人惊讶的'大趋势'。"② "信息崇拜症的背后隐藏着一个主要的商业动机：把计算机卖出去。"③ 当我们看到由手机媒体引出的短信文学并以为它必定只会给社会文化增添有益的东西时，读读上面的这几段文字，或许我们的头脑会变得清醒一些。

---

① ［爱尔兰］肖恩·麦克布赖德，［苏联］谢尔盖·洛谢夫，［日本］永井道雄，等. 多种声音，一个世界：交流与社会，现状和展望［M］. 中国对外翻译出版公司第二编译室，译. 北京：中国对外翻译出版公司，1981：130.

②③ ［美］西奥多·罗斯扎克. 信息崇拜：计算机神话与真正的思维艺术［M］. 苗华健，陈体仁，译. 北京：中国对外翻译出版公司，1994：26，160.

五、“通俗和高雅价值无高低”论

——对孔庆东博士的学术批评

20世纪50年代至70年代，武侠、言情等通俗小说在中国大陆受到了抑制和歧视，这无疑是很不合理的。令人高兴的是，随着中国大陆的改革开放，通俗小说也越来越受社会各界的重视。然而，在最近几年里，另一个让人担心的极端又出现了。有些学者不仅高度尊重通俗小说，而且还极力地模糊通俗小说的概念，否认“通俗小说”与“高雅小说”之间的价值差异。为避免讨论过于空泛，笔者在阐述个人见解的同时，兼对孔庆东博士的《通俗小说的概念误区》[①]（以下简称《误区》）进行学术批评。

（一）通俗小说的定义

尽管给词或概念下定义是一件难以讨好的事，但许许多多的人还是在做，这一点从各种各样的辞书的不断问世就可以得到证实。的确，有些时候不知道一个词或概念的定义，并不妨碍我们把握具体的事物或与之相处；况且，由于“定义只能揭示事物某些方面的规定性，而事物本身是普遍联系和运动发展的”[②]，所以，要全面地把握事物也不能光靠定义。但是，常识还是告诉

① 孔庆东．通俗小说的概念误区［J］．中国人民大学复印报刊资料·文艺理论，2002（1）：53－60.

② 田运．思维辞典［M］．杭州：浙江教育出版社，1996：353.

我们，事物或概念的定义，在多数的情况下仍有助于我们的认识和理解。具体而言，像“通俗小说”这样一个被广泛使用的语词，其定义是具有相当的重要性的。

那么，何谓通俗小说？按刘世德主编的《中国古代小说百科全书（修订本)》的解释，通俗小说是“泛指适合于群众的水平和需要，并且容易为群众所理解和接受的小说”[①]。如此释义是可靠的吗？结合一些辞典对“通俗”“通俗文学”“通俗文化”等所做的解释——如《现代汉语词典（2002年增补本)》[②]、《汉语大词典普及本》[③]、鲍克怡编著的《汉语同义词反义词对照词典》[④]、王先霈和王又平主编的《文学批评术语词典》[⑤]、《辞海（1999年版：缩印本)》[⑥]、林骧华主编的《西方文学批评术语辞典》[⑦]、覃光广等主编的《文化学辞典》[⑧]，可知《中国古代小说百科全书》的释义还是比较可靠的。当然，这样的释义不是很严格，不过，由于“并不严格符合任何事物的概念仍然可以指称某种事物”[⑨]，所以，我们仍可以借此释义了解到“通俗小说”

---

① 刘世德．中国古代小说百科全书（修订本）［M］．2版．北京：中国大百科全书出版社，1998：544.

② 中国社会科学院语言研究所词典编辑室．现代汉语词典（2002年增补本）［Z］．3版．北京：商务印书馆，2002：1 262.

③ 汉语大词典编辑委员会编．汉语大词典普及本［Z］．上海：汉语大词典出版社，2000：1 273.

④ 鲍克怡．汉语同义词反义词对照词典［Z］．上海：汉语大词典出版社，1996：493.

⑤ 王先霈，王又平．文学批评术语词典［Z］．上海：上海文艺出版社，1999：119.

⑥ 夏征农．辞海（1999年版：缩印本）［Z］．上海：上海辞书出版社，2000：1 276.

⑦ 林骧华．西方文学批评术语辞典［Z］．上海：上海社会科学院出版社，1989：335 – 336.

⑧ 覃光广，冯利，陈朴．文化学辞典［Z］．北京：中央民族学院出版社，1988：639.

⑨ ［美］希拉里·普特南．说明与指称［M］．兰征，译//涂纪亮．语言哲学名著选辑（英美部分）．北京：生活·读书·新知三联书店，1988：338.

的概念指的是什么。要言之，像这样的“通俗小说”定义是可取的。

本来，通俗小说概念既不难理解，也不是不好下定义，只要搞清楚什么是通俗，什么是小说，大致上就可以了。然而，在孔庆东博士笔下，却复杂得让人糊涂。《误区》写道：“我们不妨从探讨通俗小说不是什么开始，知道了不是什么之后，就算说不出概念，说不出定义，说不出‘能指’，也不妨碍我们抓住‘所指’，抓住‘本身’。仿佛警察叫错了罪犯的名字，但捉的确实是案件的真凶。这样，我们所描述的‘通俗小说’，就在‘什么不是通俗小说’中概了它的念，定了它的义了。”显然，孔庆东博士在《误区》里的思路是有问题的。

首先，违反了下定义不能用“否定定义”——“概念不意味着什么”——的要求[①]。“通俗小说不是什么”并不能让人明白“通俗小说是什么”，它就像我们说“鸡蛋不是鸭蛋、不是鹅蛋、不是鸽子蛋、不是恐龙蛋”一样，未能让人知道鸡蛋究竟指的是什么。由于一连串“不是”之外还有许多“不是”的可能，所以，只要“不是”没有被穷尽，通过“不是”来定义“是”，就不可能有较明确的概念。由此可见，孔庆东博士以绕道的方式来定义“通俗小说”，既没必要也不符合逻辑。

其次，违背了定义的语句应尽可能简明扼要的原则。孔庆东博士用一连串的“什么不是通俗小说”来定义“通俗小说”，即使我们不说它在逻辑上存在着问题，至少也是犯了一个语言表述太过于啰唆的毛病。

再次，背离了科学研究的规范。概念是构成判断的基本要素，而判断又是推理的前提[②]。如果连“通俗小说”概念都不清楚，都只能给出“它不是什么”的定义，那怎么有可能进行关于“通俗小说”的种种判断、推理和论证？怎么有可能对涉及“通俗小说”的一系列命题做认识上和价值上的判断？

---

① ［匈牙利］贝拉·弗格拉希．逻辑学［M］．刘丕坤，译．北京：生活·读书·新知三联书店，1979：192.

② 杨百顺，李志刚．现代逻辑辞典［Z］．武汉：湖北教育出版社，1995：637－638.

倘若只是为了孔庆东博士的所谓“抓住‘所指’，抓住‘本身’”，那又何必走弯路去论证“什么不是‘所指’、不是‘本身’”？须知，对一些人而言，有时候仅凭直觉也能准确地抓住通俗小说“本身”，就像“警察”凭直觉抓住了“真凶”。

最后，需要予以特别指出的是，为了证明“否定定义”的合理性，孔庆东博士极不恰当地奚落了学者们的论争。《误区》这样写道：“……人类最容易犯的错误就是搞乱了语言和世界的关系……而可笑的是，大多数的辩论争吵是没有实际价值的，他们所争所吵的只是‘能指’，与‘所指’无关，只是语言，与世界无关……学者们尽管可以列出八百六十二种概念，但并不能使实际存在的通俗小说发生增减或质变……”难道真的这样？非也！第一，把定义上的不同意见看成“只是语言，与世界无关”，是属于常识性的错误[①]，这里无须多加讨论。第二，诚如当代美国分析哲学家约翰·塞尔所言：“在制度性实在中，语言不仅用来描述事实，而且说来有点奇怪，它还部分地建构事实。”[②] 孔庆东博士断定学者们的“通俗小说概念”对“实际存在的通俗小说”没有影响，是不妥的。退一步说，即便承认孔庆东博士所宣称的不假，那么，读者们凭什么来认定《误区》的言说与世界有关？又凭什么来相信孔庆东博士的“辩论争吵”不会“是没有实际价值的”？显而易见，孔庆东博士对于学者们的讥讽嘲笑，是搬起石头砸自己的脚。

（二）通俗小说的认识判断

首先，通俗小说是严肃的吗？如果是针对某部某篇作品，就较容易回答，也容易得到多数人的认可，但是，要对作为一个种类的整体进行非此即彼的

---

① 中国大百科全书总编辑委员会《语言文字》编辑委员会．中国大百科全书·语言文字［Z］．北京：中国大百科全书出版社，1988：476.

② ［美］约翰·塞尔．心灵、语言和社会：实在世界中的哲学［M］．李步楼，译．上海：上海译文出版社，2001：109.

判断，则有以偏概全的危险。也许正是因为看准了这一点，孔庆东博士才会断然地说："通俗小说不是'不严肃小说'……通俗不通俗，与严肃不严肃，没有什么必然的关系。通俗小说可以是严肃小说，通俗小说家可以是严肃文学大师。"很明显，假如认识止于《误区》的看法，那么，我们就会得出这样的结论：在是否严肃以及严肃程度问题上，通俗小说与非通俗小说是没有差异的。然而，即使凭有限的知识也能发现，这样的结论并不那么可靠。

一部或一篇小说能否称得上严肃小说，自然可以从不同的角度加以考察。不过，由于一个作家用多少精力去完成作品往往能够体现出该作家的创作态度是否严肃，所以，精力的投入是考察严肃小说与不严肃小说的一个重要尺度。海明威的《永别了，武器》最后一页重写了39次，而《老人与海》则修改了200遍①，托尔斯泰的《复活》仅开头就修改了20次②，而《战争与和平》则改写了7遍③。像这样的作家作品，将其划入严肃之列，肯定是错不了的。虽然这几个例子在非通俗小说领域仅仅是冰山一角，但它却很能说明问题。世界文学史告诉我们，在通俗小说家中，没有一个愿意像海明威那样认真严肃——花精力把作品修改200遍；也没有一个能像普鲁斯特和艾米莉·勃朗特一样—— 一生只写一部长篇并在文学园地里焕发着光辉的异彩。相反的情况却是，不可能有一个非通俗小说家会像当代英国通俗小说家芭芭拉·卡特兰那样轻易地生产作品：一生的著述多达六七百部④。毫无疑问的是，对于同一个作家的同单位创作时间来说，作品的"质量"与"数量"通常成反

---

① ［美］菲力蒲·扬. 欧涅斯·海明威［M］//［美］威廉·范·俄康纳. 美国现代七大小说家. 张爱玲，等译. 北京：生活·读书·新知三联书店，1988：228.

② 申家仁，江溶. 世界文学名著诞生记［M］. 北京：中国青年出版社，1992：329.

③ ［美］利昂·塞米利安. 现代小说美学［M］. 宋协立，译. 西安：陕西人民出版社，1987：237.

④ ［英］里查德·约瑟夫. 英美畅销书内幕［M］. 谢识，盖博，译. 深圳：海天出版社，1999：142－156.

比。普鲁斯特说得完全正确：“那种玩玩文学艺术的观念是什么也创造不出来的。”① 如果一个作家的创作既认真严肃又追求数量，那么，这个作家就会由于生命能量的急剧消耗而过早地衰亡。譬如，查尔斯·狄更斯在相当程度上就是因为工作过度而在58岁时便离开了人世②。再如，于生命最后的20年里写出了90多部长中短篇小说的巴尔扎克，也同样因单位时间内过多地消耗精力而在51岁那年走完人生之路③。孔庆东博士借一位法国朋友的口把巴尔扎克当作是“通俗小说家”来举例，并通过巴尔扎克的“严肃”证明“通俗小说家可以是严肃文学大师”。如此论证，未免牵强，也说明孔庆东博士对巴尔扎克并不十分了解。读过巴尔扎克传记——如司蒂芬·支魏格的《巴尔扎克传》和安德烈·莫洛亚的《巴尔扎克传》——的人都知道，巴尔扎克一方面出于认真严肃的态度而不断地修改已经写出来的小说，另一方面，又出于尽快付印和多写一些等原因而经常停止对小说的完善。很大程度上正是由于这样，巴尔扎克的小说世界才会深刻精当与肤浅粗糙并存；也正因为如此，才出现了巴尔扎克有时被视为高雅小说家有时又被视为通俗小说家的情况。

由上述可知，机械地在通俗小说与不严肃小说之间画上等号是不恰当的，可是，那种不把通俗小说与非通俗小说的严肃性加以区别的做法，更是错误的。正确的看法应该是，尽管存在着极少数的通俗小说较为严肃，但是，就总体情况而言，通俗小说没有“非通俗小说”那么严肃、那么认真。我们千万不要以特殊来否定普遍，以个别去否定一般。

其次，通俗小说的艺术性高吗？要回答这样的一个问题，必须先搞清楚艺术性的高低是指什么。1913年诺贝尔文学奖的获得者泰戈尔写道：“伟大文

---

① ［法］马赛尔·普鲁斯特．驳圣伯夫［M］．王道乾，译．南昌：百花洲文艺出版社，1992：154.

② ［美］马尔克姆·福布斯．盛名之累：名人后代的命运［M］．张炜，译．上海：上海人民出版社，2001：93－96.

③ ［德］路德维希·埃米尔．天才与性格［M］．李一平，译．广州：广东人民出版社，2000：291－339.

学的一个特点是前所未有的，或者具有独创性。”① 1947年诺贝尔文学奖的得主纪德更是进一步地指出：“对优秀的艺术家来说，问题不再是以昨日的艺术为支撑，尽量越过它，将界线往前推，而是改变艺术的方向本身，努力发明一种新方向。”② 因为艺术贵在创造，所以，小说艺术性的高低首先取决于创造性的大小。倘若一个作家的小说为我们提供了前人所未曾提供的艺术经验，那么，这样的小说就应该被视为是艺术性高的小说——如司汤达的《红与黑》、马尔克斯的《百年孤独》、海勒的《第二十二条军规》、麦尔维尔的《白鲸》。当然，要求一个作家的作品提供前人所未曾提供的艺术经验，是一个很高的要求。不过，文学世界中那些最富于艺术性的小说，肯定是这样的一些极具创造性的小说，而这样的一种小说，即使不能说是全部，至少也是绝大部分产生于“非通俗”的领域。

那么，创造性缺失的小说是否就一定没有艺术性？恐怕也不能这么说。只要小说还能娴熟地运用各种艺术技巧去表达、去描绘，那么，即便是缺乏独创性，也应该被视为具有一定的艺术性。不过，毋庸置疑的是，这样的艺术性是比蕴含独创性的艺术性低了一个档次的艺术性。整部文学史表明，那些处在艺术性顶端的通俗小说，除罕见的极个别之外，都是停留在这样的层面上：故事诱人、技巧丰富但毫无新意——换成意识流小说家伍尔芙的生动说法，那就是“给我们提供情节，提供喜剧、悲剧、爱情和乐趣，并且用一种可能性的气氛给所有这一切都抹上香油，使它如此无懈可击，如果他笔下的人物都活了过来，他们会发现自己的穿着打扮直到每一粒纽扣，都合乎当时流行的款式。”③ 至于那些处在艺术性下端的通俗小说，除极其糟糕的这样

---

① ［印度］泰戈尔．文学的道路［M］//泰戈尔．泰戈尔论文学．倪培耕，等译．上海：上海译文出版社，1988：223.

② ［法］安德烈·纪德．艺术的界限［M］//纪德文集（文论卷）．桂裕芳，等译．广州：花城出版社，2001：361.

③ ［英］弗吉尼亚·伍尔夫．论现代小说［M］//弗吉尼亚·伍尔夫．论小说与小说家．瞿世镜，译．上海：上海译文出版社，2000：7.

一个特点之外，还有一个重要的特点就是数量庞大得非常惊人。的确，非通俗小说中也有相当一部分的艺术性并不怎么样甚至很差，但无论在程度上还是在数量上，都远远低于通俗小说。

从前面的分析可以看出，作为一个整体的通俗小说，其艺术性比非通俗小说要低得多。这样的结论，不仅可以从不同文本的比较分析中获知，而且还能够通过探究其不同的创作动机来加以证明。就创作的主观努力而言，通俗小说是一些小说家为“适合于群众的水平和需要”而创作的小说；就接受的客观效果而言，通俗小说是那些“容易为群众所理解和接受”的小说。在通常的情况下，假如小说不“适合于群众的水平和需要”，不“容易为群众所理解和接受”，那么，它就不能被称为“通俗小说”。由于寻求群众即绝大多数人的理解和接受是通俗小说创作者的主要努力方向，所以，迁就、迎合群众趣味的创作行为，在通俗小说领域里是普遍的。进而言之，在通俗小说的创作者那里，不易理解的独特个性和意识超前的探索品格是没有地位的。然而，正像毛姆在讨论一系列的“巨匠与杰作”时所指出的，一些作家的作品之所以“永享盛名”，是因为“拥有极为强有力、非常独特的个性”①。既然独特性和以此为基础的探索性是包括作家在内的所有艺术家最为珍贵的品质，那么，通俗小说的创作者何以不具备这样的品质或轻视这样的品质？答案很明显，是“效益最大化”在起作用。由于受当下群众欢迎的小说可以在较短的时间内获得效益（尤其是经济效益）的“最大化”，所以，在独特性、探索性与眼前接受的普遍性不可兼得的情况下，通俗小说的创作者就选择了后者。应该讲，通俗小说创作者的这种选择，属于人之常情，因为不顾或不大考虑“当下价值交换”的人毕竟是少数。也正因为如此，历史老人在考虑把“伟大”这顶帽子送给哪些人及其作品时才显得那么的慎重——譬如，不会随

---

① ［英］毛姆．巨匠与杰作［M］．孔海立，等译．上海：华东师范大学出版社，1987：218．

便地送给被金庸大力推举并称之为“伟大文学”的大仲马作品[1]。

在谈到小说的目的时，孔庆东博士认为“小说没有功利目的”是不可能的。客观地看，像孔庆东博士这样的认识虽嫌笼统但大体上还说得过去。然而，孔庆东博士进一步地说“通俗小说通过刺激情感来赚钱，而那些小说不刺激情感不赚钱”，则失之偏颇了。从经济学角度讲，能不能赚钱，要看投入了多少，又产出了多少。可是，就像萨特所写的：“作品的商品价值是武断地确定的。”[2] 作家写小说能否赢利实在难以判断。当然，只要不要求计算精确，我们还是可以做如下的推断的：从个体角度讲，如果作家写小说时投入的精力相对较少，而拿到的钱又相对较多，就可以断定该小说的创作赚了钱；如果情况刚好相反，那就只能看作是不赚钱甚至是赔了钱。在论及文学“商业上的成功”时，法国文学社会学家埃斯卡皮正确地指出：“作家的计划只是一种可能……文学作品的完美是最大的偶然性。”[3] 很容易想象，就连精明的文学出版商和书商都难以保证商业上的成功，更何况是那些做起生意来常常惨遭失败的小说家。翻开小说史，我们不难看到，像司汤达、爱伦·坡、麦尔维尔和卡夫卡等这样一些非通俗小说家，其创作“生意”都是与“赚钱”截然相反的“赔钱”。固然，那些投入多产出少的“赔钱”创作，并非毫无功利目的，不过，其功利目的主要不在于孔庆东博士所说的“赚钱”，而在于其他的方面。是哪些方面呢？让我们来听听优秀的作家们是怎么说的——古巴的卡彭铁尔说：“虽然我的音乐底子比文学好，但我还是选择了文学……我继续坚信，在拉丁美洲，小说是一种需要。”[4] 哥伦比亚的马尔克斯宣称“写小

---

① 金庸，[日本] 池田大作. 探求一个灿烂的世纪 [M]. 孙立川，译. 北京：北京大学出版社，1998：196.

② [法] 让-保罗·萨特. 什么是文学？[M]. 施康强，等译//李瑜青，凡人. 萨特文学论文集. 合肥：安徽文艺出版社，1998：127.

③ [法] 罗贝尔·埃斯卡皮. 文学的成功和寿命 [M]. 徐和瑾，译//于沛. 文学社会学：罗·埃斯卡皮文论选. 杭州：浙江人民出版社，1987：139.

④ [古巴] 阿莱霍·卡彭铁尔. “在拉丁美洲，小说是一种需要” [M] //阿莱霍·卡彭铁尔. 小说是一种需要. 陈众议，译. 昆明：云南人民出版社，1995：49.

说的乐趣就在于此——探索，发现，革新……如果哪一天我有了一个公式，我就完蛋了。"[①] 而法国的埃莱娜·西克苏则写道："无论怎样，当写作出自心的深处时都是天堂，就连在地狱时也如此。写作总是意味着某种方式的获救。作家是一个富人……这是一种充满矛盾的富有，既是必需的又是危险的。因为'富有'使我们失去了'贫穷'的财富。"[②]

综上所述，与非通俗小说创作者不同的是，通俗小说创作者往往正是由于追求当下效益（尤其是经济效益）的"最大化"而采取弃难择易的非创造性原则的——从单个作品看，遵循的是"简单化"原则；从作品系列看，遵循的是"模式化"原则[③]。这也就是为什么通俗小说在总体上艺术性相对贫弱的重要原因之一。

最后，应该指出来并加以讨论的是，孔庆东博士的所谓"梦得够不够好"的问题。《误区》这样写道："小说的艺术性都离不开这样一个标准，即'梦得够不够好'……由于通俗小说做起梦来比较专心致志，往往更能引人入胜，'非通俗小说'经常不能保持一份平常心，为了显示'雅'，常处于半梦半醒之间，所以，'非通俗小说'的作者和读者对待小说的态度在一定程度上都是'别有用心'的，也即心在艺术之外……"尽管这里的表述很形象生动，但严格地说，却极不科学。第一，梦的情境有档次的高低之分——既有忧国忧民的梦，也有花前月下的梦，还有升官发财的梦，更有无遮无挡的性欲之梦。孔庆东博士把通俗小说的"梦得够不够好"看作只是一个与"立场问题"无关的"技术问题"，岂不片面？第二，小说远非梦那么简单和短命。好梦往往

---

① ［哥伦比亚］加西亚·马尔克斯．漫谈写作［M］//加西亚·马尔克斯．两百年的孤独．朱景冬，等译．昆明：云南人民出版社，1997：39.

② ［法］埃莱娜·西克苏．从无意识的场景到历史的场景［M］//［美］拉尔夫·科恩．文学理论的未来．伍厚恺，等译．北京：中国社会科学出版社，1993：29.

③ 郑惠生．论雅文学的困境与出路［J］．汕头大学学报（人文社会科学版），2002（2）：10－20.

无法追忆[①]，也可以被遗忘。但是，好小说却由于“不仅回答了现存的需要，也启发了人们的新的需要”[②]，所以，它不会也不该被遗忘。即使肯定好小说的世界就是“梦得够好”的世界，那也不能忘记，这样的世界的存留“必须以体现这些价值方面的完美性和技巧为前提”[③]。虽然在孔庆东博士引以为证的昆德拉的说法中，也谈到了“梦”之外还有“叙述”，可遗憾的是，《误区》对昆德拉的“叙述”问题却未做任何讨论。既然孔庆东博士能够离开“理性控制”和“技术手段”来谈通俗小说的艺术性高在“做起梦来比较专心致志”，那么，读者就可以根据孔庆东博士的逻辑做如下的推理：由于精神分裂症患者的理性在个体受到环境影响时经常无法发挥有效的作用[④]，所以，这种人“做起梦来”也就比正常人“更加专心致志”，因而，其所写的小说的艺术性肯定是在通俗小说之上。如此逻辑，岂非荒谬？

（三）通俗小说的价值判断

孔庆东博士认为，通俗小说与非通俗小说的“区别不在形容词上，而在名词上，它们之间是类别的不同，而没有美学价值上的尊卑”。真的这样么？当然不是！尽管我们不能从小说的类别中直接得出它的价值高低的结论，但是，通过分析它“是什么和能做什么”[⑤]，我们仍能较为恰当地判断它的价值的高低。这个道理，如同鸡蛋和鹅蛋的区别一样：不仅在名词，而且还在于

---

① ［美］乔治·阿德尔曼. 神经科学百科全书［Z］.《神经科学百科全书》翻译编辑委员会，译. 上海：上海科学技术出版社，1992：1 065－1 068.

② ［美］万·梅特尔·阿米斯. 小说美学［M］. 傅志强，译. 北京：北京燕山出版社，1987：88.

③ ［俄］赫拉普钦科. 审美价值和艺术价值［M］//中国社会科学院，外国文学研究所，二十世纪欧美文论丛书编辑委员会. 赫拉普钦科文学论文集. 张捷，刘逢祺，译. 北京：人民文学出版社，1997：380.

④《心理学百科全书》编辑委员会. 心理学百科全书：中卷［Z］. 杭州：浙江教育出版社，1995：1 409－1 411.

⑤ ［美］雷·韦勒克，奥·沃伦. 文学理论［M］. 刘象愚，刑培明，陈圣生，等译. 北京：生活·读书·新知三联书店，1984：273.

形容词——谁能否认鸡蛋的营养价值高于鹅蛋？

当然，通俗小说的“价值怎样”，这是一个比通俗小说“是什么”更难回答好的问题。其所以这样，是因为对前者的判断既不能脱离价值客体的特性，又不能不充分考虑价值主体的情况①。由于不同的价值主体的需要不尽相同，所以，同样的一个价值客体对于不同的价值主体而言，其意义并非完全是一样的。

首先，谈谈通俗小说对于个体的价值。由于个体的情况千差万别，所以通俗小说的价值如何也很难一概而论。从动机上说，无论是下层普通群众还是中上层阶级人士，只要出于消遣娱乐心理的，通俗小说的价值往往不在非通俗小说之下。正因为这样，几个世纪以来通俗小说的“消费族群”才有一部分是属于“热切的上层阶级人士”②。当然，如果进一步地分析，我们便会发现，下层普通群众之所以从通俗小说中获得较大的消遣娱乐，往往与其“不得不这样”有关——就像法国文学批评家蒂博代所说的：“报上的长篇连载或儿童小说是那些无力读其他东西的读者万不得已的读物。”③ 至于上中层阶级人士的情况，则有些不一样。由于较高的文化水平使得他们具有接受不同种类小说的能力，所以，这些人的娱乐消遣，既可以在通俗小说中获得，也可以从非通俗小说中得来。可见，消遣娱乐的动机是在通俗小说中还是在非通俗小说中得到满足，很大程度上取决于作为价值主体的个体的娱乐消遣方式——对于整天浸泡在电视里或钻进按摩房的人来说，就连通俗小说也让他们感到索然寡味，更别说是非通俗小说。

如果个体的动机主要是从文学接触中获得认识或受到教育，那么，在一

① ［英］约翰·齐曼. 可靠的知识：对科学信仰中的原因的探索［M］. 赵振江，译. 北京：商务印书馆，2003：181－182.

② ［英］阿兰·斯威伍德. 大众文化的神话［M］. 冯建三，译. 北京：生活·读书·新知三联书店，2003：152－153.

③ ［法］蒂博代. 六说文学批评［M］. 赵坚，译. 北京：生活·读书·新知三联书店，2002：156.

般的情况下，通俗小说就比不上非通俗小说——这一点在那些“中上层阶级人士”身上尤为明显。之所以这样，是因为认识价值和教育价值在很大程度上并不取决于价值主体怎样，而在于价值客体本身的文化含量如何。倘若价值客体的文化含量不高，那么，虽然它对于不同类型的个体所具有的认识教育价值并非完全一样，但从总体上看，也还是偏低的——自然，作为一个整体的通俗小说不会例外。

其次，谈谈通俗小说对于社会的价值。社会是一个由各式各样的人和组织构成的复杂有机体，故而，它的需要也是多方面多层次的。从维护社会平衡稳定的意义上讲，无论是精英审美文化还是大众审美文化，都是必需的[①]。显然，我们不能强迫那些喜爱通俗小说的群众放弃个人的偏好，也无法让那些很少接触小说甚至没接触过小说的群众一下子就能有效地接受非通俗小说中那最具价值的部分。就这一点而言，广受群众欢迎的通俗小说在一个社会中具有非通俗小说所难以替代的作用。不过，承认这一点并不意味着通俗小说对于社会的价值不低于非通俗小说。尽管通俗小说的接受群体在某一时段远比非通俗小说庞大，但从历史的维度看，无数的事例呈现出的状态恰好是反过来的。诚如俄国文艺理论家赫拉普钦科所言：“人类的社会发展和精神发展，使得评价大艺术家时的错误和有意的曲解不断得到消除，使得他们的创作遗产的多维性得到揭示。”[②] 随着时间的推移，非通俗小说中那些曲高和寡的精品，其读者群体也会不断地壮大。此外，从价值的层面看，小说的接受群体绝非是一个简单的数量问题。在论及优秀诗歌的读者时，帕斯写道：“我们不晓得有多少罗马人阅读奥维多，多少意大利人阅读彼特拉克……不过，我们知道什么人在阅读。多少不居，这些读者是社会的头脑和心灵，是社会

① 郑惠生．审美时尚与大众审美文化［M］．北京：中国文联出版社，1999：158－160.

② ［俄］赫拉普钦科．传世的秘密［M］//中国社会科学院，外国文学研究所，二十世纪欧美文论丛书编辑委员会．赫拉普钦科文学论文集．张捷，刘逢祺，译．北京：人民文学出版社，1997：220.

与行动的核心。”① 显然，这位诺贝尔文学奖得主的话是富于启发意义的。它提醒我们，考察小说的读者，不应该只顾“量”而不问“值”。倘若小说能发人深省、催人奋进，能为那些准备或正在推动历史发展的人们提供丰富的营养，那么，这样的小说对于社会来讲，就有很高或者较高的价值。反之，其价值则是低的或者比较低。

最后，还有一个至关重要的问题值得认真探讨。孔庆东博士完全否认通俗小说中的“次品”多于高雅小说，认为这种观点“缺乏数学统计上的依据”。可以说，要反驳孔庆东博士的看法是有困难的。之所以这样，是因为如下的几点。第一，小说的次品浩如烟海，谁也无法进行完整的数学统计。第二，历史上曾经出现过的许许多多小说次品，基本上已被人类所遗忘。由于没有了文本，这些已经消失了的小说次品究竟有多少也就没有依据②，故而无论怎样统计，都不会让孔庆东博士满意。第三，即使有可能统计，也不应该动手去做，理由是用这种方法所获得的结论，其价值远远无法补偿研究者所付出的代价。由此可以看出，孔庆东博士要求不同意见者用数学统计的方法来证明通俗小说的“次品”有多少，是不合理的。

尽管依照孔庆东博士的不合理要求来证明是困难的，但是，这并不意味着通俗小说的次品问题没有答案。实际上，洞悉了通俗小说的“生产动机”及其“生产套路”——简单化与模式化，也就可以断定通俗小说的“次品”必然多于高雅小说。现在的问题是：孔庆东博士只是为了说明谁的次品多谁的次品少吗？不！《误区》这样写道：“在任何一种艺术体裁和类别中，精美高雅之作总是少的，平庸低俗之作总是多的。所以，通俗小说只是小说的一种类别，它决不是‘不高雅小说’的代名词。”很显然，孔庆东博士在此处是

---

① ［墨西哥］奥克塔维奥·帕斯. 另一个声音［M］//赵振江. 奥克塔维奥·帕斯. 批评的激情. 赵振江，译. 昆明：云南人民出版社，1995：64.

② ［美］厄尔·迈纳. 比较诗学：文学理论的跨文化研究札记［M］. 王宇根，等译. 北京：中央编译出版社，1998：21.

同时通过“次品量”和“精品量”两个方面来论证通俗小说与高雅小说之间没有价值上的差异。关于“精品”问题，笔者以为还是可以且应该提供一点“数学统计上的依据的”。

在20世纪国际知名度较高的文学奖中，诺贝尔文学奖的地位无疑是具有权威性的。尽管该奖不仅遗漏掉了像托尔斯泰、哈代、乔伊斯、普鲁斯特、卡夫卡等这样一些应该获奖的作家[①]，而且还出现过不当入选的极个别案例——譬如，“把奖金授予水平有限但作品流传广泛的”赛珍珠[②]，但是，在“僧多粥少”的情况下，20世纪诺贝尔文学奖的得主“也大致上是本世纪文学的精华”[③]。基于此，笔者以《诺贝尔文学奖要介》所收的诺贝尔文学奖得主为例[④]，简要地讨论一下小说的“精品”问题。从1900年到1991年，诺贝尔文学奖的得主总计88人，除因剧本、诗歌、散文等文类的卓越成就而获奖的37人外，其余的51人是小说家（或主要是小说家）。在这51个小说家中，除赛珍珠和高尔斯华绥被一些学者归入到通俗小说家行列外[⑤]，绝大部分都属于像吉卜林、托马斯·曼、纪德、福克纳、加缪、帕斯捷尔纳克、川端康成、索尔仁尼琴、索尔·贝洛、马尔克斯、西蒙、索因卡、马哈福兹、戈迪默等这样一些高雅小说家。概言之，写出最能称得上是小说“精品”的小说家，绝大部分是高雅小说家，这些作家被看作是“对人类做出最大贡献的人”[⑥]。

当代英国文学评论家安东尼·伯吉斯教授的《现代小说佳作九十九种》，收入了1939年至1983年间英美（包括加、澳与用英语写作的其他地区）最

---

① 肖涤. 诺贝尔文学奖要介［M］. 哈尔滨：黑龙江人民出版社，1992：45.

② ［瑞典］谢尔·埃斯普马克. 诺贝尔文学奖内幕［M］. 李之义，译. 桂林：漓江出版社，1996：110－111.

③ ［法］若利韦，［瑞典］阿司特隆·斯特龙伯格. 诺贝尔文学奖秘史［M］. 王鸿仁，译. 北京：中国友谊出版公司，1989：6.

④ 肖涤. 诺贝尔文学奖要介［M］. 哈尔滨：黑龙江人民出版社，1992.

⑤ ［瑞典］谢尔·埃斯普马克. 诺贝尔文学奖内幕［M］. 李之义，译. 桂林：漓江出版社，1996：1.

⑥ 魏素先，等. 世界奖金奖品词典［Z］. 成都：四川人民出版社，1989：421.

重要的小说[①]。在这99种小说佳作中，谁也无法找到几部可以称得上是通俗小说的小说。这其中的原因，主要是收录少且评价标准是“专业”的[②]。现在让我们再来看看一部“文学精品”收录范围较广的权威性世界名作：弗兰克·N. 麦吉尔主编的《世界名著鉴赏大辞典》——它收录了世界名著2 000多种，被翻译成几十种文字，在几十个国家广泛发行[③]。该著作共收入了从古希腊时期至20世纪60年代的“小说精品”1 020部（篇）[④]。根据笔者的统计，其中通俗小说（包括拉德克利夫、大仲马、欧仁·苏、柯南·道尔等人的作品）112部（篇），约占总数的11%；高雅小说908部（篇），约占总数的89%。从这部对通俗小说没有什么成见（仅大仲马的小说就收录了9部）的著作中，我们可以看出，通俗小说的“精品量”确实是无法跟高雅小说相持并论的。需要说明的是，由于通俗小说与高雅小说之间并非总是泾渭分明[⑤]，所以笔者不敢妄言在归类时很科学；不过，可以肯定的是，统计数字显示出来的两类小说“精品量”的悬殊之大，使得归类认识上有可能出现的偏差不至于对结论本身造成实质性的影响。

应该说，无论是喜欢通俗小说还是喜欢高雅小说，都同样无可厚非，但是，当上升到理论认识并诉诸文字时，就应该尊重客观事实，力避主观偏好。然而，孔庆东博士在阐明观点的过程中，经常以通俗小说的“上马”对付高雅小说的“下马”，并且“只赛这么一次”就宣布结果。如此“不平等”的

① ［英］西·康诺利，安·伯吉斯. 现代主义代表作100种提要，现代小说佳作99种提要［M］. 李文俊，等译. 桂林：漓江出版社，1988：97－224.

② ［英］西·康诺利，安·伯吉斯. 现代主义代表作100种提要，现代小说佳作99种提要［M］. 李文俊，等译. 桂林：漓江出版社，1988：102.

③ ［美］弗兰克·N. 麦吉尔. 世界名著鉴赏大辞典（诗歌散文卷）［M］. 王志远，编译. 北京：中国书籍出版社，1990：17.

④ ［美］弗兰克·N. 麦吉尔. 世界名著鉴赏大辞典（小说卷，上、中、下）［M］. 王志远，编译. 北京：中国书籍出版社，1990：2 353－6 898.

⑤ 郑惠生. 审美时尚与大众审美文化［M］. 北京：中国文联出版社，1999：184－185.

比较研究，自然是缺乏说服力。

（四）结语

诺思洛普·弗莱说道："人类面临的许多不测灾难之一是全部毁灭，这是文学靠其自身所无法防止的；但我认为，若无文学，那种灾难就一定不可避免。"[①] 显然，这位加拿大学者的话是夸张了一些，不过，他对文学所具有的高级价值的强调却提醒了我们，在经济效益和感性享受已普遍成为人们行为准则的今天，审慎地对待并处理好文学事实是重要的。

虽然孔庆东博士的名义动机是为了消除人们在通俗小说问题上的误区，但是，由于他极力地模糊通俗小说概念和夸大通俗小说价值，结果，在实际上却为人们设置了一个更大的误区。孔庆东博士关于通俗小说与高雅小说的"价值无高低"论，不仅在理论上难以站得住脚，而且在实践上也会产生不良的后果。众所周知，"避难趋易"是人的天性，而"从众"则是一种普遍的社会心理。故此，在"价值无高低"论的引导、鼓励下，很容易出现"价值误认"的人们[②]，他们会毫不犹豫地选择通俗小说而拒绝欣赏那些已被历史检验过的富含深邃魅力的高雅小说——这对于个体人格结构的逐步完善和社会文化机制的健全发展来说，无疑是非常之不利的。

---

① ［加拿大］诺思洛普·弗莱. 文学是一种纯理性的批判［M］. 叶舒宪，译//吴持哲. 诺思洛普·弗莱文论选集. 北京：中国社会科学出版社，1997：188.

② ［美］欧文·拉兹洛. 系统哲学引论：一种当代思想的新范式［M］. 钱兆华，等译. 北京：商务印书馆，1998：330.

六、雅文学的困境与出路

——兼批评思想界若干认识

“文学已经衰落”“文学正处于一种贬值的状态”“文学的影响力越来越小”，这是时下许多关心文学命运的人的感慨。然而，此类感慨既不合乎学理，又与客观实际不符。2000 年，由中国出版科学研究所和浙江省新闻出版局主持的我国首次全国国民阅读与购买倾向抽样调查报告表明，最受读者喜爱的作者排在前 10 名的全都是文学作者（依次为鲁迅、金庸、琼瑶、巴金、冰心、老舍、贾平凹、古龙、三毛、王朔），读者对图书类别的喜爱率最高的是“文学”（前 8 类依次是：文学 14.2%、综合性图书 10.3%、医药卫生 9%、农业科学 7.3%、军事 7.2%、政治法律 6.1%、艺术 5.5%、经济 4.8%）[①]。即使不依据科学的调查资料而仅凭直觉，看看 20 世纪 80 年代以来琼瑶、雪莉、岑凯伦、严沁、汪国真、席慕蓉、罗兰、亦舒、林燕妮、王朔、金庸、棉棉、席绢、刘庸、管家琪等人的作品是如何地在中国这块土地上滚涌，我们也可以知道，文学的影响力并未下降到如一些人所想象的那样无可挽回的地步。当然，如果“文学”一词是专指那些具有较高级价值的雅文学——包括思想的艺术的，那么，部分人对于“文学命运”的担忧就不能说是毫无道理。因为，无论琼瑶们、金庸们、卫慧们、蔡智恒们是怎样地满足

---

① 光明日报社. 读者感知的图书市场 [N]. 光明日报，2000-06-08 (C1).

了当下相当一部分人的审美欲求，他们仍不能代表中国文学的成就，更不是世界文学的代表。这正如我们说大仲马和欧仁·苏不能代表法国文学乃至世界文学，西德尼·谢尔顿和史蒂芬·金不能代表美国文学乃至世界文学一样毋庸置疑，尽管这些作家在全世界范围内所拥有的读者量极其庞大。

金庸、严沁、蔡智恒等作家在中国大陆之广受欢迎，一方面表明文学在当代还有着相当的影响力，另一方面也表明，具有较高价值的雅文学在有着广阔的发展空间的同时面临着巨大的挑战——不但有来自文学外部的，而且还有出自文学内部的。

（一）雅文学在当代中国的困境

在当代中国，具有较高级价值的雅文学所面临的挑战是多方面的。归其大类，可以分为内外两大方面。

在影响雅文学发展的各种外部因素中，当代社会历史条件下人的生活节奏的加快和生存压力的增大，可以说最为重要。谁都知道，面对那些内涵丰富深刻的文学作品，接受主体若想真正有所收获，就得“慢”吞“细”嚼，而慢吞细嚼又要求接受主体必须拥有足够的闲暇和从容的心态——尤其是后者，更是一个人在消化高文化含量作品时不可或缺的。然而，为了应对包括政治、经济和教育等在内的各种竞争，好多的人即使没有达到焦头烂额的程度，也常常是弄得疲惫不堪。结果，当他们有空闲时间进行审美活动时，便寻找一些通俗易懂的东西来娱乐娱乐、轻松轻松，这也就是那些文化含量较高的文学作品为什么会遭到冷遇的重要原因之一。进而看之，现今许多人不但没有了足够的时间来完成“极致”的文学享受，而且还由于当代社会的所谓“求速度”“求效益”培养了他们急功近利的浮躁心理，结果，连进行“极致”的文学阅读的打算也没有了。

在雅文学面对的各种外部挑战因素中，与之相近似的文化形式即各类艺术极其重要。各艺术门类特别是高度感性化的电视，使文学尤其是雅文学变得陈旧不堪、枯燥乏味。一部电视作品不管深刻与否，其图像及伴音总是较易于吸引住观众，给受者带来感官的享受；相比之下，一部文学作品尤其是雅文学作品，往往是让人觉得“惨”而不想“睹”[①]。

个人电脑的出现，与电视一样耗用了受者大量的闲暇，其中包括挤占掉文学阅读的时间。从目前的情况看，电脑网络在高度感性化方面比不上影视，但比起“老态龙钟”的雅文学，仍然是充满着“青春的感动”。此外，提取信息的便捷与快速双向交流的实现，使电脑网络极富吸引力。正因为这样，原来在“文学市场”中已经非常抢手的王朔才于1999年开办自己的网站，成为中国大陆开办作家网站的第一人[②]。台湾作家蔡智恒曾这样宣称“网络文学”的好处：“创作本质就是要自由，限制束缚越少越好，而网络就提供了这样的自由，加上匿名的性质，写的时候会少一点顾虑。”[③] 虽然关于“网络文学”是否可以算作文学以及真正的“网络文学”应该是怎样的这些问题至今还没有形成统一的意见，但关注一下现实不难发现，它对于传统的文学形式的影响已成铁定的事实。由于其不但可以阅读、欣赏，而且还可以较随意地创作并发表，确实是满足了一部分人的参与欲望，所以，它对于雅文学的挑战，无疑将会比影视更为深远。

需要予以特别指出的是，文学之外的各种文化形式的发展并不仅仅“威胁”着雅文学，而且也“威胁”着俗文学。只不过，由于俗文学的性质和特点决定了它较容易跟包括影视和网络等在内的各种非文学因素合流，结果，对俗文学而言，各种“非文学”文化形式所构成的压力远非是“致命”的。

就影响雅文学发展的内部因素而言，文学创作队伍的内部变化是最为重

---

① 郑惠生. 论电视在当代的地位及影响［M］//陈远志. 教育与创新. 北京：中国文联出版社，1999：110－111.

② 文波. 网上文学近况［M］//白烨. 中国年度文坛纪事·99卷. 桂林：漓江出版社，1999：5－7.

③ 痞子蔡. 网络让我轻舞飞扬［M］//最新痞子蔡作品集. 北京：知识出版社，2001：11.

要的。一个社会的作家，其艺术趣味和价值取向直接影响着一个社会的文学风貌。20 世纪 80 年代以后的中国，除港台俗文学作家梁羽生、古龙、严沁和刘庸等先后横扫大江南北外，大陆本地崛起的俗文学新秀也风靡神州大地。在此文学背景下，原有已做出相当业绩的创作队伍逐渐发生变化，形成了雅文学作家在“市场竞争”中所占份额趋于越来越少的困顿局面。有些作家离开了世界，如顾城、路遥、戴厚英；有些作家出国了，如北岛、高行健；有些作家转业了，如柯云路。尽管其他时代其他社会也有类似现象的发生，但像当代中国这样普遍的却不是很多。这是为什么呢？对那些离开世界或出国去了的，这里暂不作讨论。留意一下原本从事雅文学创作后来在本土上转向了的作家群体，我们可以看出，成因是相当复杂的，但只要深入探究，便不难发现，源于生存发展需要的“效益最大化”是其最突出、最普遍的动机。20 世纪 80 年代以来，远欠完善的“对外开放，对内搞活”的市场，一方面挽救了濒临崩溃的中国经济，另一方面也诱发了国人长期备受抑制的强烈物质欲望，催生出“有奶便是娘”的社会心理。长期处于计划经济体制内的作家在意识到“铁饭碗”并非就是“铁”的情况下，在认识到“铁饭碗”还不如抓获“文学商机”或其他“商机”更为有利时，有一部分便从固有的阵营中撤了出来。从雅文学阵营中退出的作家，倘若是跑到文学领域之外，那就是文学创作队伍的流失；倘若是转入俗文学阵营，则可说是增加了雅文学作家在“市场竞争”中的对手。

当代中国读者阅读兴趣的转移，是制约影响雅文学发展的另一个重要的内部因素。一方面，不断加快着的生活节奏以及疏解生存压力的需要，使许许多多的读者倾向于接触那些或新奇刺激或浪漫轻松的故事（如武侠小说、侦探小说、科幻小说、言情小说和校园“心曲”）；另一方面，对现实生活的不满以及寻求变化发展的需要，又使许许多多的读者偏向于接触那些纪实性的作品（如民瑶、杂文、法制文学、历史故事、名人轶事、回忆录、新闻特写、专访报道）。概言之，当代中国读者喜欢阅读的东西主要是无须多费心思的“两极”——或者是非常“幻想性”的，或者是非常“实际性”的。这样的阅读状况，不可能不对雅文学的发展空间产生极大的制约作用。显然，雅文学中最具代表性的部分，既贴近人生本相与历史脉搏，又蕴含着对于理想的憧憬和对于艺术的高度创造，所以，它既非“幻想性”也非“实际性”。正因为如此，雅文学就整体而言才难以得到当代中国读者的青睐——即使是那些没有浓厚说教意味的作品，遭际也还是一样。

看看当前世界文学名著在中国各图书馆各书店如何地受冷落，再看看全国各个城市书摊上旧书的买卖情况（虽然雅文学作品与俗文学作品一样充斥书摊，可是，先被顾客买走与多被顾客买走的是后者），我们便可断言，雅文学“市场”确实是很不景气。从刊载雅文学作品的许多刊物的命运来看，结论也是一样。20 世纪 80 年代中期，《收获》《当代》《十月》和《钟山》等大型文学刊物订数是几十万份甚至是上百万份[①]，充分表现出雅文学压倒俗文学的强大优势。然而，从 20 世纪 80 年代末开始到现在，雅文学刊物的销售量不断滑坡——像一直比较受欢迎的《当代》至 2000 年发行量也只剩下 9 万份[②]，《湖南文学》《作家》等雅文学刊物则一个个被人买走，连香港本地唯一一个坚持了多年的雅文学刊物《香港文学》最终也被旅游团买断[③]。此外，至 20 世纪末，全国各地报纸所开辟的文学副刊绝大多数或压缩版面或减少刊期或弃雅从俗或干脆停刊[④]。与雅文学刊物“市场萧条”相反的是，能广泛满足社会大众阅读兴趣的各种各样俗文学刊物如雨后春笋般涌现[⑤]，其咄咄逼人令雅文学办刊人汗颜。

---

① 朱立元. 雅俗界限趋于模糊：90 年代“全球化”语境中的中国审美文化之审视［J］. 中国人民大学复印报刊资料·文艺理论，2001（3）：20－23.

② 李彦. 文学刊物为了生存只有随俗？［M］//白烨. 2000 中国年度文坛纪事. 桂林：漓江出版社，2001：30－33.

③ 中清. 文学期刊流失令文坛忧虑［N］. 羊城晚报，2000－10－09（A10）.

④ 韩小蕙. 文学副刊缘何日渐“消瘦”［N］. 光明日报，2000－04－17（A3）.

⑤ 费勇. 文学期刊的凋零与文学的未来［N］. 南方日报，2001－09－15（B4）.

（二）俗文学的竞争优势

就价值判断而言，雅文学在俗文学之上，这一点应该说毫无疑问。然而，正像英国著名文化批评家理查德·霍加特在讨论“俗文学”的缺憾时所指出：“单纯讥笑它们是毫无益处的。”[①] 俗文学在当代中国各个阶层所受到的欢迎程度——最为典型的事例莫过于不但大众而且包括北大教授严家炎、北师大教授王一川在内的一批学者都给金庸“武侠小说”以极高的评价[②]，使我们不得不正视其拥有的竞争优势。

俗文学的竞争优势之一，是创作主体在通常情况下有着较为明确的个人利益（其中以经济利益为最重要）动机。当创作者有着较为明确的个人利益动机时，他就会充分了解并考虑社会大众的心理“需求”，进而想方设法地“供给”。诚然，并非所有的俗文学作家都同样认为社会大众的趣味是正常的、可取的，但他们在绝大多数情况下仍会迁就并学着去适应，因为这意味着有没有可能通过双方自愿的“交换”以实现其效益的“最大化”。以“梅格雷警长”系列小说闻名于世、既写雅作品又写俗作品的乔治·西麦农曾非常坦率地说：“你为了商业目的而写作时，总得作出让步。”[③] 很明显，除非创作者对“市场需求”了解得不够深切或驾驭技巧实在是太过于拙劣，否则，那种时时不忘眼前“上帝”的俗文学创作，肯定会受到社会大众的欢迎——只

---

① ［英］理查德·霍加特．“真实的”大众世界：通俗文艺举例［M］．黄梅，译//［英］戴维·洛奇．二十世纪文学评论：下册．上海：上海译文出版社，1993：234.

② 严家炎．金庸的“内功”：新文学根柢［M］//廖可斌．金庸小说论争集．杭州：浙江大学出版社，2000：23－27；陈洪，孙勇进．世纪回首：关于金庸作品经典化及其他［M］//廖可斌．金庸小说论争集．杭州：浙江大学出版社，2000：82－95；金庸致《文汇报》编辑部的信［M］//白烨．中国年度文坛纪事·99卷．桂林：漓江出版社，1999：115－116；吴晓黎．90年代文化中的金庸：对金庸小说经典化与流行的考察［M］//戴锦华．书写文化英雄：世纪之交的文化研究．南京：江苏人民出版社，2000：130－162.

③ ［美］卡维尔·柯林斯．乔治·西麦农访问记［M］．王永年，译//何帆，文祥．现代小说题材与技巧：当代外国著名小说家访问记．北京：中国文联出版公司，1989：208.

是程度不同罢了。

与俗文学相比较，雅文学的创作者并非出于或主要不是出于明确的个人利益（尤其经济利益）动机。他们的创作或者出于“高度理想化”的动机——如艺术完美的追求、社会改造的追求；或者源于“高度个性化”的动机——即基于个体生存体验所产生的强烈冲动。出于“高度理想化”的创作者虽然也会了解大众甚至认真研究大众，但其“大众”概念往往并不局限于当下，也不会把当下的“大众”看作“上帝”——甚至可能完全相反，看作是需要改造的“奴婢”。源于“高度个性化”动机的创作者虽然不会不知道个体并非生活在真空中，但由于其非常注重自己的内心体验反而不太在乎当下“大众”是一些什么人。可见，无论是出于“高度理想化”动机还是源于“高度个性化”动机，雅文学在“先天”上就已经具有了疏远当下大众的倾向，除非“后天得调”——包括作者在没有降低品位的情况下适当照顾受者的审美情趣以及最杰出、最独特的部分有幸得到批评家富于洞察力的阐释，否则，便难以广受理解、广受欢迎。19 世纪 30 年代，当《红与黑》在法国读者界遭冷遇时，寂寞潦倒的作者司汤达仍多次表示说：“大约 1880 年，人们将要读我的作品了。”① 纵观文学史不难发现，像司汤达这样既不富裕又没有“铁饭碗”却能够坚守原则而不怕疏远甚至有意疏远当下大众的作家，往往是在为后人、为人类进行创作。正因为这类作家由于其独特的个性不能或没有打算与“现在时”的读者进行良好的沟通交流，他们才无法实现其当下的“交换价值”，才常常成为物质生活的匮乏者。由上述可知，俗文学之所以能够在一段时间内的“文学市场”上“击败“雅文学，首要的原因便是拥有较大的动机优势。

那么，俗文学是依靠什么来保证其动机的实现呢？

不难看到，由于俗文学作家在明确的个人利益动机的驱动下会充分考虑

---

① 江传月．书之撰著［M］//江畅，冯军．书与社会．武汉：湖北人民出版社，1998：351．

大众的心理需求和接受能力，所以，其终端成果“文本”往往也就有了与雅文学很不一样的特征。

就某一作家的单个作品而言，俗文学遵循的是“简单化”原则。在意旨上是浅表且被公认的，在故事情节上是生动且老套的，在人物形象上是类型化的，在性爱描述写上是浓墨的，在抒情上是直接的，在结构上是清晰的，在艺术手法上是单调的，在语言上是晓畅的。诚然，并非每个作品都具备上述所有特征，但是，为了让更多读者乐意接受也容易接受，“富于刺激 + 简单易懂”就成了俗文学最基本的套路和要求。

就某一作家的作品体系而言，俗文学遵循的是“模式化”原则。有些作家围绕同一个主题来写，如当代英国作家迪克·弗朗西斯的《必死无疑》《神勇无敌》《寻求刺激》《势均力敌》《飞越极限》《血腥游戏》和《粉身碎骨》[①] 等；有些作家采用雷同的情节结构来写，如香港作家梁凤仪的“财经系列小说”大都以悲剧开端，以喜剧收场，最终多数是女人觉醒，找到真爱[②]；有一些作家运用同一种笔调来写，如余秋雨的《文化苦旅》和《山居笔记》等散文集都用煽情性、甜蜜而又略带伤感的语言[③]。必须指出的是，一个俗文学作家的作品系列之所以具有模式化倾向，并不是因为他的心灵的高度统一性，而是良好的市场份额及市场前景决定了的。谁都知道，在竞争日益激烈的“文学市场”中，一个俗文学作者要获得成功并不是一件容易的事——在未得到承认之前，写作上的失败对他来说属家常便饭。一位作者或出版商一旦寻得一条成功的途径，往往就不会像雅文学作家那样继续去尝试新的东西。他们总是要把已经找到了的路当作一种成功的模式来开发利用，

---

① ［英］里查德·约瑟夫. 英美畅销书内幕［M］. 谢识，盖博，译. 深圳：海天出版社，1999：305－320.

② 潘圆. 梁凤仪：一杯水也成功［N］. 中国青年报，2000－12－14（7）.

③ 朱大可. 抹着文化口红游荡文坛：余秋雨批判［M］//朱大可，吴炫，等. 十作家批判书. 西安：陕西师范大学出版社，1999：27－59.

“不断重复可靠的过程，毫无创造地利用已经创造出来的创造艺术”[①]，直到不能实现其最大的个人利益为止。

基于“省力操作”与“开发利用”，俗文学不但在“质的生产”上有别于雅文学，而且在“量的生产”上也有不同于雅文学。单个作品的“简单化”原则与作品系列的“模式化”原则，使作者在没有丰厚积累的情况下仍然可以快速地生产出大量的作品。虽然俗文学领域也出现过一些很负责任的作者——如美国小说家阿瑟·黑利一天大约只完成六百字的写作且几年里才出版一部长篇[②]，但更多的是像大仲马、松本清张和刘庸等作家那样，其单位时间里作品的产出量达到了让人惊讶让人羡慕的程度。

总而言之，俗文学是依靠能够“快速消化”的“低质量”与能够“持续交换”的“高数量”来实现其“效益最大化”动机的。

俗文学的竞争优势之二，是创作主体总是自觉地利用各种外部力量。就像快言快语的王朔所说的：“在商业时代表演做秀到家的三流作家也许会比一流作家的书好卖得多。”[③] 由于文学内部各种力量之间——雅与俗、俗与俗的竞争通常很激烈，结果，俗文学作者为了达到实现个人“利益最大化”目的，往往会非常自觉地去调动各种非文学手段——其中最重要的是利用广告和宣传。然而，如果仅仅依靠实事求是的温文尔雅的广告宣传，就很难在较短的时间内引人注目，并且成本也会很高——譬如，通过电视广告告知作品的存在和亲自巡回推销宣传。正因为这样，有些俗文学作家为了获得“一本”万利的效果，便以各种各样的方式进行“炒作”。

1993 年，贾平凹的《废都》尚未面世，全国多家报刊便无中生有地说好多家出版部门正在争夺稿费高达一百万元的《废都》；一些新闻媒体又吹捧性

---

① ［法］皮埃尔·布迪厄. 艺术的法则：文学场的生成和结构［M］. 刘晖，译. 北京：中央编译出版社，2001：301－302.

② ［美］希拉·黑利. 阿瑟·黑利传［M］. 徐渊，何亚非，译. 香港：南粤出版社，1985：84－102.

③ 张英. 文学的力量：当代著名作家访谈录［M］. 北京：民族出版社，2001：42.

地报道说，《废都》是“现代的《金瓶梅》”，是“一部当代的《红楼梦》”，是“《围城》以来最好的一部写知识分子的长篇小说”[①]；再接着，人们看到了正式出版的《废都》在淋漓尽致地描写性行为时故作“洁净”状地列出了一串串方框（□□）。2000年，陆幼青的《死亡日记》（全选本）尚未面世，许多地方的传媒就开始爆炒这位临死也不放弃写作的低知名度作家，说什么“陆幼青的死亡实际是一种行为艺术”“对‘苦苦地跟癌症作战的人’有用”[②]。

在当代中国，类似上述事例不胜枚举。不管是何种炒作，也不管炒作是作者主动进行的还是媒体率先发起的抑或是多方合谋的，都同样极具心理攻势。这种强大的心理攻势，往往可以勾起大众强烈的期待欲望。尽管有相当多的读者在接触被不断“炒作”出来的东西之后觉得上当受骗，但俗文学所采用的“炒作”手段已经轻而易举地实现了它想达到的目的——尽可能多地挖掘出“潜在的读者”，使原本并不怎么样的作品能够最大限度地发挥效用。显而易见，在一个要获得较大利润就必须“广而告之”的时代里，俗文学的大胆“炒作”方略，无疑是战胜雅文学的一个重要法宝——此法宝虽然从道德立场上看存在着诸多问题，但从市场竞争的角度看却又是非常之成功的。

应该指出的是，我们之所以不厌其烦地讨论俗文学的竞争优势，目的有两个：第一，强调造成雅文学困境的关键性因素是文学活动系统内部的对手，而不是人们通常所认为的那样——“文学地位的整体性衰落”；第二，既然要探讨雅文学的出路，就必须对雅文学的强劲对手有一个清醒客观的认识。另

---

① 陈辽.《金瓶梅》《废都》比较谈［M］//陈辽.《废都》及《废都》热. 徐州：中国矿业大学出版社，1993：66－79；徐采石. 略论“《废都》现象”［M］//陈辽.《废都》及《废都》热. 徐州：中国矿业大学出版社，1993：80－84；胡瀚霖. 平平淡淡才是真：简论《废都》及“《废都》现象”［M］//陈辽.《废都》及《废都》热. 徐州：中国矿业大学出版社，1993：155－163.

② 辛兰香.《死亡日记》稿酬天价？［N］. 新快报，2000－11－26（C4）；李方. 审美陆幼青的死亡［N］. 哈尔滨日报，2000－12－14（6）；姜微.《死亡日记》作者诀别人生［N］. 特区青年报，2000－12－22（3）.

外，还要指出的是我们说俗文学具有竞争优势，是就“当下”的角度所做出的认识判断，绝非历史主义的考察。倘若从历史角度看俗文学的竞争力，那么，正如语义学美学创始人艾·阿·瑞恰兹所言：“交流越是容易，过时的危险性也就越大。”[①] 俗文学的长处通常恰好是它的短处。

（三）雅文学的出路

在内外因素的双重夹击下，当代雅文学的生存发展确实是非常之不易，不过，这并不等于雅文学完全无路可走。在解决雅文学的生存发展问题上，无论是冷眼旁观还是满腹牢骚，都同样无济于事。我们应当全面客观地认识评价促成雅文学陷入困境的种种因素，通过对雅文学“脱困”的可能性分析和技术性分析来寻找雅文学的出路。

首先，必须充分认识到，俗文学的存在及其在当代的迅猛发展是一种不以人的主观意志为转移的社会现象，我们既不该也不可能扼杀它。20 世纪六七十年代，中国政府曾动用了强大的行政力量来取缔限制不符合当时意识形态的部分俗文学，可换来的结果却是八九十年代人们对于那些未曾接触过的俗文学的高度饥渴、高度欢迎。值得注意的是，在雅文学发展与俗文学发展的关系问题上，目前思想界存在着两种似是而非的看法。第一种看法认为，改革开放以前有政治力量遏制着俗文学的发展，故那个时候的雅文学有较高的地位。真的是这样吗？事实上，改革开放以前俗文学的地位并不低——诸如“石油工人吼一吼，地球也要抖三抖”（从某个角度看它与金庸的“成人童话”无异）之类的打油诗到处流行就是显例，低的只是言情小说、武侠小说之类的东西；改革开放以前雅文学的地位也不高，高的只是那些意识形态还能容忍的部分。无论是从理论上讲还是从历史上看，作为一个整体的俗文学总是具有强大的生命力，只不过由于时代不同，情况也有所不同罢了。第

---

① ［英］艾·阿·瑞恰兹．文学批评原理［M］．杨自伍，译．南昌：百花洲文艺出版社，1992：202．

二种看法认为，俗文学的繁荣妨碍了雅文学的繁荣。此种看法更成问题。改革开放以前，整体意义上的俗文学确实是处于衰败的境地，可我们的雅文学并没有真正繁荣起来——20世纪50年代至70年代，我国创作的雅文学作品极少有可圈可点的。实际上，历史已经充分证明，雅文学的繁荣与俗文学的繁荣可以同时并存——像19世纪的法国文学、20世纪的美国文学和日本文学就是很典型的例证。

其次，必须充分认识到，不管在哪个文化领域，精英与大众、高雅与通俗之间并非总是泾渭分明，文学自然不会是个例外。正如美国文化史学者J. G. 考维尔蒂所言："即使一个人能对文学与亚文学作泾渭之分，这种区分也常常依赖于研究者的个人趣味。"[①] 审视一下文化史可知，审美文化现象本身就是非常复杂辩证的。一时间的雅俗之分并非永久性的雅俗之分，更不一定是价值判断上的好坏之分[②]。基于此，我们就不但不能只看到当下俗文学之缺点，而且还应该在客观估量的基础上合理吸纳当下俗文学的长处。可以肯定地说，在不失原则的前提下，取俗文学之长，对雅文学的创造发展还是有利的。

应该指出的是，目前思想界存在着一股仇视俗文学的潮流。这股潮流虽然从历史主义的角度看有它合理的地方，但就人道主义的角度而言却必须做进一步的讨论。因通俗小说《教父》而红遍全世界的美国作家马里奥·普佐，曾在哥伦比亚大学、社会调查学院等部门从事文艺研究和社会研究。[③] 尽管马里奥·普佐搞学问很在行也很有前途，但为了养家糊口，他却写起通俗小说

---

① ［美］J. C. 考维尔蒂．通俗文学研究中的“程式”概念［M］．成穷，王作虹，译//周宪，罗务恒，戴耘．当代西方艺术文化学．北京：北京大学出版社，1988：425.

② 郑惠生．论审美时尚的正面价值［J］．中国人民大学报刊复印资料·美学，1999（12）：32－38；郑惠生．也论大众审美文化的价值［J］．汕头大学学报（人文科学版），1997（6）：30－35.

③ ［美］马里奥·普佐．教父［M］．周汉林，译．贵阳：贵州人民出版社，1982.

来[1]。曾获得“国家级突出贡献专家”“上海市十大高教精英”荣誉称号的余秋雨在辞去学院院长之后潜心于写作，写出了一批火爆大江南北的通俗性散文。改变方向给余秋雨本人带来很多实际的好处，他自己就说：“写散文后的名声远远超过了我搞学术研究和作为一名教师的名声。”[2] 无论是马里奥·普佐俗文学的得利还是余秋雨俗文学的出名，除非他们本身确实存在着道德问题，否则，就不应该受到过多的非议。我们可以说，他们从雅到俗是文化界的损失，但我们却不能说，他们不能搞后来所从事的行当。诚然，对于像福楼拜、路遥等这样一些非常执着非常认真的作家，我们可以大力宣传称颂；但是，我们却不能要求所有的作家都来学着他们多做贡献少拿回报，因为这样做，我们自身也会陷于不人道当中。

再次，必须清醒地认识到，就生产意义而言，社会无法自觉地给雅文学提供一个良好的发展空间。虽然能找到一些非个体劳动的文学创作事例——如大仲马多次跟人合作写作品、金庸的武侠小说有“捉刀人”倪匡、刘恒与人合编电视剧本，但是，就其本性而言，文学创作是个体化的劳动。由于文学创作的这一性质，加上此种劳动的养料主要不是经济的、物质技术的，结果，社会的变迁可能在客观上为雅文学的蓬勃发展提供有利的条件，但无论如何却达不到自觉的程度。这一点可以说与影视、舞蹈、建筑和装饰艺术等有着极大的不同。自觉提供的良好政治条件和物质条件，能够极大地推动诸如影视之类的艺术的发展。然而，这样的结论并不太适用于文学、绘画之类的艺术。沙皇以及苏联政府并未为莱蒙托夫、赫尔岑、冈察洛夫、果戈理、陀思妥耶夫斯基、马雅可夫斯基和高尔基等杰出作家营造一个良好的社会环境，相反地，只要看看普希金是怎样死去的，帕斯捷尔纳克为何没有前往瑞典接受诺贝尔文学奖，索尔仁尼琴为什么流亡国外，我们就会十分清楚：社会为这些雅文学大师提供的只有不幸和灾难——不是无尽的打击伤害，就是

---

① 张英．文学的力量：当代著名作家访谈录［M］．北京：民族出版社，2001：81.
② 张英．文学的力量：当代著名作家访谈录［M］．北京：民族出版社，2001：111.

长期的穷愁潦倒。

以前，在文学受到官方严格管制的情况下，包括作家在内的许多人抱怨创作上的不自由，似乎给了作家创作上的自由，作家就能写出好作品；今天，在文学少受些政治束缚的时候，包括作家在内的许多人又埋怨社会太商品化了，似乎社会不商品化，俗文学不充斥市场，作家就可以搞出像样的雅文学来。难道真的如此？文学界外抱此看法，可当作外行人的意见不论；对文学同行所持的这种观点，则应认真地予以对待。美国作家威廉·福克纳曾这样说："艺术……才不在乎环境……差劲的作家就会给自己找借口，说什么没有时间啦、生活拮据啦，其实是在骗自己……没有什么东西能毁掉好作家，只有死亡才能改变他。"[①] 的确，这位诺贝尔文学奖得主的话是绝对了些、偏激了些，不过，其深刻的一面，也还是显而易见的。无论从人类历史发展角度来看，还是就人道主义角度而言，社会和政府应该给艺术创造者以更多的关怀、更多的自由；但是，能够跨越时空走向永恒的艺术杰作，从来就少有"温室里的花朵"。如果艺术家们一定要在与社会讨价还价以后才能够创造出真正有价值的东西，那么，沦为街头流浪艺人的盲人阿炳就拉不出二胡曲经典《二泉映月》，因耳聋和失恋差点自杀了的贝多芬就作不出《英雄》《命运》《田园》和《合唱》等伟大交响乐章，在流放的痛苦中生活着的苏东坡就吟不出大量的杰出诗篇。难以计数的事例证明，杰出的作家作品并非社会"自觉资助"的结果，而是血汗和生命的结晶。客观地看，当前中国的创作环境——无论是政治的还是经济的——远比以往好，问题的关键是作家个人想做什么以及怎样做。

最后，从消费的角度来看，社会应该也完全有可能为雅文学的生存发展创造一个良好的环境。文学作品的创造性生产固然极其重要，但对既有的优秀文学作品的消费也不能忽视。好好地享用经得起时间检验的雅文学虽然从

---

① 单德兴. 英美名作家访谈录［M］. 台北：书林出版公司，1976：232.

理论上予以认识是容易的，但在实践上却有着诸多的困难——其中最为突出的是与俗文学争夺读者。在很多时候，俗文学可以迅速地满足一般读者的心理需求，而且，正如英国美学家 H. A. 梅内尔所言："通俗娱乐作品比严肃的艺术品提供的愉悦更多。"[①] 由于这个原因，加上人类普遍存在着的好逸恶劳心理，结果，雅文学所提供的愉悦，虽然在质上毫无疑问地要高于俗文学，但仍然难以敌得过俗文学对于社会大众的吸引力。由此可见，怎样使读者自觉地倾向于在文学接受中获得愉悦的"质量"，实则是一个不易解决的技术性难题。那么，应如何解决这一难题呢？

第一，文化领域里的精英分子在解决这一技术难题时扮演着极其重要的角色。当代批评家西蒙·弗里思正确地指出："正是学者使高雅文化的大众消费成为可能。"[②] 社会大众由于从总体上说文化素质较低，所以与档次较高的雅文学就有着不易跨越的鸿沟。要填补两者之间的这条鸿沟，唯一的办法就是由文学专家通过具体的阐释和评价来架设桥梁。需要予以特别指出的是，目前精英文化领域里存在着两种很危险的倾向。一种危险倾向是太过于苛求的完美主义。具有这种倾向的人完全不顾社会文化的多样性和历史发展的复杂性，既痛骂俗文学的低劣又斥责大众的没品位、没修养。这种左也不顺眼右也不顺眼的不切实际的立场虽然可能出于苦心，但对于雅文学的生存发展不会有多大的助益——之所以如此，是因为审美具有非强制的特性。除此之外，还应该考虑到，过多地骂俗文学反而有可能使它更加红火。另一种危险倾向是急于求成的拔高主义。具有这种倾向的人完全违背文学的发展规律，在当下的文学尤其是广泛流行的俗文学中树立经典和成就大师。这种匆忙把瞬时的"飘逸"风光升格为长久的"坚实"大地的做法，就其现实意义而

---

① ［英］H. A. 梅内尔. 审美价值的本性［M］. 刘敏，译. 北京：商务印书馆，2001：37.

② 西蒙·弗里思. 通俗文化：来自民粹主义的辩护［M］. 陈永国，译//罗钢，刘象愚. 文化研究读本. 北京：中国社会科学出版社，2000：264.

言，必然会模糊人们的文学视线，从而严重影响文学的健康发展。

第二，学校是培养高雅文学趣味的重要场所。在营造雅文学良好的消费环境方面，如果说文学专家所进行的工作面对的是社会大众的话，那么，学校教育针对的则是在校的年轻人。文化层次和年龄特征等，一方面决定了在校学生更易于接受俗文学，另一方面也决定了在校学生具有更大的可塑性。不言而喻，一个偏爱二三流艺术的人完全可能进一步地喜欢上第一流的艺术，但相反的情况却不多见①。由于这一原因，加上学生接受什么对他的一生特别是人格的形成影响很大，故而，在学校教育中营造一个良好的雅文学消费环境就显得相当迫切和重要。虽然目前中国的学校教育在这方面已经做了一些努力——譬如，教育部在2000年新修订的中学《语文教学大纲》中，就明确具体地向中学生推荐不少课外或阅读或背诵的文学名著名篇，但是，从总的情况看，令人遗憾的问题还存在很多。

一个问题是，在文学教育方面，绝大多数的学校远未达到自觉的高度。尽管当前的学校在开设课程上并不害怕挤占本该留给学生自由活动的时间，但文学教育几乎完全被冷落。之所以出现这种情况，原因主要不外乎两点：一来是文学教育被当作属于与人的思想政治品质无关或关系不大的东西，二来是文学的教育被看作可以自然发生而无须刻意追求和引导。稍加探究就会发现，前者的错误在于，割裂了人的思想政治品质与文化素质之间的联系，没有考虑到一个人发展的完整性；后者的错误在于，忽视了文学世界虽很精彩，但仍然与社会生活一样鱼龙混杂，未曾注意到任由还缺乏鉴赏力的学生自由选择会因为文学的特殊意义而损害其人格的不断完善。在论及学校的“文学教育”时，诺思洛普·弗莱正确地指出：“这场斗争应该早在学生进入大学以前就开展了，因为在学生一生中，大学阶段已为时太晚，只能十分表

① ［英］H. A. 梅内尔. 审美价值的本性［M］. 刘敏，译. 北京：商务印书馆，2001：37.

面地改变他们的思想习惯了。”[1] 可惜的是，当前中国的学生，不但在中小学阶段缺少真正意义上的文学教育，而且到了大学时期，在文学接触方面，除语言文学专业外，也几乎都是缺乏良好的引导。

另一个问题是，在文学教育方面，学校的教师普遍素质不高。尽管中小学语文教材收进了不少文学名篇，也有不少甘于奉献的语文教师，但文学教育的收效却不大。这其中的主要原因之一，就是教学方法的程式——很多教师没有认真区分文学作品与一般文章（或理论性或应用性）在教学方法上的差异。更为严重的是，有些教师连文学和文章的概念也混为一谈。

再一个问题是，学校图书馆（室）的藏书严重不足。学校图书馆（室）提供的作品数量和作品质量，在相当程度上会影响学生的文学偏好。由于资金投入的不足和采购图书者的素质偏低，结果，许多中小学的图书馆（室）不但藏书少，而且质量极其令人失望——在数量有限且难以借出的书籍中，按理应尽快清理掉的时下流行性读物却占有很高的比重。倘若我们的学校要达到培养学生高雅文学趣味的目的，那么，图书馆（室）的“高素质建设”就是必不可少的了。

第三，国家的政策调控在营造雅文学接受的良好氛围方面具有举足轻重的作用。如果已经明确地意识到雅文学尤其是经典作品在促进人格完善和社会健全方面具有俗文学所无法比拟的“高级”价值，那么，政府就应该在人财物的投入上带好头，就应该努力通过各种各样的技术性手段来创造一个有利于接受雅文学的社会环境。譬如，各级政府可以设立与雅文学有关的种种奖励——像雅文学评论奖、雅文学宣传组织奖、雅文学普及活动奖、雅文学出版奖等，动员鼓励各界来支持资助雅文学活动，对那些大力资助高雅文学的组织机构和热心人士予以表彰。再如，政府可以规定大众传媒在评介和发表（或播放）雅文学作品方面的最低要求——包括绝对数值、相对比率以及

---

① ［加拿大］诺思洛普·弗莱. 显性批评与隐性批评［M］. 徐炳勋，译//吴持哲. 诺思洛普·弗莱文论选集. 北京：中国社会科学出版社，1997：36.

插播广告的限度，可以规定公共图书馆（室）至少在节假日里开放雅文学书架免费供给市民阅读。诚然，国家的政策调控并非一件轻而易举的事，但只要有决心，就没有什么做不到的事情。

尽管为雅文学的消费筑构一个温馨的环境并不是文学“高质”发展的全部，但是，在一个雅文学接受已经有了良好氛围的社会里，雅文学的生产自然较具活力，整体性的文学发展道路必将更加光明。

七、文学典型于连论

——兼批评学界的“左”倾思维

于连·索黑尔，在我国历来就是一个争议很多的文学典型。其中不乏赞美之辞，但更多的是“左”的评价。如有的断言：“从本质上看，他不过是法国复辟王朝末期（大致是1825—1830）一个小资产阶级右翼知识青年罢了。”① 有的认为：“在于连身上，妥协性是主要的。于连向上爬的过程，也就是他逐步抛弃对拿破仑的信仰，在政治上逐步堕落的过程。”② 我国著名法国文学研究家李健吾先生在他的《〈红与黑〉与法国复辟时期的修道会》中也说：“他不过是一个机会主义者、利己主义者。”“为了得到‘满足’，于连变成了他的卑劣性的奴隶，从漂亮的骗子这一角色一直扮演到自我表现的就义者。”③ 更为严重的是，我国20世纪70年代以来出版的一些教科书中，类似“左”的分析更是随处可见。这些观点的产生，是由于教条主义地理解马克思主义的阶级分析法，不是从总体上去把握于连这一极为复杂的人物形象，而是根据作品中的只言片语或于连在其生活道路中的一两件事便下断语的结

---

① 刘念兹，王建琦．对于连·索黑尔的再认识［J］．山东师范大学学报（哲学社会科学版），1982（5）：76.

② 李梦雄．司汤达的《红与黑》［M］//《外国文学五十五讲》编委会．外国文学五十五讲：下册．贵阳：贵州人民出版社，1980：45.

③ 李健吾．《红与黑》与法国复辟时期的修道会［M］//中国社会科学院外国文学研究所编．外国文学研究集刊：第1辑．中国社会科学出版社，1979.

果。这里试图从不同的几个侧面，剖析于连这一文学典型的真实面貌。

（一）于连的生活道路

于连的生活经历大体上可分为五个阶段，即木匠家庭里、市长家里、贝尚松神学院、巴黎侯爵府和监狱审判五个时期。

于连早年的民主思想和反抗性格，是在他的人生第一阶段孕育出来的。出身于一个木匠工厂主家庭的于连，自幼体力单薄，为父母所讨厌，常遭打骂，逐渐养成了孤独、自卑但充满反抗的性格心理。因喜欢读书，又有很强的记忆力，他在老军医官的爱护帮助下进步很快，学会了拉丁文。老军医官所讲的故事——拿破仑在意大利几次有名的战役——熏陶了于连，激发了他的热情，增进了他的想象力，同时也加深了他对拿破仑的崇拜。于连读了不少书，其中他最爱读的是法国作家卢梭的《忏悔录》，还有拿破仑的《拿破仑出征公节略》和《圣爱仑回忆录》。卢梭的作品培养并增强了他的平民意识和阶级观念，而拿破仑的著作则成了他一生行事的准则。他在少年时期充满着英雄梦，满怀理想，准备离开故乡维立叶尔到外面去干一番事业。老军医官死后，于连在西朗神父的引导下，将连他自己也认为没有什么价值的《旧约》和《教皇传》背得滚瓜烂熟。

经西朗神父的推荐，于连来到了德·瑞那市长家里任家庭教师。这是他人生的第二阶段。对现实的强烈不满加深了他的平民意识。来到市长家的于连，感到一切都充满着敌意。他为自己低微的地位和贫穷而感到不安，尽管他很自信自己的才华和蔑视上流社会的贵族。于连出于自发的平民意识和报复的野心而去占有德·瑞那夫人，结果却深深地爱上了她。他们的爱情败露后，于连站不住脚了。虽然，于连对拿破仑是崇拜的，但他所为之激动的拿破仑时代已成为历史。于连慨叹地说："……拿破仑啊！在你的时代里，是怎样的善良。人们从战场的危险里才能取得富贵，而不从贫贱人的痛苦里卑污地去从事掠夺!”[①] 他把对拿破仑的崇拜深深地埋在心里——他珍藏着拿破仑的画像。于连很羡慕仅比他大六到八岁的安地主教的崇高地位，他决定走教会这条道路。他悄悄说道："在拿破仑统治下，我会是一个军曹，在未来的神父当中，我将是一个主教。"[②] 又经西朗神父的推荐，于连进入了贝尚松神学院。

于连要闯出一条路来，但他所走的教会这条路与他的信仰——拿破仑、拿破仑时代——是不一致的，所以他就用虚伪来武装自己。这是他人生的第三阶段。他学会了怎样用虚伪的手段对抗丑恶的现实。在神学院，于连的才能非常快地得到了院长彼拉的赏识，尽管于连时时以莫里哀笔下的"达尔丢夫"为师，用虚伪来同周围的人周旋，但却无法完全掩饰对周围一切的厌恶，所以被神学院的大多数人看成是一个危险分子。不久，彼拉神父因反对派的胁迫，辞去了院长的职务，于连也随之失势。在彼拉神父的介绍下，于连来到了巴黎，在法兰西大臣德·拉·木尔侯爵府中当秘书。

于连生活道路上的第四个阶段是极为复杂的。豪华的侯爵府，上流社会贵族们那种优雅然而极端傲慢的举止，再次唤起了于连强烈的阶级意识——这种意识在神学院生活中几乎要泯灭了。自卑又回到他身上，时刻折磨着他。但此时的于连，已知道该怎样去对付这些人了。他用傲慢、冷漠回敬他们，坚信自己的才能总有施展的时候。由于木尔侯爵的赏识和重用，于连得以参加保皇党的秘密会议，他的阶级意识几乎是完全麻痹了。同木尔侯爵的女儿玛特儿周旋，最后征服了她的成功，使得于连陶醉在表面的胜利里，仿佛自己也有与之相称的地位和财产。但很快地，一切都成了泡影：德·瑞那夫人在她的忏悔神父的诱迫下，写下了告发于连的信。一怒之下，于连枪击德·瑞那夫人，自己因此被捕入狱。

监狱和法庭，是于连生活道路的终结，也是于连的平民意识以其本来面

---

① ［法］司汤达. 红与黑［M］. 罗玉君，译. 上海：上海译文出版社，1979：182.
② ［法］司汤达. 红与黑［M］. 罗玉君，译. 上海：上海译文出版社，1979：229.

目展现于世并发展到顶点的时候。监狱里，于连的平民意识和阶级观念又开始复苏，并非常快地得以增强。他冷静地回忆过去，对一切都重新思考。在法庭上，于连慷慨陈词，对资产阶级贵族上流社会进行了猛烈的抨击。虽然，德·瑞那夫人只是受了轻伤，但于连却被他所反抗、从而对他采取全面攻击的社会—— 一个以投靠教会发家的，从贫民寄养所所长晋升为维立叶尔市市长，再晋封为男爵，现在身上正放着省长委任状的资产阶级暴发户哇列诺为代表的社会——判处死刑。在死与生面前，他拒绝了屈辱的生，选择了不屈的死。这就是于连所走过的道路。在短促的一生中，他有过美好的理想，也有如若是在拿破仑时代可能会有所作为的才华。但“残酷的现实，用它的铁掌歪曲了于连的意志。”[①] ——他的卑微的地位和出众的才华，正是复辟王朝时期上流社会所拒绝的。于连为拿破仑用长剑征服世界的事迹所鼓舞，想在世界上干一番事业，他也同情雅各宾党。但现实却促使他戴上虚伪的假面罩，走上教会的道路。他一方面自卑于自己的贫困；另一方面又自信于自己的才能而抑制不住心中的愤愤不平。一方面出于平民意识和阶级观念而仇视整个贵族上流社会，这是主要的；但另一方面却因为自身的贫困而羡慕贵族的财产和地位，这是次要的。于连的确忍让过，沉默过，但更多的还是反抗和战斗。他的心理上的矛盾、内心与外表的不一致，使他承受着极大的痛苦，这种重负时时在考验着他的意志力。在于连的生活道路上和性格发展过程中，时常充满着矛盾。但它们最终还是统一的，它们统一于：于连最后选择了死的道路——于连以生命作为代价，对他所与之对立的不合理的社会做出了最后的反抗。于连的命运，正是复辟制度下小资产阶级青年的必然命运；于连的悲剧，是一个出身下层的小资产阶级知识分子在复辟时期天分和才能无从发挥、理想无法实现的悲剧。这也是一个时代的悲剧。

---

① ［法］司汤达. 红与黑［M］. 罗玉君，译. 上海：上海译文出版社，1979：207.

（二）法庭上的于连

对于连在法庭上的言行应怎么看？这是评价于连这一形象的关键问题。《欧洲文学史》一书中是这么认为的："实际上，于连的一生是资产阶级个人主义野心家的一生。于连在法庭上短短的发言是个人野心未遂的怨恨的发泄，于连的死也是个人主义野心家失败后悲观绝望的必然结果。"[①] 真是这样的吗？

在维立叶尔城哇列诺家里的时候，于连就曾暗自想道："就令他们愿意把抢劫来的财物，分一半给我，我也是不能够和他们在一块儿生活。有一天，我会泄露了我自己的心思，我实在抑制不住他们引起我的那种轻蔑的心情！"[②] 几年后，于连和哇列诺重又见面，这一次是在法庭上（前者是受审者，后者是审判者）；又是哇列诺，这个资产阶级暴发户激起了于连的愤怒——"他快屈服在包围他的那种柔情了。幸而他遇见了哇列诺男爵先生的傲慢眼光"[③] ——原打算沉默不语的于连发言了："对于轻蔑的恐惧，使我说话，我本来以为死的时候，是可以不在乎的……他们愿意惩罚我，借我来惩诫一般少年，——出身微贱，为贫困所困扼，可是碰上运气，稍受教育，而敢于混迹于富贵人所谓的高等社会的少年"，他讲的这些话，只是"他心里蕴藏了好久的话语"。[④] 这说明，于连在法庭上所讲的，绝非一时的冲动，更非偶然的胡言乱语，它是有一定的思想基础和现实基础的。事实上，上流社会拒绝像于连这样一个出身低微的人，在皇帝驾临维立叶尔城而于连成为仪仗队队员的时候就已经开始了。这是上流社会对贫贱的于连的第一次围攻，是后来资产阶级贵族上流社会判处于连死刑的序幕。在牢狱中，于连回忆一切思考一

---

① 杨周翰，吴达元，赵萝蕤．欧洲文学史：下卷［M］．北京：人民文学出版社，1979：124.

② ［法］司汤达．红与黑［M］．罗玉君，译．上海：上海译文出版社，1979：185.

③ ［法］司汤达．红与黑［M］．罗玉君，译．上海：上海译文出版社，1979：596.

④ ［法］司汤达．红与黑［M］．罗玉君，译．上海：上海译文出版社，1979：597.

切，英雄梦破灭了，他选择了死亡的道路。虽然，他也热爱生活，还热恋着活着的德·瑞那夫人，他更有那未出世的孩子值得他去关心，但活着的代价太大，因为于连同那个社会的对立所产生的裂痕是那么明显，以至于苟活着也是困难的。

于连在法庭上的发言，根本不是什么“个人野心未遂的怨恨和发泄”，而是对统治阶级的有力揭露；于连的死，也不是“个人主义野心家失败后悲观绝望的必然结果”，而是一个小资产阶级青年知识分子对复辟王朝时期整个上流社会做最后的、毫不妥协的反抗——这，才是于连的本来面目。

（三）两次“占有”的实质

《红与黑》用了很大的篇幅写于连与德·瑞那夫人、与玛特儿小姐的爱情关系。这两件事充分体现了于连的信仰、追求和生活原则。

在于连同德·瑞那夫人的爱情关系上，首先应指出的是，于连并不是出于情欲而去占有她。固然，我们不能说于连完全没有感觉到德·瑞那夫人的美貌和温柔，我们只是说德·瑞那夫人的美貌和温柔并不足以引起于连的爱情，刚到市长家里的于连有的只是自卑和反抗。其次，应该指出的是，于连绝不是为了往上爬才去征服德·瑞那夫人。不管是市长还是市长夫人送礼给他，他都予以拒绝。要得到地位，就得妥协，但于连不止一次以激烈的言辞维护自己人格的独立，并且处处计较贵族主人是否以平等的态度对待自己。一个有力的证据就是，当德·瑞那市长要求他签订两年的聘约的时候，于连冷漠地答道：“先生，这是不可能的。”“如果你愿意辞掉我，我必须走开。一张聘约，束缚了我，而对于你却无任何约束性，这是不公道的，我拒绝它。”①最后，我们想说明的是，于连是出于报复的野心、对于平等的追求而去“占有”德·瑞那夫人的。起初，于连出于对被人轻蔑的报复心理强行握住了

① ［法］司汤达. 红与黑［M］. 罗玉君，译. 上海：上海译文出版社，1979：44.

德·瑞那夫人的手。在此以后，虽然于连非常想念她，但当于连要出去旅行而她表现出一种冰冷的态度的时候，“他记起了自己的出身和地位，尤其是在一个贵族的有钱的继承者的眼里。一瞬间他的脸上只有矜骄的和对自己愤怒的表情了。他心里涌起最剧烈的憎恶……”[①] 于连是这样一个人，他希望与别人平等，他渴望得到别人的尊敬，他靠卢梭的著作来建立理想——在卢梭的著作中，到处都闪烁着这样的思想：“人们生来是自由的，而且在权利上是平等的。”

有一段时间，“他突然觉得钟情于德薇夫人还好些，这并不是德薇夫人更动人，实在是因为她一看见他，他就是一个光荣的教师，很有学问，没有看见他是锯木厂工人。”[②] 然而，于连并没有真的爱上德薇夫人，他还是出于强烈的反抗欲望去占有德·瑞那夫人。在这里，我们可以看出于连并不喜欢那种风平浪静的、令人“满意”的爱情，他需要的是充满刺激的战斗，这就是他的生活原则。于连“占有”德·瑞那夫人，得到了一种狂欢。随后，于连热恋起她来。这是为什么呢？因为第一，她“实在没有什么阶级观念，在她的心目中，一点点小成就比一个人的阶级所决定的性格的表现更能久远存在”。[③] 第二，她对于连说道：“我能够活着亲眼看见你成功吗？事业和地位都在等待你。王朝和宗教都需要伟人。”[④] 第三，“他的情妇的阶级，似乎把他抬高到他自己原来的地位之上”。[⑤] 总之，在德·瑞那夫人身上，体现了于连所追求的平等、自由和幸福。

同样的，于连对德·拉·木尔小姐的占有，也是出于报复的野心和平等的追求，只是在方式上有所不同罢了。于连，这个来自下层的青年人，开始对德·拉·木尔小姐并没什么兴趣，是玛特儿，这个有千百个追求者的巴黎

---

① ［法］司汤达. 红与黑［M］. 罗玉君，译. 上海：上海译文出版社，1979：92.

②③ ［法］司汤达. 红与黑［M］. 罗玉君，译. 上海：上海译文出版社，1979：103.

④ ［法］司汤达. 红与黑［M］. 罗玉君，译. 上海：上海译文出版社，1979：127.

⑤ ［法］司汤达. 红与黑［M］. 罗玉君，译. 上海：上海译文出版社，1979：120.

有名的大美人，忍受不了于连的冷漠，主动向他进攻并提出约会的。为了不成为让人轻蔑的懦弱者，为了证明自身的意志力，于连才决然赴约。在玛特儿做了他的情妇之后，阶级的自尊心使她两度同于连“绝交”，这就使得于连下决心去征服她。于连最终经受住了由于假装傲慢和冷漠所带来的巨大痛苦，完全地征服了德·拉·木尔小姐，使她成了他驯顺的妻子。虽然，娶德·拉·木尔小姐为妻，可以使于连获得一定的地位和财产，但这绝不是主要的。审判前，玛特儿四处奔波替于连求情，却为于连所拒绝，就是很好的说明。虽然玛特儿有迷人的容貌、青春的活力，但她并未完全地获得于连的爱情。只有那唯一能给他幸福感的德·瑞那夫人才是他所爱的。

综上所述，于连两次“占有”的目的，既不是为了情欲的满足，也不是把它当作往上爬的手段。于连只是想通过“占有”来证明他跟她们在权利上是平等的，同那些达官贵人比起来，他毫不逊色。他的确做到了，他用他自己的才能和惊人的意志力证明他比上流社会的那些庸人要强得多。于连的这两次“占有”，在本质上是一种反抗，是对上流社会的一种变相的战斗。

（四）“秘密会议”中的于连

于连在侯爵府参加保皇党秘密会议一事，似乎成了评价于连是一个“小资产阶级右翼知识青年”“以妥协为主的机会主义者”和“平民阶级的叛徒”的有力佐证。

于连不仅具有他本阶级（小资产阶级）的本质属性——这种本质属性在复辟王朝时期主要表现为对资产阶级贵族上流社会的反抗性，而且也有着作为社会的立体完整的人的特殊性。由于木尔侯爵的赏识和重用，甚至几乎把他当作心腹，于连的平民意识被冲淡了，剩下的是对侯爵的感恩：“即使有危险，为了侯爵我也是应该的，也许还不只是这样。有一天，我的疯狂可能给他许多痛苦，但愿这是一个机会，能因为这个给他一点补偿，这便是幸运了！"[1] 他的对于侯爵的胜利——以天分和才华在心理上“征服”了侯爵——使得受虚荣心作弄的于连并不特别在意侯爵在干些什么。因此，在非完全自觉的情况下参加了保皇党的秘密会议，并为之奔波。一方面，保皇党贵族们之所以让于连参加阴谋的秘密会议，是因为于连有超人的记忆力能供他们利用；除此他们是不把于连放在眼里的。年轻的安地主教，“当他向众人一望，眼睛盯着于连的时候，显出非常惊异的神情”[2]，而那个房主则“因为表现他的地位的重要，他看着于连的态度，有一种戏弄的意思”[3]。另一方面，于连在心底里并没有忘记自己是一个平民。他想：“这些人会使我中毒。他们怎样能够对着一个平民说出这些话来？”[4] 以上所述说明，于连的思想在本质上与贵族们是很不一致的。在实际行动上，于连也并没有把秘密会议当成一回事，“于连刚一离开侯爵的视线，他顷刻间就忘记了他的秘密记录和他重大的使命，只想到玛特儿对他的轻蔑”[5]，“一切不与德·拉·木尔小姐有关联的事情，他简直不能去想”。[6] 诚然，“秘密会议”中的于连存在着自私自利的心理。受虚荣心的驱使，从个人恩怨出发，于连的头脑麻木了，这是事实。但问题是，我们能要求像于连这样的小资产阶级知识分子没有自私自利的思想吗？更何况，侯爵府中的生活只是于连生活历程中的一个部分。眼前的宁静，只是暴风雨到来的前夕。法庭上的于连和临刑的于连以他勇敢的行动和全部的力量来对抗保皇党（又何止是保皇党呢？），而这种不屈的反抗是完全来自理智的思考的。

评价一个人的行为，我们得考虑这个人的思想，尤其是那些明晰的思想；

---

① ［法］司汤达．红与黑［M］．罗玉君，译．上海：上海译文出版社，1979：473.
② ［法］司汤达．红与黑［M］．罗玉君，译．上海：上海译文出版社，1979：470.
③ ［法］司汤达．红与黑［M］．罗玉君，译．上海：上海译文出版社，1979：473.
④ ［法］司汤达．红与黑［M］．罗玉君，译．上海：上海译文出版社，1979：483.
⑤ ［法］司汤达．红与黑［M］．罗玉君，译．上海：上海译文出版社，1979：486.
⑥ ［法］司汤达．红与黑［M］．罗玉君，译．上海：上海译文出版社，1979：490.

因为一个人的行为有时会为环境所左右，它无法为灵魂深处的某种原则所支配。如果我们能够辩证、客观地看待问题的话，那么，对于生活在十九世纪法国复辟时期的于连就不应该过分地苛刻。

（五）弱点及失败

作为小资产阶级青年在复辟时期对资产阶级法权的向往和对封建等级制度的反抗，于连这一典型形象体现了进步的思想，也表现出了很多美质；但作为受上流社会影响的小资产阶级知识分子，却有着不可忽视的弱点。

首先，正如上文所指出的，于连身上存在着自私自利的思想。正是这种自私自利的思想，使他几乎走到了堕落的边缘。其次，于连虽然对整个贵族社会充满着仇恨，但他的平民意识和阶级观念主要来自经验直觉，它既没有理论化更没有系统化，这就决定他在斗争过程中不可能有明确的方向和具体的行动纲领，从而使他的平民意识容易为其他思想感情（特别是自私自利）所消减，以至于战斗力也经常被削弱。最后，也就是大多数人所严加谴责的，于连有一副虚伪的面孔。于连试图戴上虚伪的假面罩去同上层社会周旋，这种斗争方式使得他一方面混迹于上流社会，而另一方面却又感到心灵上的异常孤独。于连在本质上不是一个虚伪的人，也不是一个妥协的人，可是他却采用了“虚伪”这种斗争手段（其中也包括“占有”爱情），这就注定他的斗争以失败告终。

（六）结语

于连·索黑尔渴望得到崇高的荣誉、幸福、自由和平等，他走过了曲折的道路，进行着时强时弱的斗争，但那个黑暗社会的邪恶势力太强大了。狱中的于连在思考的时候不无感慨地说：“我爱真理……但是真理在哪里？到处都是伪善，至少也是欺诈。甚至最有德性、最伟大的人也不例外。”① 这段发自肺腑的话，饱含着于连一生的坎坷和辛酸。作者司汤达借笔下主人公之口表达了对真理孜孜不倦的追求和对伪善世界的鞭笞及控诉。1921 年诺贝尔文学奖获得者、法国杰出人道主义者阿那托尔·法朗士（1844—1924）在他晚年的时候说：“我只能说我是真诚的。我再说一遍：我热爱真理。我相信人类需要真理，但是毫无疑问，人类更需要谎言，因为谎言能欺骗和安慰它，给它以无限的希望。如果没有谎言，人类就会在绝望和厌倦中灭亡。”（1922 年发表的回忆录《如华之年》后记结束语）一个是作家笔下的文学典型；一个是历史现实中的进步人士，他们是何其相似！

---

① ［法］司汤达．红与黑［M］．罗玉君，译．上海：上海译文出版社，1979：618．

八、文学批评的“庸俗社会学”倾向

——对张克明先生的学术批评

在《当前知识分子题材小说创作的缺失》[①] 中，张克明先生批评了当前一些以知识分子为题材的小说未能触及“消极病态因素形成的深层原因”，指出作家须“加深对当代知识分子的认识与理解”，“着力于艺术的开掘与精神的提升，使作品的内涵更加丰富，思想更加深刻”。应该说，这些看法是有着相当的道理的。然而，对该文的一些观点，特别是其中表现出的庸俗社会学批评倾向，笔者却不能苟同。基于“没有对批评的批评就没有批评”这一认识[②]，现做深入讨论，与张克明先生商榷。

首先，在《当前知识分子题材小说创作的缺失》中介绍《教授不教书》和《博士点》等小说中描写的几个“人格卑下”的知识分子之后，张先生接着写道：“现实生活中的中国知识分子果真如此……这绝不是当前知识分子的主流，不代表事物的本质。”这样的批评，表面看上去非常雄辩，可深究起来，却没有丝毫的说服力。

第一，无法否认的是，当前中国知识分子并非只是一种颜色：既有“灵

---

① 张克明. 当前知识分子题材小说创作的缺失［J］. 中国人民大学复印报刊资料·文艺理论，2002（1）：77－78.

② ［法］蒂博代. 六说文学批评［M］. 赵坚，译. 北京：生活·读书·新知三联书店，2002：41.

魂高尚”的，又有“灵魂丑陋”的。故而，单个的文学作品，无论是只刻画正面的知识分子形象还是只刻画负面的知识分子形象，都可说在一定程度上反映了客观的现实生活。基于此，张先生在批评具体的某一篇小说时要求作者须反映知识分子的主流，实际上是一种过分的苛求。众所周知，即便是像《红与黑》这样的世界文学名著，其所描写的主人公——小资产阶级知识分子于连，其人格，也并非是他所属的那个时代的主流。且不谈虚构性的小说，就说非虚构性的报告文学写知识分子，也同样可以写非主流的“少数的类”。倘若依照张先生的文学批评逻辑，那么，小说《爱，是不能忘记的》中塑造的钟雨、报告文学《哥德巴赫猜想》中描绘的陈景润、《大雁情》中描绘的秦官属等一系列中国知识分子形象，都同样会遭到“写非主流、非事物本质”的否定。这样岂不荒唐？

第二，“当前中国知识分子的主流”是什么？对这样一个并非三言两语就能讲清楚的大问题，张先生的答案却是如此简单明了：“最富有自我牺牲精神与创造精神。”的确，现实生活中不乏“富于牺牲精神与创造精神”的知识分子，可是，在能否达到“主流程度”的问题上，没有具体的实证数据而仅凭主观的臆测便匆匆忙忙下结论，是很不妥当的。退而言之，即使承认张先生所言的不差，我们也不能忽视这样的一个事实：近年来学术腐败“有愈演愈烈之势”①。国家自然科学基金委公布的2001年学术腐败案②、北京大学博导王铭铭的学术剽窃③、合肥工业大学博导杨敬安的学术造假④、中山大学博导

---

① 宋元林，王明高．加强高校学术道德建设［N］．光明日报，2002－01－04（C4）；薄洁萍，等．维护学术尊严，反对学术腐败［N］．光明日报，2001－12－25（B3）；春鸣．两会专题：还学术界一片净土［N］．中国教育报，2002－03－08（3）；韩建清．学术腐败要标本兼治［N］．人民日报，2002－03－11（13）．

② 范绪锋．学术研究：千万别走歪了道［N］．中国教育报，2002－03－05（1－2）．

③ 张同泽．学术腐败也是腐败：做了北大教授为什么还要去剽窃［N］．青年时讯，2002－01－24（3）．

④ 周立民，周剑虹．不能让学术造假之风蔓延［N］．中国教育报，2002－01－16（2）．

李江帆的科研成果三次遭到侵权[①]……一系列的报道表明，当前中国知识分子确实存在着不少的问题。难道这一桩桩铁的事实还不够让人触目惊心？难道咱们的文学艺术必须等到有“人格问题”的知识分子成为主流甚或所有的知识分子都存在着“人格问题”时才加以反映？

其次，张先生虽然最终还是承认了小说可以写“人格卑下”的知识分子，可同时又说：“对这方面的描写应当适度，不可随意夸大，以偏概全。”毫不“夸大”地讲，像张先生这样的文学批评，已经是背离了起码的文学常识。

第一，文学描写如何才算“适度”？文学表现应该怎样才可称得上是没有“随意夸大”？按照张先生的意思，是小说在塑造“人格卑下”的知识分子形象时不着力刻画，不夸张，不渲染。假如这样的逻辑观点能够成立的话，那么，张天翼的《华威先生》、欧·亨利的《警察与赞美诗》、契诃夫的《变色龙》、卡夫卡的《变形记》、塞万提斯的《堂吉诃德》、莫里哀的《伪君子》和果戈理的《钦差大臣》等大批至今仍焕发着光辉异彩的文学杰作，就成了必须重新评价的“有问题的杰作”。常识告诉我们，在文学艺术中，夸张甚至极度的夸张，不仅是允许的，而且常常是必需的。张先生的错谬之处，在于完全忽视了文学反映社会生活的特殊品格，以“数学”的精确性来衡量“文学”的创造性和深刻性。

第二，什么叫“以偏概全”？联系上下文，可知张先生的意思是指被其讨论的几篇小说只写知识分子的人格卑下——既没有写“好的知识分子”，又没有写“知识分子的好”。诚然，无论是提倡作家写多种类型的知识分子，还是提倡作家写出知识分子性格的复杂性和多样性，都是合理的。不过，一个作家根据自身的创作目的，在内容有限的单个作品中只写知识分子的“负面”，同样不悖情理，更何况，正如日本文学批评家桑原武夫所言：“虽然文学从根本上说来是关于人类揭示其理想状态的工具，但是，在人的这个世界上经常

---

① 李江帆. 我遭遇了三次侵权［N］. 羊城晚报，2002-01-24（B8）.

存在着恶，所以，文学就经常把恶作为描写对象，而且，为了切实地感受到生存的状态……特别地描写恶也是必要的。①

针对具体的知识分子题材小说所做的文学批评，恰当的方式应该是分析其中“哪些地方写得新鲜深刻，哪些地方写得老套肤浅”，应该是检讨其中能否做到“美其所美”或者“丑其所丑”，而不是花大笔墨去讨论“写何种类型或多少种类型的知识分子才能代表全部知识分子”这样一个“大而无当”的问题。本来，所谓的“以偏概全”，是一个只适用于评判“抽象表述”的语词，可张先生却用来裁定“形象表现”。如此的文学批评，自然免不了出现漏洞。设想一下，如果大家都拿着“是否以偏概全”这样的“一把尺子”来检测文学世界，那么，几乎没有一部（篇）作品可以逃离指摘——因为，虽然从理论上说，文学不同于科学的重要之处在于它以想象的方式去反映整体的社会生活或完整的人，但在实际上，无论是什么样的文学作品，都不可能反映所有“方方面面”的生活或所有“形形色色”的人，即便是像《红楼梦》《神曲》《伊利亚特》和《奥德赛》等这一类“百科全书”式的鸿篇巨制，也不例外。

再次，张先生在史实的概括方面存在“失真”的地方。譬如，文中有这么一段话：“进入新时期以后……知识分子题材小说随之剧增。特别是近年来知识分子题材小说不仅数量增多，而且陆续有作品……引起社会反响。这表明知识分子题材小说已开始成为新时期小说谱系中的一派脉流。”难道真的如此？非也！从冯骥才的《啊!》、张贤亮的《灵与肉》和《土牢情话》、宗璞的《三生石》和《我是谁》、王蒙的《布礼》和《春之声》、张洁的《方舟》和《祖母绿》、从维熙的《遗落在海滩上的脚印》和《雪落黄河静无声》，到戴厚英的《脑裂》、方方的《行云流水》和《无处逃遁》、李贯通的《天缺一

① ［日本］桑原武夫. 文学中的恶［M］//桑原武夫. 文学序说. 孙歌，译. 北京：生活·读书·新知三联书店，1991：161－162.

角》，再到梁晓声的《学者之死》和《山里的花儿》、王石的《雁过无痕》、蒋韵的《现场逃逸》等一系列作品，我们可以看到，知识分子题材小说一直都是相当活跃的"脉流"，而不像张先生所说的"特别是近年来"。至于知识分子题材小说的社会反响，只要想一想戴厚英的《人啊，人!》（1980 年）、谌容的《人到中年》（1980 年）和贾平凹的《废都》（1993）等作品在出版时所产生的轰动效应，我们就可断言，与近些年相比，20 世纪 80 年代至 90 年代中期的影响更大、更深远，绝非张先生所认为的那样。

综上可见，无论是在学理方面还是在史实方面，《当前知识分子题材小说创作的缺失》都有着不小的"缺失"。更值得注意的是，在进入到 21 世纪的今天，竟还存在着张先生这样"左"的咄咄逼人的批评文字："如果现实中的中国知识分子真的都像以上小说所描写的那样虚伪自私，平庸委琐，中国的改革开放能有今天？中国的社会进步能有今天？"不难看出，在几个问号的背后隐含着这样的一种"政治逻辑"：描写"人格卑下"的知识分子→就是否定现实中所有的中国知识分子→就是否定中国的改革开放→就是否定中国的社会进步。不管是谁，只要他的记忆中还有历史，就不会对此类"扣政治帽子"的庸俗社会学批评感到陌生。想想从前这类极"左"的批评给文坛带来的灾难，我们必会有所警惕。

第二章

文艺理论的批评

“科学性”是文艺理论学科建设的灵魂。我们既不能墨守成规，但又无法“在一天之内把罗马建成”。在批判既有文艺理论成果时，应该遵循科学规律，重实证、讲逻辑。

一、文艺理论学科建设的“反科学”倾向

——对李春青教授的学术批评

近几年，对文艺学进行学科性的反思成了学术界的热点话题。在这股还继续发展着的反思潮流中，明显表现出学术界对文艺学学科变革的迫切使命感。这种情况，无疑是很令人欣喜的。然而，笔者发现，有些学者的反思具有突出的反科学倾向——像李春青教授发表于《文艺争鸣》2001 年第 3 期上的《对文学理论学科性的反思》（以下简称《反思》）[①]，就属于此种类型。这里对其进行学术性的批评，与李春青教授商榷。

（一）文学理论是意识形态之外的东西?

《反思》这样写道：“意识形态对文学理论的影响是最典型的他律而非自律。”显然，李春青教授在这里所持的观点，是典型的“意识形态外在”论。如此看法，对否?

关于“意识形态”概念，让我们先来看看几部较具权威性的工具书是怎样释义的。《现代汉语词典（2002 年增补本）》的解释是：“在一定的经济基础上形成的，人对于世界和社会的有系统的看法和见解，哲学、政治、艺术、

---

① 李春青．对文学理论学科性的反思［J］．文艺争鸣，2001（3）：43－46.

宗教、道德等是它的具体表现……也叫观念形态。”[①]《新华词典（2001 年修订版）》的解释是：“指社会意识诸形式中构成思想上层建筑的部分，包括政治、法律、道德、艺术、宗教、哲学等直接、自觉地反映社会经济、政治制度的思想体系。”[②]《辞海（1999 年版缩印本）》的解释是：“系统地、自觉地反映社会经济形态和政治制度的思想体系。是社会意识诸形式中构成思想上层建筑的部分，表现在政治、法律、道德、哲学、艺术、宗教等形式中。”[③]《哲学大词典（修订本）》的解释是：“系统地、自觉地反映社会经济形态和政治制度的思想体系……属意识形态的社会意识形式，有政治法律思想、道德、文学艺术、宗教、哲学和其他社会科学等等。”[④] 根据这些释义可知，文学理论并非外在于意识形态，而是意识形态的一个有机组成部分。

当然，由于《反思》一文没有对“意识形态”进行定义或阐释，所以李春青教授也可以说他使用的“意识形态”并非上述工具书中的概念。从“意识形态”这一名称本身来看，在不同的工具书中，确实存在解释上的差异——像《剑桥百科全书》[⑤]，就跟《苏联百科词典》有着很大的不同[⑥]。从更广泛的角度来看，“意识形态”一词，在不同的时代、不同的社会有着不同

---

① 中国社会科学院语言研究所词典编辑室编. 现代汉语词典（2002 年增补本）[Z]. 3 版. 北京：商务印书馆，2002：1 495.

② 商务印书馆辞书研究中心修订. 新华词典（2001 年修订版）[Z]. 3 版. 北京：商务印书馆，2001：1 171.

③ 夏征农. 辞海（1999 年版缩印本）[Z]. 上海：上海辞书出版社，2000：1 915，2 453.

④ 金炳华，等. 哲学大辞典（修订本）：下册 [Z]. 上海：上海辞书出版社，2001：1 817 – 1 818.

⑤ [英] 大卫・克里斯特尔. 剑桥百科全书 [Z]. 金常政，等译. 北京：中国友谊出版公司，1996：587.

⑥ [苏联] A. M. 普罗霍罗夫. 苏联百科词典 [Z]. 丁祖永，等译. 北京：中国大百科全书出版社，1986：1 527.

的含义[①]，甚至还出现过同一个著作者在不同的地方做了不同解释的情况[②]。尽管这样，笔者仍认为李春青教授所使用的“意识形态”是一个包含了文学及其理论的概念。其所以如此断言，是因为在没有定义或特别说明的情况下，一个术语的使用只能按通常的情况来进行，而受者也应该依使用者所处的特定语言环境来理解。另外，依循把握一个术语必须联系“语义整体”的原则[③]，从《反思》全文使用的一系列概念——如“总体性意识形态”和“僵化的总体性意识形态”——来看，结论还是一样。李春青教授既然把“哲学”（不管好坏）、“政治伦理宗教”（不管好坏）等中性概念划入意识形态的范围，也就完全没有理由把同样是中性概念的“文学及其理论”拒在意识形态的门外——从学科对象上说，文学“就是一种意识形态”[④]；从学科性质上说，文学理论“是意识形态科学这一广泛学科的一个分支”[⑤]。由是观之，李春青教授在文学理论问题上所持的“意识形态外在”论，是不正确的。

（二）文学理论的落后是“意识形态”的“他律”所造成?

的确，文学理论应遵循“学科自律原则——学科的基本问题是特定研究对象所给定的，而不是由其他因素所强行规定的”。不过，李春青教授认为当前文学理论的落后是“意识形态”的“他律”所造成，断言“意识形态对文学理论的影响除了政治伦理宗教等价值性扭曲之外，还有哲学观念的认知性

---

① ［丹麦］乔纳森·弗里德曼．意识形态［M］．殷晓蓉，译//［英］亚当·库珀，杰西卡·库珀．社会科学百科全书．翁绍军，等译．上海：上海译文出版社，1989：345－346.

② 中国大百科全书出版社《简明不列颠百科全书》编辑部．简明不列颠百科全书：第9卷［Z］．北京：中国大百科全书出版社，1986：101－102.

③ ［加拿大］G．隆多．术语学概论［M］．刘钢，刘健，译．北京：科学出版社，1985：19－20.

④ ［法］茨维坦·托多洛夫．批评的批评：教育小说［M］．王东亮，王晨阳，译．北京：生活·读书·新知三联书店，2002：190.

⑤ ［苏联］巴赫金．文艺学中的形式主义方法［M］．李辉凡，张捷，译．桂林：漓江出版社，1989：3.

扭曲”，就非常之不恰当了。第一，如前所述，“意识形态外在”论属于错误的观点，故而，“意识形态的他律”论在逻辑上也是不通的。第二，即便依照李春青教授的意思，把文学及其理论排除在意识形态之外，那也无法完全拒绝哲学等意识形态的影响——难道“文学可以完全独立于同时代的语言和意识形态状况之外”[①]？难道世界存在着不受哲学认识方法指导的文学理论研究[②]？第三，一个社会的意识形态，往往存在着多个不同的体系——既有反动的、落后的意识形态，也有进步的意识形态[③]。李春青教授论及哲学等意识形态的影响，为什么就一定要断言文学理论受到扭曲？假如此说能够成立，那岂不等于说李春青教授的《反思》也受到了扭曲？著名符号学批评家罗朗·巴尔特曾精辟地指出：“批评中的重大过失不在于它具有意识形态，而在于它对意识形态保持沉默。”[④] 实际上，历史已经告诉我们，一个时代的文学批评、文学理论，之所以能够大发展，往往与那个时代的意识形态或小或大的变革有着密切的联系——如20世纪初和80年代以来的中国文学理论[⑤]、20世纪的西方文学理论[⑥]。法国当代思想家埃德加·莫兰说得非常中肯：不存在“一个摆脱了任何意识形态的科学”[⑦]。李春青教授试图离开包括哲学等在内的意识形态来变革当前的文学理论，实在是一件异想天开的事。

---

① ［英］J. P. 斯特恩. 文学与意识形态［M］. 刘文荣，译//周宪，罗务恒，戴耘. 当代西方艺术文化学. 周宪，等译. 北京：北京大学出版社，1988：252.

② ［苏联］Л. А. 拉契科夫. 科学学：问题·结构·基本原理［M］. 韩秉成，等译. 北京：科学出版社，1984：46，64.

③ 《中国大百科全书》编辑部. 中国大百科全书（精粹本）［Z］. 北京：中国大百科全书出版社，2002：1 716.

④ ［法］罗朗·巴尔特. 批评作为语言［M］. 黄宝生，译//［英］戴维·洛奇. 二十世纪文学评论：下册. 葛林，等译. 上海：上海译文出版社，1993：462.

⑤ 陈传才. 文艺学百年［M］. 北京：北京出版社，1999：1－46，174－213.

⑥ 胡经之，张首映. 西方二十世纪文论史［M］. 北京：中国社会科学出版社，1988：1－13.

⑦ ［法］埃德加·莫兰. 低估错误的意义的错误［M］//埃德加·莫兰. 复杂思想：自觉的科学. 陈一壮，译. 北京：北京大学出版社，2001：114.

正因为完全忽视了一般的意识形态对于文学理论影响的必然性，李春青教授才会如此写道："它不能，也不可能永远充当'能指'。自从90年代中期文学理论界掀起的人文精神大讨论偃旗息鼓之后，这个学科实际上已然处于一种面临解体的尴尬状态。如不予信，可试着追问一下，什么是文学理论这门学科的核心问题？什么是它的专门的研究范围？这些恐怕都是不易回答的问题。因为这些问题可能根本就没有答案。"显然，这段话的问题是多方面的。其一，作为一门学科，文学理论"面临解体"是什么意思？是概念体系支离破碎还是概念体系快要消失？是指研究者从"一体化"开始走向"各搞各的"还是指研究者越来越少？像这样的表述，大概也只有作者本人明白其中的含义。其二，我们可以这样来回应李春青教授的追问："文学是什么"是文学理论这门学科的核心问题；这门学科的专门研究范围主要包括下列五大方面——"①文学作品，②文学创作，③文学赏评，④文学的本质、特征和功能，⑤文学的起源和发展"。对此，李春青教授会说些什么呢？或许会说，这是过时的；或许会说，这是错误的。不过，即使如此且认为"这些问题"不易回答，李春青教授依照常理也还是应该有一个哪怕明天就会更换掉了的答案。倘若不是这样，李春青教授何来对于我们的回应做认识上的判断？又何来对文学理论进行学科性的反思？其三，"不易回答的问题"自然包括那些"可能根本就没有答案"的问题。然而，如果真的出现了"文学理论这门学科的核心问题""根本就没有答案"的情况，那么，就意味着无论过去、现在还是未来都不存在一门叫作"文学理论"的学科——之所以这样断言，是因为对象确立是学科建立的前提条件之一，虽然有些学科的核心问题存在争议，但这只是学科内部的矛盾斗争，而绝非学科没有核心的问题。李春青教授是不是真的就认为从未有过文学理论这门学科？是不是真的正在对非学科的东西进行学科性的反思？浏览《反思》全文可知，李春青教授还是承认存在着文学理论这门学科的，只不过痛感其落后罢了。综上所述，李春青教授在文学理论这门学科是否建立问题上的看法，是自相矛盾的。

尽管“意识形态外在影响”论及其“两个扭曲”论是错误的，但如果把李春青教授看作是彻底的“意识形态外在影响”论者，那也不够确切，因为《反思》中在这一问题上的看法，是模糊不清的。李春青教授写道：“将具体文学观念的生成过程、基本特征以及它与其他文化现象的互动关系视为当然的研究范围，并且给予足够的重视。”由于这段话承认了研究“文学观念与其他文化现象的互动关系”具有“学理上的合法性”，所以它在事实上也就肯定了“意识形态对文学理论的影响”是必然且是合法的。虽然李春青教授在这里的论述，没有用“意识形态”一词而只用“文化现象”，但毫无疑问的是，“意识形态现象”是最为重要的“文化现象”之一。也就是说，李春青教授心目中“应该有”的文学理论必须研究“文学观念与意识形态的互动关系”。自然，没有研究主体高度自觉的意识形态参与的文学理论，是无论如何也无法进行这样的研究的。由此可见，李春青教授对文学理论与意识形态关系问题的认识，未能做到始终如一。

（三）文学的本质、功能和规律是虚幻性的问题?

《反思》写道：“诸如文学的本质是什么……等等原来毫无疑问居于核心地位的问题很少有人研究了，即使有人论及，也不能引起广泛的关注……这种‘古怪’现象……只能说明这些问题本来就带有某种虚幻性（所谓虚幻性是指这些问题并没有而且也不可能有一个确定的答案，任何所谓的确定性都只能是人为的规定）。”在李春青教授看来，由于文学的本质、功能和规律等是没有也不可能有确定答案的虚幻性问题，所以，对其探究也就缺乏学理上的合法性依据。难道真的这样？非也！

首先，科学发展史告诉我们，“很少有人研究”或“不能引起广泛的关注”的问题并非意味着带有“虚幻性”。譬如，音韵学和考古学中的许多问题，就少有人研究也不能引起广泛的关注，但我们却不能说，这些问题“带有某种虚幻性”。倘若考虑到现当代的人们，更倾向于“平面”的东西，也更倾向于从“平面”的角度看问题[①]，那么，我们对于文学理论中的某些研究已不能引起广泛关注的“情形”，就不会觉得“有些古怪”了。

其次，“文学的本质是什么”等问题“没有而且也不可能有一个确定的答案”，或许是一个事实。可是，对于研究个体而言，如果连“文学的本质是什么”都还没有一个相对确定的答案，那么，就应该被断定为还未步入文学理论的殿堂；相反，如果对“文学的本质是什么”已经有了一个谁也不能更改的绝对正确的答案，那么，就应该被看作是过于狂妄自大或缺乏科学的精神品格。常识告诉我们，一个学科是否能够建立起来，首先取决于研究对象是否能够确定，至于研究对象能否确定，那就要看该对象能否与其他的事物区别开来并具有被系统研究的价值。尽管事物与事物之间的区别是多方面且都有一定的意义，但最重要最有意义的区别却是最深层次的区别——即事物之间的本质区别。由此可见，探求被研究的事物的本质，既是学科建立的基础，也是学科建立以后时时刻刻都要面对着的重要问题。由于任何一门学科都试图全面、深入、系统地把握研究对象，所以，它既不会满足于对象的描述，也不会停留于个案的分析。正因为如此，探讨研究对象的本质、功能乃至规律，才成了科学的家常便饭。当然，任何探索都不可能穷尽一切——即使是最富于成效的科学研究，也只能获得相对的真理。也正是在这样的一个意义上，人们才会说：“科学是无止境”的。令人感到“有些古怪”的是：李春青教授完全未能注意到“探索文学本质、功能和规律”的无止境，相反，却从“文学的本质、功能和规律”问题“没有而且也不可能有一个确定的答案”推导出它的“虚幻性”并否定之。

最后，有一点还需要予以特别地指出来。李春青教授用“理论的批评化”来证明“那些由‘本质’‘规律’‘原则’‘普遍性’等概念堆积起来的理论大厦轰然倒塌”，是很不恰当的。第一，尽管文学理论批评化在今天已成为一

① 郑惠生. 审美时尚与大众审美文化［M］. 北京：中国文联出版社，1999：146.

种时尚，但它并未使那些探讨文学的“本质、规律和原则”等问题的理论大厦倒塌——倘若不是先入为主而是看一看文学理论专著或大学文学理论教材，那么，我们就能知道李春青教授的认识判断与事实不符。当然，一些崇尚“理论批评化”的学者可能很希望那些“由本质、规律、原则”等概念建构起来的理论大厦轰然倒塌。但是，这是可能的吗？假如可能，又是必要的吗？第二，“理论的批评化”并不意味着文学的本质、规律和原则等概念丧失了意义，它只是说明文学理论研究者在表述上更加富于灵活性，而那些名不符实者则是在玩弄文字游戏——以此来掩饰自身理论思维的贫乏。诚如韦勒克和沃伦所言：“文学理论，是一种方法上的工具……是今天的文学研究所亟需的。”[①] 如果没有对于文学本质的相当程度的认识，没有对于文学规律与原则的一定程度的掌握，那么，不要说“文学理论的批评化”根本无法做到，就是对具体的文学现象哪怕只做印象主义的批评，也是极其困难的——除非批评者甘愿冒着谁也不知道他在说些什么的危险。

（四）文学理论研究的问题具体化等于现象具体化？

在强化文学理论学科性的问题上，李春青教授说得对：“将那些来自文学现象之外的伪问题弃于学科的研究范围之外。”然而，在确定哪些是“真问题”哪些是“伪问题”时，《反思》中却有着诸多的不妥。

首先，《反思》认为：“我们可以追问什么是现代派文学的创作特点问题，却不可以追问什么是文学创作的一般规律问题。”是否真的如此？当然不是！所谓“规律”，是指“事物之间的内在的必然联系”[②]。在文学创作中，肯定存在着规律性问题——如作家个性与作品风格之间的必然联系、文学构思与

---

① ［美］雷·韦勒克，奥·沃伦．文学理论［M］．刘象愚，刑培明，陈圣生，等译．北京：生活·读书·新知三联书店，1984：6.

② 中国社会科学院语言研究所词典编辑室编．倒序现代汉语词典［Z］．北京：商务印书馆，1987：1 441.

文学传达之间的必然联系。自然，对这一类问题的认识，可能深刻也可能肤浅，可能正确也可能错误，但无论如何，对其追问却是极其必要的。李春青教授认为“不可以追问”的理由，是它不够具体且没有答案。可是，笔者以为，相对于“艺术创作”乃至“人类创造”等问题而言，它还是够具体的。如果非要说文学创作的一般规律问题不够具体，那么，李春青教授自认为是具体的“现代派文学的创作特点问题”，同样不够具体——至于答案的有无，道理也是一样。作为一种极其复杂的文学思潮，“现代派文学”是一个外延非常大的概念——包括象征主义、意识流、未来主义、超现实主义、表现主义、存在主义、荒诞派、新小说、黑色幽默和魔幻现实主义等众多的文学流派。如若依照李春青教授“具体方式”的逻辑，那么，不要说“现代派文学”不够具体，就连表现主义、存在主义和荒诞派等，也未达到具体的程度。譬如，李春青教授论及“意识流的创作特点”，我们就会问：是伍尔芙的意识流还是乔伊斯的意识流[①]？论及“意象派的创作特点”，我们又会问：是早期的意象派还是中期的意象派抑或后期的意象派[②]？论及“未来主义的创作特点”，我们还会问：是意大利的未来主义还是俄国的未来主义抑或法国的未来主义[③]？本来，像“现代派文学”“意识流文学”“伍尔芙的意识流文学”等这样一些概念，都是抽象与具体的统一。这些概念依次形成的关系，是一般与个别的关系——换成英国哲学家怀特海的说法，它们组成了一个“抽象的等级体系”[④]。显然，对“抽象的等级体系”的各个层面进行探究，都是极其必要的。同理，“文学创作的一般规律”，也属于因“选定的那些特性”而形成的

---

① ［英］罗杰·福勒. 现代西方文学批评术语辞典［Z］. 周永明，薛洲堂，李律，等译. 沈阳：春风文艺出版社，1988：312－314.

② ［英］纳坦·扎赫. 意象主义和旋涡派［M］//［英］马·布雷德伯里，詹·麦克法兰. 现代主义. 胡家峦，等译. 上海：上海外语教育出版社，1992：203－217.

③ 林骧华. 西方文学批评术语辞典［Z］. 林骧华，等编译. 上海：上海社会科学院出版社，1989：348－349.

④ ［英］A. N. 怀特海. 抽象［M］//A. N. 怀特海. 科学与近代世界. 何钦，译. 北京：商务印书馆，1959：161.

概念[①]，故此，对其追问就不会没有意义。综上所述，李春青教授的一个很突出的不当，就在于把文学理论研究的问题具体化等同于现象具体化。

其次，《反思》认为，“现实主义的真实性原则”是一个具体的“真问题”，而“文学的真实性原则”是一个空泛的“伪问题”。在这一点上，李春青教授所犯的错误与前一点是一样的。一方面，无论是具备了起码的文学史常识，还是知道有许多学者对“现实主义”概念做了不同的界定[②]，抑或读过罗杰·加洛蒂的《论无边的现实主义》[③]，都会一样地认为“现实主义的真实性原则”并非就是那么具体。另一方面，正如法国文学史家、实证主义批评家居斯塔夫·朗松所说的：“应该好好地分清”“什么是科学的真实”“什么是艺术的真实”[④]。只要想到“真实性”确实存在着多个层面的含义，我们就不会觉得“文学的真实性原则”是一个空泛化的“伪问题”。在论及“科学家必须对面前的无数事实作出选择”时，法国著名科学哲学家昂利·彭加勒正确地指出：“特殊的法则乍看起来似乎是不一致的，然而通过较为详尽的观察，我们看到它们大体上相互类似……当我们以这种倾向性观察它们时，我们将看到它们扩大并且有助于包容每一事物。正是这一点，构成了某些事实的价值。”[⑤] 尽管对于个别的、局部的文学真实的讨论非常重要，但是，如果没有从中探索出一般的、整体的文学真实，就不能算是达到了文学理论研究的主要目的。

---

① ［英］F. A. 冯·哈耶克. 社会科学的事实［M］//F. A. 冯·哈耶克. 个人主义与经济秩序. 邓正来，译. 北京：生活·读书·新知三联书店，2003：89.

② ［美］R. 韦勒克. 文学研究中现实主义的概念［M］//R. 韦勒克. 批评的诸种概念. 丁泓，余徵，译. 成都：四川文艺出版社，1988：214－243.

③ ［法］罗杰·加洛蒂. 论无边的现实主义［M］. 吴岳添，译. 上海：上海文艺出版社，1986.

④ ［法］居斯塔夫·朗松. 文学与科学［M］//［美］昂利·拜尔. 方法、批评及文学史. 徐继曾，译. 北京：中国社会科学出版社，1992：93.

⑤ ［法］昂利·彭加勒. 科学与方法［M］//昂利·彭加勒. 科学的价值. 李醒民，译. 北京：光明日报出版社，1988：356.

最后，《反思》错误地认为："可以追问文学与其他文化门类的异同问题，却不应该纠缠于什么是文学的本质问题。"显而易见的是，事物与事物之间的最重要的区别在于它们的根本性质，所以，想要有效地探寻"文学与其他文化门类的异同"，就必须对"文学"的本质乃至"其他文化门类"的本质有一个清醒且充分的认识。假定依照李春青教授的思路——既不把握"文学的本质"又不了解"其他文化门类的本质"，那么，其"异同问题"上的理论概括，就只能是达到触及皮毛的层次。

（五）不该追问哲学与文学的关系而该追问希腊哲学与柏拉图文学观念的关系？

《反思》写道："不应该去追问哲学与文学的关系问题。因为这样空泛的问题是没有确切答案的，因而是无意义的。"显然，李春青教授的这一观点是非常偏颇的。其一，许多学者对这一问题都有自己的答案，只不过答案不尽一致罢了。倘若李春青教授认为被追问的问题一定要有一个谁也不会反对的答案才可被追问，那么，世界上的许多重大问题恐怕都不该去追问——像生态危机、核武器等领域中的一些具体问题，尽管被全球许许多多的人追问、争论[①]，但还是未能找到一个完全统一的答案。其二，追问某个问题是否有意义不能以能否找到确切答案为根据。不然的话，伦理学早就应该取消"善"，而当柏拉图说"美是难的"的时候，美学就应该把"美"抛弃掉，可情况恰好完全相反。事实上，有确切答案的问题，要不就不值得追问，要不就不用追问或很快不用追问了；而不断追问某个问题，其意义极有可能就在于它无法找到或难以找到确切的答案。其三，如同俄国思想家 C. 谢·弗兰克所说的："要想了解精神生活的个别状态并理解它在整体中的意义，需要始终对生

---

① ［美］莫里斯·戈兰. 科学与反科学［M］. 王德禄，等译. 北京：中国国际广播出版社，1988：39－41.

活的总体条件了如指掌”①。假如要真正地掌握希腊哲学与柏拉图文学观念之间的关系，我们就必须不断地追问更具普遍意义的哲学与文学的关系问题，而不能像李春青教授那样去做——生硬地在本应相互补充、相互推进的两者之间切上一刀。

在否定了追问哲学与文学的关系问题之后，《反思》又写道：“……或者追问希腊哲学与柏拉图文学观念之间的关系，则绝对是有意义的。”就直接引述的这句话来看，并没有什么问题。但是，结合全文尤其是第四段的文字，我们便可以发现，李春青教授在“柏拉图”问题上的看法，是前后矛盾的。在批评“哲学观念的认知性扭曲”时，《反思》如此写道：“柏拉图等人对于文学的认识在许多方面也同样是哲学观念而不能算做文学理论……不能算是真正的文学理论。”遵循李春青教授的这样一种逻辑，我们可以做如下的推导：第一，受希腊哲学影响（即所谓“扭曲”）的任何关于文学的认识，因不符合“自律原则”而“不能算做文学理论”；第二，从研究主体上看，受哲学观念影响（即所谓“扭曲”）的任何文学理论研究，同样因不符合“自律原则”而“不能算是真正的文学理论”；第三，从研究对象上看，任何与希腊哲学问题有关的文学理论研究，由于研究的对象范围决定了研究主体不可能不受哲学观念的影响（即所谓“扭曲”），所以也因不符合“自律原则”而“不能算是真正的文学理论”；第四，根据前述三点可知，为了“真正的文学理论”，我们在研究中必须摒弃哲学——无论是对象意义上的还是主体意义上的。当然，谁都看得出来，这样的逻辑是相当荒唐的。本来，当李春青教授把作为哲学家的柏拉图对于文学的许多认识圈定为背离文学理论的“自律原则”时，他就该清醒地意识到：把“追问希腊哲学与柏拉图文学观念之间的关系”归到“真正的文学理论”范围，是难以自圆其说的。遗憾的是，李春青教授未能看到这一点。

---

① ［俄罗斯］C. 谢·弗兰克. 社会的精神基础：社会哲学绪论［M］//C. 谢·弗兰克. 社会的精神基础. 王永，译. 北京：生活·读书·新知三联书店，2003：27.

（六）文学理论是文学观念史、文学思想史或文学批评？

在谈到“文学理论与文学史”的“着眼点”相去甚远时，《反思》写道：“文学史注重对文学现象（作家、作品、风格、流派等）的梳理与评价，文学理论则注重对某种文学观念、文学思想生成的原因与轨迹的考察……应该探讨具体的文学作品之于特定时代、特定社会集团的意义与价值。”在这里，李春青教授实际上是把文学理论等同于文学观念史、文学思想史，甚至于还模糊了文学理论与文学批评之间的学科界限。诚然，文学理论作为文学科学的一个分支，其研究者不应该不考察文学观念史、文学思想史，也不应该完全不探究“具体的文学作品之于特定时代、特定社会集团的意义与价值”。因为倘若没有这些，文学理论就会缺乏据以概括和系统化的事实材料。但是，文学理论之所以能够作为一门学科独立地存在着，是由于它既依赖于具体的事实材料，又能对具体的事实材料进行抽象升华，使之成为一个具有内在逻辑关联的概念体系。这样的概念体系，可能是完整的，也可能是残缺的；可能是深刻的，也可能是肤浅的；可能是正确的，也可能是错误的。但无论如何，它却是文学理论最显著的形态特征。就像著名科学哲学家菲利普·弗兰克所说的一样：“科学不是事实的集合……如果有人说他不要思辨，而只要得到一切事实——他所要求的就不过是科学的预备阶段，而不是科学本身。”① 李春青教授所谓的注重“有确切答案”的具体文学现象——包括关于它的思想观念——及其发展史，只不过是文学理论研究的准备，而非文学理论本身。

正是由于把文学理论等同于文学观念史、文学思想史，也正是由于模糊了文学理论与文学批评的学科界限，李春青教授才会写下这番很不妥当的话：“文学批评只回答具体文学现象是什么和怎么样的问题，文学理论则回答为什么的问题……文学批评以具体的文学文本为对象，文学理论则以文学思想、文学观念为对象，因此，文学理论也以文学批评为对象。”此处的不妥，概括

① ［美］菲利普·弗兰克．科学的哲学：科学和哲学之间的纽带［M］．许良英，译．上海：上海人民出版社，1985：61．

起来有以下三点。其一，对具体的文学现象进行文学批评，按理不仅要回答“什么”和“怎么样”，而且还必须回答没被李春青教授认可但却颇为重要的“为什么”——当然，浅层次的或糟糕的文学批评除外。其二，尽管对具体的文学文本进行分析和评价是文学批评的中心任务，但是，文学批评还要对具体的文学流派、文学思想、文学观念、文学思潮乃至文学理论和文学批评等文学现象进行探讨。概言之，李春青教授在这一点上是缩小了文学批评的对象范围。其三，文学理论与文学批评一样都是探讨文学现象的，只不过前者侧重于从宏观的角度去把握文学现象，把焦点放在带有普遍性的问题上——换成韦勒克的说法，那就是“文学原理、文学范畴、文学标准的研究”①。虽然文学理论也需要讨论“文学思想、文学观念”，但它的雄心决不允许停留在李春青教授所看重的东西上面，而是要建立起逻辑严密的概念体系。

（七）结语

尽管《反思》中有着一些正确的意见，但从总的情况看，却存在着诸多背离学理的地方——或用错概念，或自相矛盾，或模糊学科界限。尤为严重的是，《反思》完全否定了“时下许多学者”对“文学本质”和“文学规律”等重大问题的“苦苦追寻”，认为这种“苦苦追寻”是“空耗精神之举”。如果一个人已经具备了科学的精神——明白“知识是一连串无休无止的近似值”②，知道科学的目的“是沿着一条没有终端的道路前进”③，那么，他必定会对李春青教授的批评感到惊讶。对于文学理论的学科建设来说，《反思》之类所表现出的“本质虚无”和“规律虚无”等反科学倾向，无疑是负价值的。

---

① ［美］R. 韦勒克. 文学理论、文学批评和文学史［M］//R. 韦勒克. 批评的诸种概念. 丁泓，余徵，译. 成都：四川文艺出版社，1988：8.

② ［美］哈里·列文. 文学批评何以不是一门精密的科学［M］. 张隆溪，刘象愚，译//［英］戴维·洛奇. 二十世纪文学评论：下册. 葛林，等译. 上海：上海译文出版社，1993：511.

③ ［英］沃特金斯. 科学与怀疑论［M］. 邱仁宗，范瑞平，译. 上海：上海译文出版社，1991：212.

二、文艺学的“越界”

——与陶东风教授商榷

在当代中国，随着生活方方面面的变迁，艺术生活化与生活艺术化也越来越成为一种普遍的社会现实。20 世纪 90 年代以来，许许多多的学者对审美文化的研究①，便是此种社会发展趋向的自觉反应。进入 21 世纪，国内文艺学界也开始了自觉的学科性反思。所有这些，可说是中国人文社会科学发展的幸事。然而，我们也注意到，在这股方兴未艾的学科反思潮流中，出现了一些令人担忧的因素——譬如，文艺学越界的主张。换言之，有些学科性反思思路，表面看来很具拓展意义，实质上却不利于学科的健康发展。为避免讨论过于空泛，这里将针对《日常生活的审美化与文化研究的兴起——兼论文艺学的学科反思》②（以下凡出自该文的引文不再注明）进行学术性的批评，与陶东风教授商榷。

（一）审美的泛化与文艺学越界

“大众日常生活的审美化以及相应的审美活动的日常生活化（或曰审美的

---

① 郑惠生. 审美时尚与大众审美文化［M］. 北京：中国文联出版社，1999：131－132.

② 陶东风. 日常生活的审美化与文化研究的兴起：兼论文艺学的学科反思［J］. 中国人民大学复印报刊资料·文艺理论，2002（6）：3－9.

泛化)”，是陶东风教授主张文艺学研究对象必须扩界的一个重要理由。虽然我们也认为当代的文艺已不同于传统，但是，不论哪种文艺，只要它还配得上这样的名称，它与美就不是同一种东西。进而言之，“审美的泛化”自然会也应该成为审美科学关注的对象，但却不能使文艺学将其纳为研究对象变得合理。诚然，文艺学对于“审美的泛化”不能熟视无睹，可重视它并不意味着文艺学研究范围可以随意地扩大——像陶东风教授列举的“上海酒吧”“成功人士”等，就明显不属于文艺学所该专门讨论的对象。假如承认文艺学与美学在对象上还有差别的话，那么，这样的结论就应该是文艺学研究者的一种共识。

由于模糊了美、文学、艺术与审美活动、文学艺术活动等一系列概念，所以，陶东风教授才会这样写道：“不管我们是否承认，在今天，审美活动已经超出所谓纯艺术/文学的范围，渗透到大众的日常生活中。”此处的不妥至少有下列两点。第一，今天的审美活动已渗透到大众的日常生活中，这是不争的事实。不过，这一事实是社会生活方方面面变迁的结果[①]，而非审美活动超出了“纯艺术/文学的范围”所使然。第二，审美活动从来就不仅仅局限于文学艺术活动——更别说“艺术/文学”的纯与不纯。众所周知，人类在很早的时候就已经有了对于自然、社会与“不纯的艺术”的审美。至于审美科学，创始人鲍姆嘉通也将其确定为感性认识的科学，而不是文艺学。

当然，文艺学的对象范围并非不可改变，可是，它不能决定于审美活动范围——包括对象和主体——的大小，而应该根据文艺现象本身的变化来确立。实际上，文艺学研究的对象范围一直都在变。就狭义的文艺学而言，从诗歌、戏剧文学到小说，再到影视文学和网络文学，可见其研究范围的不断变化。就广义的文艺学而言，从传统的七大艺术门类到近现代的摄影和电影，再到现当代的电视、装饰艺术和网络艺术，也同样可见其研究范围的不断扩

① 郑惠生. 审美时尚与大众审美文化［M］. 北京：中国文联出版社，1999：156－179.

大。问题的关键不在于文艺学研究范围是否可变，而在于文艺学的扩界不能太随意，否则就会越界，而越界的结果就是取消学科的规定性。

德国后现代哲学家沃尔夫冈·韦尔施写道："在我想象中，美学应该是这样一种研究领域，它综合了与'感知'相关的所有问题……接下来可能就令人惊讶了：我想象，美学学科中有关'感知'的部分，是该学科中的活跃分支。"① 对涵盖面更广的美学，只做如此审慎的"跨学科设计"也会"令人惊讶"，更何况是陶东风教授的文艺学越界主张？必须看到，人的现象与社会现象，是人文社会科学作为一个整体所要着力探究的对象，而任何一门学科，既没必要也无法面面俱到，它只能深入地研究某个特定的领域。当然，学科研究范围可以具有丰富性，但"丰富性"并不等于"全面性"，"全面性"的研究任务应该交给人文社会科学乃至整个的科学来完成。倘若文艺学一定要越位，把酒吧、吸毒、艾滋病和种族歧视等这样一些属于别的学科所要着力探究的对象当作文艺学的研究对象，则不但会取消学科的规定性，而且还是在舍本求末。

应该指出的是，文艺学并非完全不能探讨诸如酒吧之类的社会现象，但如果它不是与所要研究的文艺现象密切相关的话，那么，它就不应该为文艺学所多言。在这里，有一点是需要予以特别强调的：能否成为学科的研究对象与学科能否讨论它有着很大的差异——前者是学科所要探讨的焦点，是学科必须系统把握的核心问题，是学科应该完成的中心任务，是学科的质的规定性之所在，而后者完全可以不是这样。譬如，经济学并非完全不涉及不讨论心理问题、伦理问题、政治问题、法律问题，但如果它不以"经济"为研究对象——系统把握的核心问题——的话，那它就不该被命名为"经济学"。无论哪门学科，只要是不自量力地想涵盖所有的学科领域，就必然走到含混不清的境地，就必然成为模棱两可的牺牲品——文艺学不会是个例外。

---

① ［德］沃尔夫冈·韦尔施．重构美学［M］．陆扬，张岩冰，译．上海：上海译文出版社，2002：136－137.

（二）文艺本质的探寻与文艺学越界

陶东风教授认为，“我们的文艺学”之所以令人不满，之所以“在解释90年代新的文化与文艺状态时依然显得十分无力”，不但是由于研究范围的没有扩大，而且还由于“本质主义的思维方式”导致了“中国文艺学”“不能随着时代与环境的变化而不断地反思知识的历史性与地方性”。在陶东风教授看来，正是“本质主义的思维方式”限制了文艺学的扩界，从而“导致文艺学知识创新能力的衰竭”。难道情况真的如陶东风教授所言？非也！

首先，陶东风教授用以论证其观点的三个例子是缺乏说服力的。譬如，许许多多的文艺学著作不仅不像陶东风教授所讲的那样“设定了僵化固定的创作‘阶段’”，而且还非常明确地说了诸如此类辩证的话：各个创作阶段“不能和整体分割开来，它们紧密相连，互相渗透”①。尽管文艺创作过程确实是复杂得难以言清，但是，谁也无法在价值层面上否定文艺理论对其所做的基本“划段”。陶东风教授批评“机械创作论”的一个重要理由是：“根本无法解释日新月异的创作活动，尤其不能解释今天的网络文学创作。在网络文学创作中，构思、写作乃至批评几乎是同步进行的。”如此说法，错漏显而易见。其一，“几乎同步”并不等于“完全同步”，也就是说，其过程还是有先有后的。其二，文学创作中最具代表意义的“同步性”，并非是“今天的网络文学”，而是人类早期就已存在了的口头文学。故此，如果非要断言目前的文艺创作论“根本无法解释”什么，那么，首先应该是最古老的文学，而不是“日新月异的创作活动”。虽然强调“知识的历史性与地方性”有其合理的地方，但是，理论上掌握“知识的普遍性”却是科学的主要任务。固然，

---

① 孙子威. 文学原理［M］. 武汉：华中师范大学出版社，1989；狄其骢，王汶成，凌晨光. 文艺学新论［M］. 济南：山东教育出版社，1994；童庆炳. 文学理论教程（修订版）［M］. 北京：高等教育出版社，1998；刘安海，孙文宪. 文学理论［M］. 武汉：华中师范大学出版社，1999：302，525，117，194.

个别事实并非总是无关紧要，但正如物理学家罗杰·G. 牛顿所言："一般说来，个别事实通常对科学没有什么益处。"[①] 综上可见，陶东风教授以"知识的历史性与地方性"为武器来批评"知识的普遍性"，指责文艺理论界对文艺创作过程的"划段"，是不科学的。

其次，陶东风教授认为文艺的本质并非永恒不变。应当说，这一看法非常正确。由于事物的本质须经人类的揭示和抽象才能获得，所以，只要人类对于事物的探究没有停止，关于事物本质的结论就完全可能发生变化。然而，这并不等于事物没有"质"、类的事物没有"共同的质"，也不等于人类可以放弃对事物本质的探寻和揭示。遗憾的是，陶东风教授虽然否定了时下"本质主义思维方式"所产生的关于"文艺本质"的结论，却未能提供一个他自己认为正确的答案——今日的"文艺的本质"变成了什么。如此这般，是否是在告诉人们：今日的"文艺的本质"是"无本质"？

最后，陶东风教授虽然在言论上极力反对"本质主义"，可在行动上却又与之相反。譬如，他在粗略梳理几十年中国文艺学教材的缺陷时[②]，便采用了他自己所批评的"本质主义思维方式"。就像日本文学批评家桑原武夫所说的："人类一旦面对混沌不分的外界，就会为寻找应对的办法而苦恼。所以，有必要使外界在某种程度上条理化。于是，各种各样的事物便被置于原因——结果、本质——现象、现实——象征、实现——预兆等诸种关系的网络之中。"[③] 本来，对文艺现象的本质进行揭示并没有什么不妥，不妥的是揭示得还不够深刻或不够准确。换言之，我们可以宣称并批判某些本质揭示是肤浅的、错谬的，却不可以对"揭示本质"行为本身加以指责。倘若不是如

---

① ［美］罗杰·G. 牛顿．何为科学真理：月亮在无人看它时是否在那儿［M］．武际可，译．上海：上海科技教育出版社，2001：86.

② 陶东风．大学文艺学的学科反思［J］．中国人民大学复印报刊资料·文艺理论，2001（12）：34－42.

③ ［日本］桑原武夫．文学价值论［M］//桑原武夫．文学序说．孙歌，译．北京：生活·读书·新知三联书店，1991：96－97.

此，则所有的科学研究活动都将徒劳无功，所有的学者努力都一样滑稽可笑。

依笔者的看法，我们的文艺学之所以在回应文艺现实时不够有力，原因非常复杂。就文艺学研究主体的缺陷而言，有些是作为一般的学者共有的①，有些则为特殊的学者身份所造成。理想的文艺学研究主体，应该是理性与感性高度发达、高度平衡的人。不难看到，部分文艺学学者由于对五花八门的文艺现象没有充分的感性认识，缺乏深入体验和深入了解的激情，所以无法从中抽象出较具学理性的概念来。正因为这样，他们对某些新的文艺现象才常常不是隔岸观火，就是狂轰滥炸，由此也招来了文艺实践者们诸多的不满。相反，部分文艺学学者由于过分融入当下的文艺现实而丧失了作为一个学者面对现实时所应具有的审视精神。加上知识储备的不足和追求名利的浮躁心态等原因，结果，也未能从中抽象出令人信服的理论来。

（三）文艺学学者的越界与文艺学越界

尽管我们认为必须审慎地对待文艺学的扩界问题，更反对不顾文艺学的学科规定而越界，但我们并不反对文艺学学者研究上的越界。陶东风教授的意见非常正确：“应该抛弃学者、大学教授以研究广告或时尚为耻的传统观念。”不过，应当清醒地认识到，文艺学学者的越界研究——如广告研究——并非就是文艺学研究。一方面，文艺学研究既可以由文艺学学者来进行，也可以有甚或需要非文艺学学者的参与；另一方面，以文艺学学者的身份进行研究，既可以是文艺学问题，也可以是非文艺学问题。进而言之，是否属于文艺学研究，关键看对象是否属于文艺现象，而不能以研究者的身份作为判断的依据。倘若把文艺学学者对非文艺现象的研究当作是文艺学研究，则不但使学科研究变得混乱，而且还在一定程度上造成人才资源的浪费。

当然，我们并不否认一些文艺学学者具有研究非文艺现象的能力，事实

---

① 贺照田. 制约中国学术思想界的几个问题［J］. 发现，2002（8）：45.

上也有一些学者是多个学科领域里的行家里手。不过，正如卓有成效的科学家W. I. B. 贝弗里奇所言：“任何一个人，他所具有的专业知识，在某个研究阶段上要想超出一定的范围，实际上是不可能的。”[①] 就连专业研究的“超段”都不可能，何况“超专业范围”的研究？所谓“学有专攻”，假如一个文艺学学者乐意在自己熟悉的领地里耕耘，那么，他拿出来的成果相对更有价值。虽然专家在专业范围内也会失手，可是，专业范围内的劳作，失误必定相对较少。基尔斯藤·马金说道：“文化研究只会让某些对文学一无所知的人获得英文博士学位，就像让某些不懂营销的人大写广告词……这样保证了教授们享有源源不断的出版物，对保留终身职位、加薪、找工作大有益处。”[②] 这话或许偏激了些，可就其认识判断而言，还是相当正确的。

显而易见，无论哪个学科的研究，都需要多个学科众多专家的参与。基于此，对那些有志于超越个人专业范围的研究，我们不仅不宜泼过多的冷水，而且有时候还必须予以鼓励。不过，文艺学学者在越界研究时，知识储备应该充足一些——这对于已有一定声誉的学者来说，尤为重要。

① ［英］W. I. B. 贝弗里奇. 科学研究的艺术［M］. 陈捷，译. 北京：科学出版社，1979：132.

② ［美］诺曼·N. 霍兰. 报告：修正主义专题讨论［M］//王宁. 新文学史（Ⅰ）. 北京：清华大学出版社，2001：5.

三、“文学的经济品格”论

——对曹路先生的学术批评

20世纪80年代以后的中国，随着社会生活各个方面的变迁，文学与经济的关系也越来越密切。其重要的表现，可概括为下列两点：第一，有些搞“文学产业”的和搞“文学创作”的“富了起来”；第二，有些搞“理论批评”的认为，文学要生存发展，就必须走市场化的道路。关于第二点，最近有一篇很具代表性的文章，那就是曹路先生的《文学的经济品格》①（以下简称“曹文”）。由于曹文的阐述关涉到了很重要的文学理论命题和文学实践的得失，所以笔者拟对其做认真且深入的讨论。

（一）曹文阐明的是什么

曹文的核心观点，就是其论题所标示的“文学的经济品格”。假如曹文对“文学与经济”的探讨仅仅局限于一般认识论的层面，那么，我们就没有必要予以特别的讨论——在“文学与经济的密切关系”问题上，不但在当代中国几百部文艺理论教科书中，很少有不认真探讨和不充分肯定的，而且，近年

① 曹路．文学的经济品格［J］．中国人民大学复印报刊资料·文艺理论，2002(2)：66－69.

还出现过一些“亦史亦论”的力作[①]。曹文之所以有必要予以专门讨论，是因为它已深入到“何为文学本质”的层面去阐释文学的经济性质，把“经济”甚至是“物质”视为文学的本质。

尽管曹文始终没有使用“文学本质”一词，但在事实上，“品格”只是“本质”概念的变通说法。让我们先来看看几部较具权威性的工具书是怎样解释“品格”的。《现代汉语词典（2002年增补本）》的解释是：①品性，品行；②指文学、艺术作品的质量和风格[②]。《现代汉语辞海》的解释是：①品性、品行；②指文学艺术作品的质量和风格[③]。《辞海》（1999年版缩印本）的解释是：①品性风格；②指文艺作品的质量和风格[④]。《新华词典（2001年修订版）》的解释是：①品质，品行；②指文学、艺术作品的质量和风格[⑤]。《汉语大词典普及本》的解释是：①指物品的质量规格；②指文学艺术作品的质量，格调；③品性，性格；④指官品[⑥]。不必多加分析也可以看出，“文学的经济品格”中的“品格”一词，是指品性、品质、性格，而无论怎样理解，它都少不掉“根本性质”的含义。

由于“品格”一词并非文艺学的术语，所以，单靠翻查较具权威性的工具书，还不能说就已经很彻底地弄清了曹文阐明的是什么。不过，曹文的“摘要”部分倒是将“答案”明白无误地告诉我们：它要探讨要阐释的关键之点，是“文学本体内部的经济元素”。

---

① 鲁湘元．稿酬怎样搅动文坛：市场经济与中国近现代文学［M］．北京：红旗出版社，1998；祁述裕．市场经济下的中国文学艺术［M］．北京：北京大学出版社，1998．

② 中国社会科学院语言研究所词典编辑室编．现代汉语词典（2002年增补本）［Z］．3版．北京：商务印书馆，2002：976．

③ 刘家丰．现代汉语辞海［Z］．北京：新华出版社，2002：507．

④ 夏征农．辞海（1999年版缩印本）［Z］．上海：上海辞书出版社，2000：891．

⑤ 商务印书馆辞书研究中心修订．新华词典（2001年修订版）［Z］．北京：商务印书馆，2001：755．

⑥ 汉语大词典编辑委员会．汉语大词典普及本［Z］．上海：汉语大词典出版社，2000：832．

虽然“文学与经济”在人们的观念中远不是曹文所说的“距离愈来愈远”，但是，像曹文那样从本体论的高度来阐发文学的经济性，却还是极为罕见的。换言之，曹文所着力阐明的文学观念，对于文学理论的一些传统的命题——如“文学是审美性的”——而言，是很富于颠覆意味的。

接下来的问题是，曹文所阐明的颇具颠覆性的文学观念，在理论上可靠吗？在实践上又会是怎样的呢？

（二）曹文在理论上的错误

曹文论证“文学的经济品格”的第一个层面，是“文学外部的经济环境”。曹文写道：“通俗地说，文学家要吃饭。理论地说，文学不能没有经济的支撑。”为了说明这一点，曹文用了1 025字的篇幅讨论古今中外作家的“吃饭”问题。姑且不论曹文所涉及的曹雪芹、陶渊明、李白和托尔斯泰等作家在“品格”上远已非“吃饭”动机可以解释，也不论曹文在谈及这些杰出作家时是如何不恰当地采用了嘲讽的笔调，就说曹文用“文学家要吃饭”的这一常识来证明“文学的经济品格”，那也是非常之不妥的。显而易见，鱼虾离不开水，可鱼虾在本质上并非水。文学与“文学家要吃饭”的关系，也跟鱼虾与水的关系一样。如果曹文的逻辑推导能够成立的话，那么，根据文学离不开“人”而人的“吃饭”又离不开“生理机制”的这一简单道理，我们便可做如下的断言：文学不但有“经济品格”，而且还有嘴巴品格、肠胃品格乃至拉屎品格和撒尿品格。当然，谁都看得出来，这样的推导是极其荒唐的。

尽管有一些作家完全依靠文学创作“挣钱吃饭”，但不少人搞文学是业余的，这些人通常不依靠其解决“挣钱吃饭”问题——有时候不但不挣钱，而且还有意识地“赔钱”，如“自费出版”。是什么样的动机使得他们去做明知“赔钱”的“生意”呢？是精神上的追求！即使是那些踏上了依靠文学创作“吃饭”道路的作家，也并非都一样地很在乎“经济”，因为从市场经济的“投入产出”角度看，搞文学创作肯定不是一种好的职业。法国当代著名作家玛格丽特·杜拉斯在晚年的时候说："人们以为写作很容易，恰恰相反。你知道写作是下地狱。"① 尽管说搞文学创作等于"地狱"是夸张了些，但是，其中蕴含着"高投入"的道理，却是非常之正确的。那么，"高投入"是否就能够"高产出"呢？就个体的"经济效益"而言，"高投入"的文学创作在绝大多数情况下是"低产出"。诚然，无论是哪个时代的哪个领域，都存在着"高投入低产出"的情况，不过，就其普遍性而言，极少有能够与"文学创作"相比的。在只靠文学创作"吃饭"的职业作家中寻觅一个个的富翁是很困难的，然而，像曹文所说的"甘于贫困"的"穷小子"，却是俯拾皆是。那么，许许多多明知"贫困"却还继续从事文学创作的作家，他们追求的是什么？听听威·休·奥登是怎么说的："每一个作家都愿意富有而不愿贫穷，可是相对来说，一个真正的作家……需要的是别人对他作品的赞许……不过，作家只相信他所尊重的那些人的看法。"② 显然，这位著名的英国文艺批评家所说的话，至少已经给我们提供了部分正确的答案。

正是由于完全忽视了文学所具有的超越于"经济"的精神品格，曹文才会有漏洞如此巨大的断论："面向市场是文学赖以生存的唯一出路"。其一，它无法解释在没有"市场"可面对的年代里，文学何以照样地生存——如人类早期的文学；其二，它无法解释在那些"市场"不算不发达的社会里，一些作家虽然由于"基本上保持着对使用价值的执着……而成为有问题的个体"③，可最终还是备受读者青睐地"生存了下来"——如美国作家麦尔维尔、奥地利作家卡夫卡；其三，它无法解释在"市场效益"已普遍成为人们生活的重要准则的今天，那些完全没有"经济"动机的文学仍"生存得自由

---

① ［法］雅恩·安德烈亚．我的情人杜拉斯［M］．彭伟川，译．深圳：海天出版社，1999：152.

② ［英］威·休·奥登．论写作［M］．李文俊，译//［英］戴维·洛奇．二十世纪文学评论：下册．上海：上海译文出版社，1993：439.

③ ［法］吕西安·戈德曼．小说社会学与发生结构主义［M］//吕西安·戈德曼．文学社会学方法论．段毅，牛宏宝，译．北京：工人出版社，1989：209.

自在”——如民间的“歌谣”、校园的“心曲”。

曹文论证“文学的经济品格”的第二个层面，是“文学内部的经济元素。”让我们先来看看曹文是怎样“进入文学内部，看清它的经济品格”的：“文学是审美对象，这并不排斥它同时具有认识价值，包括对于经济的认识价值；审美价值当然是文学的核心价值，无此不成其为文学，但并不排斥认识价值，有时是相辅相成的，融为一体的。”这样的一番话，丝毫也不能让人明白“经济”为何就是“文学的品格”。第一，在当今能看到的中国文艺理论专著和教材中，鲜有排斥“文学的认识价值”的，相反，诸如“认识、教育和美感三者辩证统一”之类的话语，几乎可以说已经成为陈词滥调。也就是说，曹文“新瓶”装的是“旧瓶”里的“旧酒”。第二，即使要从文学反映什么以及有什么认识价值的角度来探讨文学的品格，也不应该只将反映对象的某一侧面和认识价值的某一方面提升到文学本体的高度。倘若曹文的此种逻辑方法可行，那么，我们就不但可以说文学具有“经济品格”，而且还可以说文学具有“道德品格”“政治品格”……与其这样说下去，还不如说文学具有“生活品格”和“实践品格”——如此言说，虽嫌笼统却会让人觉得稳妥一些。

大概正是因为意识到从老套的话语中引申出“文学的经济品格”来缺乏说服力，曹文又从“我国进入了以经济建设为中心的历史发展阶段”和“当代的经济……是包含着知识经济的市场经济”两个角度去探讨经济“对于人的要求”。由此，曹文便得出了这样的结论：“正是在这一根本点上，作为人学的文学的经济品格得到了科学的诠释。”难道真的是这样？非也！其一，经济对于人不管在哪个时代都很重要——譬如农业经济，它对于农业时代的人来说，其重要性完全不亚于知识经济对于当代人。故而，如果我们未能从过去的经济形态对于人的重要性推导出“文学的经济品格”，那么，我们也同样无法从当代的经济形态对于人的重要性推导出“文学的经济品格”。其二，我们不能经由“某种东西”对人的要求更高而推断出人的创造物（包括文学）

也具有“某种东西”的品格。就拿科学技术来说吧，今天的科技比起古代来要发达得多，高科技对人的要求也比以往的任何时候都高，可我们却不能根据这一点而推断出文学具有“高科技”的品格。探讨文学与“知识经济”的关系，按学理不该两样。

正是由于过分强调“经济”在文学内容与文学价值中的绝对地位，曹文才会说出这样错漏百出的话：“今天，我们如果承认‘文学是人学’，要真实地生动地塑造当代人物的形象，而又对当代的经济活动与经济关系漠然无知，我们可以说，这样的作家从根本上也不懂文学，无法进行当代的文学活动。”首先，假设几乎是多余的，因为虽然还有不少当代作家对当代经济缺乏全面深刻的认识，但要找出“对当代的经济活动与经济关系漠然无知”的当代作家，却是一件比登天还难的事。其次，即使确认还有对当代经济“漠然无知”的作家，我们也不能说“这样的作家从根本上也不懂文学”，因为一个作家只要还能从文学接受中获得审美性的精神享受，就应当被视为“根本上”是“懂文学”的。最后，无论内容还是形式，“当代的文学活动”都是多种多样的，其范围之宽广远非“由当代懂经济的作家塑造当代人物形象”所能涵盖。难道我们能说金庸和古龙等作家塑造古代的侠客形象是“不懂文学”的结果？难道我们能因为海明威的《老人与海》和贝克特的《等待戈多》没有“经济”方面的命意而说它们不是“文学”？难道我们能说当代的文学批评活动不是“当代的文学活动”？

似乎是为了更有力地证明“经济”是“文学的品格”，曹文又花了738字来讨论“文学与广告的关系”，并下了这样的一个结论：“广告，也应该成为市场经济条件下，文学经济品格的一个组成部分。”曹文的结尾部分，失当是多方面的。第一，在全文只有6 232字的不长的篇幅里，竟用了1/9的篇幅来谈论一个“附带说明”的问题。类似的情况在曹文的其他地方也可看到，譬如，用574字（近1/10的篇幅）来谈论“知识经济需要人具有×××素质”。第二，虽然广告在当代不仅构成了文学环境的一个组成部分，而且还常常成为某些作家进行文学活动的手段之一，但是，我们却不能由此而断定广告是文学内在的东西。诚然，广告中有着文学的成分，可文学并不包含广告。这样的一个简单道理，如同戏剧与文学之间的关系：戏剧包含文学，文学却不包含戏剧。可见，曹文把属于文学外部因素的“广告”当作“文学内部的经济元素”来讨论，是极为不妥的。第三，尽管广告手段的使用常常出现于当代文学领域，但我们却不能够简单地将“文学广告”等同于“商品广告”，而应该看到它们之间有着许多细微且重要的差别。譬如，衡量商品广告内容的真假易于找到相对客观的操作准则，然而，衡量文学广告内容的真假却是另外的一种情况。再如，对商品消费者来说，商品广告与经济和法律密切相关；但对于文学消费者而言，文学广告通常只具有伦理和文化的意义，与“经济”层面、“法律”层面没有多大的联系。遗憾的是，曹文完全未能注意到文学广告的特殊性，而是生搬硬套地用以证明“文学的经济品格”。

（三）“文学的经济品格”观在实践上必定不良

虽然曹文不乏一些正确的见解——如关于“文学基金”的看法，但是，就总体情况而言，曹文在学理上存在着诸多的缺失。更为严重的是，曹文所要着力阐明的核心观点不但在理论上是错误的，而且在实践上也会产生不良的后果。

尽管“要来的终归要来”，对“要来的”东西完全采取逃避和拒绝的态度并非上策，但正如日本文学批评家桑原武夫所言：“艺术家……是面对商业化的力量，面对政治权力，始终追求自由，追求不可能实现的自由的人。”① 倘若文学与经济融为一体而丧失它那超越性的理想品格，那么，人类的历史航向就会减少一座重要的灯塔。

“文学的经济品格”论虽非出于“恶”之动机，但就其实践的社会价值

---

① ［日本］桑原武夫．现代社会的艺术［M］//桑原武夫．文学序说．孙歌，译．北京：生活·读书·新知三联书店，1991：157.

而言，必定是“善”少“恶”多。之所以这样，是因为“文学的经济品格”观念一旦在人的头脑中确立，较之其他效益更具“可视性”的“经济效益”就会被看成是文学“第一重要”的东西——如此结果，那些缺乏“经济效益”的文学杰作就会受到冷漠，那些“奉献多回报少”的文学创作就会萎缩。

诚如英国哲学家斯宾塞所言：“如果有办法，没有一个人应该写诗。如果可能，让他忍住不写；但是，如果它喷出来，则可能有价值。”① 在市场原则几乎通行无阻的今天，“经济出诗人”是无法避免的，也是可以理解的，但是，我们更希望看到“愤怒出诗人”。当然，对于那些“愤怒出来的诗人”，我们极不愿意看到他们穷愁潦倒的模样。可以肯定地说，他们富裕起来之日，便是社会大幸之时。

---

① ［英］赫·斯宾塞. 论诗歌［M］//赫·斯宾塞. 斯宾塞教育论著选. 王承绪，译. 北京：人民教育出版社，1997：245.

四、“否定文学的审美意识形态”论

——对单小曦先生的学术批评

2003 年，《文艺争鸣》第 1 期和第 2 期先后发表了两篇对话性的文章：一篇是单小曦先生的《“文学的审美意识形态论”质疑——与童庆炳先生商榷》(以下简称《质疑》)[①]，一篇是陈雪虎先生的《如何理解“审美意识形态论”——答单小曦的质疑》[②]。对于这一疑一答的两文，笔者以为，前者在学理上存在着较大的问题；而后者虽在探讨“审美意识形态论”的历史背景和价值方面较为深入，但从学理的角度对批评对象进行细致的分析却显得很不够。

由于《质疑》第三部分“我的几点看法”主要是借助“立论”来批驳“审美意识形态论”，所以，笔者打算对此更具“普遍意义”的文字进行学术批评。

首先，《质疑》从人类文明意识这个“复杂的系统”入手，把文明意识分为“实用意识、审美意识和集体无意识三大类”，然后点明前两类意识的特征，进而指出“文学艺术的特殊性之一在于，它主要是审美意识的存在领域

---

① 单小曦. “文学的审美意识形态论”质疑：与童庆炳先生商榷［J］. 中国人民大学复印报刊资料·文艺理论，2003（4）：117－120.

② 陈雪虎. 如何理解“审美意识形态论”：答单小曦的质疑［J］. 中国人民大学复印报刊资料·文艺理论，2003（5）：136－139.

和表现形式，也可以成为实用意识诸种类的表现形式，还可以成为实用意识之下的个人潜意识和社会集体无意识的泄导渠道和形式”。不难看出，单小曦先生在“立论”的开头就犯了一个类型学上的错误。

第一，既是把文明意识分为三大类，缘何在后面又冒出了一个“三大类”所没有的“个人潜意识”？这个“个人潜意识”与三大类是怎样的一种关系？

第二，由于《质疑》对“集体无意识”概念未做任何说明，所以我们只能按“来自荣格心理学的一个术语”进行解读[①]。如此，“集体无意识”是相对于“个人无意识”来说的[②]，或者，相对于“个人无意识”和“意识”而言[③]。可见，把文明意识分为“实用意识、审美意识和集体无意识三大类”，是标准不划一。

第三，既然只说“实用意识之下的……社会集体无意识”，那么，就会出现两种解读。一种解读是“社会集体无意识”也在“审美意识之下”，若此，则可视为《质疑》在表述上的疏漏。另一种解读是“社会集体无意识”不在“审美意识之下”，如果这样，我们便要问：“审美意识”在文明意识系统中，是属于哪个层级的概念？单小曦先生又何以知道“实用意识之下”有“社会集体无意识”而“审美意识之下”却没有？

其次，《质疑》写道：“意识形态指的是存在于一定的社会经济基础之上，由包括审美意识在内的各种社会意识形式和意识因素构成的、表现在各种意识领域中的社会意识的整体面貌和样态。”很明显，如此说法与历史唯物主义的基本常识相距甚远。历史唯物主义认为：“意识形态是社会意识的一部

---

① 林骧华．西方文学批评术语辞典［Z］．上海：上海社会科学院出版社，1989：158.

② 王先霈，王又平．文学批评术语词典［Z］．上海：上海文艺出版社，1999：535－537.

③ 《心理学百科全书》编辑委员会．心理学百科全书：下卷［Z］．杭州：浙江教育出版社，1995：2 305.

分。”[1] 作为总括人类全部精神现象和过程的哲学范畴，“社会意识”有时候被“分为社会心理和社会意识形式两大部分”[2]，有时候被“划分为社会心理、社会观念和社会意识形式三个基本层次”[3]。但不管怎样划分，社会意识都包括意识形态，也就是说，“意识形态”只是社会意识中的社会意识形式的一个类型。然而，单小曦先生完全颠倒了社会意识与意识形态的关系，把“各种社会意识形式和意识因素”包揽到“意识形态”身上。

再次，《质疑》根据“意识形态指的是……由包括审美意识在内的……社会意识的整体面貌和样态”，再根据其“体现社会同一性质”的“统一的”特性，推断出“可以成为各种社会意识的表现形式”的文学，“既有一定的意识形态性，也具有对现存意识形态的超越性”，并以此为由来否定“文学是一种意识形态”。稍加探究，便会发现单小曦先生在这一论证过程中的逻辑漏洞。

第一，《质疑》一方面说，意识形态“由包括审美意识在内的各种社会意识形式和意识因素构成”；另一方面又说，意识形态“表示的……是意识的性质、样态，它不是由各种具体意识自身组成的”。如此言说，岂非自相矛盾？事实上，即便依照单小曦先生的意见——把意识形态看作“由各种具体意识的社会性质组成”，那也无法否认，它同时也是“由各种具体意识自身组成的”。难道世界上存在着“没有自身”却还有“自身”所“表示的性质”？

第二，单小曦先生只看到一个社会的意识形态由于受特定的经济形态所决定而具有“统一的整体的”性质，却忽视了一个社会的意识形态往往具有

---

① 中国大百科全书总编辑委员会《哲学》编辑委员会. 中国大百科全书：第2卷 哲学［Z］. 北京：中国大百科全书出版社，1987：1 097.

② 金炳华，等. 哲学大辞典：下册［Z］. 修订本. 上海：上海辞书出版社，2001：1 818.

③ 王锐生，薛文华. 马克思主义哲学原理［M］. 北京：高等教育出版社，1993：431.

多样性和复杂性[①]。正因为这样，单小曦先生才会在肯定文学艺术“主要是审美意识的存在领域和表现形式”的情况下，似是而非地推导出文学“具有对现存意识形态的超越性”。具体而言，《质疑》在这一问题上的不妥包括下列相关的两点。其一，由于只“按马克思的社会存在决定社会意识的原理”推断，而没有从社会意识的相对独立性和能动性方面进行辩证推导[②]，所以，单小曦先生才得出了只有具备“超越性特征”的审美意识才有能动性的错误结论。实际上，不但审美意识，而且其他的意识也具有对于社会存在的能动反作用。换言之，即使不说文学“主要是审美意识的存在领域和表现形式”，而仅仅断言文学是一种社会意识形态，也并非说文学就是机械地受制于社会存在。其二，由于把“意识形态”看作是无法分解的“统一的、整体的意识样态”，结果，单小曦先生在肯定文学“有一定的意识形态性”时，便觉得这样与文学“主要是审美意识的存在领域和表现方式”不相吻合，因而也就想出一个所谓的“具有对现存意识形态的超越性”来。可是，这样的说法却出现了更大的逻辑问题。既是认为“遍及社会意识系统的所有层面的所有意识”都是“意识形态”的“体现者”，那么，单小曦先生断定作为“各种意识的存在领域和表现形式”的“文学”具有“超越现存意识形态”的特性，就等于是在说，一个人抓住自己的头发可以离开地球——这行吗?

最后，《质疑》指出，“体现”意识形态的社会意识内部存在着一对“天然相斥”的“对立因素”。在讨论“一对对立因素”——“肯定”的实用意识与“否定”的审美意识——之后，单小曦先生终于完成了他对于“审美意识形态论”的否定任务。可以这样说，《质疑》的结尾两段存在着诸多很不严密的地方。

---

① 王锐生，冯卓然．马克思主义哲学基本原理［M］．2版．北京：高等教育出版社，1993：417．

② 肖前，李秀林，汪永祥．历史唯物主义原理［M］．北京：人民出版社，1983：280－291．

第一，既然《质疑》倒数第三段已经说“每一意识……同该社会全部其它意识因素一起，构成了具有特定性质的意识形态”，那么，作为“统一的、整体的”“具有特定性质的意识形态”的“体现者”，“所有层面的所有意识”又是如何被分成多种“不同性质”的意识呢？

第二，《质疑》写道：“处于意识结构现实层面的实用意识维护现实的品格要求它立足于现实、保留现实……处于意识结构超越层面的审美意识其超越品格要求它否定现实、指向理想”。这一段话至少有两点让人感到疑惑。其一，是不是所有“否定现实”的意识都能够归入审美意识？自然，答案是否定的！可是这样一来，对那些既非审美又“否定现实”的意识，该怎样进行归类呢？其二，说审美意识具有“超越品格”并没有错，但超越一定就是“否定现实、指向理想”吗？从意识与现实的关系看，审美意识“要冲破沉闷的现实束缚”是一个事实，可它并非一定“否定现实”，相反，它有可能是在“逃避现实”。众所周知，逃避现实与否定现实之间有着相当长的一段距离——就客观效果而言，逃避现实有时候还是在“维护现实”“保留现实”。

第三，既然“审美意识”具有“超越品格”，那它为什么“要违背本性被迫成为一定意识形态的表现者”？而当“审美意识”违背本性“被迫体现意识形态”时，它又是如何成为“它体现的意识形态的否定和批判者”？显然，单小曦先生之所以在逻辑上出现这样难以言清的矛盾，是因为他把本应由“全面的人”（具备各种意识）来完成的繁重任务都塞给“片面的人”（只有审美意识），从而使得审美意识不堪重负。

第四，既是肯定“审美因素已经内在地包含”在文学的“意识形态性”中，那么，实际上也就承认了文学的审美与意识形态性可以融汇。但是，《质疑》接下去却又说，由于意识形态性和审美具有“天然的相斥性”，所以“它们不可能融汇成为一个实存事物。所谓‘审美意识形态’之说，不过是人为虚构和神化出的概念”。像这般反复无常的言说，真是让人莫名其妙。

综上可见，单小曦先生不但未能如他自己所打算的那样“挖掘出”文学

“本来已拥有的深厚的理论内涵”，而且反过来，在否定“审美意识形态论”的阐述中，经常背离学理的要求。

必须指出的是，笔者并非反对单小曦先生质疑“文学的审美意识形态论”，而是认为学术上的否定不能违反逻辑与基本常识。毫无疑问，理论需要创新，没有学术上的否定，便不会有学术上的进步。不过，应该看到的是，任何有较大影响的学术成果，都是研究者们长期探索得来的。故而，学术上的否定，应像被否定的对象的获得一样是深思熟虑的结果。只有当学术上的否定不是仅凭勇气的时候，它才有可能使受众信服和获益。在学术界“批判”“否定”之风渐盛的今天，笔者以为，倡导“客观评估”既有的学术成果是必要的，而提倡“厚积薄发”则具有更为深远的意义。

五、文学发展的动因

——兼批评“外因主导”论

（一）普遍流行的文学发展动因观的偏颇

影响文学发展的因素是什么？既有内部的因素，也有外部的因素，这是文艺理论界的共识。有多少因素？这一点在文艺理论界也有较一致的意见：复杂繁多，代表性的意见如陈辽先生的《“合力”：文学兴衰的奥秘》——该文列举了影响文学发展的十八项主要因素①。以上两点，笔者的意见是一样的。不过，在涉及文学发展主导动因的问题上，笔者以为，我国文艺理论界长期以来普遍流行的观点，失之偏颇。

陈伯海先生在《文学动因与三对矛盾》中说：“大致上看，第一对矛盾，即文学与生活的矛盾，决定了文学现象发展变化的基本方向；第二对矛盾，思维与形象的矛盾，将既定的方向转化为具体的发展过程与途径；而第三对矛盾，不同文学现象间的矛盾，则促使文学现象在实际发展过程中形成自身特定的形态和风貌。三对矛盾不是并列的，其间存在着相互制约、相互推移的关系。整个说来，起主导作用的是第一对矛盾，尤其是矛盾的主要方面，即社会生活的能动性一面。正是由于社会生活的变化发展，才促成了文学现

---

① 陈辽．“合力”：文学兴衰的奥秘［J］．徐州师范学院学报（哲学社会科学版），1989（2）：1－4．

象的变化发展，带起了另外两对矛盾。”[①] 这种把文学发展的主导动因归之于社会生活（或归之于经济）的“外因主导”论在学术界广泛流行；至于高校的文艺理论教材，更是如此——包括近几年出版且编写得较有特色的《文学原理》（孙子威主编）和《文学理论》（黄展人主编）等[②]。这一点也很正常：学术界研究进展到什么程度，教材就只能编著到什么程度，更何况要求相对妥帖稳当和受到出版周期制约的教材常常远远落后于学术研究的前沿。

“外因主导”论的文学发展观之所以普遍并长期流行，原因自然有许多方面；不过，其中最为主要的，恐怕是严酷的现实和学者们的理论思维方式。

从现实上看，我们在相当长的一段时间里，既不重视作家的主体创造性，不重视作品的审美特性，也不重视读者的审美趣味；而是特别地强调文学急功近利的社会效用，强调文学的社会意识形态性。简言之，我们一直非常注重突出上层建筑（尤其是政治）对于文学的干预。因而，在理论上要对文学的演进予以概括，就必然突出“社会”或“经济”的根本性动力地位。从逻辑上看，这也可说是很自然的事情。因为若承认文学的发展有自身的特征及其规律，那岂不是说作家们和读者们可以为所欲为？岂不是很难从理论上论证对文学进行管理和干预的必要性？岂不等于说，离开了官方意识形态的指引，文学也可以有健康繁荣的发展前景？

从理论上看，我们的学术研究很习惯于“宗经”，思维常常离不开条条框框，甚至有些学者以为抓住了马列主义的某些普遍原理或摘取权威的片言只语作为逻辑的大前提，就能够任意演绎，便可以无往而不胜。而这种不正常的倾向，在文艺理论界尤为明显。

几乎所有的文学发展“外因主导”论的论者都引述了马恩如下的几段话作为立论的主要理论依据。马克思说：“物质生活的生产方式制约着整个社会

---

① 陈伯海．文学动因与三对矛盾［J］．文学评论，1987（1）：132.

② 孙子威．文学原理［M］．武汉：华中师范大学出版社，1989；黄展人．文学理论［M］．广州：暨南大学出版社，1990.

生活、政治生活和精神生活的过程。”“随着经济基础的变更，全部庞大的上层建筑也或慢或快地发生变革。”[①] 恩格斯说：“政治、法律、哲学、宗教、文学、艺术等的发展是以经济发展为基础的。”[②] “马克思发现了人类历史的发展规律……直接的物质的生活资料的生产，因而一个民族或一个时代的一定的经济发展阶段，便构成为基础，人们的国家制度、法的观点、艺术以至宗教观念，就是从这个基础上发展起来的，因而，也必须由这个基础来解释，而不是像过去那样做的相反。”[③] 将马克思主义奠基人的这几段文字当作文学发展根本动力“外因”论的理论依据，如果不是有其他的动机的话，至少在理解上也是有着极大的偏差。极为明显的是，马克思和恩格斯此处并非是在探讨某一具体事物的变化发展，而是从人类社会整体结构的角度去把握其内在矛盾的主导面，探寻“人类历史发展的规律”——特定的社会形态存在着诸多方面内容的矛盾因素，其中的经济是矛盾的主导因素，它的变化发展会推动庞大上层建筑发生变革，由此而带来了社会形态的整体发展变化。

诚然，马恩也曾在某些场合较具体地谈及文学的变化发展。恩格斯说：“经济上落后的国家在哲学上仍然能够演奏第一提琴：十八世纪的法国对英国（而英国哲学是法国人引为依据的）来说是如此，后来的德国对英法两国来说也是如此。但是，不论在法国或是在德国，哲学和那个时代的文学的普遍繁荣一样，都是经济高涨的结果。经济发展对这些领域的最终的支配作用，在我看来是无疑的……”[④] 这一段文字可以说是对文学发展“外因主导”论最有利的理论依据。然而，即便是这段话，也仍然说明不了恩格斯认为文学发

---

① ［德］马克思.《政治经济学批判》序言［M］//中共中央马克思恩格斯列宁斯大林著作编译局. 马克思恩格斯选集：第2卷. 北京：人民出版社，1972：82，83.

② ［德］恩格斯. 恩格斯致瓦·博尔吉乌斯［M］//中共中央马克思恩格斯列宁斯大林著作编译局. 马克思恩格斯选集：第4卷. 北京：人民出版社，1972：506.

③ ［德］恩格斯. 在马克思墓前的讲话［M］//中共中央马克思恩格斯列宁斯大林著作编译局. 马克思恩格斯选集：第3卷. 北京：人民出版社，1972：574.

④ ［德］恩格斯. 恩格斯致康·施米特［M］//中共中央马克思恩格斯列宁斯大林著作编译局. 马克思恩格斯选集：第4卷. 北京：人民出版社，1972：485.

展的根本性动力因素是“经济”。笔者的看法是：第一，恩格斯并没有直接论述文学发展的根本动力问题，他谈的是一国家一社会中，矛盾的主导面经济发展对哲学、文学具有“最终的支配作用”，这仍然是在探讨社会结构中经济基础对上层建筑的主导决定作用；第二，恩格斯在这里也不是没有指出哲学发展、文学发展同经济发展的非同步性。关于“非同步性”，马克思曾说过更为明确的话：“关于艺术，大家知道，它的一定的繁盛时期决不是同社会的一般发展成比例的，因而也决不是同仿佛是社会组织的骨骼的物质基础的一般发展成比例的。”① 马克思既然指出了艺术的发展与“社会的一般发展”“物质基础的一般发展”并非成比例，也就非常明确地肯定了艺术的发展具有它自身的特殊性。而毫无疑问的是，这种发展的特殊性，恰恰根源于艺术内部的矛盾运动，而不是外部因素的“社会生活”或“经济基础”。

如果说在理论推导方面还不太容易看出文学发展“外因主导”论的错谬的话；那么，在用这种文学发展观去演绎文学发展事实方面，则可说能看到许许多多的“漏洞”。

有些论者为了说明文学形式的演变归根到底仍在于社会生活的发展这一观点，以中国诗歌从二言、四言、五言到七言……这一历程为例证，断言“言”数的增多是因为原有的形式难以适应日益丰富的社会物质生活和社会精神生活。此类说明实在是令人费解。难道“五言”时代的社会物质精神生活比“四言”时代丰富，以至于四言表现不了？难道“二言”原始歌谣就肯定足以反映原始社会生活（不管它多简单）？用字数篇幅的变化来“附会”社会生活的丰富与否，或用社会生活丰富与否来“牵强”字数篇幅的变化，的确在某些时候会产生极为滑稽的效果。不少民族在上古时代就出现了篇幅巨大的“史诗”形式，而在中国的古代却未曾有过，难道我们就能由此推论出汉民族的社会生活比别的民族贫乏得多？顾城的许多名诗作如《弧线》《一代

---

① ［德］马克思．《政治经济学批判》导言［M］//中共中央马克思恩格斯列宁斯大林著作编译局．马克思恩格斯选集：第2卷．北京：人民出版社，1972：112－113.

人》等，可说是“言数”甚少，然而我们能否就推断出他的精神世界没有其他那些写长诗的诗人丰富？

虽然以“外因主导”论来诠释文学内容的变化似乎较易顺理成章些，但细加推究，仍不免牵强。说神话这种文学样式的产生，是由于人类社会早期科学认识的不足，随着社会生活的进步、人类科学认识的发展，神话也就消失了。然而我们如何来解释在原始社会、在科学还没有产生之前，也存在着诸如“断竹，续竹，飞土，逐宍”之类的原始歌谣？又如何来解释在“基本现代化”的今天，我们的许多有科学头脑的读者还津津有味地读着神话？依“外因主导”论的逻辑，当今中国社会应该是一个武侠绝迹的时代，但武侠小说的创作并未有绝迹的趋向，而阅读武侠小说的人从数量上看却是一支文学消费大军。由此可见，用“外因主导”论来诠释文学现象，行不通。

具体问题具体分析，这是马克思主义的活的灵魂，也是真正马克思主义者的一个非常基本的原则。那种只抓住某一原理或某片言只语，不顾特殊的认识对象，不愿意深入到事物内部的矛盾运动中去进行分析的做法，是完全违背马克思主义的思想原则的。尽管马克思主义奠基人对于人类社会的内部矛盾运动的揭示极正确极深刻；但是，某些自称为马克思主义者的文艺学专家将关于“社会发展”的主导动因的结论套用到“文学这种特殊的事物的发展”上，则是错误的，至少是没有触及问题的根本。恩格斯曾经这样说过：“青年们有时过分看重经济方面，这有一部分是马克思和我应当负责的。我们在反驳我们的论敌时，常常不得不强调被他们否认的主要原则，并且不是始终都有时间、地点和机会来给其他参预交互作用的因素以应有的重视。但是，只要问题一关系到描述某个历史时期，即关系到实际的应用，那情况就不同了，这里就不容许有任何错误了。可惜人们往往以为，只要掌握了主要原理，而且还并不总是掌握得正确，那就算已经充分地理解了新理论并且立刻就能够应用它了。在这方面，我是可以责备许多最新的‘马克思主义者’的；这的确也引起过惊人的混乱……”① 读一读恩格斯的这一段话，或许我们会清醒一些。

（二）内部机制是文学发展的主导动因

从整部文学史来看，没有任何一种文学现象仅由内部因素或外部因素造成。像中国唐朝的“新乐府运动”，一方面是“安史之乱”以后社会深刻危机促成，另一方面又是白居易等诗人痛感文学创作日趋衰颓、有意创新并积极接受汉乐府影响的结果。显然，文学的变化发展是内外因素合力的结果。但是，若仅仅停留在内外因素合力的笼统结论上——如狄其骢先生等著的《文艺学新论》② 和陈辽先生的《“合力”：文学兴衰的奥秘》所论的，我们就还没有把握到文学发展的深刻根源。

“事物发展的根本原因”“是在事物的内部，在于事物内部的矛盾性”③，这样的一个哲学结论，对于马克思主义者来讲，应该是没有什么争议的。我们只有运用唯物辩证法的发展观去把握文学的发展，才能够得出科学的合乎文学发展实际的结论。

作为一种特殊的社会意识形态，文学发展变化的根本原因，是文学自身内部机制的矛盾运动。没有将生活认识、生活感受转化为语言艺术形象的渴望，没有语言艺术继承与创新的追求，没有文学创造交流与竞争的向往，任何外部因素，哪怕是十分重大的影响联系，也构不成文学的影响联系。不管社会生活各个侧面、各个层次如何重要，它们都只能通过文学内部的矛盾机制而影响其发展。

不可否认，现代主义文学思潮是 20 世纪西方文学的一股强流，但是，它

---

① ［德］恩格斯. 恩格斯致约·布洛赫［M］//中共中央马克思恩格斯列宁斯大林著作编译局. 马克思恩格斯选集：第 4 卷. 北京：人民出版社，1972：479.

② 狄其骢，王汶成，凌晨光. 文艺学新论［M］. 济南：山东教育出版社，1994.

③ 毛泽东. 矛盾论［M］//毛泽东选集：第一卷. 北京：人民出版社，1991：301.

并非西方现代文学的全部构成。在法国，有以法朗士、巴比塞、罗曼·罗兰和马丁·杜·加尔为代表的现实主义阵营；在英国，有以高尔斯华绥、萧伯纳和毛姆为代表的现实主义队伍；在美国，有一支以德莱塞、刘易士和斯坦贝克为代表的现实主义劲旅。虽然这些国家都是现代主义文学充分发展的营地，可那些杰出的现实主义作家们却直接地继承了19世纪现实主义“编年史”的创作方法，构成与现代主义文学相抗衡的另一翼。在基本相同的历史文化背景下，为什么会出现现代主义和现实主义如此截然不同的两股文学巨流呢？非常明显，这是不同作家（或作家群）对生活的艺术感受以及他们对于语言艺术的师承并创造更新的不同所使然。实际上，即便是现代主义文学内部，虽然具有大致相同的社会条件和哲学思想基础，但不同的流派，其艺术观念和创作实践远非一致，其否定之否定也总是急剧更迭。而这一切的深刻根源，是在文学自身内部的矛盾运动。

苏联马克思主义文艺批评家卢那察尔斯基曾用水流做比喻，极为形象生动地说明了文学艺术的发展变化最终受其内部矛盾机制的决定，他说：“……然而要断言艺术没有自己本身发展的法则，则不免是肤浅之见罢。水之流，由河底河岸决定：或储为止水的池，或流为静静的川，或冲击多石的河床，奔腾喷射，倾泻为瀑布飞流，左右曲打，甚至急激逆流。然而纵然河流受外面条件如铁的确定的必然所决定，是如何昭然的事实，但是河流的本质也为水力学的法则所决定——决定它是我们不能由外部条件明白而仅由水的本身才可知道的法则。艺术也完全如此。”① 我们的思维只有深入到文学的内部机制中去，才有可能考察并科学说明一种文学现象何以那样产生，又为何这样发展，最后又是如何消亡的。

文学发展“内因主导”论在国内文艺理论界不是完全没有人提。钱中文先生在他的几百页的专著《文学原理——发展论》中写道：“文学的发展是审

① 王春元．文学原理：作品论［M］．北京：社会科学文献出版社，1989：16.

美本体系统的自身运动。”“文学发展的动力，主要是内在审美特性的变化。”①然而，令人遗憾的是，钱先生虽然对诸如文学形式、文学观念、文学风格、文学流派、文学思潮等方面的发展做了较为详尽的探讨，但关于文学发展的“主导动力”问题，除了抛给我们一个结论外，几乎没有任何展开的实质性论述。

从系统论角度看，文学自身审美系统包含着不同的若干层面。宏观而又一般地讲，文学自身矛盾运动可以概括为时间纵向和空间横向两大方面的联系发展；微观而又深入地说，文学自身矛盾运动的深刻动力是呈现人类心灵力量的语言审美创造。

关于文学发展内部纵向的继承与创新问题，理论界常见的探讨是从作家创作的角度进行的。但实际上，在具体的文学活动和文学发展中，读者（包括一般读者和批评家）也有一个继承与创造性接受的问题。已经存在的前代文学创作成果即作品正是通过接受者的阅读、富有说服力的各种各样的解释乃至接受其影响而不断地深化和丰富其自身的意义的。如果没有15、16世纪的以伟大的人文主义者为代表的广泛读者们对古希腊罗马文学的创造性理解，文艺复兴时期的文学就不可能是已有的那个样子。莎士比亚的《哈姆莱特》在各个不同时代几乎都出现过不同的解释，即便是同生活在19世纪的俄罗斯，别林斯基、屠格涅夫和列夫·托尔斯泰等人对其解释也相差甚远。关于文学发展的这种特殊性，英国诗人、文论家艾略特有一句极端而又很深刻的话：“……自荷马以来的整个欧洲文学，以及包括于其中的他本国的整个文学是同时并存的、而又构成同时并存的秩序。”② 中国学者钱念孙先生则很中肯地称其为“文学的逆向发展”③。既往的文学创造成果，正是在一代又一代的

---

① 钱中文. 文学原理：发展论［M］. 北京：社会科学文献出版社，1989：321，392.

② ［英］艾略特. 传统与个人才能［M］//伍蠡甫，胡经之. 西方文艺理论名著选编：下卷. 北京：北京大学出版社，1987：40.

③ 钱念孙. 论文学的逆向发展［J］. 文艺研究，1987（3）：52－60.

人不断接受的前提下得到不断的深化、丰富和发展的。

文学发展的矛盾运动不仅表现在时间前后的继承与创新上，而且还表现在大致同一时间相对不同空间或领域的横向联系上。关于文学发展内部横向联系问题，研究者们很强调“各民族文学的相互联系与相互影响”，但对其他方面内容却重视不够，这实在是一种欠缺。

首先，文学创作与文学接受表现为交互作用、相互推进的历史联系。一方面，一定的文学接受既可以造就某些作家，推动某类风格或某种类型的文学创作，也能够对之起抑制作用。19 世纪上半叶的法国，由于《巴黎圣母院》《印典娜》和《三个火枪手》等洋溢着浪漫主义激情的小说广为读者欢迎，所以雨果式的昂扬跌宕、乔治·桑式的典雅激情和大仲马式的神秘离奇大量涌现，几乎占满了整个法国小说界。而与此相反的是，虽然《红与黑》和《巴马修道院》是司汤达奉献给法兰西读者的两部不可多得的杰作，但由于法国读者界的冷落，司汤达式的冷峻心理分析小说没有成为创作潮流。另一方面，在接受者以其自觉或不自觉的审美理想、审美趣味影响着作家创作的同时，作家们（尤其是那些优秀的作家）也总是以他们生生不息的创造力去培养接受者、塑造接受者，18 世纪法国启蒙作家孟德斯鸠、伏尔泰、狄德罗和卢梭等人的文学实绩就是这方面的典型。有时候，作家的创作对接受者的影响在速度上可能非常缓慢，但真正的文学杰作最终必然会培养出一批又一批的读者，《红楼梦》《城堡》《白鲸》《草叶集》和《等待戈多》就属于这种情况。文学创作与文学接受就是这样在不断的互动中推进整个文学进程的。

其次，文学创作中不同原则、不同风格、不同流派团体和不同层次类型等之间的相互竞争碰撞和渗透融汇，也是文学发展内部横向联系的一个重要内容。“五四”时期新文学两大团体——文学研究会和创造社，一方面以彻底的反叛姿态共同抨击、摧毁封建的旧文学，另一方面又互相排斥、指责甚至于谩骂。正是由于他们的竞争交流，新文学才以旺盛的冲击力，取得了辉煌的文学业绩。严肃文学是特定的时期文学发展水平高低的重要标志，而民间文学和通俗文学，也是一个社会的文学的重要组成部分。这三种不同层次类型的文学，常常是相互碰撞制约、相互交流渗透。中国古代文学从《诗经》开始，到《古诗十九首》直至明清的《三国演义》《水浒传》《西游记》和《聊斋志异》等小说的创作，都留下了民间文学向严肃文学渗透、严肃文学在民间文学中汲取养料的印迹。同样，在欧洲文学发展史上，也有许多许多作家如薄伽丘、塞万提斯、莎士比亚、拉封丹、司各特、拜伦、歌德和普希金等在创作时自觉地接受民间文学的影响。作为一种文学类型的通俗文学在欧洲产生于中世纪中期，发展于工商业经济试图取代农业经济的 17、18 世纪；而在中国，它开始产生于明清小范围市民阶层形成时期。由于通俗文学缺乏严格意义上的继承创新，时尚的变化对其发展变化有着极其重要的制约作用；所以，这种以城市市民为主要接受对象的文学类型，一方面总是抑制着民间文学的传播和发展，另一方面又常常抗拒着严肃文学，并以广泛的读者圈威胁着严肃文学在读者接受中的地位——我们不难从中国内地 20 世纪 80 年代以来大量的各式各样的武侠小说、言情小说、历史人物传记等的引进和创作所产生的效果明白这一点。

最后，诚如许多学者常常论到的，世界各国、各民族、各地区文学之间总是呈现出相互交流和相互影响的横向联系。这种文学发展的横向联系在古代就已经存在，如古希腊之于古罗马、古印度之于古中国、古中国之于古日本；近代越来越频繁，就如丹麦文学史家勃兰兑斯在《十九世纪文学主流》中所描绘的那样①；而在现当代则愈加迅猛，像现代主义文学在几大洲几十个国家间风起云涌就很有代表性。

---

① ［丹麦］勃兰兑斯．十九世纪文学主流［M］．高中甫，等译．北京：人民文学出版社，1982.

（三）结语

以上，从宏观而又一般的角度将文学自身矛盾运动抽象为时间纵向联系和空间横向联系两大方面，并对其中的主要侧面做了简要讨论。这种做法的目的，仅仅在于分析问题的方便。

事实上，文学内部矛盾运动时空两大方面并不各自孤立存在，它们是无法分开的。歌德接受卢梭的影响、波德莱尔接受爱伦·坡的影响、曼斯菲尔德接受契诃夫的影响、巴金接受屠格涅夫的影响，鲁迅接受果戈理的影响，其中既有内部的空间横向联系，也有内部的时间纵向联系。从宏观的角度看，文学系统内部各种因素纵横交错地构成力的“平行四边形”，而各种各样的外部因素影响文学的发展，就是建立在这样一个极为复杂的内部网络机制的基础上。

六、文学与政治的关系

——兼批评“文学功能夸大”论

文学与政治的关系，既是理论问题，也是实践问题。在 20 世纪 80 年代初，该问题曾是一个很热门且争议颇大的话题[①]。不过，这一问题最终既没有获得一致的意见，而且由于种种原因，其深入全面的探讨也仍未达到。笔者认为，如能从理论上彻底弄清两者之间的关系，不仅有助于我们正确理解许多文学现象，而且对文学创作实践也会有很大的补益。

（一）多义的“政治”与文学

文学与政治的关系问题之所以存在着许多分歧和模糊的看法，因素当然很多，但重要原因之一是有些论者常常笼统地谈论“政治”。钱中文曾说过：“分析文学和政治的关系，我以为不能把政治当作一个笼统的概念，引出一些同样是模糊、笼统的论点。”[②] 钱先生这话自然很对，不过要给“政治”这一概念下一个准确的定义，也非易事。《中国大百科全书·政治学》中就说：“这一现象很复杂，各时代的政治学家和政治家都从不同角度和不同侧重点对

---

① 《上海文学》1979 年 4 月第 4 期发表了“本刊评论员”的《为文艺正名——驳“文艺是阶级斗争的工具”说》一文，由此而引起了关于“政治与文学关系”问题的热烈讨论，1980 年达到高潮。后来若干年里虽有人继续撰文探讨，但未能深入。

② 钱中文. 文学原理：发展论［M］. 北京：社会科学文献出版社，1989：364.

它做过各种论述，但至今还没有公认的确切定义。”“……于是产生了对什么是政治各种各样回答，形成了众多的关于政治的定义。”① 看来，问题的关键不在于是否能给“政治”下一个确切的定义，而在于我们是从什么角度来理解“政治”并由此去把握特定含义的“政治”与文学的关系。

依照笔者的理解，“政治”这一概念至少应该包括这样三个基本层次：一个是“政治统治”（包括既存政治制度及其制订者和一切保护设施）；另一个是“政治观念”（包括对既存社会秩序的政治思考及在此基础上产生的社会理想）；最后一个是“政治斗争”（包括各个不同政治阶级集团为了自身的利益所进行的形形色色的斗争）。虽然这三个方面均为“政治”，但就其特性来说却是很不一样的，所以，它们影响文学的方式及程度也有相当的不同。

一般地说，在一定社会历史条件下，既存政治制度及其保护设施，由于其质的规定性是单一而非多向的——或者符合历史发展趋向，或者反历史趋向，甚至于极端反动；所以，不管是何种政治统治，对于各种与社会密切相关的精神文化形态，均具有强制性的特点，作为精神文化形态之一且具有鲜明意识倾向的文学，自然更不会在它的范围之外。但是，政治思想观念则有其完全不同的特点。大多数情况下是这样的，在一定的社会形态下，既有代表（或迎合）既存政治统治的政治观念，也有与既存政治统治相敌对的新兴力量或没落阶级的政治观念。这种不同性质的政治思想观念同时并存的局面在急剧变化时期尤为突出，像中国的清朝末年民国初年，俄国的农奴制改革前后，美国的南北战争时期，等等。尽管统治阶级的政治观念在一社会中总是占据主导地位，但其对于文学的影响并不总是强有力的。从文学史上看，有的作家拥护既存的政治统治，像维吉尔对于屋大维及其政策，斯宾塞对于伊丽莎白女王政权，肖洛霍夫对于苏维埃政府；有的作家则反对既存的政治统治，像雨果对于拿破仑三世，布宁对于苏联政府，阿斯图里亚斯对于危地

① 中国大百科全书出版社编辑部．中国大百科全书·政治学［M］．北京：中国大百科全书出版社，1992：481－482．

马拉的反动统治者卡夫雷拉和乌维科。值得我们注意的是，在政治思想立场上，即使是同属于优秀的作家行列，也并不都是自觉的，更非都是高度自觉的、系统化了的——前一种情况如美国的女诗人狄金森，后一种情况如英国的女小说家曼斯菲尔德、奥斯丁和勃朗特姐妹。另外，那些具有高度自觉政治思想立场的作家并不都是始终如一的，如俄国诗人马雅可夫斯基和小说家帕斯捷尔纳克对于苏联政府的立场的前后变化。

政治斗争作为政治阶级力量对抗的斗争，既可以表现为观念形态方面的斗争，也可以表现为物质形态方面的斗争。如果说前者的手段主要还是诱导、弱化、同化和抨击的话，那么后者则完全诉之于暴力。比较而言，政治统治对于文学的干涉影响远超于文学对政治统治的作用——道理很简单：后一方面只能通过观念形态的途径；而前一方面则不仅通过已占优势（多样的、公开的传播媒介）的观念形态的途径，并且还能够借助强制性的暴力。这一点仅从俄苏许多优秀作家的命运就能得到说明。帕斯捷尔纳克（1890—1960）因为不愿离开他所出生并成为他创作源泉的祖国而不得不拒绝接受1958年的诺贝尔文学奖；1970年获得诺贝尔文学奖的索尔仁尼琴（1918—2008）在1969年被开除出苏联作家协会，于1974年被剥夺国籍，驱逐出境；叶赛宁（1895—1925）、马雅可夫斯基（1893—1930）、茨维塔耶娃（1892—1941）、法捷耶夫（1901—1956）等死于自杀；普希金（1799—1837）和莱蒙托夫（1814—1841）在统治阶级阴谋策划的决斗中被杀害。

由于历史上的种种反动统治曾给许许多多作家烙上累累伤痕，也由于大量的“趋炎附势”之作早已污沉于文学河床底下；所以有许多作家非常反感于政治，倡导文学远离政治。这种心态很可以理解，但是，那种认为只有远离政治的文学艺术才有永恒生命力的看法，则完全走到了问题的另一个极端。请听听1988年诺贝尔文学奖得主、埃及作家马哈福兹（1911—2006）是怎么说的：“感情、政治激情是我艺术实践的主要源泉。你可以说，政治、信念和人是我作品的3个轴，而政治又是轴心轴。我的小说中不乏政治。”① 虽然我们可以举出一些不带有政治色彩的文学佳作来——如《老人与海》和《再别康桥》，但正如美国文艺理论家和文学史家安妮特·T. 鲁宾斯坦所说：“人类伟大时代的有代表性的艺术作品，总是带有政治性的，是属于一定党派的。亚里士多德说人是政治动物。当然，最有人性的人——伟大的艺术家——就更带有政治性了”。② 尽管并不是每一部优秀文学作品都必然表现政治，更非政治生活的表现是构成一部伟大作品的唯一因素，但是，仅以“政治斗争生活”对于文学的影响来说，其深远意义就确已是难以估量的。政治斗争一方面能够为文学提供更为深刻的内容，另一方面又成了作家把握生活真谛的契机。在政治阶级斗争特别尖锐激烈时期，各个阶级集团及其成员的神性和兽性最能充分体现出来，所以作家们也最易通过这个棱镜洞察到人类历史发展的曲折性和心灵隐秘的东西。虽然“文化大革命”给中国文化（也包括文学）带来了灾难性的后果，但正是它为从那段时间走过来的作家们提供了透视中华民族文化的深刻内容。因而在某种意义上造成了新时期文学有别以往的新格局。另外，政治阶级斗争的尖锐性和残酷性又常常将敏感的作家牵卷到旋涡里头，这又在较高程度上促成作家产生忧患意识，更新社会理想，爆发创作激情，并进而在其文学创造中表现时代的主旋律，奏出人类生命体验的共有乐音——但丁、雪莱、雨果、帕斯捷尔纳克和安德里奇就是这样。

笔者特别指出政治阶级斗争对于文学创作的极大重要性，目的完全不在于否定那些没有描写政治生活和缺乏浓厚政治色彩的文学创作——事实上，不同作家的生活阅历、文化修养和心灵状况等千差万别，划一的要求既不可能也不合理，并且，描绘其他生活内容的文学作品也有其价值——而在于强

---

① 孟宪忠. 20世纪文学轨迹：诺贝尔文学现象研究［M］. 长春：时代文艺出版社，1992：151.

② ［美］安妮特·T. 鲁宾斯坦. 英国文学的伟大传统：从莎士比亚到奥斯丁［M］. 陈安全，等译. 上海：上海译文出版社，1987：2.

调，一定时期的政治阶级斗争往往决定着该社会的历史走向，因而文学在多大程度上反映了政治斗争生活，表达了基于社会秩序思考之上的社会政治理想，是衡量该时期文学总体能否完成艺术历史使命的重要标尺。19世纪俄罗斯文学之所以伟大，首先是因为那个时代有一批具有崇高政治理想的作家站在人民的立场和历史的前沿上，对农奴制的腐朽和统治者的罪恶进行了无情的解剖和抨击，表现了对于自由、民主和平等的热切向往。从《上尉的女儿》（1836）、《诗人之死》（1837）、《谁之罪》（1841）、《死魂灵》（1842）、《大雷雨》（1859）、《父与子》（1862）到《怎么办》（1862—1863）、《谁在俄罗斯能过好日子》（1866—1876）和《母亲》（1906）这条文学轨迹，生动而又真实地描绘了俄罗斯人民对沙皇反动统治的抗争和农奴制必然崩溃的历史进程。

在文学艺术领域里，大多数优秀作家、艺术家和学者对于政治统治及其意识形态的评价历来总是比较低的。苏联著名文艺理论家波斯彼洛夫说："……由此可知，在阶级社会内对统治阶级的生活与活动，永远都该给予否定的理解和评价。"[①] 美国著名文艺理论家韦勒克在谈到政治统治与文学关系时说："国家无法成功地创立一种既符合意识形态上的要求，又不失为一种伟大艺术的文学。"[②] 这些理论家的见解无疑是非常深刻的。历代统治者为维护其政治社会秩序，总是利用各种精神文化形态（包括文学）来传播其思想，以削弱或同化敌对的力量。在文学领域里，作家们如果完全严格遵循统治者的意图、规范来"画葫芦"，那必然与文学的自由审美创造规律背道而驰，因而也自然难以产生伟大的文学。不过，这个问题还有更为复杂的一面。首先，关键并不在于有没有"国家"，而在于一个"国家"具有什么样的性质。在

① ［苏联］T. H. 波斯彼洛夫．文艺学引论［M］．邱榆若，陈宝维，王先进，译．长沙：湖南文艺出版社，1987：113.

② ［美］雷·韦勒克，奥·沃伦．文学理论［M］．刘象愚，邢培明，陈圣生，等译．北京：生活·读书·新知三联书店，1984：100.

古希腊时期，假如没有雅典的奴隶主民主政治制度，就不会有辉煌成就的悲剧和喜剧。在16世纪的英国，如果没有伊丽莎白女王的统治，没有其意识形态方面的需要，就不可能有莎士比亚，有“最光辉灿烂，对世界贡献最大的还是戏剧——迄今，用英语演出的最优秀剧目，盖源于此。”① 当一个“国家”能顺应时代潮流、具有开明民主性质时，它就有可能“成功地创立一种既符合意识形态上的要求，又不失为一种伟大艺术的文学”。其次，虽然一般地说，反动统治总是通过一系列的政策和措施来压制文学的自由审美创造，因而常常致使文学园地的凋零；但值得我们注意的是，有时候恰恰“事与”统治者的“愿违”——越是压制，就越是反抗。19世纪俄国沙皇专制极为反动残酷，那个时候的不少优秀作家常常遭到监禁、流放甚或惨杀，但俄罗斯文学却能以《叶甫盖尼·奥涅金》《当代英雄》《钦差大臣》《猎人笔记》《卡拉马佐夫兄弟》等众多杰作放彩于世界文学宝库。显而易见，当创作家们把艺术的自由视为自己的生命并奋力拼搏时，统治者的一切严厉举措反而可能间接地促成文学的辉煌。

（二）文学功能与“政治”

文学作为一种艺术形式，具有娱乐人生、开拓视野、陶冶情操和诱发良知的审美功能，这是问题的一面。另一面，由于文学作品描绘生活和表达作家对于人生的感悟是以语言作为媒介手段的，所以文学自然具备其他艺术形式所无法比拟的传播思想（包括政治思想）的便捷性，因而其功能也就具有很突出的非艺术因素。这可说也是很自然的。不过，诚如日本文学批评家桑原武夫所说：“在思想严重对立的时候，由于那种严重程度，很遗憾，‘标语’

---

① ［美］安妮特·T. 鲁宾斯坦. 英国文学的伟大传统：从莎士比亚到奥斯丁［M］. 陈安全，等译. 上海：上海译文出版社，1987：13.

成了重点，‘爱抚’容易受到忽视。”[①] 虽然，真诚考虑社会改造的艺术家和政治家，也会将文学当作实现社会整体幸福和丰富人们精神生活的必要途径，但完全抱“实用主义”态度将其作为工具的是统治者。历来统治者总是借“文学”这一具有较突出思想成分的艺术形式作为思想武器，而其御用文人也极力夸大文学的政治道德教化功能。就拿古代中国来说吧，“圣人”孔子在说诗可以“兴观群怨”之后，又添加上：“迩之事父，远之事君……”[②] 魏晋南北朝时期的魏文帝曹丕更是直截了当地说：“盖文章，经国之大业，不朽之盛事。”[③] 到了近代，意图社会革新的梁启超为反小说雕虫小技之观念，在将小说推为文学之最上乘时又非自觉地迈进了一步：“欲新一国之民，不可不先新一国之小说。故欲新道德，必新小说；欲新宗教，必新小说；欲新政治，必新小说；欲新风俗，必新小说……”[④] 一国的文学，在“万能膏药包治百病”的观念的支配下，其代价自然是很容易想象的。一方面，将文学当作一把双刃的利剑，这必定既使文学不像政治，也使文学不像艺术；另一方面，极为严酷的事实是：当文学创造被规范在统治者的意识形态的范围内，被“硬塞给它一些陌生价值标准”[⑤] 的时候，文学的那种以深刻的解剖和竭诚的呐喊对政治统治“曲径通幽”的熏浸作用反而丧失了。古代中国的许多优秀作家，尽管忧国忧民，对艺术创造也有着执着的追求，但在“原道、征圣、宗经”的文学思想观念的笼罩下，即使是那些对统治者颇有“微词”的“怨”“刺”之作，也还是没有越出“思无邪”“温柔敦厚”“怨而不怒，哀而不伤，乐而不淫”的“经国”轨道，因而从文学总体上看，他们最终并没有真正完成人

---

① ［日本］桑原武夫．文学是什么［M］//桑原武夫．文学序说．孙歌，译．北京：生活·读书·新知三联书店，1991：46．

② 吴调公．中国美学史资料类编：文学美学卷［M］．南京：江苏美术出版社，1990：613．

③ 郭绍虞．中国历代文论选：上册［M］．北京：中华书局，1962：124．

④ 郭绍虞．中国历代文论选：下册［M］．北京：中华书局，1963：405．

⑤ ［美］雷·韦勒克，奥·沃伦．文学理论［M］．刘象愚，邢培明，陈圣生，等译．北京：生活·读书·新知三联书店，1984：114．

类历史赋予他们的艺术使命。

虽然文学对于政治生活会有一定的影响，但究其实，其作用是缓慢的（得通过影响“政治的人”的心理），其力量也是非常微弱的。鲁迅先生曾非常形象地说过：“……一首诗吓不走孙传芳，一炮就把孙传芳轰走了。自然也有人以为文学于革命是有伟力的，但我个人总觉得怀疑……”[①] 这种道理本来是很浅显的，但“国家”却常常因为“迫切于文学服务于自身的利益”而极力夸大文学的政治功能，对文学界做规范性的指令，甚至于大动干戈。由于文学界总是承担着对于审美创造来说属于超负荷的压力，所以最先尝到苦头的自然是那些优秀的作家。就拿中国过去的一段时间来说吧，在“文艺从属于政治”的口号下，文学界正常的探讨和争论常常演化为残酷的政治斗争，由此而造成了许多冤案错案——仅胡风冤案，受牵连的有两千余人，正式定为“胡风反革命集团”分子的有78人，其中骨干分子阿垅1967年病死狱中，贾植芳和耿庸被关在狱中近11年，路翎在狱中前后合计20年（包括因患精神病出狱）……[②]“同样，对巴金、老舍、曹禺、罗广斌、周立波、赵树理、柳青、杨沫、梁斌、吴强、周而复等作家的批判，也主要为政治斗争服务的。他们受到政治制裁，常常受到罪犯一样的待遇。巴金被剥夺了公民权，长期受到软禁。其他作家则被投入监狱多年。老舍和罗广斌自杀（或是被迫自杀），赵树理、柳青、吴晗死在狱中，邓拓在1966年被捕后不久就被杀害（或是自杀）。”[③]

夸大文学的政治功能不仅对作家的自由创造、作家的命运极为有害，而且对于读者们的文学接受也有着非常恶劣的影响。虽然在一些文学作品中，政治生活情景的描绘是显而易见的，但文学绝非政治的教科书。马克·吐温

---

① 鲁迅全集：第二卷［M］. 北京：人民文学出版社，1983：340.

② 王实味，等. 野百合花［M］. 广州：花城出版社，1992；戴知贤. 文坛三公案［M］. 郑州：河南人民出版社，1989.

③ ［美］罗德里克·麦克法夸尔，费正清. 剑桥中华人民共和国史（1966—1982）［M］. 李向前，韩钢，旷昕，等译. 海口：海南出版社，1992：626－627.

的《竞选州长》痛快淋漓地揭露了自由竞选的罪恶内幕和民主的虚伪本质；但假如你不懂得暗示和夸张在突出主题、增强讽刺方面起着重要作用的话，你能说你是在接受文学吗？王尔德的童话《快乐王子》确是一张“控告社会制度的真正的公诉状”；但如果你不清楚拟人、对比等艺术手法在其中的意义，未能体验到痛苦、哀怜的深刻感情，无法领略到作品语言独具的那种韵律美，你能说你是在欣赏语言艺术吗？安德里奇的《德里纳河上的桥》反映了16世纪至第一次世界大战四百年间波斯尼亚人民在外国占领者压迫下的命运和为民族独立而斗争的历程；但假如你不能领悟到其中深邃的哲学意蕴——征服与反抗、荒诞与正义、生命与死亡、暂时与永恒，你能说你已经寻觅到文学的精髓了吗？福克纳的《我弥留之际》写的是美国南方贫苦白人本德仑一家为安葬艾迪·本德仑而历经痛苦与磨难的故事；但如果你以为它是一部现实主义小说，是对于美国下层民众不幸生活遭遇的忠实写照，而不是从形而上层次去读它、追寻它，把它看作是人类社会的缩影，寻索其中关于人类盲目与使命、苦难与忍受力的辩证法，你能说你没有受到机械反映论和庸俗社会学的消极影响吗？

夸大文学的政治功能的危害性除上述外，还表现在文学批评价值取向的严重偏差上。当一些评论家把文学的政治功能看作是高于一切的因素时，他们自然就会将《丧钟为谁而鸣》置于《老人与海》之上，认为《水浒传》优于《金瓶梅》，把《艰难时世》看作是高于《大卫·科波菲尔》的佳作。而这一些，难道是科学、公正的评判吗？在把符合一定“国家”政治标准的作品高捧的同时，就会有这样的情况发生：指斥那些与“国家”政治标准有一定距离的文学作品，甚或上纲上线地大批判；而那些虽然艺术形式精美、富于独创性却没有多少政治色彩的文学佳作，则会受到冷落，甚至被当成“毒草”贬伐。早在19世纪的时候，法国作家、评论家勒南（1823—1892）就已很生动地说过：“不应在美学的里拉琴上抽走任何一根弦。正是在一齐拨动其所有琴弦时，它才奏出我们称之为作品，称之为漂亮的世纪的这种全和音。”[①]

（三）创作自由与“政治”

文学创作应该是自由的。马克思就曾说，文学是一种“自由的精神生产”。那么，文学创作自由体现在哪呢？它体现在两个不同的层次上。首先，从心理学上看，文学创作自由体现在题材的选择和提炼时、在人物的孕育和塑造时、在主题的发现和开掘时、在形式的运思和筑构时，作家能够完全忠实于自己的感情，忠实于自己心的搏动——自然，这种自由是建立在熟悉表现对象的基础上，建立在艺术手段的高度掌握和娴熟运用的基础上。其次，从社会学上看，文学创作自由体现在没有太多事务的纠缠和牵绊，没有“比令人不能容忍的国家在政治和思想上的检查更可怕的”“市场和宣传”[②] 的威胁，没有政治统治的禁锢和迫害。就其性质和地位而言，心理学意义上的自由是文学自由的基础和核心，因为只有它才是文学创造成功的必不可少的条件。当然，社会学意义上的自由和缺乏也会相当程度地影响社会文学总体在心理学意义上的自由的实现。正由于这一点，有些个性独特的作家非常倾向于与社会保持一定的距离，甚至绝对化地把“孤独”看作是保证他们创作成功的不可或缺的前提条件——荒诞派戏剧家贝克特和尤奈斯库的离群索居就是这方面的典型。1954 年获得诺贝尔文学奖的海明威（1899—1961）说：“写作，在其高潮状态，是一种孤寂的生活。各类作家组织纵然可以减轻作家的孤寂感，但我怀疑这些组织能否使作家的作品有所提高。当作家摆脱了他的孤寂，他的名气越来越大，他的作品便开始走下坡路了。”[③] 1989 年诺贝尔文学奖得主、西班牙作家卡米诺·何塞·塞拉（1916—2002）也说过类似的

---

① ［法］罗杰·法约尔. 法国文学评论史［M］. 怀宇，译. 成都：四川文艺出版社，1992：208.

② ［墨西哥］奥克塔维奥·帕斯. 伟大的日子小记［M］//奥克塔维奥·帕斯. 太阳石. 朱景冬，等译. 桂林：漓江出版社，1992：326.

③ 肖涤. 诺贝尔文学奖要介［M］. 哈尔滨：黑龙江人民出版社，1992：652.

话："我在孤独中写作，也在孤独中讲话……始终与我的孤独作伴的是我另一位故交与师长毕加索的这样一个推断：只有巨大的孤独才能产生永恒的作品。"① 这一类作家用以解释其成功的经验是颇为独特和深刻的，但却远不能适合于其他（占大多数）成功的作家——像爱弥尔·左拉、罗曼·罗兰、法朗士、屠格涅夫、肖洛霍夫、拉格洛夫、艾略特、萧伯纳、泰戈尔、斯坦贝克和沃尔科特，等等，虽然并不孤独，也不刻意追求孤独，但他们仍是不可多得的杰出作家。

在大多数情况下，人们所探讨的文学自由主要是针对政治统治而言的。政治统治的严酷让人惧怕，那些稍有艺术个性的作家常常受到生命威胁，以至于艺术创造力得不到充分发挥。正是在这一点上，许多作家特别反对政治对文学艺术的干预，强调艺术与政治的疏离，像索尔仁尼琴的看法就很有代表性："我跟你们大家都知道，艺术家的工作是不能纳入贫乏的政治范畴的。"② 也由于此，许多作家把宽松民主的政治环境视为非常珍贵的东西，甚至于将文学自由看作是自身的生命，为了它而不惜一切代价。中国诗人艾青就说："作家除了自由写作之外，不要求其他的特权。他们用生命去拥护民主政治的理由之一，就因为民主政治能保障他们的艺术创作的独立的精神。"③ 索尔仁尼琴在他的作品（以《伊凡·杰尼索维奇的一天》为代表）受到官方公开批判的情况下仍于1967年5月16日向苏联第四次作家代表大会提交公开信说："违反宪法，因而是不法的检查——这种中世纪的残余，依旧使我们的文学戴着沉重的枷锁。在人民内部表现成熟的思想，能够打动社会的良心的文学作品，由于这种检查而完全受到禁止，或者被搞得残缺不全。但是，如果文学不能成为它同时代的社会不可缺少的东西，不能够传达出自己的苦恼

---

① 肖涤．诺贝尔文学奖要介［M］．哈尔滨：黑龙江人民出版社，1992：1 046.

② ［苏联］索尔仁尼琴．癌症楼［M］．姜明河，译．桂林：漓江出版社，1991：757.

③ 艾青．了解作家，尊重作家［M］//王实味，等．野百合花．广州：花城出版社，1992：40.

与不安，那么，它就只不过是一堆徒有其名的废纸。我建议大会要求废除全部检查制度，并赢得不受检查的权利。”① 虽然索尔仁尼琴说“绝不退让地、誓死履行自己的义务”②，并在实际行动上表现出惊人的勇气和彻底的抗争精神，但最终仍被剥夺了在国内创作的自由，流亡异乡。整部文学史表明，当“国家”力量强大、政治统治非常严厉的时候，作家向执政者申请创作自由的愿望是难以实现的。看来，文学自由不是在要求中、在争论中得到，当然，也不可能在真空中、在完全摆脱政治的影响中获得。

虽然文学自由经常受到以政治专制为代表的种种不自由因素的威胁，但文学本身就能够表现自由，追求自由。1986 年诺贝尔文学奖得主、尼日利亚作家渥雷·索因卡说：“我的始终不渝的信仰是人的自由……我深信，没有这种充分的自由，生活是毫无意义的、屈辱的。虽然我知道光靠说话是不能保证得到自由的，可是我的创作还是越来越多地针对那些压迫人的皮靴——不管穿它的脚是什么肤色的——为个性自由而斗争。”③ 自由不是不要政治，也不可能没有政治。只要我们看看 20 世纪那些最优秀的作家和最伟大的作品，便可清楚地知道，真正的文学自由必然蕴含着崇高的政治理想。不懂得这种必然，不掌握这种必然，就没有自由可言。自由既不来自于恩赐，也不来自于讨价还价；自由本身就意味着争取、开拓、创造和献身。自由的作家，首先是那些“敢于直面惨淡的人生，敢于正视淋漓的鲜血”的勇士。没有坚定的政治信念，没有为人类的解放和社会的进步而献身的理想，就不可能有真正意义上的创作自由。1960 年诺贝尔文学奖获得者、法国诗人圣琼·佩斯（1887—1975）在瑞典文学院颁奖台上充满激情地说：

“……因而在人类社会中，诗的想象依然启示世人的高尚热情，去寻求光明……诗人相信自己的工作便是探索人类的奥秘，现代人所关心的便是人类

---

①② ［日本］桑原武夫．现代社会的艺术［M］//桑原武夫．文学序说．孙歌，译．北京：生活·读书·新知三联书店，1991：156．

③ ［尼日利亚］渥雷·索因卡．狮子和宝石［M］．邵殿生，等译．桂林：漓江出版社，1990：1．

的自我完善。

“这样的诗……拒绝从生活中脱离艺术，从感觉中脱离爱，它是行动，是热情，是力量，常常把变革推向边沿。爱是它的炉火，暴乱是它的法律；它无所不在，站在时代的最前列。它既不否认自己的使命，也不故作超然；它不企望从优势地位中获得任何利益。它尊从自己的命运，从思想的牢笼中彻底解放出来，承认生活的平等是它的宗旨。

“‘不用害怕’，历史在某一天会解下暴行的面罩，站在毁灭之舞台的最高处，作出亚洲神祇的安详的手势说：‘不必害怕，也不用怀疑，因为怀疑无济于事，而惧怕则发挥不出创造力。看看我这崇高的创造的手，在永恒的创造过程中施与伟大人性主题曲的节奏’……难道人类只顾照亮此岸，而让彼岸继续陷于黑暗吗……

“……面对原子能，诗人的泥土足以照亮他的目标吗？是的，如果人类记住泥土的话。

“这样，诗人成为他的时代最差劲的良心就够了。”①

---

① 肖涤．诺贝尔文学奖要介［M］．哈尔滨：黑龙江人民出版社，1992：714－716.

第三章

文艺史的批评

虽然特定的角度和个人的见解无法避免，甚至于还不可以缺少，但“客观性”仍应该是文艺史勾勒和描绘的最高准则。任何“削足适履”式的勾勒、描绘或者是颠覆，都有碍于人们了解文艺的过去，把握文艺的现在和未来。

一、“文学经典时代”论

——对黄浩教授的学术批评

近若干年，黄浩教授以其“后思路”撰写了一系列学术文章来探讨文学的历史与未来。笔者在细读时发现，其中存在着诸多背离学理的地方。为使讨论更加集中，这里仅对其《文学的面孔：正在变得模糊起来……——对“后文学时代”文学的历史思索》[①]（以下简称《面孔》）一文进行学术批评。

（一）“文学经典时代”的概念是虚假的

尽管《面孔》直接出现“文学经典时代”这个词只有3次（第5、6、8段），但该文出现了指称同一概念的“文学的经典时代”1次（第7段）、“经典文学时代”6次（第7、9、11、13段和小标题）。可见，“文学经典时代”是《面孔》最为重要的概念之一。应该说，在一篇文章中用不同的名称来指同一概念多少会增加受者阅读上的困难，不过，由于这样做在学理上有时候难以避免[②]，故无可厚非。

那么，“文学经典时代”指的是什么？《面孔》写道：“是指迄今为止一

---

① 黄浩．文学的面孔：正在变得模糊起来……——对“后文学时代”文学的历史思索［J］．北华大学学报（社会科学版），2003（1）：12－15.

② ［加拿大］G. 隆多．术语学概论［M］．刘钢，刘健，译．北京：科学出版社，1985：20.

直被神圣化的文学历史。”（第 6 段）“在此前的文学年代里（包括整个古典时代和现代，以及社会信息化之前的当代），读者与听者一直是把文学视为‘经典现象’的。人们普遍以神圣的心态去接受文学的各种‘教育’……多次的反复的文本细读，将文本意义和价值反复咀嚼，甚或要配合作家本人或批评家的阅读指导，一部作品的阅读过程才有可能结束……文学的经典时代，就是一个人们用对待经典的虔敬心态去理解文学的时代。也可以说，是一个人们将文学视为经典的时代。”（第 7 段）从这两段文字中，读者可清楚地了解到黄浩教授的“文学经典时代”是一个什么样的概念。接下来的问题是，像这样的概念所指称的事物存在吗？答案是否定的。

首先，必须指出的是，黄浩教授所谓的“文学经典时代”采用的是“规定定义”而非“词典定义”① ——其中，“经典”可以在现代汉语词典里查到，不过，它的外延、内涵与词典中的“经典”的任何一个义项②都差别甚大。具体而言，词典里的“经典”指的是“部分的著作或作品”，而黄浩教授的“经典”指的却是“全部的著作或作品”；词典里的“经典”指的是部分著作具有“典型性”或“权威性”，侧重于客体释义，而黄浩教授的“经典”指的则是所有著作或作品都被视为是“神圣”的，侧重于主体释义。也就是说，黄浩教授的这种“规定定义”是非常之与众不同的，也是很容易让人困惑的。诚然，对于读者的困惑，黄浩教授可轻易地以词典“定义并没有考虑到语境要求”③ 为由而逃避责难。不过，仍有必要指出的是，由于“经典”是文学批评中的一个“术语”④ ——即是说，其名称与概念的关系是

---

① ［美］欧文·M. 柯匹，卡尔·科恩. 逻辑学导论［M］. 11 版. 张建军，潘天群，等译. 北京：中国人民大学出版社，2007：121－125.

② 中国社会科学院语言研究所词典编辑室. 现代汉语词典［Z］. 5 版. 北京：商务印书馆，2005：717.

③ ［英］彼得·弗雷德里克·斯特劳森. 论指称［M］. 牟博，译//涂纪亮. 语言哲学名著选辑（英美部分）. 北京：生活·读书·新知三联书店，1988：107.

④ ［英］罗杰·福勒. 现代西方文学批评术语辞典［Z］. 周永明，薛洲堂，李律，译. 沈阳：春风文艺出版社，1988：112－115.

“单参照性”的[1]，所以，黄浩教授“新造”出来的“概念”在客观上已经是颠覆了惯用的“经典”概念，或者说是抛弃了传统上的“经典”概念。虽然笔者在“颠覆经典”问题上也有自己的看法[2]，但是，由于篇幅方面的限制，这里只能指出黄浩教授文章中隐藏着的观点而不能就此展开讨论。

其次，不管哪个时代哪个社会，都同时存在着喜欢或很喜欢文学和不喜欢或很不喜欢文学两类人，也不管哪个时代哪个社会，都一样有着认真、深入和马虎、浮浅两种不同的文学接受。对于这样的基本事实，黄浩教授全然不顾，片面地以“社会信息化之前”的“人们用对待经典的虔敬心态去理解文学”来证明那是一个“文学经典时代”。或许黄浩教授未曾注意到，远在古希腊时期，被认为是“历史上最早的并且有持续影响的探讨诗歌本性”的柏拉图[3]就对诗歌有诸多的指责[4]，那时与柏拉图同属于一条战线的还有色诺芬、赫拉克利特以及诡辩学派哲学家们等[5]；而有“第十缪斯”之称的女诗人萨福的许多诗则因所谓的“伤风败俗”于“一〇七三年在罗马和君士但丁堡被公开焚毁”[6]。这里就不再说古代的文学是如何多灾多难，只说在所谓的“社会越来越进步”的近一百年里，文学遭受厄运的情况也依旧是屡见不

---

① ［加拿大］G. 隆多. 术语学概论［M］. 刘钢，刘健，译. 北京：科学出版社，1985：22.

② 郑惠生. 现在“是一个不需要经典的时代”吗：对季广茂教授《经典的黄昏与庶民的戏谑》的学术批评［J］. 中国人民大学复印报刊资料·文艺理论，2007（7）：132－140.

③ ［美］彼得·威德森. 现代西方文学观念简史［M］. 钱竞，张欣，译. 北京：北京大学出版社，2006：27.

④ ［古希腊］柏拉图. 理想国［M］. 张竹明，译. 北京：商务印书馆，1986：72－102，387－409.

⑤ ［美］奥斯坦，鲁建业，乔中哲. 哲学与文学［M］//祁寿华，林建忠. 文学. 北京：中国人民大学出版社，2007：43－44.

⑥ ［英］吉尔伯特·默雷. 古希腊文学史［M］. 孙席珍，蒋炳贤，郭智石，译. 上海：上海译文出版社，2007：70.

鲜——譬如，1933 年，德国法西斯就把海涅的作品付之一炬[①]；斯大林时期，苏联“被禁作家的名单”多达 3 310 人[②]；中国“文革”时期，许多优秀或不怎么优秀的文学作品被当作“毒草”来铲除，巴金、老舍、曹禺、罗广斌、周立波、赵树理、柳青、杨沫、梁斌、吴强、周而复等一大批作家则受到严厉批评甚或被迫害[③]。

当然，黄浩教授可以辩解地说，他所讲的是“普遍性”。但即使这样，它也仍是一种很令人怀疑的说法，因为它无法很好地解释历史上常会出现的下列各类具有深刻意义的文学现象。第一类是，在同一国度的同一个时期里，有些作家作品会被追捧而有些则不会，前者如巴尔扎克，后者如司汤达[④]——类似的情况还有朗费罗与惠特曼、斯陀夫人与麦尔维尔[⑤]等。第二类是，在同一时空里，某类作品或某一作品在不同人群的眼里是截然相反的。譬如，公元 1 世纪的古罗马，“通俗文学深受大众喜爱，却遭到了知识分子的蔑视，他们认为这种文学不过是江湖骗子的炫耀和卖弄罢了”。[⑥] 再如，1907 年《母亲》刚出版时，各国工人以及社会主义者赞誉不绝，但俄国的知识分子多不喜欢，“觉得它是一个与时代脱节的东西”[⑦]。又如，20 世纪上半叶，英国一

---

① ［德］奈布罗. 话说图书［M］. 陈行慧，译//［俄］伊林. 书的故事·附：话说图书. 胡愈之，译. 沈阳：辽宁教育出版社，1997：149－150.

② ［俄］尤里·谢尔盖耶维奇·里亚布采夫. 千年俄罗斯：10 至 20 世纪的艺术生活与风情习俗［M］. 张冰，王加兴，译. 北京：生活·读书·新知三联书店，2007：303.

③ ［美］罗德里克·麦克法夸尔，费正清. 剑桥中华人民共和国史（1966—1982）［M］. 李向前，韩钢，旷昕，等译. 海口：海南出版社，1992：626－627.

④ ［丹麦］勃兰兑斯. 十九世纪文学主流·第五分册（法国的浪漫派）［M］. 李宗杰，译. 北京：人民文学出版社，1982：236.

⑤ ［美］伍尔诺. 温特里奇和他的图书随笔［M］//［美］约翰·温特里奇. 书与人. 胡丹，等译. 沈阳：辽宁教育出版社，1997.

⑥ ［法］卡特琳娜·萨雷丝. 古罗马人的阅读［M］. 张平，韩梅，译. 桂林：广西师范大学出版社，2005：174.

⑦ ［美］马克·史朗宁. 现代俄国文学史［M］. 汤新楣，译. 台北：远景出版事业公司，1981：142.

些读者对劳伦斯抱赞赏的态度——像拉·阿伯克龙比[①]、摩·爱·福斯特[②]等，而另一些则反过来——像罗·林德[③]、高尔斯华绥[④]、T. S. 艾略特[⑤]、W. C. 皮利[⑥]等。第三类是，有些作家在某个时期普遍受冷落（或受欢迎）而到了某一个时期则相反。譬如，《草叶集》刚出现时，除爱默生等少数人给予较高的评价[⑦]外，多数并不看好，但随着时间的推移，高度评价乃至极度赞誉的人越来越多——包括罗·布坎南[⑧]、埃·庞德[⑨]、卡尔·桑德堡[⑩]、T. S. 艾

---

① ［英］拉·阿伯克龙比．恨与爱（1913）［M］．王侗中，译//蒋炳贤．劳伦斯评论集．上海：上海文艺出版社，1995：1－3.

② ［英］摩·爱·福斯特．先知者：小说家（1927）［M］．王侗中，译//蒋炳贤．劳伦斯评论集．上海：上海文艺出版社，1995：33－34.

③ ［英］罗·林德．《虹》使劳伦斯声誉扫地（1915）［M］．蒋炳贤，译//蒋炳贤．劳伦斯评论集．上海：上海文艺出版社，1995：4－5.

④ ［英］高尔斯华绥．评《虹》致平克信（1915）［M］．蒋炳贤，译//蒋炳贤．劳伦斯评论集．上海：上海文艺出版社，1995：9－10.

⑤ ［英］T. S. 艾略特．评劳伦斯（1927）［M］．蒋炳贤，译//蒋炳贤．劳伦斯评论集．上海：上海文艺出版社，1995：35－37.

⑥ ［英］W. C. 皮利．著名小说家的淫秽作品（1928）［M］．蒋炳贤，译//蒋炳贤．劳伦斯评论集．上海：上海文艺出版社，1995：38－41.

⑦ ［美］拉·华·爱默生．致惠特曼（1855）［M］．李野光，译//李野光．惠特曼研究．桂林：漓江出版社，1988：1－2.

⑧ ［英］罗·布坎南．惠特曼的风格［M］．吴继淦，译//李野光．惠特曼研究．桂林：漓江出版社，1988：81.

⑨ ［美］埃·庞德．我对惠特曼的感觉［M］．戴侃，译//李野光．惠特曼研究．桂林：漓江出版社，1988：168.

⑩ ［美］卡尔·桑德堡．花束与砖头［M］．吴继淦，译//李野光．惠特曼研究．桂林：漓江出版社，1988：195.

略特[①]、舍·安德森[②]、兰斯顿·休士[③]、巴·聂鲁达[④]、卡夫卡[⑤]等。再如，司各特的“作品曾经统治过19世纪20和30年代的书籍市场”，然而，到了19世纪的下半叶，照勃兰兑斯多少有些夸张的说法：“他现在已经成为一个只能受到十三、四岁的孩子们欢迎的、每一个成年人都曾经读过但是没有一个已成年的人再会去阅读的作家了”[⑥]。第四类是，有些作品历经检验而被保留下来，而有许许多多的作品在出现之后不久便被人遗忘或最终消失在历史的视野中。譬如，古希腊的悲剧家有许多，但我们今天常常谈起或看到的大致上也只有所谓的“三大悲剧家”的作品了，并且这些为我们所见的作品还只是他们创作出来的一小部分[⑦]。再如，许多曾广受欢迎的西班牙流浪汉小说作家早已消失在历史的长河中，可塞万提斯却完全相反。实际上，即便是像塞万提斯这样的经典意义上的作家，后人首先想到或主要提起的也还是他的长篇小说《堂吉诃德》，尽管其一生“写过不知多少戏剧和中篇”[⑧]。第五类是，同一位读者在不同时期对同一对象的态度不一样甚或是截然相反。譬如，

---

① ［英］T. S. 艾略特. 惠特曼与丁尼生［M］. 李立，译//李野光. 惠特曼研究. 桂林：漓江出版社，1988：209.

② ［美］舍·安德森. “回到惠特曼那里去”［M］. 李立，译//李野光. 惠特曼研究. 桂林：漓江出版社，1988：229.

③ ［美］兰斯顿·休士. 惠特曼的永不停止的盘旋［M］. 吴继淦，译//李野光. 惠特曼研究. 桂林：漓江出版社，1988：263.

④ ［智利］巴·聂鲁达. 我们生活在一个惠特曼时代：对国际笔会的讲演［M］. 骆漠，译//李野光. 惠特曼研究. 桂林：漓江出版社，1988：439.

⑤ ［奥地利］弗·卡夫卡. 他的生活比他的作品更有意义［M］. 戴侃，译//李野光. 惠特曼研究. 桂林：漓江出版社，1988：442.

⑥ ［丹麦］勃兰兑斯. 十九世纪文学主流·第四分册（英国的自然主义）［M］. 徐式谷，江枫，张自谋，译. 北京：人民文学出版社，1984：150－151.

⑦ ［苏联］谢·伊·拉齐克. 古希腊戏剧史［M］. 俞久洪，臧传真，译. 天津：南开大学出版社，1989：23－160.

⑧ ［法］丹纳. 艺术哲学［M］. 傅雷，译. 北京：人民文学出版社，1963：360.

对于惠特曼的《草叶集》，亨利·詹姆斯是先抑后扬①，而阿·查·史文朋则是先扬②后抑③。再如，台湾作家陈若曦，先是“很崇拜海明威，不太欣赏福克纳，嫌后者艰深晦涩。仔细读过他的全著后，喜好正好倒过来。”④ 又如，屠格涅夫对待《战争与和平》的态度是先批评后赞扬⑤。

概括地说，在黄浩教授所谓的“文学经典时代”，远非所有的人“以神圣的心态去接受文学的各种‘教育’”，即便那些总是用“虔敬心态去理解文学”的人，也远非把他所读所听的文学作品都“视为经典”，而是有选择的。进而言之，由于黄浩教授的“文学经典时代”概念歪曲了文学历史的本相，所以是虚假的。

（二）“文学经典时代”的因由是可疑的

黄浩教授之所以把“社会信息化之前”称为“文学经典时代”，是因为他断定这个时代“人们将文学视为经典”，而造成这一现象的原因，就在于“文学资源的短缺”。《面孔》还如此写道：“为了改善由于资源短缺而造成的文学生活的极度贫乏的状态，人们只能选择反复阅读文学文本的‘细读’方式。”（第8段）真的是这样吗？

的确，今日文学生活资源之丰裕远非古代、近代乃至现代可比。这不仅由于地球人口的增长，加之文化教育的普及，结果包括作家在内的“文学人

---

① ［美］亨利·詹姆斯．评《桴鼓集》［M］．薛鸿时，译//李野光．惠特曼研究．桂林：漓江出版社，1988：37－43.

② ［英］阿·查·史文朋．惠特曼与布莱克［M］．吴继淦，译//李野光．惠特曼研究．桂林：漓江出版社，1988：58－60.

③ ［英］阿·查·史文朋．论“惠特曼狂”［M］．吴继淦，译//李野光．惠特曼研究．桂林：漓江出版社，1988：61－67.

④ 陈若曦．无聊才读书［M］//金元浦．阅读的欣悦．北京：中国人民大学出版社，2004：214.

⑤ ［俄］赫拉普钦科．审美价值和艺术价值［M］//中国社会科学院，外国文学研究所，二十世纪欧美文论丛书编辑委员会．赫拉普钦科文学论文集．张捷，刘逢祺，译．北京：人民文学出版社，1997：388－389.

口”也相应增多，而且还因为文学既有发展又有继承。然而，如果要由此推断出“社会信息化之前”文学生活资源短缺且短缺到“人们只能选择反复阅读文学文本的‘细读’方式”的程度，则太过于牵强。

首先，说说文学生活资源问题。在英国，文学作品“汗牛充栋”，仅哈里·布拉迈尔斯的《英国文学简史》所列之重要作品（14 世纪至 20 世纪 50 年代）就约有 2 000 部（篇）[①]。在美国，仅二战末到 70 年代这 35 年期间，最主要的文学作品就“数以千计”，最主要的作者也有“千余名”[②]；80 年代仅“原版浪漫小说”的年出版量便达到了上千种[③]。在法国，仅侦探小说的出版，1980 年 488 种，1982 年 592 种，1984 年 660 种，1985 年 9 月至 1986 年 8 月 695 种[④]。在日本，仅 1945—1976 年期间，被文学史提到的主要作品就约有 2 000 部（篇）[⑤]。在中国古代，作为文学“正宗”的诗歌作品极其丰富——“唐代三百年，有诗流传至今的人物共有二千二百人，宋代的三百年间更多，接近四千人”，仅陆游的《剑南诗稿》就约有一万首[⑥]。尽管小说在古代中国的地位低下[⑦]，但仍然是浩如烟海——仅明清时期，值得一提的便有近

---

① ［英］哈里·布拉迈尔斯．英国文学简史［M］．濮阳翔，王义国，等译．成都：四川人民出版社，1987：579－676.

② ［美］丹尼尔·霍夫曼．美国当代文学［M］．王逢振，裘小龙，赵毅衡，等译．北京：中国文艺联合出版公司，1984.

③ ［美］詹妮斯·拉德维．浪漫小说的机构形成［M］．刘燕，译//罗钢，刘象愚．文化研究读本．北京：中国社会科学出版社，2000：286.

④ ［法］贝·皮沃，皮·蓬塞纳．理想藏书［M］．余中先，译．北京：光明日报出版社，1996：216.

⑤ ［日本］松原新一，等．战后日本文学史·年表［M］．罗传开，柯森耀，等译．上海：上海译文出版社，1983：619－681.

⑥ ［日本］吉川幸次郎．中国诗史［M］．章培恒，邵毅平，骆玉明，等译．上海：复旦大学出版社，2001：4－294.

⑦ ［法］雷威安．《金瓶梅词话》法译本介绍［M］．犹家仲，译//乐黛云，陈钰，龚刚．欧洲中国古典文学研究名家十年文选．南京：江苏人民出版社，1998：206.

千部（篇）[①] 之多。在新中国的前30年里，虽然可圈可点的作家作品不多，但数量却不能说少，更不能说“短缺”——1958年的“作家”有“20多万”，当时的“作家协会宣布，中国的专业作家要写出700篇（部）小说、剧本和诗篇”[②]。要言之，以往的文学生活资源并非如黄浩教授所想象的那样“短缺”。

其次，说说阅读方式问题。阅读应有所选择，并应该根据不同的目的以及不同对象的特性和价值来决定是“细读”还是“粗读”，这是古今中外那些有经验的读书人都很注意和强调的——如苏东坡[③]、冯友兰[④]、顾颉刚[⑤]、培根[⑥]、王云五[⑦]、金克木[⑧]、余光中[⑨]、爱德华·纽顿[⑩]、桑名一央[⑪]、贝蒂

---

① 刘世德. 中国古代小说百科全书（修订本）[M]. 北京：中国大百科全书出版社，1998：10－22.

② [美] 费正清，罗德里克·麦克法夸尔. 剑桥中华人民共和国史（1945—1965）[M]. 王建朗，等译. 上海：上海人民出版社，1990：474.

③ 吴应箕. 止观录 [M] //王余光，等. 读书四观. 武汉：湖北辞书出版社，1997：88.

④ 冯友兰. 我的读书经验 [M] // 金元浦. 阅读的欣悦. 北京：中国人民大学出版社，2004：353.

⑤ 顾颉刚. 怎样读书 [M] // 金元浦. 阅读的欣悦. 北京：中国人民大学出版社，2004：350.

⑥ [英] 培根. 论求知 [M] // 金元浦. 阅读的欣悦. 北京：中国人民大学出版社，2004：33－34.

⑦ 王云五. 读书十四法 [M] //邓九平. 中国文化名人谈治学：上. 北京：大众文艺出版社，2000：61－74.

⑧ 金克木. 文化厄言（六则） [M] //邓九平. 中国文化名人谈治学：下. 北京：大众文艺出版社，2000：676－683.

⑨ 余光中. 书斋·书灾 [M] //陈子善. 学人书话. 上海：文汇出版社，1995：6－14.

⑩ [英] 爱德华·纽顿. 聚书的乐趣 [M]. 赵台安，赵振尧，译. 北京：生活·读书·新知三联书店，1992：7.

⑪ [日本] 桑名一央. 怎样提高时间利用率 [M]. 陈禾，译. 北京：科学普及出版社，1986：98－103.

娜·苏雷[①]、小泉八云[②]、艾德勒和范多伦[③]等。进而言之，黄浩教授所谓的“反复阅读”的“细读方式”，远远不是“社会信息化之前”唯一的阅读方式。此外，还应该指出的是，黄浩教授之所言不仅不符合历史事实，而且也经不起事理上的推敲。如同奥斯本曾指出过的，有两个原因会导致鉴赏过程的中断：“一是对象不适宜，不能维系审美兴趣；二是我们没有足够的能力从审美上去感悟那个特定的对象。”[④] 也正像萨特所言：“作品只在与他的能力相应的程度上存在。”[⑤] 读者会不会或能不能选择“反复阅读文学文本的‘细读’方式”，跟读者自身的条件密切相关。进而言之，黄浩教授所谓的“人们只能选择……‘细读’方式”完全是一种只为了自己的观点而不顾牺牲学理要求的陈述。

（三）“经典文学已经死了”的结论是错误的

在《面孔》的后半部分，黄浩教授经由他自己所谓的“文学经典时代”走向“后文学时代”来下结论说“经典文学死了”（第10段）。这是真的吗？非也。

首先，在谈到既存的文学理论时，《面孔》的宣称远多于论证。像第12段就这么说：“经典文学时期所形成并适用的价值体系正趋于‘土崩瓦解’……经典文学价值体系……正在失去‘权威垄断’，失去阐释和评价能

---

① ［法］贝蒂娜·苏雷．做一个高效的阅读者［M］．杨榕，译．上海：上海社会科学院出版社，2002：46－48．

② ［英］小泉八云．谈阅读［M］．孟修，译//小泉八云．小泉八云散文选．天津：百花文艺出版社，1994：176－189．

③ ［美］莫提默·J. 艾德勒，查尔斯·范多伦．如何阅读一本书［M］．郝明义，朱衣，译．北京：商务印书馆，2004：293．

④ ［英］奥斯本·鉴赏的艺术［M］．王柯平，王惠芳，朱林，等译．成都：四川人民出版社，2006：35．

⑤ ［法］让－保罗·萨特．什么是文学？［M］//李瑜青，凡人．萨特文学论文集．施康强，译．合肥：安徽文艺出版社，1998：100．

力，失去了社会必要的‘文学信任’……”在这里，我们只见结论却不见有效的论证——譬如，“关于文学批评与鉴赏标准的判断”错误在哪？“关于文学本质的判断”有何不妥？“关于现实主义浪漫主义和现代主义的判断”何以失效？读者只能看到黄浩教授的罗列，却看不到黄浩教授的任何落实。事实上，只要黄浩教授还抱着一点客观的态度，看看今日中国的文学理论教材（包括由童庆炳、王先霈、董学文、吴中杰等人编写的各种版本）的出版发行情况，就不会匆忙得出“经典文学时期所形成并适用的价值体系正趋于‘土崩瓦解’”的错误结论，尽管它确实是令包括黄浩教授在内的相当一部分人很不满意。

值得一谈的是，“文学是语言艺术”的这一有很长历史的说法，虽然笼统了些，但作为对文学这一艺术的“形象的物质载体”的判断①或“特定的媒介物”的陈述②，是妥当的，其作为基本的文学常识，也还是可信的。然而，黄浩教授却因它属于“文学经典时代”的“经典理解”而断定它不适用于“后文学时代”的文学现象。《面孔》还如此写道：“对于‘后文学时代’而言，由于技术提供了几乎是无限的可能，文学的本质正在被泛化，文学的‘边界’正日益模糊化……”（第12段）从这里，我们知道黄浩教授何以断定“文学是语言艺术”已经是属于过时了的命题的最主要理由。可是，问题并不像黄浩教授所认识的那样。

诚然，今日之艺术形式越来越趋于多样化，各艺术形式乃至艺术与非艺术之间的相互渗透也越来越加剧，但这并不等于说各艺术门类已经没有了相对的独立性。从实践的角度看，无论怎样综合渗透，文学仍有它生存发展的“主阵地”——即包括诗歌、小说等在内的不依附于或黏合其他艺术形式的较

---

① ［俄］瓦·叶·哈利泽夫．文学学导论［M］．周启超，王加兴，黄玫，等译．北京：北京大学出版社，2006：117－130．

② ［日本］桑原武夫．文学是什么［M］//桑原武夫．文学序说．孙歌，译．北京：生活·读书·新知三联书店，1991：17．

纯粹的语言艺术领域。实际上，文学与非文学之间的综合不是今天才有，而是古已有之——如歌曲，就综合了器乐和文学，而戏剧则综合了文学、音乐、舞蹈、绘画等更多的艺术成分。可是，这并不影响“经典时期”的人把音乐看作是“声音的艺术”或把文学看作是“语言的艺术”的合法性。进而言之，如果说“文学是语言艺术”在所谓的“文学经典时代”还行得通的话，那么，它在所谓的“后文学时代”也仍有存在的价值。从理论的角度讲，“文学与其他艺术形式的区别在哪”是一个不易回避也是不该回避的问题，而“文学是语言艺术”则为此提供了一个也许并非最恰当但肯定是有效的逻辑支点。的确，社会生活是一个难以分割的有机体，文学与非文学之间也并非总是泾渭分明，但承认这一点并不意味着我们可以放弃理论上予以区分的努力。尽管“非此即彼”式的判断是危险的，可与之相比，“此即彼”式的判断更加危险。我们不能因“人体”含有水分就说“人体是水”，我们也不能因为水存在于人体、蔬菜和各式各样人工食品等越来越多的地方就说“水的本质”“正在被泛化”，“水的边界”“正在日益模糊化”或者说“水已经不是 H_2O 了”。也许说“广告不是文学”或“文学不是广告”的人在今天该受到批评，不过，相比之下，那些说“广告就是文学”或“文学就是广告”的人更难逃责难。

在此，还应该予以特别指出的是，《面孔》中有这么一句让人吃惊的话：“……在这样的文化氛围里，没有人认为文学的边界是模糊的。”（第 12 段）可以说，凭笔者掌握的有限资料，就能证明黄浩教授说出的这句话“严重失真”——很多年前，指出“难以划分文学与非文学之间的界限”或“存在着跨越两者之间的例子”的就有包括兹·托多罗夫①、保罗·德曼②、阿拉斯泰

① ［法］兹·托多罗夫．文学的概念［M］．程晓岚，译//《马克思主义文艺理论研究》编辑部．美学文艺学方法论（续集）．北京：文化艺术出版社，1987：136.

② ［美］保罗·德曼．对理论的抵制［M］．李自修，译//保罗·德曼．解构之图．北京：中国社会科学出版社，1998：95.

尔·福勒[1]、诺曼·N. 霍兰德[2]、加达默尔[3]、浜田正秀[4]、朔贝尔[5]、鲍列夫[6]、苏珊·朗格[7]、韦勒克和沃伦[8]等在内的许多专家学者。

其次，在论及作家作品与生活的关系时，《面孔》的漏洞很大。概括地说，主要有下列两点。

第一，指鹿为马。譬如，《面孔》这样写道："经典文学时代……生活是文学的'唯一'条件和依据，也是评价作品的'唯一'标准。"（第13段）仅从这一点便可看出，黄浩教授对于文学理论的历史不甚了然。要求不必太高，一个人只要是认真地学过中国几十年来的文学理论教材就能知道，关于"文学与生活的关系"的命题普遍为"社会生活是文学的唯一源泉"[9]，而文学的"条件和依据"既有客观的因素也有主观的因素[10]，至于"评价作品"的标准则普遍为"生活内容、情感内容"和"艺术形式"两个方面[11]——早

---

① ［英］阿拉斯泰尔·福勒．类型理论的未来：功能和构建型式［M］//［美］拉尔夫·科恩．文学理论的未来．伍厚恺，译．北京：中国社会科学出版社，1993：389.

② ［美］诺曼·N. 霍兰德．文学反应动力学［M］．潘国庆，译．上海：上海人民出版社，1991：原序8.

③ ［德］汉斯－格奥尔格·加达默尔．真理与方法：哲学诠释学的基本特征（上卷）［M］．洪汉鼎，译．上海：上海译文出版社，1999：213－214.

④ ［日本］浜田正秀．文艺学概论［M］．陈秋峰，杨国华，译．北京：中国戏剧出版社，1985：2.

⑤ ［德］朔贝尔．接受与评价［M］//［德］瑙曼，等．作品、文学史与读者．吕一旭，译．北京：文化艺术出版社，1997：225－226.

⑥ ［苏联］鲍列夫．美学［M］．乔修业，常谢枫，译．北京：中国文联出版公司，1986：428.

⑦ ［美］苏珊·朗格．情感与形式［M］．刘大基，傅志强，周发祥，译．北京：中国社会科学出版社，1986：352.

⑧ ［美］雷·韦勒克，奥·沃伦．文学理论［M］．刘象愚，邢培明，陈圣生，等译．北京：生活·读书·新知三联书店，1984：14.

⑨ 易健，王先霈．文学概论［M］．长沙：湖南教育出版社，1984：1.

⑩ 陈传才，周文柏．文学理论新编［M］．修订本．北京：中国人民大学出版社，1999：19－30.

⑪ 王先霈．文学批评原理［M］．武汉：华中师范大学出版社，1999：4.

一点的时候认为应该“把政治标准和艺术标准统一起来”①，晚一点的时候认为应该坚持“思想标准和艺术标准”的统一②。

第二，以偏概全。譬如，《面孔》这样写道：“在‘后文学时代’的文学生活看来，文学正在从经典时代的生活虚构而走向虚拟生活……”（第13段）这里暂且不论“生活虚构”与“虚拟生活”是否真的如黄浩教授所辨析的那样，就说黄浩教授的“区别法”是可信的，那也不能证明“生活虚构”在“后文学时代”不重要甚或已经不存在了。而既然它还存在着并将继续存在下去（依黄浩教授的说法：“我不否认……”），还能够与所谓的“虚拟生活”并存，那么，就不宜说文学正在从“生活虚构”走向“虚拟生活”。

最后，在论及读者时，《面孔》存在着严重的臆想倾向。《面孔》写道：“对于‘后文学时代’的文学而言，经典式的读者正在消失，经典式的作家也在消失过程中……这个时代没有了经典的读者，没有了经典的文学环境。”（第14段）这段话的问题是显而易见的。

第一，“经典式”的读者正在消失，说明此类读者还未完全消失，怎么黄浩教授还要在同一段文字里说“没有了经典的读者”呢？

第二，依照黄浩教授的说法，“经典式的读者”就是“以神圣的心态去接受文学的各种‘教育’”的读者，这样的读者不会“漫不经心”，这样的读者“选择反复阅读文学文本的‘细读’方式”。让人感到困惑的是，地球上有几十亿人口，黄浩教授是如何知道在他所谓的这个“后文学时代”里“没有了经典的读者”的？事实上，这样的读者不但有，而且一些调查还表明有相当的数量——包括中学生③和小学生④。此外，从价值的层面看，诚如民连京·卡宁汉所言：“一切好的、真正的阅读都必然是细读；不是细读的阅读无权称

① 以群. 文学的基本原理（修订本）[M]. 上海：上海文艺出版社，1983：524.

② 刘安海，孙文宪. 文学理论 [M]. 武汉：华中师范大学出版社，1999：311.

③ 郑惠生. 中学生离经典名著有多远：中学生课外阅读调查研究之二 [J]. 内蒙古师范大学学报（教育科学版），2005（12）：82－90.

④ 郑惠生. 城乡小学生离经典名著有多远：小学生课外阅读调查研究之二（上）[J]. 湖北教育学院学报，2006（11）：102－106.

为好的、真正的阅读。"① 也正像J·希利斯·米勒所说的："原始语言细读""甚至在全球化的形势下""对大学学习和研究也仍然是最基本的"。② "后文学时代"存在着"经典式的读者"更不会有什么疑问。至于不"漫不经心"的能够"反复修改"的所谓"经典式的作家"，也同样能够经常看到——如把"30万字的小说先后抄了五遍"的贾平凹③和打算用"一两年时间""反复修改"一部长篇小说的张抗抗④等。

综上所述，黄浩教授所谓的"后文学时代"与其所谓的"文学经典时代"一样，是虚假的，它严重歪曲了文学生活的本相，其"极端化的排旧立新的决定性因素""并非真的具有很强的批判力和洞察力"，而只不过像理查德·特迪曼在批判那些诬蔑启蒙运动的人时所说的那样："与迎合市场经济竞争需求的洗衣皂极为相似，为了占住货架，获取利润，它们也需要革命性。"⑤

从历史发展的角度看，也许存在着一个"后文学时代"，但它不是也不可能像黄浩教授在《面孔》中所"描绘"和"规定"的那样。那么，它是何样子的呢？笔者认为，要回答这样一个吃力且不易于讨好的问题，除黄浩教授所特别看重的"理论勇气"和"历史责任感"（第16段）之外，还应该尊重客观事实，依循学理要求，并且有足够的耐心。

---

① ［英］拉曼·塞尔登，彼得·威德森，彼得·布鲁克．当代文学理论导读［M］．5版．刘象愚，译．北京：北京大学出版社，2006：331．

② ［美］J．希利斯·米勒．"全球化"对文学研究的影响［M］．王逢振，译//J．希利斯·米勒．重申解构主义．北京：中国社会科学出版社，1998：300．

③ 丁杨．贾平凹：关注农村与农民是必然［N］．中华读书报，2007－11－21（5）．

④ 舒晋瑜．2008中国当代作家写作状况：下［N］．中华读书报，2008－01－09（5）．

⑤ ［美］理查德·特迪曼．文化研究和启蒙运动［M］．李丹，译//谢少波，王逢振．文化研究访谈录．北京：中国社会科学出版社，2003：258．

二、“走进‘后文学时代’”论

——对黄浩教授的学术批评

近年来，种种“后”观念、“后”思考在中国学术界颇具声势。这其中不乏新意且有一定价值的，不过，严重背离事实与逻辑的情况也常可看到。为避免讨论过于空泛，这里将以黄浩教授的《走进“后文学时代”——一个历史结构主义者给21世纪文学所作的注解》①（以下简称《走进》）为个案进行学术批评。

常言道：“一个时代有一个时代的文学”，文学总是伴随着社会生活的变迁而发生变化。在文学是否会发生变化的这一点上，笔者的看法与黄浩教授的看法是一致的。然而，对黄浩教授所谓的“后文学时代”的若干“新的东西”（第6段），笔者却不能苟同。

首先，《走进》第7段这样写道：“在‘后文学’看来，文学是一个开放的观念体系。在今天，我们对于‘文学’的认识，并不取决于经典时代所形成的‘二分法’‘三分法’还是‘四分法’的经典标准，而是取决于读者的文学阅读感觉和文学阅读认知。”仅这一小段文字，就存在着不小的问题。

第一，说文学是一个“开放的体系”，自然不会有什么问题，但黄浩教授

---

① 黄浩．走进“后文学时代”：一个历史结构主义者给21世纪文学所作的注解［J］．吉林大学社会科学学报，2003（2）：121－124．

说它“新”，则令人生疑。这里不说中国先秦时期文学观念的开放[1]，不说西方19世纪以前文学观念的开放[2]，也不说20世纪初叶胡适等人文学观念的开放[3]，只说几十年前才在西方兴起的“文化研究”，其文学观念的开放[4]程度就不在黄浩教授所说的“后文学”之下。

第二，黄浩教授很不满于文学的“二分法”“三分法”和“四分法”，这是可以理解的。不过，这种不满意并非什么“新的东西”，因为历史上连以各式各样的理由来反对文学类型学的研究都出现过[5]，像弗里德里希·施莱格尔甚至于还在其《文学评论集》(1797) 里宣称“每一首诗本身就是一个样式”，并且毫不客气地接着说，对于文学样式的传统分类“就像哥白尼前的天文学的观念那么原始幼稚”[6]。此外，黄浩教授似乎未曾注意到这么两点。其一，在黄浩教授所谓的“经典时代”里，人们对于文学的认识是很丰富的，其文学分类法远不止《走进》所列的三种——譬如，刘勰就将文本分为30多类[7]，哈特曼和阿尔贝·盖拉尔等将文学分为9类[8]，埃米尔·施塔格尔仅针

---

① 王先霈，王又平．文学批评术语词典［Z］．上海：上海文艺出版社，1999：44.

② ［英］罗杰·福勒．现代西方文学批评术语辞典［Z］．周永明，薛洲堂，李律，译．沈阳：春风文艺出版社，1988：244.

③ 胡适．历史的文学观念论［M］//胡适古典文学研究论集：上．上海：上海古籍出版社，1988：46－49.

④ ［英］彼得·威德森．现代西方文学观念简史［M］．钱竞，张欣，译．北京：北京大学出版社，2006：65－92.

⑤ ［俄］赫拉普钦科．文学的类型学研究［M］//中国社会科学院，外国文学研究所，二十世纪欧美文论丛书编辑委员会．赫拉普钦科文学论文集．张捷，刘逢祺，译．北京：人民文学出版社，1997：168－174.

⑥ ［美］祁寿华．文学样式［M］//祁寿华，林建忠．文学．北京：中国人民大学出版社，2007：21.

⑦ 刘勰．文心雕龙［M］．赵仲邑，译注．桂林：漓江出版社，1982.

⑧ ［法］热拉尔·热奈特．广义文本之导论［M］//史忠义．热奈特论文集．天津：百花文艺出版社，2001：38－39.

对韵文就区分出有别于流行意义的3类[①]，而一些学者还提出并论证了许多传统“样式之外”的“新的类型”（包括“随笔体文学”[②]、“超小说”和“进展式小说”[③] 等）。本来，“已经提出的体裁分类不计其数”[④] 是一种基本常识，但黄浩教授却只列出三种，这不免让人感到缺憾。有意思的是，黄浩教授还认定这三种分类法都是“经典时代所形成”的“经典标准”，而事实的真相却不完全是这样——早在几十年前即黄浩教授所谓的“经典时代”，韦勒克和沃伦就已经明确地写道：“大部分现代文学理论倾向于废弃‘诗与散文两大类’这种区分方法。”[⑤] 其二，尽管文学的分类具有相对性[⑥]、不完全性和暂定性[⑦]，但基于人类头脑条理化、清晰化的要求，对浩如烟海的文学作品进行抽象的区分仍是必要的。从理论与实践的关系角度讲，无论在昨天还是在今天，三分法和四分法都谈不上十全十美，可黄浩教授在未拿出更为科学的分类方案的情况下便予以否定并“空洞”地说“我们对于‘文学’的认识”“取决于读者的文学阅读感觉和文学阅读认知”，这明显不是一种严谨的学术态度。

其次，《走进》第8段这样写道：“在‘后文学’过程里，文学并不只是

---

① ［瑞士］埃米尔·施塔格尔．诗学的基本概念［M］．胡其鼎，译．北京：中国社会科学出版社，1992：1－193．

② ［俄］瓦·叶·哈利泽夫．文学学导论［M］．周启超，王加兴，黄玫，等译．北京：北京大学出版社，2006：388－390．

③ ［英］阿拉斯泰尔·福勒．类型理论的未来：功能和构建型式［M］．伍厚恺，译//［美］拉尔夫·科恩．文学理论的未来．北京：中国社会科学出版社，1993：369－390．

④ ［法］兹·托多罗夫．文学体裁［M］．程晓岚，译//《马克思主义文艺理论研究》编辑部．美学文艺学方法论（续集）．北京：文化艺术出版社，1987：209．

⑤ ［美］雷·韦勒克，奥·沃伦．文学理论［M］．刘象愚，邢培明，陈圣生，等译．北京：生活·读书·新知三联书店，1984：258．

⑥ 吴调公．文学分类的基本知识［M］．武汉：长江文艺出版社，1985：13－16．

⑦ ［法］让－玛丽·谢弗．文学类型与文本类型性［M］．王晓路，译//［美］拉尔夫·科恩．文学理论的未来．北京：中国社会科学出版社，1993：424．

经典化理解的‘小说、戏剧（剧本）、散文、诗歌’，也不只是‘语言艺术’形式。诸多的可供人们消遣的文字，诸多的与图像或其他艺术要素组合起来的虚拟文本（包括人们每日都要阅读的电影或电视剧，包括电视文学、摄影文学、电视风光纪录片、电视游记），都是社会文学生活的实际内容。很明显，在今天的文学生活里，人们所理解的文学并非仅仅限于‘语言艺术’范畴。从社会的文学生活角度判断，经典文学的文学概念正被‘后文学’生活‘泛化’。”真的是这样么？

必须予以指出的是，黄浩教授所谓的“文学”“不只是‘语言艺术’形式”并非指文学之外的其他文化形式存在着或者说包含着文学的成分，因为如果是的话，那就谈不上“新”而是古已有之了。从绝对的意义上讲，每个人所理解所感受的文学是不一样的。换言之，我们不能排除有些人对“文学概念”的理解超出了“语言艺术”的范畴。然而，这并不等于说我们可以在理论层面上认为文学不是“语言艺术”、文学不是文学、文学是或者已经变成了绘画和电影。黄浩教授认为“经典文学的文学概念正被‘后文学’生活‘泛化’”，这也许是真的，但“文学概念”的“泛化”能“泛化到”“电影就是文学”的程度吗？能“泛化到”“文学就是电视风光纪录片”的程度吗？倘若不能，倘若黄浩教授不敢做出肯定性的回答，那就说明文学还是有“质的规定性”的，说明文学与电影、电视剧、音乐、绘画等艺术门类之间还是有一定的“边界”的。这个规定性、这个边界在哪？在黄浩教授还未能给出可靠的答案之前，它仍在于文学“以语言为媒介”① 或者说用“语词”做“建筑材料”②，而别的艺术门类不是或者主要不是。倘若能，倘若黄浩教授敢于做出肯定性的回答，那就说明在黄浩教授眼里，文学已经没有了“质的规定性”，各不同艺术门类之间已经没有了“边界”。如果这样，则又何必宣

① 钱仓水. 文体分类学［M］. 南京：江苏教育出版社，1992：117.

② ［苏联］鲍列夫. 美学［M］. 乔修业，常谢枫，译. 北京：中国文联出版公司，1986：426－429.

称并论证电影也是文学或文学也是电视剧呢？干脆把所有的艺术都叫“文学”算了，如果愿意的话，就像“泛艺术论”者宣称“一切均为艺术”① 那样，怎么叫都行，反正不都是同一种东西么？况且，名称越少，越有不让人费脑筋的便利。进而言之，当黄浩教授借“后文学”之名否定“文学是语言艺术”的这一命题时，不仅文学本身被颠覆得面目全非，而且，照其逻辑发展下去，恐怕连显示“人类经验”的“知识地图”② 也会被撕成“无法拼接的碎片”。

再次，《走向》第10段这样写道：“在‘后文学生活’里，经典文学时代里普遍存在的‘反复阅读’和‘文本细读’的情况是不会存在的。在文学文本的‘超量供给’中，没有极为特殊的需要，人们是不会对同一文本进行两次（更不要说多次）阅读的。”此处，至少是犯了两个学术上的错误。

第一，前后自相矛盾。既然已经断言“后文学生活里”“不会存在”“反复阅读”的情况，就不该在下一个完整的句子中以间接的方式说“有极为特殊需要的人”还会“对同一文本进行两次或两次以上的阅读”。难道黄浩教授眼里的“反复阅读”不包括那些“有极为特殊需要的人”的阅读行为？此其一。如果答案是否定的，那么，黄浩教授的出尔反尔便不证自明；如果答案是肯定的，那么，其二，什么样的“需要”才符合“极为特殊”的标准？何以“反复阅读”行为在“后文学时代”都是或多是出于“极为特殊的需要”而在“经典文学时代”都不是或甚少是？想必黄浩教授要把这两个问题讲清楚是有困难的。

第二，以臆想代实证。有资料表明，公元1世纪的古罗马，“文学作品被

---

① ［德］克劳斯·博格斯特. 艺术判断［M］. 刁承俊，蒋芒，译. 北京：生活·读书·新知三联书店，1988：24.

② ［英］R. G. 柯林伍德. 精神镜像：或知识地图［M］. 赵志义，朱宁嘉，译. 桂林：广西师范大学出版社，2006：300.

视为一种消遣娱乐的方式"[①]，而20世纪90年代的一项调查则显示出，北京市市区居民对"文学类书籍""会反复看"的仅占44.96%[②]。也就是说，在所谓的"经典文学时代"，"反复阅读"行为并非如黄浩教授所想象的那么普遍。就"后文学时代"而言，据2004年的一项调查，338位大学生认为70部经典名著（绝大多数为文学作品）"值得重读"的占比为65.48%——其中，比例最高的《红楼梦》占86.25%，比例最低的《坎特伯雷故事集》占26.67%[③]；另据2005年的一项调查，397位高中生读了两遍以上的书共计372人部，其中绝大部分为文学作品——包括近几年才出中译本的《哈利·波特》[④]；又据2005—2006年的一项调查，641位小学生读了两遍以上的书共计543人部，其中绝大部分为文学作品——同样包括近几年才出中译本的《哈利·波特》[⑤]。上述为中国读者的一些情况，那外国读者又是如何的呢?据美国图书馆协会的研究，《紫色》、《哈利·波特》系列、《魔戒》三部曲、《傲慢与偏见》、莎士比亚剧本等同列为读者"重读最多"的文学作品[⑥]。也就是说，在"后文学时代"，"反复阅读"行为远远不是黄浩教授所臆想的那样"不会存在"。本来，"反复阅读"和"文本细读"都不玄，只要是认真地调查一下，就多少能够了解到一点真相。然而，黄浩教授却在不做基础研究工作的情况下便妄下雌黄，这不能不令人感到惊讶。

综上所述，《走进》一文所谓"后文学时代"的许多"新的东西"不是

---

① ［法］卡特琳娜·萨雷丝．古罗马人的阅读［M］．张平，韩梅，译．桂林：广西师范大学出版社，2005：187.

② 康晓光，吴玉仑，刘德寰，等．中国人读书透视：1987—1998大众读书生活变迁调查［M］．南宁：广西教育出版社，1998：44.

③ 郑惠生．大学生离经典名著有多远：大学生课外阅读调查研究之三［J］．内蒙古师范大学学报（教育科学版），2005（9）：60－66.

④ 郑惠生．中学生离经典名著有多远：中学生课外阅读调查研究之二［J］．内蒙古师范大学学报（教育科学版），2005（12）：82－90.

⑤ 郑惠生．城乡小学生离经典名著有多远：小学生课外阅读调查研究之二（上）［J］．湖北教育学院学报，2006（11）：102－106.

⑥ ［美］美联社．值得重温的书［N］．参考消息，2004－09－01（15）.

不新就是臆造。应该说，黄浩教授要建立“后文学时代”概念及其“自己的理论评价标准和体系”①，是一件可喜的事。但是，正像叔本华在批评有人借“攻击某个被公认是完全正确的理论”“以便将位置让给他自己的荒谬论点”时所说的：“有时，这种伎俩也能获得暂时的成功，然而其后，老的真正的理论还会反过来又重新取胜。”② 如果不尊重事实与逻辑，不遵循学理要求，则无论怎样“新”，都不可能让人信服，更不可能行之久远。

---

① 黄浩．文学的面孔：正在变得模糊起来……——对“后文学时代”文学的历史思索［J］．北华大学学报（社会科学版），2003（1）：12．

② ［德］叔本华．论作者［M］//叔本华论说文集．范进，柯锦华，秦典华，等译．北京：商务印书馆，1999：312－313．

三、“后文学社会”论

——对黄浩教授的学术批评

近年来，黄浩教授先后发表了若干篇学术文章，力证在今天这个“后文学时代”“经典文学时代和经典文学生活已经不会再有了”①。不管怎么说，这些文章还是产生了一定的影响的。然而，笔者在“文本细读”时发现，其“经典文学时代论”和“后文学时代论”存在着较为突出的反学理倾向。为使讨论更加集中，也为了让读者更易于辨析黄浩教授所持观点之当否，这里将以他的《从“经典文学时代”到“后文学时代”——简论“后文学社会”的五大历史特征》②（以下简称《特征》）为主要对象进行学术批评。

或许一开始就指出黄浩教授若干文章的“概念陷阱”是必要的。出现于黄浩教授“经论”和“后论”里的一些重要的“词—概念”，在词典中难以找到甚或完全找不到。譬如，面对黄浩教授所谓的“经典文学”“经典读者”“经典心理”③，哪怕是很博学的读者，倘若以黄浩教授所认定的具有“后时代”特征的“随意性”的、“消遣化”的“后阅读方式”④ 去理解，那么，就极有可能“牛头不对马嘴”，因为黄浩教授的“经典”已经完全没有了许

---

① 黄浩. 走进“后文学时代”：一个历史结构主义者给21世纪文学所作的注解［J］. 吉林大学社会科学学报，2003（2）：121－124.

②③④ 黄浩. 从“经典文学时代”到“后文学时代”：简论“后文学社会”的五大历史特征［J］. 文艺争鸣，2002（6）：37－39.

许多多词典所讲的客体的“权威性”“典型性”等释义成分——如《西方文学批评术语辞典》[①]、《文学批评术语词典》[②]、《现代汉语规范词典》[③] 和《现代汉语词典》（第5版）[④]，而是“视××为经典”“以神圣的心态去接受××”“用对待经典的虔敬心态去理解××”[⑤] 之类的意思。具体而言，看到“经论”和“后论”中的“经典文学”时，千万不要把它理解成属于“经典”的那部分“文学”，当然，也不能照往常那样以为20世纪以前（含20世纪）还存在着“非经典的文学”，因为依黄浩教授的说法，“迄今为止”（即在他的“经论”和“后论”出现之前）“凡文学必经典”。同理，在看到“经论”和“后论”中的“经典读者”时，就应该照黄浩教授的意见把它理解为“用对待经典的虔敬心态”去接受去理解各式各样读物的读者，也应该明白在黄浩教授的思路里，这样的读者在“后时代”的今天“不会再有了”。进而言之，为了搞清楚黄浩教授在说些什么，今日之读者仍有必要以不被黄浩教授看好的“经典心理”去解读，尽管结果很有可能是读者的“经典心理”受到了大大的伤害，但舍此似乎没有别的办法可以跟黄浩教授进行有效的沟通。或许有人会指责黄浩教授不以约定俗成的方式来陈述自己的观点，不过，笔者更倾向于认为黄浩教授为了证明他自己提出“经典文学”“后文学”等概

---

① 林骧华．西方文学批评术语辞典［Z］．上海：上海社会科学院出版社，1989：177.

② 王先霈，王又平．文学批评术语词典［Z］．上海：上海文艺出版社，1999：166－167.

③ 李行健．现代汉语规范词典［Z］．北京：外语教学与研究出版社，2004：689.

④ 中国社会科学院语言研究所词典编辑室．现代汉语词典［Z］．5版．北京：商务印书馆，2005：717.

⑤ 黄浩．文学的面孔：正在变得模糊起来……——对“后文学时代”文学的历史思索［J］．北华大学学报（社会科学版），2003（1）：12－15.

念的首次[①]乃至建造他的所谓“后文学理论体系”[②] 而不得不造新词或突破词典已有的义项。故此，问题的关键并非是否按约定俗成的来表述，而在于其“建造的概念”是否牢靠。当然，若要对其概念是否牢靠加以判断，则必须先看清其“新造”出来的“概念”迷雾。

（一）“经典文学时代”“人们对文学的感觉和看法一直是‘经典’的”？

《特征》写道：“我在这里所说的‘经典文学时代’，是指人类社会迄今为止的文学历史……由于人们对文学的重视，也由于文学一直在认真地履行它的社会义务和责任，因此，过去人们对文学的感觉和看法一直是‘经典’的。读者把文学当作经典来反复细读，作者则把文学当作经典来反复‘推敲’。”（第2段）尽管这段话不是很长，但却让人明白了作者何以要把“迄今为止”的时代命名为“经典文学时代”的理由。那么，这样的理由能成立吗？不能。

首先，说“过去人们对文学的感觉和看法”。整部文学史乃至文化史表明，文学在一部分人的眼里是“非经典”的、“非神圣”的。古希腊时期，柏拉图就指责“模仿的诗”含有“毒素”[③]，而中国先秦时期，“文学的价值尚未被充分认识，文学在文明中并未占据王座”[④]，商鞅把“诗”归入祸国殃民的“六虱”之列（《靳令》）[⑤]，主张“燔诗书而明法令”（《和氏》）[⑥]，韩

---

① 黄浩. 文学的面孔：正在变得模糊起来……——对“后文学时代”文学的历史思索［J］. 北华大学学报（社会科学版），2003（1）：12–15.

② 黄浩，张春城. 文学经典主义批判：兼答盖生先生［J］. 中国人民大学复印报刊资料·文艺理论，2005（8）：49–56.

③ 柏拉图［M］//［英］拉曼·塞尔登. 文学批评理论：从柏拉图到现在. 刘象愚，陈永国，等译. 北京：北京大学出版社，2000：9–10.

④ ［日本］吉川幸次郎. 中国诗史［M］. 章培恒，邵毅平，骆玉明，等译. 上海：复旦大学出版社，2001：19.

⑤ 商君书［M］//诸子集成：5. 上海：上海书店，1986：23.

⑥ 韩非子集解［M］//诸子集成：5. 上海：上海书店，1986：67.

非也把“文学”当作是会“乱法”之物（《五蠹》）[①]。“采用了诗歌和散文形式的中世纪传奇文学，尽管它们的影响直至伊丽莎白时期，但却往往受到十七、十八世纪那些崇尚古典主义的作家们的怀疑甚至鄙视。”[②] 18 世纪英国，小说“成为一个备受攻击的目标”，而杰出的批评家约翰逊虽然极力赞誉包括小说在内的书面文学，但却贬低口头文学[③]。在荷兰文学史上，12 世纪以前也有过一些法兰克歌谣，对这些歌谣甚感兴趣的查理大帝曾下令搜集并记录下来，但不幸的是，已搜集起来的这些歌谣一首也没有保存下来，原因据说是被查理大帝的儿子下令销毁了[④]。中国的“文革”时期，许多文学作品在自上而下的运动中遭到了批判，“几乎所有专业作家都受到了迫害”[⑤]。俄国的沙皇统治时期，《现代人》及其相关的许多撰稿人曾遭到了检查机关的迫害[⑥]；斯大林时期，有数以千计的苏联作家遭到了囚禁甚或杀害[⑦]；而赫鲁晓夫“解冻”时期和勃列日涅夫“停滞”时期，包括诺贝尔文学奖得主帕斯捷尔纳克、索尔仁尼琴等在内的一批杰出作家也同样遭受官方无情的打击[⑧]。难以赘述的资料表明，过去人们对文学的感觉和看法并非总是“经典”的、“神

---

① 韩非子集解［M］//诸子集成：5. 上海：上海书店，1986：344.

② ［英］罗杰·福勒. 现代西方文学批评术语词典［Z］. 周永明，薛洲堂，李律，译. 沈阳：春风文艺出版社，1988：172.

③ ［美］泰勒·考恩. 商业文化礼赞［M］. 严忠志，译. 北京：商务印书馆，2005：82－86.

④ ［荷兰］R. P. 迈耶. 低地国家文学史［M］. 李路，译. 桂林：广西师范大学出版社，1995：2.

⑤ ［美］罗德里克·麦克法夸尔，费正清. 剑桥中华人民共和国史（1966—1982）［M］. 李向前，韩钢，旷昕，等译. 海口：海南出版社，1992：619.

⑥ ［俄］帕纳耶娃. 帕纳耶娃回忆录［M］. 陆永昌，译. 上海：东方出版中心，1998：180－387.

⑦ ［美］马克·斯洛宁. 苏维埃俄罗斯文学（1917—1977）［M］. 浦立民，刘峰，译. 上海：上海译文出版社，1983：344.

⑧ ［俄］尤里·谢尔盖耶维奇·里亚布采夫. 千年俄罗斯：10 至 20 世纪的艺术生活与风情习俗［M］. 张冰，王加兴，译. 北京：生活·读书·新知三联书店，2007：304－314.

圣”的，实际上，即便是高度重视文学或热爱文学的人，也远非总是将其视为比别的东西更“神圣”——如洛扎诺夫[①]、列宁[②]、马克思、荷尔德林[③]和拜伦[④]等。

也许黄浩教授会辩解地说，一些人把文学视为宗教、政治的附庸和奴婢，一些统治者压迫作家和读者，可以算是对文学的高度重视，因而也可将其看作是视文学为“神圣”的“经典”的现象。若此，则笔者要说，虽然有些“打”是或基于“爱”，但从“结果”反推“动机”的角度讲，如果打残废了，甚至把命都打没了，则此“打”非“爱”。同理，将文学视为宗教、政治等的工具乃至动用“铁的手腕”打压作家和读者，往往会使文学园地凋零，会阻碍文学的健康发展，故绝非视文学为“神圣”的、“经典”的，而是一种“蔑视文学”“仇视文学”乃至“践踏文学”的社会现象。

其次，说“过去”作者写文学作品。历史上，认真写作的作家很多，被“当作经典来反复‘推敲’”的作品也不少——如但丁的《神曲》[⑤]、歌德的《浮士德》[⑥]、福楼拜的《包法利夫人》[⑦]、托尔斯泰的《战争与和平》[⑧]、托马

---

① ［俄］洛扎诺夫. 隐居及其他：洛扎诺夫随想录［M］. 郑体武，译. 上海：上海远东出版社，1997：14.

② ［美］爱·威尔逊. 马克思主义与文学［M］. 杨宇，译//［英］戴维·洛奇. 二十世纪文学评论：上册. 葛林，译. 上海：上海译文出版社，1987：410－412.

③ ［法］莫里斯·布朗肖. 艺术的前途及问题［M］. 刘康，译//周宪，罗务恒，戴耘. 当代西方艺术文化学. 北京：北京大学出版社，1988：331－332.

④ ［苏联］苏联科学院高尔基世界文学研究所. 英国文学史（1789—1832）［M］. 缪灵珠，秦水，蔡文显，等译. 北京：人民文学出版社，1984：253－375.

⑤ 张世华. 意大利文学史［M］. 上海：上海外语教育出版社，1986：27－28.

⑥ 余匡复. 德国文学史［M］. 上海：上海外语教育出版社，1991：192.

⑦ ［英］毛姆. 巨匠与杰作［M］. 孔海立，王晓明，章洁思，等译. 上海：华东师范大学出版社，1987：143－144.

⑧ ［英］毛姆. 巨匠与杰作［M］. 孔海立，王晓明，章洁思，等译. 上海：华东师范大学出版社，1987：20－29.

斯·曼的《魔山》①、海明威的《永别了，武器》②、福克纳的《喧嚣与骚动》③、肖洛霍夫的《一个人的遭遇》④ 等，但比较而言，正像叔本华在谈到“三种不同的作者”时所说的：“不经过任何思考便动手写作的人……最多。”⑤ 不那么认真写作尤其是不“把文学当作经典来反复‘推敲’”的更常见——仅较为杰出的作家，就可以列出许许多多（如库柏⑥、笛福⑦、爱伦·坡⑧、司各特⑨、斯陀夫人⑩、大仲马⑪、雨果⑫等），甚至于还有“故意为之”的“超现实主义”的所谓纯粹“自动写作”⑬ 以及形形色色的大量的“文学

---

① ［苏联］苏联科学院. 德国近代文学史：下［M］. 福建师范大学外语系编译室，译. 北京：人民文学出版社，1984：782－784.

② 何帆，文祥. 现代小说题材与技巧：当代外国著名小说家访问记［M］. 北京：中国文联出版公司，1989：23.

③ 何帆，文祥. 现代小说题材与技巧：当代外国著名小说家访问记［M］. 北京：中国文联出版公司，1989：4.

④ 何帆，文祥. 现代小说题材与技巧：当代外国著名小说家访问记［M］. 北京：中国文联出版公司，1989：190.

⑤ ［德］叔本华. 论作者［M］//叔本华论说文集. 范进，柯锦华，秦典华，等译. 北京：商务印书馆，1999：310.

⑥ ［美］范怀克·布鲁克斯. 华盛顿·欧文的世界［M］. 林晓帆，译. 上海：上海外语教育出版社，1993：290.

⑦ ［美］约翰·温特里奇. 书与人［M］. 胡丹，等译. 沈阳：辽宁教育出版社，1997：4－5.

⑧ ［英］马库斯·坎利夫. 美国的文学［M］. 方杰，译. 北京：中国对外翻译出版公司，1985：156.

⑨ ［丹麦］格奥尔格·勃兰兑斯. 历史的自然主义［M］. 徐式谷，译//文美惠. 司各特研究. 上海：上海外语教学与研究出版社，1982：89.

⑩ ［美］埃德蒙·威尔逊. 爱国者之血：美国南北战争时期的文学［M］. 胡曙中，王竞，夏平，等译. 上海：上海外语教育出版社，1993：28.

⑪ ［丹麦］勃兰兑斯. 十九世纪文学主流·第五分册（法国的浪漫派）［M］. 李宗杰，译. 北京：人民文学出版社，1982：157.

⑫ ［德］爱克曼，辑录. 歌德谈话录［M］. 朱光潜，译. 北京：人民文学出版社，1978：248.

⑬ ［法］布吕奈尔，库蒂，赛利埃，等. 20世纪法国文学史［M］. 郑克鲁，邓永忠，李建森，等译. 成都：四川文艺出版社，1991：91.

剽窃”——如公元1世纪的古罗马，“抄袭者人数众多，已经像暴发户和浪荡子一样成了一个群体”①。

实际上，即便不罗列这么多的史实也同样能证明有非常多的作品不是被“反复推敲”出来的。由于“反复推敲”既要占用大量的物理时间，又要消耗大量的精神资源，结果，凡是在其有限的一生中写出上百部作品的作家——如凯瑟琳·林兹西（904部小说）、约瑟夫·埃格纳西·克拉泽夫斯基（600多部小说）等②，通常只能是遵循“简单化”原则和“模式化”原则③进行写作，而非“当作经典来反复‘推敲’”。要言之，黄浩教授的所言不仅跟历史事实有很大的出入，而且也经不起逻辑上的“推敲”。

再次，说“过去”读者读文学作品。诚然，对作品“反复细读”的情况在阅读史上常有，可相反的情形也不能说少更不能说没有。像18世纪查斯特菲尔德勋爵在谈到“毫无价值可言的作品”时就说道：“一定不要花时间去阅读这类作品。这类作品每天会像成群结队的苍蝇一样围着人们。人们应该当机立断地拿起拍子把它轰走。”④ 奥斯丁对她自己所处的那个时代的哥特小说就“嗤之以鼻”⑤，更谈不上有可能对其“反复细读”了；而喜爱诗歌远不如小说的毛姆说过自己就是“一个差劲的跳读者”⑥；傅佩荣则直言“以前看金

---

① ［法］卡特琳娜·萨雷丝. 古罗马人的阅读［M］. 张平，韩梅，译. 桂林：广西师范大学出版社，2005：131.

② ［英］里查德·约瑟夫. 英美畅销书内幕［M］. 谢识，盖博，译. 深圳：海天出版社，1999：142－143.

③ 郑惠生. 论雅文学的困境与出路［J］. 汕头大学学报（人文社会科学版），2002：10－20.

④ ［英］查斯特菲尔德勋爵. 教子书［M］. 李旭大，黄蓓，吴瑞君，译. 北京：中国发展出版社，2004：453.

⑤ ［英］乔治·桑普森. 简明剑桥英国文学史（十九世纪部分）［M］. 刘玉麟，译. 上海：上海外语教育出版社，1987：68.

⑥ ［英］毛姆. 书与你［M］. 广州：花城出版社，1981：45.

庸小说”是用以“打发时间”[1]。

就经验层面而言，“反复细读”行为总是在读者觉得“阅读对象”值得“反复细读”或非“反复细读”不可的情况下产生的。故而，这样的行为多出现于一个人年轻就学的时候，多出现于一个人面对着一个内涵较为丰富的文本的时候，多出现于一个人被强迫非如此做不可的时候，多出现于一个人在其阅读水平已接近于能够接受特定阅读对象的复杂性的时候——像金庸就坦言过：“有些诺贝尔文学奖的作品，我就努力看也看不懂。”[2] 换言之，“反复细读”行为远非是一种任何人在任何时候接触文学时都会出现的行为。然而，黄浩教授却偏偏要借以概括“过去”时代的文学阅读特征。倘若这样的方法可行，我们也可以凭借相反且广泛存在的阅读情形去获得与其观点截然相反的结论。如此一来，岂不成了笑话？

（二）“一个时代所以会成为‘经典时代’，就是因为它的文化生活资源‘短缺’和‘供给不足’”？

黄浩教授认为造成“经典文学时代”的原因是“文学生活资源短缺”。《特征》写道：“正是在这种生活资源的短缺和贫乏里，生成了社会的经典文学意识和经典文化观念。”（第5段）“事实上，一个时代所以会成为‘经典时代’，就是因为它的文化生活资源‘短缺’和‘供给不足’。”（第8段）“在一个以文学生活资源短缺为特征的经典文学时代里，人们除了以经典化的阅读方式去接受文学作品而外，（“而”疑为“之”之误——笔者注）别无其他可能。”（第19段）应当指出的是，像这样的观点不但在《特征》中多次出现，而且还经常出现于黄浩教授撰写的其他文章里——如“经典文学时代”

---

① 傅佩荣. 阅读的快乐［M］//傅佩荣. 生活有哲学. 北京：新华出版社，2006：82.

② 金庸. 论坛五：迎接新的五个世纪［M］//任仲伦. 思想的声音：新世纪论坛精选. 上海：上海文艺出版社，2004：250.

"由于社会总体资源的有限，因此也造成了文学资源的必然性短缺……人们只能反复去阅读某些作品，除了这些作品，他没有其他作品可以阅读。无论这种阅读的对象是什么文本，对于当时的读者而言，都是经典的。在文学经典时代里，读者或接受者是没有选择的，也不能去选择。"[①] 也就是说，黄浩教授的持论是非常之认真的。可"事物正如被述说的那样"[②] 吗？不完全是。

的确，"过去"的"文学生活资源"的丰富性远无法跟今天相比——这不仅在于"'后文学社会'是一个人人均可以写作并成为'作家'的社会"(《特征》第16段)，而且还在于"书籍与代日增"[③]，在于许许多多的文学作品被继承下来。不过，黄浩教授断言"过去"的"文学生活资源"短缺且短缺到"人们只能反复去阅读某些作品"的程度，则明显是夸张得过于离谱了。早在明清之际，陆桴亭就慨叹道："书籍之多，千倍于古，学非博不可，然汗牛充栋，将如之何？"（《思辨录》[④]）而在17世纪的欧洲，由于包括文学在内的书籍的"数量每天大幅度增长"，结果，阿德里安·巴耶在他的一本评论集的序言中便提醒道："我们只有尽力将那些我们应该扔掉或遗忘的书籍与那些应该保存的书籍区分开来……而在保存的书中，我们还要把那些有用之书与无用之书区分开来。"[⑤] 或许黄浩教授会因为这里引述的是几百年前的人之所见而觉得不足为凭。若此，则笔者还须拿出一点数据来证明黄浩教授之所言

---

① 黄浩．文学经典主义批判的历史理由：就经典文学问题答赵建国先生［N］．文艺报，2006－07－04（2）．

② ［英］斯蒂芬·里德．对逻辑的思考：逻辑哲学导论［M］．李小五，译．沈阳：辽宁教育出版社，牛津：牛津大学出版社，1998：1．

③ 祁承．藏书训略［M］//王余光．藏书四记．武汉：湖北辞书出版社，1998：140．

④ 周永年．先正读书诀［M］//读书四观．王余光，等译注．武汉：湖北辞书出版社，1997：379．

⑤ ［美］安·布莱尔．为自然哲学做注解和索引［M］//［英］玛丽娜·弗拉斯卡－斯帕达，尼克·贾丁．历史上的书籍与科学．苏贤贵，等译．上海：上海科技教育出版社，2006：81．

确确实实是“虚假”的。美国在1886年出版的小说就有1 080种[1]，而20世纪90年代初每年则有5 500种[2]。此处不说所有新出版的文学作品，也不说还存在着大量的馆藏文学作品，就说只面对着新出版的如此数量的小说，那时的美国读者有必要、有可能把它们都当成经典“反复去阅读”吗？当然是不必要也不可能。

（三）“经典时代的读者”“相信文学文本所提供的知识和价值”而“后文学读者”不？

基于“文学生活资源”是否“短缺”的分析，黄浩教授认为今日的读者与过去的读者截然相反。《特征》这样写道：“经典时代的读者……保持着一种对文学的崇敬，他们相信文学文本所提供的知识和价值，他们相信文学的意义，他们相信从文学中所获得的满足。在‘后文学读者’这里，文学……仅仅是人们填补心理空间的一种阅读对象而已。在进行阅读时，没有人再去相信文学的真理性（即使在有的作品中的确存在着此类东西），也没有人想去通过文学来完善自己的教育（尽管文学有时会有这种作用）。人们对待文学的总体方式是消遣，因此阅读什么或记得什么都是随意性的。”（第21段）客观地说，这段话存在的问题不但不少，而且还显而易见。

首先，从事实层面看，正像前文已经指出的，“经典文学时代”的部分读者如柏拉图就不那么相信“文学文本所提供的知识和价值”，而即使是那些很相信文学能“提供知识和价值”的读者，也并非毫无保留——如艾丽斯·默

---

① ［美］M. 阿普尔. 教科书的文化及商品属性［M］//［美］M. 阿普尔，L. 克丽斯蒂安－史密斯. 教科书政治学. 侯定凯，译. 上海：华东师范大学出版社，2005：32.

② ［美］弗里德曼. 一个变化万千的天地：编辑非小说类图书［M］//［美］格罗斯. 编辑人的世界. 乔若兰，译. 北京：中国工人出版社，2000：213.

尔多赫[1]、朱光潜[2]、何怀硕[3]、罗宾·乔治·科林伍德[4]等。实际上，读者只凭“大众文学”在“经典文学时代”“令有艺术修养阶层大多数读者，包括文学家们极为反感”[5] 的这一点，就能知晓黄浩教授之所言非真。至于“后文学时代”的读者，也远非都像黄浩教授所认定的那样不“相信文学文本所提供的知识和价值”。譬如，陈平原建议“读文学书”的理由就是它有利于人的“审美趣味”和“精神探索”的培养[6]，而布兹尼克在谈到诗歌的意义时更是宣称：“没有诗歌，人类就会死亡。”[7]

其次，从价值层面看，既然“经典文学时代”的文学文本存在着“真理性”且能被一些读者认可，那么，我们就没有多大的理由可以认为随着时间的推移这些文学文本的“真理性”全都消失了，就没有足够的理由可以认为“后文学读者”都一样地会完全否认文学文本中存在着“真理性”，因而也更难找到恰当的理由来证明“不再去相信文学的真理性”会是毫无错误的。黄浩教授认为“后文学时代”“没有人再去相信文学的真理性”的最主要理由是今天面对的“文学文本太多了”——即“如此之多的文学文本的‘超量供给’的压力”（《特征》第20段）。然而，这完全是一种似是而非的看法。众所周知，母鸡和鸡蛋是富含蛋白质（营养价值）的。由于饲养业的发达，今

---

① ［英］布莱恩·麦基. 思想家：当代哲学的创造者们［M］. 周穗明，翁寒松，译. 北京：生活·读书·新知三联书店，1987：405－448.

② 朱光潜. 文学上的低级趣味（上）：关于文学作品内容［M］//朱光潜. 谈文学. 桂林：广西师范大学出版社，2004：19－25.

③ 何怀硕. 说“书”［M］//陈子善. 学人书话. 上海：文汇出版社，1995：45－47.

④ ［英］罗宾·乔治·科林伍德. 艺术原理［M］. 王至元，陈华中，译. 北京：中国社会科学出版社，1985：89.

⑤ ［俄］瓦·叶·哈利泽夫. 文学学导论［M］. 周启超，王加兴，黄玫，等译. 北京：北京大学出版社，2006：174.

⑥ 陈平原. 作为一种生活方式的“读书”［J］. 新华文摘，2006（5）：147.

⑦ 康慨. 诗人·岁月·生活：本报独家专访俄罗斯著名诗人布兹尼克［N］. 中华读书报，2006－05－10（8）.

日之母鸡和鸡蛋的产量要比过去的时代多得多。面对这种情况，黄浩教授会看到或推论出“今天的母鸡和鸡蛋已没有蛋白质（营养价值）”或“没有人再去相信母鸡和鸡蛋的蛋白质（营养价值）”吗？照道理说，应该是不会的。

最后，从学理层面看，这是无法自圆其说的。既然已经说“没有人再去相信文学的真理性”，就不宜接着说：“即使在有的作品中的确存在着此类东西”。这是为什么呢？第一，既然“存在着此类东西”，那么就完全可能“存在着相信它的人”。由此可见，黄浩教授的断言过于主观随意。第二，由于一个人“不相信存在着某种东西”的正确理由为“某种东西的确不存在”，所以，假如“确实存在着某种东西”而这个人又硬是“不相信”，那么，这个人不是无知就是极不理智或者在耍小孩子脾气。大概黄浩教授还没有打算批评这些“硬是不相信”的人吧。同理，既然已经说“也没有人想去通过文学来完善自己的教育”，也就不宜甚或不该接着说：“尽管文学有时会有这种作用”。对连黄浩教授这样的“后论”者都承认其“有时还会有教育作用”的文学，难道真的就“没有人”想去利用它？不！当价值客体符合价值主体的需要时，价值主体通常是不会拒绝的。

（四）“后文学”理论将取代“经典文学”理论而起“主流作用”？

基于“经典文学”和“后文学”的分析，黄浩教授认为以往的“经典文学”理论已经过时。《特征》写道：“在‘后文学’中，我们以往所拥有的经典文学理想，经典文学价值和经典文学的努力，在今后均不会再发生主流作用了。”（第22段）而另外的一些文章也指出：“我们以往的关于文学的理论看法和文学史观正在失去意义。”（摘要）[①]“经典文学理论或者说文学经典主义并不适用于‘后文学时代’的‘后文学实践’。”“而被……称之为‘时尚

① 黄浩. 走进“后文学时代”：一个历史结构主义者给21世纪文学所作的注解［J］. 吉林大学社会科学学报，2003（2）：121－124.

化的理论’的后文学主义和后文学实践，则正方兴未艾。”① 尽管黄浩教授没有直陈“后文学”理论将起“主流作用”，但是，根据他的“延续”逻辑和“接续”信心（《特征》第22段），再加上他的多篇相关文章均未否定可以存在着起“主流作用”的文学理论，我们还是能够推断出黄浩教授已经认为他的所谓“后文学”理论将取代“经典文学”理论的“主流”位置。那么，真的是这样吗？非也！

首先，由于黄浩教授对以往和当下的文学生活的分析与概括都极其片面，所以其以此为基础的“以往的关于文学的理论看法和文学史观正在失去意义”的说法是偏颇的。就中国文论界的现实本身而言，如果不是先入为主的话，便能看到既有的较为成熟的文学理论体系至今仍占主流地位。拿作为“教育核心问题”和“体现知识权力”的教科书②来说吧，黄浩教授所谓的“经典文学”理论的各种版本在当下这个所谓的“后文学”时代依然出版着、流行着——包括童庆炳的《文学理论教程》（2004）③、王先霈和孙文宪的《文学理论导引》（2005）④、吴中杰的《文艺学导论》（2005）⑤，等等。简言之，黄浩教授于2002年便断言的“我们以往所拥有的经典文学”的“理想、价值和努力”“在今后均不会再发生主流作用”，是与客观事实很不相符的。

诚然，任何理论都无法永远处在主流的位置上，而随着社会生活的变迁，理论也确实需要不断地更新，并且，新的理论只要是经得起实践的检验，也必定大放光彩。不过，正像詹姆斯· B. 鲁尔在谈到“追逐最新的理论‘革命’、‘突破’所付出的代价会很高”时所指出的：“对于这种痴迷于不断翻

① 黄浩，张春城. 文学经典主义批判：兼答盖生先生［J］. 中国人民大学复印报刊资料·文艺理论，2005（8）：49－56.

② ［美］D. 朱尔斯. 培养民主意识：格林纳达教科书的内容和意识形态（1979—1983）［M］//［美］M. 阿普尔，L. 克丽斯蒂安－史密斯. 教科书政治学. 侯定凯，译. 上海：华东师范大学出版社，2005：319.

③ 童庆炳. 文学理论［M］. 2版. 北京：高等教育出版社，2004.

④ 王先霈，孙文宪. 文学理论导引［M］. 2版. 北京：高等教育出版社，2005.

⑤ 吴中杰. 文艺学导论［M］. 3版. 上海：复旦大学出版社，2005.

新和重新解释基本取向和观念的状况来说，最大的好处也是热衷于此道者的才智可得以发挥，其精力可得以宣泄。坏处则是理论革命成了一种作秀，而不是为了实用。”① 如果为了“培植”自己所谓的“新理论”，就对既存的理论横加指摘甚或把它们说得一钱不值，那绝对不是应有的学术态度——尤其在新理论“怀胎还只有一两个月的时候”，更是如此。譬如，黄浩教授在另一篇文章中说道：“我们已有的文学史分期方法和成史标准是不合适的”②，这么一句话，就把已发生的世界上所有的各种“文学史分期方法和成史标准”全都给否定掉了。那么，究竟“何种方法和标准”才是“合适”的呢？黄浩教授的意思很清楚，“合适的方法和标准”就存在于他“正在拿出来”的“经论”和“后论”里。但是，问题在于，仅用“经典文学”去涵盖以千年计的文学史，不明显是“削足适履”么？而用“后文学”来涵盖以1年计的文学史，不明显是“大而无当”么？退一步说，即便“经论”与“后论”的分期方法和成史标准是可用的，那也并不等于已有的其他方法和标准都不能用，因为无论是文学史还是文学理论，其“框架”③ 是多样也可以是多样的。进而言之，黄浩教授对以往各种“分期方法和成史标准”的一概否定远非基于“科学的精神”，而是出于张扬“经论”和“后论”的“高涨的感情”。

其次，由于黄浩教授对当下文学生活的判定和对未来文学生活的推断远不够科学，所以其“后文学”理论不仅不可能在今后起“主流作用”，而且能否在较长时间里成为“多元中的一元”还是个未知数。也许“后文学”这个词会存活下来，不过，它肯定不是黄浩教授近年来在一系列文章里所指称的事物。换言之，除非黄浩教授及时调整自己的“后”思路，否则，其“后

---

① ［美］詹姆斯·B. 鲁尔. 社会科学理论及其发展进步［M］. 郝名玮，章士嵘，译. 沈阳：辽宁教育出版社，2004：前言3.

② 黄浩，张春城. 文学经典主义批判：兼答盖生先生［J］. 中国人民大学复印报刊资料·文艺理论，2005（8）：49－56.

③ ［美］理查德·泰勒. 理解文学要素：它的形式、技巧、文化习规［M］. 黎风，李杰，杜隆峰，译. 成都：四川大学出版社，1987：27.

文学”理论将行之不远。

最后，还须特别指出的是，黄浩教授在“经论”和“后论”中常表现出“彻底消解”的“理论勇气”，但有时候，他错误到连自己说出的话也给“消解掉”了。譬如，为了说明“后文学”观点中的“文学”是开放的，黄浩教授如此写道：“在‘后文学时代’里，什么是文学或什么不是文学，不是由几个所谓的文学专家来规定的，也不是由经典文学的传统来规定的。对文学本质的判断，应当来自社会文学生活。”① 这段话好像很雄辩，但实际上没有一点说服力。其一，“文学”不由“几个所谓的文学专家”规定的看法，并非“后文学时代”才有，而是早就有了——譬如，保尔·贝尼舒就明确表示不太赞成“给文学本身定义”②，而韦勒克则指出：“一个专门术语，尤其是在像文学批评这样一个难以捉摸的研究对象中，是不可能因哪怕是最伟大的权威或最具影响力的学者团体而凝固僵化的。”③ 甚至于还有过一种虽显得极端但却是许多人都同意的说法：“大学文学课堂里讨论什么，什么就是文学！”④ 其二，从理论思维和学术研究的角度讲，“文学概念”或“文学本质”是抽象的，因而也是“规定”的。我们可以批评“规定”得不好，却不可以指斥“规定”这一行为。换言之，“规定”的“合法性”并不取决于“有没有规定”及“规定者”是谁或多寡，而在于认识主体的“规定”与认识客体的“实际”是否相符。然而，令人感到遗憾的是，黄浩教授未能认识到这一点，错误地认为应当把“判断权力”交给实际上也应由人“去判断”“去规定”

---

① 黄浩．走进“后文学时代”：一个历史结构主义者给21世纪文学所作的注解［J］．吉林大学社会科学学报，2003（2）：121－124．

② ［法］茨维坦·托多洛夫．作为事实与价值的文学：与保尔·贝尼舒的谈话［M］//茨维坦·托多洛夫．批评的批评：教育小说．王东亮，王晨阳，译．北京：生活·读书·新知三联书店，2002：144－146．

③ ［美］R．韦勒克．文学批评的术语和概念［M］//R．韦勒克．批评的诸种概念．丁泓，余徵，译．成都：四川文艺出版社，1988：43．

④ ［美］林建忠．文学的界定［M］//祁寿华，林建忠．文学．北京：中国人民大学出版社，2007：13－14．

的“社会文学生活”。进而言之，此“消解法”表面上看似乎很奏效，但顷刻间却让“首次提出”“经典文学”、“后文学”等概念并全力予以“规定”① 的黄浩教授本人犯上了“言行不一”的错误。换句话说，黄浩教授完全是在“搬起石头砸自己的脚”。

---

① 黄浩．文学的面孔：正在变得模糊起来……——对“后文学时代”文学的历史思索［J］．北华大学学报（社会科学版），2003（1）：12－15．

四、“现代主义文学”论

——兼与廖星桥、陈慧、袁可嘉、陈燊、王宁诸位先生商榷

虽然现代主义文学并不是现代世界文学的唯一潮流，但其重要的文学地位却是令人瞩目的。今天，我们能以世界文学的眼光看待这种文学现象，从中汲取有益的成分来丰富和发展我们的新文学，这无疑是一件可喜可乐的事情。近些年来，有不少学者用新型的文学观念去审视这一文学思潮，并取得了相当可观的研究成果。这里无意于也不可能对现代主义文学做全面详尽的考察探讨，而仅仅就某些仍有争议或教科书中仍回避的问题做理论上的思考，兼与廖星桥、陈慧、袁可嘉、陈燊、王宁诸位先生商榷。

（一）思潮与起始

把前象征主义看作现代主义文学的第一个流派，这并没有引起太大的论争。但现代主义文学作为一个文学思潮起始于什么时候，在西方在中国，至今仍是一个争议很大的问题。袁可嘉先生说：“由于我所论及的现代派文学限于法德意英美五国的九个流派，我觉得还是选择一个对它们来说是折中的时间——一八九〇年——作为现代派文学的上限。除文学方面的理由外，就现代主义的文化渊源说，九十年代又是尼采、弗洛依德、柏格森等非理性主义思潮开始产生广泛影响之际；在科技领域，九十年代又是新理论和电气化开

始应用的时期。”[①] 与此观点不同的是廖星桥先生的看法：“笔者认为，西方现代派文学的开始时期准确来说应该是1857年前后，即第一部典型象征主义诗歌，波德莱尔的《恶之花》问世的前后。”[②] 在笔者看来，虽然“1890年”说影响较大，得到了不少人的支持，[③] 但它的明显不足在于主要借助历史学的外部划分来取代文学发展的内部分期。“1857年”说在方法上要科学些，它试图深入文学发展内部去划定现代主义文学上限，但它却误将文学渊源当作文学思潮的起始；若依此方法，浪漫主义文学思潮则应从卢梭或歌德算起，这显然是不当的。

笔者认为，现代主义文学思潮的正式形成是1886年。苏联当代著名文艺理论家波斯彼洛夫说：“文学思潮是在某一个国家和时代的作家集团在某种创造纲领的基础上联合起来，并以它的原则为创作自己作品的指导方针时产生

---

① 袁可嘉. 西方现代派文学的边界线（一）[J]. 读书，1984（10）. 袁可嘉先生后来又明确提出一条重要的理由，他在《序言：欧美现当代文学概述》中说：“我在这里以1890年为上限，因为真正表现出现代人特点的文学——后象征主义在这个年份开始从法国扩散而成为一个国际性运动。”（见卢启智等主编：《外国现当代文学名著五十篇阅读与赏评》，高等教育出版社1989年版）。这种以是否成为“国际性运动”来划定一个文学思潮的起始是不正确的，因为当一个文学思潮成为“国际性”的时候，它已经进入旺盛时期了，如十九世纪四五十年代的批判现实主义。另外，把后象征主义的扩散归之于1890年这个年份也并不妥当。

② 廖星桥：《也论西方现代派文学起源的时间》（见廖星桥：《法国当代文学论》第169页，湖南师范大学出版社1991年版）。在《法国当代文学论》的另一篇文章（《论外国现代派文学》）中，廖星桥先生为其论点概括了三点理由：“第一，《恶之花》是第一部典型的象征主义作品，也是第一部冲破传统的诗歌艺术、开创新的路子的作品。它的问世，标志着象征主义的兴起，现代派文学的出现。波德莱尔不是现代派文学的远祖，而是先驱，或者明确说，是开路先锋。第二，《恶之花》是后来一百多年里出现的各种现代派文学流派和著作的总根源，在大多数现代派的作品里可以看到它的影响和痕迹。第三，《恶之花》具有现代派文学的基本特征，它本身就是一部典型的现代派文学作品。”笔者认为，这几点理由是不够充分的，因为一部文学作品（不管是什么样）的产生无论如何也说明不了一种文学思潮的正式开始。

③ 如陈燊的《西方现代派文学和现代资产阶级精神危机》（载《文艺理论与批评》1987年第4期）、王宁的《现实主义、现代主义和后现代主义》（载《文艺研究》1989年第4期）。

的。这促进了创作的巨大组织性和他们作品的完整性。”① 虽然在1886年以前，法国已有一些诗人（如马拉美、兰波、魏尔仑和波德莱尔）在创作实践上表现出象征主义的思想艺术倾向，但他们并未形成一个统一体，也不具有巨大的组织性。波斯彼洛夫说得完全正确：“文学作品永远具有某种思想倾向性，但是文学‘思潮’完全是另一回事”，“作家们表现出巨大的创作自觉性，建立起相应的理论纲领来组织他们的创作，他们就是某一思潮的作家。”②只有到1886年象征主义作为一个自觉的文学流派诞生的时候，西方现代主义文学思潮才算正式产生。在这一年，莫雷亚斯在《费加罗报》上发表了《象征主义宣言》宣称：“象征主义诗歌是说教夸张、虚假感情和客观摹写的敌人，它要使观念具有触摸得到的形象……自然景物、人的活动、种种具体现象都不会原封不动地出现在象征主义艺术中，它们仅仅是些可感到的外表而已，其使命在于表示它们与原始观念之间奥秘的相似性。”这种将象征主义思想艺术倾向纲领化和公开化的态势，立即得到广泛而又热烈的欢迎，并且在较短时间内获得了相当的文学业绩——包括雷尼耶的《插曲》（1888）、拉弗格的《善意之花》（1890）、马拉美的《诗与散文》（1893）等。虽然1891年象征主义作为一个自觉的文学流派已经开始解体，但象征主义文学运动及其创作纲领不仅直接影响后象征主义，而且成为后起现代主义各式各样流派不断走向极端的榜样。

诚然，在1857年至1886年这段时间，象征派诗人所做的种种努力，无疑对现代主义文学思潮的产生具有很大的促进作用，但这个前奏曲正如英国文艺批评家西利尔·康诺利（1903—1974）所说的：“……可是面对着这纷繁多样的先驱者，任何时候都没有人能指着说：‘这就是现代主义运动’”③ 作

---

①② ［苏联］波斯彼洛夫．文学原理［M］．王忠琪，徐京安，张秉真，译．北京：生活·读书·新知三联书店，1985：172.

③ ［英］西利尔·康诺利．现代主义运动［M］．李文俊，等译．桂林：漓江出版社，1988：3.

为具有现代化意义的文学思潮，现代主义文学应该从1886年算起，至于将起始时间往后推的划分法，则应说是忽视了文学思潮的正式产生与发展变化的区别。

（二）主义与实践

一方面是现代反传统文化思潮的影响，另一方面是现代文学内部急求创新的辩证发展，现代主义作家总是高度自觉地追求独创及带来的巨大影响，甚至不惜代价地以理论主张上的极端片面和荒谬来换取超前性和撼召力。这一点在前现代主义中更为明显。1909年发表的《意大利未来主义宣言》在表现内容上宣称：“艺术和战争乃是感性的最大表现：淫欲是这种表现的精华……应该把淫欲变成艺术作品”，“……所以在文学上，应该灭绝人类。最后，应该由物质代替人类”，而在表现形式上则声言：“只有最不讲究句法结构，用词最不受拘束的诗人，才能深入到物质的涵义”。未来主义的这种极端片面性不久又为超现实主义所超越。1924年布勒东的《超现实主义宣言》主张：“纯精神的自动反应，力图通过这种反应，以口头的、书面的或其他任何形式表达思维的实际功能。它不受理智的任何监督，不考虑任何美学上或道德方面的结果，将这种思维记录下来。”1930年布勒东又在《超现实主义第二宣言》中声称：“最简单的超现实主义行为便是拿上手枪上街，漫无目的地朝人群开枪。能干多久就干多久。”前现代主义这种一浪比一浪高的理论主张，确实具有震撼人心的感召力，也给整个文艺界带来某种新鲜的东西；但与此同时，在这些纲领方针指导下的文学运动又不可避免地走入死胡同。这不仅表现在文学运动组织难以持久上，而且还表现为严格遵循其创作方针的佳作极少极少，像超现实主义主帅布勒东用“自动写作法”写出来的那些作品（如《警觉》）既没有思想价值，也缺乏艺术价值。

在审查贬伐现代主义某些流派创作理论纲领的同时，我们不能不考虑到，就像波斯彼洛夫所说的：“他们虽然承认一个创作纲领，可是对它的一些原则有各自不同的理解，并且在自己作品中对他们的运用更是五花八门。”① 一方面，每个作家在具体创作实践上可能与其理论主张存在着很大的距离，如法国未来主义诗人阿波利奈尔创作的《醇酒集》（1913）和《美好的文学》（1918）；另一方面，虽然共同打着某一种旗号，追随着某一文学团体组织，但不同的作家在创作实践上却可能很不相同，并且作家自身也是不断变化着的——结果是其中某些创作成果还可能具有较高的艺术价值，如法国超现实主义诗人艾吕雅（1895—1952）创作的《和平咏》（1918）、《当前的生活》（1932）、《诗与真理》（1942）和《什么全能说》（1951），阿拉贡（1897—1982）创作的《巴黎的乡人》（1924）和《法兰西的晓角》（1945）。另外，应该注意到，一些作家虽然倡导主张或拥护支持某种带有片面性的理论纲领，但其背后却可能潜藏着极为高尚的动机。这种情况在文学史上可说有许多许多，如普希金的“为艺术而艺术”、王尔德的“唯美主义”等。因此，我们不能只管讨伐某种理论纲领的片面性，而不问其由来和带有实质性的创作实践。

某种创作纲领或创作主张的片面性和谬误必然会给创作实践带来消极甚至是恶劣的影响，像超现实主义的“自动写作法”就是一个典型的实例，但具体的创作实践是一种远比某种主义或理论倡导更为复杂丰富的活动。这种复杂性一方面表现在每个作家都是生机勃勃的创作个体，另一个方面又表现为同以一种创作理论纲领作为基础、同属一个团体流派的作家们在艺术价值取向上绝非完全一致。因此，那种不愿意深入具体创作实际，而仅仅根据其理论主张和创作纲领就把现代主义文学归之为“形式主义”和“非理性主义”，或斥之为“颓废”和“病态”的简单做法，显然是非常错误的。所幸

① ［苏联］T. H. 波斯彼洛夫. 文学原理［M］. 王忠琪，等译. 北京：生活·读书·新知三联书店，1985：173.

的是，关于这一点，近些年来已有些学者指出并纠正。[1]

（三）反叛与继承

由于现代西方世界在政治、经济、文化、科学和教育等方面的迅速发展，更由于文学的内部矛盾运动的急剧变化，现代主义文学思潮从它诞生之日起就以一种全新的姿态傲游于文坛。不断创新既是文学生命之所在，也是文学发展的规律。不过不同的是，在整个文学史上，没有一种文学思潮像现代主义文学那样表现出如此彻底全面的反传统倾向。俄国的未来主义者主张：“摧毁一切博物馆、图书馆和科学院！把普希金、陀思妥耶夫斯基、托尔斯泰从现代生活的轮船上扔出去。”法国的未来主义者阿波利奈尔宣称：“真的艺术，不在于和过去的结合，而在于大胆地追求未来。”法国“新小说”流派的创始人、理论家和代表作家阿兰·罗伯－格里耶说：“新小说只追求完全的主观性”，“从今以后，企图用小说来为某种政治目的服务，那是不合理的，即使我们认为那是正义的事业，即使我们在政治生活中为它的胜利而进行斗争。”然而，彻底的叛逆精神仅仅是现代主义文学的一个方面，尽管众多流派的作家时时以彻底反传统标榜自己，但他们仍在传统文学中寻找知音和寄托，如“存在主义”将陀思妥耶夫斯基尊为先导，“新小说”把福楼拜推崇为先驱。真正有价值的文学是不断反叛创新的结果，但不管是什么意义上的文学创作，我们都无法想象它有可能脱离和抛弃以往的文学创造成果。西利尔·康诺利说：“现代主义运动是作为一股力量出现的……现代主义是从启蒙运动那里承袭来的某些智力素质的混合物：清晰、冷嘲、怀疑主义、智力上的好奇心，还有从浪漫派那里得来的强烈激情与高度敏感，他们对技术改革的反感与敏

---

① 如赵晓丽、屈长江的《反危机的文学》（华岳文艺出版社 1988 年版），20 世纪外国文学名著导读编委会编著的《20 世纪外国文学名著导读（诗歌卷）》（黄河出版社 1990 年版）。

感，以及他们对自己生活在一个悲剧的时代的明确意识。”① 这种看法无疑是很正确的。不仅这样，在笔者看来，现代主义文学除了在“启蒙运动”和“浪漫派”那里承袭了许多东西外，还从西方传统文学的其他组成部分中汲取养料。现代主义文学的“真”的执着与现实主义的审视眼光、理性精神一脉相承，现代主义文学的“丑”的描绘、冷眼旁观与自然主义的生理病态客观摹写藕断丝连，现代主义文学的重形式、尊创造、反功利与唯美主义的“形式先于内容”及“形式决定内容”息息相关。作为一种带有鲜明时代色彩和强烈叛逆精神的文学思潮、文学运动，当然同以往的文学传统有着根本的区别，但毫无疑问的是，现代主义文学的许多主要因素都可以在传统文学世界里寻得影踪。因而，从某种意义上讲，现代主义文学比以往各个时代甚至是同时代其他的任何一个文学思潮、文学运动都更加全面地继承了传统文学的遗产。

（四）作家与创造

我们已经习惯于把现代主义看作是现代西方精神危机的产物，看作是动荡不安的西方社会的反映，这无疑是正确的。但如果认识仅仅到此，我们就无法解释为什么在基本相同的历史化背景下，法国除了有以马拉美、瓦雷里、布勒东、普鲁斯特、萨特、贝克特、格里耶等为代表的现代派外，还有以法朗士（1844—1924）、巴比塞（1873—1935）、罗曼·罗兰（1866—1944）和马丁·杜·加尔（1881—1958）等为代表的现实主义队伍；英国除了有以叶芝、艾略特、乔伊斯、伍尔芙等为代表的现代派外，还有以高尔斯华绥（1867—1933）、萧伯纳（1856—1950）和毛姆（1874—1965）为代表的现实主义阵营；美国除了有以奥尼尔、福克纳、海勒等为代表的现代派外，还有以德莱塞（1871—1945）、刘易士（1885—1951）和斯坦贝克（1902—1968）

---

① ［英］西利尔·康诺利. 现代主义运动［M］. 李文俊，等译. 桂林：漓江出版社，1988：3.

为代表的现实主义劲旅。非常明显，现代主义的产生，一方面植根于时代的社会土壤，另一方面却又是文学界一部分作家在独特的生活阅历和艺术认识的基础上不断创新的结果。

全面铺陈并统计分析一下现代主义作家的生活阅历，肯定是一件非常有趣且有益的事。虽然这里无法做到这一点，但我们可以找出几位有代表性的作家来看看。

斯特林堡（1844—1912）终年68岁，读过大学，一生贫病交加，几次婚姻均失败，后半生处于疯癫状态。卡夫卡（1883—1924）终年41岁，获博士学位，从小体弱多病，家庭环境差，忧郁孤傲，订过三次婚均失败，小职员，生活困苦，因肺病而死。阿波利奈尔（1880—1918）终年38岁，私生子，为生计干过多种活，一战期间受重伤，婚后不久病逝。乔伊斯（1882—1941）终年59岁，读过大学，精通语言学和哲学，青年时期自愿到处流浪，女儿患精神病，自己多年患眼病，终双目失明，晚年物质生活困顿。伍尔芙（1882—1941）终年59岁，因其父藏书甚丰，虽未上过正规学校，但所受教育全面且高深，从小健康欠佳，一生复发四次精神病，二战期间住所遭轰炸，最后投河自尽。艾略特（1888—1965）终年77岁，获博士学位，学识渊博，精通哲学、宗教学和语言学等，一生顺利。萨特（1905—1980）终年75岁，读过大学，精通哲学，2岁时丧父，3岁时右眼患病，几乎失明，后斜视。加缪（1913—1960）终年47岁，读过大学，1岁时丧父，生活于贫困家庭，受有钱人和外族人歧视，敏感、孤独，一生贫困，死于车祸。

上述这八位作家的简历，既无法览括作家个人的全部情况，更不能说明所有现代主义作家的全部生命历程，但他们的生活状况毕竟还是具有相当的代表性的。它说明大部分现代派作家的经历坎坷、富于才气、学识丰富而又贫困不得志。事实上，这种情况在他们的先驱者波德莱尔和爱伦·坡那就已经有了很充分的体现。正是由于不幸的生活遭际和异常的敏感心灵，使得他们在现代社会这个万花筒中看到了残酷和悲惨的一面，也正是由于丰富的学识和社会责任感使得他们在专注于残酷和悲惨时不轻易放弃艰辛的形而上。深刻的痛苦体验造就了放飞梦想的诗境，渊博的学识功底又铸造出深邃的哲学眼光。他们是幸运的——虽然其创造并不总是完全成功，但他们毕竟在莎士比亚、歌德、维克多·雨果和列夫·托尔斯泰这些文学巨人之后又找到了一条新的文学荆棘之路；他们又是不幸的——虽然他们力戒肉欲和享乐，以忧患的心去探索世界，以文学去表达思考，但他们却将一个人的经验、感受乃至想象错当为这个世界的全部面貌和发展前景。就其对于这个世界的认识而言，他们的悲剧性正在于：一方面当他们以“天下为己任”不断向前冲刺时，另一方面却成了人类中的“落伍者”。对此，俄国思想家普列汉诺夫形象地说：“谢谢，善良的人们！可是你们的时钟慢了；黑夜已经过去，‘真正的白天’开始来了……”①

（五）价值与批判

既然现代主义文学仅仅是一部分作家对西方乃至人类社会的艺术认识和艺术表现的结果，那么我们就不能把他们描绘的世界当作是现代包括西方在内的世界的全部真实情况。由于现代主义文学只是动荡不安的社会现实在部分知识分子（这部分人具有敏感而又喜刨根问底的品性）心灵中折射的结果，所以，也就并不是陈慧先生所说的：“现代主义的出现和发展，是资本主义发展到晚期的必然。它是一种病态的文学，正是这种病态的时代和病态的社会心理的反映。它并不是毫无价值的。它的价值在于反映了社会本身的病态，使人们认识到资本主义病入膏肓，无可救药。”② 更不像陈燊先生所发挥的那样：“而这个阶级的精华之成为无所作为的多余人，也正表明了这个阶级，这

① 转引自陈燊的《西方现代派文学表现时代精神说质疑》一文（《文艺理论与批评》1989 年第 3 期）。

② 陈慧. 西方现代派文学简论［M］. 石家庄：花山文艺出版社，1985：15. 陈慧先生的观点在《论西方现代派的颓废性》一文中进一步展开（该文载于《文学评论》1990 年第 6 期）。

个阶级所统治的社会的无可救药的深刻危机!”[①] 一个时代的文学总体常常能够深刻地反映该时代的精神生活，也能表现出一定的社会风貌，但文学的部分在反映生活上并不具有无所不包的功能。不少人的错误，常常在于把艺术世界当作客观现实世界，把局部当成整体。

为更好地把握住现代主义文学的价值和局限性，我们必须认真研究几个问题。

第一个问题是现代派作家及其作品的思考表现对象是什么？固然，置身于急剧动荡的西方社会的现代派作家，其思考表现对象首先是他们的社会和制度，但是，也有相当一部分作家并不止于此，他们的思考表现总是上升到全人类的高度。表现主义戏剧大师奥尼尔说：“扬克其实就是你，也就是我。他就是每一个人。”荒诞派戏剧之王尤奈斯库说：“我不喜欢莫里哀，是因为他只关心内心中的事，我比较喜欢拉辛，是因为他写的正是悲剧。我也不喜欢高乃依，因为我认为政治和道德之上还有更具价值的东西……是的，我则不但被我个人的死困扰，还被整个世界所发生的死亡现象所困扰。作为一个艺术家、一个作家，世界的痛苦就是我的痛苦。”[②]就具体的文学作品而言，有相当多的经典之作，其思考表现都是着眼于全人类的，如《青鸟》(1908)、《变形记》(1916)、《毛猿》(1921)、《驶向拜占庭》(1928)、《局外人》(1942)、《等待戈多》(1953) 和《第二十二条军规》(1961) 等等。故此，不仅把文学表现世界与科学分析世界等同起来是错误的，而且把现代派文学内容的价值看作只是反映现代西方资本主义的疾痼也是不全面的。

第二个问题是现代派文学中的悲观主义是否等于“绝望”和“颓废”？很遗憾的是，在两者间画等号仍然是今天非常流行的看法。诚然，现代派作家对于世界的看法带有非常浓厚的悲观主义色彩，但其中的大多数并不“颓

---

① 陈燊. 西方现代派文学和现代资产阶级精神危机［J］. 文艺理论与批评，1987(4).

② 廖星桥. 法国当代文学论［M］. 长沙：湖南师范大学出版社，1991.

废”也更不“绝望”。卡夫卡说：“这个世界的决定性特征是它的腐朽……如果我要和这个世界斗争，当然必须抨击它的决定性特征，即它的腐朽。在我的一生中能够这样做吗？不仅仅以信仰和希望作为武器，而是能够真正地这样做吗？”奥尼尔说：“人们责备我写得太黑暗，然而这难道是悲观主义地看待生活吗？我不这样认为。有肤浅的，表面的乐观主义，也有和悲观主义搅在一起的更高的乐观主义。”加谬认为：“清醒乃是失败的反面。”而尤奈斯库则坚称：“悲剧并不排除欢乐。”

第三个问题是现代派文学中的非理性主义指的是什么？如果说现代派文学表现了一个非理性的、缺乏秩序的世界，那是很正确的；但如果说作家们的头脑、在作品中表现出来的写作意图以及唤起的读者观众的精神活动是非理性的，那就很不妥当了。尤奈斯库说：“当然，我很喜欢莎士比亚和它的作品，我不喜欢在巴黎巴士底广场和玛特莱广场一带剧院上演的通俗戏剧，它们既不讨论人的命运也不涉及人的存在这样一些重要问题……生命和死亡……不给自己提出这类问题，不去想象一下一些难以理解的事，这也将是人类的一大过错。”① 尤氏的看法，在现代派作家中是很有代表性的。一个显而易见的事实是，绝大部分现代主义作家极不满意于通俗文学的娱乐性，而非常乐意于通过自己的深沉思考，借助难度较高的文学手段去唤起读者的理性活动。另外，一个非常简单的道理是，对于一个缺乏真理理性的人（不管是作家还是读者观众）来说，现实世界和艺术世界的理性程度是无需也是无法评判的。因此，那种把现代派作家说成是非理性主义者的观点，既缺少事实根据，也缺乏理论依据。

在笔者看来，现代主义文学内容的价值在于它为人类的思考打开了另一扇门窗。通过现代主义文学，我们可以在一定程度上认识到西方社会乃至人

---

① 廖星桥. 法国当代文学论［M］. 长沙：湖南师范大学出版社，1991.

解和描述文学。所以文学从它开始生成时起，就具有了明确的神学意义。”（第6段）为了证明这一点，文章第7段至第10段就描写对象、职业评价和理论认识等各个不同的方面举了一些例子进行分析。然而，历史真的如黄浩教授所说的那样吗？当然不是！

首先，从文学的描写对象来看，古希腊罗马时期既有被黄浩教授用以作佐证的像《荷马史诗》一样与“诸神”有密切关联的作品，也有与之相反的诸如《伊索寓言》之类的作品。若就“更古老的开端”而言，则以“神”为描写对象的文学作品同样远非是唯一的——比如，有以劳动生活为对象的“劳动歌曲”①。另外，应该指出的是，虽然一些具有严肃目的的故事也被称为“神话”——如肖肖尼人中的死亡起源神话，但无论是其描写对象，还是其主要作用，都是非神的、非崇拜性的，是“对世界状况和制度给予认可，以确保人们和社会的生存”②。

其次，从文学的职业评价来看，古希腊罗马时期漠视乃至鄙视文学及其从业者的例子比比皆是，而非黄浩教授所说的：“普遍把文学视为一种神学职业”（第7段）。譬如，梭伦把诗人与商人、农民、工匠、算命先生、外科医生归为一类，诗人的位置并没有排得比这些人低，但也没有排在他们之上③；被色诺芬看作“明显地比别人更崇敬诸神”④ 的苏格拉底就说过：“我发现，诗人做诗不是出于智慧，其作品……如神巫和预言家之流作机锋语而不知其所云……同时我发现，诗人们因其会做诗，其他方面便自以为智在人人之上，

---

① ［俄］维谢洛夫斯基．历史诗学［M］．刘宁，译．天津：百花文艺出版社，2003：278.

② ［瑞典］艾克·霍特克莱茨．意识形态的两分：肖肖尼人中的神话与民间信仰［M］．高荷红，译//［美］阿兰·邓迪斯．西方神话学读本．朝戈金，等译．桂林：广西师范大学出版社，2006：196－203.

③ ［波兰］沃拉德斯拉维·塔塔科维兹．古代美学［M］．杨力，耿幼壮，等译．北京：中国社会科学出版社，1990：49.

④ ［古希腊］色诺芬．回忆苏格拉底［M］．吴永泉，译．北京：商务印书馆，1984：21.

成了出类拔萃人物，其实不然”[①]；有基督教教父之称的塞涅卡几乎是全盘否定“七艺”，认为文学未曾为人们铺设通向美德的道路，即使荷马和赫西俄德的作品，也无助于促使人走向美德[②]；威名远扬的罗马帝王奥古斯都曾迫使诗人贺拉斯用诗句来赞美自己[③]；在普鲁塔克为之立传的几十位古希腊罗马名人中，诗人连一席之地也没有，其中既见不到三大悲剧家，也见不到维吉尔、贺拉斯、奥维德等著名诗人[④]；中世纪早期的最大神学家奥古斯丁，不但不把文学职业看作是神圣的，而且还一而再再而三地忏悔年轻时上了那些文艺职业者的当[⑤]。

就中世纪至现当代而言，对文学艺术及其从业者抱着贬斥乃至打压态度的人（尤其教徒及其辩护者）可以说是屡见不鲜——如德尔图良、拉克唐蒂乌斯、波伊提乌[⑥]、保罗四世教皇卡拉法、胡安娜王子、托克马、梅里·德利·巴利[⑦]等。不过，历史上更为普遍的情况却是那种属于比较全面的评价，即一方面看到文学及其从业者带来的利，另一方面又注意到了或提醒人们要

① ［古希腊］柏拉图．游叙弗伦　苏格拉底的申辩　克力同［M］．严群，译．北京：商务印书馆，1983：56．

② ［古罗马］吕齐乌斯·安涅·塞涅卡．面包里的幸福人生［M］．赵又春，张建军，译．西安：陕西师范大学出版社，2003：187－201．

③ ［古罗马］苏维托尼乌斯．罗马十二帝王传［M］．张竹明，王乃新，蒋平，译．北京：商务印书馆，1995：377．

④ ［古希腊］普鲁塔克．希腊罗马名人传：上册［M］．陆永庭，吴彭鹏，等译．北京：商务印书馆，1990：中译本序15．

⑤ ［古罗马］奥古斯丁．忏悔录［M］．周士良，译．北京：商务印书馆，1963：16－17，20－21，36－38，51．

⑥ ［美］凯·埃·吉尔伯特，［德］赫·库恩．美学史［M］．夏乾丰，译．上海：上海译文出版社，1989：159－163．

⑦ ［英］爱德华·伯曼．宗教裁判所：异端之锤［M］．何开松，译．沈阳：辽宁教育出版社，2001：159－234．

警惕其存在的弊——如M. 雷德、B. 杰瑟普[1]、理查德·霍加特[2]、托马斯·门罗[3]、奥索夫斯基[4]、今道友信[5]、弗兰克·诺里斯[6]、诺曼·梅勒[7]、苏珊·朗格[8]、列夫·托尔斯泰[9]、赫伯特·马尔库塞[10]等。

有趣的是，《失仰》拿《古兰经》来证明文学信仰出生于“神水”（第10段）。然而，事实上，我们无法从该书中寻觅到推崇文学及其从业者的词句，反而是看到了它对于诗人们的责难：“诗人们，被迷误者紧随，你难道没见他们在山谷中徘徊犹豫？他们确实只会夸夸其谈，不务实际……”[11] 由此可推断出，黄浩教授是在未通读《古兰经》全书的情况下就引以为证。而这，显然是一种不够严谨的学术态度。

最后，从文学的理论认识来看，以往的文学及其信仰远非都“沉浸在神

---

① ［美］M. 雷德，B. 杰瑟普. 艺术与道德［M］. 杜卫，译//李心峰. 国外现代艺术学新视界. 南宁：广西教育出版社，1997：65.

② ［英］理查德·霍加特. 当代文艺研究：文学与社会研究的一种途径［M］. 周宪，译//周宪，罗务恒，戴耘. 当代西方艺术文化学. 北京：北京大学出版社，1988：33－34.

③ ［美］托马斯·门罗. 走向科学的美学［M］. 石天曙，滕守尧，译. 北京：中国文联出版公司，1985：396.

④ ［波兰］奥索夫斯基. 艺术创造的教育潜力［M］//奥索夫斯基. 美学基础. 于传勤，译. 北京：中国文联出版公司，1986：467－471.

⑤ ［日本］今道友信. 关于美［M］. 鲍显阳，王永丽，译. 哈尔滨：黑龙江人民出版社，1983：119－120.

⑥ ［美］弗兰克·诺里斯. 小说家的责任［M］. 温作夫，译//美国作家论文学. 北京：生活·读书·新知三联书店，1984：148－151.

⑦ ［美］诺曼·梅勒. 倒霉的职业［M］//崔道怡，朱伟，等. “冰山”理论：对话与潜对话（上册）. 北京：工人出版社，1987：54－59.

⑧ ［美］苏珊·朗格. 情感与形式［M］. 刘大基，傅志强，周发祥，译. 北京：中国社会科学出版社，1986：466－467.

⑨ ［俄］列夫·托尔斯泰. 列夫·托尔斯泰论创作［M］. 戴启篁，译. 桂林：漓江出版社，1982：34－35.

⑩ ［美］赫伯特·马尔库塞. 单向度的人［M］. 张峰，吕世平，译. 重庆：重庆出版社，1988：49－66.

⑪ 林松. 古兰经韵译［M］. 北京：中央民族学院出版社，1988：674.

学之水中”。

第一，从起源上讲，“没有人能准确地确定宗教和人类是何时何地开始存在的”，“宗教起源只能推测”[①]，而在宗教因何产生的问题上，也形成了各种各样的说法和派别[②]。至于究竟是先有文学后有宗教，还是先有宗教后有文学，抑或两者同时产生，则存在着争议。倘若断然下结论，是不当的[③]。就原始文学本身而言，很早就出现的神话虽然被视为有着“宗教目的”[④] 甚或被看作“一开始就是巫术和宗教的”[⑤]，但是，它既不是唯一的——从数量上讲，可能远少于传说和民间故事[⑥]，又非一定是最早的——有些学者甚至还认为：“根据普遍的进化过程”，神话“由民间故事发展而来”[⑦]。由此可知，黄浩教授所宣称的“文学从它开始发生就沉浸在神学之水中”（第10段），完全是一种缺乏客观事实依据的臆说。

值得深究的是，为了证明文学信仰在“神水”中“出生”和“长大”，《失仰》正面引用了马坚先生的这样一段话：“在《古兰经》以前，阿拉伯人并无书籍。虽然有很多的诗歌，然而都是非常鄙俚非常浅薄的。不过歌咏酒色，描写掠夺，严格地说起来，不得称为文学。有了《古兰经》以后，阿拉

---

① ［澳大利亚］加里·特朗普. 宗教起源探索［M］. 孙善玲，朱代强，译. 成都：四川人民出版社，1995：23，180.

② ［美］斯特伦. 人与神：宗教生活的理解［M］. 金泽，何其敏，译. 上海：上海人民出版社，1991：284－301.

③ ［俄］E.M. 梅列金斯. 英雄史诗的起源［M］. 王亚民，张淑明，刘玉琴，译. 北京：商务印书馆，2007：17.

④ ［美］唐纳·罗森伯格. 世界神话大全［M］. 张明，张子清，等译. 太原：北岳文艺出版社，1990：导言3.

⑤ ［意大利］拉斐尔·贝塔佐尼. 神话的真实性［M］. 金泽，译//［美］阿兰·邓迪斯. 西方神话学读本. 朝戈金，译. 桂林：广西师范大学出版社，2006：131.

⑥ ［美］威廉·巴斯科姆. 口头传承的形式：散体叙事［M］//［美］阿兰·邓迪斯. 西方神话学读本. 朝戈金，译. 桂林：广西师范大学出版社，2006：6－7.

⑦ ［美］理查德·蔡斯. 神话研究概说［M］//［美］约翰·维克雷. 神话与文学. 潘国庆，杨小洪，方永德，等译. 上海：上海文艺出版社，1995：16.

伯人才有文学，阿拉伯语文才成为一种有力量的语文。”（第10段）显然，马坚先生的说法是有漏洞的。其一，文学既可以是书面的也可以是口头的，“口头语言是文学的基本媒介”[①]，故“并无书籍”不等于“并无文学”；其二，文学既有雅的又有俗的[②]甚至还有低俗的，即便是“非常鄙俚非常浅薄”的诗歌，也仍然可以称之为诗歌称之为文学，而不是相反；其三，在《古兰经》之前的阿拉伯人诗歌里，“有许多关于人的个性和习俗的描述”，也有许多“对荣誉、忠诚和爱情的歌颂”[③]，所谓“不过歌咏酒色，描写掠夺”只是一种有失偏颇的陈述。基于此，可以认为，黄浩教授引用的东西不但不能证明阿拉伯文学出生于“真主”的“神水”，反而是证明了文学及其信仰的“出生”不依赖于“神水”。应该指出的是，曾任北京大学东方语言文学系教授的马坚先生虽然是阿拉伯语和伊斯兰教方面的专家[④]，但这并不能保证他在文学理论上的见解一定精当。也就是说，马坚先生在介绍宗教经典时未能把文学问题谈好，是可以理解的。然而，黄浩教授在专论文学问题时却未经深入地思考便予以认同，这不能不说很令人遗憾。另外，还应该指出来的是，黄浩教授所引文字的出处应为“古兰简介（节录）”第5页，而不是《失仰》所列参考文献［11］（第119页）中的“序”。

第二，从发展上讲，尽管文学与宗教常常交织在一起，甚至有时候宗教还控制着文学整体发展的方向[⑤]，但无论文学还是宗教，都是相对独立的，都

---

① ［美］F. 大卫·马丁，李·A. 雅各布斯. 艺术和人文：艺术导论［M］. 包慧怡，黄少婷，译. 上海：上海社会科学院出版社，2007：194.

② 郑惠生. 论雅文学的困境与出路［J］. 汕头大学学报（人文社会科学版），2002（2）：10－20.

③ ［德］赫伯特·戈特沙尔克. 震撼世界的伊斯兰教［M］. 阎瑞松，译. 西安：陕西人民出版社，1987：13.

④ 古兰经［M］. 马坚，译. 北京：中国社会科学出版社，1981：序2.

⑤ ［苏联］A. 齐斯. 马克思主义美学基础［M］. 彭吉象，译. 北京：中国文联出版公司，1985：76－78.

有各自内在的规律[①]。诚然，文学与宗教有相似之处，比如，两者的主体都有色彩浓厚的情感活动，都以想象为特征。不过，就其本质而言，它们之间有着极大的差异性。差异之一是，文学不要求人们将其“想象的世界”当成“客观的存在”，而宗教则完全相反。基于此，文学的发展更易于也更多样化，更易于也更丰富多彩；相比之下，把“想象的世界”当成“客观的存在”的宗教就逊色多了。尤为重要的是，这一差异性还导致在各自的发展过程中，文学内部虽不无矛盾不无摩擦，但有着较多的宽容和理解，较为文明也较为理性；而宗教，正如约翰·希克所言：“世界各大宗教传统都以这种或那种方式肯定自身的独特优越性”[②]，其内部常常是充满着“你死我活”的斗争，总是较狂热较偏执，不仅基督教、伊斯兰教、佛教等各大宗教之间相互拒斥[③]乃至相互诋毁、相互迫害——其严重性甚至达到了以宗教之名发动灭绝性战争的程度[④]，而且同一大宗教内部照样是互不相让——如伊斯兰教，“虽然表面上有统一的崇拜，但实际上也有270个相互倾轧的教派”[⑤]。所谓的“无国界”“愈是民族的，愈有世界性”等，对文学来说是适宜的，可却不适用于宗教。差异之二是，文学是自由的，而宗教却是规制的。“不受约束，有‘背叛能力’”是文学的一个特征[⑥]。换言之，文学具有可以描绘、揭露和批判一切的自由，自由是成就伟大文学的基石。相反，宗教“在任何情况下都是有约束性的”。这种“约束性”使得“最好的名副其实的教徒”只能“信”可信

---

① ［俄］雅科伏列夫. 艺术与宗教世界［M］. 任光宣，李冬晗，译. 北京：文化艺术出版社，1989：32.

② ［英］约翰·希克. 理性与信仰：宗教多元论诸问题［M］. 陈志平，王志成，译. 成都：四川人民出版社，2003：56.

③ ［美］玛丽·乔·梅多，理查德·德·卡霍. 宗教心理学［M］. 陈麟书，陈耀庭，等译. 成都：四川人民出版社，1990：281.

④ ［西班牙］雷蒙·潘尼卡. 文化裁军：通向和平之路［M］. 思竹，王志成，译. 成都：四川人民出版社，1999：37－41.

⑤ ［英］帕林德. 非洲传统宗教［M］. 林治强，译. 北京：商务印书馆，1999：5.

⑥ ［法］罗贝尔·埃斯卡皮. 文学的成功和寿命［M］. 徐和瑾，译//文学社会学：罗·埃斯卡皮文论选. 王美华，于沛，译. 杭州：浙江人民出版社，1987：139.

之“神”——如犹太教的“耶和华”、伊斯兰教的“安拉”、佛教的“佛陀”、儒教的“孔子”，只能按“神训”行事，虔诚的教徒会抵制、攻击（对异教），却不会背叛（对本教）。正因为这样，既是天主教徒又是杰出作家的海因里希·伯尔才说：“是基督徒同时又是艺术家，而不是基督教艺术家，这就使人处于两难境地。”① 也正因为这样，瑞恰慈才指出：“在诱惑最大的宗教信仰的情况下，当然十分容易察觉到这种以智力公式化代替诗篇或艺术作品的现象……任何这样的主张都会引起压抑，主张的范围是无限的，而压抑则可能毁坏经验的整体性，即经验的完满性。”② 应该指出的是，宗教的“规制性”使其在对待文学的问题上具有了矛盾的双重性：既“善待”又“虐待”。若换成保罗·韦斯和冯·O. 沃格特的说法，那就是“诸宗教接受和否定各种不同的优秀艺术品的理由和根据，只是看其是否有助于他们的发展”③。至于典型的例证，便是其“主题内容”具有“高度的诗意”的中世纪颂歌——在其还没有纳入基督教传统之前，不但没有受到尊崇，反而是被禁止的④。这也就是为何在某一宗教的发展处于旺盛的时期文学往往未能同时繁荣尤其是多元发展的基本原因。

第三，从逻辑上讲，如果文学信仰是由于宗教信仰造成的，那就意味着文学信仰与宗教信仰成正比例关系。然而，这样的预设是不能被有效证明的。

其一，就个体而言，有宗教信仰的人并不一定比缺乏宗教信仰的人更信仰文学，反之亦然。曾强调宗教是“颠倒了的世界观”“宗教的存在是一个缺

---

① ［德］海因里希·伯尔. 艺术和宗教［M］. 叶澜，译//黄凤祝，等. 伯尔文论. 袁志英，等译. 北京：生活·读书·新知三联书店，1996：55.

② ［英］艾·阿·瑞恰慈. 文学批评原理［M］. 杨自伍，译. 南昌：百花洲文艺出版社，1992：251.

③ ［美］保罗·韦斯，冯·O. 沃格特. 宗教与艺术［M］. 何其敏，金仲，译. 成都：四川人民出版社，1999：15.

④ ［英］海伦·加德纳. 宗教与文学［M］. 沈弘，江先春，译. 成都：四川人民出版社，1989：159－160.

陷的存在”和“宗教是人民的鸦片”的马克思[①]，却极其推崇古希腊艺术和史诗，认为“它们还继续供给我们以艺术的享受，而且在某些方面还作为一种标准和不可企及的规范”[②]；主张宗教史著作必须“反对一切宗教”的列宁[③]，却大力推崇文学，认为“文学事业应当成为……一部统一的、伟大的、由整个工人阶级的整个觉悟的先锋队所开动的社会民主主义机器的‘齿轮和螺丝钉’”[④]；宣称“不承认任何上帝”[⑤]和“没有任何宗教便是我的宗教”[⑥]的费尔巴哈，却很推崇诗和艺术及其创造者[⑦]；坚称“我们否认上帝”[⑧]“基督教是一个大灾祸，一个最大的内在堕落”[⑨]的尼采，却极力推崇包括文学在内的艺术，认为艺术“乃是使生命成为可能的壮举，是生命的诱惑者，是生命的伟大兴奋剂”[⑩]；说“似乎上帝造出这个世界只有魔鬼才受益！也许压根

---

① ［苏联］伊·尼·亚布洛柯夫．宗教社会学［M］．王孝云，王学富，译．成都：四川人民出版社，1989：88，124．

② ［德］马克思，恩格斯．论艺术（一）［M］．北京：人民文学出版社，1960：196．

③ ［苏联］约·阿·克雷维列夫．宗教史：上卷［M］．王先睿，冯加方，李文厚，等译．北京：中国社会科学出版社，1984：2．

④ ［苏联］列宁．党的组织和党的文学［M］//列宁论文学与艺术1．北京：人民文学出版社，1960：66．

⑤ ［德］路德维希·费尔巴哈．宗教本质讲演录［M］．荣震华，王太庆，刘磊，等译//费尔巴哈哲学著作选集：下卷．北京：商务印书馆，1984：501．

⑥ ［德］路德维希·费尔巴哈．说明我的哲学思想发展过程的片断［M］．李时，译//费尔巴哈哲学著作选集：上卷．北京：商务印书馆，1984：250．

⑦ ［德］路德维希·费尔巴哈．从人本学观点论不死问题［M］．荣震华，译//费尔巴哈哲学著作选集：上卷．北京：商务印书馆，1984：322－325．

⑧ ［德］尼采．偶像的黄昏［M］．周国平，译．长沙：湖南人民出版社，1987：49．

⑨ ［德］尼采．上帝之死（反基督）［M］．刘崎，译．台北：志文出版社，1957：151．

⑩ ［德］尼采．权力意志：重估一切价值的尝试［M］．张念东，凌素心，译．北京：商务印书馆，1991：443．

儿就不该造出这个世界”的叔本华①，却称艺术为“人生的花朵”②；断定上帝是“一种妄想”的弗洛伊德③，却很推崇艺术，认为其“象征和替代能够唤起真正的情感”④，艺术家在创作中“得到的快乐”是“高尚和美好的”⑤；断言“我们对于神的认识从猜想到臆测，从似是到可能是”的伏尔泰⑥，却非常推崇维吉尔、高乃依、莫里哀、拉辛和弥尔顿等杰出的作家⑦；说过“迷信者”的“上帝只是一个想象的东西”的狄德罗⑧，却极为推崇理查逊的小说，认为“字字真实”，能“提高人的精神境界、扣人心弦，处处流露着对善良的爱”⑨；“提倡英雄式的无神论”的加缪⑩，却很推崇萨特、纪德、麦尔维尔和福克纳⑪；指出人类对神灵的信仰源于对“原因的无知”并“引起了许

---

① ［德］叔本华．基督教体系［M］．秦典华，译//叔本华，柯锦华，孟庆时．叔本华论说文集．北京：商务印书馆，1999：299.

② ［德］叔本华．作为意志和表象的世界［M］．石冲白，译．北京：商务印书馆，1982：369.

③ ［奥地利］弗洛伊德．摩西与一神教［M］．李展开，译．北京：生活·读书·新知三联书店，1989：118－119.

④ ［奥地利］弗洛伊德．精神分析学在美学上的作用［M］//弗洛伊德论美文选．张唤民，陈伟奇，译．上海：知识出版社，1987：140.

⑤ ［奥地利］弗洛伊德．论升华［M］//弗洛伊德论美文选．张唤民，陈伟奇，译．上海：知识出版社，1987：171.

⑥ ［法］伏尔泰．哲学辞典：下册［M］．王燕生，译．北京：商务印书馆，1991：426.

⑦ ［美］雷纳·韦勒克．近代文学批评史：第一卷［M］．杨岂深，杨自伍，译．上海：上海译文出版社，1987：41－62.

⑧ ［法］狄德罗．哲学思想录（1746）［M］//狄德罗哲学选集．江天骥，陈修斋，王太庆，译．北京：商务印书馆，1983：5.

⑨ ［法］狄德罗．理查逊赞［M］//狄德罗美学论文选．陈占元，译．北京：人民文学出版社，1984：257，248.

⑩ ［英］凯伦·阿姆斯特朗．神的历史［M］．蔡昌雄，译．海口：海南出版社，2001：429.

⑪ ［美］雷纳·韦勒克．近代文学批评史：第八卷［M］．杨自伍，译．上海：上海译文出版社，2006：216－219.

多不幸的后果”的卢克莱修[1]，既是一位哲学家，也是一位诗人；无神论者W. 施努雷，本身就是一位撰写过大量文学作品的优秀作家[2]。

其二，就“社会类别”[3] 而言，宗教性较强的“类群”在文学信仰程度上不一定比宗教性较弱的“类群”高，反之亦然。譬如，一些调查统计和研究成果表明，有宗教隶属的女人比男人多[4]，“始发性归信在女性中要比在男性中普遍”[5]；“农村比城市更虔诚”[6]；自然科学家比社会科学家的宗教性明显高[7]；战时的士兵们在行为上比一般人有着更为浓厚的宗教色彩[8]。然而，似乎没有什么证据表明上述中的前者比后者更信仰文学、更崇拜文学。

其三，就国家、民族和时代而言，宗教性较强并不意味着文学信仰程度高，反之也一样。比如，改革开放前，中国内地对宗教活动进行了严格的控制——既包括外来的宗教如基督教[9]，也包括土生土长的宗教如道教[10]，而在

---

① ［古罗马］卢克莱修．物性论［M］．方书春，译．北京：商务印书馆，1981：354，335．

② ［德］K. J. 库舍尔．神学与文学：十二位著名德语作家谈宗教与文学［M］//［德］汉斯·昆，伯尔，等．神学与当代文艺思想．徐菲，刁承俊，译．上海：上海三联书店，1995：151－162，240－241．

③ ［美］戴维·波普诺．社会学：上［M］．刘云德，王戈，译．沈阳：辽宁人民出版社，1987：286．

④ ［美］戴维·波普诺．社会学：下［M］．刘云德，王戈，译．沈阳：辽宁人民出版社，1987：374．

⑤ ［美］罗德尼·斯塔克．基督教的兴起：一个社会学家对历史的再思［M］．黄剑波，高民贵，译．上海：上海古籍出版社，2005：123．

⑥ ［德］卢克曼．无形的宗教：现代社会中的宗教问题［M］．覃方明，译．北京：中国人民大学出版社，2003：15．

⑦ ［美］罗德尼·斯达克，罗杰尔·芬克．信仰的法则：解释宗教之人的方面［M］．杨凤岗，译．北京：中国人民大学出版社，2004：65－67．

⑧ ［英］凯特·洛文塔尔．宗教心理学简论［M］．罗跃军，译．北京：北京大学出版社，2002：30．

⑨ ［美］威利斯顿·沃尔克．基督教会史［M］．孙善玲，段琦，朱代强，译．北京：中国社会科学出版社，1991：681．

⑩ 任继愈．中国道教史［M］．上海：上海人民出版社，1990：738．

文学上，一方面是一些作家作品遭禁，另一方面却常常是创作队伍和接受人群的“大跃进”——如作家的数量，1957 年是 1 000 人，1958 年便增至 20 多万①，“巴金宣布，在一年内除了翻译外，还承担创作一部长篇小说和三部中篇小说。田汉宣布，他将写 10 部戏剧和 10 部电影剧本”②。在宗教控制方面与中国相似的苏联③，也是一方面批判乃至铲除一些作家作品，而另一方面又呈现出“繁荣的景象”——如政府在小说、诗歌、戏剧、评论等领域内设立“斯大林奖金”，仅 1954 年发行的小说就有“两亿三千一百万册”，许多诗人的“诗集大量发行（在两万至七万五千册之间），但仍供不应求”④。再如，5 至 10 世纪，基督教在西方逐渐扩张，并成为大多数地区占支配性地位的宗教⑤，也就是这个时期，“人们对文学的兴趣大幅度下降”，“手稿抄本”也“急剧减少”⑥。与之形成鲜明对照的是，14 至 18 世纪，基督教遭受到前所未有的怀疑和抨击⑦，但也就是这样的时期，文学却蓬勃发展起来——文艺复兴时期出现彼特拉克、薄伽丘、拉伯雷、蒙田、塞万提斯、马洛、莎士比亚等文学巨匠⑧，而启蒙运动时期，不仅文学巨匠辈出，而且还“形成了文学消费

---

① ［美］费正清，罗德里克·麦克法夸尔. 剑桥中华人民共和国史（1949—1965）［M］. 王建朗，等译. 上海：上海人民出版社，1990：474.

② ［美］罗德里克·麦克法夸尔，费正清. 剑桥中华人民共和国史（1966—1982）［M］. 李向前，韩钢，旷昕，等译. 海口：海南出版社，1992：818.

③ ［英］尼尼安·斯马特. 世界宗教［M］. 高师宁，金泽，朱明忠，等译. 北京：北京大学出版社，2004：566－570.

④ ［美］马克·斯洛宁. 苏维埃俄罗斯文学［M］. 浦立民，刘峰，译. 上海：上海译文出版社，1983：289，340，360.

⑤ ［英］麦克拉思. 基督教概论［M］. 马树林，孙毅，译. 北京：北京大学出版社，2003：267－279.

⑥ ［美］E. 希尔斯. 论传统［M］. 傅铿，吕乐，译. 上海：上海人民出版社，1991：190－191.

⑦ ［美］科林·布朗. 基督教与西方思想：卷一［M］. 查常平，译. 北京：北京大学出版社，2005：117－289.

⑧ ［美］爱德华·麦克诺尔·伯恩斯，菲利普·李·拉尔夫. 世界文明史：第二卷［M］. 罗经国，沈寿源，等译. 北京：商务印书馆，1987：118－178.

者市场……创造出新的读物种类”①。

由上述可知，所谓“出生”和“长大”都不曾离开过“神水”的“文学信仰时代”，实际上并不存在。黄浩教授之所以会得出过去时代是“文学信仰时代”的这一错误结论，是由于他把原本是立体的、丰富的文学及其理论认识的世界机械地切割开来，然后从中寻找一些与神学文化较为一致的材料，在片面分析的基础上将其泛化，并据之来概括以往的文学时代。

（二）“文学的‘失仰时代’已经到来”实属夸诞之辞

《失仰》第四部分（第16段至26段）小标题宣称“文学的‘失仰时代’已经到来”。那么，黄浩教授所言是真的吗？非也！

首先，关于当下文学状况问题，《失仰》如此写道：“从90年代以来一直延续到今天的确凿事实：文学不再处在社会中心，人们也不再相信文学了。其实质就是人们对文学失去了信仰。”（第20段）可以说，黄浩教授在这里不但没有提供“确凿事实”，而且还无中生有。

其一，“文学不再处在社会中心”的这一断语，暗含着在“后文学时代”（第25段）以前文学处在社会中心之意。然而，真实的情况却是，尽管“文学在艺术系列中占据首要地位，对其他艺术的发展产生着重大的影响”②，但是，即便不能说从来至少也可以说绝大多数时候文学都没有处在社会的中心位置上。显然，黄浩教授为了证明自己预设的正确性而有意地忽略政治、经济、宗教、科学和教育等在人类社会生活中所扮演的重要角色。

其二，“人们也不再相信文学了”之断语，同样不符合事实。只要是留意一下当今人们的看法，就能知道不仅有许多人相信文学，而且还有不少人相

① ［美］彼得·赖尔，艾伦·威尔逊．启蒙运动百科全书［M］．刘北成，王皖强，编译．上海：上海人民出版社，2004：75.

② ［苏联］鲍列夫．美学［M］．乔修业，常谢枫，译．北京：中国文联出版公司，1986：429.

信文学可以发挥重要的作用——如陈树义[①]、贾平凹[②]、方卫平[③]、袁济喜[④]、张梦阳[⑤]、曹文轩[⑥]、何志均、秦凤珍[⑦]、李东华[⑧]、陆天明[⑨]、陈平原[⑩]、村上春树[⑪]、费柴明[⑫]、梅子涵[⑬]、陈传才[⑭]、约翰·凯里[⑮]等。进而言之，由于“文学不再处在社会中心，人们也不再相信文学了”的这一判断有误，所以黄浩教授所谓今天“人们对文学失去了信仰”的这一结论也不能成立。

其次，关于当下文学失仰成因问题，《失仰》如此写道：“……在后工业社会到来之前，人类社会对工具始终保持着神学化的崇拜。而对工具的理性认识（即所谓的‘工具理性’），则长期处于‘短缺’和不足的状态中。在这样的社会文化条件下，人们对文学这个‘工具’发生神学化的信仰和崇拜……只要人类社会脱离了文学信仰所形成的那个历史文化环境，社会就不会再去信仰文学了。而如今，我们所身处的就是这样一个新的历史阶段。”

---

① 陈树义. 文学应有社会担当［N］. 人民日报，2009－08－04（20）.

② 贾平凹. 文学不应丢失“大道”［N］. 人民日报（海外版），2009－07－21（01）.

③ 方卫平. 儿童文学选本出版的透视与思考［N］. 中华读书报，2009－07－29（11）.

④ 袁济喜，尹帆森. 这个时代还有没有敬畏？——《我的团长我的团》背后的文化观察［N］. 中华读书报，2009－06－24（5）.

⑤ 张梦阳. 写作的“少”与“多”［N］. 中华读书报，2009－06－10（3）.

⑥ 曹文轩，杨咏梅. 没有想象力如何仰望头上的星空：北大教授、儿童文学作家曹文轩访谈［N］. 中国教育报，2009－05－28（8）.

⑦ 何志钧，秦凤珍. 正确引导大众文艺消费［N］. 人民日报，2009－05－21（16）.

⑧ 李东华. 娱乐化时代的童年阅读［N］. 中华读书报，2009－05－27（3）.

⑨ 陆天明. 创作自由与社会担当［N］. 人民日报，2009－04－16（16）.

⑩ 陈平原. 今天怎样“教文学”［N］. 中华读书报，2009－04－01（3）.

⑪ ［日本］村上春树. 永远站在蛋这一边［N］. 老人报，2009－05－06（25）.

⑫ 费柴明. 文学永远站在弱者一边［N］. 老人报，2009－04－08（23）.

⑬ 梅子涵. 把文学敬重地捧给童年［N］. 中国教育报，2009－02－19（6）.

⑭ 陈传才. 当代文艺理论探寻录［M］. 北京：中国广播电视出版社，2008：184.

⑮ ［英］约翰·凯里. 艺术有什么用？［M］. 刘洪涛，谢江南，译. 南京：译林出版社，2007：247.

（第24段）“……生活在一个以数字技术为背景而组织起来的社会中，人们不再去信仰文学，这岂不是太正常太正常了吗！”（第25段）在不厌其烦引述的这些文字里，读者可清楚地了解到黄浩教授所谓“文学失仰”的根本原因在于数字时代“工具崇拜文化”的消失。不过，只要用心阅读，便不难发现其中存在着的问题。

其一，既然《失仰》在前述中已经断定人们信仰文学是因为他们生活在“神水”里，那么从论证逻辑角度讲，就应当在证明原有“神水”现今已不存在的基础上来揭示当下“文学失仰”的原因。可是，黄浩教授的论述却撇开了“神水”这一立论的重要依据，转而搬出“数字技术”之类的东西。像这样论证上的断层，必定使其“文学的‘失仰时代’已经到来”的这一看法没有了逻辑上的说服力。当然，黄浩教授若想要有效地证明“后时代”没有了“神水”，那也是不可能的。据有关资料，全世界宗教徒的数量，20世纪80年代为28亿人，占总人口五分之三以上①；而近几年增至48亿人，占总人口约五分之四②。另据《世界基督教百科全书》的说法，当今世界有不同和独立的宗教约1万种，并且每天都有两到三种新的宗教产生③。就某一宗教教徒数量而言，1980年犹太教约0.14亿人、佛教约2.55亿人、印度教约4.76亿人④，1993年犹太教增至约0.18亿人、佛教增至约3.34亿人、印度教增至约7.51亿人⑤；穆斯林1913年约2亿人，1980年约6亿人⑥，1993年达到了

---

① ［美］爱德华·J. 贾吉. 世界十大宗教［M］. 刘鹏辉，译. 长春：吉林文史出版社，1991：总序1.

② 丁金光. 世界民族与宗教［M］. 兰州：甘肃民族出版社，2008：1.

③ ［美］马克·佩恩，E. 金尼·扎莱纳. 小趋势：决定未来大变革的潜藏力量［M］. 刘庸安，贺和风，周艳辉，译. 北京：中央编译出版社，2008：327.

④ ［美］伊恩·罗伯逊. 社会学：下册［M］. 黄育馥，译. 北京：商务印书馆，1991：535.

⑤ ［英］安东尼·吉登斯. 社会学［M］. 4版. 赵旭东，齐心，王兵，等译. 北京：北京大学出版社，2003：680.

⑥ ［美］J. M. 肯尼迪. 东方宗教与哲学［M］. 董平，译. 杭州：浙江人民出版社，1998：99.

10亿人左右[1]——若仅就美国而言，作为非主流宗教教徒的穆斯林，20世纪70年代只有20万人，而到了80年代，便增至200万人[2]。概言之，尽管在宗教信仰方面要列出全面、精确的数据是困难的，但从上述较为粗略的数据中仍可看出，在我们生活的这个地球上，“神水”的趋势是不减反增的。面对此种状况，黄浩教授怎么会想出从诞生之日起就依赖于它的“文学信仰时代”突然之间就变成了“文学失仰时代”，莫非是“数字技术”击垮了耶稣、佛陀、和安拉等各式各样的“神”并取而代之？

其二，《失仰》中的“工具崇拜”概念包容甚广，不但有“文学”（第24段），还有“劳动工具”和“神祇”等（第23段）。也许黄浩教授未曾想到，数字技术是人的创造物，同样也是人的工具，并且当今还出现了“信息的神话”[3] 或曰“自动化的神话”[4]。倘若黄浩教授能想到这些的话，大概就不会认为人类社会已经“脱离了文学信仰所形成的那个历史文化环境”即“工具崇拜文化”（第23段）环境，也就不会断言“人们不再去信仰文学”。否则，黄浩教授就必须解释“工具崇拜”在今日为何只剩下“数字技术”以及“数字技术崇拜”何以还构不成“工具崇拜文化”环境。自然，要对之进行合理的解释是不可能的。

其三，《失仰》说“对工具的理性认识（即所谓的‘工具理性’）……”，表明黄浩教授不知道“工具理性”为何物。“工具理性”并非“对工具的理

---

① ［美］斯潘塞·J. 帕默. 世界宗教概览［M］. 向红笳，徐晓冬，译. 北京：中央民族大学出版社，1995：119.

② ［美］托马斯·李普曼. 伊斯兰教与穆斯林世界［M］. 陆文岳，英珊，译. 北京：新华出版社，1985：169.

③ ［美］约翰·希利·布朗，保罗·杜奎德. 信息的社会层面［M］. 王铁成，葛立成，译. 北京：商务印书馆，2003：18－20.

④ ［美］安德鲁·劳伯格. 技术批判理论［M］. 韩连庆，曹观法，译. 北京：北京大学出版社，2005：134－138.

性认识”，作为法兰克福学派霍克海默、阿多诺等人的用语[①]，它意指“人有统治自然界的极权主义欲望，把科技理性当作控制自然的工具，以技术进步、效率提高作为理性活动的准则，应用理性迫使自然界为人类服务”，其最终结果，便是“科学技术由解放人的工具转化为奴役人和毁灭人性的工具”[②]。这一概念的提出和阐发，标示着法兰克福学派批判路径的转向[③]，明显具有强烈的批判性、具体的针对性和内涵的丰富性，远远不是简单的“对工具的理性认识”所能等同。本来，黄浩教授不理解“工具理性”概念不足以说明什么，况且，从上下文看，“（即所谓的‘工具理性’）”的这一说明完全没有必要；可是，黄浩教授却要拿这样一个自己并不熟悉的复杂的概念来说明表述已经是很清楚了的大白话，这就难免弄巧成拙。也许黄浩教授会辩解说，他的“工具理性”并非法兰克福学派用语。若此，则诚如分析哲学家 T. R. 马特兰所言：“一位讨论学术问题的作者有限定其术语的职责。”[④]黄浩教授应先对这一词语做新的解释或界定，然后再来使用它，这样才不会张冠李戴。

再次，关于当下文学价值问题，《失仰》如此写道：“……文学真正重要的功能并不是我们的文学理论所“分析”出的那些东西（诸如认识功能、审美功能、教育功能等）。对于人类自身的生存来讲，文学首先是我们娱乐自己的工具。尽管在这个娱乐人类精神的过程中，文学不可避免地‘附带’来诸如认识、审美乃至教育的功能……”（第 22 段）“在一个文学不再神圣的‘失仰时代’里，文学的人类自娱工具价值才有可能被真实地‘发现’。显然，正是从社会生活方式和生产方式被信息技术化的今天开始，文学才不再

---

① 苏国勋. 当代西方著名哲学家评传：第十卷［M］. 济南：山东人民出版社，1996：241.

② 冯契. 哲学大辞典［Z］. 上海：上海辞书出版社，1992：59－60.

③［斯洛文尼亚］斯拉沃热·齐泽克，［德］泰奥德·阿多尔诺，等. 图绘意识形态［M］. 方杰，译. 南京：南京大学出版社，2002：11－1，115.

④［美］T. R. 马特兰. 宗教艺术论［M］. 李军，张总，译. 北京：今日中国出版社，1992：18.

扮演普遍的社会公共工具的角色。”（第26段）这里所引的文字，至少有三点谬误。

其一，《失仰》认定“文学最为基本和最为主体的功能就是娱乐”（第22段），此看法对错暂且不论，可黄浩教授断言“文学的人类自娱工具价值”只有在“文学失仰时代”“才有可能被真实地‘发现’”，则与历史事实不符。比如，早在古希腊罗马时期，就有人申述诗仅仅给人们提供快感，它既没有教育意义，也不体现真理——其中包括高尔吉亚、希庇亚①和埃拉托色尼②等人。再如，1978年诺贝尔文学奖得主辛格就特别强调写作的“首要目的”是娱乐③。又如，艺术享乐主义代表乔治·桑塔耶纳在其《美感》（1896）中便竭力论证“艺术满足我们娱乐的要求”，而“求知”和“道德价值”在艺术中只居于辅助和次要的地位④。

其二，黄浩教授坚称“文学真正重要的功能”是“娱乐”，而“认识、审美乃至教育的功能”是“附带”的。可以说，这只是一种“应该如此”的理论主张，并不完全符合客观实际情况。换言之，黄浩教授将“实际如此”混同于“应该如此”⑤。何以会这样，原因有三个。一个是黄浩教授忽略了文学文本的多样性和复杂性，未能注意到不同文学文本在“功用影响”方面⑥有可能存在着差异，像一些打油诗、低级笑话之类的文学文本，娱乐自然是

---

① 范明生. 西方美学通史：第一卷［M］. 上海：上海文艺出版社，1999：194－195.

② ［意大利］贝尼季托·克罗齐. 作为表现的科学和一般语言学的美学的历史［M］. 王天清，译. 北京：中国社会科学出版社，1984：6.

③ ［美］辛格. 娱乐是写作的首要目的［M］. 山城，译//裴善明. 诺贝尔文学奖获得者访谈录. 南京：江苏文艺出版社，1997：235.

④ ［美］乔治·桑塔耶纳. 美感［M］. 缪灵珠，译. 北京：中国社会科学出版社，1982：15－19.

⑤ ［美］M. 尼尔·布朗，斯图尔特·M. 基利. 走出思维的误区［M］. 张晓辉，王全杰，译. 北京：中央编译出版社，1994：175.

⑥ ［苏联］列·斯托洛维奇. 审美价值的本质［M］. 凌继尧，译. 北京：中国社会科学出版社，1984：177.

其能发挥的首要功能，而对像《神曲》《战争与和平》《老人与海》《愤怒的葡萄》《天路历程》《城堡》《等待戈多》以及“柏拉图式的诗歌”[①]之类的文学文本，则不宜毫不犹豫地下同样的判断。关于这一点，也有一些佐证材料——据调查，大学生喜欢阅读现代武侠小说、现代言情小说和科幻小说的主要原因是“娱乐消遣”，而喜欢阅读中国古典小说、外国古典小说、中国古典诗歌和外国诗歌的主要原因是“长知识、受启发”[②]；另据调查，有62.97%的中学生将“提高文化修养”列为“阅读经典名著的主要原因”[③]。另一个是黄浩教授没有考虑到文学文本的功能发挥总是离不开具体的文化语境[④]。同样是曹操的《短歌行》或苏轼的《水调歌头·明月几时有》或李白的《月下独酌》，在酒吧里发挥的主要功能或许就是娱乐，但在课堂里发挥的主要功能最常见的却是教育。还有一个就是黄浩教授未能顾及不同个体的价值需求和接受水平。同样的文学文本对于不同的个体而言，其功能不尽相同[⑤]，如《鲁滨孙漂流记》《格列佛游记》《拉封丹寓言》《窗边的小豆豆》《骑鹅旅行记》和《苦儿流浪记》等，其发挥的主要功能既可以是娱乐的或认识的或审美的或教育的，也可以是复合的，还可以完全相反，就像C.S.路易斯所说：“能‘抓住’一个人的东西不一定能抓住另一个人。智者屏息以待的地方可能正是愚者抱怨什么都没有发生的时候。”[⑥]。

---

① ［美］约翰·克娄·兰色姆．诗歌：本体论札记（1934）［M］．蒋一平，译//赵毅衡．“新批评”文集．北京：中国社会科学出版社，1988：53.

② 郑惠生．关于当前大学生喜欢阅读哪类课外书的调查研究［J］．江西教育学院学报，2005（2）：55.

③ 郑惠生．关于当前中学生视听与读购状况的调查研究［J］．内蒙古师范大学学报（教育科学版），2006（6）：97－98.

④ ［美］乔治·J.E. 格雷西亚．文本性理论：逻辑与认识论［M］．汪信砚，李志，译．北京：人民出版社，2009：46－50，118－126，161.

⑤ ［日本］利光功．艺术在现代社会中的功能［M］//［日本］今道友信．美学的将来．樊锦鑫，译．南宁：广西教育出版社，1997：58.

⑥ ［英］C.S. 路易斯．文艺评论的实验［M］．徐文晓，译．上海：华东师范大学出版社，2008：107.

其三，黄浩教授宣称“今天开始”“文学才不再扮演普遍的社会公共工具的角色”。显然，这种看法无论事实上还是理论上都站不住脚。文学作为一种“重要的文化”①，难免被社会控制②和利用，不仅过去如此，现在如此，以后还将是如此。另外，就文学文本自身的整体而言，“意识形态”性③或曰“日期的可测性”④ 是其突出的一个方面，其客观上蕴含着的较为深厚的社会历史文化内容使得它更易于“扮演普遍的社会公共工具的角色”。诚然，文学作为“社会公共工具”的效用如何及其在今天还有多大的普遍性乃至这样做在多大程度上损害到了文学自身，都可也须进一步探讨，但文学可以也会继续“扮演普遍的社会公共工具的角色”却是毋庸置疑的。假如黄浩教授能换个角度看待这一问题，或许可以知道自己所言的不妥——譬如，在教育领域，包括中国、美国、英国等在内的许多国家都以政府的名义向中小学生推荐文学经典名著⑤。尽管文学经典名著的推荐和接受在意义上不止一个维度，但让其扮演“社会公共工具的角色”，却是明摆着的。对此，黄浩教授会说不是事实或说是不当的吗？谅必不会。

（三）结语：“国家哲学社会科学基金项目”成果不该如此错谬百出

综上所述，《失仰》一文存在着诸多的问题——不但其主要观点是极端片

---

① ［英］维多利亚·D. 亚历山大. 艺术社会学［M］. 章浩，沈杨，译. 南京：江苏美术出版社，2009：5，68.

② ［美］约翰·R. 霍尔，玛丽·乔·尼兹. 文化：社会学的视野［M］. 周晓虹，徐彬，译. 北京：商务印书馆，2002：245－251，280－286.

③ ［英］安德鲁·本尼特，尼古拉·罗伊尔. 关键词：文学、批评与理论导论［M］. 汪正龙，李永新，译. 桂林：广西师范大学出版社，2007：170.

④ ［英］J. P. 斯特恩. 文学与意识形态［M］. 刘文荣，译//周宪，罗务恒，戴耘. 当代西方艺术文化学. 北京：北京大学出版社，1988：247.

⑤ 郑惠生. 驳“文学经典的终结”：与吴兴明教授商榷［J］. 学术界，2009（1）：122.

面化的，而且在论证的过程中也错谬百出。尤为严重的是，《失仰》一文充斥着煽情性的宣称、臆想性的断言、绝对化的措辞和非逻辑的表述。像4个“也许……”、5个“从……”、3个“能够听出……”（第1段）、4个“为什么……”（第2段）、7个“那些……”（第5段）、9个“我们曾经相信……”（第18段）和6个“在一个……”（第25段）等句子的排列以及全文中的13个省略号（引文里的除外），就可以说是情感胜于理智、想象多于求证的典型例证。倘若该文只是报纸上的一篇文章，或者是一篇为了应付诸如评职称、拿学位之类的论文，那么，“信笔滑行”[①]也许就不值得大惊小怪，因为无论如何，在学术不端行为屡见不鲜的当下，它还是比那些毫无新意的抄袭剽窃之作强多了。然而，问题在于该文是一篇冠以“国家哲学社会科学基金项目”的论文，是一篇代表着国家哲学社会科学水平的文章。而这，就不免让人感到吃惊，也让人深感忧虑。从积极意义的角度讲，它提醒我们，那些标注着“……基金项目”的学术成果，不一定是好的，甚至还极有可能是很拙劣的；它还提醒我们，对于那些“……基金项目”成果的把关，不仅仅要看其承担者有何“教育资本”“学术能力资本”“科技能力资本”“科学知名度”和“知识知名度”[②]，不仅仅要看其是否已成为哪一级出版社的“砖头”或发表在哪一类（如CSSCI、SCI、EI以及所谓的“权威”等）的学术刊物上，更重要的是要看它在学术质量方面究竟如何。当然，这个“更重要”的背后还有一个“更更重要”或者说“至关重要”的，那就是课题立项和结项的把关者在相应“目标领域”里的学术水准如何以及是否真正地具备了“科学良心”[③]。

---

① ［日本］伊丹敬之．创造性论文的写法［M］．吕莉，张舒英，译．北京：社会科学文献出版社，2004：193－194．

② ［法］P．波丢．人：学术者［M］．王作虹，译．贵阳：贵州人民出版社，2006：46－47．

③ ［英］迈克尔·波兰尼．科学、信仰与社会［M］．王靖华，译．南京：南京大学出版社，2004：41－43，58－59．

二、朱光潜先生《谈美书简》的局限性

——兼向教育部提建议

《谈美书简》①（以下简称《书简》，后面引文凡未标出参考文献序号而只写出页码的均出自本书）是著名美学家朱光潜先生晚年写成的一部美学著作。该著作于几年前被教育部制订的“课程标准”列为“推荐读物”②。那么，向高中生们推荐该书是合适的吗？对此，笔者将从时代和接受的角度进行探讨。

（一）从时代的角度看其局限性

可以说，朱先生的《书简》是极富于时代色彩的。据笔者粗略统计，在近8万字的《书简》里，仅“毛泽东同志”或“毛主席”（不包括“毛泽东思想”）就出现了17次，仅“‘四人帮’”或“林彪和‘四人帮’”或“江青”或“江青和她的走卒们”就出现了15次。把两者合计，可算出每万字出现4次。这对于一本谈美而非专门讨论国家某些政治人物的美学观点的小册子来说，是很有意思的。从原因上讲，该书写于20世纪70年代末，当时恰好是十年浩劫过后的“拨乱反正”时期，那个时候的许多著作都有“拨乱反正”的政治色彩，《书简》也不例外，认识并理解这一点很重要。虽然“拨

---

① 朱光潜．谈美书简［M］．北京：人民文学出版社，2001．

② 中华人民共和国教育部．普通高中语文课程标准（实验）［S］．北京：人民教育出版社，2003：29．

乱反正”是中国政治生活中的一件大好事，但以此为出发点的“美论”，却仍然很有可能以“政治的逻辑”替代“学术的逻辑”。这一点，在今天看来尤为明显。下面，笔者举例进行简要的分析和说明。

例一，《书简》写道：“我们如果不弄通马克思主义，是否也可以研究美学……有一点我现在是确信不移的，这就是：研究美学如果不弄通马克思主义，那就会走入死胡同。”（第21~22页）这里的问题包括两点。第一，“弄通马克思主义”是一件远比“研究美学”艰难的事情——这一点从朱先生自己的学术生涯就可看出来。如果必须在“弄通马克思主义”以后才“可以研究美学”，那么，包括朱先生在内的许多人恐怕是一辈子都不可能有多大的机会研究美学，更不可能卓然成家了。进而言之，“不弄通马克思主义”，同样“可以研究美学”。第二，美学是一门包括众多分支学科的人文科学，没有一个人有足够的能力和时间可以研究美学的全部问题并相应地获得有效的成果。换句话说，任何人都只能从特定的角度、以特定的方法去研究美学某些特定的问题。其中，一些问题的研究“不弄通马克思主义”不行，甚至还会像朱先生所说的那样“走入死胡同”，但一些问题的研究并非如此。要言之，朱先生“确信不移”的东西是“可移”的。在这里，我们也可看出《书简》中存在着“政治先行、学术跟上”的思想。

例二，在反驳“批判形象思维论”时，《书简》这样写道：“分析一些错误看法的根源，大半在科学基本常识的缺乏。我想趁这个机会再强调一下科学基本常识对于研究美学的重要性。最浅而易见的是语言学的常识……其次是历史和心理学的常识……最重要的还是缺乏马克思主义的常识……”（第58~59页）接下去分别引用了马克思和毛泽东两段关于“神话”的文字进行说明（第59~60页）。这里的问题主要包括两点。第一，在马克思和毛泽东的两段文字里，虽然都出现了被朱先生认为是“形象思维”的“想象”一词，但它毕竟只是说明的文字，而非说明的对象。由于它的说明的对象即陈述的对象均为“神话”，所以，如果说里面包含着朱先生所说的什么“科学基本常识”的话，那么，它就是“神话”而非“想象”。进而言之，朱先生在此处所用的例子是不恰当的。第二，从语言学、心理学和历史的角度来说明“形象思维”，都很合适，也是重要的。至于用“马克思主义的常识”来说明，或许是必要的；然而，对于这样一个学术问题的说明，朱先生却说它“最重要”，这难免让人感到有些疑惑。那为什么朱先生要这么说呢？原来，是由于有人指责“形象思维论正是一个反马克思主义的认识论体系”“不过是一种违反常识，背离实际胡编乱造而已”（第60页），结果，朱先生便以掌握了“马克思主义的常识”的身份来批判那些“假马克思主义”者。从抽象一点的层面讲，正是由于学术上的正误在一个政治思想高于一切的年代里往往是以意识形态立场的对错为前提的，所以，处于“拨乱反正”时期的朱先生才必须那样强调“马克思主义的常识”对于一个学术问题的答案的“极端的重要性”。如此，自然是易于使朱先生的论敌无话可说，但也正因为如此，朱先生论说的学理性也随之减弱了。

例三，在论及“自然主义”时，《书简》写道：“……‘自然主义’多少已成为一个贬词，成为现实主义的尾巴或庸俗化……”（第78页）尽管朱先生谈“自然主义”（第78～79页）还不够全面，但在20世纪70年代末，由于国人的性观念没那么开放，人们又过多强调“自然主义”对人的“动物性”的描写，加之对该“流派”缺乏全面深入的了解，所以，朱先生说它“多少已成为一个贬词”是符合事实的。不过，在所谓“下半身写作”都能大行其道的今天，如果还以为“自然主义”是或理应是一个贬义词，那可就是“穿衣不知季节已变换”了。

例四，在论及“批判现实主义”时，《书简》写道：“高尔基曾指责批判现实主义‘不能给人指出一条出路’，出路何在？当然在革命。所以在我们的社会主义时代，我还是坚信毛泽东同志的‘革命的现实主义与革命的浪漫主义相结合’的主张。”（第81页）诚然，高尔基说过“批判的现实主义……

不能够给人指出一条出路”①，可他的指责是对的吗？从理论上讲，是不对的——不仅文学作品价值的高低远非取决于是否“给人指出一条出路”，而且，我们也不该要求一个作家在一部作品的创作中什么都要做到。从文学史上看，像鲁迅的《阿Q正传》、司汤达的《红与黑》、莫泊桑的《俊友》、福楼拜的《包法利夫人》、扎尔扎克的《幻灭》等杰作，都没有“给人指出一条出路”。倘若这些作品真的都来了一招高尔基所希望的“给人指出一条出路”，那恐怕是画蛇添足。而像被一些人看作是用“两结合”写出来的高尔基的《母亲》②，虽然是“给人指出一条出路”，但似乎还不能说它的价值就高于不“给人指出一条出路”的《高老头》《欧也妮·葛朗台》和《死魂灵》等作品。有趣的是，认同“文艺作品的价值高低取决于它摹仿（表现、反映）自然是否真实”这一“信条”（《书简》第38页）的朱先生怎么会认可高尔基对于批判现实主义的此种指责呢？原来，是因为“革命”这面“旗帜”，只要坚持了“两结合”，就能“给人指出一条出路”即“革命”的出路。此时的朱先生似乎忘记了，从周扬对“两结合”加以论证③开始，二十多年里面自觉运用“两结合”方法写成的那些“给人指出一条出路”的文学作品罕有可圈可点的。由此可知，朱先生是用“政治的逻辑”来代替“文艺的逻辑”。另外，同样有趣的是，对“概念性的思想”在文艺作品中的意义并不那么看好（第61~64页）且断定“悲剧感薄弱毕竟是个弱点”（第97页）的朱先生竟然会很在乎文艺作品是否给人指出一条“革命”的出路。这不很值得人们深思么？

（二）从接受的角度看其局限性

一本书的价值不单取决于该书的客观属性，而且还受到了价值主体的需

---

① 林焕平. 高尔基论文学［M］. 南宁：广西人民出版社，1980：96.

② 马莹伯. “两结合”与社会主义现实主义［J］. 文艺理论研究，1980（1）：122－126.

③ 周扬. 新民歌开拓了诗歌的新道路［J］. 红旗，1958（1）：35－36.

求和接受水平的制约。既然《书简》是“课程标准”向中学生推荐的读物，那么，就应该对其接受的可行性进行分析。

首先，一些论题让人感觉仿如隔世。如前所述，《书简》具有鲜明的时代色彩。这不仅体现在论述时经常要说到“毛主席”和“四人帮”等政治人物以及强调意识形态立场的先导作用，而且还体现在话题的选取上。其中，最为典型的一篇是第六篇“冲破文艺创作和美学中的一些禁区”（第 38 ~ 46 页）。应该说，该篇所谈的“人性论”“人情味”“中间人物和小人物”等问题在二三十年前具有相当重要的理论价值和现实意义，但进入 21 世纪，这些话题让人有隔世之感。这其中的原因，一方面是此类话题在今天已很少有人论及，另一方面是此类问题在今天基本上不成问题——连“下半身写作”都行，还有什么“人性”“人情”“中间人物和小人物”不能写。换言之，该篇所涉之内容许多在今日几乎没有什么现实意义，也很难激起普通读者的阅读兴趣。

其次，一些话题过于深奥难懂。任何读者，只能接受那些在他的接受水平上还能够接受的东西。就此角度而言，《书简》中的一些话题并不适合抽象思辨能力尚未达到很高的绝大多数中学生阅读。其中，最为突出的一个话题是“马克思主义创始人”是否有“完整的美学体系”（第四篇，第 23 ~ 27 页），另一个话题则是对马克思提出的“美的规律”的理解（第五篇，第 30 ~ 31 页）。像这样的一些深奥玄妙且充满争论的美学理论问题，连一般的学者要做到真正地理解它都相当困难，更何况是中学生。

再次，一些话题虽然并不深奥，但《书简》的论述却未能做到深入浅出，让既聪明又外行的中学生易于领会和掌握。譬如，第十篇“浪漫主义和现实主义”（第 73 ~ 81 页）。从学术角度讲，该篇在《书简》里是写得较集中、较透彻、较平稳的一篇，然而，其论述似乎是为行内的读者准备的——在没有具体谈“浪漫主义和现实主义”是什么东西以及它们之间的区别在哪的情况下，便说朗生、勃兰兑斯等文学史家把司汤达、巴尔扎克等“现实主义大师”归到“浪漫主义”里（第73页），便说“值得注意的是，福楼拜和一般法国人当时都把现实主义和自然主义看作一回事”（第73页），便说“没有哪一位真正伟大的作家是百分之百的浪漫主义者或百分之百的现实主义者”（第73~74页），便说“由于客观主义在我们中间有较广泛的市场，现实主义又错误地和客观主义混淆起来，因而就比主观色彩较浓的浪漫主义享有较高的荣誉”（第74页），便说“过去西方常谈的是古典主义和浪漫主义，很少谈浪漫主义和现实主义，歌德就是一个著例”（第74~75页），便说“浪漫主义又可分积极的和消极的两派”（第76页），直至探讨“左拉的自然主义”时才稍具体一点地涉及“真正的现实主义”怎么样（第79页）——至此，已占全文篇幅的五分之四。接受这样的论述结构，对行内的人来说问题不大，可对于作为外行人的中学生来说，却极其艰难。

最后，一些话语不能让人产生书信体所应具有的平和的亲切感。《书简》被认为“采用书信体的形式，娓娓道来，亲切自然”（“导读”第1页）。这一点应该说在许多段落中都体现出来，不过，远非“娓娓道来，亲切自然”的地方也随处可见。归纳起来，主要有下列几种情形。

第一，有些地方像是在做宣传动员报告。如“让我们振奋精神，解放思想，肃清余毒，轻装上阵吧！”（第13页）再如“马克思主义在今天已掌握了广大群众，工人阶级已成了主宰世界的力量……在踏上四个现代化的新的征途上，全国人民意气风发，形势一片大好，眼看经济高涨会带来科学文化的高涨。我……深信广大的新生力量一定会同心协力地沿着马克思主义的光明大道，把美学这把火炬传递下去，胜利终究是属于我们的！”（第22~23页）又如：“今天，一场马克思主义的思想解放运动正在深入展开，形势是很好的……让我们运用马克思主义的思想武器，一起来冲破禁区吧……冲破他们所设置的禁区，解放思想，按照文艺规律来繁荣文艺创作，现在正是时候了！”（第38~46页）

第二，有些地方像是在写上级布置下来的检讨书。粗略统计，全书出现自我“清理”或“反省”或“检讨”或“检查”的地方主要有5处（第2、22、53、99、100页），检查反省自己曾经是一个唯心主义论者的地方主要有4处（第6、17、22、53页）。这当然可以用朱先生从唯心主义营垒转向马克思主义阵地以后须有一番真诚的表白来解释，也可以认为朱先生是一位知错就改的谦虚的人。可是，过多使用诸如检讨之类的语词，很容易让“朋友们”觉得作者不是在跟他们“谈心”（第3、13、99页），而是把写好了的检讨书拿出来示众，也很容易让“朋友们”误以为朱先生的大半生真的非常失败，进而产生“一个大半生都很失败的人所谈的话难道真的有那么多真知灼见”的疑问。而事实上，就做学问而言，朱先生的前半生还是有许多地方值得充分肯定①。进而言之，朱先生的那些一而再再而三的过分“检讨”，并非都是必需的，从教育角度讲也很难对学生有助益。

第三，有些地方像是在跟论敌“战斗”而非写信给“朋友们”看。譬如，“为什么我们中间有些理论家特别是文学史课本的编写者，一遇到人道主义就嗤之以鼻呢……他们不但忘记了……而且竟忘记了许多善良的人从林彪和‘四人帮’那里所受到的惨无人道的法西斯迫害，这批人妖才是人道主义的死敌！”（第41页）再如，“这批害人虫妄图把封建时代突出统治阶层首脑人物的老办法拖回到现代文艺作品里来，骨子里还是为着突出他们自己，为他们篡党夺权作思想准备……遭殃的并不限于一些优秀作家和优秀作品，还应想一想由江青盗窃来而加以窜改歪曲的八部‘样板戏’成了几多大大小小的作家们的‘样板’？几多人有意识地无意识地陷入那批人妖所设置的陷阱……”（第45页）应该说，作为一位常被论战对手当作“唯心主义”靶子来攻击且“对‘四人帮’的迫害”还“心有余恨”（第98页）的著名美学家，说话激动一点是情理中的事，并且，就这些论战文字本身而言，也符合拨乱反正、正本清源的“政治思想”标准。不过，别的暂且不论，就从书信

① 阎国忠．朱光潜美学思想研究［M］．沈阳：辽宁人民出版社，1987：282－291．

体这个角度看，像这样的“老气横秋，发点脾气”（第98 页），是不可能达到“娓娓道来，亲切自然”的效果的。

（三）结论：应考虑修改“课程标准”推荐书目

基于上述，笔者认为朱光潜先生的《谈美书简》不适合高中生们阅读，建议教育部修改《普通高中语文课程标准（实验）》“课外读物的建议”部分。

应该指出的是，爱克曼辑录的《歌德谈话录》（1823—1832）也不适合推荐给高中生阅读。之所以如此断言，是因为这么两点。第一，该书的文体是以 10 年时间为线索的对话体，话题很散漫，对读者的耐性和思维能力的要求远高于作为书信体的《谈美书简》。有人认为对话体和书信体比正儿八经的文字更平易近人、更好懂，这当然有一定道理。不过，应当看到的是，这个结论只适用于那些涉及一般性话题的文字，倘若涉及的是属于较高理论层次上的学术问题，则情况常常相反——不言而喻，论述越集中、越明晰，越易于使人的思考不断深入并从中获得真知。第二，该书内容深博，即便是像朱光潜先生这样的美学大家都坦言“感到知识有限，不能完全掌握”（《译后记》[①]）。如此情形，怎叫高中生们读懂。

需要予以特别指出的是，笔者并非反对向高中生推荐歌德和朱光潜的著作，而只是觉得现有“课程标准”推荐的这两部著作难以产生良好的教育效果。假如非要向高中生推荐他们的著作不可，那么，笔者认为，与其用这两本书，倒不如在他们的全部著作中精心挑选——属于朱光潜的，以《谈美》[②]

---

① ［德］爱克曼. 歌德谈话录［M］. 朱光潜，译. 北京：人民文学出版社，1978：287.

② 朱光潜. 谈美［M］//朱光潜美学文集：第一卷. 上海：上海文艺出版社，1982：445－539.

《谈文学》[①] 为主，兼顾其他精彩片断来编成《朱光潜美学文选》[②]；属于歌德的，以《歌德谈话录》和《歌德的格言和感想集》[③] 为基础来编成《歌德文论精选》。若此，则有可能使高中生们产生阅读兴趣并从中获益。

---

① 朱光潜．谈文学［M］//朱光潜美学文集：第二卷．上海：上海文艺出版社，1982：236－368.

② 郑惠生．中学生离经典名著有多远：中学生课外阅读调查研究之二［J］．内蒙古师范大学学报（教育科学版），2005（12）：88－89.

③ ［德］歌德．歌德的格言和感想集［M］．程代熙，张惠民，译．北京：中国社会科学出版社，1982：1－121.

三、“现代中国美学经典”《谈美书简》的学理性缺失

——兼与张旭曙、谢勇先生商榷

《谈美书简》①（以下简称《书简》，后面引文凡没标出参考文献序号而只写出页码的均出自本书）是著名美学家朱光潜先生的晚年之作。该作被一些人称为“现代中国美学经典”②“中国美学第一书”③，也被教育部制订的“新课标”列为推荐读物④。故而，它值得我们高度重视并深入地研究。为使讨论更加集中，这里仅从学理的角度来探析其不足。

（一）“美的定义及其解说”非谈“亲身经验”和举“艺术实践方面的例证”不可吗？

在人的思维及其表述里，抽象概念和具体形象都很重要。至于两者哪一种更重要，则要看思维的对象是什么。就这一角度而言，《书简》批评“美的

---

① 朱光潜．谈美书简［M］．北京：人民文学出版社，2001．

② 张旭曙，谢勇．实践·审美·人：从《谈美书简》看后期朱光潜的美学观［J］．齐鲁学刊，2004（5）：128．

③ 武涛．中国美学第一书：《谈美书简》［J］．现代语文（高中读写版），2004（10）：7．

④ 中华人民共和国教育部．普通高中语文课程标准（实验）［S］．北京：人民教育出版社，2003：29．

定义及其解说”的抽象性，是很不恰当的。

朱先生说一位老朋友拿了一篇“近万言长文”来向他请教。在引述《美的定义及其解说》一文中的“美的定义”之后，《书简》如此写道：“既是客观规律，又是主观理想……定义把这一大堆抽象概念拼凑在一起……难道根据这样拼凑起来的楼阁，就可以进行文艺创作、欣赏和批评了吗？‘定义’之后还附了十三条‘解说’，仍旧是玩弄一些抽象概念，说来说去，并没有把‘定义’解说清楚。作者始终一本正经，丝毫不用一点具体形象，丝毫不流露一点情感。他是从艺术学院毕业的，听说搞过雕塑和绘画，但始终不谈一点亲身经验，不举一点艺术实践方面的例证。”（第8页）尽管从《书简》中看不到《美的定义及其解说》全文，但根据标题及朱先生所说的“十三条解说”，可知这是一篇学术论文。也就是说，我们可以以此为出发点来探究朱先生的所论当否。

首先，诚如欧内斯特·内格尔所言：“科学陈述使用高度抽象的概念，这些概念与事物在其习惯背景中显示出来的性质的关系一点也不明显。”① “美的定义”是也应该是由“抽象概念”构成的。如果它有错，那应该是由于一系列“抽象概念”的外延、内涵及彼此之间的关联不符合“被定义者”本身，而非用“抽象概念”的这一行为。可是，朱先生却无视“定义”理应具有的品格，在不对他的老朋友的“美的定义”做任何学理分析的情况下就使用明显带着贬义的“拼凑”一词予以否定，这显然是不科学的。确实，用“玩弄积木式的拼凑”（第8页）来“下定义”不好，但是，假使读者不但不知道何以才是真正的“玩弄积木式的拼凑”，而且还误以为“定义中”有“一大堆抽象概念”就是“玩弄积木式的拼凑”，那可就更不好了。

其次，“丝毫不用一点具体形象，丝毫不流露一点情感”的“近万言长文”，读起来确实费力，但这不能全怪作者。之所以如此断言，是因为下列几点。

---

① ［美］欧内斯特·内格尔. 科学的结构：科学说明的逻辑问题［M］. 徐向东，译. 上海：上海译文出版社，2002：12.

第一，学术论文不一定非“始终一本正经”不可，不一定排除“具体形象”和“情感流露”，但学术论文也完全可以是“始终一本正经”的、没有“具体形象”和“情感流露”的。换言之，学术论文优劣的关键在于，观点是否鲜明、新颖，持论是否公允，资料是否可靠并能说明问题，论证是否严密，至于切入的角度、表达的方式等，则可以是多种多样的。朱先生喜爱“形象”和“情感”，这无可厚非，但施之于人，就未免强人所难了。

第二，《美的定义及其解说》的作者“从艺术学院毕业”“搞过雕塑和绘画”，这说明他有一定的艺术修养，也有能力在其所写之论文中“谈一点亲身经验”和“举一点艺术实践方面的例证”。倘若他这样做了，就行为本身来说没有什么不妥；他没有这样做，同样也没有什么不当，因为就像样的学术论文而言，这些都不是必备的条件。相反，以他曾有过的艺术经历，能做到在其所写的论文中不谈“具体一点的东西”，倒是很难能可贵。至少，他知道自己是在写学术论文，而不是在“拉家常，谈往事”。

第三，从接受的角度讲，在面对着的学术论文只有“光秃秃硬邦邦的枯燥货色”（第9页）时，读者可以有两种选择：一种是束之高阁，一种是硬着头皮读下去。在选择读的时候，又有两种情形。一种是读不懂，那就说明它不是写给你看的，要怪只能怪你自己的水平还未能与之相称；一种是读懂了，其中，讲得对的就赞同，讲得不对的就提出来讨论。倘使不对学术论文中的观点、材料和论证加以分析而指斥其“不用一点具体形象”“丝毫不流露一点情感”，嫌它“枯燥”，那么，即便不能说这样做完全是错误的话，至少也可断言为本末倒置。从另一个角度讲，既然一篇“一本正经”“煞费苦心”写出来的由“一大堆抽象概念”构成的“近万言长文”并非写给中学生看而是写给同一个目标领域里的人看的，那么，我们就没有理由可以认为它一定会或一定要让普通的读者读得很轻松。

最后，说给“美”下定义丝毫无益于“文艺创作、欣赏和批评”固然不妥，但说据之“就可以进行文艺创作、欣赏和批评”也是同样不当的。其所以如此，是因为一来没有人能够做到只凭一个“美的定义”便“可以进行文艺创作、欣赏和批评”，二来“文艺创作、欣赏”完全可以不根据任何“美的定义”——像《摩诃婆罗多》《奥德赛》《诗经》等作品就是在没有“美的定义”的年代诞生和被欣赏的。然而，《书简》却如此背离常理地反问道：“难道根据这样拼凑起来的楼阁，就可以进行文艺创作、欣赏和批评了吗?”从这里可看出，一方面，朱先生对“定义”提出了太多的“实用”要求；另一方面，朱先生对为了“获得说明的普遍性”而进行的“高度抽象”抱着贬斥的态度，忽略了“求真”本身所具有的独立的意义。

（二）“马克思主义创始人”与“马克思主义”或“马列主义”是一样的吗？

在“马克思主义创始人”有没有“完整的美学体系”的问题上，朱先生本人持肯定的观点。作为一家之言，这当然是可以的。不过，《书简》在阐述方面却存在着诸多让人疑惑的地方。

首先，《书简》这样写道：“马克思主义创始人没有写过美学专著，这是事实；说因此就没有一个完整的美学体系，这却不是事实。某些人有这种误解，和《马克思恩格斯论文艺》的选本有关……目前流行的几种选本有个共同的毛病：就是划了一些专题的鸽子笼……这样怎么还能见出马列主义的完整体系呢……而各大专院校所经常讨论的项目就更单薄，注意力往往集中到评论具体作者和具体作品的几封信上去……”（第 23 ~ 24 页）此处的问题，至少有下列这么两点。

第一，任何选本的容量都是有一定的限度的，而编选者也必有其目的。我们评价选本的标准，除专业性的技术要求外，主要在于它是否达到了“遍选者”试图达到的目的，而非“他者”的意图。至于如何评价大专院校“讨论的项目”，道理也一样。具体而言，《马克思恩格斯论文艺》的重心是“文艺”而不是“审美”，其中，马恩讨论的问题完全可以不包括他们曾经涉及过的一些美学问题。进而言之，《马克思恩格斯论文艺》不是专门为了体现马克思主义创始人的“完整的美学体系”而编成的，故它不能如朱先生所愿并不让人感到意外，自然，这也不能看成是选本的缺陷。然而，《书简》却拿它出来说事，这明显不是在攻击“稻草人”么?

第二，朱先生反问道："这样怎么还能见出马列主义的完整体系呢?"这一反问完全没有必要，因为不管一部《马克思恩格斯论文艺》编得如何完美，只要它还算得上是"名实相符"的话，那就一定不能从中"见出马列主义的完整体系"。显然，朱先生在此处进行了"概念大转移"，通过"双扩容"（加上"列宁"这条线再加上"非美学"部分）来彰显选本《马克思恩格斯论文艺》的"毛病"，进而达到说服"论敌"和读者的目的。像这样的思路，对头吗？不！

其次，《书简》这样写道："问题还在于什么才是美学体系？已往的美学大师没有哪一位没有完整的体系……从这个基本的实践观点出发，马克思既揭示了文艺的起源和性质，又追溯了文艺经过不同社会类型的长久演变……如此等等。试问这一切还不能构成马克思主义美学的完整体系吗……要说体系，马克思主义美学体系比起过去任何美学大师（从柏拉图、亚理士多德到康德、黑格尔和克罗齐）所构成的任何体系都更宏大，更完整，而且有更结实的物质基础和历史发展的线索。"（第24～25页）此处，同样存在着学理上的缺陷。

第一，"马克思主义美学的完整体系"当然包括其创始人马恩的美学思想，不过，它并不止于此，而是不断发展不断丰富的——至少，还应该包括梅林、普列汉诺夫[①]、列宁、高尔基、卢那察尔斯基[②]、毛泽东和蔡仪[③]等人的美学思想。进而言之，朱先生在说了"马克思既揭示……又追溯……如此等等"之后紧接着的追问："这一切还不能构成马克思主义美学的完整体系吗?"其答案不可能是肯定的。也就是说，正确推论的结果跟朱先生意图得出的结论刚好相反。

---

① 许明. 马克思主义美学思想的起源与成熟［M］. 北京：中央编译出版社，1999：266－293.

② 梁一儒，李树榕，王善忠. 20世纪上中叶的马克思主义美学思想［M］. 北京：中央编译出版社，1999：2－372.

③ 钱竞. 中国马克思主义美学思想的发展历程［M］. 北京：中央编译出版社，1999：141－264.

第二，由于马克思主义美学体系在其变化发展过程中越来越丰富，所以说它“比起过去任何美学大师”“所构成的任何体系都更宏大，更完整……”并不过分。然而，问题在于，用“马克思主义美学体系”替代“马克思主义创始人”的“完整的美学体系”并据之与其他美学大师的美学体系比大小和完整程度，是适当的吗？从学理上讲，是不适当的。由此也可看出，随着论证的深入，朱先生逐渐转移了论题。

（三）“文艺作品的价值高低取决于它摹仿（表现、反映）自然是否真实”吗？

在谈到“人性论”时，《书简》写道：“什么叫做‘人性’？它就是人类自然本性。古希腊有一句流行的文艺信条，说‘艺术摹仿自然’，这个‘自然’主要就指‘人性’。西方从古希腊一直到现代还有一句流行的信条，说文艺作品的价值高低取决于它摹仿（表现、反映）自然是否真实。我想不出一个伟大作家或理论家曾经否定过这两个基本信条，或否定过这两个信条的出发点……”（第38页）这里存在的问题，是多方面的。

首先，“人性”概念本身就很难理解好，而朱先生用“人类自然本性”来解释它则使它变得更难以理解。按词典的解释，“本性”是指“原来的性质或个性”①，而朱先生的“自然”，究竟指的是作为名词的“自然”还是作为形容词的“自然”？如果是“名词”，就意味着“人性”就是“人的自然属性”，这样的观点显然是不对的。当然，如果顾及朱先生在同一段文字里有这样的一些看法：“人性和阶级性的关系是共性与特殊性或全体与部分的关系……马克思所强调的‘人的肉体和精神两方面的本质力量’便是人性”（第39页），那么，就可知朱先生的“人性”包括了“人的自然属性”和“人的社会属性”。易言之，从语境看，朱先生的“人性”并不仅仅指“人的自然属性”。如果是“形容词”，则“人类自然本性”中的“自然”显得有些

① 中国社会科学院语言研究所词典编辑室．现代汉语词典［Z］．5版．北京：商务印书馆，2005：65．

多余或者自相矛盾，因为“本性”中的“本”就意含“原来的、固有的”[①]。也就是说，不管如何解读“自然”，用“人类自然本性”来解释“人性”都是不妥的，至少它会引起不必要的误读，而事实就有人误读了。譬如，王凤海先生就根据“朱教授所说的‘自然’，即人性，人的自然属性，食和色”来进行批判[②]。虽然误读是令人遗憾的，但出现这样的误读，不能不说朱先生的表达法是其中的一个重要原因。

其次，古希腊确实是流行着“艺术摹仿说”，但情况并不完全像朱先生所说的那样单一化。亚理斯多德所谓的摹仿“在行动中的人”[③] 以及柏拉图所谓的摹仿“工匠的作品”[④] 大体上符合朱先生所说的“摹仿自然（主要指人性）”的含义，不过，应该看到的是，跟亚理斯多德不同，柏拉图对摹仿者的摹仿是抱着贬损的态度的。此外，仅就摹仿的对象而言，古希腊还有另一种看法。像赫拉克利特所谓的“模仿自然”[⑤] 和德谟克里特所谓的“摹仿禽兽，作禽兽的小学生……从天鹅和黄莺等歌唱的鸟学会了唱歌”[⑥]，就不包含朱先生所说的“人性”。故此，即使不能说朱先生以偏概全地解说“艺术摹仿自然”，至少也可以认为他的“艺术摹仿自然”的这一说法太过于笼统，以致很难准确地说明他想说明的“人性”概念。

最后，朱先生宣称“文艺作品的价值高低取决于它摹仿（表现、反映）自然是否真实”为“西方从古希腊一直到现代”“流行的信条”，这明显是背

---

① 李行健. 现代汉语规范词典［Z］. 北京：外语教学与研究出版社，2004：58.

② 王凤海. 有关美学哲学基础问题：读朱光潜教授的《谈美书简》［J］. 马克思主义研究，1985（4）：275.

③ ［古希腊］亚理斯多德，［古罗马］贺拉斯. 诗学·诗艺［M］. 罗念生，杨周翰，译. 北京：人民文学出版社，1962：7.

④ ［古希腊］柏拉图. 文艺对话集［M］. 朱光潜，译. 北京：人民文学出版社，1963：71.

⑤ ［古希腊］赫拉克利特. 论和谐与斗争［M］//周辅成. 西方伦理学名著选辑：上卷. 北京：商务印书馆，1964：11.

⑥ ［古希腊］德谟克里特. 著作残篇：道德思想［M］. 陈修斋，译//周辅成. 西方伦理学名著选辑：上卷. 北京：商务印书馆，1964：79.

离逻辑与事实的。就理论常识而言，文艺作品“存在着许多种价值”[①]。尽管“摹仿（表现、反映）自然是否真实”可用来衡量“文艺作品的价值高低”，甚至还可以说它是一个极其重要的维度，但无论如何，它也只是一个维度而已。换言之，在评定“文艺作品的价值高低”的问题上，“摹仿（表现、反映）自然是否真实”至多只能成为必备条件，而不能成为充分条件。从逻辑上讲，由于像这样的理论常识很容易被人知晓，所以，忠诚地遵守“文艺作品的价值高低取决于它摹仿（表现、反映）自然是否真实”的这一准则的人数不可能非常多。就历史事实而言，两千多年来的西方存在着许许多多根本不按或不完全按朱先生所说的“信条”去认识去实践的专家学者，他们或侧重于独特性、创造性，或侧重于思想性，或侧重于激情、感染力，或侧重于想象力，或侧重于风格，或侧重于紧凑、简练，或侧重于文本形式本身的各种要素，或侧重于多种解释可能性，或者是用综合性的标准——如屠格涅夫[②]、缪尔[③]、沃伦[④]、阿·查·史文朋[⑤]、玛丽·沃德[⑥]、别林斯基[⑦]、卢卡

---

① ［德］莫里茨·盖格尔. 艺术的意味［M］. 艾彦，译. 北京：华夏出版社，1999：201.

② ［俄］屠格涅夫. 亚·谢·普希金纪念像在莫斯科揭幕［M］//屠格涅夫选集　散文诗　文论. 巴金，卢永，伊信，等译. 北京：人民文学出版社，1993：280－281.

③ ［英］缪尔. 弗兰茨·卡夫卡：1939［M］. 牛抗生，译//叶廷芳. 论卡夫卡. 北京：中国社会科学出版社，1988：52－68.

④ ［美］沃伦. 弗兰茨·卡夫卡：1941［M］. 张金言，译//叶廷芳. 论卡夫卡. 北京：中国社会科学出版社，1988：82－94.

⑤ ［英］阿·查·史文朋. 艾米莉·勃朗特：1883［M］. 杨静远，译//杨静远. 勃朗特姐妹研究. 北京：中国社会科学出版社，1983：207－213.

⑥ ［英］玛丽·沃德. 《简·爱》《雪莉》《维莱特》《教师》《呼啸山庄》导言：1899—1900［M］. 杨静远，译//杨静远. 勃朗特姐妹研究. 北京：中国社会科学出版社，1983：239－245.

⑦ ［俄］别林斯基. 当代英雄：短评之一［M］//别林斯基选集：第二卷. 满涛，译. 上海：上海译文出版社，1979：224－246.

契[①]、阿诺德·豪泽尔[②]、哈罗德·奥斯本[③]、歌德[④]、伏尔泰[⑤]、朗吉努斯[⑥]、列夫·托尔斯泰[⑦]、奥索夫斯基[⑧]、瓦·康定斯基[⑨]、陀思妥耶夫斯基[⑩]、莱翁·慕西纳克[⑪]、米兰·昆德拉[⑫]、车尔尼雪夫斯基[⑬]、安妮·谢泼德[⑭]等。要举例是举不完的。虽然上述中也有一些算不上是朱先生所说的“伟大作家或

---

① ［匈牙利］卢卡契．我们的歌德：1949［M］．山石，译//中国社会科学院外国文学研究所外国文学研究资料丛刊编辑委员会．卢卡契文学论文集（二）．北京：中国社会科学出版社，1981：532－533.

② ［匈牙利］阿诺德·豪泽尔．艺术社会学［M］．居延安，译．上海：学林出版社，1987：156.

③ ［英］哈罗德·奥斯本．艺术的“创造性”概念［M］．陈望衡，丁文复，译//中国社会科学院哲学研究所美学研究室．美学译文：3．北京：中国社会科学出版社，1984：253－258.

④ ［德］歌德．自然的单纯模仿·作风·风格［M］//歌德，等．文学风格论．王元化，译．上海：上海译文出版社，1982：3.

⑤ ［法］伏尔泰．致杜·梅纳公爵夫人的信（1750）［M］．杨志棠，译//陈洪文，水建馥．古希腊三大悲剧家研究．北京：中国社会科学出版社．1986：92.

⑥ ［古希腊］朗吉努斯．论崇高［M］．罗念生，译//陈洪文，水建馥．古希腊三大悲剧家研究．北京：中国社会科学出版社，1986：28.

⑦ ［俄］列夫·托尔斯泰．列夫·托尔斯泰论创作［M］．戴启篁，译．桂林：漓江出版社，1982：24.

⑧ ［波兰］奥索夫斯基．美学基础［M］．于传勤，译．北京：中国文联出版公司，1986：404.

⑨ ［俄］瓦·康定斯基．论艺术的精神［M］//瓦·康定斯基．论艺术的精神．查立，译．北京：中国社会科学出版社，1987：68.

⑩ ［俄］陀思妥耶夫斯基．雨果的长篇小说《巴黎圣母院》［M］//陀思妥耶夫斯基论艺术．冯增义，徐振亚，译．桂林：漓江出版社，1988：102－103.

⑪ ［法］莱翁·慕西纳克．论电影节奏［M］．吕昌，译//李恒基，杨远婴．外国电影理论文选．上海：上海文艺出版社，1995：62－67.

⑫ ［捷克］米兰·昆德拉．小说的艺术［M］．孟湄，译．北京：生活·读书·新知三联书店，1995：67－69.

⑬ ［俄］车尔尼雪夫斯基．普希金文集：断片［M］//车尔尼雪夫斯基论文学：中卷．辛未艾，译．上海：上海译文出版社，1979：247.

⑭ ［英］安妮·谢泼德．美学：艺术哲学引论［M］．艾彦，译．沈阳：辽宁教育出版社，1998：122－127.

理论家"，但是，借此仍能看出有"伟大作家或理论家曾经否定过"朱先生所说的"取决论"这个"基本信条"，只不过其否定方式并非都是一目了然罢了。至于"艺术摹仿自然"这一信条，"曾经否定过"的人也有——不但不赞同者反对它，如谢林①、波德莱尔②、王尔德③、布拉德雷④、康定斯基⑤、施维特斯⑥、布雷东⑦、嘉博⑧、格莱兹和梅景琪⑨等，而且赞同者们内部在长达两千多年里也充满着分歧，如古希腊时期的亚理斯多德就"大大改造了柏拉图的摹仿概念"⑩，而19世纪法国画家德拉克罗瓦的看法⑪则明显不同于柯

---

① ［德］谢林．艺术模仿自然的原则对艺术家并无裨益［M］．罗悌伦，译//杨身源，张弘昕．西方画论辑要．南京：江苏美术出版社，1990：500.

② ［法］波德莱尔．摹写自然的理论是艺术的敌人［M］．郭宏安，译//杨身源，张弘昕．西方画论辑要．南京：江苏美术出版社，1990：464.

③ ［英］奥斯卡·王尔德．意图·撒谎术的衰落：1891［M］//［英］拉曼·塞尔登．文学批评理论：从柏拉图到现在．刘象愚，陈永国，等译．北京：北京大学出版社，2000：265－267.

④ ［英］布拉德雷．为诗而诗［M］．伍蠡甫，译//杨匡汉，刘福春．西方现代诗论．广州：花城出版社，1988：29－31.

⑤ ［俄］瓦·康定斯基．关于形式问题［M］//瓦·康定斯基．论艺术的精神．查立，译．北京：中国社会科学出版社，1987：88.

⑥ ［英］施维特斯．默兹［M］//［美］HERSCHEL CHIPP．欧美现代艺术理论：3．余珊珊，译．长春：吉林美术出版社，2000：25.

⑦ ［法］布雷东．超现实主义和绘画［M］//［美］HERSCHEL CHIPP．欧美现代艺术理论：3．余珊珊，译．长春：吉林美术出版社，2000：55.

⑧ ［俄］嘉博．艺术中的构成主义观念［M］//［美］罗伯特·L．赫伯特．现代艺术大师论艺术：十篇未删节的论文．林森，辛丽，译．南京：江苏美术出版社，1990：129.

⑨ ［法］格莱兹，梅景琪．立体主义［M］．王璜生，姚代玫，译//［美］罗伯特·L．赫伯特．现代艺术大师论艺术：十篇未删节的论文．林森，辛丽，译．南京：江苏美术出版社，1990：9.

⑩ ［意大利］弗朗西斯科·德拉科尔特，［加拿大］伊娃·库什纳．古代诗学［M］//［法］让·贝西埃，等．诗学史：上册．史忠义，译．天津：百花文艺出版社，2002：23.

⑪ ［法］德拉克罗瓦．写实主义和理想主义［M］//德拉克罗瓦论美术和美术家．平野，译．沈阳：辽宁美术出版社，1981：287－290.

罗的观点①。

（四）“概念性的思想”不能体现“文艺的思想性”吗？

在谈到“形象思维与文艺的思想性”时，《书简》写道：“……把‘概念’看作文艺的思想性，就是公式化、概念化的文艺的理论根据。谁也不能否认文艺要有思想性，但是问题在于如何理解文艺的思想性……我们也可以举托尔斯泰为例。这位伟大的小说家确实没有隐蔽他的见解，他一生都在宣扬人对基督的爱和人与人的爱，个人道德修养和反对暴力抵抗。这些都不是什么进步思想……如拿莎士比亚为例，你能从他的哪一部作品里探索出一些概念性的思想么？确实有些批评家进行过这种探索，所得到的结论不过是他代表了文艺复兴时代的人道主义精神……就是这些概念（你自己也许还在将信将疑）使你受到感动和教育吗？就我个人来说，我至今还抓不住莎士比亚的思想体系，假如他有的话……”（第60~64页）应该说，朱先生认为“文艺要用形象思维”以及艺术形象本身就蕴含着倾向性（包括思想）等看法，是正确的。然而，在其旁征博引的阐述里面，却存在着诸多背离学理的地方。

首先，文艺的思想性远非只是“概念”的表现形式，它完全可以仅仅蕴含于艺术形象当中，但是，这并不等于文艺的思想性非排除“概念”不可。像18世纪法国的一些书信体小说、对话体小说、哲理小说如《波斯人信札》《新爱洛漪丝》《拉摩的侄儿》和《老实人》等，就存在着大量“概念性的思想”，我们能说这些“思想”不属于“文艺的思想性”的范畴吗？我们能说这些作品是“公式化、概念化的文艺”吗？当然不能，并且事实刚好相反，这些作品中的“概念性的思想”恰恰体现了“文艺的思想性”的多样化。

其次，从理论上讲，“文艺的思想性”中的“思想”并不特指何种性质的思想。然而，朱先生在谈到托尔斯泰那些“没有隐蔽”的“见解”时却说

---

① ［法］柯罗．画你所见，并照你所见的样子画［M］．张荣生，译//杨身源，张弘昕．西方画论辑要．南京：江苏美术出版社，1990：366.

“这些都不是什么进步思想”，仿佛托尔斯泰作品中那些“隐蔽着”的“进步思想”才体现了“文艺的思想性”，而那些“没有隐蔽”的“非进步的思想”则不。进而言之，从论证逻辑角度看，“这些都不是什么进步思想”一句，如果不是多余的，那么就是错误的。

再次，就文艺作品本身而言，其思想经常也完全可以只蕴含于被描绘的艺术形象当中。对于接受者来说，文艺作品的思想往往不是从中直接地看到而是在玩味乃至挖掘的基础上抽象出来的。易言之，文艺作品的“概念性的思想”在许多情况下是接受者尤其批评家努力探索的结果。然而，朱先生却“拿莎士比亚为例”来问：“你能从他的哪一部作品里探索出一些概念性的思想么?”毫无疑问，这一问题的正确答案跟朱先生所预期的结论恰好是反过来。

最后，并非一定要有“思想体系”才叫有“思想”，即是说，“思想”和“思想体系”是两个不同的概念。然而，朱先生却要说“我至今还抓不住莎士比亚的思想体系，假如他有的话”，仿佛“抓不住”就等于莎士比亚没有思想体系。从论证的逻辑上讲，好像“抓不住莎士比亚的思想体系”就等于不“能从他的哪一部作品里探索出一些概念性的思想”，好像只有“思想体系”这一概念才配得上“概念性的思想”这一名称。而事实上，这样的思路是错误的——既偷换概念，又转移论题。

（五）“悲剧性和喜剧性”在“审美范畴中”与在“戏剧中”是一样的吗?

作为审美范畴，“悲剧性和喜剧性”的适用范围是很广的①，即是说，它并不仅仅存在于戏剧里。然而，尽管第12篇的标题为“审美范畴中的悲剧性和喜剧性”（第90页），但全文（第90~97页）讨论的却是“戏剧中”而非“审美范畴中”的“悲剧性和喜剧性”。诚然，该文也谈到了属于长篇小说的

① ［苏联］奥夫相尼科夫．马克思列宁主义美学［M］．傅仲选，徐记忠，袁振武，译．北京：人民教育出版社，1989：122－146.

《堂吉诃德》，但那不是举例，而是打比方（第96页）。此外，该篇还这么写道："悲剧和喜剧都属于戏剧，在分谈悲剧与喜剧之前，应先谈一下戏剧总类的性质。"（第91页）"我提出悲剧和喜剧这两个范畴作为最后一封信来谈，因为戏剧是文艺发展的高峰，是人民大众所喜闻乐见的综合性艺术。"（第95页）也就是说，无论从整体还是从局部来看，朱先生都没有自觉地意识到应该把"悲剧性和喜剧性"当作是超出"戏剧"范围的审美范畴来探讨，以使之跟论题相符。这明显是不合乎学理的要求的。

应该指出的是，该篇还存在着论述不够集中的问题。标题表明要谈的是"悲剧性和喜剧性"，可从一开始谈审美范畴中的美、丑到谈崇高、秀美再到谈"戏剧总类的性质"，就用了约三分之一的篇幅（第90~92页），而进入正题后，虽旁征博引，谈了亚理士多德、弗洛伊德、柏拉图、黑格尔、叔本华、尼采、霍布士、柏格荪、谷列格、卢那察尔斯基等人的一些看法，但对理当占有一定位置的个别重要问题却惜墨如金——譬如，对悲剧的原因，朱先生没有任何直接的正面讨论，只是在谈"悲剧的喜感"时一笔带过（第93页），至于悲剧的明确分类，则只字未提。

（六）结语

上述对《书简》的学理分析，主要针对其论证过程而不是那些充满着争议的学术观点，也只是举隅而非全面，不过，从中仍能看出该书确实存在着学理性缺失的问题。假如再考虑到它本身所固有的时代局限性①，则可知不宜将其当成"现代中国美学经典"，更不能称之为"中国美学第一书"。

客观地讲，《书简》里有许多地方闪烁着美学思想的火花，也有朱先生对社会对人生的真知灼见，但瑜不掩瑕，其中的不足理当被揭示、被看清。这里所进行的学术批评，仅仅是在某个方面的一点努力。

---

① 郑惠生．论朱光潜先生《谈美书简》的局限性：兼向国家教育部提建议［J］．汕头大学学报（人文社会科学版），2009（1）：10 －13．

四、学术期刊在文艺学批评上的严重缺失

——以《中国社会科学》《文学评论》《文艺研究》等为样本的分析与探讨

无论就波普尔的“猜想—反驳”观点[①]而言还是从库恩的“范式”理论[②]来看，学术批评对于科学发展来说都是至关重要的。当然，文艺学也不例外。那么，当前文艺学批评的状况是怎样的呢？我们又该如何应对？带着诸如此类的问题，笔者对《中国社会科学》《文学评论》和《文艺研究》等30种学术期刊2005—2009年发表的文艺学文章做调查、统计和分析，并以此为基础进行探讨。

（一）30种学术期刊发表的文艺学文章统计

根据分析的需要，统计结果列成表1至表5。

关于统计对象，需要说明的有三点。第一，30种学术期刊中的绝大部分为国内重要的学术期刊，总体而言，其发表的文章的学术水平较高。第二，10种文艺学专业期刊，除消息、文学艺术作品和各种各样的图像及说明外，

① ［英］卡尔·波普尔．进化与知识之树［M］//卡尔·波普尔．客观知识：一个进化论的研究．舒炜光，卓如飞，等译．上海：上海译文出版社，1987：270.

② ［美］托马斯·库恩．科学革命的结构［M］．金吾伦，胡新华，译．北京：北京大学出版社，2003：40－100.

其他文章全部计入。其中，一些文章从另一个角度看属于审美学或文化学范畴——如叶朗的《从中国美学的眼光看当代西方美学的若干热点问题》①、章辉的《论实践美学与后实践美学之争》②、孙逊的《都市文化研究：世界视野与当代意义》③ 等；不过，由于各个学科之间并非总是泾渭分明，所以，本统计依傍这些专业学术期刊的做法，将其纳入文艺学的范围予以统计，另外的20 种综合性社科期刊（或学报）的统计大体上亦照此法。第三，对 20 种综合性社科期刊（或学报），只统计文艺学部分，即是说，其“文章量”及分类栏里所列数据均属于文艺学范畴。

关于分类名称，需要说明的有下列七点。第一，“指名批评”是指那些在篇名中写明具体的批评对象——或姓名或书名（篇名）或兼而有之——的文章，主要包括商榷、质疑、指谬、修正、补正、订误、反批评等种类。第二，“争鸣”是指那些虽未在篇名中写明具体的批评对象，但内容却是针对某种观点或现象来发表个人看法的文章。从正文来看，既有不指名批评的，也有虽指名但在提起之后却不予以深究的，此可称为“泛批评”。第三，“研究述评”是指那些对文艺研究现象进行综述并加以评论的文章。从对象上看，主要包括主题研究、作家研究、学者研究等种类。第四，“书评”是指那些对“文艺研究”的专著、文集、教材等进行评论的文章——包括内容较单薄的读后感。至于对诸如长篇小说之类的文艺作品的评论，则不计入。第五，“综述”，就对象而言，多数为学术会议，也包括出版情况、翻译活动、教学特色和研究特点等。由于“综述”总是基于“选择”甚至有时还包含着较多的评价成分，所以此类文章也可称为“准批评”文章。第六，“访谈”主要包括访谈录、对话录、口述整理等。之所以在表 1 至表 4 中列出“访谈”的数据，

---

① 叶朗. 从中国美学的眼光看当代西方美学的若干热点问题［J］. 文艺研究，2009（11）：5－17.

② 章辉. 论实践美学与后实践美学之争［J］. 文学评论，2005（6）：150－158.

③ 孙逊. 都市文化研究：世界视野与当代意义［J］. 文学评论，2007（3）：175－179.

是因为对比需要它；而表5未计入“访谈”，则是由于无论从哪个方面来看，“访谈”大体上不属于文艺学批评的范畴，尽管不排除个别访谈案例包含着对于文艺学的看法。第七，本文将上述中的第一、三、四类归为文艺学批评的主要形态，简称“主批评”；将上述中的第二、五类归为文艺学批评的次要形态，简称“次批评”。

表1　10种文艺学专业期刊2005—2009年文章分类统计

单位：篇

期刊名称	载文总量	指名批评	争鸣	研究述评	书评	综述	访谈
文学评论	1 070	0	22	28	73	120	0
文艺研究	1 643	28	32	2	58	39	61
文艺理论与批评	826	0	20	2	8	13	10
文学遗产	847	9	43	28	0	65	4
文艺理论研究	538	3	32	10	11	6	9
文艺争鸣	1 605	18	56	24	21	7	3
中国现代文学研究丛刊	646	4	9	19	67	33	1
新文学史料	500	4	4	4	1	3	24
当代外国文学	487	0	5	11	8	28	25
俄罗斯文艺	444	0	1	6	19	5	2

注：发表于《当代外国文学》和《俄罗斯文艺》等期刊中的85篇文学作品未计入。

表2　10种综合性社科期刊2005—2009年文艺学文章分类统计

单位：篇

期刊名称	文艺学文章量	指名批评	争鸣	研究述评	书评	综述	访谈
中国社会科学	65	1	2	4	0	0	0
北京社会科学	71	0	0	4	2	1	0
社会科学辑刊	359	2	7	4	10	4	0
学习与探索	206	0	8	4	0	0	4

续上表

期刊名称	文艺学文章量	指名批评	争鸣	研究述评	书评	综述	访谈
中州学刊	380	1	16	9	4	1	0
江汉论坛	387	0	18	5	1	0	0
文史哲	170	2	6	7	1	3	0
云南社会科学	101	0	1	4	0	0	0
江淮论坛	231	1	7	3	0	2	0
晋阳学刊	161	3	4	0	0	0	0

表3　10种高校综合性社科学报2005—2009年文艺学文章分类统计

单位：篇

期刊名称	文艺学文章量	指名批评	争鸣	研究述评	书评	综述	访谈
复旦学报（社科版）	108	1	1	1	0	0	0
武汉大学学报（人科版）	161	1	8	2	18	4	0
吉林大学社会科学学报	77	2	9	1	1	0	0
四川大学学报（哲社版）	112	2	3	1	1	0	0
求是学刊	147	0	3	1	0	0	0
齐鲁学刊	334	1	3	4	0	0	0
西北师大学报（社科版）	219	1	14	3	0	0	2
南昌大学学报（人社版）	201	2	10	0	0	0	0
天津师范大学学报（社科版）	104	0	11	1	0	1	0
安徽农业大学学报（社科版）	138	0	1	1	1	0	0

表4　30种学术期刊2005—2009年文艺学文章各年分类统计

年份	总篇数	指名批评		争鸣		研究述评		书评		综述		访谈	
		篇数	%	篇数	%	篇数	%	篇数	%	篇数	%	篇数	%
2005年	2 239	26	1.16	71	3.17	32	1.43	45	2.01	70	3.13	29	1.3
2006年	2 326	16	0.69	88	3.78	29	1.25	52	2.24	64	2.75	33	1.42
2007年	2 572	12	0.47	61	2.37	35	1.36	69	2.68	70	2.72	29	1.13
2008年	2 639	15	0.57	59	2.24	55	2.08	58	2.2	57	2.16	26	0.99
2009年	2 562	17	0.66	77	3.01	42	1.64	81	3.16	74	2.89	28	1.09
合计	12 338	86	0.7	356	2.89	193	1.56	305	2.47	335	2.72	145	1.18

表5　30种学术期刊2005—2009年文艺学批评文章各年分类统计

年份	总篇数	指名批评		争鸣		研究述评		书评		综述	
		篇数	%	篇数	%	篇数	%	篇数	%	篇数	%
2005年	244	26	10.66	71	29.1	32	13.11	45	18.44	70	28.69
2006年	249	16	6.43	88	35.34	29	11.65	52	20.88	64	25.7
2007年	247	12	4.86	61	24.7	35	14.17	69	27.94	70	28.34
2008年	244	15	6.15	59	24.18	55	22.54	58	33.77	57	23.36
2009年	291	17	5.84	77	26.46	42	14.43	81	27.84	74	25.43
合计	1 275	86	6.75	356	27.92	193	15.14	305	23.92	335	26.27

（二）文艺学文章调查统计结果的分析

从表1中可算出，10种文艺学专业期刊在5年里总发文量为8 606篇。其中，“指名批评”66篇，占0.77%；“争鸣”244篇，占2.6%；“研究述评”134篇，占1.56%；“书评”266篇，占3.09%；“综述”319篇，占3.71%；“访谈”139篇，占1.62%。“综述”所占比例最高，表明学术会议多，也说明专业学术期刊对学术会议的信息高度重视。“指名批评”比例最低——甚至还不到严格意义上既非学术批评又非学术研究的“访谈”的一半，表明认真严肃的学术批评少，也说明专业学术期刊对此类活动的支持很不到位。

就各种专业学术期刊发表的不同类别文章所占比例的排序而言，“指名批评”前三位为《文艺研究》（1.7%）、《文艺争鸣》（1.12%）、《文学遗产》（1.06%）；“争鸣”前三位为《文艺理论研究》（5.95%）、《文学遗产》（5.1%）、《文艺争鸣》（3.49%）；“研究述评”前三位为《文学遗产》（3.31%）、《中国现代文学研究丛刊》（2.94%）、《文学评论》（2.62%）；“书评”前三位为《中国现代文学研究丛刊》（10.37%）、《文学评论》（6.82%）、《俄罗斯文艺》（4.28%）；“综述”前三位为《文学评论》（11.2%）、《文学遗产》（7.67%）、《当代外国文学》（5.75%）；“访谈”前三位为《当代外国文学》（5.13%）、《新文学史料》（4.8%）、《文艺研究》（3.71%）。倘若再把各类文章所占比例排在最后的专业学术期刊（如“指名批评”为0的就有《文学评论》《文艺理论与批评》《当代外国文学》和《俄罗斯文艺》等）考虑进去，则可知各种专业学术期刊都存在着或多或少的问题。如《文学评论》，“综述”高达11.2%，“书评”也有6.82%，而“指名批评”文章竟然连一篇也没有。再如《文艺研究》，虽然各种文章类型的分布情况较其他期刊合理些，但仍然有“访谈”（3.71%）较多而“研究述评”（0.12%）过少的不足。

另外，就不同的分支学科而言，《当代外国文学》和《俄罗斯文艺》两种期刊除没有“指名批评”外，“争鸣”文章的比例也很低——分别为1.03%、0.23%。这一点似乎说明，同古典文艺、现当代文艺和文艺理论等学科的研究相比，“外国文艺”的研究更缺少活力和生气。

从表2中可算出，10种综合性社科期刊在5年里发表文艺学文章共计2 131篇。其中，“指名批评”10篇，占0.47%；“争鸣”69篇，占3.24%；“研究述评”44篇，占2.06%；“书评”18篇，占0.84%；“综述”11篇，占0.52%；“访谈”4篇，占0.19%。从表3中又可算出，10种高校综合性社科学报在5年里发表文艺学文章共计1 601篇。其中，“指名批评”10篇，占0.62%；“争鸣”63篇，占3.94%；“研究述评”15篇，占0.94%；“书评”21篇，占1.31%；“综述”5篇，占0.31%；“访谈”2篇，占0.12%。由这些数据可看出，综合性社科期刊和高校综合性社科学报有几个共同点。第一，两者对文艺学“争鸣”的支持程度均高于文艺学专业期刊，但对认真严肃的文艺学批评的支持程度却都是反过来。第二，两者刊发文艺学“书评”和“综述”文章所占的比例均远比专业学术期刊低。这一点和前一点表明，两者支持文艺学批评的程度远不及文艺学专业期刊，而究其因由，大概在于两者用来编发文艺学文章的版面不多，这不多的版面只能留给“正儿八经”的论证文章了。第三，两者刊发文艺学“访谈”文章都极少，都远不如文艺学专业期刊。与此类似的还有文艺学的“序与跋”——只有《天津师范大学学报》（社科版）发表了2篇，占文艺学文章总量的0.05%；而《中国现代文学研究丛刊》有7篇，《文艺理论与批评》有5篇，《文艺理论研究》有3篇，合计占10种文艺学专业期刊文章总量的0.17%。这是否意味着两者对任何“访谈”和“序与跋”都“保持距离”呢？不是！调查显示，仅《晋阳学刊》5年内发表的“非文艺学”（包括哲学、史学、文化学、政治学等）“访谈”文章便高达29篇。像这样的情况是否说明，在当今哲学人文社会科学领域里，文艺学学者及其成果的地位不高？关于这一问题的答案，有待于进一步调查研究。

当然，两者也有不同的地方，如综合性社科期刊比高校综合性社科学报更加重视“研究述评”，其重视的程度甚至还超过文艺学专业期刊。这一点表明，综合性社科期刊对“文艺学”的历史、现状和前景比其他类型的期刊更感兴趣。

从表4中可看到，30种期刊在5年里发表文艺学文章12 338篇。从各年来看，虽然文艺学文章的数量有所变化，但比起许多不断增加期数和版面的低端的学术期刊，仍属较正常的范围——数量最多的2008年比最少的2005

年高出400篇，平均每一种期刊多出13.3篇。就不同类型的期刊而言，文艺学专业期刊近两三年发表文章的篇数多于四五年前（2009年为1 890篇、2008年为1 911篇、2007年为1 825篇、2006年为1 526篇、2005年为1 454篇，其中，从2007年开始改双月刊为月刊的《文艺争鸣》，最多的2008年是464篇，最少的2005年是169篇）；而综合性社科期刊和高校综合性社科学报的情况则刚好相反（前者2009年377篇、2008年412篇、2007年421篇、2006年460篇、2005年461篇，后者2009年295篇、2008年316篇、2007年326篇、2006年340篇、2005年324篇）。这是因为后两者在编发文艺学文章方面越来越严格？还是因为后两者留给文艺学的空间越来越小？抑或是别的什么原因？对此，须进一步调查研究才能搞清楚。

就文艺学不同类型文章的篇数的变化情况而言，从四五年前到近两三年的总体趋势是“研究述评”和“书评”上升，而“指名批评”“争鸣”“综述”和“访谈”则下降。这一方面表明，文艺学领域里的成果多了，各个分支学科的研究积累总体上厚了；另一方面也表明，文艺学领域里的“猜想反驳”弱了。关于这后一方面，不仅从表4中可知，而且从表5中也能看到。

从表5中可算出，在30种期刊5年里发表的1 275篇文艺学批评文章中，包括综述、争鸣在内的“次批评”占54.2%，而包括指名批评、研究述评和书评在内的“主批评”占45.8%。这表明“主批评”与“次批评”在当前文艺学批评中的地位是颠倒的。倘若再考虑到认真严肃的“指名批评”的低比重（在文艺学批评整体中是6.75%，在“主批评”中也只有14.73%），并联想到绝大部分“书评”并非“对知识增量具有重要意义的从批判角度进行的书评”[①] 而是有着突出“功利性”的“歌德派”文章[②]等等，则可知今日的文

---

① 邓正来，杜悦．“弘扬学术批判，提升中国学术”：《中国书评》主编邓正来先生访谈［J］．学术界，2005（4）：124.

② 胡雯君．新形势下学术期刊采稿方法探讨：以《甘肃社会科学》为例［J］．出版发行研究，2009（7）：65－66.

艺学批评缺失严重。

从栏目设置上看，10 种文艺学专业期刊在 5 年里都有或曾有过自己的特色，像《文艺理论与批评》的“自由谈”和“研究生论坛”、《中国现代文学研究丛刊》的“青年园地”、《新文学史料》的“回忆录”和“史话下午茶”、《俄罗斯文艺》的“往事与随想”和“博闻”、《当代外国文学》的“外国文论选译”和“学术会议论文选登”、《文艺争鸣》的“当代百论”和“讨论会”等等，就很有特点。诚然，这些“栏目”的设置并非都同样有正面的学术价值，但就“从错误中学习”① 的角度而言，它们仍是有意义的。如果看其“栏目”设置的普遍性，则开设过“书评”的有 8 种（其中《文艺研究》每一期都设“书与批评”，《文学评论》也仅有 3 期未设“书评”），开设过“访谈”的有 7 种（其中《文艺研究》每一期都设“访谈与对话”，《当代外国文学》也仅有 7 期未设“访谈录”），开设过“综述”的有 7 种（其中《文学评论》每一期都设“综述”，《当代外国文学》仅有 3 期未设“学术动态”，《文学遗产》也只有 5 期未设“学术活动报道”），开设过“争鸣”的有 5 种（从期数上说很少：2005 年计 9 “种期”，2006 年计 5 “种期”，2007 年计 1 “种期”，2008 年计 4 “种期”，2009 年计 4 “种期”）。然而，调查中发现，这 10 种既有共性又有个性，既稳定又变化着的文艺学专业期刊在长达 5 年时间共计 318 “种期”里面竟然未曾设置过“学术批评”栏目。的确，未设置“学术批评”栏目并不等于其中没有“学术批评”文章——像《文艺研究》中的“书评”不仅有不少极具学术性，而且有约 20 篇还可划归认真严肃的“指名批评”之列；但是，在多达 318 “种期”里头从未有过“学术批评”栏目的设置，至少表明文艺学专业期刊界普遍未形成“学术批评”具有重要学术意义的观念，也说明当前文艺学批评实践普遍没有达到理论上的自觉以及学术化、学理化的高度。

---

① ［英］卡尔·波普尔．历史哲学的多元取向［M］//卡尔·波普尔．通过知识获得解放．范景中，李本正，译．杭州：中国美术学院出版社，1996：211.

（三）进一步探讨：问题与解决

综上所述，当前学术期刊中的文艺学批评缺失严重，其突出表现主要有两个方面：一是“主批评”与“次批评”的地位颠倒，认真严肃的“指名批评”匮乏；二是没有多大学术意义的“栏目”五花八门，而具有重要学术意义的“学术批评”栏目却未得到应有的重视。下面，笔者将从问题的产生与解决的角度予以讨论。

首先是学术期刊。可以说，学术期刊是学术批评最重要、最合适的载体。虽然包括文艺学在内的哲学人文社会科学成果常以书籍的形式出现，但对于其批评来说，书籍的篇幅（通常10万字以上，至少得几万字）无疑是太大了。至于报纸，尽管也能登载学术批评文章，但由于普遍存在着篇幅的限制和体例的要求等问题，所以也并不很适合发表学术批评尤其是那些条分缕析、论证充分的学术批评文章。然而，具有讽刺意味的是，在学术批评的倡导上，当今的一些报纸比学术期刊更热心——如《文学报》《文艺报》《社会科学报》和《中国社会科学报》等，就让绝大多数高端的学术期刊汗颜；而在学术批评文章的刊登方面，也不难看到一些报纸比绝大多数高端的学术期刊更乐意于承担责任——像《中华读书报》，总第163期就发表了3篇有着具体批评对象的指谬文章（一篇6 000字，一篇2 000字，一篇1 500字）[①]，总第164期登载了1篇达1万字的商榷长文[②]，而总第165期则刊出两篇8 000多

---

① 余一中．如此硬伤累累，岂能入选国家社科基金项目：与孙玉华、王丽丹、刘宏诸位先生商榷［N］．中华读书报，2010－02－10（9）；李修建．注书实难，能不慎哉？——中华书局版《娑罗馆清言》一书中的问题［N］．中华读书报，2010－02－10（10）；马斗全．慎勿歪曲作者原意［N］．中华读书报，2010－02－10（3）．

② 许明龙．与《中国之欧洲》译者商榷［N］．中华读书报，2010－02－24（9－10）．

字的“指名批评”文章[①]。当然，这里无意于在学术批评的问题上全盘否定今日学术期刊界，况且事实上也有极个别学术期刊在这方面很出色——如《汕头大学学报》（人文社会科学版），从2003年起就设置了“学术批评与争鸣”栏目，至2010年第3期，该栏目发表的“指名批评”文章仅文艺学美学方面的就有52篇；而只是想证明，跟一些报纸相比，作为一个整体的中国学术期刊界确实未能尽到该负的责任。

那么，何以会这样呢？暂且不谈学术环境等原因，仅从编审心理的角度看，就有三点值得注意。一是“许多学术期刊编辑者讳疾忌医、自护其短”[②]，他们看到自己编发的文章被来稿批驳，在心里很不舒服的情况下弃之。二是编发认真严肃的学术批评文章容易得罪人，而要得罪的人往往不是自己的同学或导师或朋友，就是自己同学或导师或朋友的熟人。在这种情况下，即便是有点学术责任心的编辑和审稿专家，也会犯难，也很容易忘记“在其栏目中……没有任何人能免于服从最严厉的事实批判和科学批判”[③]。三是评审那些“指名批评”文章很麻烦，也很难马虎应付。这里就不说一些评议人对“赞助稿”“关系稿”和“名人稿”简单地说“可发表”，也不说一些评议人对与前述情形刚好相反的稿子简单地说“不可发表”，而只论那些一贯较认真的评议人。对那些正面论证的文章，审稿时通常只读这么一篇；可对那些“指名批评”文章，审稿时通常要读两篇（部）。仅这一点就能看出两者在劳动时间上的差别，而多耗时间恰恰是许多评议人所不乐意的。更困难的是，凡“指名批评”，均属学术上的交锋、较量，如果评议人的学术功底太薄，或

---

① 商金林. 沈从文果曾“恋上自己的姨妹”？——评《虹影星光或可证——沈从文四十年代的爱欲内涵发微》的几个“事实”［N］. 中华读书报，2010-03-03（5）；杨建邺. 评判“李杨之争”怎能如此不严谨：就《李政道传》与季承先生商榷［N］. 中华读书报，2010-03-03（9）.

② 倪祥保. 学术刊物如何改变“批评缺失”现状［N］. 中国社会科学报，2009-11-19（13）.

③ ［德］马克斯·韦伯. 社会科学和社会政策的客观性［M］//马克斯·韦伯. 社会科学方法论. 杨富斌，译. 北京：华夏出版社，1999：157.

者其学术功底够厚但没有或不愿意花更多的时间思考、查证，则评价易于出错。跟胡判一般性的稿子相比，胡判“指名批评”稿子的风险更大，更容易被发现、被揭穿，因为就像人们口头上常说的那样“有人盯着呢!”如此，自然是使得许许多多的学术期刊碰到认真严肃的学术批评文章绕弯走。因之，如何改变编辑乃至审稿专家对于学术批评文章的观念、态度以及怎样计算此类文章编审工作量等，是当前学术期刊界急需考虑和解决好的问题。另外，有人提出为建立“学术批评机制”而“办一本学术评论刊物”①，这个意见很好。从文艺学良性发展角度讲，笔者还以为应当办一份《文艺学学术批评》杂志。之所以持这样的看法，是因为现在的文艺杂志和文艺学杂志够多了——据调查统计，2005 年仅文艺类的学术期刊就有 154 种（包括中国文学 30 种、外国文学 12 种、艺术学 112 种）②，而纯正的“文艺学批评”杂志却一份也没有。

其次是批评队伍。巧媳妇难为无米之炊，单怪学术期刊回避认真严肃的学术批评文章不行。如果稿源不足，就是学术责任心很强的编辑也难有作为——众所周知，稿源充足的领域，其背后必有一支可观的作者队伍。若论当前文艺批评队伍，不可谓不庞大：有高校的，有文联作协的，有新闻媒体的，还有自由职业的；而被推为“家”的也不少——仅《南方文坛》设置的“今日批评家”栏目，就“期以继期”地举荐了一大批“批评家”。因之，就有了许许多多文艺批评文章可供文艺学专业期刊选择和登载，一些期刊还为此设置了“批评”栏目——如《文艺理论与批评》的“新作荐评”、《俄罗斯文艺》的“评论”、《南方文坛》的“绿色批评”等。然而，综观此类文章，绝大多数远不属于“文艺学批评”的范畴。之所以如此断言，是因为其批评

---

① 傅小燕，陈石福，刘峥嵘．学术评价体系与学术道德建设［J］．华南农业大学学报（社会科学版），2004（4）：145.

② 叶继元．人文社会科学学术期刊及研究成果评价的调查分析［J］．学术界，2007（4）：66.

的对象为文艺作品且方法方式是主观的、印象的、情感的、感悟的，其低劣的部分甚至还可以划入朱鹏飞先生所界定的良知已失落了的“情感主义批评”之列[①]。当然，此处并非完全否定当下文艺批评所取得的成绩——不仅由于此类文章中的高端者有其重要的价值，而且还由于面对着仅长篇小说的年产量便达1 000部以上的庞大文艺作品群，文艺批评一点也不繁荣说不过去；这里只不过想指出，在今日文艺批评表面繁荣底下，存在着文艺学批评活动匮乏和文艺学批评队伍缺失的事实。进而言之，通过培养、培训来建设一支专业的文艺学批评队伍，是解决当前文艺学批评缺失严重的必由之路。

再次是理论武装。在学术领域里，如果没有理论上的支撑，就不会有批评实践上的高度自觉，更不可能有高水平的批评实践。尽管目前关于学术批评的泛泛而论的文章不少，而一般意义上的文艺批评文章也俯拾皆是；但就“文艺学批评”领域而言，笔者的调查结果表明，至今国内尚未有一篇从理论角度予以深入探讨的文章，而另一方面，把文艺批评仅当作文艺作品批评以及没有把握住文艺学批评特质的“时评”常常在报刊上露面。更有意思的是，一些对当下文艺批评持不满态度的著述者经常拿学院批评“开刀”，似乎文艺批评不良的罪魁祸首就是“学院批评”——如曾获“中国文联理论批评奖”的施战军教授指摘说：“文学批评对学院规约投怀送抱”，“学术规范导致批评文体僵化”[②]；中国社会科学院文学研究所研究员李建军先生断定：“规行矩步的‘学院化’也内在地瓦解着文学批评的精神和活力”[③]；何平博士同样认为：“当我们今天的文学批评日益学院化，其命运将是被学院体制格式化”[④]；

---

① 朱鹏飞. 情感主义批评的四大症候：谈情感主义时代学院批评良知的失落［J］. 南方文坛，2007（2）：14－17.

② 施战军. 现时代中国文学批评的危机与生机［N］. 文学报，2008－11－20.

③ 李建军. 文学批评与创作非对称性的成因［N］. 中国社会科学报，2009－10－13（6）.

④ 何平. 文学批评在今天还有存在意义吗？［N］. 文学报，2008－12－04（7）.

而杨光祖教授则干脆宣称："文学批评：在学术的名义下死亡"[①]。然而，诸如此类听上去很雄辩的话语，实际上就像是要求"苹果必须富含脂肪和蛋白质"一样缺乏理据，也像是让"豹子跟雄鹰比飞"或让"雄鹰同豹子赛跑"一样不公平。毫无疑问，各类或各派批评都有其特色、长短和利弊，其成果都一样既有高端又有低端。当今的许多所谓"学院批评"文章，其存在的问题并不在于它的学院化、学术化、规范化，而在于它还远不够学院化、学术化、规范化。进而言之，在文艺批评、文艺作品批评、文艺学批评、学术批评、学院批评等概念都还模棱两可和含混不清以及由此而来的众声喧哗的背景下，文艺学批评要有长足的发展是不可能的。故此，大力开展文艺学批评的理论研究，是当前文艺学界一项重要而又紧迫的任务。

最后是评价机制。学术研究需要评价，这是任何学者都懂得的道理。可是，怎样评价才是科学的、合理的，则有不同的意见。就目前的评价制度而言，成果公开发表前通常采用"专家评议制"——包括被一些学者认为属于较合理可靠的"双向匿名"[②] 和"单向匿名"；成果公开发表后一般采用期刊或出版机构"级别定位制"[③]，有时候还加上"奖项等级制"以及被看作是"延迟的承认"的"引证"[④]。这里面的核心和关键是特定专家的评议，因为不管学术成果是否需要公开发表以及获什么样的奖，等等，其持有者一般情况下须借"专家评议"来生成"级别"。这当然有它的合理性、科学性，可问题在于，"评议专家"的特定能力与特定的"评议对象"是相称的吗？"评议专家"一定会坚守"学术乃天下之公器，人皆不可得而私之"这一信念吗？

---

① 杨光祖. 文学批评：在学术的名义下死亡［J］. 山西文学，2007（8）：79.

② ［美］埃利泽·盖斯勒. 科学技术测度体系［M］. 周萍，黄军英，等译. 北京：科学技术文献出版社，2004：230.

③ ［美］唐纳德·肯尼迪. 学术责任［M］. 阎凤桥，田玲，等译. 北京：新华出版社，2002：237.

④ ［美］杰里·加斯顿. 科学的社会运行：英美科学界的奖励系统［M］. 顾昕，柯文礼，等译. 北京：光明日报出版社，1988：203.

关于这两个问题，正确的答案一定如此：有些“是”也“会”，有些“不是”但“会”，有些“不是”也“不会”，有些“是”但“不会”。既然评议专家的能力和操守不尽相同，那么，这种“小众化”评价[1]的正确性就必然因人而异。正如迈克尔·马尔凯在谈到“制度化的匿名制”时所指出的：“由于有保密的外衣，故他的‘犯罪行为’会是藏而不露的。”[2]“专家评议制”明显存在着漏洞。如何堵塞这样的漏洞？有效的办法之一就是建立“评议之评价”制度——内部请另一些专家对原评议专家的结论进行评价，外部则充分发挥“判断公开化”[3]了的学术批评的“舆论监督”作用[4]和辅助纠偏功能。进而言之，学术行政管理机构和部门应当把公开化了的每一位专家都有可能参与的学术批评纳入学术管理的正轨，使其变成学术评价制度中不可或缺的重要组成部分，以提升整个学术评价体系的公信力，为真正的学术繁荣创设良好的环境。

总之，文艺学批评乃至整个哲学人文社会科学批评任重道远，尽管目前它还存在着诸多的问题，但只要紧紧围绕学术期刊、批评队伍、理论武装和评价机制等四个方面来做工作，就必定有进步，也必定有收获。

---

① 王华生. 大众化评价：学术评价中对学术腐败的有效制约［J］. 河南大学学报（社会科学版），2008（6）：55－60.

② ［英］迈克尔·马尔凯. 物理学系的结构和过程［M］//迈克尔·马尔凯. 科学社会学理论与方法. 林聚任，等译. 北京：商务印书馆，2006：83.

③ ［美］R. K. 默顿. 科学社会学：下册［M］. 鲁旭东，林聚任，译. 北京：商务印书馆，2003：634.

④ 杨玉圣. 关于学术、学术批评与学术规范：与法大学友的学术对话（之一）［J］. 云梦学刊，2008（1）：12.

第五章

文艺学学术事件的批评

“学术道德”和“学术规范”是学术共同体的生命线。在学术问题上犯错并不可怕，可怕的是犯错者不准备由此而承担相应的学术责任。而更让人担忧的是，学术机构在学术道德问题的处理上常常未能尽到学术的责任。

一、“汪晖事件”公开信的“非学术化”
——对詹明信、齐泽克、白露、酒井直树等82位国际知名学者的学术批评

近10年来，本人致力于文艺学批评实践，先后在学术期刊上发表了与之相关的文章20篇，其中包括对个别“国家哲学社会科学基金项目”成果的批判[①]、就《谈美书简》问题“向教育部提建议”[②]等。尽管从事学术批评活动多少会注意到学术领域的剽窃现象，但对于该现象，笔者一直没有涉及。究其原因，客观上是“学术剽窃指控”比一般的学术批评更会招致怨恨，更具风险，正像郑也夫教授所说，这种事不能轻易下注[③]，并且，在实践上往往也是“可遇而不可求”；主观上则认为，对于学术剽窃的指控，虽然必须弄清楚衡量剽窃的标准、掌握相关的概念，也需要做大量的细心的调查工作，但总体上讲“技术含量不高”，对学术者智力的挑战较小。

基于上述原因，当看到王彬彬教授《汪晖先生的学风问题——以〈反抗

---

① 郑惠生．“国家哲社科学基金项目”成果焉可错谬百出：对黄浩教授《从文学信仰时代到文学失仰时代》的学术批评［J］．汕头大学学报（人文社会科学版），2009（5）：17－24.

② 郑惠生．论朱光潜先生《谈美书简》的局限性：兼向国家教育部提建议［J］．汕头大学学报（人文社会科学版），2009（1）：10－13；郑惠生．《谈美书简》是“现代中国美学经典”吗：论朱光潜先生《谈美书简》的学理性缺失［J］．汕头大学学报（人文社会科学版），2010（2）：11－16.

③ 郑也夫．汪晖事件，不必拉扯时代［N］．南方都市报，2010－04－10.

绝望〉为例》一文[1]（以下简称“王文”）时，笔者跟近几年看到类似的指控文章时的淡然反应差不多：“学术界又有事了。”本来，发布于专业学术期刊上的这一“学术剽窃指控”该很快得到包括专业“科学共同体”在内的各方的很好回应和解决，可万万没有想到，事态的发展越来越让人触目惊心。继学术期刊《文艺研究》首发（3 月 10 日）之后，王文又于 3 月 25 日发表在报纸《南方周末》上。3 月 25 日，《京华时报》载文说：“著名鲁迅研究专家、北京大学中文系教授钱理群昨晚接受本报记者采访时表示，以今天的学术标准来看，《反抗绝望》可能确实在引文等方面存在不规范的问题，但不能简单称之为剽窃。钱理群同时表示，该书的核心观点应该是汪晖独立思考的结果，汪晖对鲁迅研究的贡献不能否定。”3 月 31 日和 4 月 7 日，《中华读书报》先后刊载了若干篇专门讨论“汪晖抄袭门”的文章，包括张梦阳的《不可简单断“抄袭”——兼论汪晖〈反抗绝望〉的价值与意义》、靳大成的《文风、规范与八十年代学术思想氛围》、肖鹰的《鲁迅怎样应对“剽窃”指责》等，肖鹰在《学界要有勇气直面抄袭》（3 月 31 日）一文中写道：“南京大学教授王彬彬批评清华教授、著名学者汪晖的《反抗绝望》一书存在严重抄袭现象的署名论文，见诸报端一周来，导致的不是学界对抄袭是非进行严肃甄别，而是在媒体报道称‘多名专家称抄袭说难成立’的背景下，‘说汪晖抄袭，王彬彬遭挺汪派围剿’的局面。［《现代快报（南京）》2010 年 3 月 28 日］这一近年来并不鲜见的现象，再次重演，令人在为中国学界深感悲哀的同时，又难以沉默……钱理群三人为汪晖做的辩护，不仅站不住脚，而且还令人遗憾地看到三位学人缺少作为学者应有的严谨和责任……有识之士都承认，学术剽窃已成中国学术的大害。中国学术欲得救治，学界必须有勇气直面抄袭。如果以无原则的庇护和无理的赖账，中国学术未来必无生机可言。”4 月 8 日，《南方周末》刊发了由项义华和欧文写的补充《反抗绝望——鲁迅

---

① 王彬彬. 汪晖《反抗绝望——鲁迅及其文学世界》的学风问题［J］. 文艺研究，2010（3）：126－138.

及其文学世界》（以下简称“汪著”）涉嫌抄袭证据的文章。4月21日，熊丙奇在《东方早报》上发表《社科院应启动汪晖抄袭事件的调查》，该文讨论了汪晖教授的博士学位问题：“不应该只停留在‘媒体辩论’——媒体评价终究不是学术评价；也不是由几个专家表态拍板——几个专家的意见也只是个人意见，而应该由学术机构进行调查、认定。这个学术机构，就是汪晖当年读博士的中国社会科学院学位委员会。虽然博士学位已经授予20年，但学术不端的责任追究，并没有时限。从高度重视博士培养质量出发，即便王彬彬没有向中国社会科学院提出检举，该研究院的学位委员会，也应该视学术声誉为生命，立即启动调查程序，组织独立的调查委员会，通过调查、听证，以鉴定汪晖的论文是否存在抄袭。如果没有抄袭，学位委员会可以向公众公布调查结果，以此了断‘媒体辩论’；而如果存在抄袭，学位委员会当做出取消博士学位的处理。这才是符合常识的学位论文不端处理程序。”6月6日，林毓生在接受《南方都市报》采访时说：“不但我关注这件事，余英时先生也十分关注这件事。我们对于汪晖涉嫌大量抄袭，感到震惊……汪晖到底抄袭了没有？我们同意严家炎先生的看法：有些地方确实‘可以说是抄袭’……一个学者学问的好坏，见仁见智、大家可以讨论，但抄袭这件事，只能看证据的真伪、多少，如果客观的证据确凿，你怎么为抄袭者辩护，他仍是抄袭者”，“如果清华大学校长、文学院院长不愿作出任命‘汪晖涉嫌抄袭调查委员会’的决定；显然得很，他们未能负起责任，他们自己应该下台”①。6月7日，易中天在《南方都市报》撰文，呼吁尽快成立“汪晖涉嫌抄袭调查委员会”，提出“‘专门委员会’应该是客观、公正、中立的”，是“只对公众和事实负责”的“独立机构”，“委员会的惟一任务，是弄清事实，即根据《著作权法》和国际学术惯例，讨论‘汪晖抄袭’的说法是否成立。”（《请尽快成立汪晖涉嫌抄袭调查委员会》，“学术批评网”2010年6月9日转发）6月

① 林毓生. 论汪晖事件：清华应负起政治与道德责任［EB/OL］. 学术批评网，2010－06－09.

9 日，来自世界十个国家或地区的包括詹明信、齐泽克、白露、怀默霆、布鲁斯·柯明思、迈克·哈特、迈克·杜盾、村田雄二郎、酒井直树、克里斯多福·康奈利、萨布里娜·阿迪佐尼、罗宾·布莱克本、阿里夫·德里克、王斑、艾华、贺萧、黄宗智、王斑、冯珠娣、高默波、黄乐嫣、包华石、商伟、王瑾、华志坚、胡志德、王正绪、王斯福、何伟亚、刘禾、罗慕士、托马斯·范盾、哈里·哈鲁图尼恩、安德鲁·琼斯、理查德·C. 卡根、彼得·诺兰、彼得·奥斯本、丽萨·罗菲尔、安德鲁·罗斯、罗伯托·斯卡切利、马瑞林·杨等人在内的 82 位国际知名学者"致信清华大学校长陈述了他们的看法"，"支持汪晖否认剽窃"，"声援正在被大众传媒攻击的汪晖教授"[①]。6 月 10 日起，在网络上开始流传李陀的"致林毓生先生的一封公开信"（6 月 9 日），该信对林毓生表示"我相当失望"，并说"以你多年在美国大学执教的经历，应该明白一个学者对自己的一位同行做出这样的指控，都负有什么法律和道义的责任。不过，我这样说并没有指责你的意思，我只想给你一个具体的建议：你能否写一篇文章，针对钟、舒、魏诸人的文章做一次认真的分析和辩驳，看经过这样的辩驳之后，你现有的对汪晖的评判和结论是否还能站得住，是否还能服众。我想，鉴于汪晖涉嫌抄袭的争辩已经形成一个很大的事件，我的建议和要求并不过分"。7 月 7 日，由郑也夫、张鸣、李醒民、顾海兵、汪丁丁、王扬宗、王学泰、吴中杰、董健、陈青生、李世洞、杨玉圣、沈登苗、余三定、张闳、张隆溪、马斗全、张中秋、周祥森、肖滨、李杨、陆谷孙、徐国栋、郭于华、沈弘、李天纲、徐贲、薛涌、王晴佳等 63 位专家学者签名要求中国社会科学院和清华大学"迅速答复，履行职责"以及"组成调查委员会"的公开信在《中国青年报》上发表[②]，当晚央视也对此做

---

① 刘禾，黄宗智，王绍光，等. 支持汪晖否认剽窃［EB/OL］. 凤凰网，2010 - 07 - 09；学术批评网转发，2010 - 07 - 09.

② 郑也夫，张鸣，邓晓芒，等. 就汪晖教授涉嫌抄袭事件给中国社会科学院、清华大学的公开信［N］. 中国青年报，2010 - 07 - 07；学术批评网转发，2010 - 07 - 09.

了报道。7月9日，82位国际知名学者联合签署的公开信“在网络上公之于众”。7月12日，张鸣的言论见报：“这90位大腕……跑到学术环境败坏的中国，明目张胆地做……这是在欺负我们中国没有规则，还是欺负我们中国的学者没有常识呢……世界上有哪个嫌犯的罪责是因为有人作保而洗清的？没有。除非审判他的地方，存在司法的腐败……一旦清华开展调查，我不担心行政权力会对他不利。道理很简单，就在受到指控当口，清华大学还顶风申报他为国务院特殊津贴的领受者，这换了任何一个人，恐怕都没有这个待遇”①。7月16日，“学术批评网”转发薛涌《学术界相互揭短未必是坏事》一文，文章说：“从目前揭示出的材料看，汪晖的抄袭是不容置疑的……遗憾的是，汪晖对此迟迟不作答复。反而是他的朋友、哥伦比亚大学的讲座教授刘禾，牵引八十位著名国际学者，发表致清华大学校长的公开信，力挺汪晖，担保汪晖的著作中没有‘任何剽窃的现象’，‘不管我们多么宽松地定义剽窃这个词’……如果此信属实，那真可谓西方文化帝国主义对中国学术界赤裸裸的讹诈和恫吓……如今正是他们为了个人的利益，引领由这八十位学者组成的‘八国联军’，跑到中国学术界演出了一场‘火烧圆明园’的闹剧。”7月24日，郑也夫在《新京报》上撰文说：“刘禾等80余位域外学者（现在已达90余人）写给清华大学校长的公开信，让我见识了远远超过国内涉嫌抄袭事件的、罕见的学术丑闻……80余位域外学者否定剽窃的方式滑稽之极……一个人做如上表述已足令闻者惊讶，80余名海外教授联手写出这样蛮横无理的公开信，令人难以置信……我们可能看到了西方几十年来罕见的学术丑闻……为涉嫌剽窃担保，这在西方学术界是闻所未闻的事情……挂到互联网上，主体由西方学者构成、向中国学术界施压的这封联名信，已经广为传播，声名狼藉。”② 至此，“汪晖事件”终于从一个“中国文艺学学术事件”演化

---

① 张鸣．国际大腕表态能证明汪晖清白吗［N］．南方都市报，2010－07－12．学术批评网转发，2010－08－20．

② 郑也夫．比抄袭更严重的学术丑闻［N］．新京报，2010－07－24．

成“硝烟弥漫”的“国际文化事件”。

由于82位国际知名学者联合签署的公开信所涉及的问题的严重性以及该信内容本身存在着严重的缺失，所以，这里打算对其（“中译文”，包括“哥伦比亚大学教授刘禾说明”，共约1 300字）进行学术性的批评。

（一）如何证明汪晖教授“没有剽窃”?

公开信用来证明汪晖教授“没有剽窃”的根据主要包括两个。

其一，“这个指控已经在钟彪、舒炜、魏行和其他学者的严谨分析文章中被辩驳”。显然，这里的论据存在如下的问题。

第一，列出“钟彪、舒炜、魏行”等学者，却没有列出这些学者辩驳文章的篇名以及何时发表于何处。这明显是难为了读者（或许还包括清华大学校长顾秉林和副校长谢维和），从学者回应学术事件的角度看，则可以说是“很不严谨”。

第二，此处所列的几位学者的分析文章，都“严谨”吗?非也。比如，魏行先生的《媒体暴力与学术独立——关于一起媒体公共事件的备忘录》一文①，尽管对大众传媒过度干涉学术事件的分析与探讨有可取之处，但其中诸如“王彬彬一文所有的证据都是虚假”之类的说法，明显就属于极端化了的“偏执式批评”②。再如，舒炜先生的《“王彬彬式搅拌”对学术的危害》一文③，虽然对“参见”等问题的讨论颇具启发意义，但里面的宣称：“王彬彬式的搅拌学风对中国学术危害极大，因为这样以人身攻击为目的的指控，几乎可以把任何学者的任何写作都定义为剽窃”，却是太过于随意了。进而言之，国际学者们坚称“分析文章”“严谨”，实属“不严谨”之辞。

---

① 魏行. 媒体暴力与学术独立：关于一起媒体公共事件的备忘录［EB/OL］. 左岸文化网，2010－04－15.

② 郑惠生. 文艺学批评“非学术化”批判：学术批评研究之一［J］. 学术论坛，2010（8）：87－88.

③ 舒炜. “王彬彬式搅拌”对学术的危害［N］. 北京青年报，2010－04－03.

第三，国际学者们对自身应当有更高的要求，也就是说，应该自己撰写辩驳文章以增强说服力，而不是用一句“这个指控已经……被辩驳，它是不足信的”来打发。应当说，钟彪、舒炜、魏行等学者在短时间内能写出那样的驳论已经很不容易，要他们的“分析文章”“严谨”且能完全驳倒王彬彬教授及其他学者的指控，肯定是一种太过于理想的要求。倘若他们的分析文章真的“严谨”到足以让指控者心服口服的程度，那么，“八十多位国际学者联合签署”“致清华大学校长的信”的这一举动岂不显得太过于“奢靡”了吗？而“致校长信”在“网络上公之于众”的做法，又怎能不让社会公众怀疑其在表面的“学术目的”背后隐藏着强烈的“非学术动机”呢？

其二，“在这封信上签字的也有汪晖教授著作的译者，他们无疑是最熟悉汪晖教授的写作的。每位译者都检查并且复查了汪教授在过去三十年中著作所采用大量参考书目的注释。他们当中没有一人发现有任何剽窃现象——不管我们多么宽松地定义剽窃这个词。”真的是这样么？总体而言，非也。

第一，仅“……译者，他们无疑是最熟悉汪晖教授的写作的”一句，内容本身就非常可疑。难道真的是整个世界没有一个人对“汪晖教授的写作”的熟悉程度超过9位译者中的任何一位？

第二，如果“每位译者都检查并且复查了汪教授在过去三十年中著作所采用大量参考书目的注释”是真的话，那么，可以说他们的做法实在是太“矫枉过正”了。为什么？因为在学术剽窃问题上，“无罪推定”是硬道理——当有人指控汪教授个别著作的部分章节有剽窃现象时，通常情况下与汪教授有着友好关系的译者们会重点考察指控者举证的真伪，而不是反常理地去“一查再查”他30年里的著作。进一步说，译者们的这种连对汪教授有恶感的人都不太会有也不容易有的行为，是否可以解释为他们原本对汪教授的学术道德有着很深的怀疑？当然，译者们可以说他们“一查再查30年”是因为“公正无私”，因为有时间且乐意于这样做。若此，则问题在于，他们为何不把非常有限的时间集中在查证汪教授那些已被指控为剽窃的著作章节上并条分缕析地予以反驳呢？根据“无罪推定”原则，汪教授的著作在没有得到相反且是有效的证明的情况下应被断定为“没有剽窃”；而当其特定的著作已被指控为存在着剽窃现象时，如果“在对应的意义上”没有得到相反且是有效的证明，则不是“剽窃结论”成立就是“剽窃嫌疑”存留。也就是说，只要译者们能够把那些“有具体内容”的“学术剽窃指控”文章的立论彻底地驳倒，肯定汪教授的学术诚信基本上也就无大碍。进而言之，假如译者们“一查再查汪教授 30 年著作”为“真”，那么，其精神可嘉，但对“学术剽窃指控”的反证效果却令人失望。

第三，“他们当中没有一人发现有任何剽窃现象”的这一陈述，其内容既可能是真的，也可能是假的。由于这里的陈述得到了 82 位国际知名学者的共同签名认可，所以可按“真”来论。然而，即便它是真的，它也还是无法证明被指控的对象“没有任何剽窃”。理由在哪？理由在于“9 个人没有一人发现某某东西”并不能推出“某某东西不存在”的结论。像贪官，在其贪污受贿行为还未被发现被揭露之前，他不仅不会被看作或称作贪官，而且还极有可能是廉洁奉公的典范。问题是谁在什么时候发现并揭露，而这个“谁”肯定是在那些还未发现并揭露的人之外。

第四，就可能的限度而言，不管多么博学，9 位译者仅仅“一查再查”汪教授 30 年里的著作，最多也只能是做到“未发现剽窃现象”，却不能绝对地说汪教授“没有剽窃”。这是为何？这是由于学术著作“是否有剽窃现象”要依靠比照来鉴定，正如波普尔所说：“事实上我们的知识只能是有限的，而我们的无知必定是无限的。”① 汪教授著作之外的著作，谁也无法读尽，因而谁也不可能通过“完全的比照”这一途径来确证汪教授“没有剽窃”。当然，汪教授“没有剽窃”可以凭借“无罪推定”原则，还可以自己保证，但无须谁给予证明，除非他遭到了具体的指控。概言之，译者们通过“一查再查汪

① ［英］卡尔·波普尔．猜想与反驳：科学知识的增长［M］．傅季重，纪树立，等译．上海：上海译文出版社，1986：41．

教授30年著作”来证明其“从未剽窃”，既无必要也无可能。

第五，“……不管我们多么宽松地定义剽窃这个词”的这一说法，漏洞更大。

显而易见，对“剽窃”一词进行定义至关重要，其定义是“宽松”还是“窄紧”，将导致指涉对象“剽窃”的有无或多少。虽然当前中国的《著作权法》（1990年发布、1991年6月1日起施行，2001年第一次修正，2010年第二次修正）和行政上的一些指导性或规范性的文件［如2004年的《高等学校哲学社会科学研究学术规范（试行）》、2009年的《教育部关于严肃处理高等学校学术不端行为的通知》等］都用了这个词，在学术层面上也有不少人对这一词语之所指乃至相关的问题进行了有益的讨论——如方流芳①、金帛②、武宇红③、李法惠④、任胜利⑤、罗俊杰⑥、徐行⑦、傅亚卓和李化树⑧等，但这个词究竟是一个什么概念尤其是在实践中该怎样操作，并未完全达成共识。正因为这样，王文在指控汪著的同时才会不断地予以界定和解说，也正因为这样，才有了许多不同意王文“界定和解说”的文章出现。倘若学术界和司法机关都认同王彬彬教授关于剽窃的界定和解说，那么要证明汪著“没有剽窃”就是一件比徒步登天还难的事。然而，国际学者们却轻轻松松地告诉读

① 方流芳．学术剽窃和法律内外的对策［J］．中国法学，2006（5）：155－169.

② 金帛．剽窃、抄袭他人的作品是一种严重的侵权行为：兼谈对剽窃、抄袭行为的认定［J］．晋图学刊，2001（4）：77－78.

③ 武宇红．试论学术剽窃的特征及其法律责任［J］．山花，2008（15）：162－163.

④ 李法惠．学术论文评价中“过度引用”质疑［J］．出版发行研究，2009（12）：56－58.

⑤ 任胜利．案例分析：抄袭与剽窃［J］．科学新闻，2009（21）：52.

⑥ 罗俊杰．论学术剽窃的政策与法律遏制：基于收益与成本分析［J］．成都行政学院学报，2007（2）：72－74.

⑦ 徐行．学术不端行为及其实时在线检测系统的应用［J］．西安航空技术高等专科学校学报，2009（5）：68－72.

⑧ 傅亚卓，李化树．从著作权法考察学术抄袭及其治理［J］．煤炭高等教育，2010（1）：113－115.

者：“不管我们多么宽松地定义……”像这样的话，不明摆着背离了最基本的常识么？当然，国际学者们可以辩解地说：对剽窃“宽松地定义”既不是“你们”，也不是“他们”，而是“我们”，以此为出发点，“我们”推定“汪著没有剽窃”。若此，则笔者要说，与其绕来绕去推论，还不如干脆由“我们”直接定义“汪著没有剽窃”更省事。可这样行得通吗？假如这样行不通，那么，要证明“汪著没有剽窃”可以“不管我们多么宽松地定义剽窃这个词”就必定行不通。换言之，公开信里的“这一宣称所指涉的东西”在本质上是“假”的。

这里必须指出的是，国际学者们的所谓“定义宽松”论，除本身很荒谬外，还跟被其定性为“分析严谨”并以之为佐证的多篇文章的看法相左。像钟彪先生的《驳王彬彬的污蔑：学术“私律”与莫须有》[①] 和舒炜先生的《“王彬彬式搅拌”对学术的危害》等文，就针对王文所定义的几种剽窃方式尤其是“参见”“偷意”等概念进行了虽不乏机智但更多的是激烈的驳辩。这样的驳辩或许成效不大，但却是一种已经认识到了过于宽松定义“剽窃”就有可能很快输掉了的“阵地战”。令人吃惊的是，国际学者们一方面打起怎么“宽松地定义剽窃这个词”都行的“游击战”而不与钟彪等先生坚守同一阵地，另一方面却又推出有点“浴血奋战”色彩的辩驳者的文章来迎接各种“学术剽窃指控”的“炮弹”。真不知道国际学者们究竟是在“支持汪晖否认剽窃”还是把汪晖教授及其同情者、同道者推向“火坑”！

另外，值得一提的是，公开信中的第二点这样写道：“我们之中有许多中国研究和亚洲专家。我们可以证明汪教授的学术诚信以及他在国际亚洲研究中的重要性。2010 年春天，他被亚洲研究协会邀请在年会上做基调演讲，成为第一个获此殊荣的来自中国的亚洲研究学者。这份荣誉源自汪教授研究的广度、深度和可信度，以及他提出的问题的重要性……”虽然此处的内容未

---

① 钟彪．驳王彬彬的污蔑：学术“私律”与莫须有［EB/OL］．豆瓣网，2010－03－25.

被直接用来证明汪晖教授“没有剽窃”，但它却是国际学者们何以“声援……汪晖教授”的重要理由。笔者倾向于认为国际学者们所说的这番话的真诚，也乐意于看到目前针对汪晖教授的“学术剽窃指控”在未来的日子里能被证明是不成立的，因为当今中国既能在国内又能在国外产生一定影响的学者并不是很多。然而，可惜的是，这里表述的内容无助于证明汪晖教授没有剽窃。

先说“学术诚信”问题。如果连摆在面前的“学术剽窃指控”都未有强有力的反证，怎么有可能证明“学术诚信”完全没有问题？显然，用“彼时彼地彼事”的诚信无法得出“此时此地此事”必定也是“诚信”的结论；如果正相反，诉说“彼时彼地彼事”如何如何的诚信便是多余的。接着来说“学术地位”问题。学术地位高的人，有一些有“学术诚信”，有一些则没有；学术地位低的人亦然。这样的情况，想必国际学者们是有共识的。就个案而言，像托勒密、伽利略、牛顿、道尔顿、孟德尔、密立根等，都被称为“历史上的伟大科学家”，可这些人“并不都那么诚实”[①]。想必国际学者们对此不会完全不知道。进而言之，在“当前这一学术个案”中，汪晖教授“学术地位的高低”以及他在国际学者们心目中的“学术诚信程度如何”实际上并不重要，重要的是有“无罪推定”原则以及是否“能针对指控的具体内容”拿出真正有说服力的反证。

（二）如何看待传媒与大学、学术等之间的关系？

公开信中的“第三……”和“最后……”两段，表达了国际学者们对于大学、学术等处于媒体暴力氛围中的深深忧虑。对此，笔者表示高度的赞赏和敬意。然而，需要指出的是，对于传媒与大学、学术等之间的关系，应持理性、辩证的态度。

首先，传媒对于各式各样的事物，常常会表明其立场，有些它肯定了，

---

① ［美］W. 布劳德，N. 韦德. 背叛真理的人们：科学界的弄虚作假［M］. 朱进宁，方玉珍，译. 北京：科学出版社，1988：13－31.

有些它否定了，对于大学和学术，同样不例外。在它肯定时，我们不能完全排除它有吹捧的成分，而在它否定时，我们也不能完全排除它有攻击的成分。传媒究竟是肯定的多还是否定的多，肯定或否定时是正常的多还是不正常的多，这些都是很有意思的媒介社会学课题的内容，笔者对此没有深入研究，故无法拿出具体的数据来论证。然而，可以肯定的是，世界上不存在一味肯定或一味否定的传媒。具体说到当前中国的传媒，肯定、支持乃至吹捧大学和学术并不少见，而否定、反对乃至攻击大学和学术也不是没有。我们能因为它的肯定乃至吹捧而爱它爱得死去活来并说它至高无上吗？我们又能因为它的否定乃至攻击而恨它恨得咬牙切齿并说它一无是处吗？当然能，可这却是极不明智的，也是缺少智慧的表现。传媒既不是上帝，也不是魔鬼，它是什么最终取决于我们应对它时的智慧如何。国际学者们，在你们“种种在主流媒体上发表这份文件的努力都遭遇了挫折”的情况下，“致清华大学校长的信”最终还是“在网络上公之于众”，这不就是你们智慧选择的结果么？此时，你们还能说凤凰网、学术批评网等媒体“丝毫不理解你们（大学的学术研究）”或者说它们正在“攻击你们（大学的学术研究）”吗？如果不能，你们又怎么可以极端地强调它对学者（大学的学术研究）不利并声称它是在攻击呢？倘若你们的答案在此仍旧是“可以”，那么，你们在媒体评价问题上便是有意地设置了双重标准。

其次，既然传媒的立场既可能肯定也可能否定，那么，问题的关键就在于它肯定或否定的对象是什么。也就是说，肯定或否定的“合法性”取决于“对象的固有属性”。我们总不能说不管传媒否定（攻击）什么都是错误的吧！“假使问题是精英腐化或无能，传媒的曝光至少会有作用，充当了部分的解方。有了曝光的机会，也就阻遏了腐化，创造了诱因，使有权者的表现要能合宜。”[①] 想想20世纪70年代美国总统尼克松因“水门事件”而下台以及

① ［美］查尔斯·埃德温·贝克. 媒体、市场与民主［M］. 冯建三，译. 上海：上海人民出版社，2008：175.

期间发生的“珠宝丑闻”那段时间大众传媒在其中扮演的角色[1]，再想想19世纪末20世纪初美国报界掀起的旨在抨击资本主义势力和政府腐败的揭丑运动（亦称“扒粪运动”）[2]，便可清楚地知道，传媒其实也可以是“很正义”的。当然，话还是该说回来，国际学者们“见证过”的传媒攻击为：“它们……对研究的不屑，并且丝毫不理解大学的学术研究是怎样在丰富着人们的日常生活，当然也包括科学的、社会科学的、人文和艺术的社会生活。”这自然很令人生气和不安，可是，正像怀特海所指出的：“我们的危险在于接受对一组事件所涉及的宇宙的视域有效的概念，然后不加批判地将其应用于其他事件，而后者包含了具有某种差异的视域。”[3] 如果将自己“见证过”的媒体攻击事件所形成之“概念”机械地套用在“当前的事件”上，那就极有可能是“牛头不对马嘴”了。

更令人疑惑的是，公开信不仅试图用“见证过”的事物影射当前事物，给当前事物定性，而且还这般写道：“当媒体文化针对一个特定的学者发起无端的攻击时，大学作为机构就被削弱了：合乎逻辑的下一步就是对大学本身进行攻击……”不知道国际学者们的这番话究竟是应该被看成游离于“声援正在被大众传媒攻击的汪晖教授”这一主题还是相反。倘若是后者，则国际学者们在确认汪晖教授这一“特定的学者”受到“媒体文化”“无端的攻击”的同时，还应当能够看到“王彬彬等教授”实际上也处于“同一境况”中[4]。假如你们不是视而不见，那么，你们是否也该“致信南京大学等大学的校长”并“公之于众”以示你们深深忧虑的公平呢？另外，坦率地说，你们这段

---

① ［美］乔治·科恩. 美国丑闻大全［M］. 邓红风，宋绍力，等译编. 北京：群众出版社，1989：481－483，508－511.

② ［美］杜·纽萨姆，艾伦·斯各特. 公共关系与实践［M］. 罗建国，梅德明，等译. 上海：上海译文出版社，1989：32－34.

③ ［美］怀特海. 思维方式［M］. 刘放桐，译. 北京：商务印书馆，2004：61.

④ 邢人俨. 从汪晖“抄袭”到学界的“中国模式”［J］. 南方人物周刊，2010(14)：68－69.

“貌似合乎逻辑”的话其实“并不合乎逻辑”。

先说“无端”这一概念，词典的解释是“毫无来由；无缘无故地”[①]。汪晖教授是否真的遭到或仅仅遭到“媒体文化”的攻击以及所谓“真的攻击”的合法性怎样等问题暂且不论，只说目前围绕着汪晖事件的激烈争辩。难道国际学者们“在学术的层面上”可以不认为专业学术期刊《文艺研究》发表的“学术剽窃指控”文章是其“重要的来由”？倘若你们的答案是“可以”的话，那么，依照此荒唐之法进行推理，这个世界上的争辩乃至攻击，恐怕都只能断定为“无端”。诚然，好几个月以来的媒体语言，可说是鱼龙混杂，“非学术性”乃至“非理性”的话不是没有，但毫无疑问，一个很具体的“文艺学学术事件”，是当前整个汪晖事件的发端，也是它至今演变成一个“国际文化事件”的重要因由之一。再说“……下一步就是对大学本身进行攻击……”之类的逻辑推导。如前所述，由于“媒体文化针对一个特定的学者（如汪晖教授）发起无端的攻击”这一前提有误，所以“大学（如清华大学）作为机构就被削弱了：合乎逻辑的下一步……”这一结论便不能成立。有趣的问题是，现在假定上面所述的前提是正确的，是否就可以使得后面的结论成立呢？还有，在当今文明社会，能被指称为“无端”的东西总是占少数，假使“媒体文化针对一个特定的学者发起无端的攻击”只是偶尔，那么，“大学作为机构会被削弱”到什么程度呢？当然，还可以有另外的一种设定：“媒体文化的攻击”是经常的。若这样，“媒体文化”还能生存下去或很好地生存下去吗？如果能，它将成什么样子？如果不能，它又会做何选择？而另一方面，大学作为机构是否完全没有可能在锻炼中成长呢？对于诸如此类的问题，笔者以为由拥有多国文化背景和多学科知识结构的国际学者们来回答更恰当，更容易发现其自身的逻辑谬误。

再次，大学、学术能否获得传媒的尊重与支持，要看其自身是否“觉悟”

---

① 李行健. 现代汉语规范词典［Z］. 北京：外语教学与研究出版社，2004：1 374.

和“自律”。为了更好地发展，“大学自治”和“学术自由”是必需的[1]，但其前提是它必须“自珍”“自爱”“自重”“自强”。所谓“面子”，是别人给的，而“脸”在多数的情况下却是自己丢掉的。如果一所大学没有大师、大家而只有大楼、大话之类的东西，如果一个学者的学术没有“公器”信念的支撑而只是经济学意义上的“投入产出”术甚或“弄虚作假”术、“党同伐异”术，那叫人如何尊重你、支持你。这里撇开当前中国纳税人的钱支撑着公立大学而后者为前者做了些什么不谈，仅说层出不穷的学术腐败案和教育腐败案，就让社会公众寒心。教授们很难理解和赞赏大众中一些人的言论及其载体（传媒）对大学和学术所表现出的极端不满情绪，可让他们很好地理解并赞赏飘出一阵阵腐臭的“象牙塔”所发生的一切，是可能和合理的吗？基于此，可以认为，在审慎应对媒体文化中那些非理性因素的同时，大学和学术应该先学会“自我拯救”，以“觉悟”为开端，从“自律”做起。就像克拉克·克尔所说的：“如果学术团体到了不会惩戒自己的程度，社会的其他机构将越来越多地参与一度是大学内部生活的事情，而且这在越来越多的程度上正在发生。”[2] 也正如保罗·法伊尔阿本德所言：“外行可以而且必须监督科学。”[3] 如果大学、学术自身的不端行为源源不断，那么，传媒的大力干预甚或攻击就没有什么不可以理解的了。

最后，应该指出的是，当前必须高度警惕将大学、学术与媒体文化机械切割开来的“分裂”论、“对抗”论。诚然，专家与公众不同，大学、学术与媒体文化不一样，但如同 U. 菲尔特在讨论“公众理解科学”时所说的：

---

① ［美］爱德华·希尔斯. 学术的秩序：当代大学论文集［M］. 李家永，译. 北京：商务印书馆，2007：276－311.

② ［美］克拉克·克尔. 高等教育不能回避历史：21 世纪的问题［M］. 王承绪，译. 杭州：浙江教育出版社，2001：157.

③ ［美］保罗·法伊尔阿本德. 自由社会中的科学［M］. 兰征，译. 上海：上海译文出版社，2005：116.

“科学家与外行公众之间的界线变得越来越模糊不清。”[①] 划分总是相对的，在此概念与彼概念之间存在着一系列的过渡概念。从形而下的层面看，随着高等教育的膨胀、教育和研究机构中精英的不断“溢出”以及所谓“学术资本主义”的来临[②]，媒体文化中的一部分已渗透着学术、大学的精神，成为学术、大学传统的延伸。基于此，过分强调二者之间的差别和距离是不当的，而鄙夷甚或仇视媒体文化则更为不妥——因为这样做不仅无助于社会公众对大学和学术的理解与支持，而且还有可能给后者本身带来深深的伤害。

当然，如何实现大学、学术与媒体文化之间的良性互动，至今仍是一个须花大力气去探索的课题。

（三）如何处理“汪晖事件”?

国际学者们在公开信里对如何处理“汪晖事件”没有任何建议，更未提任何要求。他们的真正动机是什么？笔者不敢随便猜测。至于目的，就是信中所说的“声援正在被大众传媒攻击的汪晖教授”。作为一封“在网络上公之于众”的信，“没有任何具体的建议或要求”未尝不可，但作为“致清华大学校长的信”，则明显有所欠缺。之所以如此断言，是由于几个月里大众传媒的介入使清华大学早已陷入了公关危机，这一点不会因为汪晖教授的清白与否而有所改变，此时的清华大学高层主管正面临着如何决策的问题，换句话说，他们急需拿出危机公关的方案。如果国际学者们能提出建议或具体要求而不只是表个态，那么，即使它不被接受，也同样有参考意义，对清华大学高层化解公关危机多少会有些帮助。基于此，笔者认为，国际学者们的这封

---

① ［奥地利］U. 菲尔特. 为什么公众要“理解”科学？——对公众理解科学各个侧面的历史透视［M］//［德］迈诺尔夫·迪尔克斯，［德］克劳迪娅·冯·格罗特. 在理解与信赖之间：公众、科学与技术. 田松，卢春明，陈欢，等译. 北京：北京理工大学出版社，2006：10.

② ［美］希拉·斯劳特，拉里·莱斯利. 学术资本主义：政治、政策和创业型大学［M］. 梁骁，黎丽，译. 北京：北京大学出版社，2008：5－12.

信不仅对中国学术界建立良好的学术秩序是有害的，而且除客观上施加压力外，丝毫也没有替清华大学分忧，明显表现出“重汪晖轻清华”的错误倾向。

那么，接下来的问题是，在这场“有着国际学者们积极参与”的公关危机中，清华大学对“汪晖事件”能听之任之吗？或者，跟随着国际学者们那样简简单单地表个态吗？显然，这两种决策方案，不论哪一种，都因有损于清华大学形象而不可取。下面，笔者不揣冒昧，谈一孔之见。

首先，汪晖教授不等于清华大学，清华大学也不等于汪晖教授。诚然，由于汪晖教授是清华大学的教授，所以清华大学“不得不承担主要的学术责任”①；但是，在此次危机公关中，必须警惕任何将两者的形象直接等同起来的企图，看清该企图无非想通过预设汪晖教授有问题清华大学就有问题的这一乖谬逻辑来影响清华大学决策方案的选择。事实上，假定汪晖教授有问题，而清华大学却将其当作没问题来处理，那么，便是清华大学有问题；反之亦然。问题的关键在于，清华大学是否“对危机持一种正确积极的态度”②，其处理是否“客观、公正、合法”。只要处理客观、公正、合法并且及时，清华大学在此次公关危机中就一定是赢家，就能够为中国学术发展史和学术机构公关史提供一个意味深长的成功的案例。

其次，或许诸如“贡献”论、“动机”论、“嫉妒”论、“派系”论、“阴谋”论、“暴力”论、“欺负”论以及“八国联军”论之类的说法不是无中生有，但过多地注意到这一些反而会影响到“汪晖事件”处理的及时性和客观性。即是说，站在清华大学的立场上讲，对该事件首先应该权当且只当“文艺学学术事件”来处理。那么，如何处理？可以围绕发表于学术期刊和重要报纸上的“学术剽窃指控”文章所涉之内容来核查。这方面，北京大学在社会

---

① ［美］唐纳德·肯尼迪. 学术责任［M］. 阎凤桥，等译. 北京：新华出版社，2002：294.

② ［英］迈克尔·里杰斯特. 危机公关［M］. 陈向阳，陈宁，等译. 上海：复旦大学出版社，1995：66.

学系教授、博士生导师蔡华学术道德问题上的调查就很有借鉴意义①。当然，如果是涉及法律问题或者当事人想打官司，那就离不开司法机构的裁定了。

再次，在大众传媒高度关注“汪晖事件”的背景下，不管汪晖教授是否清白，成立调查委员会是“化解此次公关危机的必由之路”。慎重是必要的，也是可以理解的，但显而易见，“调委会”成立得越快，这场公关危机的化解也就越及时越有效，尤其是在知晓公众和行动公众如滚雪球般壮大的情况下更是如此。在具体操作上，那份有 63 人签名的公开信上所提之意见值得参考，北京大学关于蔡华问题的调查案例也可参照。

最后，应考虑召开新闻发布会（记者招待会）。鉴于久拖不决而强大的社会舆论又是色彩缤纷的这一情况，新闻发布会有必要举行两次。第一次新闻发布会的内容主要为宣布“调委会”成立，表达对学术的尊重以及将按照教育部有关文件（如《教育部关于严肃处理高等学校学术不端行为的通知》教社科〔2009〕3 号）精神来处理“汪著涉嫌剽窃事件”的决心，以消除社会公众对清华大学在“汪著涉嫌剽窃事件”上没有即时做出反应的误解。第二次新闻发布会的内容主要为公布查处结果，让社会公众尤其是行动公众和知晓公众获悉组织机构在此次风波中能坚持“客观、公正、合法”的原则，以之塑造清华大学的良好形象。

（四）并非多余的话

假使不是笔者孤陋寡闻，如此规模的国际知名学者为一位也许“其学术剽窃”的结论不能成立的中国学者呐喊，几十年来还是头一次。这不能不让身处不良学术环境中的中国学者心动。在此，笔者还想说一些与本文的主题密切相关的话。

首先，以你们中相当一部分人的所在国既有的学术传统和学术秩序及由

---

① 北京大学学术道德委员会. 北京大学学术道德委员会关于蔡华问题的审议决定［Z］. 2009 年 3 月 25 日〔审议 2009〕1 号. 学术批评网，2010－04－06.

此而生成的学术眼光，你们原本可以在如此规模的头一次中亮出高学术品位的风采。可是，你们的公开信却写得“如此不够学术”，以至于很容易让人怀疑它是否是由真正懂得学术的人写的。这不能不让人产生无限的感慨。特别要指出的是，在这个国际团队中，竟还有诸如詹明信这样的国际顶级学者。尽管笔者对詹明信教授的一些学术观点有不同的意见[①]，但他的思想的深度和广度仍给笔者留下了深刻的印象。然而，他老人家在这封“很没学术水平”的公开信上签字，表明一个学者不论他的学识有多渊博，也不论他的学术地位权威到什么程度，在学术问题上，只要他还不够冷静和审慎，他照样会失手，照样会丢丑。

其次，鉴于目前中国的“国家学术形象”需要大力提升，而你们这些国际知名学者真正有益的学术经验以及那些源于灵魂深处的真诚肯定对我们有莫大的助益。在此，笔者恳请你们以后多多关心中国学术的发展，也相信你们明白“不仅清白的东西不能抹黑，而且污浊的东西必须荡涤”的学术之道，当然，同样相信你们不会颇具规模地只关心“汪晖事件”然后再也不来了，并且还非常相信你们以后对中国的学术事件发表意见时不会像这一次一样“缺乏学术性”。

再次，毋庸置疑的是，在至今还未解决的令国际学者们揪心的“汪著涉嫌剽窃事件”中，互联网和报纸的介入是高度积极的，而包括文艺学期刊在内的学术期刊则明显很不到位，这从一个侧面说明了“当前学术期刊中的文艺学批评缺失严重”[②]，也说明中国文艺学界和学术期刊界的“学术批评建设”任重道远。

最后，笔者要向所有围绕“汪晖事件”进行思考和表达的中国人致谢。

---

① 郑惠生．审美时尚与大众审美文化［M］．北京：中国文联出版社，1999：144－145.

② 郑惠生．从学术期刊看当前文艺学批评的严重缺失：以《中国社会科学》、《文学评论》、《文艺研究》等为样本的分析与探讨［J］．汕头大学学报（人文社会科学版），2010（4）：19.

无论正方还是反方抑或"第三只眼睛"，没有你们的种种努力，便不会有国际学者们这封"很不够学术水准"的"致清华大学校长的信""公之于众"，本文自然也不会存在。"冲突是思想的牛虻"[①]，同样要感谢国际学者们，正是你们的"非学术化"激发了本人的思考。

---

① ［美］罗伯特·金·默顿. 十七世纪英格兰的科学、技术与社会［M］. 范岱年，吴忠，蒋效东，译. 北京：商务印书馆，2000：274.

二、学术规范与"汪晖涉嫌抄袭"事件的回应

——对林毓生教授的学术批评兼与李陀、王斑、陈晓明、王晓明诸位先生商榷

发表于《文艺研究》2010年第3期上的《汪晖〈反抗绝望——鲁迅及其文学世界〉的学风问题》一文[①]（以下简称"王文"），是"汪晖涉嫌抄袭"事件的发端。此后，虽然出现一些颇具分量的学者的言论——如薛涌[②]、肖鹰[③]、项义华[④]、熊丙奇[⑤]、王列生[⑥]、郑也夫[⑦]等，但把该事件推向高潮的却是2010年6月6日发表于《南方都市报》上的林毓生教授的谈话[⑧]（以下简

---

① 王彬彬. 汪晖《反抗绝望——鲁迅及其文学世界》的学风问题［J］. 文艺研究，2010（3）：126－138.

② 薛涌. 从"汪晖抄袭门"看中国学术界的隐忧［N］. 新闻晨报，2010－04－01，凤凰网转发，2010－04－01.

③ 肖鹰. 鲁迅专家为汪晖抄袭开脱是对鲁迅的背叛［EB/OL］. 中国广播网，2010－04－07.

④ 项义华. 规范的缺失与自我的迷失：也谈汪晖《反抗绝望》的学风问题［N］. 南方周末，2010－04－08，南方报业网转发，2010－04－08.

⑤ 熊丙奇. 谁来鉴定汪晖博士论文是否存在抄袭？［EB/OL］. 学术批评网，2010－04－10.

⑥ 王列生. 我比汪晖本人更加焦虑："汪晖事件"的反思［N］. 中国文化报，中山文化信息网转发，2010－04－16.

⑦ 郑也夫. "汪晖门"言论点评［N］. 南方都市报，2010－05－30.

⑧ 林毓生. 论汪晖事件：清华应负起政治与道德责任［N］. 南方都市报，2010－06－06，学术批评网转发，2010－06－09.

称“林文”）。正是由于该谈话，才有了互联网上李陀先生“致林毓生先生的一封公开信”（6 月 9 日）[①]（以下简称“李信”）的传播，才有了刘禾、王斑、白露、齐泽克、詹明信、斯皮瓦克、德里克、村田雄二郎、酒井直树、怀默霆、黄乐嫣、哈特、罗宾斯、商伟、王瑾、黄宗智、艾华等 82 位国际知名学者写给“清华大学校长”的信（6 月 9 日）[②]。在某种意义上讲，也正是该谈话，引发了李醒民、郑也夫、张鸣、杨玉圣、顾海兵、董健、吴中杰、王学泰、赵士林、邓晓芒、王建民、张隆溪、王扬宗、李世洞、薛涌、余三定、马斗全等 63 位专家学者要求中国社会科学院和清华大学“迅速答复，履行职责”以及“组成调查委员会”的公开信在《中国青年报》上的发表（7 月 7 日）[③]，进而促成 82 位国际知名学者写给清华大学校长的信“在网络上公之于众”[④]。“林文”如此的冲击力，自然跟林毓生教授以及他提到的“也十分关注这件事”的余英时先生在世界华人学术圈中的较高声誉有关，但更重要的是，它源于“其”表现出的林毓生教授在学术问题上的坦诚与尖锐。

这里，笔者拟对“林文”中关于“汪晖涉嫌抄袭”事件的意见进行学术批评，并就这方面的问题与李陀、王斑、陈晓明、王晓明诸位先生商榷。

（一）“汪晖到底抄袭了没有”？

“汪晖到底抄袭了没有”？这是“林文”提出的第一个重要问题。对此，林毓生教授说道：“我们同意严家炎先生的看法：有些地方确实‘可以说是抄袭’。”“……好几位读者独立地发现更为严重的抄袭行为……剽窃二字不足以

---

① 李陀．致林毓生先生的一封公开信［EB/OL］．当代文化研究网，2010 - 06 - 22.

② 刘禾，黄宗智，王绍光，等．支持汪晖否认剽窃［EB/OL］．凤凰网，2010 - 07 - 09，学术批评网转发，2010 - 07 - 09.

③ 郑也夫，张鸣，董健，等．就汪晖教授涉嫌抄袭事件给中国社会科学院、清华大学的公开信［N］．中国青年报，2010 - 07 - 07，学术批评网转发，2010 - 07 - 09.

④ 刘禾，黄宗智，王绍光，等．支持汪晖否认剽窃［EB/OL］．凤凰网，2010 - 07 - 09，学术批评网转发，2010 - 07 - 09.

描述这样明目张胆的抄袭了：‘抢夺’二字比较接近事实。”① 从这两段话中，我们可知林毓生教授的看法是“汪晖的抄袭相当严重”。

值得注意的是，“林文”提到的严家炎先生，为“被指控对象”前身即汪晖教授的博士学位论文在答辩时的答辩委员会成员之一（其他几位是唐弢、杨占升、樊骏、刘再复、何西来等）②。在“汪晖涉嫌抄袭”问题上，严家炎先生一方面肯定“汪晖的博士论文是有学术深度的，是扎实的”，并批评“王彬彬先生”“有一些说得好像过分了一点”，另一方面又认为“王彬彬先生文章中摘引出来的地方，确实证明汪晖与他人有多处文字基本上相同，却完全没有注明出处，前后也没有说明交代，用了一段跟别人几乎不差几个字的文字，你说这个部分是抄袭或变相抄袭，我觉得可以说。这类地方对汪晖的批评，我觉得是能够成立的”③。作为北大的老一辈教授，严家炎先生的这番话极有分量。然而，有趣的是，对于“王文”，他在否定时是具体的（有例证），可在肯定时却是抽象的（无例证）。从论证逻辑上讲，这使得他对于“王文”的支持缺乏强有力的事实根据。

同样有趣的是，林毓生教授做判断的基础并非对比“抄袭与被抄袭”，而是包括严家炎先生等在内的他人的看法。这样做自然是能够节省一些时间和精力，但却难以有学术上的保障，因为包括权威在内的他人的认识极有可能靠不住。仅从表述来看，“林文”就有不够准确的地方。诚然，《反抗绝望——鲁迅及其文学世界》④（以下简称“汪著”）是用了“列文森论述梁启超的英文著作中译的一部分”⑤ 来谈鲁迅，但并非都像林毓生教授所说的那

① 林毓生．论汪晖事件：清华应负起政治与道德责任［N］．南方都市报，2010－06－06，学术批评网转发，2010－06－09．

② 汪晖．三联版跋 鲁迅与“向下超越”［M］//汪晖．反抗绝望：鲁迅及其文学世界（增订版）．北京：生活·读书·新知三联书店，2008：448．

③ 王晶晶．严家炎：这场讨论对纯洁和改善我们的学风有好处有必要［N］．中国青年报，2010－03－30．

④ 汪晖．反抗绝望：鲁迅及其文学世界［M］．石家庄：河北教育出版社，2000．

⑤ 林毓生．论汪晖事件：清华应负起政治与道德责任［N］．南方都市报，2010－06－06，学术批评网转发，2010－06－09．

样：“不作任何交代，没有遮掩地抄过来，只是把梁氏大名换成了鲁迅。”① 譬如，“汪著”第68页这样写道：“鲁迅的著作是……文献记载。这种文化引入包括四部分内容：变更需要、变更榜样、变更思想、变更理由。①”该页的“页下注”为：“①列文森：《梁启超与中国近代思想》，第46页。”（“汪著”注释中的“列文森”为“勒文森”之误）由此可知，这里是有交代的，只不过是交代得“不到位”——既然不是改写而是“一字不差地引用了”勒文森《梁启超与中国近代思想》（以下简称“勒著”）中的完整的一句话（“这种文化引入包括……变更理由。”②），就不仅需要注明出处，而且还应该把它置于引号里面；不然，轻则因“没有就每处引用内容提供完全和确切的细节”而被怀疑为学术能力有问题③，重则被认定是“剽窃”。

正是由于“林文”主要是借助他人的看法而非在独立查证的基础上来判断“汪晖是否抄袭”，才有了李陀先生向林毓生教授提出“写一篇论辩文字”的建议：“你能否写一篇文章，针对钟、舒、魏诸人的文章做一次认真的分析和辩驳，看经过这样的辩驳之后，你现有的对汪晖的评判和结论是否还能站得住，是否还能服众。我想，鉴于汪晖涉嫌抄袭的争辩已经形成一个很大的事件，我的建议和要求并不过分。”④ 李陀先生之所以要林毓生教授与“钟、舒、魏诸人”辩论，是因为他认定这些人的文章“与网络上的许多所谓‘倒汪’和‘挺汪’的意见和言论有所不同，是严谨的”⑤。那么，“李信”的要求合理吗？看法妥当吗？都不。

首先，“李信”的要求过分。林毓生教授当然有能力也可以有意愿证明

---

① 林毓生．论汪晖事件：清华应负起政治与道德责任［N］．南方都市报，2010-06-06，学术批评网转发，2010-06-09．

② ［美］约瑟夫·阿·勒文森．梁启超与中国近代思想［M］．刘伟，刘丽，姜铁军，译．成都：四川人民出版社，1986：46．

③ ［英］帕特里克·邓利维．博士论文写作技巧：博士论文的计划、起草、写作和完成［M］．赵欣，译．大连：东北财经大学出版社，2009：93．

④⑤ 李陀．致林毓生先生的一封公开信［EB/OL］．当代文化研究网，2010-06-22．

“汪晖抄袭了没有”，但证明可用更直接、更有效的方法方式而无须通过与“钟、舒、魏诸人”交锋这一途径来进行。如果说林毓生教授的疏漏是未有确凿的证据，那么李陀先生的失当同样也是缺乏直接的具体的有事实根据的论证——包括对“王文”有效的反驳以及对“钟、舒、魏诸人”有力的支持。假设林毓生教授要求李陀先生写一篇直接批驳“王文”的文章，李陀先生会答应并付诸行动吗？我想大概是不会的，因为这实在是太“强人所难”。如果这一假设成立，则李陀先生的“要求过分”便不言而喻。

其次，“李信”的看法欠妥。第一，“钟、舒、魏诸人的文章”都“严谨”吗？显然不是[①]。第二，即便“诸人的文章”都是严谨的，那也并不等于它们把所有的指控材料都推翻了。这里仅举一例予以说明。

“勒著”第4页写道：“梁启超（1873—1929年）在十九世纪九十年代作为这样一个人登上文坛：由于看到其他国度的价值，在理智上疏远了本国的文化传统；由于受历史制约，在感情上仍然与本国传统相联系。”对照可知，“勒著”这段话中冒号之后的“所有字符原封不动地出现”在“汪著”第69页里面，而汪晖教授既没有为“直接引用的这50个字符”打上双引号，也没有在“这50个字符”之后加注。尽管笔者对“王文”有许多保留的意见[②]，但“王文”所举的这一例，确实是很难被“驳倒”的。

那么，被李陀先生推崇的“钟、舒、魏诸人”中唯一对该例进行分析的钟彪先生是如何驳辩的呢？他认为是“脱注现象”[③]。他这样写道：“……二是《反抗绝望》第69页‘按照列文森的观点……’，给出注释‘列文森：

---

① 郑惠生. 回应文艺学学术事件岂能如此“非学术化”：对詹明信、齐泽克、白露等82位国际知名学者关于“汪晖事件”公开信的学术批评［J］. 华文文学，2010（5）：61－62.

② 郑惠生. 评论、指控与发表上的失当：对王彬彬教授《汪晖“反抗绝望——鲁迅及其文学世界”的学风问题》的学术批评［J］. 汕头大学学报（人文社会科学版），2011（1）：25－33.

③ 钟彪. 驳王彬彬的污蔑：学术“私律”与莫须有［EB/OL］. 豆瓣网，2010－03－25.

《梁启超与中国近代思想》，第3～4页’。接下来的一句未注明出处：‘……由于看到其他国度的价值……在感情上仍然与本国传统相联系’[⑧]但这句话是对上一句话的承接，同样引自列文森《梁启超与中国近代思想》第4页。”[①] 虽然钟彪先生的文章在一些段落里显得相当激动，但此处却比较冷静，没有太多的话。为什么？或许是因为不容易替汪晖教授辩护，或许是他已经意识到了学术领域里的常规：引文要准确，并且要注明具体的出处。关于引用的要求，虽然存在着体例上的差异，但有一些却是学术界的共识——无论是现在[②]还是几十年前[③]，也无论是中国还是外国（如日本[④]、加拿大[⑤]、英国[⑥]、美国[⑦]、澳大利亚[⑧]、瑞典[⑨]等）。具体而言，第一，50个字符的“直接引用”除应该加上双引号外，还必须注明具体的出处或标上代表“注明具体出处”的注码；第二，“直接引用”的文字之前出现的注码只能用来“管”注码前面的文字，而不能用以“管”注码后面的文字；第三，无论是“某某某指出”还是“按照某某某的观点”，后面接上去的部分不可能没完没了，它应该有也必定有“休止”的符号，这个“休止”的符号倘若不是“直接引用的”

---

① 钟彪. 驳王彬彬的污蔑：学术“私律”与莫须有［EB/OL］. 豆瓣网，2010－03－25.

② 荣新江. 学术训练与学术规范：中国古代史研究入门［M］. 北京：北京大学出版社，2011：228－230.

③ 科学出版社. 著译审校手册［M］. 北京：科学出版社，1978：20－21.

④ ［日本］布川，角左卫门. 简明出版百科词典［Z］. 申非，祖秉和，等译. 北京：中国书籍出版社，1990：182－183.

⑤ ［加拿大］伊恩·蒙塔格斯. 编辑工作［M］//伊恩·麦高文，詹姆士·迈考尔. 国际出版原则与实践. 徐明强，译. 北京：中国书籍出版社，2000：90，114－115.

⑥ ［英］大卫·福斯特，莱内特·欧文. 国际出版与版权知识［M］. 北京：外文出版社，1992：72.

⑦ ［美］金坤林. 如何撰写和发表SCI期刊论文［M］. 北京：科学出版社，2008：110－112.

⑧ ［澳大利亚］HANS LAMBERS，邱国玉，何新华. 如何写好英文科学论文：使你的研究论文获最优机会而被快速接受［M］. 北京：科学出版社，2010：66.

⑨ ［瑞典］比约·古斯塔维. 科技论文写作快速入门［M］. 李华山，译. 北京：北京大学出版社，2008：83－94.

引号那么就是“间接引用的”句号，“休止”符号之后的陈述（文字）如果没有再出现引用的标记，那么就是作者自己所说的话；第四，如果是直接引用了“别人的话尤其是包含着重要学术思想或学术观点的话”却又让受众以为这些话是写作者自己所说的，那么，受众就有理由怀疑作者的诚实。

由此可知，在上述这一例证的分析上，不是钟彪先生的学术水平不高，也不是钟彪先生的论辩能力不行，而是谁想证明它“并非抄袭”都太过于勉强。进而言之，说“钟、舒、魏诸人的文章”“严谨”且要求林毓生教授对其“分析和辩驳”的李陀先生，实际上并未看到其驳辩的乏力之处。

（二）“抄袭这件事”要看什么?

“抄袭这件事”要看什么？这是“林文”讨论的第二个重要问题。林毓生教授认为“认证学者的抄袭”，“与这个学者的学问好坏无关”，“一个学者学问的好坏，见仁见智、大家可以讨论，但抄袭这件事，只能看证据的真伪、多少，如果客观的证据确凿，你怎么为抄袭者辩护，他仍是抄袭者”①。显然，“林文”在这个问题上的看法是完全正确的。

首先，从国内外那些具有制度性质的学术规范条文来看，考察一个学者是否抄袭并不需要考虑该学者学问的好坏。

其次，从各种各样涉及学术规范、学术道德的教科书和指导手册来看，也没有人把一个学者学问的好坏当作考察其是否抄袭的因素——如《高等学校科学技术学术规范指南》②、《学术规范通论》③、《社会科学研究的基本规

① 林毓生．论汪晖事件：清华应负起政治与道德责任［N］．南方都市报，2010－06－06，学术批评网转发，2010－06－09.

② 教育部科学技术委员会学风建设委员会组编．高等学校科学技术学术规范指南［M］．北京：中国人民大学出版社，2010：40－44.

③ 叶继元，等．学术规范通论［M］．上海：华东师范大学出版社，2005：169－173.

则》[①]、《科技论文写作与发表教程》[②]、《研究是一门艺术》[③]、《生物医学论文的撰写与发表——SCI攻略》[④]、《研究方法：运用IT进行研究》[⑤]、《怎样撰写学位论文》[⑥]、《论做一名科学家》[⑦]，等等。

最后，从学术实践来看，抄袭者中不乏学问好的——如美国知名生化学家麦克尔·罗伊[⑧]、北京大学教授王铭铭[⑨]等，而这一类人中受到严厉惩罚的也不在少数——如印度库曼大学校长拉吉普[⑩]、美国科学家熊墨淼[⑪]等。

本来，“是否存在抄袭与学问好坏无关”属于基本的常识，可林毓生教授却郑重其事地拿出来讨论。这是为何？这是因为一些不满于“指控汪晖教授抄袭”的学者在反批评时不直接论证指控者举证上的错漏或失当，而是大谈特谈汪晖教授是不可多得的人才，仿佛不可多得的人才不会抄袭或抄袭了应

---

① ［英］朱迪思·贝尔．社会科学研究的基本规则［M］．马经标，译．4版．北京：北京大学出版社，2008：54－56，213．

② ［美］ROBERT A. DAY，BARBARA GASTEL．科技论文写作与发表教程［M］．曾剑芬，译．6版．北京：电子工业出版社，2010：27－31．

③ ［美］韦恩·C. 布斯，格雷戈里·G. 卡洛姆，约瑟夫·M. 威廉姆斯．研究是一门艺术［M］．陈美霞，等译．北京：新华出版社，2009：277－279．

④ 解景田．生物医学论文的撰写与发表：SCI攻略［M］．北京：科学出版社，2010：86－89．

⑤ ［英］布拉里·库姆伯斯．研究方法：运用IT进行研究［M］．王莹，孙平，魏永乐，等译．大连：东北财经大学出版社，2011：63－64．

⑥ ［英］罗温纳·摩雷．怎样撰写学位论文［M］．顾肃，燕燕，译．北京：东方出版社，2007：154－156．

⑦ ［美］弗兰克·普雷司．论做一名科学家［M］．唐平桂，译//郭传杰，李士．维护科学尊严．长沙：湖南教育出版社，1996：214－242．

⑧ 宋子良．作假现象何以在科学界“流行”［M］//郭传杰，李士．维护科学尊严．长沙：湖南教育出版社，1996：149．

⑨ 中国科协发展研究中心．科技工作者的社会责任［M］．北京：科学出版社，2009：49．

⑩ 中国科学院．科研活动道德规范读本（试用本）［M］．北京：科学出版社，2009：112．

⑪ 科学技术部科研诚信建设办公室．科研诚信知识读本［M］．北京：科学技术文献出版社，2010：138－139．

另当别论。笔者以为，倘若此类言论不是糊涂造成的话，那么就是“曲线救国”策略所使然。值得注意的是，在“林文”发表后，或“糊涂性”或“策略性”的话语仍流行于学术界。这里，仅举一例予以分析讨论。

在接受《新民周刊》记者采访时，美国斯坦福大学东亚系教授王斑先生讲了5段话①。这5段话合计约1 000字——第1段（约占25%）力陈汪晖教授的“伟绩”，第2段（约占10%）指责“美国学界”“规范极严”，第3段（约占20%）责备林毓生教授“对汪晖十分负面的道德判断”，第4段（约占15%）控诉“大众媒体陷入一种炒作的态势”，第5段（约占30%）批判“学术界就是个名利场”。

纵观王斑先生围绕“汪晖问题”所说的这5段话，内容不少但只字未涉及“汪晖究竟抄袭了没有”，也没有一字陈述他自己不满于林毓生教授“对汪晖十分负面的道德判断”的正当理由，在大力褒扬汪晖教授后指斥林毓生教授、中国大众媒体和学术界，甚至连“规范极严”的“美国学界”也不放过。在王斑先生的话语里，仿佛汪晖教授不存在涉嫌抄袭问题而别人的问题却多如牛毛，仿佛在国内外享有盛誉的汪晖教授被指控抄袭是由社会各界的不端所造成的。这明显表现出“曲线救国”策略的运用。然而，王斑先生似乎没有意识到，自己之所言存在着诸多不当。

其一是陈述荒谬。在批评美国学界“规范极严”时，王斑先生说道：“我为出版社审阅书稿时，经常看到作者如履薄冰，写出的话似乎句句都要有注，注解喧宾夺主，自己有什么独到思想完全被窒息了。”② 真的是这样么？非也。的确，在“规范极严”的美国，学术者写作不“如履薄冰”不行，因为诸如不尊重、不承认他人劳动成果之类的不严谨作风很容易背上骂名，甚至会丢

---

①② 钱亦焦.“汪晖事件”再反思［J］. 新民周刊，2010（25）.

掉学术职位[①]，但所谓的“注解喧宾夺主”、“独到思想完全被窒息”，远非一种常态。

如果把王斑先生的后半句话当作是对前半句话的事实描述的续写，那么，其续写要么是“假的”，要么是“真的”。“假的”无须讨论，“真的”则表明王斑先生所审阅的书稿，其作者一方面是学术能力太低，以致让“注解喧宾夺主”，另一方面是没有“什么独到思想”——因为“自己有什么独到思想”是不可能在注解中“完全被窒息”的。也就是说，王斑先生“信以为真的东西”事实上并“不存在”。那么，我们能否把王斑先生“经常看到”的“低学术能力者”的写作所造成的后果当作拒斥学界“规范极严”的正当理由？万万不能。因为说穿了，学术规范就是学术游戏规则。正像约翰·齐曼所言：“如果某人将被认为是一个科学家，那末他必须知道他可以做的事情和简直‘不能做’的事情”[②]，不管情况怎样复杂怎样棘手，任何学术者都必须遵守相关的规则[③]，都不能由于遵守了学术游戏规则却得不到更大的好处或者由于不遵守学术游戏规则结果受到惩处而指斥“规范极严”，要怪只能怪自己“学术功底不足”。这个道理，就像赛场运动员不能因为自己不使用兴奋剂便不能获得冠军或者因为自己使用了兴奋剂结果遭到制裁而反过来指斥体育比赛“严禁使用兴奋剂”一样。

如果把王斑先生的后半句话当作是对前半句话的事实描述的进一步发挥，当作是一种“解释性陈述”或“价值性陈述”[④]，即注解多了会“喧宾夺主”，会“窒息”“独到思想”，因而注解多了是有害的；那么该断言则是“不科

---

① ［美］查尔斯·李普森. 诚实做学问：从大一到教授［M］. 郜元宝，李子杰，译. 上海：华东师范大学出版社，2006：32.

② ［英］约翰·齐曼. 元科学导论［M］. 刘珺珺，张平，孟建伟，等译. 长沙：湖南人民出版社，1988：120.

③ ［德］H. F. 埃贝尔，C. 布里费特，［美］W. E. 拉西. 科学写作的艺术［M］. 应幼梅，丁辽生，译. 北京：科学出版社，1991：236.

④ ［美］M. W. 瓦托夫斯基. 科学思想的概念基础：科学哲学导论［M］. 范岱年，吴忠，林夏水，等译. 北京：求实出版社，1982：572－579.

学”或者是“坏”的。像这样的错误，跟卡米尔·伊德里斯所批评的一种谬论相似：“知识产权会阻碍创造”[①]。在这里，王斑先生似乎忘记了没有严格规范的学术发展在当代只能带来虚假的繁荣，也似乎忽略了在“规范极严”的“美国学界”并不缺少“独到思想”，而在“失范严重”的“中国学界”，“独到思想”却极为匮乏。

其二是自相矛盾。王斑先生一方面说“真正的百家争鸣应该讨论什么是学术规范，规范的历史沿革，反思中国学术腐败等更大的问题”，并且还说“我觉得还是应该淡漠于势力、权力之争，回到专心学术研究的轨道上，回到培养新一代人文学者和知识公民的路径”，而另一方面却又说：“所谓‘抄袭’仍可讨论，虽然是学术规范问题，但规范也不是金科玉律。美国学界这种规范极严，有时过于束缚”[②]。如此言辞，明显是一种学者对“学术规范”既必须遵守又无须遵守的奇谈——既然“规范”“不是金科玉律”，“规范极严，有时过于束缚”，那又何必“讨论什么是学术规范”？假使一个学者是一个“回到专心学术研究的轨道上”的淡泊名利的学者，那么，他怎么会或者能认为“规范”“不是金科玉律”？怎么会或者能认为“规范极严，有时过于束缚”？难道“反思中国学术腐败等更大的问题”可以不包括反思中国学术规范不严所造成的种种恶果？王斑先生的言辞之所以会出现如此难以言清的矛盾，是由于其未能看到权力、权利、自由与责任、义务、约束均为学术者所不可或缺，没有意识到教授们“既享有特权也要付出代价”——“其代价就是接受共同讨论的约束”[③]。

值得一谈的是，王斑先生一方面把“……谁最全球化、国际化，被邀请

---

① ［苏丹］卡米尔·伊德里斯．知识产权：推动经济增长的有力工具［M］．曾燕妮，译．北京：知识产权出版社，2008：2.

② 钱亦焦．“汪晖事件”再反思［J］．新民周刊，2010（25），新浪网转发，2010－06－23.

③ ［美］弗兰克·H.T. 罗斯德．创造未来：美国大学的作用［M］．王晓明，蓝劲松，等译．北京：清华大学出版社，2007：66.

为欧美学界、世界顶级大学的座上宾；谁开了一个世界级的大会，邀请某某国际名人……”作为现象来批判当今“学术界就是名利场”的心态，另一方面则这样推崇汪晖教授：“他不仅在中国是焦点人物，在欧美学界，也影响极大……我熟悉的大多数海外学者，能请到汪晖来参加他们举办的会或论坛，都很荣幸。今年费城国际亚洲年会他能作为中国学者做主题讲演，应是中国学界、思想界的骄傲……”① 尽管汪晖教授名气大是一个事实，但在讨论其“涉嫌抄袭”问题时，王斑先生却大谈其“荣誉”，这不会有“移花接木”之嫌么？王斑先生似乎未想到科学家并“不是天生就有什么特别的伦理基因”②，似乎没有注意到“一个人拥有一种美德绝不能保证他拥有所有的美德”③，似乎未曾留意到即便是再“牛”的科学家、学问家也极有可能存在着与之很不相称的道德问题——如牛顿④、培根⑤、达尔文⑥、阿达⑦、黄禹锡⑧等等。另外，王斑先生本人也许没有“学术界就是名利场”的心态，可他所推崇的“汪晖现象”怎么会与他所列举的“心态现象”有一致的地方？莫非“汪晖教授”有“这样的心态”？或者是王斑先生所“熟悉的大多数海外学

---

① 钱亦焦.“汪晖事件”再反思［J］.新民周刊，2010（25），新浪网转发，2010－06－23.

② ［美］罗伯特·M. 罗森兹威格. 大学与政治：美国研究型大学的政策、政治和校长领导［M］. 王晨，译. 保定：河北大学出版社，2008：83.

③ ［美］苏珊·哈克. 理性地捍卫科学：在科学主义与犬儒主义之间［J］. 曾国屏，袁航，等译. 北京：中国人民大学出版社，2008：314.

④ ［美］哈尔·赫尔曼. 真实地带：十大科学争论［M］. 赵乐静，译. 上海：上海科学技术出版社，2000：44－69.

⑤ ［英］特伦斯·基莱. 科学研究的经济定律［M］. 王耀德，宋景堂，李国山，等译. 石家庄：河北科学技术出版社，2010：18－21.

⑥ ［美］W. 布劳德，N. 韦德. 背叛真理的人们：科学界的弄虚作假［M］. 朱进宁，方玉珍，译. 北京：科学出版社，1988：23－24.

⑦ ［美］西奥妮·帕帕斯. 数学丑闻：光环底下的阴影［M］. 涂泓，译. 上海：上海科技教育出版社，2008：12－17.

⑧ 冯坚，王英萍，韩正之. 科学研究的道德与规范［M］. 上海：上海交通大学出版社，2007：49－50.

者”有“这样的心态”？倘若答案均是“否定”的，那么，我们有足够的理由来肯定王斑先生一点也不存在着“这样的心态”吗？对于这些问题，笔者认为由王斑先生自己来回答更具说服力。

（三）“抄袭”何以“是无法原谅的”？

“抄袭”何以“是无法原谅的”？这是“林文”讨论的第三个重要问题。在分三点予以说明之后，林毓生教授还概括地指出，“抄袭”意味着“当事人自我取消了作为学者的资格：他侵害了别人的知识产权、逾越了学术道德的底线，破坏了学术共同体的秩序。”① “林文”的这种说法，符合《伯尔尼保护文学和艺术作品公约》（1971年修订）、《世界版权公约》（1971年修订）的基本精神②，也与《高等教育变革与发展的政策性文件》（联合国教科文组织，1995年）的要求和建议相一致③。诚然，对长期身处规范严格的西方学术共同体中的林毓生教授来说，讨论这样的问题并非什么难事，而是“老生常谈”。不过，如果我们在今天还将他所说的看似很严厉的话当成只是外来人新鲜的见解，那也是错误的。因为今日之中国大陆，类似于此的陈述比比皆是。

先说法律以及一些规定性的条文。《中华人民共和国著作权法》第四十七条将“剽窃他人作品的”列为“应当根据情况，承担停止侵害、清除影响、赔礼道歉、赔偿损失等民事责任”的“侵权行为”之一④。《高等学校哲学社

---

① 林毓生．论汪晖事件：清华应负起政治与道德责任［N］．南方都市报，2010-06-06，学术批评网转发，2010-06-09.

② 新闻出版总署图书出版管理司．图书出版管理手册（2001年版）［M］．杭州：浙江教育出版社，2001：696-751.

③ 联合国教科文组织．高等教育变革与发展的政策性文件（1995年）［M］//赵中建．全球教育发展的研究热点：90年代来自联合国教科文组织的报告（修订版）．赵中建，译．北京：教育科学出版社，2003，4（2）：145.

④ 中华人民共和国著作权法（1991年6月1日实施，2010年2月26日第二次修正）［EB/OL］．中华人民共和国国家版权局网，2010-04-06.

会科学研究学术规范（试行)》(2004 年）把“不得以任何方式抄袭、剽窃或侵吞他人学术成果”列为“学术成果规范”的第 1 项[①]。《教育部关于严肃处理高等学校学术不端行为的通知》(2009 年）将“抄袭、剽窃、侵吞他人学术成果”列为高校“必须进行严肃处理”的第一类“学术不端行为”[②]。《科技工作者科学道德规范（试行)》(2007 年）把“侵犯或侵害他人著作权，故意省略参考他人出版物，抄袭他人作品，篡改他人作品”视作“学术不端行为”[③]。《北京大学教师学术道德规范》(2002 年）将“抄袭他人已发表或未发表的作品，或者剽窃他人的学术观点、学术思想”列为必须“视情节严重程度，分别情况给予组织处理或纪律处分”的越轨行为[④]。《西北师范大学学术道德与学术行为规范（试行)》(2006 年）把“在公开发表的作品中，未标明引用他人研究成果及出处，或所引用的部分构成了自己研究成果的主要部分或实质部分”和“侵占、抄袭他人已发表或未发表的研究成果，或剽窃他人的学术观点、学术思想，或雇佣（代替）他人撰写论文”分别列为“教师违反学术道德与学术行为规范”的第一种表现和第二种表现[⑤]。《首都师范大学学术道德规范》(2007 年）除了将“抄袭他人已发表或未发表的作品，剽窃他人的学术观点或学术思想”列入“违反学术道德规范的行为”之外，还在“总则”的“第三条”中指出：“科学研究应坚持追求真理……恪守职业道德，维护科学诚信，坚持实事求是，反对一切弄虚作假、投机取巧、抄袭

---

① 高等学校哲学社会科学研究学术规范（试行）(2004 年）[EB/OL]. 中国民俗学网，2009 - 11 - 30.

② 教育部关于严肃处理高等学校学术不端行为的通知（2009 年）[EB/OL]. 中国教育新闻网，2009 - 03 - 20.

③ 科技工作者科学道德规范（试行）(2007 年）[EB/OL]. 新华网，2007 - 03 - 24.

④ 北京大学教师学术道德规范（2002 年）[EB/OL]. 学术批评网，2004 - 07 - 27.

⑤ 西北师范大学学术道德与学术行为规范（试行）(2006 年）[EB/OL]. 西北师范大学网，2011 - 07 - 27.

剽窃、沽名钓誉、急功近利等不良行为。”[①] 尽管上述条文制订的时间、适用的范围以及其中同一个词语所表达的概念不尽相同，但在基本精神上都把“抄袭”视为“无法原谅”的对象。

再说学术界学者的言论。谢真元、门岿说：“科学界对作假、剽窃他人科研成果的行为都是不能容忍的。”[②] 林同华坚称：“对于不端学术行为，只有‘人人喊打’，我们的学术事业才能真正繁荣起来。”[③] 胡弼成、刘梦清指出：“得之非份，必要偿还。”[④] 持有此类看法的学者还有许多许多——如张存浩[⑤]、东方善霸[⑥]、方流芳[⑦]、李剑鸣[⑧]、伍铁平[⑨]、李德伟[⑩]等，这里就不赘述。

由此可以看出，即便在当下的中国大陆，“抄袭”能不能“被原谅”也不是什么规定上的或学理上的难题。然而，令人感慨的是，在具体的学术实践中，它却常常困扰着学者尤其是中国大陆的学者，让一些学者左右为难，

---

① 首都师范大学学术道德规范（2007 年）［EB/OL］. 首都师范大学网，2008－08－18.

② 谢真元，门岿. 科学家的遗憾［M］. 天津：天津科技翻译出版公司，1998：121.

③ 林同华. 别人的宗白华研究成果岂可如此剽窃：对王德胜博士的批评［J］. 汕头大学学报（人文社会科学版），2010（3）：10.

④ 胡弼成，刘梦清. 治学的误区［M］. 上海：上海人民出版社，1998：146.

⑤ 张存浩. 旗帜鲜明地维护科学道德［M］//郭传杰，李士. 维护科学尊严. 长沙：湖南教育出版社，1996：128－129.

⑥ 东方善霸. 丑陋的学术人［M］. 西安：陕西师范大学出版社，1999：67－71.

⑦ 方流芳. 关于法学教育和法学论文规范的个案考察：《哈佛法律评论》［M］//邓正来. 中国学术规范化讨论文选（修订版）. 北京：中国政法大学出版社，2010：117.

⑧ 李剑鸣. 世界史研究的规范化问题刍议［M］//邓正来. 中国学术规范化讨论文选（修订版）. 北京：中国政法大学出版社，2010：130－131.

⑨ 伍铁平. 不要玷污历史唯物主义和唯物辩证法，维护语言文字科学的尊严：评李敏生“著”《汉字哲学初探》［M］//伍铁平. 语言文字学学术批判和批评文集. 北京：知识产权出版社，2010：194－198.

⑩ 李德伟. 剽窃和抄袭是扼杀创新的毒药：评清华大学教授蔡继明对我的关于“按生产要素贡献分配理论”的剽窃［EB/OL］. 学术批评网，2011－03－15.

从而产生了“基于情感的谬误”[1]。前述中的王斑先生的言辞就是典型的个案，此处再谈一例。

北京大学中文系教授陈晓明先生跟王斑先生一起在同一时间接受了《新民周刊》记者的采访。陈晓明先生这样说道：“林毓生先生对汪晖的批评言论在网上有广泛的流传，我也看到过……我稍稍有些不太理解，中国学界的事情，林先生如此关切，如此以紧迫的姿态要求成立委员会来查处等等，一方面为林先生如此德高望重的老前辈关切中国学术界发展的精神所感动；另一方面窃以为林先生作为老前辈不必以那么紧迫的口吻，那么严厉的期盼（比如使用：‘如果不……就要如何……’的句式）来介入这件事……我以为林先生可以看看其他不同意见的文章再提出更加全面的倡议，可能更好些。”[2] 从这些话中，可知陈晓明先生本质上并不赞同林毓生教授的意见，至于他的所谓“为林先生……的精神所感动”，更像是国际外交礼仪中或者官场上的客套话。那么，林毓生教授的“如此关切”真的像陈晓明先生所说的那样不好理解吗？当然不是。

首先，“林先生如此关切”“中国学界的事情”很正常，也很好理解。其所以如此，原因有两个。一是“学术无国界”，作为一位有学术创造力和学术责任感的华人，林毓生如果不关心已经发生在中国且在大江南北引起震动的“学术剽窃指控”事件，咱们能说这是很正常也很好理解的吗？当然，从个人能不能由“如此关切”中捞到好处的角度讲，林毓生教授的行为确实不好理解——在沽名钓誉、投机取巧、急功近利等充斥着中国学界各个角落的今天，有多少学者还会来干无利可图的“傻事”？二是当王彬彬教授的《汪晖〈反抗绝望——鲁迅及其文学世界〉的学风问题》一文出现时，林毓生教授就已

---

① ［美］布鲁克·摩尔，理查德·帕克. 批判的思考［M］. 余飞，谢友倩，译. 北京：东方出版社，2007：173.

② 钱亦焦. “汪晖事件”再反思［J］. 新民周刊，2010（25），新浪网转发，2010－06－23.

经被卷进了“汪晖涉嫌抄袭”事件中——尽管在“王文”里他是以“被抄袭者”的身份出场，也尽管汪晖教授是否真的抄袭了他的著述还有待于审慎地查证，但毫无疑问，他是“事件内容”的名副其实的当事人之一。就此而论，倘若林毓生教授不“如此关切”“汪晖涉嫌抄袭”事件，那咱们能说是更正常更好理解的吗？的确，从“扯淡者”[①] 安全而“较真者”危险的角度看，林毓生教授的言辞不那么好理解。这也许正是陈晓明先生“稍稍有些不太理解”的真正原因。

其次，“林先生”“如此以紧迫的姿态要求成立委员会来查处”，本质上是出于学术责任感，是符合学术道德规范的。一所大学面对着本校教师“被公开指控抄袭”的情况，理所当然要“尽速查处”。这不仅与相关文件的精神一致，而且对于当事人及其所在大学乃至“国家学术形象”都有莫大的好处（详细分析见第四部分第1个问题，这里从略）。然而，作为北京大学（早于2002年就出台了《北京大学教师学术道德规范》——该规范经2007年1月11日第637次校长办公会讨论修订）的教授，陈晓明先生却对林先生的“以紧迫的姿态要求”表示“稍稍有些不太理解”。对此，笔者实在是无从理解。

从道理讲，不论什么方案，都是越周密越好。就此而言，笔者赞同陈晓明先生所说的“林先生可以看看其他不同意见的文章再提出更加全面的倡议”。然而，纵观陈晓明先生在接受采访时所说的7段话（合计约1 400字），怎么也看不到他本人“提出更加全面的倡议”，相反，却看到了他的一些针对媒体以及学术批评的“伪命题”。譬如，陈晓明先生这样说道：“媒体要如何做才能有助于中国思想界的‘百家争鸣’？我以为这样的问题是不可回答的，媒体很难对中国思想界负责，只能学界中人自己来负责……”[②] ——对此，笔

---

① ［美］哈里·G. 法兰克福. 论扯淡［M］. 南方朔，译. 南京：译林出版社，2008：70－75.

② 钱亦焦. “汪晖事件”再反思［J］. 新民周刊，2010（25），新浪网转发，2010－06－23.

者的回应是“很难”不等于“不能”，故而，“只能学界中人自己来负责”的这一陈述在逻辑学意义上是“假”的，而在心理学意义上则是无知的傲慢。或许让陈晓明先生在一年多前接受采访时便“提出更加全面的倡议”是一种过高的要求，那么，时至今日，他总该提出来了吧。遗憾的是，据笔者所掌握到的资料，陈晓明先生并未有过一个比林毓生教授“更加全面的倡议”。这真让人纳闷：一位大学教授不赞同另一位大学教授在一个“学术危机事件”上的具体处理意见，断定其意见不够全面，可自己又一直没有拿出更好的方案来。这究竟是为什么？其答案，大概只有陈晓明先生本人才清楚。

（四）如何看待和处理“汪晖涉嫌抄袭”事件？

纵观“林文”，最具个人特色也最具震撼力的地方在于：“如果清华大学校长、文学院院长不愿作出任命‘汪晖涉嫌抄袭调查委员会’的决定；显然得很，他们未能负起责任，他们自己应该下台。”[①] 林毓生教授这样说对吗？鉴于该问题的复杂性，这里打算分成若干个既有区别又有联系的小问题来探讨。

1. 该事件是否应该不了了之？

这个问题的正确答案是“不应该”。就披露的信息而言，“汪晖涉嫌抄袭”的严重性还不及近年来一些同类的案例。但毫无疑问，指控者的身份和数量、指控文章的载体、被指控者及其所在机构反应的速度等各种因素，使这一事件的社会影响为其他同类事件所望尘莫及。也正因为这样，如果该事件不了了之，那就会使不同的各方遭受很大的损失。

首先是王彬彬教授及其文章的载体《文艺研究》。一位名牌大学的教授在权威的专业性期刊上发表“指控剽窃”的文章，倘若是无果而终，那就难免

---

① 林毓生．论汪晖事件：清华应负起政治与道德责任［N］．南方都市报，2010－06－06，学术批评网转发，2010－06－09．

让许多人产生“该指控是不是百分之百失实”的疑问，难免让许多人有了“发表该文章的目的只是想把别人搞臭”的想法。

其次是汪晖教授。也许一些同情汪晖教授的人会认为该事件不了了之是对他最好的保护。然而，笔者认为，如果该事件不了了之，最受伤害的人就是他。为什么？那是因为“被指控抄袭”已成为铁的事实，但这只是表明他“涉嫌抄袭”，并不意味着“抄袭”结论一定成立。此外，即便是真的“抄袭”了，也存在着“有意”与“无意”之分[①]以及“大量”与“少量”之别。对汪晖教授来讲，与其留着“涉嫌抄袭”的名声传扬下去，还不如有一个合乎程序的权威的结论，哪怕这个结论不能证明自己的无辜，也不会比让今人以及后人用想象力去补充“涉嫌抄袭”概念更糟糕——像写过《汪晖抄没抄，小学生都知道》的方舟子先生就说：“汪晖的抄袭手法，是把国外一些人物评述的著作的中译本拿来，做一些摘录，把其中的人名替换成‘鲁迅’，其他照抄，就这样抄出了一本‘名著’。这是很下作的抄袭手法。一位‘著名学者’被发现抄袭，在现在的中国学术界可算稀松平常的了。”[②]

再次是清华大学和中国社会科学院。一个是中国数一数二的大学，一个是中国最高层次的社会科学研究机构，它们在2010年“汪晖事件”中是国内外众多专家学者请求和倾诉的对象。如果该事件不了了之，那就意味着“汪晖教授是否有过抄袭”不清不楚，这“数一数二”和“最高层次”也必蒙上挥之不去的阴影——像梁其姿先生就这么说：“如果相关学术单位仍不动如山，不采取任何行动对此事作出让人信服的调查与仲裁，这可能说明两点：一、学术单位没有能力与学术上的公信力有效地处理这些重大的学术规范争议。二、大陆学术界的政治（academic politics）角力已凌驾于纯学术规范问

① ［英］保罗·奥利弗. 学术道德学生读本［M］. 金顶兵，译. 北京：北京大学出版社，2007：153.

② 黄丽娜. 方舟子：停止打假没有时间表［N］. 羊城晚报，2010－09－19.

题之上。”[①] 而清华大学校友袁周先生则说：“如果在这起事件上一直‘拖’下去，则不但清华校训受辱，清华园也将蒙羞。”[②] 需要指出的是，对于那些断定汪晖教授没有抄袭或者抄袭不严重的人来说，这两个单位让该事件自生自灭，会被视为“学术管理”不够“人性化”的表现。

最后是“国家学术形象”。一般性的学术事件不会影响“国家学术形象”，但一个有多位被视为是“大学核心”的教授[③]参与的学术事件发展到众多国家的学者在互联网上发表公开信的程度，则不可能不影响到“国家学术形象”。在教育部早于2006年就专门设立了“社会科学委员会学风建设委员会”的情况下，在众多国际学者提出质疑的背景下，如果还让该事件不了了之，那损害的就不仅是个人或机构，而且是整个学术界[④]，甚至于会永远地成为国际学术界的笑话——也许那些联合签署并在网上发表公开信的国际学者正笑着说：“正是我们的公开信使得所有的中国公办机构在该事件上没有了下文。”

当然，从实际利益的角度讲，认真查处的结果不一定能让各方都是赢家，但跟只会都成为输家的“没有下文”相比，认真查处既是“上策”，也是“正道”。

2. 谁来“负责处理”该事件？

既然该事件不了了之对谁都很不利，那就得积极主动地处理。由谁来

---

① 李怀宇．汪晖“抄袭事件”海外学者：争论多是聋子对话［N］．时代周报，2010－07－22，搜狐新闻网转发，2010－07－22.

② 袁周．汪晖事件莫让母校校训蒙羞［N］．新京报，2010－07－08，新浪网转发，2010－07－08.

③ ［美］菲莉普·G. 阿特巴赫．亚洲大学的过去与未来：21世纪的挑战［M］．刘延云，译//［美］菲莉普·G. 阿特巴赫，［日本］马越彻．亚洲大学：历史与未来．青岛：中国海洋大学出版社，2006：15.

④ ［美］科学、工程与公共政策委员会．怎样当一名科学家：科学研究中的负责行为［M］．刘华杰，译．北京：北京理工大学出版社，2004：46.

“负责处理”？林毓生教授的说法是清华大学（包括文学院）[①]，而王晓明先生则认为应该“是中国社科院，授予汪晖博士学位的单位”[②]，并且他还这么说：“我不太明白学者们为啥写信给清华让清华调查汪晖啊，清华最多有权限调查汪晖的清华的工作而已，汪晖的博士论文是否抄袭，清华还真没权作调查下结论。”[③] 那么，这两种看法哪一种是对的呢？笔者认为，林毓生教授的说法是对的，因为清华大学是该事件发生时汪晖教授任职的所在机构，而任职机构有权对其职员的工作乃至与其工作密切相关的历史进行调查，也有权根据调查结果做相应的处理。至于王晓明先生的看法，则值得进一步讨论。

首先，虽然用了“最多”“而已”等词，但毕竟王晓明先生还是肯定了清华大学“有权限调查汪晖的清华的工作”。那么，于2008年7月由三联书店出版的《反抗绝望》的第四个版本（详情见三联版第448～449页），能不能算是汪晖教授在清华工作的一个部分呢？当然能，因为其时汪晖博士就是清华大学的教授（2002年开始受聘）。“三联书店2008年版”与“河北教育出版社2000年版”有何不同？这“2008年版本”是否也同样存在着王彬彬教授所举证的“2000年版本”的情况？对于诸如此类的问题，按王晓明先生的说法，“清华”应该是“有权限”“作调查下结论”的。进而言之，既然王晓明先生已承认“清华”“有权限调查汪晖的清华的工作”，那他就应该明白也会明白“学者们为啥写信给清华让清华调查汪晖”。

其次，尽管汪晖教授的博士学位不是清华大学授予的，但他毕竟以比那些“没有博士学位的教授”更有优势的头衔在清华大学工作，所以，如果清华大学清醒地意识到“形象和声誉”是“一所大学的主要资产”[④]，意识到大学的“学术产出”应该与“学术投资”成正比，那么，它一定会很在乎从业

---

① 林毓生．论汪晖事件：清华应负起政治与道德责任［N］．南方都市报，2010－06－06，学术批评网转发，2010－06－09．

②③ 王晓明．程序正义，并谈汪晖事件［EB/OL］．豆瓣网，2010－07－14．

④ ［英］迈克尔·夏托克．成功大学的管理之道［M］．范怡红，译．北京：北京大学出版社，2006：140．

人员汪晖教授的博士学位的含金量。基于此，可以认为“汪晖的博士论文是否抄袭，清华还真没权作调查下结论”是一句明显有失公允的话。当然，由于汪晖教授的博士论文（1986—1988）只是“汪著2000年版”和“汪著2008年版”的前身，所以清华大学对其查证和处理无法完全独立。也就是说，在“汪晖的博士论文是否抄袭”的查证和处理问题上，清华大学没有直径可走，而只能在与中国社会科学院合作的基础上来进行。

3. 针对该事件“启动调查程序的理由”是什么？

说“我喜欢讲程序正义”的王晓明先生认为：“汪晖事件的解决，就是三步，有人举报，成立调查组，以及按照社科院规定进行调查。”① 此外，他还这么说：“我作为局外人，倒是想好奇地问一下，有没有人，给社科院一个启动调查程序的理由？”② 尽管无法赞同王晓明先生在“调查处理”问题上的全部看法，但由于“公正的程序同实体权利同等重要，有时甚至更加重要”③，所以，笔者还是很赞成他的“遵循程序正义”以及必须“有人举报”的观点。不过，其关于什么样的情况才算“有人举报”的问题，却值得深究。

第一种情况是署真名寄信给相关部门或亲自登门“举报”。对此，不会有人说“无人举报”。故不必多谈。

第二种情况是有人写匿名信或打匿名电话向相关部门举报。对此，能说是“无人举报”吗？正确的答案应该是“不能”，因为从目前情况看，诸如猫、鹿、猴之类的动物还未具备写匿名信或打匿名电话的能力。的确，匿名信和匿名电话常常由于其可信度不高而被那些有“实名举报”要求的机构所拒斥。不过，这也不能一概而论，像安全局、检察院、公安部门等有时候就是凭借匿名电话或匿名信破了大案的。问题的关键不在于举报者是真名还是匿名，而在于举报内容的真实性如何，更在于特定机构的从业人员在获得相

---

①② 王晓明. 程序正义，并谈汪晖事件［EB/OL］. 豆瓣网，2010-07-14.

③ ［美］迈克尔·D. 贝勒斯. 程序正义：向个人的分配［M］. 邓海平，译. 北京：高等教育出版社，2005：287.

关的举报信息时是否具有良好的“想象力”和“洞察力”，是否具备“人性视野”①、“法治意识”和良好的“职业道德”。

第三种情况是真名实姓地写揭发文章并发表于公开的出版物上。像王彬彬教授“指控文章”的发表，就属于此种类型。对此，能说是“无人举报”吗？肯定不能！我们不能由于王彬彬教授没有把写好的“指控文章”寄给清华大学而说他没有向清华大学举报，因为从学术的角度讲，清华大学只是中国学界的一个小小的部分，在影响很大的专业学术期刊上发表“指控抄袭”的文章，可以说是向包括清华大学、中国社会科学院在内的“整个中国学术界”举报。只要被指控者的所在机构“无偏私”，这样的“举报”就一定更受重视。

就中国社会科学院这一机构而言，他们当然可以因“王文”的“举证”并非20多年前汪晖教授的博士论文而置之不理。但是，假如他们愿意“运用他们的理性和常识以达致真理”② 的话，那么，当他们面对着“王文”的指控时，即使没人写举报信给他们，他们也还是会积极主动地调查“汪著”的前身即汪晖博士学位论文的诚信程度的。

总而言之，无论清华大学还是中国社会科学院，“启动调查程序的理由”是“有人举报”——不仅是有人向中国学术界公开举报，而且还有众多媒体长时间在跟踪、查询和报道③；而最根本的理由则在于作为“学术事业的源头”，他们必须承担起相应的“治理”责任④。

---

① 郑惠生. 生态时代的城市交通美学问题［J］. 鄱阳湖学刊，2011（4）：53.

② ［意大利］皮罗·克拉玛德雷. 程序与民主［M］. 翟小波，刘刚，译. 北京：高等教育出版社，2005：2.

③ 黄丽娜，张滢滢. 谁能给汪晖事件一个说法？［N］. 羊城晚报，2010-09-19.

④ ［美］加布里埃尔·E. 卡普兰. 学术之船的航行实况［M］//［美］罗纳德·G. 埃伦伯格. 美国的大学治理. 张婷姝，沈文钦，杨晓芳，译. 北京：北京大学出版社，2010：127.

4. 责任者“未能负起责任”会怎么样?

如前所述，清华大学以及中国社会科学院既有必要也有理由及时地对震撼中国学界的“汪晖涉嫌抄袭”事件做出正面的回应。但令人遗憾的是，这两个机构均未有积极主动的举措。正是在这样的情况下，林毓生教授说出了诸如“他们自己应该下台”之类的狠话。就其基本精神而言，这些话并没有错，但其中的细节，却值得“推敲”。

首先，根据《关于加强高等学校反腐倡廉建设的意见》(教监〔2008〕15 号)①、《教育部关于严肃处理高等学校学术不端行为的通知》(教社科〔2009〕3 号)②、《清华大学关于处理学术不端行为的暂行办法(试行)》(经 2003—2004 学年度第 7 次校务会议讨论通过)③、《清华大学关于加强学术道德建设的若干意见》(经 2003—2004 学年度第 7 次校务会议讨论通过)④ 等相关文件的规定和要求，今天可以断言：不管汪晖教授抄袭与否，清华大学都没有在该事件上承担起相应的学术责任——假定汪晖教授“抄袭了”，那清华大学应按“教社科〔2009〕3 号”文件第四条要求查处，并将“查处结果”“在一定范围内公开，接受群众监督”⑤；假定汪晖教授“没抄袭”，清华大学就应按“教社科〔2009〕3 号”文件第五条要求“及时澄清”，并对汪晖教授加以“保护”⑥。进而言之，即便依照国内的相关规定和要求，林毓生教授“如果……他们自己应该下台”的说法也还是不过分，只是他的这个“硬道

① 关于加强高等学校反腐倡廉建设的意见(教监〔2008〕15 号)[EB/OL]. 北京理工大学网，2011 - 03 - 10.

② 教育部关于严肃处理高等学校学术不端行为的通知(2009 年)[EB/OL]. 中国教育新闻网，2009 - 03 - 20.

③ 清华大学关于处理学术不端行为的暂行办法(试行)(经 2003—2004 学年度第 7 次校务会议讨论通过)[EB/OL]. 清华大学学术委员会网，2011 - 08 - 26.

④ 清华大学关于加强学术道德建设的若干意见(经 2003—2004 学年度第 7 次校务会议讨论通过)[EB/OL]. 学术批评网，2004 - 05 - 25.

⑤⑥ 教育部关于严肃处理高等学校学术不端行为的通知(2009 年)[EB/OL]. 中国教育新闻网，2009 - 03 - 20.

理”碰上了“当前中国大陆的国情”——无效。

其次，对被举报人给予什么样的处分，应根据正式调查的结论来决定。世界上有一些国家，除非正式调查证明没有剽窃，否则，处罚非常严厉。比如苏联，“如果在办理评定学位科学著作（如副博士与博士论文）时证实有这种行为，则坚决按‘关于授予学位和学术称号的条例’（1975 年）办理，对其学位论文取消审议，并无再次答辩权。”[①] 当然，由于“汪晖涉嫌抄袭”发生在中国，所以必须按中国相关的规章制度来处理。林毓生教授说道：“根据鉴定的确实证据作出停薪、停职或撤职的决定。”[②] 这显然是林毓生教授凭借自己的经验和印象所提出的建议。倘若依照《清华大学关于处理学术不端行为的暂行办法》[③] 以及“教社科〔2009〕3 号”[④] 等文件的规定，则相应的处理还包括“警告”（较轻）和“移送司法机关处理”（较重）等方式。即是说，林毓生教授“在这道题上”给出的“备选答案”不全。

最后，可以肯定地说，假如清华大学能够积极主动地处理“汪晖涉嫌抄袭”事件，当前中国学界乃至中国学术史就会有一个好的榜样。不过，即便假设成立，其作用和意义还是有限度的，而非完全像“林文”所说的那样：“……如此究责的程序，会使当事人得到了应得的处罚，中国的学术秩序因此获得重整的机会，不正学风也由此可以获得改正。”[⑤] 具体地说，林毓生教授的“因此获得重整的机会”的这一断言合乎事理，但“不正学风也由此可以

---

① ［苏联］п. т. 普里霍杰科. 研究工作入门［M］. 潘正中，等译. 上海：上海科学技术文献出版社，1981：60－61.

② 林毓生. 论汪晖事件：清华应负起政治与道德责任［N］. 南方都市报，2010－06－06，学术批评网转发，2010－06－09.

③ 清华大学关于处理学术不端行为的暂行办法（试行）（经 2003—2004 学年度第 7 次校务会议讨论通过）［EB/OL］. 清华大学学术委员会网，2011－08－26.

④ 教育部关于严肃处理高等学校学术不端行为的通知（2009 年）［EB/OL］. 中国教育新闻网，2009－03－20.

⑤ 林毓生. 论汪晖事件：清华应负起政治与道德责任［N］. 南方都市报，2010－06－06，学术批评网转发，2010－06－09.

获得改正”的说法却是一厢情愿。理由何在？理由在于从20世纪90年代开始学术不端就已经在中国大陆泛滥①，虽然被严肃处理的对象常能在媒体上见到——如李富斌②、张光芒③、陈湛匀、贾士秋、李连生④等，但“不正学风”不仅未见好转，反而有愈演愈烈之势——调查数据表明，当前国内论文抄袭比例高达31%⑤，而“论文灰色交易”年近10亿元⑥。

基于上述，笔者认为，关于“涉嫌学术不端”事件的处理，在“学术制度”⑦方面应有一条明确针对“学术机构负责人”的规定：“凡学术机构所属员工涉嫌学术不端，其负责人应及时按相关规定处理，否则，以严重失职论处。”这一规定有可能产生的效果在于，由“任命制”而来的干部，通常是重外轻内，惧上不怕下。当然，即使中国大陆真的有这么一条规定，也不能说是一种创举，因为世界上有些国家在学术治理方面早就把“纵容不端行为的行为”列入“不端行为”的范围——如丹麦⑧。

另外，应该指出的是，尽管“治理学术不端”上的“问责制”对端正学风有很重要的意义，但它是否能真正地改变当前“不正学风”，这仍是一个令人生疑的问题。为什么？那是因为正像王恩华先生所说的：“学术越轨的治理

---

① 刘明. 学术评价制度批判［M］. 武汉：长江文艺出版社，2005：20－23.

② 王友恭. 李富斌剽窃论文始末［M］//郭传士，李杰. 维护科学尊严. 长沙：湖南教育出版社，1996：130－134.

③ 俞兆平. 中国学界的悲哀：兼答三联编辑宋浩浩先生《给汪晖学术出路后谁还张光芒清白?》［EB/OL］. 学术批评网，2010－04－07，豆瓣网转发，2010－04－24.

④ 张瑜，王凡. 清华教授及其硕士被指抄袭，校方称构成学术不端［EB/OL］. 人民网，2011－06－12.

⑤ 浙大学报编辑. 中国论文抄袭率达31%［EB/OL］. 凤凰网，2010－09－17.

⑥ 南都，长江. 武大学者费时3年研究国内论文灰色交易，踢曝黑产业惊人内幕:中国论文买卖年交易10亿元［N］. 汕头特区晚报，2010－01－19.

⑦ 江新华. 学术何以失范：大学学术道德失范的制度分析［M］. 北京：社会科学文献出版社，2005：160.

⑧ ［日本］山崎茂明. 科学家的不端行为：捏造·篡改·剽窃［M］. 杨舰，程远远，严凌纳，译. 北京：清华大学出版社，2005：100.

是与社会环境净化同步的过程。"① 诸如抄袭之类的不正学风在当前整个学界腐败中只是末流，而学界腐败又与政治腐败、经济腐败相勾连并以之为根基。故而，仅仅惩治一些学术不端者，对于中国大陆"不正学风"的"改正"，只能是杯水车薪。进而言之，中国大陆要有良好的学术秩序和风气，还须走很长很长的路。

（五）结论及补充说明

综上所述，林毓生教授关于"汪晖涉嫌抄袭"事件的意见虽然存在着一些不足，但其基本精神值得高度肯定。相反，王斑教授、陈晓明教授等的看法"负价值"大而"正价值"小。诚然，对作为接受采访时说的话以及仓促写成的公开信或短文，我们不可能也不应该像对待学术论文那样要求它达到论证充分、措辞严谨、结构完整的水平。但既然是学术者针对"文艺学学术事件"的言说，其言说就必须首先做到指导思想、基本思路不背离"科学精神"②，能遵循学理和相关的规范，不然，便会给学术界添乱。

最后，需要补充说明的是，虽然这里批评的对象在整个的"汪晖涉嫌抄袭"事件中很有意义，但由于其文本有些发表于报刊后又被多家网站转载，有些则只是挂在互联网上，所以本文所引用的"被批评者的文本"是否百分之百可靠，笔者不能也不敢夸口，但愿发现其中错漏的同行能予以指正。

---

① 王恩华. 学术越轨批判［M］. 长沙：湖南师范大学出版社，2005：251.

② ［美］伯纳德·巴伯. 科学与社会秩序［M］. 顾昕，等译. 北京：生活·读书·新知三联书店，1991：100－119.

三、评论、指控与发表上的失当

——对王彬彬教授的学术批评

2010年的“汪晖事件”从3月起就浓烟滚滚，至7月终于从一个“中国文艺学学术事件”演化成“硝烟弥漫”的“国际文化事件”[①]。此后，虽然还有不少的人对该事件进行讨论或驳辩——如赵士林[②]、崔茂新[③]、熊丙奇[④]、赵勇[⑤]、汪晖[⑥]、黄应全[⑦]、斯伟江[⑧]、郑也夫[⑨]、徐友渔[⑩]、杨奎松[⑪]、陈

---

① 郑惠生. 回应文艺学学术事件岂能如此“非学术化”：对詹明信、齐泽克、白露等82位国际知名学者关于“汪晖事件”公开信的学术批评［J］. 华文文学，2010（5）：61.

② 赵士林. 要汪晖，不要易中天［EB/OL］. 豆瓣网，2010－07－25.

③ 崔茂新. 坦诚：汪晖一辈子也不可能学到的人生智慧［EB/OL］. 豆瓣网，2010－07－26.

④ 熊丙奇. “汪晖事件”与“朱学勤事件”之比较［N］. 科学时报，2010－07－27.

⑤ 赵勇. 与剽窃问题相关的联想［N］. 南方都市报，2010－08－01.

⑥ 汪晖. “我从不拒绝真正的学术批判”［N］. 联合早报，2010－08－02.

⑦ 黄应全. 学术成骗子——汪晖抄袭事件随感［EB/OL］. 博客网，2010－08－02.

⑧ 斯伟江. 法律抄袭和学术抄袭有所不同［N］. 南方都市报，2010－08－04.

⑨ 郑也夫. 汪晖抄袭不是疏漏的两条证据［N］. 中国青年报，2010－08－09.

⑩ 徐友渔. 汪晖“剽窃”是中国道德水准普遍败坏的一个标志［EB/OL］. 豆瓣网，2010－08－11.

⑪ 杨奎松，张弘. 学术规范与学术道德：兼评汪晖事件［J］. 社会科学论坛，2010（16）：86－93.

青[①]、顾彬[②]、李守栋[③]、陈熙涵[④]、金眉[⑤]、萧然[⑥]、姚新勇[⑦]等，甚至还有人提出了新的指控（如项义华[⑧]），但就总体趋向而言，“枪战”的规模越来越小。进入11月，“汪晖事件”似乎是沉寂了，仿佛精力旺盛的孩子们狂舞之后的安静。也许该事件还会进一步发展或者很快就水落石出，但不管怎样，既有的事实已足以让人们在思考中获益。这里，笔者仅对王彬彬教授《汪晖〈反抗绝望——鲁迅及其文学世界〉的学风问题》[⑨]（以下简称“王文”）进行学术批评。

（一）值得充分肯定的地方与问题的提出

刊登于《文艺研究》2010年第3期上的“王文”，是“汪晖涉嫌抄袭事件”的发端。从文章来看，王彬彬教授是认真地读了汪晖教授《反抗绝望——鲁迅及其文学世界》[⑩]（以下简称“汪著”）一书的。这一点很难得，因为当今能静下心来把一本几百页的学术著作“读完”的人已经不多，至于

---

① 陈青. 从法律角度看汪晖“（被）抄袭门”事件［EB/OL］. 当代文化研究网，2010-09-04.

② ［德］顾彬. 如果我是汪晖，我会马上站出来承认错误［N］. 羊城晚报，2010-09-05.

③ 李守栋. 汪晖事件的根本所在：兼驳“月光族”对《羊城晚报》的污蔑［N］. 羊城晚报，2010-09-19.

④ 陈熙涵. 学术争辩中凸显媒体舆论的浮躁与肤浅：从汪晖涉嫌学术抄袭事件说起［J］. 新闻记者，2010（9）：41-50.

⑤ 金眉. 抄袭：谁说了算——以汪晖教授涉嫌抄袭的两部论著为例［EB/OL］. 学术批评网，2010-09-21.

⑥ 萧然. 汪晖事件与法治精神［EB/OL］. 左岸文化网，2010-09-26.

⑦ 姚新勇. 错位的学术反腐：“汪晖抄袭门”之中国学术界症候辨析［J］. 探索与争鸣，2010（10）：29-33.

⑧ 项义华. 从“格致”到“科学”，谁的考证？——汪晖论著涉嫌抄袭个案分析［J］. 科学文化评论，2010（4）：100-111.

⑨ 王彬彬. 汪晖《反抗绝望——鲁迅及其文学世界》的学风问题［J］. 文艺研究，2010（3）：126-138.

⑩ 汪晖. 反抗绝望：鲁迅及其文学世界［M］. 石家庄：河北教育出版社，2000.

还能够“怀着一丝歉意，也怀着一些敬意”“读完”[①] 的人，那就更是少见了。同样难得的是，该长约17 000字的既有评论又有指控的文章能够在文艺学专业期刊上首发而不是私底下传阅或者在缺乏严格把关的互联网上“游荡”。换言之，不管该文的事实判断与价值判断是否可信，王彬彬教授以文艺学专业学者的身份写一篇讨论一部文艺学著作的文章并将之发表在文艺学专业期刊上的这一行为，是很值得肯定的。另外，还要指出的是，在当前“文艺学批评缺失严重”[②] 的背景下，《文艺研究》敢于将王彬彬教授的“揭丑”公之于众，更值得充分肯定。不过，细读文本以及相关的文献，总觉得“王文”在学理层面上有值得商榷的地方，其发表过程方面也有不当之处，今特提出来讨论。

（二）文本方面存在着的学理性问题

1.“评论”与“指控”串位

“王文”的主旨包括两方面，一是揭示“汪著”“论述语言的文理不通”，二是揭露“汪著”“抄袭与剽窃”[③]。尽管针对一部著作的讨论可以包含多个方面的问题，并且也没有谁规定一篇文章所讨论的问题必须在几个以内，但是，将性质很不相同的问题放在一篇文章中来讨论，无疑会增加写作的难度。就“王文”讨论“汪著”而言，“论述语言的文理不通问题”属于“学术见解”“学术争鸣”的范畴，它关注的是“个人的能力”，是“非对抗性”的；

---

① 王彬彬. 汪晖《反抗绝望——鲁迅及其文学世界》的学风问题［J］. 文艺研究，2010（3）：126.

② 郑惠生. 从学术期刊看当前文艺学批评的严重缺失：以《中国社会科学》、《文学评论》、《文艺研究》等为样本的分析与探讨［J］. 汕头大学学报（人文社会科学版），2010（4）：19 –27.

③ 王彬彬. 汪晖《反抗绝望——鲁迅及其文学世界》的学风问题［J］. 文艺研究，2010（3）：126.

而“抄袭与剽窃问题”则属于“学术道德”“知识产权”的范畴①，它关注的是“个人的品行”，是“对抗性”的。前者主要为“对话”②，可以有更多的个性化的评论，表达较为自由，包括可以适当地幽默；而后者主要为“指控”，侧重于对自己的主张“举证”，证据越多越好，个性化的评论应尽可能地少，“幽默”最好就不要了。在“科学共和国”③的意义上，前者的“善意”当表现为“揭示”而能“宽容”——因为完美的语言表达是罕见甚或是不存在的，即使作为“拉丁语楷模”的西塞罗的文章，也常被“挑毛病”④；而后者的“善意”当表现为“揭露”而“不宽容”——因为独立、自由的“学术共同体”的生存与发展以其成员不越轨或少越轨为前提，“公众只有信得过从事研究工作的人员及其机构，才会支持科学事业”⑤。王彬彬教授把这两个性质不同、要求不同的问题置于同一篇文章来写，不仅需要冷静、客观，而且还必须注意到不要让“对话”与“指控”“评论”与“举证”串位。然而，令人遗憾的是，“王文”在一些地方明显是“串位”了。

譬如，专门指控“汪著”“抄袭与剽窃”的“二”部分里这样写道：“虽然有些跳跃，虽然在个别字句上有些变动，但这样的剽袭，基本上是‘奋不顾身’的，表明一旦被发现，便不想抵赖的。固然没有冒号、没有引号，但也没有用一个‘参见’来留条退路，来欺侮原作者和读者：在这个意义上，

---

① ［美］文森特·鲁吉罗．超越感觉：批判性思考指南［M］．顾肃，董玉荣，译．8版．上海：复旦大学出版社，2010：30－31.

② ［英］戴维·伯姆．论对话［M］．王松涛，译．北京：教育科学出版社，2004：5－56.

③ ［英］迈克尔·波兰尼．科学共和国及其政治和经济理论［M］//迈克尔·波兰尼．科学、信仰与社会．王靖华，译．南京：南京大学出版社，2004：192.

④ ［法］约瑟夫·房德里耶斯．语言论［M］//胡明扬．西方语言学名著选读．叶蜚声，译．北京：中国人民大学出版社，1988：251.

⑤ ［美］美国医学科学院，美国科学三院国家科研委员会．科研道德：倡导负责行为［M］．苗德岁，译．北京：北京大学出版社，2007：1.

这种方式的剽袭，还不是最让人反感的。”① 这里姑且不论王彬彬教授对“参见”一词的看法是否妥当，就说其使用的“奋不顾身”“不想抵赖”“留条退路”等词语，生动是生动了，可如此评论，既违背了“永远不要直接调动人们的情感，要努力使人们自己发现真相”② 这样的基本原则，也由于包含太多的主观猜测成分而与“学术剽窃指控”的严肃性相去甚远。

再如，“二”部分里这样写道：“《反抗绝望》只在一处引用了林毓生原文，且做了注释，但却引用得让人莫名其妙。而在真正借助林毓生的地方，则不做任何说明。例如，《反抗绝望》中，用‘整体反传统’这一理论，对鲁迅这一代‘五四’人物的思维方式进行了论述，而这就完全是对林毓生的学舌。《反抗绝望》对林毓生的剽袭，是以搅拌、组装、拼凑等多种方式进行的。具体字句上的剽袭痕迹不是很明显，但‘偷意’的迹象则是十分显眼的。”③ 这段“言简意多”的话，是典型的“评论”与“指控”的“杂糅”。无论“引用得让人莫名其妙”还是“对林毓生的学舌”，即便都为“真”，也不能证明汪晖教授的剽窃。王彬彬教授将其夹杂在“剽袭”指控的词句中间，除了冲淡主题外，没有多大的意义。此外，“……引用得让人莫名其妙”是一句必须予以证明的话，可王彬彬教授不用“复杂语码”而只用“局限语码”④，忘记“结论”“应由缜密的推理得出”这一简单原则⑤，结果也就只能是“让人莫名其妙”。

---

① 王彬彬．汪晖《反抗绝望——鲁迅及其文学世界》的学风问题［J］．文艺研究，2010（3）：138.

② ［美］D. Q. 麦克伦尼．简单的逻辑学［M］．赵明燕，译．北京：中国人民大学出版社，2008：96.

③ 王彬彬．汪晖《反抗绝望——鲁迅及其文学世界》的学风问题［J］．文艺研究，2010（3）：135.

④ ［英］巴兹尔·伯恩斯坦．复杂语码和局限语码：社会根源及影响［M］．姜望琪，译//祝畹瑾．社会语言学译文集．北京：北京大学出版社，1985：101－117.

⑤ ［美］M. 尼尔·布朗，斯图尔特·M. 基利．走出思维的误区［M］．张晓辉，王全杰，译．北京：中央编译出版社，1994：17.

又如，“一”部分专门探讨“汪著”的“文理不通”这一现象，到了“二”部分，又多处提及这一问题[①]。由此可看出，王彬彬教授在这方面是下足了功夫的。然而，由于“文理不通”与“剽袭”是两个性质截然不同的问题，所以在“一”部分已有7个例证来说明“汪著”存在着“文理不通”问题的情况下，专论“抄袭与剽窃”的“二”部分还一而再地提起，这很容易让人产生王彬彬教授在如何表达的问题上“揪住不放”“声讨不断”的感觉，也削弱了更具学术意义和现实意义的“学术剽窃指控”这一主题。

2. 对“文理不通问题”分析过当

可以说，王彬彬教授对“文理不通”问题的分析比较专业。就“王文”而言，有些地方是抓住了“汪著”表达上的“硬伤”——如“汪著”中的“对民族自身的关系”这一短语[②]。然而，对“王文”的一些分析和结论，笔者却不能苟同。

譬如，针对“汪著”的“……这样，人的存在的根本问题被置于哲学思考的中心，并成为哲学的基本问题之一和哲学的出发点……”[③]（此处的引用为“王文”的引用。核对发现，其引用漏引：“汪著”为“……哲学研究的出发点……”[④]，而“王文”将它引成“……哲学的出发点……”。这里的漏引可能是笔误，也可能是排版过程中出现的差错。事虽不大，但还是应该指出来），“王文”如此写道：“‘中心’、‘基本问题之一’和‘出发点’，这三者是并不能等同的。一个被置于‘中心’的问题，却只是基本问题‘之一’。

① 王彬彬. 汪晖《反抗绝望——鲁迅及其文学世界》的学风问题［J］. 文艺研究，2010（3）：131，136.

② 王彬彬. 汪晖《反抗绝望——鲁迅及其文学世界》的学风问题［J］. 文艺研究，2010（3）：129.

③ 王彬彬. 汪晖《反抗绝望——鲁迅及其文学世界》的学风问题［J］. 文艺研究，2010（3）：128.

④ 汪晖. 反抗绝望：鲁迅及其文学世界［M］. 石家庄：河北教育出版社，2000：16.

这就意味着，还有些问题，虽未被置于‘中心’，但却也是‘基本问题’。而一个地方，既是‘中心’，又是‘出发点’，这让人怎样理解？从‘中心’出发之后，不就离开这‘中心’了吗？”[①] 倘若王彬彬教授在哲学的层面上对“汪著”的这句话进行考究，或许还有些意义，可王彬彬教授却只是在泛泛而谈的基础上将其作为汪晖教授“因为刻意追求晦涩，便比别人更经常地犯语法和逻辑错误”的证明[②]，这实在不妥。首先，汪晖教授的这句话既不晦涩，也没有把“哲学思考的中心”“哲学的基本问题之一”和“哲学研究的出发点”等同。其次，一个被置于“中心”的问题，当然可以只是“基本问题之一”，换句话说，基本问题既包括“中心”的问题，也可以包括“非中心”的问题，进而言之，汪晖教授在这一点上并没有错。最后，从“中心”出发后，就离开这“中心”，王彬彬教授这样的认识，适用于“物理空间”，可它能机械地套用在“心理空间”“思维空间”以及“精神科学”[③] 上吗？正确的答案一定是“不能”。

再如，“王文”这样写道：“甚至可以说，在我看到的文字中，很难找到哪一页没有某种程度的语法或逻辑错误，而一页中有多处错误，也很常见。”[④] 像这样的说法，笔者不敢断然说是错的。不过，能够肯定的是，“读完”[⑤] 一部有几百页的书（不包括“附录”22 页以及“新版导论”“新版序”等 36 页，仅正文就有 272 页）后对其做出“很难找到哪一页没有某种程度的语法或逻辑错误”的评价，不要说仅凭“王文”“一”部分中有一些对其分析还

---

①② 王彬彬. 汪晖《反抗绝望——鲁迅及其文学世界》的学风问题［J］. 文艺研究，2010（3）：128.

③ ［德］韦尔海姆·狄尔泰. 人文科学导论［M］. 赵稀方，译. 北京：华夏出版社，2004：6.

④ 王彬彬. 汪晖《反抗绝望——鲁迅及其文学世界》的学风问题［J］. 文艺研究，2010（3）：130.

⑤ 王彬彬. 汪晖《反抗绝望——鲁迅及其文学世界》的学风问题［J］. 文艺研究，2010（3）：126，127.

不是很中肯的7例，就是对其分析全都很中肯的70例，也是远远不够的。从社会语言学角度看，王彬彬教授在这里遵循了“语言的任意性”而不太注意“语言的得体性”①。

值得一提的是，王彬彬教授不但举例分析“汪著”中的“文理不通问题”，而且还在一些地方为其修改病句——如“对这个意思的正确表述是：‘正如列文森……’”②、“正确的说法是：鲁迅又通过对自身文化传统的分析，寻找文化价值的类似”③等。由于修改病句是一件重要而又琐碎的事，所以王彬彬教授的精神很可贵。不过，王彬彬教授似乎未曾意识到，如果读者已经清楚了并非中小学生的汪晖教授要表达的东西，那么，修改其表述便不会有多大的意义；而如果读者由于汪晖教授表述上的含混而不大明白他要表达的东西，那么，修改其表述就有可能不符合汪晖教授要表达的思想。进而言之，尽管王彬彬教授修改病句的出发点是好的，但却非常容易让人产生“他实在是过于苛求”的感觉。

另外，笔者并不完全赞同这样的一种说法：“按照我的理解，一个人如果有意识地写得平易、朴素，就可能少犯语法和逻辑错误。而如果刻意追求晦涩和华丽，就可能多犯语法和逻辑错误……在我看来，汪晖的晦涩，很大程度上就是刻意追求的结果……”④“晦涩”，就是“含意隐晦难懂”的意思⑤。尽管它与写作者表达的内容及方法方式有一定的联系，但更为重要的是，它

---

① ［美］尤金·奈达．关于社会语言学［M］．祝畹瑾，译//祝畹瑾．社会语言学译文集．北京：北京大学出版社，1985：18.

② 王彬彬．汪晖《反抗绝望——鲁迅及其文学世界》的学风问题［J］．文艺研究，2010（3）：128.

③ 王彬彬．汪晖《反抗绝望——鲁迅及其文学世界》的学风问题［J］．文艺研究，2010（3）：129－130.

④ 王彬彬．汪晖《反抗绝望——鲁迅及其文学世界》的学风问题［J］．文艺研究，2010（3）：128.

⑤ 李行健．现代汉语规范词典［Z］．北京：外语教学与研究出版社，2004：587.

跟接受者的接受能力有关。至于“犯语法和逻辑错误”，则不在于“接受者的接受状况如何”即“接受者是否能够接受”，而在于写作者思维还不够清晰乃至不了解或不甚熟悉所用之语言的表达规则。由于“晦涩”与“犯语法和逻辑错误”没有必然的联系，所以，王彬彬教授“正是因为刻意追求晦涩，便比别人更经常地犯语法和逻辑错误”的这一推理①就显得很牵强。

那么，“汪著”中客观上存在着的一些“语法和逻辑错误”从何而来呢？除技术性原因（如修改、校对）外，笔者认为，可能与汪晖教授试图深入思考有关。诚如石里克所言：“要求我们的思维通过数量最少的概念来标示世界上的一切事物，这并不是赋予思维一项容易的任务，而是一项极端困难的任务。”② 凡是不甘于平庸和肤浅的“思想者”“学术者”，总是试图超越自身思维上的局限，然而，这种超越在通常情况下是艰难的。如果不试图超越或超越不了时放弃努力，思维就会驻足于“原地”，此时的思维跟此前一样清晰，语言表达与此前一样通顺。如果超越了，便必须寻找恰当的表达方式。由于“联串的言语并不总是表示思想”③，所以，此时很容易出现言辞与思维之间的矛盾，词不达意就极有可能发生。不过，正如歌德所说的：“并非语言本身是正确的，或者有力的，或者优美的，而是它所体现出来的思想。所以一个人不能决定他是否能使他的议论、言辞或者诗歌达到他所预期的质量：问题在于造物主是否赋予他适于做这种工作的智力和道德上的质量。”④也正像索绪尔所言：“思想本身好像一团星云，其中没有必然划定的界限。预先确定的

---

① 王彬彬．汪晖《反抗绝望——鲁迅及其文学世界》的学风问题［J］．文艺研究，2010（3）：128.

② ［德］M. 石里克．普通认识论［M］．李步楼，译．北京：商务印书馆，2005：129.

③ ［美］爱德华·萨丕尔．语言论：言语研究导论［M］．陆卓元，译．北京：商务印书馆，1985：12.

④ ［德］歌德．歌德的格言和感想集［M］．程代熙，张惠民，译．北京：中国社会科学出版社，1982：75－76.

观念是没有的。在语言出现之前，一切都是模糊不清的。”[①] 从“语言是构成思想的器官”[②] 角度讲，“犯语法和逻辑错误”恰恰证明思维还不清晰、不通畅，而只有在实现“真正的超越”时，言辞与思维才能够达到和谐统一。这也是为什么学者应该“想清楚了再说”“多思考少发表”“写好稿子搁一搁”的基本原因。当然，这里无意于证明笔者对汪晖教授何以“犯语法和逻辑错误”的判断比王彬彬教授更有说服力，而只是想指出，学术上的批评应充分考虑到造成某种结果的原因往往有多种可能。

3. 指控存在不合理的地方

“王文”在“汪著”“抄袭与剽窃”问题上举证不少，讨论更不缺，不过，其中有不合理的地方。下面，仅对一个地方进行分析。

“王文”在论及汪晖教授“掩耳盗铃式的剽袭”时这样写道：“有必要对‘参见’这个注释用语做点辨析。这里的‘参’，乃‘参考’之意。做出某种论述后，让读者‘参见’某书某文……当用‘参见’做注释时，就表明自己是独立进行了这番论述，与那本书那篇文章没有渊源关系；就表明自己的论述不是对那个作者的‘引用’，而只是‘英雄所见略同’。所以，原原本本地、或搅拌式地剽袭他人，却又做一个‘参见’的注释，称之为‘掩耳盗铃’，是很恰当的。”[③] 根据王彬彬教授的这段话，可以提出三个方面的问题来探讨。

第一，“注释”是否可以包括“引文出处的说明”？这一点的结论应该是“肯定”——“注释分两种：一种是对引文出处的注释；再一种是对正文里涉

---

① ［瑞士］费尔迪南·德·索绪尔．普通语言学教程［M］．高名凯，译．北京：商务印书馆，1980：157.

② ［德］威廉·冯·洪堡特．论人类语言结构的差异及其对人类精神的影响［M］．姚小平，译．北京：商务印书馆，1997：63.

③ 王彬彬．汪晖《反抗绝望——鲁迅及其文学世界》的学风问题［J］．文艺研究，2010（3）：131.

及的有关问题另加的说明。”[①] 并且，无论“夹注”还是“集中注”抑或“脚注”，均可包括“参考文献”这一内容[②]。诚然，不同国家乃至其不同学术团体，在“注释”和“引文出处”问题上有不尽相同的规定，如美国心理协会对其“格式”的要求[③]，就很详尽很严格。不过，这一点并不能作为我们当下讨论“汪著”的依据。

第二，“参见”是“谁参见”？对“参见”一词的解释，不同的辞典不尽相同。以“商务印书馆版”《现代汉语词典》的说法（“文章注释和辞书释义用语，指示读者看了此处后再看其他有关部分”）[④] 而论，王彬彬教授的“辨析”是有一定的根据的。不过，笔者以为，理解文章里的词语不能仅凭词典的释义，即是说，“词典义”是重要的，“语境义”也同样不能忽视。就“大语境”而言，“参见”“参看”“参阅”等词在实践中被许多学者乃至许多学术期刊当作“引用”时说明的标示，关于这一点，已有学者在激烈的驳辩时论及——如舒炜先生[⑤]、钟彪先生[⑥]等，此处就不赘述。就“小语境”而言，“参见”是“谁参见”，应考察“上下文”。如果注的是“可参见……”，则“参见”的主体明显是作者以外的读者；而如果只是“参见……”且这个“参见……”或代表它的注释符号（“注码”[⑦]）紧接所引的文字，则可视为“参见”的主体还包括了作者。从更深一层来看，不管“参见”主体是谁，只要标明具体的对象，均含有“尊重他人劳动之意”。理由何在？理由有二。

---

① 黄治正. 图书编辑学［M］. 长沙：湖南出版社，1997：153.

② 张平官. 图书编著译参考手册［M］. 上海：同济大学出版社，1993：206 - 222.

③［美］美国心理协会. 美国心理协会写作手册［M］. 陈玉铃，王明杰，译. 5 版. 重庆：重庆大学出版社，2008：86 - 89，141 - 193，205 - 207.

④ 中国社会科学院语言研究所词典编辑室. 现代汉语词典［Z］. 5 版. 北京：商务印书馆，2005：128.

⑤ 舒炜. “王彬彬式搅拌”对学术的危害［N］. 北京青年报，2010 - 04 - 03.

⑥ 钟彪. 驳王彬彬的污蔑：学术“私律”与莫须有［EB/OL］. 豆瓣网，2010 - 03 - 25.

⑦ 边春光. 出版词典［Z］. 上海：上海辞书出版社，1992：155.

其一，通常情况下，它表明作者已阅读过该对象，并且在事实上或赞同其看法，或受其启发，或有与其不同的认识；否则，列出具体的“参见”对象如果不是不可能的话，那么就是多余的。其二，通常情况下，一个学者为解决特定的课题而查阅的文献远不止已经列出的“参见”对象，那他何以要列出这有限的若干“参见”对象呢？显而易见，是因为在他的心目中，这些“参见”对象影响了他而值得他将其列出，其余则“不”。

第三，在确实有“引用”的情况下，用“参见……”做注释是否为“掩耳盗铃式的剽袭”？“掩耳盗铃”这一成语，“比喻蠢人自己欺骗自己”[①]。对掩盖不了的坏事还要想方设法掩盖，这不但主观上“不善”，而且还很愚蠢。那么，“汪著”中的“参见”是这样的一种情况吗？正确的答案恐怕不利于王彬彬教授的观点。这里就不谈汪晖教授并非“弱智”之辈，也不谈在实际操作中“参见”可用以标示作者的引用，就说“参见”即便如王彬彬教授所言只表明除作者外的“读者的参见”，那也不能毫不犹豫地称之为“掩耳盗铃式的剽袭”。这是为什么？这是因为汪晖教授对“参见”一词的理解（概念）完全有可能跟王彬彬教授所“辨析”的（概念）不一样。正像罗素所指出的：“当语言是自发产生的时，它不可能说谎，并且不可能不表达说话者的状态。”[②] 假定汪晖教授操作“参见”一词有错，也极有可能不是故意造成的。换句话说，即便“参见”的含义如王彬彬教授所理解的那样，汪晖教授仍有可能只是由于理解上的不到位而用错了“参见”。若这种可能成为现实，则“参见式注释”为“掩耳盗铃式剽袭”的“这一命题”必定是“假”的。

需要说明的是，这里并非完全否定“王文”辨析“参见”一词的意义，而只是想说明，这样的辨析属于“过度诠释”——由于没有注意到“发话

---

① 叶子雄，等．汉语成语分类词典［Z］．上海：复旦大学出版社，1987：495.

② ［英］伯特兰·罗素．意义与真理的探究［M］．贾可春，译．北京：商务印书馆，2009：238.

人”与“释话人”的“视野线”之间的差异①，忽视了“有效思维”的一个前提是“把我们确实知道的跟我们并不知道、只是以为当然如此的区别开来”②，结果，王彬彬教授关于“掩耳盗铃式剽袭”的这一推断明显有失公允。

4. 逻辑上有不严密之处

“王文”在“二”部分里的导语把“汪晖的剽袭”分成4种类型③，其中的第四种类型为“老老实实式”。“王文”这样写道：“至于第四种方式，则是一字不差地将别人的话抄下来，不搅拌、不组装、不让读者‘参见’。这其实是最老实的一种剽袭方式。其他几种方式，一旦被发现，或许还可强作辩解。这第四种方式，可是毫无辩解余地，只得老老实实承认。不妨称为‘老老实实式’。”④ 从学理上讲，不管这里的界说是否妥当，既然如此定义“老老实实式”，那么就应该将这一概念“老老实实”地贯穿于后面的举证中。然而，“王文”在集中证明存在此“剽袭方式”的“五、张汝伦《意义的探究——当代西方释义学》”里面却未能做到“概念统一”。第五节这样写道：“张汝伦的《意义的探究——当代西方释义学》……而汪晖却不是老老实实地借用，而是‘老老实实’地剽袭。举两例。”⑤ 可是，“王文”接下去的两例并不符合“概念的一致性”原则。

先说第一例，连王彬彬教授自己都说“汪晖的那段话做了一个注释，让

---

① ［比利时］耶夫·维索尔伦．语用学诠释［M］．钱冠连，霍永寿，译．北京：清华大学出版社，2003：88－89．

② ［英］L. S. 斯泰宾．有效思维［M］．吕叔湘，李广荣，译．北京：商务印书馆，1997：20．

③④ 王彬彬．汪晖《反抗绝望——鲁迅及其文学世界》的学风问题［J］．文艺研究，2010（3）：130．

⑤ 王彬彬．汪晖《反抗绝望——鲁迅及其文学世界》的学风问题［J］．文艺研究，2010（3）：136－137．

读者‘参见’张汝伦的书”[①]，可见读者们不需要阅读“汪著”也能知晓此处的汪晖教授并非“老老实实”。依照王彬彬教授的分类，有“参见”注释的地方为第三类的“掩耳盗铃式的剽袭”[②]。遗憾的是，行文至此的王彬彬教授却把它给忘了，以至于“犯了移花接木谬误”[③]。

再说第二例，也没有达到王彬彬教授自己定下的“一字不差”的标准，即是说，“王文”对举的汪、张两段文字并不一样——汪晖说：“……没有看到理性只有在传统中才能起作用……”[④]，张汝伦说：“……没有看到，理性不是绝对的、无条件的，理性也必须在具体的历史条件下实现自己。归根结底，理性只有在传统中才能起作用……”[⑤]。对比可知，两者差的不是一字，而是好多字。的确，此处比较接近于王彬彬教授所界说的“老老实实式”，但是，“接近”并不等于“符合”，“半真”并不等于“全真”。概言之，“王文”的这一例证在逻辑上仍然是不严密的。

5. 引文不规范且对“汪著”“参见”的介绍说明有漏

粗略统计，“王文”在引用“汪著”方面至少有6段次不符合写作规范，其中，漏掉“注码”共计9个（分别见“王文”第128、131、132、134、136、137页）。下面举三例予以说明。

例一，王彬彬教授在指出“汪著”“剽袭”李泽厚的《中国现代思想史论》时引用了《反抗绝望》中的这么一段文字：“其次……学说，但……对

---

① 王彬彬．汪晖《反抗绝望——鲁迅及其文学世界》的学风问题［J］．文艺研究，2010（3）：137.

② 王彬彬．汪晖《反抗绝望——鲁迅及其文学世界》的学风问题［J］．文艺研究，2010（3）：130.

③ ［美］布朗，基利．学会提问：批判性思维指南［M］．赵玉芳，向晋辉，等译．7版．北京：中国轻工业出版社，2008：116.

④ 王彬彬．汪晖《反抗绝望——鲁迅及其文学世界》的学风问题［J］．文艺研究，2010（3）：137.

⑤ 王彬彬．汪晖《反抗绝望——鲁迅及其文学世界》的学风问题［J］．文艺研究，2010（3）：137－138.

于中国先进知识分子的启示。"[①] 实际上，《反抗绝望》第58～59页原文为："其次……学说[①]，但……对于中国先进知识分子的启示。[②]"[②] 也就是说，"王文"引用"汪著"的这段话漏掉了很重要的注码①和②。

例二，王彬彬教授在指出"汪著""剽袭"李泽厚的《中国近代思想史论》时引用了《反抗绝望》中的这么一段文字："从上个世纪40年代……'任务本身……才会发生的'。"[③] 实际上，《反抗绝望》第59页原文为："从上个世纪40年代……'任务本身……才会发生的'。[③]"[④] 也就说，"王文"引用"汪著"的这段话漏掉了很重要的注码③。

例三，王彬彬教授在指出"汪著""剽袭"张汝伦的《意义的探究——当代西方释义学》时引用了《反抗绝望》中的这么一段文字："这正如伽达默尔指出的……理解的历史性具体体现为传统对理解的决定作用。"[⑤] 实际上，《反抗绝望》第64页原文为："这正如伽达默尔指出的……理解的历史性具体体现为传统对理解的决定作用。[①]"[⑥] 也就是说，"王文"引用"汪著"的这一段话漏掉了很重要的注码①。

诚然，由于文字工作很烦琐，所以写作或者编辑时出现差错可以理解。不过，假如差错太多，尤其是在"学术剽窃指控"文章中出现这样的情况，就难免让人有"该行为是别有用心"的想法。当然，王彬彬教授可以用"我在引文后面的分析中已指明汪晖'做了一个注释'"来为前述三例辩解（例外的是，例一中的"汪著"注码②的删除——因没有任何说明，故无法这样

---

① 王彬彬. 汪晖《反抗绝望——鲁迅及其文学世界》的学风问题［J］. 文艺研究，2010（3）：131.

② 汪晖. 反抗绝望：鲁迅及其文学世界［M］. 石家庄：河北教育出版社，2000.

③ 王彬彬. 汪晖《反抗绝望——鲁迅及其文学世界》的学风问题［J］. 文艺研究，2010（3）：132.

④ 汪晖. 反抗绝望：鲁迅及其文学世界［M］. 石家庄：河北教育出版社，2000.

⑤ 王彬彬. 汪晖《反抗绝望——鲁迅及其文学世界》的学风问题［J］. 文艺研究，2010（3）：137.

⑥ 汪晖. 反抗绝望：鲁迅及其文学世界［M］. 石家庄：河北教育出版社，2000.

辩解）。若此，则笔者要说，不论如何解释，有两点却是毫无疑问的。其一，直接引用尤其是“大段引用”且“缩格书写”时漏掉原作已标明的至关重要的“注码”，严重违反了“要一字不差地引用”这一“引用的规则”[①]。其二，从读者角度讲，“指控者在引文之后的补充说明”无法完全代替“指控者引用时对原作注码的删除”。为何如此？这是因为对于有耐心的读者来说，这样的删除还只是让其觉得“引用者”的“引用行为”不规范，而对于缺乏耐心的读者来说，这样的删除则很容易让其对“被引用者”的“写作行为”做出不准确甚或是完全错误的评判。至于“王文”中那些“连补充说明也没有”的“注码删除式引用”，就更是非常之不妥了——从逻辑上讲，犯了“断章取义的谬误”[②]。

另外，必须指出的是，王彬彬教授对“汪著”“参见”注释的介绍说明也有不当之处。譬如，针对上述“例一”中的“汪著”“注码①”，“王文”这样写道：“……他在中间部分做了一个注释，提示读者‘参见’李泽厚《中国现代思想史论》。”[③] 然而，“汪著”的“脚注①”却是“参见李泽厚：《中国现代思想史论》，东方出版社，1987，第8页。”[④] 对照可知，“王文”的介绍说明一方面是添加了“读者”一词，标明“参见”的主体是“读者”，而实际上汪晖教授未必就是这个意思；另一方面是删减了“汪著”的“参见”信息，而删减出版社、出版时间和页码的结果，一定是很容易使没有看过原作的读者以为汪晖教授不够严谨。或许出现上述的情况并非王彬彬教授的本意，但客观效果却值得所有写作者和编辑者深思。

---

① ［美］戈登·哈维．学会引用：大学生论文写作指导手册［M］．沈文钦，李茵，译．北京：教育科学出版社，2007：13－19．

② ［日本］末木刚博，等．逻辑学：知识的基础［M］．孙中原，王凤琴，译．北京：中国人民大学出版社，1984：112．

③ 王彬彬．汪晖《反抗绝望——鲁迅及其文学世界》的学风问题［J］．文艺研究，2010（3）：131．

④ 汪晖．反抗绝望：鲁迅及其文学世界［M］．石家庄：河北教育出版社，2000：59．

（三）发表方面存在着不恰当的问题

继2010年3月10日刊发于《文艺研究》之后，“王文”又略做修改并于2010年3月25日以《汪晖〈反抗绝望〉的学风问题》为标题发表在《南方周末》上[①]。《南方周末》刊登“王文”以及4月8日刊发项义华先生的《规范的缺失与自我的迷失：也谈汪晖〈反抗绝望〉的学风问题》等[②]，被魏行先生称为“完成了对一位学者的有罪推论，也成为一起媒体以暴力干涉学术的特殊而罕见的案例。”[③] 尽管包括一些网民在内的发话者言辞过于激烈，但学术文章尤其是“学术剽窃指控”文章该怎样发表却值得人们思考。

首先，应该指出的是，同一篇“学术批评”文章既在学术期刊上发表又在报纸上发表，这对于王彬彬教授来说并不是唯一的一次。《文艺学批评“非学术化”批判》一文[④]在引用王彬彬教授发表于《中华读书报》上的一篇“学术批评”文章[⑤]之后，笔者才发现他这一篇在报纸上登载的文章还发表于学术期刊《文艺争鸣》上[⑥]。据此可以认为，王彬彬教授一而再地在纸媒上发表同一篇“学术批评”文章并非是一种专门用来对付汪晖教授的“谋略”，而似乎是习惯使然。问题在于，这样的一种“行为”可取吗？

从相关规定看，这一“行为”是欠妥的。2004年的《高等学校哲学社会科学研究学术规范（试行）》在第四部分“学术成果规范”中就明确指出：

---

① 王彬彬．汪晖《反抗绝望》的学风问题［N］．南方周末，2010－03－25.

② 项义华．规范的缺失与自我的迷失：也谈汪晖《反抗绝望》的学风问题［N］．南方周末，2010－04－08.

③ 魏行．传媒暴力与学术独立：关于一起媒体公共事件的备忘录［EB/OL］．左岸文化网，2010－04－15.

④ 郑惠生．文艺学批评“非学术化”批判：学术批评研究之一［J］．学术论坛，2010（8）：90.

⑤ 王彬彬．文学批评的语文品格：以一篇文章为例［N］．中华读书报，2009－11－04.

⑥ 王彬彬．文学批评的语文品格：以一篇文章为例［J］．文艺争鸣，2009（11）：3－5.

“（十三）学术成果不应重复发表。另有约定再次发表时，应注明出处。”客观地看，当前学术界中的一些学术成果重复发表有报社和期刊社方面的原因。其中，最常见的是，虽然《中华人民共和国著作权法》（1990 年发布、1991 年 6 月 1 日起施行，2001 年第一次修正，2010 年第二次修正）规定：“著作权人向报社、期刊社投稿的，自稿件发出之日起十五日内未收到报社通知决定刊登的，或者自稿件发出之日起三十日内未收到期刊社通知决定刊登的，可以将同一篇作品向其他报社、期刊社投稿。双方另有约定的除外。”但由于不少期刊尤其学术期刊的审稿周期通常都是几个月且没有通知作者“不采用其稿件”的习惯，结果，一些著作权人在依法多次投稿后其作品被多家刊物采用。对此，自另当别论。然而，如果是作者明知已在或将在某个公开纸质刊物上发表却还追求在另一纸质刊物上登载，且后发的刊物没有注明文章的出处，则可以说是违规的。倘若内容是一般性的稿件在发表过程中违规，通常不会被人们当作一件大事，但倘若内容是涉及“永远不能完全恢复名誉”的学者剽窃[①]问题的稿件在发表过程中违规，则不能不引起人们极大的关注。据《中国青年报》报道，王彬彬教授是在获悉载有“王文”的《文艺研究》第 3 期将要发行的情况下于 3 月中旬把稿件给了《南方周末》责任编辑刘小磊先生的[②]。由此可看出，“王文”一而再地在纸媒上公开发表并非客观因素所造成，而是王彬彬教授积极努力的结果。像这样的情况，无论是要让被指控者心平气和地接受还是要让其同情者不要太认真地应对，都是很困难的。

从学术目的来看，这一“行为”是不必要的。“重复发表”或许会多一点稿费的收入，或许会提高作者的知名度——这一点，在学术者普遍重视“学术名声”和“经济状况”的今天[③]，并非完全不可以理解，但从学术进步

① ［美］理查德·波斯纳. 论剽窃［M］. 沈明，译. 北京：北京大学出版社，2010：7.

② 王晶晶. 著名学者汪晖成名作被指抄袭真伪待鉴［N］. 中国青年报，2010－03－30.

③ ［英］托尼·比彻，保罗·特罗勒尔. 学术部落及其领地：知识探索与学科文化［M］. 唐跃勤，蒲茂华，陈洪捷，译. 北京：北京大学出版社，2008：80－81.

角度讲，不管文章的质量如何，“重复发表”都不可能带来益处。倘若“王文”的评论和指控是公允的，那么，它发表在学术期刊《文艺研究》上就已经够了，就足以让汪晖教授本人及其所在机构乃至整个学术界重视了。倘若相反，那么，它继而发表在报纸《南方周末》上的结果，只能是给王彬彬教授自身带来更大的麻烦。可能有人这样认为，“王文”再次发表在受众群体更大的《南方周末》上，能产生更大的学术影响，能让学术界和相关机构更加认真地处置。若此，则笔者要说，这只是“一厢情愿”的事，因为“学术”是“系统、专门”的学问，学术要影响那些“非学术者”，谈何容易！假如被誉为“专业权威”的《文艺研究》所刊载以及重要学术网站会收录的“学术剽窃指控”文章都不能在学术层面上影响相关的人和机构，那它怎么有可能继而登于报纸上就扭转局面？假如在报纸上发表已刊发于学术杂志上的一篇文章就引起各方面的重视，那它还一定是学术层面上的东西吗？当然，这里并非不赞成报纸参与学术问题的讨论，而只是认为，无论什么报纸，都不宜重复性地发表已经在学术期刊上登载了的“学术剽窃指控”文章。诚然，在“公众理解科学已经成了一个共同的利益和一个共同的目标”[①]的背景下，“作为公共事业的报纸”[②]参与学术问题、学术事件的讨论是应该的，不过，报纸参与学术问题、学术事件的讨论理当有自己的角度和方法方式，如学术访谈、学术事件的追踪报道、学术论文的摘要及其批评等。从学术者角度讲，由于“除学术期刊以外的出版物在选取文章和质量监控方面参差不齐”[③]，所以，无论是正面论证的学术论文还是反面论证的学术批评，最佳的发表园地应该是学术期刊。因为当前的学术期刊在学术批评上远未尽到责任，所以一些厚重的学术批评文章刊登在报纸上实属无可奈何所致。然而，“王文”的一

---

① ［英］约翰·V. 皮克斯通. 认识方式：一种新的科学、技术和医学史［M］. 陈朝勇，译. 上海：上海科技教育出版社，2008：187.

② ［美］利昂·纳尔逊·弗林特. 报纸的良知：新闻事业的原则和问题案例讲义［M］. 萧严，译. 北京：中国人民大学出版社，2005：222.

③ ［英］戈登·格鲁，玛丽安·彼得. 给研究生的学术建议［M］. 彭万华，译. 北京：北京大学出版社，2009：93.

而再发表并不在此列，这就很令人遗憾了。

（四）结论及补充说明

综上所述，王彬彬教授的《汪晖〈反抗绝望——鲁迅及其文学世界〉的学风问题》一文在评论、指控与发表上均存在着失当的地方。的确，从当前中国“国家学术形象”须大力重塑的角度看，“王文”的学术意义和现实意义不可谓不大，不过，在学理层面上认识到其中的不足也是很必要的。因为只有这样，我们才有可能更有效地为“国家学术形象”的重塑添砖加瓦；也只有这样，中国走上学术规范化的道路才会有更为坚实的基础。

需要说明的是，本文采用文献方面的局限。王彬彬教授发表于《文艺研究》上的“学术剽窃指控”文章及其指控对象（汪晖教授《反抗绝望——鲁迅及其文学世界》）在版本方面都不会有什么问题。关于“汪著”，笔者原手头上有三联书店2008年的版本。由于“王文”讨论的对象是河北教育出版社2000年出版的，所以笔者不得不通过“网购”渠道从鲁迅博物馆书店获得与之相同的版本。就围绕“汪晖事件”进行讨论的各种文献而言，有些仅仅挂在互联网上。尽管对此类资料有“很难列入参考文献”的说法[①]，但考虑到其重要性或出于讨论上的需要，笔者还是将其列入。由此而来的问题是，网站这一资料来源是可信赖的吗？虽然笔者在整理此类资料时已尽了力，但在这个有人以为“互联网上应该没有人知道我是谁”的“电子复制”时代[②]，对于此类资料的准确性如何，本人其实心里没底。基于此，笔者希望那些发现其中错漏的方家批评指正。

---

① ［英］萨利·拉姆奇．如何查找文献［M］．廖晓玲，译．北京：北京大学出版社，2007：183.

② ［美］约翰·冈茨，杰克·罗切斯特．数字时代，盗版无罪？［M］．周晓琪，译．北京：法律出版社，2008：55.

第六章

高校文艺学的批评

高等院校既是文艺学生产的阵地之一，也是文艺学消费的最主要场所。因而，其质量的高低不仅取决于文艺学学者的科研水平，而且还在于文艺学学者与学生之间的互动。就教师所应担负起的学术责任而言，后者尤为重要。

一、“大学文艺学的学科反思”
——与陶东风教授商榷

在《文学评论》2001年第5期发表的《大学文艺学的学科反思》（以下简称《大》）中①，陶东风教授指出当前中国文艺学未能对文艺现状做出及时有力的回应，批评大学文艺学存在着诸多的弊端。可以说，该文所言有不少是中肯的，尤其第二部分——“历史地理解文学艺术的自主性”——更是富含真知灼见。然而，对《大》中的一些看法，笔者却有不同的意见。这里择要阐述，与陶东风教授商榷。

（一）怎能给“理论概括”戴上“生产绝对真理”的帽子

陶东风教授批评大学文艺学的最重要一点，是“本质主义思维方式的影响”。《大》中这样写道：“受本质主义思维方式的影响，学科体制化的文艺学知识生产与传授体系，特别是‘文学理论’教科书……不是在特定的语境中提出并讨论文学理论的具体问题，而是先验地假定了‘问题’及其‘答案’，并相信只要掌握了正确、科学的方法，就可以……生产出普遍有效的文艺学‘绝对真理’……可以概括出所谓放之四海而皆准的‘一般规律’或‘本质特点’。”像这样的看法，不但在《大》中出现，而且还存在于陶东风

① 陶东风．大学文艺学的学科反思［J］．中国人民大学复印报刊资料·文艺理论，2001（12）：34－42.

教授的另外一些文章里[①]。由此可见，陶东风教授在这一点上的批评，既认真又经常。不过，难道真的如陶东风教授所言？非也！

首先，就笔者所知，20 世纪 80 年代以来还没有一部文艺学教材把概括出的“一般规律”或“本质特点”说成是“放之四海而皆准”的“绝对真理”。《大》中的最大不妥就在于，利用“世界上不存在绝对真理”的这样一种常识，给大学文艺学戴上一顶本不属于它的帽子——“生产绝对真理”。如此批评，自然很容易使人对大学文艺学产生一种先入为主的错觉。

其次，陶东风教授在批评“一般规律”或“本质特点”的概括时，用以群主编的《文学的基本原理》（1983 年修订版）等教材作为例证。《大》中这样写道：“把历史上各种各样的文学观点（无论是中国的还是西方的）统统归入‘唯心’与‘唯物’两种，实际上是也就是‘真理’与‘谬误’两种，从而实际上否定了文学理论与文学本质的多元性。”能否将各种各样的文学观点归入“唯心”与“唯物”两种，自然可以讨论，但是，不管哪部教材，对形形色色的文学观点进行归类，都是合理且是应该的。错对并不在于归类与否，而在于归类是否科学。断言某些观点是真理某些观点是谬误，乃科学判断之必需。倘若言及“真理”与“谬误”，便是“否定了文学理论与文学本质的多元性”，那岂不是等于说“任何文学观点”都没有正误之分？岂不等于说“真假判断”是要不得的？当然，许多文学观点的对错并非总是那么界限分明，那么容易分辨。也就是说，对一些文学观点进行认识判断与价值判断，不宜采用非此即彼的简单化方法。不过，我们却不能由此而放弃个人的见解。尽管一个社会的文艺理论应该是多元的，而且，文艺理论的多元在当代中国也已成既定的事实；但是，主张或认同文艺理论的多元性，并不意味着著作

---

① 陶东风．呼唤文艺美学的越界和扩容［N］．中国教育报，2001－12－20（7）；陶东风．日常生活的审美化与文化研究的兴起：兼论文艺学的学科反思［J］．中国人民大学复印报刊资料·文艺理论，2002（6）：3－9；陶东风．跨学科文化研究对于文学理论的挑战［J］．中国人民大学复印报刊资料·文艺理论，2002（10）：51－57.

者在一部文艺理论著作中对“文学是什么”应该或可以持多元的观点。如若不然，一部本应合乎学理、首尾一贯的文艺理论著作，就会变成含混不清的大杂烩。

再次，陶东风教授批评大学文艺学“受本质主义思维方式的影响”，除针对“本质论”外，还涉及整个体系的“几乎所有方面”。《大》中重点分析了两个例子：一个是“文学创作阶段说”，一个是“文学类型特征说”。关于第一个例子，笔者已另文讨论①，这里不再赘述。关于第二个例子，《大》中写道，“我们的教科书在划分文学种类、概括其特征时也存在严重的机械化、教条化现象，即赋予文学的各种类型以僵化、固定、超历史的‘特征/本质’，而不顾文学史的实际情况早已突破了这种所谓‘特征/本质’。尤其不可思议的是，这种文类特征论经历了几十年的时间几无变化。”此处的批评，不妥是多方面的。

第一，倘若承认对文学作品进行分类的这一行为是合理的，那么，就得承认探讨并归纳不同文学种类的“特征/本质”是自然且是必需的。我们可以说某一部文艺理论著作在文类“特征/本质”概括方面不准确、不全面或者错谬，却不可以把对于文类的“特征/本质”概括看作是使其“僵化”“固定”和“超历史”。事实上，许许多多的文艺学教材编写者不仅完全没有使其概括的文类“特征/本质”固定化的意图，而且还在不同程度上点明文学分类的“相对性与历史性”，强调“不可僵化套用，一概而论”，指出“不能用凝固的眼光来看待文学的分类”——如蔡仪主编的《文学概论》②、以群主编的《文学的基本原理》③、易健和王先霈编的《文学概论》④、黄展人主编的《文

① 郑惠生．论文艺学的越界：与陶东风教授商榷［J］．新疆大学学报（社会科学版），2003（1）：97－99.

② 蔡仪．文学概论［M］．北京：人民文学出版社，1979：188－191.

③ 以群．文学的基本原理［M］．上海：上海文艺出版社，1980：386－388.

④ 易健，王先霈．文学概论［M］．长沙：湖南教育出版社，1984（2）：131－132.

学理论》[①]、郭正元编著的《文学理论基础教程》(修订本)[②]、曹廷华主编的《文学概论》(修订本)[③]、刘叔成主编的《新编文艺学概论》[④]、陈传才和周文柏著的《文学理论新编》(修订本)[⑤]、许自强主编的《文艺理论基础》[⑥]。所有这些，都是不争的事实。然而，陶东风教授却为了“自圆其说”而完全置之不理。

第二，即便是最科学、最全面的理论概括，也只具有普遍的适应性。如果根据理论概括不能适用包括特殊事实在内的所有个案，便要指责其“机械”和“教条”，那岂不等于说任何理论的概括都是不恰当和负价值的？虽然诗歌中存在着一些如《大》中所言的“语言非常散文化、日常生活化、节奏也散漫拉沓”，但在事实的根本上，谁也无法否定“浓烈的抒情性、丰富的想象性和语言的音乐性”等“诗歌特征”概括的意义。之所以如此，是因为作为类的诗歌的特征，是在与小说、剧本和散文等文类比较以后所得出的结论，是就诗歌的总体来说而非针对某一具体的诗歌作品所言。这样的一个道理，正如我们说在性情方面，南方人温和，北方人刚直，可谁也不会否认：有些南方人刚直，有些北方人温和。诚然，对于诗歌发展过程中出现的一些新情况，诗歌理论应及时做出反应，使之更具普遍的概括性。不过，即便如此，我们也还是要清醒地认识到，任何理论概括都有其局限，都不免会遗漏掉一些东西[⑦]。尽管笔者与陶东风教授一样认为文学体裁具有“历史性”，但却不能赞

---

① 黄展人. 文学理论［M］. 广州：暨南大学出版社，1990：67－70.

② 郭正元. 文学理论基础教程（修订本）［M］. 2版. 广州：中山大学出版社，1993（2）：222－224.

③ 曹廷华. 文学概论（修订本）［M］. 2版. 北京：高等教育出版社，1993（2）：135－137.

④ 刘叔成. 新编文艺学概论［M］. 北京：中央广播电视大学出版社，1996：348.

⑤ 陈传才，周文柏. 文学理论新编［M］. 修订本. 北京：中国人民大学出版社，1999：248.

⑥ 许自强. 文艺理论基础［M］. 北京：高等教育出版社，2000：173.

⑦ ［法］埃米尔·涂尔干. 社会分工论［M］. 渠东，译. 北京：生活·读书·新知三联书店，2000：323－324.

同他如此的一种想法："放弃概括体裁特征的努力。"其所以这样，是由于不但文艺科学的建设需要它，而且，面对纷繁复杂的文艺作品世界，人类的头脑需要达到一定程度的条理化。

第三，"文类特征论"并非像陶东风教授所说的那样"几十年的时间几无变化"。就拿《大》中批评的戏剧文学特点来说，早在1989年，孙子威主编的《文学原理》就有了新的说法①。从大的方面来看，陈传才和周文柏著的《文学理论新编》（修订本）因其讨论"三分法"中文类的特征而与陶东风教授所批评的相去甚远②。上述两例，都是"白纸黑字"，可陶东风教授偏偏就是没有看到。如此削足适履式的批评，自然是缺乏说服力。

最后，需要指出并予以特别强调的是，正如19世纪英国教育家、文学家和语言学家纽曼所言："科学是揭示事物规律的，文学是表达思想的。科学是普遍的，文学是个体的。"③ 探究乃至发现文学的本质特征以及规律，是文艺学必须完成的基本任务，是文艺学无法回避的分内事情。基于此，阐述文学的本质、特征以及基本规律，便成了大学文艺学必不可少的内容。然而，陶东风教授却硬要说大学文艺学的理论概括是受到"僵化、封闭、独断"的"本质主义思维方式的影响"，并由此而断定它是在"生产出"人人都会反对的"绝对真理"。可以讲，像这样的批评逻辑，已经是到了完全不顾事实和违背常理的程度。

（二）岂可把教材编写中的"综合性"等同于"拼凑性"

教材编写中的综合性，是陶东风教授批评大学文艺学的另一个重点。其批评的主题，可从《大》中第三部分的小标题得知——"跨时空拼凑：文艺

---

① 孙子威. 文学原理［M］. 武汉：华中师范大学出版社，1989：212－236.

② 陈传才，周文柏. 文学理论新编［M］. 修订本. 北京：中国人民大学出版社，1999：249－274.

③［英］约翰·亨利·纽曼. 文学：在哲学和文学学院的演讲［M］// 约翰·亨利·纽曼. 大学的理想（节本）. 徐辉，等译. 杭州：浙江教育出版社，2001：135.

学知识的历史性与民族性的丧失”。然而，在读完第三部分和带有建设性质的第四部分之后，笔者却产生了许多的疑问。

首先，陶东风教授在批评教材编写中的综合性时过于苛刻。应当讲，如何协调知识的普遍性与知识的历史性、地方性这一对矛盾，是文艺学教材编写中比较难处理的问题之一。作为教师和学生共同使用的文艺学教材，通常只具有概论的性质，而任何概论性的教材，都不可避免地存在着综合各家之言的问题。就这一点而言，它与文艺学的学术专著有着明显的不同。文艺学学术专著，可以是一家之言——无论是形式主义的，还是读者阐释的，抑或精神分析的，只要能自圆其说就行，只要能使读者甚或少数读者信服就好。然而，具有概论性质的文艺学教材，却不但可以而且还有必要综合古今中外的文学知识、文学观点。尽管在一些文艺学教材的编写中综合得不够理想甚至是很不恰当，但这并不等于说综合的编写方式是错误的。本来，综合有已经融会贯通了的综合，也有生硬拼凑起来的综合，可是，陶东风教授却一定要说综合性“导致文艺学知识的拼凑性”。如此批评，岂不是“欲加之罪，何患无辞”？

其次，由于在强调文艺学知识的历史性和地方性时走极端，结果，陶东风教授也就否定了不同时空中的学者对某个问题会有“共同”的说法。《大》中写道：“在依据这样的工具书拼贴出来的教科书的某一页上，我们竟然可以同时找到马克思、柏拉图、福科、孔子、鲁迅、冯骥才关于某个问题的‘共同’说法！”因为笔者孤陋寡闻，所以不知道陶东风教授指的是哪一本教科书；也因为陶东风教授没有点明是关于什么问题的共同说法，所以更无从知晓其所言的对否。不过，就一般的道理而言，如果是教材编写者由于曲解了所引文字的原意而把“不同的说法”当作“共同的说法”，那可真是一件坏事。尽管如此，我们仍不能将教材编写者由于没有透彻理解所引文字而造成的错谬归之于普遍性知识的寻求。的确，马克思、柏拉图、福科、孔子和鲁迅等人在思想上有许多不同之处，但是，这一点并不排除他们在某个问题上可能会有一些共同的想法和说法。令人遗憾的是，陶东风教授在讨论问题时由于未能严格遵守他自己所竭力主张的“历史性”和“地方性”，结果也就没有指明哪一本“教科书”上的哪个“问题”的哪种“说法”。假如不是这样，也许还有一定的说服力。

再次，陶东风教授在批评文艺学教材的“若干论”时背离了一般的科学道理。《大》中这样写道：“现有的文艺学教科书在体例上大同小异，都把文艺学机械地切割分为‘本质论’、‘创作论’、‘作品论’以及‘欣赏／批评论’四大块（或者以此为基本框架作一些微调）。”应当说，文艺学教材采用“若干论”的形式，是全国高校许许多多教师在长期实践基础上总结出来的一种较适合于教学的编写结构。诚然，关于“若干论”编写结构是否最为恰当的问题，还可以也需要做进一步的探讨，但是，它作为文艺学的入门教科书形式，益处也是明摆着的——至少为学生在以后的漫长学习时间里提供了一个可以不断添加新知识、可以不断进行“结构转换”的基本框架①。陶东风教授认为，“四大块”的编写就是“机械地切割”。像这样的观点，既无事实根据，又没学理依据。就笔者所见过的文艺学教材，还未曾发现有编写者说过诸如此类的话语：“文学本质可以离开对文学活动系统的抽象”“欣赏／批评论与作品论没有关系”。毋庸置疑的是，任何理论研究都需要抽象，而任何抽象都免不了从具体生动、完整统一的对象中分离出所要着力讨论的方面或侧面。倘若文艺学及其教学将其内容结构分为若干块来处理，也算是“机械地切割”，那么，恐怕世界上所有的科学和理论都难逃陶东风教授的责难。很难想象陶东风教授那种不做他自认为是“机械切割”的文艺学教材是什么样的教材，或许是“没章、没节、没段”吧！也很难想象陶东风教授那种不做他自认为是“机械切割”的课堂教学是怎么样的教学，大概就是“默念”与“顿悟”吧！

---

① ［美］威尔伯特·J. 麦基奇. 高等院校教学指南［M］. 李环，王英杰，译. 北京：职工教育出版社，1989：233，238.

最后，陶东风教授提出了这样改造大学文艺学教材的构想：“首先，要打破‘四大块’的构架与剪刀+浆糊的编写方法，在认真研究中西方文学理论史的基础上，提出不同国家与民族的文学理论共同涉及的几个‘基本问题’与重要概念。其次……贯穿历史的方法，对一些重要的概念与问题……做历史的解释……最后，介绍完毕以后，教师不必给出‘什么是文学’的最终答案，不作结论，让学生自己去思考……我相信这样做可以使学生明白关于‘文学’本来就有无限多元的解释与理解，从而培养他们开放的文学观念。”诚然，将文艺学教材“四大块”打破是容易的，不过，陶东风教授的“批评”与“构想”，却有着诸多的方面值得深究。

第一，世界上的国家与民族有许许多多，究竟要在认真研究多少个国家与民族的文学理论之后才来确定哪“几个”是共同涉及的“基本问题”与“重要概念”？还有，由谁来确定？再有，由谁来裁定“谁的确定”不会是不恰当的？

第二，按《大》中的意思，目前中国文艺学还没有提出文学理论的“基本问题”与“重要概念”，可事实上，像陶东风教授所看重的“文学”概念以及“什么是文学”的问题，却是许许多多的文艺学教材都没有忽视的。由于《大》中没有具体讲明，所以笔者还真的不知道有多少个“重要概念”和“基本问题”被当前的文艺学教材遗漏掉。

第三，陶东风教授所重视的“贯穿历史的方法”，实际上早已实践于一些文艺学教材的编写中——如孙子威主编的《文学原理》解释“风格”①、“小说”②、“创作方法”③、“现实主义”④、“浪漫主义”⑤，狄其骢和王汶成等人

① 孙子威. 文学原理［M］. 武汉：华中师范大学出版社，1989：238－239.
② 孙子威. 文学原理［M］. 武汉：华中师范大学出版社，1989：178－182.
③ 孙子威. 文学原理［M］. 武汉：华中师范大学出版社，1989：380－381.
④ 孙子威. 文学原理［M］. 武汉：华中师范大学出版社，1989：389－394.
⑤ 孙子威. 文学原理［M］. 武汉：华中师范大学出版社，1989：399－401.

著的《文艺学新论》解释“典型”[①]、“文学作品”[②]，刘安海和孙文宪主编的《文学理论》解释“形象”[③]、“意象”[④]，童庆炳主编的《文学概论》解释“叙事”[⑤]、“意境”[⑥]。问题的关键并非可否“对一些重要的概念与问题”“做历史的解释”，而在于一个“度”字。毫无疑问，教学教育过程应遵循“从简单到复杂”的规律[⑦]，应依照“可接受性”的原则[⑧]，应建立在这样“一条简明的原理的基础之上”——“只有当被传授的知识能够真正为学生所学会和掌握才行”[⑨]。如果对“做历史的解释”这个“度”没有把握好，以为越“做历史的解释”越是好事，那么，一部文艺学教材，就会由于其内容的过分庞杂沉重而使聪慧但却外行的学生消受不了。倘若再进一步考虑大学生们在高年级时还要学习西方文论和中国古典文论等课程内容，那么，我们就更会明白：所谓的对“概念与问题”“做历史的解释”，当适可而止。

第四，笔者非常赞同陶东风教授在“剪刀+浆糊”问题上所持的强烈批评立场。固然，教材编写不要求一定要有学术创见，但编写教材仍应该是一种创造性的劳动。从这个意义上讲，“剪刀+浆糊”的教材编写已经是一种可耻的剽窃行为。遗憾的是，陶东风教授虽然断定“绝大多数文艺学教材几乎

---

① 狄其骢，王汶成，凌晨光. 文艺学新论［M］. 济南：山东教育出版社，1994：578-582.

② 狄其骢，王汶成，凌晨光. 文艺学新论［M］. 济南：山东教育出版社，1994：241-257.

③ 刘安海，孙文宪. 文学理论［M］. 武汉：华中师范大学出版社，1999：59-60.

④ 刘安海，孙文宪. 文学理论［M］. 武汉：华中师范大学出版社，1999：87-90.

⑤ 童庆炳. 文学概论［M］. 武汉：武汉大学出版社，2000：246-250.

⑥ 童庆炳. 文学概论［M］. 武汉：武汉大学出版社，2000：205-207.

⑦ ［英］赫·斯宾塞. 教育论：智育、德育和体育［M］//斯宾塞教育论著选. 胡毅，王承绪，译. 北京：人民教育出版社，1997：107.

⑧ ［苏联］Ю. К. 巴班斯基. 教学教育过程最优化［M］. 吴文侃，译. 2版. 北京：教育科学出版社，2001（2）：12.

⑨ ［西班牙］奥尔特加·加塞特. 大学的使命［M］. 徐小洲，陈军，译. 杭州：浙江教育出版社，2001：69，72.

就是由这些只言片语组成的大拼盘”，但却没有做任何具体的讨论分析，而只是说了诸如这样的话：“较早的教材的引文基本上限于马列文论、俄苏文论……”如此批评方法，很容易让人误以为参考文献多了，就是“剪刀+浆糊”。

第五，陶东风教授设想，教师对“什么是文学”“不作结论”可以“培养”学生“开放的文学观念”。从实践出真知的角度讲，或许这是一种值得尝试的方法。然而，其中所蕴含的各种复杂性，却是任何尝试者都必须加以充分考虑的。复杂性之一：在“什么是文学”都还没有答案的情况下，如何讨论关于文学的一系列命题？换言之，当文学“概念”不能确定时，教师怎样在以后的几十场课里进行关于文学的种种“判断”和“推理”？复杂性之二：对历史上关于文学的各种解释不做认识上和价值上的取舍，是否就有较好的教学效果？对这样一个虽属于专门领域却具普遍性的教学问题，许多卓有成效的教育家都抱着极其审慎的态度。斯坦福大学名誉校长唐纳德·肯尼迪教授虽然认为对“特定的观点”保持“某种程度的距离是必不可少的”，但他也承认，“对某一个题目的个人的和甚至热情的信念，是教师和学生之间共鸣的源泉”①。在论及“尊重发言权”时，当代美国成人教育专家斯蒂芬·D.布鲁克菲尔德则更为直截了当地指出：“从学生的立场来看，如果教师避而不谈自己的观点，这位教师可能是不值得信任的……一个批判反思型教师，应该知道避而不谈自己的观点既有积极的作用，也有消极的作用”②。复杂性之三：要培养学生开放的文学观念，是否一定要在讲课时不做“什么是文学”的结论？换个角度讲，培养学生开放的文学观念有没有多种途径和多种方式？假设答案是肯定的，那么，面对前述“之一”和“之二”所提出的问题——

① ［美］唐纳德·肯尼迪．学术责任［M］．阎凤桥，等译．北京：新华出版社，2002：83．

② ［美］斯蒂芬·D．布鲁克菲尔德．批判反思型教师ABC［M］．张伟，译．北京：中国轻工业出版社，2002：17．

即会产生消极作用甚至是严重的消极作用，我们是否还该坚持这样的观点：对“什么是文学”只“做历史的解释”而“不作结论”？

必须强调的是，以上所述既非替“四大块”护短，也非完全否定陶东风教授编写文艺学教材的新思路以及新教学方法的尝试，而在于阐明：陶东风教授的“构想”所引发的新问题，未必比他试图消除掉的老问题少。

（三）焉能在大学生对“文艺学课程”厌倦的问题上简单化

《大》中这样写道：“学生明显地感觉到课堂上的文艺学教学知识僵化、脱离实际，它不能解释现实生活中提出的各种问题，也不能解释大学生们实际的文艺活动与审美经验，从而生产对于文艺学课程的厌倦、不满以及消极应付的态度。有鉴于此，我们的反思将主要指向大学的文艺学教科书。”尽管当前的文艺学教学确实存在着不少问题，但陶东风教授要求“课堂上的文艺学教学”“能解释现实生活中提出的各种问题”，却是非常之不切实际的——试问，有谁讲过或听过解释了现实生活中各种问题的文艺学课？至于把大学生对文艺学课程的厌倦的原因主要归在文艺学教科书身上，则可以说是将较为复杂的问题简单化了。

首先，就总体情况而言，大学生不喜欢文艺学课程，并非起自今日，而是长期以来一直存在的现象。这种现象的产生，在相当程度上与文艺学本身的抽象性和思辨性有关。对大学汉语言文学专业有所了解的人都知道，古代汉语与文学概论是最令学生感到头疼的两门专业基础课。前者的主要原因在于时代的隔膜，而后者的主要原因则是高度的抽象。相比之下，像外国文学史、中国现当代文学史等专业基础课，就较受学生的欢迎。

其次，正像法国学者布尔迪约和帕斯隆所说的：“社会方面的有利与不利因素都对学习过程产生着巨大影响。”[①] 大学生之所以对文艺学课程感到厌倦，

---

① ［法］P. 布尔迪约，J. －C. 帕斯隆．继承人：大学生与文化［M］．邢克超，译．北京：商务印书馆，2002：28.

与当代的文化氛围和社会环境有关。一方面，当代文化的多姿多彩，使大学生们有了多种选择的可能。由于以经济效益为背景的各种感性形式时时刻刻都在召唤着大学生们的心，结果，那些感性透惑力较低的文化形式也就难以得到大学生们的青睐。在此文化氛围中，就连多少还有些具体生动色彩的高雅文学都难讨大学生们的喜欢①，更别说抽象枯燥的文艺学了。另一方面，就业竞争的强大压力、急功近利的社会氛围无时无刻不在影响着学生的专业选择和学习方向。故而，除非一个大学生确知能从所学的课程中获得对以后从业有用的信息，否则，这个大学生就难以从该课程中获得学习的动力。正因为这样，那些打算大学毕业后不从事文学（尤其是狭义的文学）的教学研究工作的大学生，就自然而然地降低了对于较乏味难懂的文艺学的学习兴趣——虽然不会没有例外的，但毕竟是少数。如果把由上述两个方面造成的极不理想的教学状况也归罪于大学文艺学的教学者，以为是教科书不贴紧生活所致，那是非常之错误的。

最后，大学生对文艺学课程不满，往往还由于部分文艺学教师在教学态度、教材处理和讲课方式等方面存在着这样那样的一些问题②。需要指出的是，在教师存在的诸多问题中，学识功底的不足是一个很关键的因素。众所周知，虽然文艺学研究的对象是文学，但是，由于文学是一种具有普泛性的社会意识形态，所以文艺学也同时涉及多个学科领域。倘若文艺学教师不具备广博的知识，对文学史、哲学、美学、心理学、艺术学、伦理学、政治学、经济学和社会学等领域知之甚少，那么，常常不是教师讲不出什么，就是学生不知所云。陶东风教授批评“若干论”的编写体例不好，但实际上，恰恰是“若干论”编写体例使文艺学知识更具条理、系统和专深的可能性。这样的一种编写体例，让讲课者难以对文艺学的概念和问题只做蜻蜓点水式的介

① 郑惠生．论雅文学的困境与出路［J］．汕头大学学报（人文社会科学版），2002（2）：10－20．

② 文志传．当不了教授，就别当教授［N］．中国青年报，2002－11－06（8）．

绍或说明。譬如，探讨文学创作与文学欣赏中的想象，就必须充分掌握心理学上的“想象”概念——对“想象”的外延、内涵和种类乃至与感知、表象、记忆、情感等各因素之间的关系，教师都要有较清晰较系统的认识；否则，教师就只能是胡乱扯上一通，学生也自然是一头雾水。良好的教学实践是艰难的，要使学生在一学年的几十场课里一直保持学习文艺学的兴趣，教师本人首先应该拥有坚实丰厚的知识基础。事实上，并非所有的学生都不喜欢文艺学的课堂教学。学生对文艺学的课堂教学是否满意，很大程度上取决于教师的整体素质。那些基础扎实、思维缜密、条理清晰、语言生动幽默且能按教学规律讲课的文艺学教师，其课堂教学就不大可能让学生产生“对于文艺学课程的厌倦、不满以及消极应付的态度”①。

（四）结论

纵观《大》全文，可知陶东风教授对大学文艺学的批评与建设有着独到且富于启发意义的个人见解。然而，不难看出，在批评大学文艺学时，陶东风教授经常背离了实事求是的原则——或没有事实根据就随意断论，或未做具体分析便批评指责，或为了自圆其说而削足适履，或不做逻辑推导却任意发挥，或将较为复杂的问题简单化。的确，几十年来的中国大学文艺学远未尽如人意，故对其进行学科反思不但可以而且极其必需。不过，应该看到，对既有的大学文艺学成果持客观公允的态度，是最有效的学科反思的前提。其所以如此是因为：不仅大学文艺学的学科反思和建设需要学界同仁的共同参与，而且，只有在不偏颇的情况下，我们才能找到病根之所在并对症下药。

---

① 郑惠生．文艺理论教学科研的追忆与思考［M］//陈远志．2002 特区学术文汇．北京：中国戏剧出版社，2002：119－164．

二、高校文学理论教材“发展论”的建设

——兼批评高校教材编写的滞后

钱中文说：“文学理论书籍中，文学发展的问题探讨得很不充分。”① 就我国高校文学理论教材来看，经过了十几年特别是近几年的努力，有相当多的文学理论问题得到了新的突破，也补充进了不少新鲜的东西。但相比之下，在“文学发展论”建设方面，可说是进展比较缓慢。笔者在此拟就这方面的问题，谈谈自己的思考。

（一）关于“文学发展”的概念

同其他的一些概念（如文学风格、文学流派、文学创作方法、现代主义等）比较而言，“文学发展”是一个使用频率较高而又极少得到阐释的概念。这其中有许多种原因，一个应说是比较主要的，这就是有相当多的人认为“文学发展”的含义不言自明。大概就是因为这个主要原因，几乎所有的教材都没有给予必要的界定，甚至于有些教材连描述性的说法都没有。

尽管“文学发展”“对于理论研究来说，寻求一个比较科学、一致的文学观念目前还只是它的一个理想”②；但是，作为高校文学理论教材，即使不能或者不必要给予严格意义上的限定，至少也应该指明它的基本含义和大致的

---

①② 钱中文. 文学原理：发展论［M］. 北京：社会科学文献出版社，1989：前言.

范围。提出这种要求的理由有以下几点：第一，概念明确（自然有时也只是相对的）、表述浅出（自然也应该是深刻和严密的）是所有理论教材的基本要求，“文学发展”也不能例外；第二，由于没有对“文学发展”进行必要的限定或必要的说明，所以教材编著者在使用“文学发展”时常常出现较随意地增多减少或扩大缩小概念的情况，这就很容易让读者（包括采用教材的教师和学生）觉得玄乎，难以理解，甚至是不知所云；第三，只有在明确了“文学发展”这一概念以后，才有可能在探讨相关的理论问题（如文学自身的矛盾运动）时有一个具体而且相对一致的出发点，才有可能比较严密地予以阐述。

“文学发展”的内涵及外延是什么呢？虽然至今还未能从教科书中找到比较自觉地对于“文学发展”的严格界定，但我们仍可从教材的理论阐述中知道对这一概念的理解。十四院校编著的《文学理论基础》（修订本）仅从两个方面——文学内容和文学形式——来讨论文学发展：“文学内容是随着社会生活的发展而变化的，文学是社会生活的反映。”“文学形式的演变，原因比较复杂，但是，根本的原因在于社会生活的演变。”① 将“文学发展”看作是文学内容加上文学形式的发展，这种认识在高校文学理论教材中相当普遍。②既然一切文学现象的核心和基础是文学作品；那么，“文学发展 = 文学作品内容的发展 + 文学作品形式的发展”这样一道公式自然有其合理性。但是，由于“文学”这一概念远非是“文学作品的内容和形式”所能包含得了的，所以若把“文学发展”当作文学内容加上文学形式的发展来加以讨论，就不免

---

① 十四院校《文学理论基础》编写组.《文学理论基础》（修订本），上海文艺出版社 1985 年版，第 58 页。该教材第二章第三节直接分“文学内容的发展”和“文学形式的发展”两个问题进行阐述。

② 如蔡仪主编的《文学概论》，人民文学出版社 1979 年版；以群主编的《文学的基本原理》（修订本），上海文艺出版社 1980 年版；曹廷华主编的《文学概论》，高等教育出版社 1986 年版；郭正元编著的《文学理论基础教程》（修订本），中山大学出版社 1993 年版。

让人产生怀疑：是否一部文学发展史就等于文学作品的发展史？

用一句最简单最笼统的话说，文学发展，就是指各种样文学现象的变化演进。就其最宽泛的意义上讲，文学发展乃指一切文学思潮、文学运动、文学流派、文学风格、文学体裁、文学主题、文学审美趣味乃至文学技巧等诸多方面的变化发展。由于文学现象包含着多个侧面、多个层次的内容，所以“文学发展”这一概念的确是宽泛得不好把握，以至于很容易仁者见仁、智者见智。不过，无论我们如何去理解它，有些东西却是最基本最不能随便漏弃掉的。首先，就其基本内容而言，文学系统作为一个语言审美创造系统，它的发展，理应是以作品为轴心的文学创作与文学鉴赏的互动变化演进。其次，就基础侧面而言，文学发展是指文学种类的生成演变进程。最后，就其基本层次而言，文学发展有时候表现为整体性的变化发展，而在有些时候又仅仅表现为局部性的细微演变。

关于文学发展的基本层次问题，孙子威主编的《文学原理》虽然没有在谈及概念时直接指明，但在论述相关的理论问题时却是注意到了：“经济基础对文学发展的作用主要体现在对文学的宏观趋势、基本面貌和审美倾向等根本性质的制约上，而不是讲文学演变的任何细节、任何特点，以及文学活动的任何动机，都直接取决于经济基础。”① 这段话的表述，不仅仅在使用概念时是比较谨慎的；而且，在方法论上也有一定的启发意义。显而易见的是，文学发展的历史在绝大多数情况下并非是骤进跳跃式的变化——从整体一跃为另一个整体，而是局部性的细节演变。我们的文学理论一直很重视文学的“整体发展”，而不太注意文学的“细微演变”。而这，对于在特质上是一种语言审美创造的文学来说，实在是很不妥当的。卢梭、爱伦·坡、司汤达和卡夫卡等人的创作曾经没有过多少追随者，也不太受人欢迎，可以说这些人的创作与他们所处的社会时代的文学风貌不很吻合，但你能说这些局部细节

① 孙子威. 文学原理［M］. 武汉：华中师范大学出版社，1989：558.

的变化在文学发展史上没有特别重要的意义吗？当论及人类社会时，一个国家的诞生、一种政治制度的确立、一个社会的农业机械化、一个民族的民众处于求温饱状态等这样一些宏观的历史事实，自然应该是我们关注和把握的焦点。但是，如果将此方法移用至对“文学发展”的考察，则必然会妨碍理论的深入探讨。

（二）关于文学发展的根本原因

影响文学发展的因素有多少？这个问题在文艺理论界基本上获得了比较一致的意见——复杂繁多。仅陈辽的《“合力”，文学兴衰的奥秘》，列举的主要因素就有十八项之多。[①] 从高校文学理论教材看，虽然在理论表述上有不很一样的地方，但大体上都涉及内部因素和外部因素两大方面。可是，在论及何种因素是文学发展的主导性决定因素时，则明显存在分歧。一种看法可称之为“内因主导论”。钱中文在《文学原理——发展论》中虽然未对这一带有本质性的问题进行深入的论述，但仍毫不含糊地说：“文学的发展是审美本体系统的自身运动。”“文学发展的动力，主要是内在审美特性的变化。”[②] 像这种直截了当的“内因主导论”，至目前出现过的教科书还没有同样的看法。另一种看法可称之为“外因主导论”。陈伯海在《文学动因与三对矛盾》中说：“大致上看，第一对矛盾，即文学与生活的矛盾，决定了文学现象发展变化的基本方向……整个说来，起主导作用的是第一对矛盾，尤其是矛盾的主要方面，即社会生活的能动性一面。”[③] 长期以来，我国文艺理论界普遍流行这种文学发展的“外因主导论”，至于高校教材的编著更是如此——从蔡仪主编的《文学概论》、以群主编的《文学的基本原理》到最近几年出版的绝

---

① 陈辽．“合力”，文学兴衰的奥秘［J］．徐州师范学院学报（哲学社会科学版），1989（2）：1－4.

② 钱中文．文学原理：发展论［M］．北京：社会科学文献出版社，1989：321，392.

③ 陈伯海．文学动因与三对矛盾［J］．文学评论，1987（1）：132.

大部分教科书。黄展人主编的《文学理论》说：“马克思主义文艺学认为，文学是伴随社会历史的发展而发展的，社会历史的发展是文学发展的根本动力与原因。”“总之，文学发展的社会原因是多种多样的，但归根到底，它是由社会的经济基础决定的……”① 还有一种看法可称之为“内外因主导论”。孙子威主编的《文学原理》对于文学发展根本原因的基本观点是：“作为一种社会意识形态，归根到底还是由经济基础决定的。”“经济基础的变更是文学发展的最后原因、根本原因。”这种观点属“外因主导论”，但该教材同时又承认经济基础只有通过文学发展的内部机制才能产生作用：“就文学本体而言，经济基础的决定作用和上层建筑其他部门的深刻影响，只有通过文学自身的矛盾运动才能对文学的发展产生作用。”② 显然，该教材的看法既是折中的同时又是矛盾的。

笔者认为，最后一种看法很能反映出我国文艺理论界部分学者对文学发展“根本原因”的矛盾心理。一方面，基于马克思主义奠基人的论述，“文学随着社会的发展而发展”“文学发展的最后决定因素是经济基础”似乎已成为难以逾越的经典性命题。另一方面，就通常事理而论，将文学发展的根本性因素归之于社会生活及其经济基础，并不能说明文学与其他事物的发展有何本质上的差异，它为何如此发展变化而不是那样变化发展——简言之，文学发展的特殊进程。故而，一些论者在试图突破原有框框时由于采用了折中调和的办法，结果常常陷入了由此而带来的自相矛盾的困境。这种自相矛盾在比较直接的理论表述中更为明显突出。赵宗英、郭定国编著的《文学概论教程》这样说：“在文学发展过程中，内在和外在两方面的各种矛盾因素交织在一起，推动着文学的发展，但内在因素是文学发展的最根本的因素，是对文学发展起主要决定性作用的因素。我们的结论是：内因和外因相结合，外因通过内因起主要的决定性作用，推动着文学的不断发展，这就是文学发展的

---

① 黄展人. 文学理论［M］. 广州：暨南大学出版社，1990：284，298.

② 孙子威. 文学原理［M］. 武汉：华中师范大学出版社，1989：557－558，538.

基本规律。”① 这里，既说“内在因素是文学发展的最根本的因素”，又说“外因通过内因起主要的决定性作用，推动着文学的不断发展”。究竟“主要决定性作用”是内因还是外因？像此种犹豫不决和模棱两可的说法，的确反映了传统命题对论者拓展性思维的束缚性制约作用。

纵观所有高校文学理论教材，文学发展动力“外因主导论”的主要理论依据是马克思和恩格斯曾经说过的几段话。马克思说：“物质生活的生产方式制约着整个社会生活、政治生活和精神生活的过程。”“随着经济基础的变更，全部庞大的上层建筑也或慢或快地发生变革。”② 恩格斯说：“政治、法律、哲学、宗教、文学、艺术等的发展是以经济发展为基础的。”③ “马克思发现了人类历史的发展规律……直接的物质的生活资料的生产，因而一个民族或一个时代的一定的经济发展阶段，便构成为基础，人们的国家制度、法的观点、艺术以至宗教观念，就是从这个基础上发展起来的，因而，也必须由这个基础来解释，而不是像过去那样做的相反。”④ 所有这些话，无疑是很正确很深刻的。但非常明显的是，马克思和恩格斯并非在专门探讨某一具体事物的变化发展，而是从人类社会整体结构的角度去把握其矛盾的主导面，寻找发现“人类历史的发展规律”——特定的社会形态存在着诸多方面内容的矛盾因素，其中的经济是矛盾的主导因素，它的变化发展会推动庞大上层建筑发生变革，由此而带来了社会形态的整体发展变化。既然马、恩给我们阐明的是人类发展历史的普遍规律；那么，将关于人类社会发展根本原因的结论套用于“文学发展”这种特殊事物上，即使不能说毫无道理，至少也可以说

① 赵宗英，郭定国．文学概论教程：下册［M］．广州：广东高等教育出版社，1985：227.

② ［德］马克思．《政治经济学批判》序言［M］//中共中央马克思恩格斯列宁斯大林著作编译局．马克思恩格斯选集（第2卷）．北京：人民出版社，1972：82，83.

③ ［德］恩格斯．恩格斯致瓦·博尔吉乌斯［M］//中共中央马克思恩格斯列宁斯大林著作编译局．马克思恩格斯选集（第4卷）．北京：人民出版社，1972：506.

④ ［德］恩格斯．在马克思墓前的讲话［M］//中共中央马克思恩格斯列宁斯大林著作编译局．马克思恩格斯选集（第3卷）．北京：人民出版社，1972：574.

没有触及问题的实质。外因论的错误，就像是说阳光、水和土壤是果树生长的必备条件，气候环境会影响果树——使之茁壮或病弱或枯萎，既千真万确又明白易懂；但不管哪一种外在的自然因素，均无法说明为什么有的果树长的是梨子，有的果树长的是苹果，而有的果树长出的却是芒果。

对于“事物发展的根本原因”这样一个哲学性问题，按理不需要太多的争论就能肯定：“是在事物的内部，在于事物内部的矛盾性。”① 令人感到遗憾的是，许多学者在论及文学发展的根本原因时，总是表现出理论方法上的不彻底性。这同时也可以说明，理论的勇气跟理论水平同样重要。

（三）关于文学发展的内外因素

影响文学发展的内部因素，虽然在理论表述及其结构位置上有所不同，但绝大多数教材基本上都是从两个方面来论述：“……从时间的纵向即各个时代文学的关系来看，它有继承与革新的规律；从空间的横向即各个民族文学的关系来看，它有互相影响和互相促进的规律。”② 从纵横两个方面来讲文学运动自身的内部机制，自然是揽括了影响文学发展内部因素的全部；不过，在具体的展开论述上，近些年来学术界的一些科研新成果并没有得到充分的吸收。

关于文学发展内部纵向的继承与创新，现在所看到的文学理论教材，可说都仅仅是从作家创作角度去讨论。但实际上，在具体的文学活动和文学发展中，读者（包括普通读者和批评家）也有一个继承与创新（创造性接受）的问题。已经存在的前代文学创作成果——作品正是通过读者的阅读、富有说服力的各式各样的解释乃至接受其影响而不断地改变、深化和丰富其自身的意义的。钱念孙把后代读者和批评家对于过去遗产的接受并充实丰富其意义和价值的现象称为“文学的逆向发展”，他认为：“文学的发展，实际上是

---

① 毛泽东．矛盾论［M］//毛泽东选集：第一卷．北京：人民出版社，1991：301.

② 童庆炳．文学概论［M］．武汉：武汉大学出版社，1989：434.

顺向发展和逆向发展同时展开、相互促动的统一过程。”① 这种看法无疑是非常正确的。关于文学发展中读者创造性接受的问题，应该在高校文学理论教材中给予一定的位置。如此才能丰富文学发展内部纵向机制的内容，使之更加科学合理。

关于文学发展的内部横向联系，这些年来出版的大多数教材仅仅指出了“各民族文学的相互联系与相互影响”，这显然是很不够的。虽然作为教材内容，不可能也不必要涉及文学发展内部横向联系的方方面面，但有一些内容却不能不引起我们的注意。第一，文学创作与文学接受在不断的互动中影响着文学整个的发展进程。一方面，一定的文学接受既可以造就某些作家、推动某类风格或某种类型的文学创作，也能够对之起抑制作用；另一方面，在接受者以其自觉或不自觉的审美理想、审美趣味影响着作家创作的同时，作家们（尤其是那些优秀的作家）也总是以他们生生不息的创造力去培养接受者塑造接受者。第二，文学创作中不同原则、不同流派、不同风格和不同层次类型（严肃文学、通俗文学和民间文学）等之间的相互竞争碰撞、渗透融汇，推动着文学的变化发展。上述两点应说是文学发展内部横向联系的极为重要的内容。如果非要做一个比较的话，那么可以这样讲，这两点的重要性要超于“各民族文学的相互联系与相互影响”；因为，即使到了今天，也不是每一个民族的文学在任何时候都与其他民族的文学发生联系和影响的，更何况在古代？但上述两点的情况，却是常常存在而必须引起我们的高度重视的。

我们的理论研究及教材建设向来特别重视“外力”对于文学发展的巨大和决定性影响，因此，在一定意义上可以说，影响文学发展的“外部因素”已经被探讨得非常充分。不过，在影响文学发展的众多外部因素中，“科学技术”和“其他艺术”这两个相当重要的内容却被绝大多数教科书忽略了。

关于科学技术影响文学发展的问题，国内外已有许多研究成果，这里不

---

① 钱念孙．论文学的逆向发展［J］．文艺研究，1987（3）．对“文学的逆向发展”，该文还就形态和层次、原因以及动力学意义等方面做了比较具体中肯的阐述。

再重复。若仅仅就信息传播的角度而言，忽视科学技术对于文学发展的影响就已经是很不应该了。从传播学的观点看，文学活动本身就是一种以语言文字为符号，借助一定媒体进行信息传播的活动。在人类社会还没有造纸术特别是印刷术之前，其文学信息交流活动总的来说不很活跃——速度上较缓慢，范围上较窄，规模上较小。因此，在那时候要形成某种较自觉的文学流派或文学团体，需要相当长的时间；要形成某种有纲领、有巨大组织性和巨大作品群的文学思潮几乎是不可能的——这也就是为什么在欧洲要等到17世纪前后才出现严格意义上的文学思潮的重要原因之一。由于现代科学技术所带来的电信传播媒体的产生和发展，人类社会生活大大地缩小了时间和空间的距离。也正是在这样的一个基础上，文学信息传播活动才有可能在世界范围内越来越频繁，越来越迅猛，才有可能出现“世界文学”的宏观历史态势。所有这一些，都是尽人皆知的事实。我们生活在一个处处离不开现代科学技术又必须不断予以掌握的时代，却没有在教科书的文学发展外部因素中给“科学技术”以应有的地位，这无论如何也是说不过去的。

关于其他艺术影响文学发展的问题，国内学术界曾给予一定程度的探讨，也有一定的科研成果。在人类社会所有的社会意识形式当中，包括音乐、绘画和戏剧等在内的各种艺术门类，其性质特征是与文学最为接近的；因此，它们之间的相互影响、相互推促也必然是较直接较经常的。我们不需要列举出审美文化史上人们所熟知的太多事实就能说明这一点。从古至今，戏剧文学的发展一直受到戏剧艺术发展的影响。“音乐与诗结合、音乐与诗的分离，对于文学发展各有其特殊的意义。”“近代欧洲歌剧的兴起，是文学与音乐联姻的结果。”[①] 出现于西方现代派文学中的“图画诗”是绘画艺术影响文学发展的例证。西方现代派中的新小说在结构上追求片断化、立体化和音乐化，这种“反小说”的产生，基本原因之一就是受到影视艺术的冲击影响。近几

---

① 钱中文．文学原理：发展论［M］．北京：社会科学文献出版社，1989：334，335.

十年来，小小说的产生和发展，长篇小说（几百年来一直是文学中最有代表性的种类之一）在文学领域里绝对地位的日渐削弱，除社会发展迅猛、生活节奏加快外，影视艺术的影响冲击也是重要原因之一。文学与其他艺术之间的关系极为复杂，内容也相当丰富。过去我们多着眼于静态的方面，而较少从动态的角度予以讨论，此种情况在高校教科书“文学发展论”中更为明显。这理应引起高校文学理论教材建设者们的注意。

（四）余言

笔者曾于1989年参加高等学校文科教材《文学理论》（黄展人主编）一书的编写工作，承担“文学的发展”部分，结果留下的是“遗憾”，本篇主要就是在思考“遗憾”的基础上写成的。1994年8月，笔者参加由国家教委高教司委托南京大学和华中师范大学举办的庐山全国文艺学教材及课程体系建设研讨会，本篇在大会上交流。

三、从调查结果看文学及其理论的研究与教学的重心

——兼批评“价值无差别”论和“只做阐释者”论

如何认识文学经典名著在当代的价值和影响，是目前学界尤其是文学研究界的热点话题之一，而与此相关的文学及其理论的研究与教学的重心在哪，也成了颇有争议的前沿性话题。对这两个相关问题的看法，归其大类主要有两种。一种看法认为，在后现代背景下，文学经典名著的价值和影响不可避免地变小，当务之急不是指责这种背离传统的变化，而是考虑怎样让大学里的文学及其理论的研究与教学不再局限于经典名著上，只有拓展疆域，才能改变目前文学及其理论的研究与教学回应现实的乏力状况。另一种看法则认为，无论时代如何变化，文学经典名著仍具有重要的价值和影响，在文学及其理论的研究与教学中，所谓的“去经典”实际上是一种不负责任的有害的做法。

那么，上述的两种看法哪一种更具说服力呢？笔者在查阅有关文献时发现，绝大多数论者阐明其看法主要是从理论的角度来进行的，而一些糟糕的论者则只凭感觉说话。故此，笔者于近期对中国人民大学等四所高校的学生进行了调查。这里的探讨，就是以此次的调查研究为基础的。

（一）调查研究的时间、对象、内容与方法

1. 调查研究的时间

本研究的问卷调查时间为2004年5—6月，统计分析时间为2004年7—8月。

2. 调查研究的对象

本调查研究以中国人民大学、汕头大学、鞍山师范学院和汕头职业技术学院338位在校生为对象。其中，就层次而言，本科生114人，专科生224人；就专业而言，中文184人，准中文（小教文科）94人，数学44人，物理16人；就年级而言，四年级62人，三年级120人，二年级156人；就性别而言，男生88人，女生250人。

3. 调查研究的内容

本调查研究的内容是“大学生最看重什么文学作品”，问卷的题目设计为“对本人影响最大或本人认为最好的三部文学作品是什么”。问卷的调查过程是分别把不同班级的学生召集起来，然后请他们当场无记名填答①。

4. 调查研究的方法

本调查研究的方法主要有：①问卷法；②分析法；③文献法。

（二）问卷调查的结果

共发出问卷338份，收回338份。经审查，所有的答卷内容基本上符合要求。需要说明的是，有些学生只填答一部或两部文学作品。还有，极少数学生填答了诸如《方与圆》和《人性的弱点》之类的著作。显然，此类著作不能算是严格意义上的文学作品。不过，由于“文学”一词可以有广义和狭

---

① 在调查过程中，得到冯尚博士、张永清博士、方兢教授、张洁宇博士和吴永焕博士的大力支持；在统计过程中，得到郭大熙和黄婕同学的细心帮助。特此致谢。

义两个层面的理解，所以也就将其看作基本上符合要求而计入。

四所高校338人认为最好或对本人影响最大的文学作品共涉及239部（篇）。其中，两人以上填答的文学作品计102部（篇）（见表1），只有一人填答的文学作品计137部（篇）（因篇幅方面的限制，未一一列出）。338人填答总计881人部（篇）数，经典名著与非经典名著的比例能够在不同的范围内统计出（见表2）。另外，为了进一步分析，这里还择要地对不同作品、不同学生的具体情况进行了统计（见表3和表4）。

表1　四所高校338位学生认为最好或对本人影响最大的三部文学作品统计

排序	书　名	人数	排序	书　名	人数	排序	书　名	人数
1	红楼梦	92	17	苔丝	10	35	安娜·卡列尼娜	5
2	围城	53	17	水浒	10	35	激流三部曲	5
3	飘	41	20	呐喊	9	35	白鹿原	5
4	三国演义	33	20	骆驼祥子	9	35	穆斯林的葬礼	5
5	简·爱	28	22	红与黑	8	39	哈姆莱特	4
6	家	27	22	百年孤独	8	39	生命中不能承受之轻	4
7	傲慢与偏见	22	22	茶花女	8	39	堂·吉诃德	4
8	钢铁是怎样炼成的	21	25	老人与海	7	39	欧也妮·葛朗台	4
9	平凡的世界	17	25	西游记	7	39	子夜	4
10	边城	15	25	挪威的森林	7	39	人啊，人	4
11	雷雨	14	25	活着	7	39	蝴蝶梦	4
12	巴黎圣母院	13	29	格林童话	6	39	花季·雨季	4
12	安徒生童话	13	29	鲁滨逊漂流记	6	39	谁动了我的奶酪	4
14	复活	12	29	论语	6	48	圣经	3
15	呼啸山庄	11	29	庄子选集	6	48	孟子选集	3
15	牛虻	11	29	基督山伯爵	6	48	莫泊桑短篇小说选	3
17	悲惨世界	10	29	方与圆	6	48	漂亮朋友	3

续上表

排序	书　名	人数	排序	书　名	人数	排序	书　名	人数
48	鲁迅杂文选	3	67	飞鸟集	2	67	京华烟云	2
48	彷徨	3	67	母亲	2	67	金粉世家	2
48	西厢记	3	67	欧·亨利短篇小说选	2	67	尘埃落定	2
48	孙子兵法	3	67	等待戈多	2	67	黑骏马	2
48	朱自清散文选	3	67	双城记	2	67	半生缘	2
48	金锁记	3	67	一个女人一生中的二十四小时	2	67	张爱玲全集	2
48	荆棘鸟	3				67	余秋雨散文选	2
48	守望的距离	3	67	我们的祖先	2	67	天龙八部	2
48	三毛文集	3	67	小王子	2	67	射雕英雄传	2
48	长恨歌	3	67	阿Q正传	2	67	鹿鼎记	2
48	风景	3	67	野草	2	67	第一次亲密接触	2
48	神雕侠侣	3	67	史记	2	67	走进香格里拉	2
48	霸王别姬	3	67	茶馆	2	67	支离破碎	2
48	火与冰	3	67	月牙儿	2	67	菜根谭	2
48	人性的弱点	3	67	老子选集	2	67	我不是教你诈	2
67	少年维特之烦恼	2	67	唐诗三百首	2	67	厚黑学	2
67	高老头	2	67	红岩	2			
67	伊索寓言	2	67	三个火枪手	2			

表2　四所高校338位学生认为最好或对本人影响最大的三部文学作品分类比例统计

范围	人部（篇）数	经典名著人部（篇）数	经典名著比例	非经典名著人部（篇）数	非经典名著比例
2人以上填答	744	564	76%	180	24%
1人填答	137	35	26%	102	74%
总计	881	599	68%	282	32%

表3　被学生认为最好或对本人影响最大的前10部文学作品分布情况

书　名	中国人民大学中文本科48人“最看重”人数	汕头大学中文本科62人“最看重”人数	汕头职院数理专科60人“最看重”人数	其他168人“最看重”人数
红楼梦	25	23	7	37
围城	4	5	5	39
飘	3	8	1	29
三国演义	3	5	13	12
呐喊	2	3	1	3
百年孤独	3	3	0	2
论语	4	1	0	1
野草	1	1	0	0
等待戈多	1	1	0	0
第一次亲密接触	0	0	2	0

表4　不同层次和不同专业学生认为最好或对本人影响最大的三部文学作品统计

范围	涉及部(篇)数	人部(篇)数	经典名著部(篇)数	经典名著人部(篇)数	经典名著比例	非经典名著部(篇)数	非经典名著人部(篇)数	非经典名著比例
中国人民大学中文本科48人	70	140	43	103	74%	27	37	26%
汕头大学中文本科62人	84	158	44	89	56%	40	69	44%
汕头职院数理专科60人	69	129	24	71	55%	45	58	45%

（三）调查结果的分析

从表1可看到，被四所高校学生最看重的文学作品前四位是《红楼梦》《围城》《飘》和《三国演义》，其比率分别达到学生总数的27.2%、15.7%、12.1%和9.8%。从表3又可看到，上述四部文学作品尤其是《红楼梦》，由于广泛地得到不同层次、不同专业学生的最看重，所以才在总体上具有很高的最看重率。相反，那些未能广泛得到不同层次、不同专业学生最看重的文学作品，其最看重率在总体上就较低或很低，像《论语》（1.8%）、《野草》（0.6%）、《等待戈多》（0.6%）、《第一次亲密接触》（0.6%），就是典型的例证。这一点表明，虽然不能排除一些大学生由于阅读的偶然性而造成最看重上的特殊性，但是，这样的普遍性却是存在的：阅读难度太大和阅读难度太小都难以获得较高的最看重率。换言之，意蕴越是深邃和意蕴越是单薄，都一样越难以同时讨好各种不同类型的学生。

仅从338位学生最看重所涉及的文学作品来看，就能知道当代大学生的价值取向是多种多样的，不过，在大学生多元的价值取向中仍有着明显的主流。首先，从表1可以算出，仅排序前7位的人部数总和（296）就超过后面95位的人部（篇）数总和（268）；还可以算出，仅排序前19位的文学作品，其被最看重的总和便达到453人部数，是最看重的881总人部（篇）数的一半以上。由此可见，分散中有集中。集中在哪呢？集中在经典名著上——就以排序前19位的而论，除《飘》和《平凡的世界》外，把其他的17部归到经典名著行列，应说不会有太大的争议。其次，从表2可看到，881总人部（篇）数中的经典名著比例是非经典名著比例的两倍多。值得注意的是，在只有1人填答的137人部（篇）数中，非经典名著的比例（74%）远远高于经典名著的比例（26%），这一点恰好与有两个人以上填答的744人部（篇）数的情况完全相反。这是为什么呢？这是因为经典名著被最看重的必然性和普遍性相对要大些，而非经典名著被最看重的必然性和普遍性相对要小些；结果，经典名著被最看重的偶然性和特殊性就变小，而非经典名著被最看重的偶然性和特殊性就变大。

在大学生最看重文学作品的多元中存在着主流，这一点不仅体现于总人部（篇）数上，而且也体现于不同层次和不同专业的人部（篇）数里。或许有人会认为，由于文学对于理工科的学生而言属于非专业性的东西，所以他们难以辨认其中的优劣，但实际上，情况并非完全如此。从表4就能看到，即便像汕头职业技术学院数学和物理专业这样的专科生，其最看重经典名著的比例（55%）也还是高于最看重非经典名著的比例（45%）。就具体文学作品而言，前4位的经典名著人部数在60位数理专科生中的比例同样让人欣慰——《三国演义》占21.7%、《红楼梦》占11.7%、《钢铁是怎样炼成的》占10.0%、《围城》占8.3%。

当然，不同层次、不同专业的学生，其最看重的情况确实有不同之处。这不仅表现在经典名著“量”的大小上，而且更为重要的是表现在经典名著“质”的高低上。先说“量”方面，从表4可算出，中国人民大学中文本科生人均经典名著量是2.15部，汕头大学中文本科生人均经典名著量是1.44部，而汕头职业技术学院数理专科生人均经典名著量却只有1.18部。再说“质”方面，除表3所列的《百年孤独》《论语》《野草》和《等待戈多》外，被中国人民大学中文本科生最看重的还有：《庄子选集》4人、《老子选集》2人、《城堡》1人、《红字》1人、《伊利亚特》1人；被汕头大学中文本科生最看重的还有：《庄子选集》1人、《孟子选集》1人、《李商隐全集》1人、《源氏物语》1人、《恶之花》1人、《尤利西斯》1人、《卡拉马佐夫兄弟》1人、《鼠疫》1人、《局外人》1人。显然，这些作品的接受难度相对要大一些。可正是这一类相对难懂的经典名著，在汕头职业技术学院数理专科生最看重的文学作品中几乎是一部也找不到。反过来，被汕头职业技术学院数理专科生最看重的一些品位低、意蕴浅的作品，在中国人民大学和汕头大学中文本科生的填答中就没有出现——如《我不是教你诈》1人、《我的手机女友》1人、《毕业那天我们一起失恋》1人。从四所高校338人的填答来看，未能严格按要求的，主要也是汕头职业技术学院这部分数理专科生——如《方与圆》4人、《人性的弱点》3人、《致富金书》1人、《厚黑学》1人、《中国农民调查》1人。仅凭这一点就可以知道，没有进行过中文专业学习的学生，除非在大学里有机会得到适当的教育（如听专题讲座），否则，就难以避免“文学”概念理解上的宽泛化。

从前面的分析中，我们可以得出如下结论。

第一，无论从国别看，还是从年代看，抑或从类型看，被大学生认为最好或对本人影响最大的文学作品是广泛的。面对这种广泛性，没有一位大学教师敢于自诩已经读完了大学生之“最看重”。如果调查样本的数量继续增加的话，那么，不论谁，都无法毕其一生之力读完被大学生们最看重的文学作品。

第二，尽管当代大学生最看重的文学作品是复杂多元的，但其主导的部分仍然是经典名著。关于这一点，于7年前的一项较为笼统（文学方面）的调查已经有所表明①，而今天的调查更是进一步证实。

第三，不同层次、不同专业的大学生，其最看重的文学作品存在着明显的差异。层次越高、专业对应或越靠近，其所最看重的文学作品的档次在总体上就越高；反之，则越低。这一点说明，一个大学生最看重什么样的文学作品，最主要的原因不是社会文化氛围，更非自然而然，而是其所受教育的结果。简言之，大学的文学教育对于大学生来说并非是无关紧要的。

（四）进一步的探讨

在当代大学生“最看重”的文学作品已是复杂多元的情况下，如果文学及其理论的研究与教学还是拒绝关注非经典名著，那么，其效果就会受到限制。之所以这样，是因为对于那些学生最看重而我们又不熟悉的东西，即使它确实是没有什么价值，我们也仍然难以改变他们原有的立场。从教育的角度看，只有通过教师与学生之间的自主而又平等的对话，才能让学生心悦诚服地接受教师有益的意见。倘若教师对于非经典名著除了能贴标签之外没有多少具体的阅读经验，那么，与学生的自主而又平等的对话的可能性将会大大地降低。

虽然调查结果表明，文学及其理论的研究与教学必须关注非经典名著，

① 段鑫星．大学生课外阅读情况调查［J］．人才开发，1997（8）：19－20.

但这并不等于说应该将其重心挪移到上面去。何以这样呢？

从事实层面讲，经典名著的巨大作用在今天依然存在。的确，一部经典名著影响一代人的时代已经过去，但是，如上所述，其作用和影响也并非像一些学者所推断的那样已到了无足轻重的地步。实际上，经典名著不但被大多数的大学生所看重，甚至在大众阶层中也是这样①。尽管每年有成千上万部（篇）新的文学作品问世，也有一些新的文学作品广泛流行，但只要留意一下，我们便可发现，其中的绝大多数都是昙花一现的东西——像曾经盛极一时的《废都》和《死亡日记》就是非常典型的例证②。这样的一种情形，虽然让一些主张“树立新经典”和“去经典”的学者因制造论争的氛围而在学术界提高了一点知名度，但却未能抹去经典名著在人们心目中的重要地位。进而言之，以时代已经发生变化为由来决定必须改变文学及其理论的研究与教学的重心，是不成立的。

从理论层面讲，经典名著由于历经考验而变得难以动摇甚或不可动摇。在通常情况下，经典名著不仅仅凝聚着创造者的心血，展现出创造者独有的精神世界，而且还沉淀了一代又一代的智慧者许多富于洞察力的解释。除非能够证明祖辈们都是一些傻瓜或者能够证明经典名著所呈现的精神境界是低下的，否则，我们怎么有可能瞬间就把经典名著推倒？又怎么有可能在一夜之间让“新经典”跑出来？2004 年 6 月 11 日下午，钱中文先生在多元对话语境中文学理论建构国际研讨会的闭幕式上说：“没有经典，我们就没有自己的文化了。”钱老的话或许激动了些，但无论如何，没有经典的文化必定是浮浅的文化。基于此，笔者认为，文学及其理论的研究与教学的重心仍应该是在经典名著上。

---

① 康晓光，吴玉伦，刘德寰，等．中国人读书透视：1978—1998 大众读书生活变迁调查［M］．南宁：广西教育出版社，1998：58－59.

② 郑惠生．论雅文学的困境与出路［J］．汕头大学学报（人文社会科学版），2002(2)：14－15.

将文学及其理论的研究与教学的重心放在经典名著上，具体而言有两个方面的含义：一个是范围，一个是准则。

先说范围。既然谁也无法把所有的文学作品都阅读和掌握，那么，就应该让大学生们尽可能多地阅读和掌握那些已被证明是最有价值的经典名著。爱因斯坦在论及古典文学时写道："有的人只看看报纸，最多也不过再读一些当代作家的书，这种人，在我看来，正像一个极端近视而又不屑戴眼镜的人。"① 对于一般人来说，把时间和精力用在非经典名著上尚且如此不妥，更何况是大学生？

再说准则。评判任何文学作品，都要有一定的准则。在我们的文学传统中，评判的准则是依经典名著而建立起来的。应当说，这一点并没有错。可是，现在有些学者却认为在文学已越来越趋向于多元化的今天，不能用经典和高雅来衡量流行和通俗。尽管由于经典、高雅与流行、通俗都同样有正面的价值，所以不能用一种价值标准去横加指责另一种价值标准②，但是，笔者仍然以为，衡量文学作品价值的高低最终必须以经典、高雅为准绳，文学的多元化格局只意味着各种文学都有其存在的理由，只意味着我们应该对那些自己所不喜欢的文学种类持尊重和宽容的态度，而不是像一些学者如孔庆东博士所认为的那样——高雅文学与通俗文学之间没有价值上的差异③。

需要予以指出并加以特别说明的是，"重心"并不等于全部。显然，有些研究与教学的内容本身就是非经典名著的，如当代文学。不过，即便是像当代文学这样的一个学科的研究与教学，其价值准则也仍然应该是在经典名著的基础上形成的。就一般的情况而言，文学及其理论的研究者与教学者都有

---

① ［德］爱因斯坦．论古典文学［M］//爱因斯坦文集（第三卷）．许良英，赵中立，张宣三，编译．北京：商务印书馆，1979：303.

② 郑惠生．论审美时尚的正面价值［J］．中国人民大学复印报刊资料·美学，1999（12）.

③ 郑惠生．通俗小说的认识判断与价值判断：对孔庆东博士《通俗小说的概念误区》的学术批评［J］．中国人民大学复印报刊资料·文艺理论，2004（6）.

着较为丰富的经典名著积累以及在此基础上形成的价值标准。如若不然，就很难想象他们有可能对文学及其理论进行有效的研究与教学。这是为什么呢？这是因为缺乏经典名著阅读积累的人，既不能很好地掌握非经典名著，更无法掌握经典名著，就像婴儿帮不上婴儿的忙更帮不上母亲的忙一样。

值得引起注意并予以探讨的是，在文学理论界近来又出现了一种与前述“价值无差别论”密切相关的观点。该观点认为，文学理论应该只做“阐释者”而不应该充当“立法者”。像李春青教授，就倾向于这种看法①。虽然这种看法由于其意图上的反意识形态粗暴干预而貌似合理，但实际上，它既不符合文学理论的主要目的，又不具备运作上的可能性。

首先，不管我们对“立法”的反感有多大，我们都不可能在今天的工作和生活中消除掉“立法”。动物只顺乎自然的本性，而人类则根据自身的价值追求来设定行为的准则。不同的是，前者的“法”是自发的、单纯的、稳定的，后者的“法”是自觉的、复杂的、变化的。故此，我们不能指责文学理论是否“立法”，而只能评判“文学理论”所立的“法”是可取的还是不可取的。

其次，人类的任何阐释行为都不可能不依据一定的法则，只不过所依之“法”有些是“自设”的，有些是“借用”的。此外，在具体的阐释活动中，有的人公开宣称他所遵循的法则，而有的人则不直接道明他所凭借的依据。不难想象，如果一个学者在进行文学阐释时没有“法”（无论自设还是借用），那么，就难以避免胡言乱语或自相矛盾。

再次，立法与阐释之间并不一定造成冲突。有的学者之所以把立法与阐释对立起来，是因为一方面把“立法”看作是具有浓厚主观色彩的东西，而另一方面又把“阐释”看作是抵达客观事实的法宝。可实际上，立法并非一定很主观，而阐释未必就很客观。假如所立的法没有违背相应事物的发展规

---

① 李春青. 关于“文学理论边界”之争的多维解读［J］. 文学评论，2005（1）.

律，没有对相应事物产生不利的影响，那么，这样的立法就具有明显的客观性；相反，如果阐释是不符合事物真相的，是不利于事物向好的方面发展的，那么，这样的阐释就具有明显的主观性。毋庸置疑的是，良好的文学立法使文学阐释更富于说服力，而良好的文学阐释则会让人感受到其背后所蕴含着的文学法则的客观性与公正性。

最后，作为一个整体的文艺科学，既立法又阐释。当然，不同的分支学科，其职能各有侧重。就传统的三个分支学科而言，文学理论侧重于立法，文学批评侧重于阐释，而文学发展史则可以说介乎立法与阐释之间——它凭借一定的法则对各种各样的文学阐释进行梳理、整合。倘若把文学理论的重心定在阐释上而不立法，那么，文学批评将会迷失方向，文学发展史也将变成零乱资料的堆积。

四、文艺理论教学科研的反思与批评

无论是师范性院校还是综合性大学，无论是全日制学习还是业余进修，无论是大专的还是本科的，只要是汉语言文学专业，文艺理论就是必学的学科。本人从事文艺理论教学科研工作多年，感触良深，感悟颇多，现做追忆与思考。

（一）成为受欢迎的文艺理论教师并非易事

1. 初次登上讲台的结果

1985 年 7 月，22 岁的我刚从华中师范学院中文系毕业，便来到汕头教育学院工作。当时的中文系主任陈基藩问："你有什么专长？想教什么课？"我回答道："专长没有，爱好还是有的，是外国文学。"我之所以这样说是因为，读大学时除了读一些哲学、法学、心理学和教育学著作之外，就是读外国文学作品。从巴尔扎克、司汤达、福楼拜、雨果、左拉、莫泊桑到莫里哀、高乃依、狄德罗和拉伯雷，从狄更斯、萨克雷、夏洛蒂·勃朗特、盖斯凯尔夫人、哈代、伏尼契到莎士比亚和乔叟，从托尔斯泰、屠格涅夫、契诃夫、普希金、莱蒙托夫、冈察洛夫、车尔尼雪夫斯基、陀思妥耶夫斯基、谢德林、赫尔岑到高尔基和克雷洛夫，从歌德、席勒、海涅到格林……只要能拿到手的，我都读，一日复一日，一月复一月地泡在图书馆里。为了更好地理解所读名著的意蕴，我还找来相关的传记、评论和文学史之类的文献进行阅读。

记得刚开始时，一天花上好几个小时，也只能读一两百页的小说，不过，快到毕业的时候，一天已能看完一部五六百页以上的长篇。我的特殊的读书爱好被一些同学看作是偏科，被一些同学看作是不务正业，不过，在佩服我的读书劲儿的这一点上，他们还是比较一致的。

虽然我有教外国文学的意愿，但系主管最终还是决定让我讲文学概论。基于个人的爱好和文艺理论那让人“想而生畏”的抽象性，我很不满意系里的决定，但在行动上，我还是立即接受系里的安排。如此倒不是因为我害怕得罪谁而把话装在心里，当时的想法是：不能让人看扁了，文学概论课我照样能够上得非常漂亮。

第一学年第一学期的任务，除承担全日制 1985 级中文班班主任工作之外，就是讲两节《文学概论》课——“文学作品的内容与形式”。为了打响第一炮，约一个半月的时间，我白天泡在学校图书馆查资料，晚上则在宿舍整理笔记。当时备课的认真样子，让一些同事觉得不可思议。殊不知我是下了一开始上课便要达到较高水准的决心的——先写成学术论文然后才上课，可使教学质量有个起码的保证。虽然经过艰苦的备课，对撰写出来的“论文式”教案也熟悉到倒背如流的程度，但初次登上讲台，面对许多年龄比自己还大的学生，还是免不了紧张。尽管心里压力很大，还是很顺利地完成了教学任务。印象中，当时的嘴巴像是留声机里的喇叭，机械地按程序播出。听完课后，不少年龄比我大的学生对我说了许多肯定的话，而同事的评价则简洁一些。陈基藩主任说：“不错，就像演讲。”教《文学概论》课的郭定国副主任说：“起点高。”当然，我清楚自己之所以很快便获得良好的评价，是因为当时我还是一个新教师；不过，它确实使我对自己的教学能力充满信心，也知道以后该怎么做才会获得师生的好评。

2. 期盼受到欢迎的代价

许多新教师刚上讲台时一下子就上了许多课，结果，常常由于没有时间做充分的准备而没有把课上好。这样的情形所造成的不良后果，往往是难以估量的。一方面，刚开始没有把课上好会严重影响到教师的信心；另一方面，虽然新教师上不好课可能是一时的，但其所获得的负评价往往会由于“第一印象”效应而持续相当长的一段时间，这样就很可能使得原本可以通过不断努力而提高自己教学水平的教师更缺乏信心。诚然，也有一些基础较好的教师刚登上讲台就任教许多课程且还过得去的。不过，即便如此，同样也存在问题。没有足够的时间备课仍可以把课讲得不错，当然是一个了不起的起点；可是，它很有可能使一个新教师产生这样的错觉：原来教学就这么简单，无须花多少心思也能应付过去。这样的错觉一旦在新教师的头脑中出现，就会对其以后的备课方式和科研心态产生消极性的影响，进而阻碍个人教学科研水平的不断提高。

所幸的是，在我从事教学工作的头几年里，完全避免了上述情形的发生。第一学期2 节课，第二学期57 节课，第三学期12 节课……课时少，让我有大量的时间查找资料，整理笔记，推敲表述，使之成为“论文状”的教案。由于我对所授的课程内容的准备几乎达到了精雕细刻的程度，所以每讲一次课，我就增加了一分信心。应当承认，在开头的两三年里，不管我怎样精心准备，也不管我如何做到登上讲台能够完全脱稿，我的授课仍然是相当机械的。这其中的原因，一个是由于我把精力主要集中在深入钻研每节课的教学内容上，所以对教法注意得很不够；另一个则是由于我每次讲课虽对所谈内容滚瓜烂熟，但对整个学科体系却不甚明了，所以在自由发挥方面受到了很大程度的限制——显然，讲课时局部的自由发挥应该建立在完全掌握整个学科的基础上，而不是胡乱地扯上一通。

不过，随着时间的推移，在我既熟悉学科内容的局部又熟悉学科内容的整体的情况下，我开始有了足够的时间来考虑教法的问题。无论是寻索既典型又生动的事例来诱发学生的学习兴趣，还是调整安排学科内容结构使其由浅入深以利于学生接受，抑或与电教室工作人员合作录制教学用的音像资料并为学生播放，都同样耗用了我许许多多的时间。在工作中，我曾暗下决心：

一定要在第五年把课讲得有声有色，一定要让教室里充满笑声。“功夫不负苦心人”，正是应了这么一句老话，我的愿望终于在1990年实现了。

当我不再为每一节课如何才能上得成功而操心的时候，我将主要的精力投放在改善自己的知识结构上。我阅读了许多专著——包括美学的、文艺心理学的、文艺社会学的，也做了大量的读书笔记，并以此为基础撰写学术论文。这种不受备课目的限制的阅读，不但像大学时读书一样给我带来了极大的精神享受，而且也促进了我的课堂教学，使之越来越得心应手。1990年以后，我在全日制班级讲授文艺理论课时，从不带教材和讲稿，这使很多的学生感到惊讶，也很佩服。有些学生对我说：“上课能上得像你这样轻松就好了，就不怕教书。”我的回应是：“如果你能十年如一日地认真备好每一节课，你也能同样上得很轻松。”在一些人眼里，当教师如果轻松就好当，不轻松就不好当，这实在是认识上的严重偏差。一个教师如果在台下很轻松，在台上面对学生时就轻松不了。换言之，一个教师要做到轻松自如地面对学生，就必须进行艰苦的劳动。

3. 参编高校教材的体会

在我的文艺理论教学中，参加全国高校文科教材的编写工作可说是一个很重要的插曲。1989年，我应邀参加由暨南大学牵头联合多家高校编写全国性的文艺理论教材，承担“文学的发展”一章的编写任务。尽管该章只有一万几千字，但为了写好它，我花了整整几个月的时间查阅各种资料，奋笔疾书并不断修改，最后形成了自我感觉良好的书稿。在佛山召开的编写教材研讨会上，“文学的发展”一章受到了许多同行专家的好评。时任佛山大学中文系副教授的申家仁说：“如果大家都能写成这个样，那我们教材的水平肯定就是目前全国最高的。”那时还只是助教的我，听了前辈们这一类的话，自然很高兴，也更加相信只要努力去做事，总会被认可。教材的主编黄展人教授虽然也对“文学的发展”进行了高度的评价，但他又说其中的一个重要观点——“文学发展的根本原因在于内部矛盾”——与整部教材不协调，希望我修改。当时我听了以后很不服气，跟年龄已近60岁的老先生讨论了几个钟头。黄教授一方面承认我的看法是有道理的；另一方面又说编教材不同于写学术论文或专著，目前在“文学发展动因”上不宜持“内因说”，既然编教材就要顾大局。最后，我终于妥协地说：“我不会修改自己的观点，要改你们自己去改。”

1990年6月，《文学理论》终于出版[①]。虽然我原有的书稿大部分没改动，可我最得意的“内因说”却被改掉了。这次编写教材以及后来的另一本教材《新编文学理论教程》[②]的参编给了我一个很大的教训：所谓多人合编教材，就是将主编的思路牢牢地套在每个编写者的脑子上。若想淋漓尽致地表达个人观点，痛痛快快地挥笔，就必须独立地完成著作或论文。

4．涉足学术会议的收获

对于高等院校的教师来说，参加学术交流活动是极其必要的。在参加学术交流活动问题上，总是存在着两个有害的极端。一个极端是，有些人很频繁地参加各种会议，到处昭示他已重复了好多遍的学术观点。这些学术明星之所以能够如此，是因为他们不是具有专家名称就是拥有博导头衔，再加上所在单位有足够的经费让其经常出远门。当然，其中也不乏一些是被举办学术活动的单位视作“神明”而出钱请来压阵的。另一个极端则是，有些人几乎没有参加任何学术活动，即使对学术研究感兴趣也只是通过报纸杂志或网络来获取信息。这部分人之所以如此，是因为在单位里地位卑微出不了门，或者因为性格内向不乐意与外人打交道，加之所在单位缺乏足够的经费或没有制订执行对教师参与学术活动进行鼓励的计划。我说这两个极端有害的理由是：前者不但浪费了教育资源，而且也容易滋生出更多的学术泡沫；后者不但在教育资源的分配上不公平，而且在限制部分教师视野的同时影响了教

---

① 黄展人．文学理论［M］．广州：暨南大学出版社，1990.

② 李衍柱．新编文学理论教程：上、下［M］．天津：天津人民出版社，1996.

育总体水平的提高。

许多学校由于资质不够，加上用于科学研究和学术交流的经费严重不足，结果，多数教师难得出门尤其是出远门参加学术会议。在这一点上，我还算是一个比较幸运的人——17 年来，平均两三年可以出门一趟。满怀热情地去参加学术会议，有时候获益非常大，有时候却很令人失望。追忆起来，给我留下深刻印象的学术会议，确实不多。

1989 年，广东省比较文学研究会在佛山召开学术交流会议。该会议由暨南大学副校长饶芃子教授主持。会议期间，星海音乐学院院长赵宋光教授的发言很难让人信服，并且由于婆婆妈妈而超过了规定的时间。当时，只有助教职称的我抑制不住内心的冲动，上台用提问题请教的方式含蓄地批评了赵教授的观点。我这样说："第一，根据我读过的著作，比较文学是研究讨论不同民族、不同国家文学之异同，可赵老师说了很多关于音乐的话，对文学方面却极少提及，不知道是我理解错了还是赵老师的发言背离了会议的议题？第二，如果文学与音乐、绘画等艺术形式的比较也成了比较文学所着力讨论的问题，那么，是否会由于扩大比较文学的研究范围而改变了学科的质的规定性？"我的话音刚落，中山大学的一位年轻讲师立即冲上台去，尖锐地批评赵宋光教授的发言，并说赵教授是在"乱弹琴"。当时我确实是吓了一跳，环顾左右，见到台下许多人注视着坐在前排那些辈分较高的学者。不过，主持人饶芃子还是比较镇定地走上台说，她喜欢把会议开得活泼一些，也希望有各种不同观点的交锋，但她更喜欢中国传统"圆"的文化、"和谐"的文化，她非常乐意回答我刚才提出的两个问题。我注意到，我提的问题是什么以及如何回答已经变得不那么重要，重要的是我提问的温和方式比起中山大学的那位年轻讲师来，更易于让主持人接受。会后，饶芃子教授主动问我是哪个学校的，当得知我是来自汕头教育学院时，她高兴地说她认识杨方笙（汕头教育学院院长）和林小斌（汕头教育学院中文系教师）。换成另外一个人，也许在那时就会与颇具风度的饶教授套近乎。可是，从读大学时代开始，我一直就是一个非常独立的人，从来没想过要依靠谁来获得成功。故而，我与饶前辈也就没有深谈下去。在吃饭的时候，暨南大学的殷国明副教授说："你说得很好，有机会的话跟赵老师再谈一谈。"饭后休息时，住在宾馆同一房间的广东外语外贸大学和中山大学两位老师都肯定我提的问题。当时已是中山大学副教授的王宾说："你今天讲得很专业，不错，但没有必要用提问题请教的方式，这样做，反而让人觉得是故作谦虚。"那时候，我在汕头教育学院工作已有四五年，给领导的印象是喜欢直截了当地交换意见，而且，我觉得当时上台向赵宋光院长"发难"的方式已远超本人单位领导所能接受的限度，属于大胆的举动。真是万万没有想到，我的大胆之举仍会被一些学人看作是"故作谦虚"。从这件事不难看出，学术活动与实际工作有很大的差异，只要是对的，率直比含蓄会受到更多人的欢迎。我的这种看法的正确性，在以后本人参加的一些学术会议上得到了进一步的证实。

1994 年 8 月，国家教委高教司委托南京大学和华中师范大学在风景秀丽的庐山举办"全国高校文艺学教材及课程体系建设研讨会"，我应邀参加。此次会议的参加者，除中国人民大学的陈传才教授和陆贵山教授、山东大学的狄其骢教授和北京师范大学的童庆炳教授是博士生导师外，还有一些名教授，如南京大学的包忠文、厦门大学的林兴宅和华中师范大学的王先霈。让我这个仅有中级职称的人感到惊讶的是，有些学有所成的教授竟然只有 40 岁左右的年纪，如北京师范大学的罗钢、南京大学的赵宪章；而个别年龄跟我相仿的人，也早已是副教授了。虽然高职称、低岁数在近些年相当普遍，但在那个时候还是较少见的。不言而喻，无论谁以低职称低职务的身份参加学术会议，总是有些不好受的滋味，更何况来自低层次学校的我。不过，我一直把这种情境看作是锻炼自己、增长见识的难得机会。

按要求，参加学术会议是要提交论文的。在庐山会议上，我提交的论文是《高校文学理论教材“发展论”的建设》[①]。这篇论文是在本人对参编《文学理论》教材做深入思考的基础上写成的，虽谈不上呕心沥血之作，但确实是耗费了我很多精力。换句话说，为了参加这次学术交流活动，我进行了很负责任的准备工作。然而，当我与会时，我才发现，应邀出席会议的人，即使是不做任何准备，也不会遭到任何非议。原因在哪呢？大概就是在参加者当中，有不少根本就没有带论文来的，尤其是那些身份较高的人。虽然，无论是个人私底下的感觉还是与会同行专家的评价，这个会议开得很有学术味，相当成功。但，仅从没有提交学术论文参加学术会议也不受公开批评的这一点来讲，它的学术严肃性也还是非常不够的。由国家教委高教司委托名牌高校主办的这种学术会议尚且如此，当今在中国大地上到处流行的学术会议会是怎样的一种情况，那就是很容易想象的了。

庐山会议的第一天上午，主持人宣布每个中心发言者讲话不能超过二十分钟。当时，中国人民大学陆贵山教授讲了好多好多，时间接近半个小时，而且还没有停下来的意思。虽然我辈分低而且也没有义务监控演讲者的谈话时间，但我还是忍不住地指出：“陆老师，时间已经到了。”面对我生硬的发言，在座没有一个吭声的，陆教授虽然一下子露出了不悦的神情，但很快就回到儒雅之态并简洁地结束了他的演讲。长期以来，我养成了“看到不公平就想说”的习惯，有时候根本不考虑对方的辈分和权威。本人在庐山会议上的表现，可说是这方面的一个很典型的事例。虽然在一些人看来，我因为那些不涉及个人利益的小事而得罪人的做法实在不够聪明，但我以为，一个人活着就应该有一些准则，不能总是糊里糊涂地对人对事。当然，学术会议开多了，也就懂得了学界虽不同于政界，但有些规律还是相同的，譬如，权威不加以约束就会游离规则。

在风景名胜地点召开学术会议，自然免不了公费旅游观光的嫌疑。毋庸

① 郑惠生. 高校文学理论教材“发展论”的建设［J］. 汕头教育学院学报，1994（2）.

讳言，除曾上过庐山的人外，其余的与会者可说是大饱眼福。不过，真正带着学术交流兴趣的人到风景区，美景的享受只占次要的地位。倘若将好风光的享受视为主要目的，而不是当作附带的收获，那么，参加学术会议的真正意义就完全丧失。遗憾的是，由于当前学界浮夸风的盛行和公费开支的诸多漏洞，结果，以办学术会议之名捞钱和以赴学术会议之名观光，成了一种极其普遍的现象。

尽管在我参加的一些学术会议中包含着相当的水分，但不论怎样，它对于丰富我的教学内容，拓宽我的知识视野，促使我教学方法的改革，增进我跟学界朋友之间的友谊，都具有极其重要的意义。我常常在想：既然学术交流活动对于教师的教学科研工作有着这么多的好处，就应该积极参与或尽力创造条件让教师参与。可是，为什么一些单位和个人会长期漠然视之呢？

（二）文艺理论教学经验点滴

在高校汉语言文学专业中，文艺理论被公认为是一门学生难学好、教师难教好的专业主干课程。我在 17 年来的教学中，虽然谈不上有什么可喜的成果，但却积累了些许经验。

1．授课内容与时代发展同步

文艺理论是文艺科学的一个分支，其归属是人文社会科学。由于文艺理论的学科性质决定了它具有非常突出的时代性，所以其教学也明显地不同于自然科学各学科的教学。假如未能很好地注意到这一点，那么，教学就难以获得满意的效果。

20 世纪 80 年代中后期，我在讲课时花了很多时间专门讨论重大题材与一般题材、文学的审美特性、文学的永恒主题、文学与政治的关系、文学的阶级性与文学的人性等问题。之所以这样，主要不在于个人的兴趣或教材的内容，而是充分考虑到时代的特点。首先，那时候人们从十年浩劫的“文革”中走出来不久，诸如政治与艺术、阶级性与人性等问题仍困扰着大多数人的心灵，故有必要从理论上予以廓清。其次，无论是年纪大一点的学生还是年纪小一点的学生，都或多或少地受到了极左思潮的影响，经常用“左”的思维方式去分析事物；与此同时，“改革开放”的新鲜空气，又给他们戴上了另外一副观察社会的眼镜。这种视角上的难以避免的矛盾性，使他们对诸如“爱情是永恒的主题”等这样一些在今天看来已不成问题的问题有着浓厚的学习兴趣。

进入20世纪90年代，尤其是最近几年，随着大众审美文化的蓬勃发展[①]，诸如琼瑶、金庸、王朔、卫慧等这样的一些通俗文学作家的作品在广泛的社会人群中备受青睐，相当一部分的学生对其更是宠爱有加。因此，刚从中学进入大专院校学习的年轻人，其文学观念、文学偏好也就有别于20世纪80年代的学生。此时若像以前那样大讲特讲“文学与政治的关系”等问题，就难以触发他们的学习兴趣，甚至有可能让他们产生这样的感觉：真是“莫名其妙”。基于时代特点的考虑，我在授课时淡化甚或不讲“文学阶级性”等这样的一些老问题，对诸如“俗文学的特征”“俗文学的价值”“雅俗文学之间的界限”等这一类时代感较强的新课题，则予以专门探讨。

由于授课内容与时代发展同步，我的教学不但使学生产生浓厚的学习兴趣，而且也或多或少地改变了他们不很妥当的文学观念，纠正了部分学生在阅读选择上的偏差。

2. 在广泛比较中博采众长

为了把教材编写好，许多学者和教师付出了辛勤的劳动。不过，由于编写者学术背景和知识视野等方面的限制，加上常会出现的百密一疏，所以，任何一部教材都有其不足之处。基于此，任课教师就应该仔细地推敲能拿到

---

① 郑惠生．也论大众审美文化的价值［J］．汕头大学学报（人文科学版），1997（6）；郑惠生．社会历史视野中的当代大众审判文化［J］．汕头教育学院学报，1998（1－2）；郑惠生．论大众审美文化的特征［J］．韩山师范学院学报（社会科学版），2000（3）．

手的每一部教材。只有在深入钻研比较多部教材及相关专著的基础上进行取长补短的备课工作，才可能使授课内容日渐趋于完善。

1987 年年底，我读了苏联著名文艺理论家波斯彼洛夫所著的《文艺学引论》一书，觉得其中关于“艺术形象的基本特征”的讨论很有见地，立即将其消化并概括为三个方面向学生讲授：“艺术形象创造性地典型化；艺术形象充满激情；艺术形象能够独立地评判生活。”我之所以说波斯彼洛夫在这一问题上的看法很有见地，是因为他讨论艺术形象的特征是在与科学的例证形象、罗列事实的形象作比较的基础上进行的①。反观国内教材在该问题上的讨论，可说仅及皮毛——像艺术形象具有“具体可感性”之类的说法，根本就没有区别出“艺术形象”与“例证形象”的不同。糟糕的是，此类很不妥当的观点，即便是到了 2000 年的许多全国性高等院校教材，也还是相当普遍——譬如童庆炳主编的《文学概论》②，再如许自强主编的《文艺理论基础》③。1986 年年初，我在阅读有关的理论专著时发现，林兴宅的《艺术魅力的探寻》颇有新意。尤其在讨论“艺术真实”方面④，林著更是让我获益匪浅。当时，我觉得这种学术观点超过国内任何一部教材所达到的水平，而且又可以融入本人讲授的逻辑体系，如艺术真实具有“似真性、情感性和假定性”特征，故立即吸收概括并深入浅出地对学生讲解。

由于愿意花时间博采众长，所以我授课时总是具有相当的深度和广度。正是这一点，使得那些学习成绩较好、自学能力较强的学生觉得听我的课总是有很大的收获，而那些本来只要可以不努力就不努力的学生，也不敢轻易地不来听课学习或边听课边睡觉。

---

① ［苏联］T. H. 波斯彼洛夫．文艺学引论［M］．邱榆若，陈宝维，王先进，译．长沙：湖南文艺出版社，1987：33－47.

② 童庆炳．文学概论［M］．武汉：武汉大学出版社，2000：182－190.

③ 许自强．文艺理论基础［M］．北京：高等教育出版社，2000：51－61.

④ 林兴宅．艺术魅力的探寻［M］．成都：四川人民出版社，1985：19－27.

3. 依照循序渐进的原则调整授课内容的结构

文学理论教材的结构不同于专著的结构。在基本内容不变的前提下，编著者通常会根据学生的理解能力及接受规律去处理教材的结构（包括内容的详略、先后等），使之更有利于学生的学习。即便如此，许多文学理论教材的内容结构仍有相当部分不适合于作为教师授课时的依据。

20世纪80年代中期，我在教学时发现，绝大多数学生读了半个学期仍对“文学”概念不甚明了。为什么会这样呢？经检讨，知道自己并未专门为学生讲清楚这一核心概念，再翻看所有能拿到手的文学理论教材，才注意到“文学”概念，不是没有被专门讨论，就是在教材的若干个章节之后被粗略地讨论了一下。事实上，直到今天，还有许多编写得非常不错的教材没注意到这个问题。譬如，童庆炳主编的面向21世纪课程教材《文学理论教程》，至第四章第一节才讨论“文学概念”①。尽管教材编著者可以找出诸如“文学概念难以界定”等这样的一些理由来为其“编法”辩解，但从学生接受的角度来看，确实存在问题——其不足取正如没学会走路就想飞跑一样。更何况从学理的角度来讲，界定“文学”是文学理论作为一门人文社会科学首先应该完成的工作。如果连研究对象（文学）都无法确定或先予以界定，怎么建立文学理论的科学体系，怎么讨论并让人理解以“文学”为基础建立起来的诸多概念。这种没按循序渐进原则编写的教材结构，很不利于学生的学习。基于此，我大胆地调整了授课内容的次序，在绪论第一个问题“文学理论是什么?”的第一点上，专门讲“文学是什么?”——包括它的广狭义、它与文章的区别、区分文学与非文学的重要意义等问题，我都逐一地予以讲述。这种开头便讲明“文学”的做法，使学生一下子明白以后要学习要研究的是什么东西，避免了学很多课时仍对讨论的对象还是一头雾水的现象的发生。授课

① 童庆炳. 文学理论教程［M］. 修订版. 北京：高等教育出版社，1998（2）：49－57.

开始便探讨“文学是什么”，虽属大胆之举，但并不完全是本人的独创。像美国当代著名文艺理论家雷·韦勒克和奥·沃伦合著的《文学理论》[①]、日本当代著名文艺理论家浜田正秀著的《文艺学概论》[②]、日本当代著名文学批评家桑原武夫著的《文学序说》[③]，都是以“文学”的界说为发端的。相比之下，我只是做得更为精致一些罢了。

4. 注意讲清概念、讲透命题、讲明逻辑关联

文艺理论作为一门理论性和系统性很强的学科，在讲授时一定要帮助学生搞清楚基本概念。倘若基本概念都不明朗，那么，建立在概念基础上的判断、推理乃至整个的理论体系，就会成为空中楼阁，就会让人难以理喻。

绝大多数教材在讨论“文学真实性”时，只涉及“艺术真实”与“生活真实”两个概念。备课时我发现，“生活真实”一词，有时候被当作“实际存在的一切具体的生活现象，即生活的原生形态和原始面貌”[④]，当作“历史上出现过和现实中存在的一切事物与现象”[⑤]；有时候则被当作包含“生活的本质规律”来解释，如“所谓生活真实，是指实际生活中的人和事，以及它所体现的生活逻辑（生活的情理）”[⑥]，再如“生活的真实……即社会生活的实际情况，本来面貌。它既包含有事物的本质，又包含有大量的事物的现象”[⑦]。基于多部教材在概念阐释方面的差异，加上考虑到“生活真实”与

---

① ［美］雷·韦勒克，奥·沃伦．文学理论［M］．刘象愚，邢培明，陈圣生，等译．北京：生活·读书·新知三联书店，1984.

② ［日本］浜田正秀．文艺学概论［M］．陈秋峰，杨国华，译．北京：中国戏剧出版社，1985.

③ ［日本］桑原武夫．文学序说［M］．孙歌，译．北京：生活·读书·新知三联书店，1991.

④ 童庆炳．文学概论［M］．修订本．武汉：武汉大学出版社，1995：40.

⑤ 童庆炳．文学理论教程［M］．修订版．北京：高等教育出版社，1998（2）：137.

⑥ 郭正元．文学理论基础教程［M］．修订本．广州：中山大学出版社，1993（2）：283.

⑦ 易健，王先霈．文学概论［M］．长沙：湖南教育出版社，1984（2）：12.

“艺术真实”都有“真实”两字，若对其阐释差异过大反而会不利于问题的理解，我决定引入“生活事实”概念。我向学生这样讲道：“生活事实是指生活中客观存在的一切东西，其要义是纯客观性；生活真实是指人们在生活实践中揭示出来的事物的内在本质规律，它强调的是主客观的吻合；艺术真实是指艺术家在对生活的观察体验的基础上借助一定的媒介手段描绘出来的、让人觉得可信的生活情景，它强调的是在客观基础上的主观创造性。比起生活事实来，艺术真实具有‘集中概括性’，比起生活真实来，艺术真实具有‘形象生动性’和‘情感逻辑性’；从总的方面来看，艺术真实更富于感染力、更能满足人的审美需求。”

稍微留意一下不难看到，“文学是一种社会意识形态”是绝大多数文艺理论教材重点讨论的一个问题。可是，在阐释该理论命题时，几乎所有的教材都采用了一种含混的说法——从蔡仪主编的《文学概论》①、以群主编的《文学的基本原理》②，到黄世瑜主编的《文学理论新编》③、郭育新和侯健主编的《文艺学导论》④、曹廷华主编的《文学概论》⑤，再到刘叔成主编的《新编文艺学概论》⑥、许自强主编的《文艺理论基础》⑦，都笼统地将社会意识形态看作是反映客观存在的一种社会意识，至于这种社会意识有些什么特点、与别的社会意识有何不同等诸多问题，则没有涉及。根据历史唯物主义的基本原理⑧，我对学生做如下的简述：人类社会生活可分为两大部分，一部分是物质生活，也称社会存在，一部分是精神生活，也称社会意识——两者的关系是

---

① 蔡仪. 文学概论［M］. 北京：人民文学出版社，1979：1－3.

② 以群. 文学的基本原理［M］. 上海：上海文艺出版社，1980：20－34.

③ 黄世瑜. 文学理论新编［M］. 上海：华东师范大学出版社，1986：11－13.

④ 郭育新，侯健. 文艺学导论［M］. 北京：高等教育出版社，1989：9－15.

⑤ 曹廷华. 文学概论［M］. 修订本. 北京：高等教育出版社，1993（2）：39－40.

⑥ 刘叔成. 新编文艺学概论［M］. 北京：中央广播电视大学出版社，1996：1－11.

⑦ 许自强. 文艺理论基础［M］. 北京：高等教育出版社，2000：20－26.

⑧ 肖前，李秀林，汪永祥. 历史唯物主义原理［M］. 北京：人民出版社，1983：247－275.

前者决定后者，后者反映前者，不过，后者具有相对的独立性和对前者的反作用；社会意识是复杂多样的，它可分为社会心理和社会意识形式——两者的区别在于，前者是自发的、不很稳定的、不够清晰的、较为肤浅的，而后者是自觉的、相对稳定的、比较清晰的、较为深刻的；就社会意识形式本身而言，又可分为社会意识形态和非社会意识形态形式——两者的区别在于，前者如艺术、道德、宗教等会对社会生活做出具有倾向性的主观评价，后者如光学、数学等则不具有评价社会生活的立场倾向。在此简述的基础上，我再进行这样的讲解："'文学是一种社会意识形态'作为一个理论命题，包含着如下几个层次的要义：第一，文学作为人类精神活动的一个部分，必定反映社会存在和社会意识（总称社会生活）；第二，在人类反映社会生活的各种精神活动中，文学是一种较深刻、较稳定、较清晰的形式；第三，文学是一种可以对社会生活做出评判的社会意识形式，它具有明显的倾向性。"我的讲授，不但使学生能够透彻理解该命题的丰富内涵，而且也让他们在接下去学习"文学的真实性和文学的倾向性""文学的社会功能"等问题时多了一些理论知识上的准备。

吃透任何一个理论命题，难度当然是很大的。不过，难度最大的却是各个概念、各个命题、各个章节之间的内在逻辑联系的把握。假如教师在这一点上能讲得很清楚，学生也能听明白，那效果就会非常好。

在讲完"一、文学是一种社会意识形态"接着讲"二、社会生活是文学的唯一源泉"时，我这样说："文学作为一种社会意识形态，一方面要再现客观的社会生活，另一方面又要表现主观的思想感情，是再现与表现的统一。虽然马克思主义的文学社会本质观很辩证地看待统一的两个方面，但在多数情况下更偏向于强调客观社会生活对于文学的制约作用和根本意义，故而，就有了第二个命题的出现。也就是说，第二个问题是从第一个问题中拿出相对重要的方面来进行深入地讨论。"

在讲完第一节"文学是一种社会意识形态"而接着讲第二节"文学的真

实性和倾向性”时，我又扼要地讲明两节之间的逻辑关联：“第二节中两个概念的出现是第一节中的命题所使然。文学作为一种社会意识形态，一方面要再现客观的社会生活，这样就有了一个或真或假的问题，也就是文学的真实性问题；另一方面，文学要表现作家的思想感情，这样就有了一个或善或恶的问题，也就是文学的倾向性问题。”

在讲完“文学的特征”和“文学的本质”两章以后接着讲第三章“文学的功能”时，我讲道：“文学的审美功能三大作用从何而来？就根本意义而言，一个事物的功能取决于该事物的本质和特征。从文学再现客观的社会生活中可知：文学具有认识作用；从文学表现主观的思想感情中可知：文学具有教育作用；从文学用富于创造性的充满激情的语言艺术形象去反映社会生活中可知：文学具有美感作用。”

尽管上述最后一例的教法有可能由于太过简化地处理各个问题之间的逻辑关联而失去理论的深奥品位，但对接触文艺理论不久的学生来说，无疑达到了在短时间内迅速厘清其杂乱头脑的目的，为他们以后的进一步学习研究奠定坚实的基础。

5. 力求“高、深、锐”三度的统一

传统的文艺科学包括文学理论、文学史和文学批评三大分支。它们虽然都以文学现象为研究对象，但侧重点有所不同。文学理论研究的侧重点是文学现象中的普遍问题，角度是宏观的；文学批评研究的侧重点是当前及未来文学现象中的具体问题，角度是微观的；文学史研究的侧重点是既往文学现象中的具体问题及其相互之间的联系，角度则是介乎宏观与微观之间的纵观。由于此，讲授这三个分支学科的方式和要求也就有所不同。不过，无论是哪一门课程的讲授，都应当在保证本学科的个性的同时，尽力追求文艺科学作为整体的丰富性和深刻性。譬如，教授文学史，自然应该特别地注意到历史上文学个案的特殊意义，各个文学个案之间或内在或外在的联系，等等；但倘若能够从文学个案中升华出具有普遍意义的理论观点来或从理论的高度去剖析文学个案，能够穿越时空与当前的文学个案进行比较从而讨论其现实意义，那么，教学就会更受欢迎，就更有益于学生的进步。同理，讲授文学理论，自然应当讲清楚概念、原理，讲清楚各个命题之间的逻辑关联。但是，如果能够在理论联系实际时达到文学史的深度和文学批评的锐度，那么，教学效果就会更佳。

在讲到“文学功能夸大论”时，我从先秦的孔子、汉代的曹丕、近代的梁启超一直讲到现代的毛泽东。我这样指出：“中国传统上有夸大文学功能的倾向，而这样一种倾向的影响可说是负面大于正面，典型的例证便是‘文化大革命’时期作家们的命运及其创作实践。从表面上看这种倾向赋予了文学很高的地位，但实际上是将文学当作政治的附庸，它要求文学完成那些本不该由它来完成的任务，结果导致了许许多多不正常情况的发生。改革开放以后，‘夸大文学功能’的认识逐渐得到纠正，但目前又出现了另外一个极端……”

在讲到“四分法”中为何建立“散文”这一种类时，我对中西文学史进行了比较。我这样讲解：“西方早在古希腊就有了灿烂的戏剧，到文艺复兴时期出现了像莎士比亚、莫里哀和高乃依等这样一些戏剧大师；可是，在中国却晚至宋元才有较成体系的戏曲，进入20世纪才出现真正意义上的话剧……在小说方面……18世纪和19世纪，西方已进入辉煌的时期，但中国此时却几乎是僵滞不前……在诗歌方面，中国是一个‘大国’，西方也不落后。就拿最早的个人作品来说，西方公元前8世纪至前5世纪，就出现了像赫西俄德、梭伦、萨福和品达罗斯这样的大诗人，可在中国，却要等到公元前4世纪至前3世纪，才出现屈原和宋玉这样的诗人。西方一直有史诗的传统，中国却没有——古代最长的叙事诗《孔雀东南飞》只有几百行、《木兰诗》只有几十行，与《伊利亚特》和《奥德赛》的上万行相去甚远。综上所述，中国历史上的纯文学与西方历史上的纯文学有着相当的距离。由于中国在散文方面有较深厚的传统……先秦的诸子百家……唐宋的八大家……现代的鲁迅、林语堂、周作人……当代的秦牧、杨朔、刘白羽……看上去很壮观；所以，我们才打破‘纯文学’的狭隘理解，建立了‘散文’的这一个种类。由此可见，中国‘四分法’中出现西方‘三分法’中所没有的散文，既有学理方面的因素，又有照顾国人自尊心的缘故。讲得远一点，这种讨论问题时总要‘很自尊’的做法，包括一谈起20世纪才在西方出现的‘意象派’诗歌、‘意识流’小说，有些人就要说中国古已有之……”

实践证明，我力求“高、深、锐”三度统一的教授法，得益最大的是那些基础较好的学生。

6. 在不失严谨的前提下把课上得生动

就大专院校的专业理论课而言，保证其知识的系统性、逻辑的严密性、材料的准确性、观点的学术性是非常重要的，但是，这并不等于说可以把课上得僵硬呆板、毫无生气。固然，一个教师要把专业理论课讲得既严谨又生动，是不容易的；不过，只要用心追求，最终仍可达到目标。下面，谈谈我在两个方面所下的功夫。

（1）在例证方面下功夫。

概念、判断和推理因其枯燥而容易使学生分心，更为严重的是，对那些文化底子薄的学生来说，即便集中精力听讲也难以理解。基于此，讲授文艺理论免不了要举例说明。成人教育领域的国际带头人、英国诺丁汉大学继续教育学院高级讲师布赖恩·格雷厄姆和约翰·戴尼斯博士等人，把“例证适宜”看作是“效果良好的授课应具备”的“重要特征”之一①。然而，关于为何要“例证适宜”以及怎样才算“例证适宜”，几位国际级的专家却没有做任何具体的说明。仅就本人的教学经验而言，我认为，在寻找例证时，应严格遵循三个原则。

---

① ［英］约翰·戴尼斯，卡罗琳·戴尼斯，布赖恩·格雷厄姆. 成人教育的教与学［M］. 李亚婉，黄丹青，任岩，编译. 北京：中央广播电视大学出版社，2000：38－39.

首先，例证必须是典型的。显而易见，无论是概念还是原理，都具有普遍的概括性，故能用以说明的事例也必然俯拾皆是。不过，应该看到，并非所有的例证都有着同样的说服力。一个文艺理论教师非常重要的能力之一，就是在难以计数的材料中找到最典型、最能说明问题的事实。在讲到“一部文学作品的价值不能根据其发表时的反响程度来判定”时，我列举了司汤达、卡夫卡、爱伦·坡、大仲马、松本清张、柯南·道尔进行分析；在讲到文学教育作用中的“警醒激励形态”时，我列出了易卜生的《玩偶之家》在“五·四”时期如何影响中国妇女冲破封建牢笼走上独立解放的道路，斯托夫人的《汤姆叔叔的小屋》如何影响了美国的南北战争，歌德的《少年维特的烦恼》怎样使得一些德国青少年走上自杀之路；在讲到“艺术形象充满激情”之“作家创作”时，我讨论了福楼拜在写“包法利夫人”服砒霜自杀时“口里也有砒霜的味道”，巴尔扎克在写到“高老头”死去时伤心哭泣，曹雪芹在写《红楼梦》时是“满纸荒唐言，一把辛酸泪”；在讲到“艺术形象充满激情”之“读者接受”时，我分析了狄更斯《老古玩店》中的小耐丽如何让许许多多的英国读者为其命运牵肠挂肚，《白毛女》中黄世仁的扮演者在解放区的舞台上表演时怎样受到了解放军战士的打骂；在讲到“无论写什么样的题材都能写出深刻的主题”时，我探讨了夏洛蒂·勃朗特的《简·爱》，契诃夫的《渴睡》、欧·亨利的《警察与赞美诗》、贝克特的《等待戈多》、海明威的《老人与海》和川端康成的《伊豆的舞女》；在讲到灵感的“突发性、迷狂性和创造性”三大特征时，我着重讨论马雅可夫斯基名诗“一条腿”和妙句“我不是男人，我是穿裤子的云”的产生过程……寻找典型的事例来说明概念、论证命题，不仅因其符合学理上的要求而会给学生以最大的教益，而且还由于它本身所固有的生动性而能充分地调动学生的学习热情。

其次，例证应尽可能地贴近生活实际。事例是抽象理论的直观注解。尽管具体的事例易于接受，也比抽象的概念和命题更容易吸引接受者；但在文艺理论课所需要的大量事例中，假如都是远离现实生活、远离近在眼前的东西，那么，随着教学时数的越来越多，受教者强烈的学习兴趣就可能越来越低。因此，怎样使事例既能很好地说明抽象的东西又是容易接触到的生活实际，是文艺理论教师为了提高教学效果所应认真考虑的问题。在讲到“文学的特征”时，我说：“任何事物都有其特征，文学也不例外。关于一个事物的特征的结论是怎样做出的呢？正确的方法，是与其他事物作比较分析。比较分析的参照物不同，得出的结论也不相同；故而，事物的特征不但是多方面的，而且也是多层面的。由于相近相似的事物最容易混淆，所以，拿最近似的事物作比较分析的参照物，其关于事物特征的结论就越有价值。譬如，讨论‘郑惠生’，也就是本人的特征，可以有很多个角度——与石头、沙粒比较，他是活的；与高大身材的人比较，他是偏瘦的中等个子；与女子比较，他是个有喉结和胡子的人；与做事马虎的人比较，他是认真严谨的。不言而喻，关于‘郑惠生’的特征的这些结论，越往后面的越有价值。同理，关于文学的特征，也应该是在与其他相近的文化形式的比较中找到。跟社会科学相比，文学是用充满激情的艺术形象去反映社会生活的。应当看到的是，‘艺术大家庭’中的每一个成员都同样具有文学的这一特征。为了更准确地把握住文学，还必须进一步地将文学从‘艺术大家庭’中分离出来，与诸如绘画、音乐和舞蹈等这样的一些艺术形式作比较分析……通过以上的比较分析，我们可以得出这样的结论：文学与其他艺术形式的区别首先在于它是以语言文字作为媒介手段去反映社会生活、表达思想感情的。正因为媒介手段的特殊，才使得文学有着不同于其他艺术形式的诸多特点……”在谈艺术真实的“假定性”特点时，我讲道：“所谓的艺术真实是以媒介手段的设定为前提的。如若不是这样，艺术就只能永远为假。就拿照片中的郑惠生来说（此时我拿起一张照片或在黑板上画出一张照片的模样），真的是郑惠生吗？同学们会说，照片中的人真的是郑惠生。可我要问：难道郑惠生就只有七寸大？难道郑惠生是平面的？难道郑惠生像动物标本那样一动不动……”这种取材于自身或身边事物的例证，不仅易于消化吸收，而且还由于其最具直观性而能使学生的注意力集中，从而可以获得令人满意的教学效果。

最后，例证应力求新颖。在理论学科的教学中，有些事例经常被教师用来说明不同的概念和观点。从某种意义上说，这些事例已成图解多个概念多个命题、增强理论说服力的经典。经典的事例自有其经常被提起的价值，可是，从教学的角度看，如果老提同样的一些经典事例，会让学生觉得很单调，甚至有可能让学生觉得站在面前的老师已属于过去时代的人，从而降低他们学习的积极性。基于这方面的考虑，我总是在不失典型性、不减说服力的前提下，寻索一些新颖的例证。同样都是讲“应该少读流行文学作品”话题，20 世纪 80 年代谈的是大仲马和欧仁·苏，90 年代转而分析金庸、琼瑶、汪国真和梁凤仪，最近几年则重点剖析卫慧、刘墉、蔡智恒和陆幼青。由于文艺是一种具有普泛性的社会意识形态，所以对其探讨必然涉及许多学科的知识体系，包括哲学、美学、心理学、伦理学、政治学、宗教学、文化学和社会学等。倘若一个教师在不得不涉及这些学科知识时能用鲜活的具体事例予以说明阐释，就会使教学更富有成效，因为学生总是对当下发生的事感兴趣。譬如，在 2001 年的教学中，我就举了下列的这些事例：①世界著名“三大男高音”在北京故宫举办演唱会；②中国北京申请举办 2008 年奥运成功；③“9·11”事件及美国出兵攻打阿富汗塔利班；④三个高考生在律师帮助下状告教育部；⑤中国成功加入 WTO；⑥APEC 会议各国首脑在上海的着装引发服饰时尚；⑦歌星毛宁挨打在乐坛消失后又传出要重返乐坛；⑧“小燕子”赵薇因为拍广告穿印有日本国旗图案的服装而遭到媒体和民众的臭骂。实践表明，此类例证甚至于使那些昏昏欲睡的学生也清醒过来。

（2）在演说方面下功夫。

一个教师的演说能力，直接影响着他在课堂上教学的质量。这也可说是教学人员与研究人员的重要差别之一。大学里的一些教师，虽然在学术研究方面非常出色，但在课堂教学上却平平，甚至有个别还是一塌糊涂。之所以如此，是因为他们虽具学者之内在素养，却由于各种原因而不善辞令。有人以缺乏演说技巧的作家仍可以是优秀的作家为例，来为那些不善辞令的教师辩解。显然，这种辩解是没有力量的。谁都知道，作家能够只通过作品跟读者进行交流，但教师却不能仅靠书面表达来教育学生。在这一点上，教师与律师有其相似之处——世界上还没有一个优秀的律师是不善辞令的。

诚如丹尼斯·沃克拉迪所言："一个优秀的教师应该是经过严格演说训练的人。"① 尽管早在大学读书时期，本人就已经有了较强的表达能力，但遗憾的是，却没有接受过任何人的"严格演说训练。"为把课上得生动活泼，我只好严格地进行自我训练了。

首先，令口语干净明晰。抽象的理论很容易让人觉得枯燥，也容易使人感到疲劳。倘若一个教师的语言不够简练、清晰，就会令那些原来已经提不起精神来上课的学生不知所云。基于这个原因，我在备课时非常注意讲稿语言的推敲和修改——多数时候，仅文字的表达方式就变更了六七次。为使文字适合于教学，我经常用朗读的方式来检查讲稿文字表述的情况。对那些啰唆的，删除之；对那些严密却又过于冗长的，分拆重组之；对那些简练但不易理解的，重新说明之；对那些语音不够响亮的，酌情调换之。

其次，让口语充满激情、理性和幽默。美国著名心理学家、教育学家威尔伯特·J. 麦基奇说得很正确："你自己的热情和价值观与学生对你所教的学科的兴趣密切相关……脸部表情，兴奋和声音的强度与你使用的语言可能是同等重要的。"②遗憾的是，有些从教多年的教师即使是在脱稿讲课时，也仍像背诵讲稿那样念念有词、毫无活力。尽管我们还不能一概而论地说这是教学上的严重缺陷，但对于在高校从事人文社会科学教学工作的教师而言，肯定是一个必须尽快加以修正的不足。动情的言语富于感染力，假如一个教师的

① ［美］丹尼斯·沃克拉迪. 美国教学创意手册［M］. 北京励志翻译社，译. 西安：陕西师范大学出版社，2001：8.

② ［美］威尔伯特·J. 麦基奇. 高等院校教学指南［M］. 李环，王英杰，译. 北京：职工教育出版社，1989：232.

口语表达充满激情，就可以在教室里营造出一种良好的学习氛围，进而获得较为满意的教学效果。

虽然一个教师的语言充满激情是富于积极意义的，但是，这并不等于说：一个教师在其课堂教学的每一分钟里都必须热情洋溢，所讲的每一句话都必须铿锵有力。之所以如此，主要有两个原因：一个是教师受体力和心力的限制通常难以承受住长时间的高度兴奋，另一个则是学生有效接受课堂信息的客观规律使然。不言而喻，学生在课堂上的学习，不但应该有着许多的感动，而且还应该有着充分的理性思考空间。由此可知，对课堂教学的语言进行控制是相当必要的。17 世纪捷克教育家夸美纽斯曾非常形象地说道："一个能够动听地、明晰地教学的教师，他的声音便该像油一样浸入学生的心里，把知识一道带进去。"[①]需要学生激动时，不妨口若悬河、高声诵读；需要学生思考时，就得慢慢道来、低声诉说。该停顿时就停顿，以求符合学生的笔记速度；该重复强调时就重复强调，以求符合学生理解的规律。

幽默的教学语言会给课堂带来欢乐和笑声。在讲到"生活事实与生活真实之区别"时，我以恋人常说的一句糊涂话——"你是世界上最美丽的人"作为例证来进行剖析。我讲道："在恋爱生活中，有人说了这么一句话，这是一个事实。但是，研究表明，这句话所表述的内容为假，也就是说，它表述的内容是不真实的……我们要探究的是：为什么恋人经常要说一些违背客观事实的话？是有意欺骗吗？不一定！有人说，情人眼里出西施，纵然母猪也美丽。以此类推，公猪也不会例外。连母猪和公猪都美丽，更何况是'母人'和'公人'……可见，有些恋人说了不符合现实的话，是因为动了真情……"在讲到"区分题材大小的标准是人们关注程度的高低和社会影响的大小"时，我举例说："一部小说如果以邓小平、克林顿等这一类的人物为描写对象，就是大题材，如果以郑惠生这一类的人物为描写对象，就是小题材。为什么要

① ［捷克］夸美纽斯. 大教学论［M］. 任钟印，译. 北京：人民教育出版社，1957：244.

这样说呢？因为像邓小平、克林顿等这一类人物，其生死存亡等状况关涉一个国家乃至整个世界的命运，关涉到许多人的利益；然而，像郑惠生这种人是生是死，不会有多少人关心。假如现在郑惠生死了，估计会有个别人在短时间内很伤心，会有些朋友觉得很可惜，不过，可能很快就忘掉了。因为他们发现，没有郑惠生的日子里，世界像往常那样一片灿烂，连汕头市甚至是汕头教育学院也没有一丁儿的变化……”无论是把叱咤风云的政治领袖与地位卑微的普通教师放在一起谈论所造成的强烈对比，还是以超脱的态度和平静的语调来评说教师本人的生死所形成的巨大反差，都让学生感到意外，在惊异后又忍不住发笑，进而明白且牢固地记住了“何谓大题材何谓小题材”。

最后，使人体语言恰当、丰富。课堂教学的一个重要特点，是教师必须直接地面对学生。这一特点，不但使学生直接听到教师说的话，而且还让学生直接看到教师的一举一动。基于此，教师在课堂上描述物体、陈述事实、表达看法、强调重点时，就应该辅以恰当丰富的人体语言。马卡连柯曾经这样断言：“我相信高等师范学校里，将来必然要教授关于声调、姿态、运用器官、运用表情等课程，没有这样的训练，我是想象不出来可能进行教师工作的。”① 虽然这位苏联著名教育家的话是绝对了些，但其中所蕴含的道理——即人体语言对教学工作之重要意义，还是相当正确的。可以看到，个别教师在课堂教学中未能获得满意的教学效果，既不是因为教学内容出现错误或不够深刻，也非口语表达方面出了多大的问题，而主要是眼神呆滞、肢体僵硬或动作机械。

应当指出的是，强调课堂教学必须辅以恰当丰富的人体语言，并不意味着此种语言可以像舞蹈艺术或戏剧艺术那样经由设计获得。对舞蹈和戏剧来说，姿态和动作等的精心设计，是必需的、自然而然的。但是，就课堂教学而论，在人体语言方面的任何精心设计，都应该是审慎待之，因为它完全可

---

① ［苏联］马卡连柯．论共产主义教育［M］．刘长松，等译．北京：人民教育出版社，1979：303．

能带来矫揉造作的后果。尽管课堂教学中恰当丰富的人体语言常常被一些人称作“艺术”，但本人一直认为，此种说法只有从“接受的角度”来说才是正确的。如若站在“生产的角度”来看，恰当丰富的人体语言是教师综合素质不断提高的必然结果。我们能够指出也可以纠正课堂教学中人体语言那些不恰当的部分，但是，真正有价值且富于魅力的“人体语言”，只源于教师心灵的自由。当一个教师精神饱满且对教学内容了如指掌的时候，当一个教师被“自己授课的内容”所深深打动的时候，当一个教师的口头语言表达已经毫不费劲地跟上大脑思维速度的时候，当一个教师觉得与学生面对面接触可获极致乐趣的时候，这个教师的人体语言就能达到恰当、丰富和美。

7. 培养学生科学的思维方法、独立的判断能力和大胆的探索精神

汉语言文学专业的学生，学习文艺理论是必然的，也是必需的。但是，这并不意味着他们在课堂里学到了一门学科的知识体系就行。之所以如此，原因主要有两大方面。其一，由于“人原则上是并且始终是需要教育的”[①]，更由于当代科学知识体系的更新持续加快；结果，在任一阶段的制度化教育中所获得的自我学习的能力和掌握新知识的方法，对人的整个一生更具深远的意义。其二，尽管在相当多的情况下，一个人学什么专业以后就从事什么专业的工作，但是，今天的竞争是如此激烈，以至于一个受过高等教育的人走出校门，既有多种选择的机会又有无法选择的危机——包括联合国教科文组织国际教育发展委员会早在30年前就已经指出的当代流行现象：“社会拒绝使用学校的毕业生”[②]，即便有些人一下子就找到了与自己所学的专业密切相关的职业，也并非就是“从一而终”；故此，一个人从特定的学习中获得的具有普遍性的智慧与获得的某种工作所必需的特殊本领相比，同样都有着非

① ［德］O. F. 博尔诺夫. 教育人类学［M］. 李其龙，等译. 上海：华东师范大学出版社，1999：38.

② 联合国教科文组织国际教育发展委员会. 学会生存：教育世界的今天和明天［M］. 北京：教育科学出版社，1996：37.

常现实的价值。

我在讲授文艺理论的知识体系的同时，非常注意培养学生的科学思维方法。譬如，讲文学题材、文学体裁和文学风格等问题时，我总是指出“对事物进行分类的标准不同，分类的结果也就不同”，强调“分类的标准必须划一，不能将用不同标准划分出来的种类随意地并列在一起。”再如，讲“社会生活是文学的唯一源泉”时，我特别地讲道：“证明任何一个观点，都可从正反两个方面加以讨论。在任何情况下，正面的讨论都是必需的，而且，其探讨的角度越多越好。因为从多个不同的角度探讨同一观点，假如所得的结论都一样，那么这个观点的说服力就更强。至于反面论证的必要性，就得看该观点曾经有过的争议程度。如果我们认可的观点有过激烈的论争，并且在我们认可的观点之外还有一些虽错误但又有比较迷人的说法，那么，反面论证就是极其必要的了。”

由于我讲课常常不止着眼于文学知识和文学原理本身，而且还挖掘其深藏于背后的科学思维方法；结果，许多学生在获得文学理论知识的同时，也逐渐形成方法论上的自觉性，从而缩短了掌握文学知识和文学原理的周期。

良好的课堂应成为培养学生独立判断能力和大胆探索精神的园地，尤其是在高校。虽然这个道理人人都懂得，但说起来易做起来却有点难。在具体做法上，除采用常见的多鼓励提问、反驳等之外，我还充分利用教学内容本身做文章。

第一，借高校文艺理论教学与中小学语文教学之差异谈探索精神之必要性。在讨论“文学作品的主题”时，我讲道：“所谓主题，在文艺理论中是指文学作品的思想感情主旨，它既包括中心思想，也包括中心感情。这一点比绝大多数中小学教师教学时无论对什么样的文字都只讲‘中心思想’要合理一些；因为有些作品，如李白的《静夜思》、孟郊的《游子吟》，主要是表达了一种感情，要从中抽象出思想来有相当的难度甚或是不可能的。就生成的角度而言，主题在文艺理论中除作家的立意之外，还包括读者有说服力的解释以及由此而推导出的‘尚未得到揭示但已蕴含在文学形象中的客观意义’

……显然，跟中小学教师通常所理解并教给学生的‘主题思想’就是一成不变的相比，文艺理论中关于主题的理解要深刻得多。由上面讨论的问题可以看出，随着学习阶段的推移，我们会发现，原来以为是常识性的东西并非一定无可置疑。这一点也同时告诉我们，认识世界贵在探索，敢于质疑现成的结论，既是个体良好学习的标志，也是科学进步的必经之路。”

第二，根据文艺理论教材中的错谬，谈“铅字崇拜”和“权威崇拜”之要不得，谈独立判断之重要性。有些学者在编教材时把“情节”当作文学作品内容的要素来讨论，如十四院校编写组的《文学理论基础》①、王向峰的《文艺学新编》②、小教大专教材编委会的《文学基础理论教程》③、曹廷华的《文学概论》④、广东省小学教师自考系列教材编写组的《文学概论》⑤、许自强的《文艺理论基础》⑥，都是这种情况。在讲课时，我指出：“这是完全错误的。因为要素是指构成一个事物的重要因素或必要因素，也就是说，对一个事物而言，要素是不可缺少的因素。然而，情节对于文学作品而言，并非不可缺少。像舒婷的《思念》、顾城的《弧线》、李金发的《律》、戴望舒的《印象》、陈衡哲的《鸟》和莱蒙托夫的《我俩分离了》等抒情诗就没有情节，可我们却不能说，这些诗歌没有内容或者内容残缺。由此可以得出结论：学者也会出错，我们不能有崇拜权威的思想；教材并非圣经，它只是一个参考读本，读书绝不能铅字崇拜。同样道理，授课教师也有讲错的时候，我们应该用批判的精神来听课学习。”

---

① 十四院校《文学理论基础》编写组．文学理论基础［M］．修订本．上海：上海文艺出版社，1985（2）：114，121－138．

② 王向峰．文艺学新编［M］．沈阳：辽宁大学出版社，1987：441．

③ 小教大专教材编委会．文学基础理论教程［M］．长沙：湖南教育出版社，1991：192．

④ 曹廷华．文学概论［M］．修订本．北京：高等教育出版社，1993（2）：95．

⑤ 广东省小学教师自考系列教材编写组．文学概论［M］．广州：华南理工大学出版社，1994：109．

⑥ 许自强．文艺理论基础［M］．北京：高等教育出版社，2000：123．

第三，及时介绍学科发展的新动向，适时评价新的学术成果。不论谁，都不容易做到这一点。不过，考虑到这种做法对培养学生的创新意识和探索精神大有帮助，我还是勉力为之。事实上，无论我做得怎么样，学生仍可从中获得启发，至少他们更能明白学无止境，今天为我们津津乐道的东西，到了明天也许就变得陈旧不堪。

8. 重视课堂管理

的确，课堂管理在高校远没有中小学重要，不过，高校课堂仍存在着管理问题。尽管教师的博学多才和能说会道较易于吸引住学生的注意力，但实际上并非所有的学生都会在教师的“才华横溢”之下乖乖地听讲。因为高校特别是低层次的高校，学生的素质总是存在着参差不齐的问题，那些基础较差的学生往往会由于一时听讲困难或对整门课程的茫然而完全放弃注意力的集中；此外，有些学生还可能出于对授课教师的反感而故意与其抬杠或有意做出一些课堂纪律所不允许的事情来。由此可知，一个高校教师要使教学富于成效，就必须重视课堂管理。

能够看到，在课堂管理问题上，存在着这样的一种心理误区：我是老师，我处于主导地位；你是学生，你要遵守纪律，你必须听我的。诚然，持这种观念有其可以理解的一面。但是，如果过于强调自己是一个学生必须服从的权威人物，而不是把自己看作是一个与学生必须相互配合的平等的人，如果视纪律为课堂上的目的，而不是把它当作仅仅是组织课堂以维持有效学习气氛的辅助性手段；那么，教与学就很容易走向失败。正如当代美国学者古德教授和布罗菲教授所说的：“课堂管理应该被设计来支持教学并帮助学生获得自我控制的能力。”① 通过设计促使学生学会自我控制，比单纯借助权威或依靠纪律来控制学生更能营造出良好的课堂氛围，更能提高教与学的质量。在

① ［美］古德，布罗菲. 透视课堂［M］. 陶志琼，王凤，邓晓芳，译. 北京：中国轻工业出版社，2002：165.

具体的教学实践中，我尤其注意抓好以下的几个主要环节。

（1）精心策划“绪论”课。

“绪论”是高校任何一门学科任何一门课程首先必须进入的“课”。这样的课，一方面由于其“开头”所具有的特殊意义而会对教师的形象产生重要的影响，另一方面还由于其所具有的“导读”“导听”“导记”和“导考”等性质而对往后师生能否共同建立良好课堂氛围产生极大的制约作用。遗憾的是，个别教师以为“绪论”课并非教学的正课，所以不是照本宣读，就是随意谈谈，草草打发匆匆收场。撇开授课内容的科学性和趣味性不讲，仅就课堂管理角度而言，便可说是大大地错失了良机。基于上述认识，我在准备“绪论”课时投入非常多的精力，充分策划并讲好对以后教学产生深远影响的三个问题。

一个问题是：“文学理论是什么?”在这个问题上，我充分讲解“文学”和“文学理论”等基本概念，比照教材重点勾画出“文学概论”所讨论的基本问题和所要讲授的内容框架，指出文学理论在整个文艺科学（包括传统的和当代的）中的位置，强调“文学概论”课与其他专业课程，如中国古代文学史和外国文学史之间的密切联系，扼要介绍文学理论的过去、现在与未来，为以后各单元各章节的教学埋下伏笔。

另一个问题是：“为何要学习研究文学理论?”在这个问题上，我从五个不同的角度去讨论，即对有志于文学创作的人来说、对有志于文学批评的人来说、对只想欣赏文学作品的人来说、对从事中小学语文教育的人而言、对踏足社会的人来讲。结尾，我特别指出：“不管对谁，学习研究文学理论都有莫大的好处，因为刻苦地学习一门科学，最重要的不是学到了它的知识体系，而是通过特定学科的学习来掌握观察问题、分析问题和解决问题的方法，获得并不断提高透过现象看本质的能力。”

再一个问题是：“如何学好考好文学理论?”在这个问题上，除通常所讲的“理论联系实际”“多读文学名著”“多注意当下文学现象”“学好各门文学史课程”和“勤于思考”等老套的话之外，我还特别地强调教与学的配合问题。

第一，让学生了解我教学上的某些特点。例如，不带讲稿和教材讲课并不等于没有充分准备，恰恰相反。再如，当我用沉稳的语调和缓慢的语速表达时，我是希望他们一字不漏地做好笔记，因为这时候通常涉及重要的理论观点的阐述。

第二，让学生明白学习“文学理论”课的难度。通过介绍往届学生考试的及格率和分析一些同学考试失败的原因等，来告诉他们对这门课的学习不可掉以轻心。

第三，让学生知道如何应考，包括告知考试内容以我讲授的范围为主、怎样做好听课笔记、怎样使用教材、怎样根据笔记和教材进行复习。

第四，让学生清楚我发给他们的材料是用来干什么的。包括告知“思考与练习”既是授课大纲的转换形式，又是属于一揽子的“作业计划”，听课听到哪作业就做到哪，而不能像中小学生那样天天等着教师布置作业；告知“世界文学名著参阅书目”所列作品在哪能买到或借到，哪些适宜先读，哪些适宜后读，哪些可略读，哪些应精读；告知“《文学概论》阅读参考书目”所列著作在学院图书馆便能找到，应充分重视我推荐的书籍。

第五，我还告诉学生一些相关的事及应该注意合作好的问题。譬如，学时数、课时安排和大致的教学进度。再如，欢迎对我的讲课提出批评，包括在课堂上公开提出批评。我还对他们说：“如果你不听课又能考试及格，我佩服你，我以人格保证绝不抓你补考，可以不听我的课但不能在上课时私底下讲话，可以不听我的课但必须通过考试”。虽然这一类的话可能在以后的课堂教学中会讲到，不过，所谓“先小人后君子”，先讲出来总比慢讲好——显然，在课堂上的摩擦冲突有不少起因于师生之间的相互不了解，而先把“丑话”说出来的目的，正在于促使某些学生通过严格的自我管理来克服已有的惰性。

（2）先慢后快、突出重点地讲“正文”课。

有些口齿伶俐的新教师没有考虑到学生是否接受得了，只管像机关枪那样“嗒嗒嗒”地响着；结果，学生们虽很佩服老师的口才，可就是晕头转向——既不很清楚老师讲什么，也没有留下什么笔记可查。实际上，无论一个教师的水平有多高，要受到学生的欢迎，就一定要有一个相互适应的过程。特别是像讲文艺理论这种课程，教师一定要有耐性；因为该课程的开设通常是在“大一”第一学期，加上固有的思辨色彩，结果，要让那些习惯于中学学习的小弟弟小妹妹来接受它，确实不是一件易事。以全日制中文大专班为例，我是这样来安排108节课的授课速度的：1～20节讲得很慢，21～40节讲得较慢，40～80节讲得快，81～108节讲得很快。实践证明，当学生们已经熟悉并接受教师的授课个性时，当学生们对所学课程的内容有了相当的了解时，语速快些，进度快些，教学效果会更好。

应该说，文艺理论中可讲的问题非常多，不过，倘若面面俱到，则不但浪费时间，而且还不利于逻辑脉络的厘清。对那些重要的容易混淆的概念，如文学、文学真实性、多主题和主题的多义性等，就花大力气阐释；对那些重要的理论问题，如文学的特性、文学的功能和文学创作思维等，就讲深讲透；对那些次要的、易于理解的、在相关课程如写作课中会学到的概念和问题，如文学欣赏者应有的修养、批评家应具备的条件、文学批评的作用、散文、结构和构思等，就少讲甚或不讲而让学生自己看书。

（3）冷静地应对各种意外。

任何教师都希望课堂非常有秩序，都希望一切教学活动按既定的计划顺利地进行。然而，很少有教师在课堂上从不遭遇事与愿违。当出现诸如学生当场顶嘴或当场插话之类的情况时，教师应该怎么办呢？首先，必须保持冷静，接着，根据意外情况的性质加以处理。尽管一个教师在发生意外，尤其是权威受到学生的有意识地挑战时，要保持冷静是困难的；但是，只要想到在不冷静对待的情况下后果有可能更加糟糕，不易的自我控制也就容易了。

记得有一次，在我讲课讲得很陶醉时，一个学生突然插话高声重复我刚讲出来的一个单词，我立即意识到，我读错了，而面前这位学生的读法是正确的。由于那次是我在课堂教学中自尊心受到直接挑战的第一次，所以刹那间感觉到自己的脸很热。当时的我，心里很不舒服，可转念之间，难以说清的火气就这样地压了下去。我没表情地一句一句说道："现在大家已经看到，我的脸是红的。(笑) 有时候，脸红说明生气了，有时候，脸红只表明惭愧或者害羞。(笑) 你们说，我的脸红是属于哪一种？(笑) 我自己不是很清楚，你们又只是笑而不答。我只能告诉大家，我这个人有时候很脆弱，(笑) 对做错了的事会想个不停。(笑) 不过，现在暂时不想，因为想下去就无法讲课了。(笑)" 由于我能有效地控制自己的情绪，结果，不但很快摆脱了难堪的局面，而且还使课堂的学习气氛变得更好。

仔细观察分析一下可知，学生中有些表面看起来好像是在跟老师过不去的意外举动，完全是出于善良的动机，只不过在表达方式上欠周到或不符合国人的传统习惯罢了。上述事例，就属于这种情况。约翰·洛克曾这样写道："世界上最不诚实、最不适合于一个绅士，或者任何一个自命为理性动物的人类的事情，莫过于不服从明显的道理，不为明晰的辩难所折服。"① 尽管这位英国教育思想家说这番话是针对那些在争论中固执己见的人，但是，它对于我们怎样看待与我们意见相左的学生，具有相当的启发意义。只要学生讲得有道理，教师就应该立即接受；而不宜在学生的表达方式上斤斤计较，不宜在自尊心受到挑战时将愤愤不平溢于言表，自然，更不该存有报复之念。

有些教师以为，学生公开提意见的举动会使自己丧失威信。事实上，情况并不完全是这样。谁能保证自己从不出差错？谁又曾因为偶尔出现的小小差错而威信尽丧或威风扫地？如果一个有才干的教师能够迅速地承认自己的过失或坦承自己的不足之处，那么，在绝大多数情况下，这个教师就不但能

---

① [英] 约翰·洛克. 教育漫话 [M]. 傅任敢，译. 北京：教育科学出版社，1999：160.

够很快地获得学生的谅解，而且还会在学生中建立起更高的威信。原因就在于学生认为老师是有自知之明的，感到自己与老师之间的关系是平等的，觉得老师是可以亲近的——谁也不会否认：跟诚实和蔼的人打交道，比跟虚假专横的人打交道会带来更多的精神乐趣。

此外，还应该注意到，除非作对能给学生带来什么实际的好处，否则，没有一个学生会主动跟老师过不去，也没有一个曾跟老师摩擦过的学生愿意永远与老师处在一种敌对的状态中。因此，在课堂教学中处理各种与人的自尊心有关的意外事件，审慎而又巧妙是极其必要的。

（4）把好考试关。

从时间上说，考试、评卷、给学生打分是一门课的终点。大概正是因为这个阶段随着时间的推移自然而然地到来，有些教师才把它当作是不得不干的任务来完成——这些教师认为，考试无非就是给学生评定学习成绩，至于怎样给成绩、所给成绩将会产生何种后续的影响等问题，则不在他们的关心之列。就个人的经验而言，考试虽属一门课学习的最后阶段，但它却深深地影响着从开始至结束时的教学过程。质言之，如果这一关把得好，就有助于课堂管理，提高教学质量。

首先，在命题上，出一些学生仅靠死记硬背便可拿分数的题是必要的，但不宜多出。教学实践证明，当学生们从高年级同学那里得悉任课教师命题习惯于多出一些“死”的东西时，他们当中的一些人就不怕不上课，即使上课了也不怕注意力不集中。非常容易想象，在一个“60分万岁”“考60分最合算”的年代里，不会有多少个学生乐意于集中注意力去听一门仅靠“突击几个晚上”便可考过关的课程。在命题上，出一些容易应对的较灵活的题是应该的，但不宜过多。教学实践证明，当学生们从高年级同学那里获悉任课教师命题习惯于只出“易”的东西时，他们当中那些基础较好的人就难以产生很高的学习热情。不难看到，当试题中缺少有难度的题目时，学生们的考试分数往往是相差无几，其考试成绩通常不能显示出他们各自的实际水准。

如此结果，必会严重挫伤那些学习认真、基础较好的同学的积极性，对那些学习马虎应付的同学来说，也不会有丝毫的触动。

其次，在评分上，我恪守如下几个原则。

① 客观性。教师对甲同学有好感对乙同学没好感，正如学生喜欢 A 老师不喜欢 B 老师一样正常。但是，在给学生评定学习成绩时，应坚持一视同仁的原则。这不仅是教师职业道德的要求，而且也是课堂管理的必需。不证自明，当一个教师在学生的印象中是凭感情给分时，这样的教师在学生中就没有威信可言。有时候我们会发现，个别教师遭到学生顶撞又拿他没办法，便在评卷上故意压低他考试的分数。虽然这样做能够满足教师以牙还牙的心理，但随之而来的可能是更大更多的不舒服。当学生觉得他在分数上受到了不公平的对待（考得怎么样，学生心里往往是有数的），他会如何反应呢？一种情况是该学生直接向任课教师提出质疑甚或到处宣传，搞得满城风雨。另一种情况则是，只要这位任课教师还继续为他所在的班级上课，他就会在课堂上以各种各样的方式（包括难以指责的方式）来表示其不合作的态度。倘若出现这些情况，教师就会处在很被动的位置上。

② 控制性。应该说，大专院校的教师在给学生评定考试成绩时拥有极大的自主权。在命题和评分上的极大自主权，使高校教师比起中小学教师来少了很多教学上的心理压力。虽然在命题上和评分上所拥有的相对自由有利于教学上的创造性发挥，但是，如果滥用了命题和评卷的自主权，则有害于课堂管理、降低教学质量。有些教师从“公关”的角度出发，不顾全体学生实际水平的参差不齐，都一概给他们以中等偏高的分数。这种“老好人”的做法，虽有其可理解的一面，而且也能一时赢得部分学生的欢心，但是，却很有可能永远留给学生一个毫无原则的印象。从课堂管理的角度讲，“老好人”很容易让那些学习积极性不高的学生钻空子，因为在那些只图 60 分的人看来，听课与不听课、钻研与不钻研，效果都是一样。

③ 公开性。如果能将分数和试卷同时向学生们公开；那么，学生即使是

在不看别人的卷子的情况下也能相信老师的评分是客观和公平的，因为他们会觉得老师既然敢公开出来，就不可能在分数问题上感情用事。当然，坚持评分的公开性不仅仅在于向学生表明任课教师的客观和公平，更为重要的是，它让所有的学生明白自己为什么会获得这样的分数——哪些题应答得好，哪些题答错了。由于期末考试通常是考完试就放假，而接下来的一个学期又可能没有担任该班的课程，结果，向学生发放卷子并进行评讲的操作并非很容易办到。不过，只要有可能，我就坚持这样做，至少是把几位考试成绩好的同学的卷子张贴在教室里，以便同学们对照，从中获悉自己应答上的正误之处。从一定意义上讲，这也是对学习成绩好的同学的一种鼓励，对学习成绩差的同学的一种鞭策。

9. 处理好与非教学人员的关系

教师是学校的主体，其素质能力的高低几乎决定着一所学校教育质量的高低。正因为如此，有事业心的学校主管才会在津贴、住房、福利、子女教育等方面向教师倾斜。然而，在明确教师主体地位的同时，绝不能忽视非教学人员的存在及其在教学工作中的重要意义。就教师本身而言，有些正是因为忽视了与非教学人员处理好关系而使自己在完成教学任务过程中困难重重。

无论是自己找一些教学参考书还是向学生推荐一些阅读书籍，都很有可能麻烦图书馆的员工。在多媒体教室上课或组织学生观看教学录像片，需要电教室的工作人员予以配合，有时还需要电房工友的帮助。要做到因材施教，有时候就必须到学生处（科）或教务处（科）咨询，此时这些部门的员工支持与否就显得很重要。师生为了赶紧完成教学任务，有时需要推迟进餐时间，这个时候就得找食堂的工友帮忙。带学生出门实习或见习，经常免不了和单位司机的密切合作。一些教师认为推迟送成绩单并不是一件严重的事，可实际上它会给与此相关的人带来一定程度的不方便，因而须得到相关工作人员的谅解。从教材科、打字室、卫生室、保卫科到门房……我们都可找到与教师完成教学任务相关联的方面。倘若明白非教学人员对教师的态度会对教师教学工作的完成构成极大的促进或威胁，那么，教师就不该过分“自我中心”，而应寻求平等的合作。撇开工作暂且不谈，仅就身心愉快的角度而言，尽可能让自己与非教学人员的关系变得融洽，也是值得的。多年来从事的教学工作，使我悟出了这个道理。

（三）缺憾与困惑

1. 教学科研上的缺憾

尽管完善的教学科研是许多教师追求的境界，但可以肯定地说，没有一个教师能够达到无暇的程度。换言之，无论是检讨他人还是扪心自问，教学科研上总是有不足的地方。关于这一点，可从内外因素中得到解释。

首先，虽然本人完全认识到课堂讨论尤其是“较小的小组”讨论对学生学习进步的重要意义，但是，这项工作在长期的教学实践中做得很不够——记忆里只在几个年级搞过。检讨起来，大概有下面三个原因。其一，由于讨论课的效果很大程度上取决于精心设计和严密组织的程度，而每学年本人任课的班级、讲授的学科和授课的时数又比较多——如 1991 年至 1999 年平均每学年教学时数为 514 节，结果，难以有足够的精力投放在“小组讨论”的策划上。其二，尽管组织好讨论课是一件很费力的事，但在目前，有些人可能会认为这样的教学是教师偷懒的表现，因此，为了避免“吃力不讨好”的情况发生，还是少干为妙。其三，倘若要使分组讨论课获得较满意的效果，就需要相应场地的支持，可是，学校在这方面的条件并不理想。

其次，尽管早在学生时代就已经知道因材施教是教学的一大原则，然而，在某些时候，这一原则并未得到很好的贯彻。究其原因，主要是一些班级的学生成分过于复杂——不但有直接从中学考来的“普高生”，而且还有从社会上考来的“成教生”，不但有通过正式录取而来的成绩较好的学生，而且还有“先上车后补票”的文化基础差的学生。在一个学生素质差异太大的班级里进行教学，所谓的“因材施教”往往只是一种理想的境界，加上教学工作量过大所造成的疲劳，结果，对某些学生可说是做到了因材施教，而对某些学生，就只剩下一颗“因材施教”的心了。

再次，尽管本人将心血倾注于教育事业，在教学上恪尽职守，但严重超负荷的教学工作，加之为撰写学术论文而不得不进行的大量阅读，使身心常处于疲惫不堪的状态，结果，个别课时的教学效果并不理想。在这一点上，本人体会最深的是说话的声音问题。面对六七十个人甚至上百个人的讲课，在精神饱满时，声音的穿透力足以让坐在最后一排的学生听清楚；可是，在精神不佳的情况下，正常的声音已无法达到让坐在后面的学生不费力听讲的程度，而难以维持多久的声嘶力竭的喊叫又使语言的美完全丧失，而且有时候还会影响到理论思维的清晰运行。本来，这样的不足完全可以通过扩音设备得到一定程度的弥补，然而，遗憾的是，时至今日，学院的教室里仍没有这种设施。

最后，虽然正如现代英国哲学家、教育理论家伯特兰·罗素所言：“每个大学教师都应从事研究”[①]，但是，教学工作量的严重超标使自己对文艺理论的研究多止于空想的热情，所获得的成绩只能说是平平[②]。尽管完成院系交给的任务之余翻阅了不少文献，积累了相当多的资料，但在许多时候却难以有相对完整的时间坐下来整理资料、深入思考并完成写作。20 世纪 80 年代末 90 年代初，我深感国内学术界研究“文学与政治的关系”问题只停留在零敲碎打的层面上，便搜集资料准备进行全面系统的理论研究。然而，低层次的大专院校决定了我不得不忙于教学事务，在撰写《再论文学与政治的关系》

① ［英］伯特兰·罗素. 教育与美好生活［M］. 杨汉麟，译. 石家庄：河北人民出版社，1999：197.

② 在未得到同行专家鉴定的情况下，论文的水平通常以发表在何种档次的学术期刊上这种权宜的标准来衡量。倘若此说可以成立，则本人在文艺理论研究方面只有一篇文章算过得去的。郑惠生. 论雅文学的困境与出路［J］. 汕头大学学报（人文科学版），2002（2）.

之后[①]，该问题的系统研究几乎完全中断。1996年年初，当看到曾永成教授的《文艺政治学导论》一书时[②]，我知道我曾有过的“第一个”的梦被别人实现了。虽然我觉得《文艺政治学导论》一书还留有许多的空白，有些讨论过的问题还须进一步探讨，但直到今天，仍无暇顾及。1996年，我开始关注审美时尚与大众审美文化等问题。在审美时尚研究方面撰写了一系列可算是有分量的论文[③]，然而，即便是这样具有“填补国内空白”性质的系统理论研究，推进也还是非常缓慢。这当中的原因，除个人写东西已习惯于左思右想之外，关键还是前面提到过的：一学年要完成五六百节课的教学任务。

2. 教育问题上的困惑

显然，任何人在工作中总会碰到困难，有时还会产生难以解开的困惑。如果拿各类“工作”来比较的话，我们就会发现，教师是那种容易产生困惑也有较大困惑的人。之所以如此，除通常人们所说的“教育是一项富于挑战性的工作”之外，还在于社会虽然给教师以重大的责任，却没有提供完成“重大责任”的足够的条件。尽管诸如“教师是人类灵魂的工程师”等一类的说法很感人，但是，稍加推敲便可以知道，其中所包含的赞美成分多于事实成分。瑞士著名教育实践家、理论家裴斯泰洛齐写道：“家庭是教育的起点”“家庭生活是真正的教育中心”[④]。奥地利著名教育人类学家赫勃尔特·茨达齐尔也同样指出：“对大多数儿童来说，家庭依然是第一个和最重要的社

① 郑惠生．再论文学与政治的关系［J］．汕头教育学院学报，1993（2）．

② 曾永成．文艺政治学导论［M］．成都：四川大学出版社，1995．

③ 郑惠生所写《论审美时尚的特性》《论审美时尚的潜在负价值》《论审美时尚的非审美心理动因》《论审美时尚的正面价值》《论审美时尚的个体抉择》等5篇论文在学术期刊发表后，分别被中国人民大学复印报刊资料《美学》1998年第8期、1999年第3期、1999年第10期、1999年第12期和2000年第11期全文转载。

④ ［瑞士］裴斯泰洛齐．裴斯泰洛齐教育论著选［M］．夏之莲，等译．北京：人民教育出版社，1992：336，374．

会化和教育机构。”[①] 在一个人一生所接受的教育当中，学校的教师并不是最早最重要的，不但如此，同社会比起来，其教育还是非长期的。倘若一个教师抱着“灵魂工程师”的心态去干工作却又不能如愿，那么，其困惑甚至是惶恐就必定会产生。就本人而言，关于教育问题的困惑，主要集中在以下三个方面。

首先，教学与科研的矛盾。约翰·布鲁贝克写道：“高等教育与中等、初等教育的主要差别在于教材的不同：高等教育研究高深的学问。”[②] 尽管这里的表述有值得商榷的地方，但是，这位美国高等教育哲学家确实是抓住了“中等后教育”与普通教育不同的一个重要方面。由于高校教师的主要任务是对学生讲授常人才智不易把握的深奥学问，所以，科学研究对高校教师来说是一项与教学同样重要的工作内容。不但既有的深奥学问不经科学研究就难以深入浅出地向聪慧的外行讲解，而且，不从事科学研究还会严重地影响到对处于变化着的深奥学问的接受与传递。基于此，科学研究就应该伴随着高校教师这个职业的始终。我说“应该”，是说就“价值判断”而言是这样的。不过，从事实的层面来看，要达到教学与科研之间的“理想状态”并非是一件容易的事。

尽管教学与科研在高校中密切相关且可相互促进，但它们毕竟还是分属于两个不同的领域，需要两种不同的条件和才能来支撑。英国著名教育家约翰·亨利·纽曼曾这样写道：“整天忙于向所有求学者传授自己现有知识的人不可能有闲暇与精力去获得新知识……教学涉及对外活动，而实验与沉思的自然条件则是隐居。”[③] 正因为相当程度如纽曼所说的，才常常出现高校教师

---

① ［奥地利］茨达齐尔．教育人类学原理［M］．李其龙，译．上海：上海教育出版社，2001：94.

② ［美］约翰·布鲁贝克．高等教育哲学［M］．徐辉，张民选，译．杭州：浙江教育出版社，2001（3）：2.

③ ［英］约翰·亨利·纽曼．大学的理想［M］//任钟印．世界教育名著通览．武汉：湖北教育出版社，1994：790.

顾此失彼的情况。当然，也有一些教师具备多种能力且善于兼顾各方。当代美国海洋生物学家卡尔·J. 辛德曼就曾这样地谈到那些杰出的科学家兼教育家："他们在教书育人和个人研究之间保持尽可能有效的平衡。"[①]

然而，一个高校教师并非有能力且善于兼顾就一定能够达到"教学与科研"双赢。因为此"理想境界"的获得，还有赖于外部环境的支持。倘若过于相信科学界的自我监督而不是建立一套行之有效的内外结合的监督机制[②]，那么，就难以保证教学繁忙的高校教师在科研问题上不弄虚作假。倘若学术腐败花样繁多、愈演愈烈[③]，那么，只管教学不管科研的高校教师，就多了一个用来自我辩护的重要理由。倘若高校教师不得不成为连续运转的"上课机器"，那么，"被认为是大学教师最重要的贡献"的"研究才能"[④]，就会越来越缺乏甚至完全丧失。倘若没有适用于特定科研课题的设备设施，没有适当的科研经费，那么，要求高校教师进行科研无异于是让他们做"无米之炊"[⑤]。倘若科研成果不被当作工作量来计算，科研成果跟评优和奖金等没有多大的关系，那么，所谓的"理想境界"的出现，就只能靠教师的无私奉献。

---

① ［美］卡尔·J. 辛德曼. 乐在科学：科学卓越性及其回报［M］. 孙杰，田华峰，译. 上海：上海科学技术出版社，2001：82.

② SHIGERU NAKAYAMA. 人权与科研事业的结构［M］//威拉曼特里. 人权与科学技术发展. 北京：知识出版社，1997：173－174.

③ 参阅小寒. 神圣净土不能容忍学术腐败：中国科学院学部主席团出台《院士科学道德自律准则》事出有因［J］. 载《羊城晚报》2001 年 12 月 10 日 A5 版；薄洁萍，张保生，杨玉圣，等. 维护学术尊严，反对学术腐败［J］. 载《光明日报》2001 年 12 月 25 日 B3 版；宋元林，王明高. 加强高校学术道德建设［J］. 载《光明日报》2002 年 1 月 4 日 C4 版；周立民，周剑虹. 不能让学术造假之风蔓延［J］. 载《中国教育报》2002 年 1 月 16 日第 2 版.

④ ［英］约翰·齐曼. 知识的力量：科学的社会范畴［M］. 许立达，等译. 上海：上海科学技术出版社，1985：303.

⑤ 正如美国著名科学社会学家杰里·加斯顿所说的："科学家必须拥有从事自己研究用的资源……即使那些基本上只需要'铅笔加纸张'的理论科学家，他们也必须有时间和图书来源。"见杰里·加斯顿. 科学的社会运行：英美科学界的奖励系统［M］. 北京：光明日报出版社，1988：190.

可是，在一个“实用主义”流行的年代里，有多少人能做到无私奉献呢？即使能做到，又能维持多久呢？

其次，教育与社会的矛盾。虽然由于教育在社会发展进程中具有重要的战略意义，所以教师的作用好像也显得非常大；但是，谁都可以看到，教育与社会的摩擦冲突经常发生。一方面，教育机构和汗牛充栋的教育理论书极力反对“填鸭式”的满堂灌，大力倡导启发式的教学和实现民主课堂；而另一方面，客观现实中的一些问题却不容置疑，倘若谁想去讨论已经设定了的禁区，那无异于惹火上身。一方面，在“全球知识经济”时代，“知识贫乏是危险的”①，基于此，教师告诉学生，要努力学习，只有掌握更多的科学文化知识才能在社会上立足；但另一方面，社会上有一大批不学无术的人照样过得称心愉快甚至还能升官发财，而学生心目中的“知识掌握者”——教师，却经常是囊中羞涩。一方面，教师教育学生，要继承中华民族的传统美德，要节俭朴实；可另一方面，社会上的铺张浪费和奢侈挥霍却随处可见。一方面，教师告诫学生，内质重于外貌，不要相信那些为了最大商业利益的欺骗性广告，要追求那些具有永恒价值的东西；然而在另一面，却是大众传媒夜以继日地推出一个又一个“精心包装”起来的“偶像”……这一系列的矛盾所带来的后果，往往就是“教育失灵”。美国成人教育专家斯蒂芬·D. 鲁克菲尔德教授写道：“多数学生之所以抗拒学习是由于社会的和政治的因素造成的”②，英国著名分析派教育哲学家约翰·怀特也同样指出：“与学校相比，社会的文化精神经常是恰恰违背了教育目的”③；可是，当出现“问题学生”或对其教育失效时，教师却常常被看作是失职的或者是无能的工匠——似乎

---

① ［美］戴尔·尼夫. 知识贫乏是危险的：执掌全球知识经济［M］. 迟文成，译. 沈阳：辽宁画报出版社，2001.

② ［美］斯蒂芬·D. 布鲁克菲尔德. 批判反思型教师 ABC［M］. 张伟，译. 北京：中国轻工业出版社，2002：29.

③ ［英］约翰·怀特. 再论教育目的［M］. 李永宏，等译. 北京：教育科学出版社，1997：169.

他们虽在教书但没育人或没把人育好。

“教书育人”是时下很流行的一句话，当它用以要求教师尽职时，常常被解释为“既要教好书又要育好人”。假设此种说法成立，那么，就意味着“教好书”的教师不一定完成了“育好人”的职责。真的是这样吗？

尽管“育人”的人不一定教书，但是，“教书”的人必定育人——无论从“价值”层面来说还是从“事实”层面来看，情况都是一样。之所以如此断言，理由非常简单。其一，教师教的内容是涉及书本上的东西，可教的对象却是“人”。倘若承认教师对学科内容的讲授增长了学生的知识、拓展了学生的视野、培养了学生的技能、扶植了学生的心智，那么，就得承认教师“教书”是“育了人”[1]；进而言之，倘若一个教师“教书”非常出色，那么，就得承认他在“育人”的某方面同样出色。难道世界上存在着“书教得好”而又同时“在其可控的范围内”没有“育好人”的教师？其二，“教师的影响作用有一部分是所谓的‘人格因素’决定的”[2]。倘若承认教师能教好书不是因为偶然而是源于诸如高度责任感、勤奋好学、刻苦钻研等这样的一些品质，那么，就得承认“书教得好”的教师在“育人”方面已经尽职；进而言之，倘若承认“身教重于言教”，承认“教师的巨大力量在于做出榜样”，那么，就得承认“书教得好”的教师在“育人这个系统工程”出问题时没有责任。难道可以在“无愧于榜样”的榜样失灵时将“育人”无法达标的过错归之于“榜样”？

最后，义务与权利的矛盾。由于教育的发展对推动科技、文化、经济和政治等方面的进步具有举足轻重的意义，所以，社会总是对教育寄予很高的

---

① 德国著名教育家、心理学家、哲学家约翰·弗里德里希·赫尔巴特曾说过这样的一段话：“在这里，我得立刻承认，不存在‘无教学的教育’这个概念，正如反过来，我不承认有任何‘无教育的教学’一样，至少在本书中如此。”见赫尔巴特．普通教育学：《普通教育学》·《教育学讲授纲要》［M］．北京：人民教育出版社，1989：12.

② ［美］巴格莱．教育与新人［M］．袁桂林，译．北京：人民教育出版社，1996：158.

期望。正因为如此，作为“制度化教育”的中坚人物，教师才要负起非常重大的义务。也正由于这样，结果，在社会变迁日益加速的情况下，即使对专门从事教育工作的教师不提过多的要求，教师职业仍是最为困难的职业之一。教师应承担起各种各样的重大义务，这似乎是无须怀疑的。不过，如果是关心教育事业的长足发展的话，那么，就会重视这样一个问题：教师是否同时获得了与其义务相称的权利？

在美国，享有崇高声望和报酬十分优厚的职业是法律、医疗和商业管理等，而从事教育工作和神学工作的职业，则完全是另外一种情况：“既有为社会服务的高尚目的，又存在报酬很低的问题”①。教育职业报酬很低是源自“社会”的状况，还是出于“教师”的意愿？是因为报酬很低才能够显示出教师职业的高尚，还是由于教师职业高尚才可以给予很低的报酬？

显而易见，既然社会对教育有很高的要求，就应当让教师具备他们正在扮演的角色所必需的物质条件和精神条件。“为了满足文化突然提出的要求和青年的期望，教育者需要具备适当的社会地位、精神和物质的能力、声望和健康的体魄、自修的手段（旅游、书籍、资料中心和教学方法中心等）和自由支配的时间。”② 书上写的是这样，可是，在教育实践中，有多少是与学理吻合的呢？

斯蒂芬·D. 布鲁克菲尔德说道：“教师是忙碌的人群，他们的职业是一种让人劳心劳力、费心费神，并且没有物质奖励的职业。”③ 有的人忙碌，是为了生存；有的人忙碌，是为了发财；有的人忙碌，是为了升官；有的人忙碌，是为了贡献。教师的忙碌为啥？

---

① ［美］亨利·罗索夫斯基. 美国校园文化：学生·教授·管理［M］. 谢宗仙，等译. 济南：山东人民出版社，1996：116.

② ［伊朗］S. 拉塞克，［罗马尼亚］G. 维迪努. 从现在到2000年教育内容发展的全球展望［M］. 马胜利，等译. 北京：教育科学出版社，1996：264.

③ ［美］斯蒂芬·D. 布鲁克菲尔德. 批判反思型教师ABC［M］. 张伟，译. 北京：中国轻工业出版社，2002：195.

《教育——财富蕴藏其中》写着这样的一段文字："对善于教人思考、让人产生更努力深入某个问题的强烈愿望的教师，有谁不怀念他呢？在生活过程中需做出某些重大决定时又有谁未曾从教师处所学知识，哪怕是部分知识中得到启迪呢?"[①] 教师忙忙碌碌，难道就是为了让能够从他的教育中得到启迪的人们怀念他？倘若真的如此，那还算是名副其实的"高尚"——因为，即便他"死了"，可能"还活着"。

---

① 国际21世纪教育委员会向联合国教科文组织提交的报告．教育：财富蕴藏其中［M］．联合国教科文组织总部中文科，译．北京：教育科学出版社，1996：138.

参 考 书 目

（一）文艺批评

［1］［法］蒂博代．六说文学批评［M］．赵坚，译．北京：生活·读书·新知三联书店，2002．

［2］［英］艾·阿·瑞恰慈．文学批评原理［M］．杨自伍，译．南昌：百花洲文艺出版社，1992．

［3］［美］R．韦勒克．批评的诸种概念［M］．丁泓，余徵，译．成都：四川文艺出版社，1988．

［4］［美］雷纳·韦勒克．近代文学批评史：第一卷［M］．杨岂深，杨自伍，译．上海：上海译文出版社，1987．

［5］［美］雷纳·韦勒克．近代文学批评史：第八卷［M］．杨自伍，译．上海：上海译文出版社，2006．

［6］［英］戴维·洛奇．二十世纪文学评论：上册［M］．葛林，杨宇，等译．上海：上海译文出版社，1987．

［7］［英］戴维·洛奇．二十世纪文学评论：下册［M］．黄宝生，葛林，黄梅，等译．上海：上海译文出版社，1993．

［8］［英］罗杰·福勒．现代西方文学批评术语辞典［M］．周永明，薛洲堂，李律，译．沈阳：春风文艺出版社，1988．

［9］王先霈，王又平．文学批评术语词典［M］．上海：上海文艺出版社，1999．

［10］林骧华．西方文学批评术语辞典［M］．上海：上海社会科学院出版社，1989．

［11］［英］安德鲁·本尼特，尼古拉·罗伊尔．关键词：文学、批评与理论导论［M］．汪正龙，李永新，译．桂林：广西师范大学出版社，2007．

［12］［英］C. S. 路易斯．文艺评论的实验［M］．徐文晓，译．上海：华东师范大学出版社，2008．

［13］［美］昂利·拜尔．方法、批评及文学史：朗松文论选［M］．徐继曾，译．北京：中国社会科学出版社，1992．

［14］［法］罗杰·法约尔．法国文学评论史［M］．怀宇，译．成都：四川文艺出版社，1992．

［15］［英］威廉·莫里斯，等．十九世纪英国文论选［M］．张俊煥，成林，等译．北京：人民文学出版社，1986．

［16］［美］弗兰克·诺里斯，等．美国作家论文学［M］．温作夫，等译．北京：生活·读书·新知三联书店，1984．

［17］智量．外国文学名家论名家［M］．智量，等译．上海：华东师范大学出版社，1985．

［18］［美］哈罗德·布鲁姆．西方正典［M］．江宁康，译．南京：译林出版社，2005．

［19］［美］威廉·范·俄康纳．美国现代七大小说家［M］．张爱玲，等译．北京：生活·读书·新知三联书店，1988．

［20］裴善明．诺贝尔文学奖获得者访谈录［M］．王义国，山城，蔡慧，等译．南京：江苏文艺出版社，1997．

［21］英美名作家访谈录［M］．单德兴，译．台北：书林出版有限公司，1976．

［22］乐黛云，陈珏. 北美中国古典文学研究名家十年文选［M］. 何鲤，等译. 南京：江苏人民出版社，1996.

［23］乐黛云，陈钰，龚刚. 欧洲中国古典文学研究名家十年文选［M］. 犹家仲，等译. 南京：江苏人民出版社，1998.

［24］［俄］别林斯基. 别林斯基选集：第二卷［M］. 满涛，等译. 上海：上海译文出版社，1979.

［25］［俄］别林斯基. 别林斯基选集：第四卷［M］. 满涛，辛未艾，等译. 上海：上海译文出版社，1991.

［26］［俄］列夫·托尔斯泰. 列夫·托尔斯泰论创作［M］. 戴启篁，译. 桂林：漓江出版社，1982.

［27］［法］热拉尔·热奈特. 热奈特论文集［M］. 史忠义，译. 天津：百花文艺出版社，2001.

［28］［英］托·斯·艾略特. 艾略特文学论文集［M］. 李赋宁，译注. 南昌：百花洲文艺出版社，1994.

［29］［美］宇文所安. 他山的石头记：宇文所安自选集［M］. 田晓菲，译. 南京：江苏人民出版社，2003.

［30］［德］叔本华. 叔本华论说文集［M］. 范进，柯锦华，等译. 北京：商务印书馆，1999.

［31］［德］海涅. 海涅选集［M］. 刘半九，等译. 北京：人民文学出版社，1983.

［32］［法］安德烈·纪德. 纪德文集：文论卷［M］. 桂裕芳，王文融，译. 广州：花城出版社，2001.

［33］［法］瓦莱里. 文艺杂谈［M］. 段映虹，译. 天津：百花文艺出版社，2002.

［34］［英］毛姆. 巨匠与杰作［M］. 孔海立，王晓明，杨苡，等译. 上海：华东师范大学出版社，1987.

［35］［捷克］米兰·昆德拉．小说的艺术［M］．孟湄，译．北京：生活·读书·新知三联书店，1995．

［36］［印度］泰戈尔．泰戈尔论文学［M］．倪培耕，等译．上海：上海译文出版社，1988．

［37］［法］马赛尔·普鲁斯特．驳圣伯夫［M］．王道乾，译．南昌：百花洲文艺出版社，1992．

［38］［英］弗吉尼亚·伍尔夫．论小说与小说家［M］．瞿世镜，译．上海：上海译文出版社，2000．

［39］［德］海因里希·伯尔．伯尔文论［M］．黄凤祝，袁志英，维克多·伯尔，等译．北京：生活·读书·新知三联书店，1996．

［40］［法］茨维坦·托多洛夫．批评的批评：教育小说［M］．王东亮，王晨阳，译．北京：生活·读书·新知三联书店，2002．

［41］［墨西哥］奥克塔维奥·帕斯．批评的激情［M］．赵振江，等译．昆明：云南人民出版社，1995．

［42］［古巴］阿莱霍·卡彭铁尔．小说是一种需要［M］．陈众议，译．昆明：云南人民出版社，1995．

［43］［哥伦比亚］加西亚·马尔克斯．两百年的孤独［M］．朱景冬，等译．昆明：云南人民出版社，1997．

［44］李瑜青，凡人．萨特文学论文集［M］．施康强，等译．合肥：安徽文艺出版社，1998．

［45］季羡林，刘安武．印度两大史诗评论汇编［M］．葛维钧，等译．北京：中国社会科学出版社，1984．

［46］陈洪文，水建馥．古希腊三大悲剧家研究［M］．杨志棠，等译．北京：中国社会科学出版社，1986．

［47］杨周翰．莎士比亚评论汇编：上［M］．刘若端，等译．北京：中国社会科学出版社，1979．

［48］杨周翰．莎士比亚评论汇编：下［M］．曹葆华，等译．北京：中国社会科学出版社，1981．

［49］蒋炳贤．劳伦斯评论集［M］．蒋炳贤，王僩中，等译．上海：上海文艺出版社，1995．

［50］李野光．惠特曼研究［M］．李野光，吴继淦，译．桂林：漓江出版社，1988．

［51］文美惠．司各特研究［M］．徐式谷，译．上海：上海外语教学与研究出版社，1982．

［52］叶廷芳．论卡夫卡［M］．张金言，牛抗生，等译．北京：中国社会科学出版社，1988．

［53］杨静远．勃朗特姐妹研究［M］．杨静远，等译．北京：中国社会科学出版社，1983．

［54］［英］里查德·约瑟夫．英美畅销书内幕［M］．谢识，盖博，译．深圳：海天出版社，1999．

［55］［美］弗兰克·N．麦吉尔．世界名著鉴赏大辞典：小说卷，上、中、下［M］．王志远，译．北京：中国书籍出版社，1990．

［56］［美］弗兰克·N．麦吉尔．世界名著鉴赏大辞典：诗歌散文卷［M］．王志远，译．北京：中国书籍出版社，1990．

［57］刘世德．中国古代小说百科全书［M］．修订本．北京：中国大百科全书出版社，1998．

（二）文艺史

［58］［英］吉尔伯特·默雷．古希腊文学史［M］．孙席珍，蒋炳贤，郭智石，译．上海：上海译文出版社，2007．

［59］［苏联］谢·伊·拉齐克．古希腊戏剧史［M］．俞久洪，臧传真，译．天津：南开大学出版社，1989．

［60］［英］凯瑟琳·勒维．古希腊戏剧艺术［M］．傅正明，译．北京：北京大学出版社，1988.

［61］［俄］E. M. 梅列金斯．英雄史诗的起源［M］．王亚民，张淑明，刘玉琴，译．北京：商务印书馆，2007.

［62］［法］石泰安．西藏史诗与说唱艺人的研究［M］．耿昇，译．拉萨：西藏人民出版社，1993.

［63］［美］唐纳·罗森伯格．世界神话大全［M］．张明，张子清，等译．太原：北岳文艺出版社，1990.

［64］［日本］野口元大．从传承到文学的飞跃：《竹取物语》和《斑竹姑娘》［M］．斯英琦，译．上海：少年儿童出版社，1983.

［65］［日本］松原新一，等．战后日本文学史·年表［M］．罗传开，柯森耀，等译．上海：上海译文出版社，1983.

［66］［英］马库斯·坎利夫．美国的文学［M］．方杰，译．北京：中国对外翻译出版公司 1985.

［67］［美］罗伯特·斯比勒．美国文学的循环［M］．汤潮，译．北京：北京师范大学出版社，1993.

［68］［美］埃德蒙·威尔逊．爱国者之血：美国南北战争时期的文学［M］．胡曙中，等译．上海：上海外语教育出版社，1993.

［69］［美］丹尼尔·霍夫曼．美国当代文学［M］．王逢振，裘小龙，赵毅衡，等译．上海：中国文艺联合出版公司 1984.

［70］［美］安妮特·T. 鲁宾斯坦．英国文学的伟大传统：上、中、下［M］．陈安全，等译．上海：上海译文出版社，1998.

［71］［美］伊恩·P. 瓦特．小说的兴起：笛福、理查逊、菲尔丁研究［M］．高原，董红钧，译．北京：生活·读书·新知三联书店，1992.

［72］［苏联］苏联科学院高尔基世界文学研究所．英国文学史（1789—1832）［M］．缪灵珠，秦水，蔡文显，等译．北京：人民文学出版社，1984.

[73]［丹麦］勃兰兑斯．十九世纪文学主流［M］．高中甫，等译．北京：人民文学出版社，1982．

[74]［法］布吕奈尔，库蒂，赛利埃，等．20世纪法国文学史［M］．郑克鲁，邓永忠，李建森，等译．成都：四川文艺出版社，1991．

[75]［美］马克·斯洛宁．苏维埃俄罗斯文学［M］．浦立民，刘峰，译．上海：上海译文出版社，1983．

[76]翟厚隆，张捷．十月革命前后苏联文学流派：上编、下编［M］．张捷，等译．上海：上海译文出版社，1998．

[77]［英］西利尔·康诺利．现代主义运动［M］．李文俊，等译．桂林：漓江出版社，1988．

[78]［英］马尔科姆·布雷德伯里，詹姆斯·麦克法兰．现代主义［M］．胡家峦，高逾，沈弘，等译．上海：上海外语教育出版社，1992．

[79]［英］西·康诺利，安·伯吉斯．现代主义代表作100种提要，现代小说佳作99种提要［M］．李文俊，等译．桂林：漓江出版社，1988．

[80]［法］罗杰·加洛蒂．论无边的现实主义［M］．吴岳添，译．上海：上海文艺出版社，1986．

[81]肖涤．诺贝尔文学奖要介［M］．哈尔滨：黑龙江人民出版社，1992．

[82]［瑞典］谢尔·埃斯普马克．诺贝尔文学奖内幕［M］．李之义，译．桂林：漓江出版社，1996．

[83]［法］若利韦，［瑞典］阿司特隆·斯特龙伯格．诺贝尔文学奖秘史［M］．王鸿仁，译．北京：中国友谊出版公司1989．

[84]［日本］前野直彬．中国文学史［M］．骆玉明，陈广宏，贺圣遂，等译．上海：上海古籍出版社，1995．

[85]［日本］吉川幸次郎．中国诗史［M］．章培恒，邵毅平，骆玉明，等译．上海：复旦大学出版社，2001．

［86］［美］斯蒂芬·欧文．盛唐诗［M］．贾晋华，译．哈尔滨：黑龙江人民出版社，1992.

［87］［美］夏志清．中国古典小说导论［M］．胡益民，单坤琴，石晓林，译．合肥：安徽文艺出版社，1988.

［88］［俄］李福清．三国演义与民间故事传统［M］．尹锡康，田大畏，译．上海：上海古籍出版社，1997.

［89］［捷克］米琳娜．从传统到现代：19 至 20 世纪转折时期的中国小说［M］．伍晓明，译．北京：北京大学出版社，1991.

［90］［美］费正清，罗德里克·麦克法夸尔．剑桥中华人民共和国史（1949—1965）［M］．王建朗，等译．上海：上海人民出版社，1990.

［91］［美］罗德里克·麦克法夸尔，费正清．剑桥中华人民共和国史（1966—1982）［M］．李向前，韩钢，旷昕，等译．海口：海南出版社，1992.

（三）文艺理论和美学

［92］［美］雷·韦勒克，奥·沃伦．文学理论［M］．刘象愚，邢培明，陈圣生，等译．北京：生活·读书·新知三联书店，1984.

［93］［日本］浜田正秀．文艺学概论［M］．陈秋峰，杨国华，译．北京：中国戏剧出版社，1985.

［94］［日本］桑原武夫．文学序说［M］．孙歌，译．北京：生活·读书·新知三联书店，1991.

［95］［苏联］波斯彼洛夫．文学原理［M］．王忠琪，徐京安，张秉真，译．北京：生活·读书·新知三联书店，1985.

［96］［苏联］波斯彼洛夫．文艺学引论［M］．邱榆若，陈宝维，王先进，译．长沙：湖南文艺出版社，1987.

［97］［美］乔纳森·卡勒．文学理论［M］．李平，译．沈阳：辽宁教

育出版社，1998.

［98］［俄］瓦·叶·哈利泽夫. 文学学导论［M］. 周启超，王加兴，黄玫，等译. 北京：北京大学出版社，2006.

［99］［英］拉曼·塞尔登，彼得·威德森，彼得·布鲁克. 当代文学理论导读［M］. 刘象愚，译. 5版. 北京：北京大学出版社，2006.

［100］［英］拉曼·塞尔登. 文学批评理论：从柏拉图到现在［M］. 刘象愚，陈永国，等译. 北京：北京大学出版社，2000.

［101］［法］让·贝西埃等. 诗学史：上、下册［M］. 史忠义，译. 天津：百花文艺出版社，2002.

［102］［美］拉尔夫·科恩. 文学理论的未来［M］. 伍厚恺，等译. 北京：中国社会科学出版社，1993.

［103］祁寿华，林建忠. 文学［M］. 北京：中国人民大学出版社，2007.

［104］胡经之，张首映. 西方二十世纪文论史［M］. 北京：中国社会科学出版社，1988.

［105］陈传才. 文艺学百年［M］. 北京：北京出版社，1999.

［106］郭绍虞. 中国历代文论选：上册［M］. 北京：中华书局，1962.

［107］郭绍虞. 中国历代文论选：下册［M］. 北京：中华书局，1963.

［108］吴调公. 中国美学史资料类编：文学美学卷［M］. 南京：江苏美术出版社，1990.

［109］［古希腊］柏拉图. 文艺对话集［M］. 朱先潜，译. 北京：人民文学出版社，1963.

［110］［古希腊］亚理斯多德. 修辞学［M］. 罗念生，译. 北京：生活·读书·新知三联书店，1991.

［111］［古希腊］亚理斯多德，［古罗马］贺拉斯. 诗学·诗艺［M］. 罗念生，杨周翰，译. 北京：人民文学出版社，1962.

［112］杨匡汉，刘福春．西方现代诗论［M］．伍蠡甫，等译．广州：花城出版社，1988.

［113］［瑞士］埃米尔·施塔格尔．诗学的基本概念［M］．胡其鼎，译．北京：中国社会科学出版社，1992.

［114］［波兰］罗曼·英加登．对文学的艺术作品的认识［M］．陈燕谷，晓未，译．北京：中国文联出版公司，1988.

［115］赵毅衡．"新批评"文集［M］．蒋一平，等译．北京：中国社会科学出版社，1988.

［116］［美］约翰·克罗·兰色姆．新批评［M］．王腊宝，张哲，译．南京：江苏教育出版社，2006.

［117］中国艺术研究院马克思主义文艺理论研究所，外国文艺理论研究资料丛书编委会．读者反应批评［M］．王卫新，等译．北京：文化艺术出版社，1989.

［118］［美］斯坦利·费什．读者反应批评：理论与实践［M］．文楚安，译．北京：中国社会科学出版社，1998.

［119］［德］沃尔夫冈·伊瑟尔．阅读活动：审美反应理论［M］．金元浦，周宁，译．北京：中国社会科学出版社，1991.

［120］［德］瑙曼，等．作品、文学史与读者［M］．范大灿，等译．北京：文化艺术出版社，1997.

［121］［英］斯特凡·柯里尼．诠释与过度诠释［M］．王宇根，等译．北京：生活·读书·新知三联书店，2005.

［122］伍蠡甫．现代西方文论选［M］．罗式刚，麦任曾，等译．上海：上海译文出版社，1983.

［123］《马克思主义文艺理论研究》编辑部．美学文艺学方法论（续集）［M］．程晓岚，等译．北京：文化艺术出版社，1987.

［124］［美］保罗·德曼．解构之图［M］．李自修，译．北京：中国社

会科学出版社，1998.

［125］［美］诺曼·N. 霍兰德. 文学反应动力学［M］. 潘国庆，译. 上海：上海人民出版社，1991.

［126］［美］J. 希利斯·米勒. 重申解构主义［M］. 郭英剑，等译. 北京：中国社会科学出版社，1998.

［127］［美］莫瑞·克里格. 批评旅途：六十年代之后［M］. 李自修，耿建新，韩明岱，等译. 北京：中国社会科学出版社，1998.

［128］吴持哲. 诺思洛普·弗莱文论选集［M］. 叶舒宪，王静安，等译. 北京：中国社会科学出版社，1997.

［129］中国社会科学院，外国文学研究所，二十世纪欧美文论丛书编辑委员会. 赫拉普钦科文学论文集［M］. 张捷，刘逢祺，译. 北京：人民文学出版社，1997.

［130］［苏联］巴赫金. 文艺学中的形式主义方法［M］. 李辉凡，张捷，译. 桂林：漓江出版社，1989.

［131］陈永国，马海良. 本雅明文选［M］. 张耀平，等译. 北京：中国社会科学出版社，1999.

［132］［加拿大］斯蒂文·托托西. 文学研究的合法化［M］. 马瑞奇，译. 北京：北京大学出版社，1997.

［133］［法］皮埃尔·布迪厄. 艺术的法则：文学场的生成和结构［M］. 刘晖，译. 北京：中央编译出版社，2001.

［134］［美］马克·爱德蒙森. 文学反抗哲学：从柏拉图到德里达［M］. 王柏华，马晓冬，译. 北京：中央编译出版社，2000.

［135］［荷兰］D. 佛克马，E. 蚁布思. 文学研究与文化参与［M］. 俞国强，译. 北京：北京大学出版社，1996.

［136］［美］理查德·罗蒂. 筑就我们的国家：20 世纪美国左派思想［M］. 黄宗英，译. 北京：生活·读书·新知三联书店，2006.

［137］周宪，罗务恒，戴耘．当代西方艺术文化学［M］．周宪，等译．北京：北京大学出版社，1988．

［138］［俄］维谢洛夫斯基．历史诗学［M］．刘宁，译．天津：百花文艺出版社，2003．

［139］［美］厄尔·迈纳．比较诗学：文学理论的跨文化研究札记［M］．王宇根，等译．北京：中央编译出版社，1998．

［140］［美］彼得·威德森．现代西方文学观念简史［M］．钱竞，张欣，译．北京：北京大学出版社，2006．

［141］吴调公．文学分类的基本知识［M］．武汉：长江文艺出版社，1985．

［142］［美］理查德·泰勒．理解文学要素：它的形式、技巧、文化习规［M］．黎风，李杰，杜隆峰，译．成都：四川大学出版社，1987．

［143］［德］歌德等．文学风格论［M］．王元化，译．上海：上海译文出版社，1982．

［144］钱中文．文学原理：发展论［M］．北京：社会科学文献出版社，1989．

［145］［美］E．希尔斯．论传统［M］．傅铿，吕乐，译．上海：上海人民出版社，1991．

［146］［美］阿兰·邓迪斯．西方神话学读本［M］．金泽，高荷红，等译．桂林：广西师范大学出版社，2006．

［147］［美］约翰·维克雷．神话与文学［M］．潘国庆，杨小洪，方永德，等译．上海：上海文艺出版社，1995．

［148］［美］乔治·J．E．格雷西亚．文本性理论：逻辑与认识论［M］．汪信砚，李志，译．北京：人民出版社，2009．

［149］［美］约翰·迈尔斯·弗里．口头诗学：帕里－洛德理论［M］．朝戈金，译．北京：社会科学文献出版社，2000．

［150］［法］罗贝尔·埃斯卡皮．文学社会学［M］．于沛选编，于沛，王美华，徐和瑾，译．杭州：浙江人民出版社，1987.

［151］［法］吕西安·戈德曼．文学社会学方法论［M］．段毅，牛宏宝，译．北京：工人出版社，1989.

［152］［美］万·梅特尔·阿米斯．小说美学［M］．傅志强，译．北京：北京燕山出版社，1987.

［153］［美］利昂·塞米利安．现代小说美学［M］．宋协立，译．西安：陕西人民出版社，1987.

［154］［德］艾伯华．中国民间故事类型［M］．王燕生，周祖生，译．北京：商务印书馆，1999.

［155］［日本］柳田国南．传说论［M］．连湘，译．北京：中国民间文艺出版社，1985.

［156］［日本］大塚幸男．比较文学原理［M］．陈秋峰，杨国华，译．西安：陕西人民出版社，1985.

［157］张隆溪．比较文学译文集［M］．张隆溪，等译．北京：北京大学出版社，1982.

［158］［苏联］鲍列夫．美学［M］．乔修业，常谢枫，译．北京：中国文联出版公司，1986.

［159］［苏联］奥夫相尼科夫教授．马克思列宁主义美学［M］．傅仲选，徐记忠，袁振武，译．北京：人民教育出版社，1989.

［160］［苏联］A. 齐斯．马克思主义美学基础［M］．彭吉象，译．北京：中国文联出版公司，1985.

［161］［波兰］奥索夫斯基．美学基础［M］．于传勤，译．北京：中国文联出版公司，1986.

［162］［美］H. 帕克．美学原理［M］．张今，译．桂林：广西师范大学出版社，2001.

［163］［德］阿多诺. 美学理论［M］. 王柯平，译. 成都：四川人民出版社，1998.

［164］［苏联］列·斯托洛维奇. 审美价值的本质［M］. 凌继尧，译. 北京：中国社会科学出版社，1984.

［165］［英］H. A. 梅内尔. 审美价值的本性［M］. 刘敏，译. 北京：商务印书馆，2001.

［166］［美］托马斯·门罗. 走向科学的美学［M］. 石天曙，滕守尧，译. 北京：中国文联出版公司，1985.

［167］［苏联］舍斯塔科夫. 美学范畴论：系统研究和历史研究尝试［M］. 理然，涂途，译. 长沙：湖南文艺出版社，1990.

［168］［苏联］莫伊谢依·萨莫伊洛维奇·卡冈. 美学和系统方法［M］. 李实，等译. 北京：中国文联出版公司，1985.

［169］［法］米·杜夫海纳. 审美经验现象学：上、下［M］. 韩树站，译. 北京：文化艺术出版社，1996.

［170］［美］H. G. 布洛克. 美学新解：现代艺术哲学［M］. 滕守尧，译. 沈阳：辽宁人民出版社，1987.

［171］［英］安妮·谢泼德. 美学：艺术哲学引论［M］. 艾彦，译. 沈阳：辽宁教育出版社，1998.

［172］［英］奥斯本. 鉴赏的艺术［M］. 王柯平，王惠芳，朱林，等译. 成都：四川人民出版社，2006.

［173］［法］狄德罗. 狄德罗美学论文选［M］. 陈占元，译. 北京：人民文学出版社，1984.

［174］［法］丹纳. 艺术哲学［M］. 傅雷，译. 北京：人民文学出版社，1963.

［175］［英］罗宾·乔治·科林伍德. 艺术原理［M］. 王至元，陈华中，译. 北京：中国社会科学出版社，1985.

［176］［美］苏珊·朗格. 情感与形式［M］. 刘大基，傅志强，周发祥，译. 北京：中国社会科学出版社，1986.

［177］［美］乔治·桑塔耶纳. 美感［M］. 缪灵珠，译. 北京：中国社会科学出版社，1982.

［178］［奥地利］西格蒙德·弗洛伊德. 弗洛伊德论美文选［M］. 张唤民，陈伟奇，译. 北京：知识出版社，1987.

［179］［意大利］贝尼季托·克罗齐. 作为表现的科学和一般语言学的美学的历史［M］. 王天清，译. 北京：中国社会科学出版社，1984.

［180］［俄］瓦·康定斯基. 论艺术的精神［M］. 查立，译. 北京：中国社会科学出版社，1987.

［181］［日本］今道友信. 关于美［M］. 鲍显阳，王永丽，译. 哈尔滨：黑龙江人民出版社，1983.

［182］刘小枫. 人类困境中的审美精神：哲人、诗人论美文选［M］. 罗悌伦，等译. 上海：东方出版中心，1994.

［183］［波兰］沃拉德斯拉维·塔塔科维兹. 古代美学［M］. 杨力，耿幼壮，等译. 北京：中国社会科学出版社，1990.

［184］［美］凯·埃·吉尔伯特，［德］赫·库恩. 美学史［M］. 夏乾丰，译. 上海：上海译文出版社，1989.

［185］［日本］今道友信. 美学的将来［M］. 樊锦鑫，等译. 南宁：广西教育出版社，1997.

［186］［德］沃尔夫冈·韦尔施. 重构美学［M］. 陆扬，张岩冰，译. 上海：上海译文出版社，2002.

［187］李心峰. 国外现代艺术学新视界［M］. 杜卫，等译. 南宁：广西教育出版社，1997.

［188］［德］克劳斯·博格斯特. 艺术判断［M］. 刁承俊，蒋芒，译. 北京：生活·读书·新知三联书店，1988.

［189］［德］莫里茨·盖格尔. 艺术的意味［M］. 艾彦，译. 北京：华

夏出版社，1999.

［190］［匈牙利］阿诺德·豪泽尔. 艺术社会学［M］. 居延安，译编. 上海：学林出版社，1987.

［191］［英］维多利亚·D. 亚历山大. 艺术社会学［M］. 章浩，沈杨，译. 南京：江苏美术出版社，2009.

［192］［美］鲁·阿恩海姆. 艺术心理学新论［M］. 郭小平，翟灿，译. 北京：商务印书馆，1994.

［193］［德］汉斯·昆，伯尔，等. 神学与当代文艺思想［M］. 刁承俊，等译. 上海：上海三联书店，1995.

［194］［英］凯伦·阿姆斯特朗. 神的历史［M］. 蔡昌雄，译. 海口：海南出版社，2001.

［195］［英］海伦·加德纳. 宗教与文学［M］. 沈弘，江先春，译. 成都：四川人民出版社，1989.

［196］［俄］雅科伏列夫. 艺术与宗教世界［M］. 任光宣，李冬晗，译. 北京：文化艺术出版社，1989.

［197］［美］保罗·韦斯，冯·O. 沃格特. 宗教与艺术［M］. 何其敏，金仲，译. 成都：四川人民出版社，1999.

［198］［美］T. R. 马特兰. 宗教艺术论［M］. 李军，张总，译. 北京：今日中国出版社，1992.

［199］杨身源，张弘昕. 西方画论辑要［M］. 罗悌伦，等译. 南京：江苏美术出版社，1990.

（四）哲学和文化

［200］［美］欧文·拉兹洛. 系统哲学引论：一种当代思想的新范式［M］. 钱兆华，熊继宁，刘俊生，译. 北京：商务印书馆，1998.

［201］［法］埃德加·莫兰. 复杂思想：自觉的科学［M］. 陈一壮，译. 北京：北京大学出版社，2001.

［202］［古希腊］柏拉图. 理想国［M］. 张竹明，译. 北京：商务印书

馆，1986.

［203］［古希腊］柏拉图．游叙弗伦·苏格拉底的申辩·克力同［M］．严群，译．北京：商务印书馆，1983.

［204］［古希腊］色诺芬．回忆苏格拉底［M］．吴永泉，译．北京：商务印书馆，1984.

［205］［法］狄德罗．狄德罗哲学选集［M］．江天骥，陈修斋，王太庆，译．北京：商务印书馆，1983.

［206］［法］笛卡尔．探求真理的指导原则［M］．管震湖，译．北京：商务印书馆，1991.

［207］［英］培根．新工具［M］．许宝骙，译．北京：商务印书馆，1984.

［208］［英］伯特兰·罗素．意义与真理的探究［M］．贾可春，译．北京：商务印书馆，2009.

［209］［德］M. 石里克．普通认识论［M］．李步楼，译．北京：商务印书馆，2005.

［210］［美］约翰·塞尔．心灵，语言和社会：实在世界中的哲学［M］．李步楼，译．上海：上海译文出版社，2001.

［211］［美］罗伯特·所罗门．大问题：简明哲学导论［M］．张卜天，译．桂林：广西师范大学出版社，2004.

［212］［美］莫蒂默·艾德勒．6 大观念［M］．陈德中，译．重庆：重庆出版社，2005.

［213］［英］戴维·伯姆．论对话［M］．王松涛，译．北京：教育科学出版社，2004.

［214］涂纪亮．语言哲学名著选辑：英美部分［M］．朱新民，等译．北京：生活·读书·新知三联书店，1988.

［215］［匈牙利］贝拉·弗格拉希．逻辑学［M］．刘丕坤，译．北京：

生活·读书·新知三联书店，1979.

［216］［美］欧文·M. 柯匹，卡尔·科恩. 逻辑学导论［M］. 张建军，潘天群，等译. 11版. 北京：中国人民大学出版社，2007.

［217］［英］斯蒂芬·里德. 对逻辑的思考：逻辑哲学导论［M］. 李小五，译. 沈阳：辽宁教育出版社，1998.

［218］祝畹瑾. 社会语言学译文集［M］. 姜望琪，等译. 北京：北京大学出版社，1985.

［219］［比利时］耶夫·维索尔伦. 语用学诠释［M］. 钱冠连，霍永寿，译. 北京：清华大学出版社，2003.

［220］［英］L. S. 斯泰宾. 有效思维［M］. 吕叔湘，李广荣，译. 北京：商务印书馆，1997.

［221］［美］M. 尼尔·布朗，斯图尔特·M. 基利. 走出思维的误区［M］. 张晓辉，王全杰，译. 北京：中央编译出版社，1994.

［222］［美］文森特·鲁吉罗. 超越感觉：批判性思考指南［M］. 顾肃，董玉荣，译. 8版. 上海：复旦大学出版社，2010.

［223］［美］布鲁克·摩尔，理查德·帕克. 批判的思考［M］. 余飞，谢友倩，译. 北京：东方出版社，2007.

［224］［美］布朗，基利. 学会提问：批判性思维指南［M］. 赵玉芳，向晋辉，等译. 7版. 北京：中国轻工业出版社，2008.

［225］［美］A. H. 马斯洛. 人类价值新论［M］. 胡万福，谢小庆，等译. 石家庄：河北人民出版社，1988.

［226］［德］施普兰格尔，等. 人的潜能和价值［M］. 林方主编，杨晓山，等译. 北京：华夏出版社，1987.

［227］［捷克］弗·布罗日克. 价值与评价［M］. 李志林，盛宗范，译. 北京：知识出版社，1988.

［228］孙伟平. 事实与价值：休谟问题及其解决尝试［M］. 北京：中国

社会科学出版社，2000.

［229］［俄罗斯］C. 谢·弗兰克. 社会的精神基础［M］. 王永，译. 北京：生活·读书·新知三联书店，2003.

［230］［美］赫伯特·马尔库塞. 单向度的人［M］. 张峰，吕世平，译. 重庆：重庆出版社，1988.

［231］［英］R. G. 柯林伍德. 精神镜像：或知识地图［M］. 赵志义，朱宁嘉，译. 桂林：广西师范大学出版社，2006.

［232］［美］道格拉斯·凯尔纳，斯蒂文·贝斯特. 后现代理论：批判性的质疑［M］. 张志斌，译. 北京：中央编译出版社，2001.

［233］［斯洛文尼亚］斯拉沃热·齐泽克，［德］泰奥德·阿多尔诺，等. 图绘意识形态［M］. 方杰，译. 南京：南京大学出版社，2002.

［234］［英］巴特摩尔. 平等还是精英［M］. 尤卫军，译. 沈阳：辽宁教育出版社，1998.

［235］［美］约翰·R. 霍尔，玛丽·乔·尼兹. 文化：社会学的视野［M］. 周晓虹，徐彬，译. 北京：商务印书馆，2002.

［236］［英］戴维·钱尼. 文化转向：当代文化史概览［M］. 戴从容，译. 南京：江苏人民出版社，2004.

［237］［美］泰勒·考恩. 商业文化礼赞［M］. 严忠志，译. 北京：商务印书馆，2005.

［238］谢少波，王逢振. 文化研究访谈录［M］. 李丹，王光林，等译. 北京：中国社会科学出版社，2003.

［239］［美］安德鲁·劳伯格. 技术批判理论［M］. 韩连庆，曹观法，译. 北京：北京大学出版社，2005.

［240］［美］苏·卡利·詹森. 批判的传播理论：权力、媒介、社会、性别和科技［M］. 曹晋主，译. 上海：复旦大学出版社，2007.

［241］［美］西奥多·罗斯扎克. 信息崇拜：计算机神话与真正的思维

艺术［M］. 苗华健，陈体仁，译. 北京：中国对外翻译出版公司，1994.

［242］［美］约翰·希利·布朗，保罗·杜奎德. 信息的社会层面［M］. 王铁生，葛立成，译. 北京：商务印书馆，2003.

［243］［英］马克斯·H. 布瓦索. 信息空间：认识组织、制度和文化的一种框架［M］. 王寅通，译. 上海：上海译文出版社，2000.

［244］［爱尔兰］肖恩·麦克布赖德，［苏联］谢尔盖·洛谢夫，［日本］永井道雄，等. 多种声音，一个世界：交流与社会，现状和展望［M］. 中国对外翻译出版公司第二编译室，译. 北京：中国对外翻译出版公司，1981.

［245］熊澄宇. 新媒介与创新思维［M］. 宋健兰，等译. 北京：清华大学出版社，2001.

［246］［法］弗兰西斯·巴尔，杰拉尔·埃梅里. 新媒体［M］. 张学信，译. 北京：商务印书馆，2005.

［247］［英］玛丽娜·弗拉斯卡－斯帕达，尼克·贾丁. 历史上的书籍与科学［M］. 苏贤贵，等译. 上海：上海科技教育出版社，2006.

［248］［美］丹尼尔·豪斯曼. 经济学的哲学［M］. 丁建峰，译. 上海：上海人民出版社，2007.

［249］［德］彼得·科斯洛夫斯基. 伦理经济学原理［M］. 孙瑜，译. 北京：中国社会科学出版社，1997.

［250］［美］加里·S. 贝克尔. 人类行为的经济分析［M］. 王业宇，陈琪，译. 上海：上海三联书店，1995.

（五）科学与道德规范

［251］［苏联］Л. A. 拉契科夫. 科学学：问题·结构·基本原理［M］. 韩秉成，等译. 北京：科学出版社，1984.

［252］［美］M. W. 瓦托夫斯基. 科学思想的概念基础：科学哲学导论［M］. 范岱年，吴忠，林夏水，等译. 北京：求实出版社，1982.

[253]［美］菲利普·弗兰克. 科学的哲学：科学和哲学之间的纽带［M］. 许良英，译. 上海：上海人民出版社，1985.

[254]［美］欧内斯特·内格尔. 科学的结构：科学说明的逻辑问题［M］. 徐向东，译. 上海：上海译文出版社，2002.

[255]［英］约翰·齐曼. 元科学导论［M］. 刘珺珺，张平，孟建伟，等译. 长沙：湖南人民出版社，1988.

[256]［英］约翰·齐曼. 真科学：它是什么，它指什么［M］. 曾国屏，匡辉，张成岗，译. 上海：上海科技教育出版社，2002.

[257]［英］约翰·齐曼. 知识的力量：科学的社会范畴［M］. 许立达，李令遐，等译. 上海：上海科学技术出版社，1985.

[258]［英］约翰·齐曼. 可靠的知识：对科学信仰中的原因的探索［M］. 赵振江，译. 北京：商务印书馆，2003.

[259]［英］卡尔·波普尔. 猜想与反驳：科学知识的增长［M］. 傅季重，纪树立，周昌忠，等译. 上海：上海译文出版社，1986.

[260]［英］卡尔·波普尔. 通过知识获得解放［M］. 范景中，李本正，译. 北京：中国美术学院出版社，1996.

[261]［英］卡尔·波普尔. 走向进化的知识论［M］. 李本正，范景中，译. 北京：中国美术学院出版社，2001.

[262]［英］卡尔·波普尔. 客观知识：一个进化论的研究［M］. 舒炜光，卓如飞，等译. 上海：上海译文出版社，1987.

[263]［美］托马斯·库恩. 科学革命的结构［M］. 金吾伦，胡新华，译. 北京：北京大学出版社，2003.

[264]［法］昂利·彭加勒. 科学的价值［M］. 李醒民，译. 北京：光明日报出版社，1988.

[265]［英］A. N. 怀特海. 科学与近代世界［M］. 何钦，译. 北京：商务印书馆，1959.

［266］［美］罗杰·G. 牛顿. 何为科学真理：月亮在无人看它时是否在那儿［M］. 武际可，译. 上海：上海科技教育出版社，2001.

［267］［德］汉斯·波塞尔. 科学：什么是科学［M］. 李文潮，译. 上海：上海三联书店，2002.

［268］［美］史蒂芬·科尔. 科学的制造：在自然界与社会之间［M］. 林建成，王毅，译. 上海：上海人民出版社，2001.

［269］［美］保罗·法伊尔阿本德. 自由社会中的科学［M］. 兰征，译. 上海：上海译文出版社，2005.

［270］［美］莫里斯·戈兰. 科学与反科学［M］. 王德禄，等译. 北京：中国国际广播出版社，1988.

［271］［英］沃特金斯. 科学与怀疑论［M］. 邱仁宗，范瑞平，译. 上海：上海译文出版社，1991.

［272］［美］詹姆斯·B. 鲁尔. 社会科学理论及其发展进步［M］. 郝名玮，章士嵘，译. 沈阳：辽宁教育出版社，2004.

［273］［美］R. K. 默顿. 科学社会学：上、下册［M］. 鲁旭东，林聚任，译. 北京：商务印书馆，2003.

［274］［英］迈克尔·马尔凯. 科学社会学理论与方法［M］. 林聚任，等译. 北京：商务印书馆，2006.

［275］［英］托尼·比彻，保罗·特罗勒尔. 学术部落及其领地：知识探索与学科文化［M］. 唐跃勤，蒲茂华，陈洪捷，译. 北京：北京大学出版社，2008.

［276］［德］迈诺尔夫·迪尔克斯，［德］克劳迪娅·冯·格罗特. 在理解与信赖之间：公众、科学与技术［M］. 田松，卢春明，陈欢，等译. 北京：北京理工大学出版社，2006.

［277］［英］特伦斯·基莱. 科学研究的经济定律［M］. 王耀德，宋景堂，李国山，等译. 石家庄：河北科学技术出版社，2010.

［278］［苏丹］卡米尔·伊德里斯．知识产权：推动经济增长的有力工具［M］．曾燕妮，译．北京：知识产权出版社，2008.

［279］［美］苏珊·哈克．理性地捍卫科学：在科学主义与犬儒主义之间［M］．曾国屏，袁航，等译．北京：中国人民大学出版社，2008.

［280］［美］哈尔·赫尔曼．真实地带：十大科学争论［M］．赵乐静，译．上海：上海科学技术出版社，2000.

［281］［英］迈克尔·波兰尼．科学、信仰与社会［M］．王靖华，译．南京：南京大学出版社，2004.

［282］［美］伯纳德·巴伯．科学与社会秩序［M］．顾昕，等译．北京：生活·读书·新知三联书店，1991.

［283］［英］朱迪思·贝尔．社会科学研究的基本规则［M］．马经标主，译．4 版．北京：北京大学出版社，2008.

［284］［美］埃利泽·盖斯勒．科学技术测度体系［M］．周萍，黄军英，等译．北京：科学技术文献出版社，2004.

［285］［美］杰里·加斯顿．科学的社会运行：英美科学界的奖励系统［M］．顾昕，柯文礼，等译．北京：光明日报出版社，1988.

［286］［法］P. 波丢．人：学术者［M］．王作虹，译．贵阳：贵州人民出版社，2006.

［287］［美］卡尔·J. 辛德曼．乐在科学：科学卓越性及其回报［M］．孙杰，田华峰，译．上海：上海科学技术出版社，2001.

［288］［英］南希·罗斯韦尔．谁想成为科学家：选择科学作为职业［M］．乐爱国，译．上海：上海科技教育出版社，2006.

［289］［德］马克斯·韦伯．社会科学方法论［M］．杨富斌，译．北京：华夏出版社，1999.

［290］［英］W. I. B. 贝弗里奇．科学研究的艺术［M］．陈捷，译．北京：科学出版社，1979.

［291］［美］韦恩·C. 布斯，格雷戈里·G. 卡洛姆，约瑟夫·M. 威廉姆斯. 研究是一门艺术［M］. 陈美霞，等译. 北京：新华出版社，2009.

［292］［苏联］П. Т. 普里霍杰科. 研究工作入门［M］. 潘正中，等译. 上海：上海科学技术文献出版社，1981.

［293］［美］美国心理协会. 美国心理协会写作手册［M］. 陈玉铃，王明杰，译. 5版. 重庆：重庆大学出版社，2008.

［294］［加拿大］G. 隆多. 术语学概论［M］. 刘钢，刘健，译. 北京：科学出版社，1985.

［295］［美］唐纳德·肯尼迪. 学术责任［M］. 阎凤桥，等译. 北京：新华出版社，2002.

［296］叶继元，等. 学术规范通论［M］. 上海：华东师范大学出版社，2005.

［297］邓正来. 中国学术规范化讨论文选［M］. 修订版. 北京：中国政法大学出版社，2010.

［298］教育部科学技术委员会学风建设委员会组. 高等学校科学技术学术规范指南［M］. 北京：中国人民大学出版社，2010.

［299］中国科协发展研究中心. 科技工作者的社会责任［M］. 北京：科学出版社，2009.

［300］中国科学院. 科研活动道德规范读本［M］. 试用本. 北京：科学出版社，2009.

［301］［美］美国医学科学院，美国科学三院国家科研委员会. 科研道德：倡导负责行为［M］. 苗德岁，译. 北京：北京大学出版社，2007.

［302］［美］科学、工程与公共政策委员会. 怎样当一名科学家：科学研究中的负责行为［M］. 刘华杰，译. 北京：北京理工大学出版社，2004.

［303］冯坚，王英萍，韩正之. 科学研究的道德与规范［M］. 上海：上海交通大学出版社，2007.

［304］［美］理查德·波斯纳. 论剽窃［M］. 沈明，译. 北京：北京大

学出版社，2010.

［305］［美］约翰·冈茨，杰克·罗切斯特. 数字时代，盗版无罪?［M］. 周晓琪，译. 北京：法律出版社，2008.

［306］刘明. 学术评价制度批判［M］. 武汉：长江文艺出版社，2005.

［307］王恩华. 学术越轨批判［M］. 长沙：湖南师范大学出版社，2005.

［308］［日本］山崎茂明. 科学家的不端行为：捏造·篡改·剽窃［M］. 杨舰，程远远，严凌纳，译. 北京：清华大学出版社，2005.

［309］［美］W. 布劳德，N. 韦德. 背叛真理的人们：科学界的弄虚作假［M］. 朱进宁，方玉珍，译. 北京：科学出版社，1988.

［310］郭传杰，李士. 维护科学尊严［M］. 长沙：湖南教育出版社，1996.

［311］［英］伊恩·麦高文，詹姆士·迈考尔. 国际出版原则与实践［M］. 徐明强，译. 北京：中国书籍出版社，2000.

［312］［英］大卫·福斯特，莱内特·欧文. 国际出版与版权知识［M］. 北京：外文出版社，1992.

［313］新闻出版总署图书出版管理司. 图书出版管理手册［M］. 杭州：浙江教育出版社，2001.

［314］科学出版社. 著译审校手册［M］. 北京：科学出版社，1978.

［315］［日本］布川角左卫门. 简明出版百科词典［M］. 申非，祖秉和，等译. 北京：中国书籍出版社，1990.

［316］［美］查尔斯·埃德温·贝克. 媒体、市场与民主［M］. 冯建三，译. 上海：上海人民出版社，2008.

［317］［美］利昂·纳尔逊·弗林特. 报纸的良知：新闻事业的原则和问题案例讲义［M］. 萧严，译. 北京：中国人民大学出版社，2005.

［318］［英］迈克尔·里杰斯特. 危机公关［M］. 陈向阳，陈宁，等译. 上海：复旦大学出版社，1995.

［319］［美］杜·纽萨姆，艾伦·斯各特．公共关系与实践［M］．罗建国，梅德明，等译．上海：上海译文出版社，1989.

［320］［意大利］皮罗·克拉玛德雷．程序与民主［M］．翟小波，刘刚，译．北京：高等教育出版社，2005.

［321］［美］迈克尔·D．贝勒斯．程序正义：向个人的分配［M］．邓海平，译．北京：高等教育出版社，2005.

（六）高等教育及科研

［322］［法］埃德加·莫兰．复杂性理论与教育问题［M］．陈一壮，译．北京：北京大学出版社，2004.

［323］［美］克拉克·克尔．高等教育不能回避历史：21世纪的问题［M］．王承绪，译．杭州：浙江教育出版社，2001.

［324］［美］爱德华·希尔斯．学术的秩序：当代大学论文集［M］．李家永，译．北京：商务印书馆，2007.

［325］［美］希拉·斯劳特，拉里·莱斯利．学术资本主义：政治、政策和创业型大学［M］．梁骁，黎丽，译．北京：北京大学出版社，2008.

［326］［西班牙］奥尔特加·加塞特．大学的使命［M］．徐小洲，陈军，译．杭州：浙江教育出版社，2001.

［327］［加拿大］约翰·范德格拉夫，等．学术权力：七国高等教育管理体制比较［M］．张维平，张民选，等译．杭州：浙江教育出版社，2001.

［328］［英］迈克尔·夏托克．成功大学的管理之道［M］．范怡红，译．北京：北京大学出版社，2006.

［329］［美］罗纳德·G．埃伦伯格．美国的大学治理［M］．张婷姝，沈文钦，杨晓芳，译．北京：北京大学出版社，2010.

［330］［美］弗兰克·H．T．罗斯德．创造未来：美国大学的作用［M］．王晓明，蓝劲松，等译．北京：清华大学出版社，2007.

［331］［美］罗伯特·M．罗森兹威格．大学与政治：美国研究型大学的

政策、政治和校长领导［M］. 王晨，译. 保定：河北大学出版社，2008.

［332］［美］亨利·罗索夫斯基. 美国校园文化：学生·教授·管理［M］. 谢宗仙，等译. 济南：山东人民出版社，1996.

［333］［美］威尔伯特·J. 麦基奇. 高等院校教学指南［M］. 李环，王英杰，译. 北京：职工教育出版社，1989.

［334］［美］斯蒂芬·D. 布鲁克菲尔德. 批判反思型教师ABC［M］. 张伟，译. 北京：中国轻工业出版社，2002.

［335］［法］P·布尔迪约，J. –C. 帕斯隆. 继承人：大学生与文化［M］. 邢克超，译. 北京：商务印书馆，2002.

［336］［美］查尔斯·李普森. 诚实做学问：从大一到教授［M］. 郜元宝，李子杰，译. 上海：华东师范大学出版社，2006.

［337］江新华. 学术何以失范：大学学术道德失范的制度分析［M］. 北京：社会科学文献出版社，2005.

［338］［英］保罗·奥利弗. 学术道德学生读本［M］. 金顶兵，译. 北京：北京大学出版社，2007.

［339］［英］戈登·格鲁，玛丽安·彼得. 给研究生的学术建议［M］. 彭万华，译. 北京：北京大学出版社，2009.

［340］［日本］伊丹敬之. 创造性论文的写法［M］. 吕莉，张舒英，译. 北京：社会科学文献出版社，2004.

［341］［德］H. F. 埃贝尔，C. 布里费特，［美］W. E. 拉西. 科学写作的艺术［M］. 应幼梅，丁辽生，译. 北京：科学出版社，1991.

［342］［美］戈登·哈维. 学会引用：大学生论文写作指导手册［M］. 沈文钦，李茵，译. 北京：教育科学出版社，2007.

［343］［英］萨利·拉姆奇. 如何查找文献［M］. 廖晓玲，译. 北京：北京大学出版社，2007.

［344］［英］罗温纳·摩雷. 怎样撰写学位论文［M］. 顾肃，燕燕，译. 北京：东方出版社，2007.

［345］［英］帕特里克·邓利维. 博士论文写作技巧：博士论文的计划、起草、写作和完成［M］. 赵欣，译. 大连：东北财经大学出版社，2009.

［346］任钟印. 世界教育名著通览［M］. 武汉：湖北教育出版社，1994.

［347］［德］沃尔夫冈·布列钦卡. 教育科学的基本概念：分析、批判和建议［M］. 胡劲松，译. 上海：华东师范大学出版社，2001.

［348］［德］O. F. 博尔诺夫. 教育人类学［M］. 李其龙，等译. 上海：华东师范大学出版社，1999.

［349］［英］约翰·怀特. 再论教育目的［M］. 李永宏，等译. 北京：教育科学出版社，1997.

［350］［美］亨利·A. 吉罗克斯. 跨越边界：文化工作者与教育政治学［M］. 刘惠珍，张驰，黄宇红，译. 上海：华东师范大学出版社，2002.

［351］［美］阿伦·C. 奥恩斯坦，琳达·S. 贝阿尔－霍伦斯坦，爱德华·F. 帕荣克. 当代课程问题［M］. 余强，等译. 3 版. 杭州：浙江教育出版社，2004.

［352］［美］M. 阿普尔，L. 克丽斯蒂安－史密斯. 教科书政治学［M］. 侯定凯，译. 上海：华东师范大学出版社，2005.

［353］联合国教科文组织国际教育发展委员会. 学会生存：教育世界的今天和明天［M］. 北京：教育科学出版社，1996.

［354］［伊朗］S. 拉塞克，［罗马尼亚］G. 维迪努. 从现在到 2000 年教育内容发展的全球展望［M］. 马胜利，等译. 北京：教育科学出版社，1996.

［355］国际 21 世纪教育委员会向联合国教科文组织提交的报告. 教育：财富蕴藏其中［M］. 联合国教科文组织总部中文科，译. 北京：教育科学出版社，1996.

［356］赵中建. 全球教育发展的研究热点：90 年代来自联合国教科文组织的报告［M］. 修订版. 北京：教育科学出版社，2003.

附　　录

翁奕波主编，翁筱曼副主编：《现当代潮人文学史稿》（中）第 365～369 页"郑惠生"部分抄录（中国文史出版社 2012 年 12 月版）

郑惠生（1963—　），汕头市澄海人。1985 年大学毕业后在汕头教育学院中文系（现为汕头职业技术学院人文社科系）任教，现为副教授，主要从事美学、文艺理论和课外阅读研究。发表学术论文 70 多篇，被人大复印资料《美学》《文艺理论》全文转载 10 篇，被《高等学校文科学术文摘》等刊物转载多篇。出版有学术专著《审美时尚与大众审美文化》。

在美学方面，他前期的成果主要体现于 1999 年由中国文联出版社出版的《审美时尚与大众审美文化》上。该书较为鲜明之处，在于它采取一种宏观理论的视角。作者在一种宽泛的社会历史视野中，分别探讨审美时尚和大众审美文化的形成、发展及其演变的规律。如对审美时尚的社会历史动因，就从政治文化环境、物质经济条件等十个方面进行详细的考察。而在具体的单个问题的论证中，又不流于空泛，而是从哲学、美学、心理学和社会学等众多学科中援引理论依据，并从古今中外的文学、音乐、影视艺术等不同文化领域中寻找例证。应该说，作为一个具有明确时代内涵的全新概念，审美文化的出现和确立，意味着沿袭传统美学所借以立论的一整套概念、范畴，将无法界定和解说新时代大量涌现的审美事实。而本书对大众审美文化采取的一种宏观的考察方法，为理解和阐释诸多繁杂的审美文化现象，无疑提供了一种有益的尝试。

运用辩证的思维方式，多角度地对审美时尚和大众审美文化进行冷静客观地分析，也是该著作的特点之一。如对审美时尚的正面与负面价值的探讨，既指出审美时尚在一定意义上有利于人的身心健康，在多数情况下有益于社会审美文化的积累与创新，并且明确指出审美时尚在总体上有利于社会的稳定发展。同时，作者又提醒读者，追随审美时尚意味着放弃审美理想也损害审美能力的培养，既有损于个性美的显示也造成不必要的浪费，既非真正的审美也有损于人格结构的完善。我们可以看到，作者清醒地得出这种结论，是基于两种尺度来考虑的，一是从历史主义尺度出发，带有较强的现实策略性和社会评价，从中发现审美时尚的合理性和进步意义；二是从单纯的审美立场上来看，审美时尚又具有不可忽视的潜在负面价值。其实，在本书第九章，对大众审美文化的总体评价也是依照这种方式进行的。这样，作者就突破了单一的审视方式和狭隘的批判视角，使得本书排除偏激的立场后，仍能保持较高的学术品位和理论深度。

值得一提的是，在该著及作者另一篇文章《论审美时尚的个体抉择》发表（人大复印资料《美学》2000 年第 11 期全文转载）的时候，国内还极少有人研究审美时尚问题。而郑惠生的著述采用了形而上和形而下相结合的方法，不仅厘定审美时尚的概念含义、性质特征，而且还揭示了审美时尚形成的社会历史动因和个体心理动因，分析了审美时尚的正价值和负价值，所论新颖独特、透彻沉稳，观点可自成一说。故此，可以说该成果填补了美学领域研究的空白。

在文艺学方面，他的成果集中体现于近年来发表的 16 篇学术批评文章上。纵观这些学术批评文章，可见其鲜明的个性特征。

第一是选题的前沿性。作者探讨的问题主要包括文艺学的“越界”、大学文艺学、文学与经济、文学的审美意识形态、后文学时代、文学经典、短信文学和通俗小说等，而这些都是近几年文艺理论界热烈讨论的前沿性话题。

第二是论述的针对性。与时下一些泛泛而论的学术批评文章不同的是，他的文章总是针对并紧紧围绕某一学者的具体著述来展开论述，而这一点，充分表现在两个方面。一个是标题，郑惠生文章的标题总是指名道姓地“与某某商榷”或“对某某的批评”或“论某某的局限性”，如《学术上的否定岂能违反逻辑与基本常识——对单小曦先生〈“文学的审美意识形态论”质疑〉的学术批评》（《汕头大学学报》2005年第1期）、《短信文学的文化意义“怎么估计也不过分”吗——与马相武教授商榷》（《汕头大学学报》2006年第4期）、《学术研究不能反学理——对黄浩教授“经论”和“后论”的学术批评》（《汕头大学学报》2008年第2期）等等。另一个是正文，郑惠生文章的论述总是在“直引”被批评的文本的基础上来进行，譬如，《警惕文学批评中的庸俗社会学倾向——就〈当前知识分子题材小说创作的缺失〉与张克明先生商榷》（《内蒙古师范大学学报》2002年第6期）“直引”7处，《“经济”是“文学的品格”吗——对曹路先生〈文学的经济品格〉的学术批评》（《汕头大学学报》2003年第1期）“直引”8处，而《论朱光潜先生〈谈美书简〉的局限性——兼向国家教育部提建议》（《汕头大学学报》2009年第1期）的“直引”多达20处以上。像这种多篇文章几乎是从头到尾都围绕着“直引”被批评的文字来展开讨论的“细读”批评方式，在国内尚属罕见。

第三是资料的丰富性。郑惠生驳论文章的另一个突出的特征是旁征博引，这一点仅从其所列之参考文献便可看出，如《学术研究岂可背离学理——对黄浩教授〈文学的面孔：正在变得模糊起来〉的学术批评》（人大复印资料《文艺理论》2009年第3期全文转载）有88个，《论文学经典的生成、意义和特性——兼与王确〈文学经典的历史合法性和存在方式〉商榷》（《社会科学评论》2009年第1期）有82个，《通俗小说的认识判断与价值判断——对孔庆东博士〈通俗小说的概念误区〉的学术批评》（人大复印资料《文艺理论》2004 年第 6 期全文转载）有 54 个。引证之广博、翔实、恰当，既充分显示了作者谦虚好学的精神和严谨治学的态度，又说明作者的持论具有厚实的基础，更具有说服力。

第四是探讨的学理性。学理性是学术著述最起码的要求，也是学术研究的灵魂。与当下一些仅针对或主要针对学术观点而展开批评的文章不同的是，作者的批评始终把对被批评的“文本”的学理分析放在首位，通过全面深入地挖掘被批评对象的学理性缺失来寻索对手形成错误学术观点的学术根源。譬如，《现在“是一个不需要经典的时代”吗——对季广茂教授〈经典的黄昏与庶民的戏谑〉的学术批评》（人大复印资料《文艺理论》2007 年第 7 期全文转载）通过具体分析来证明被批评文本“存在着诸多背离学理的地方——或以偏概全，或自相矛盾，或不符事实，或证据不足，或任性发挥，或随意指摘”，进而证明“不需要经典”的观点是错误的。《反科学倾向不利于文学理论的学科建设——就〈对文学理论学科性的反思〉一文与李春青教授商榷》（人大复印资料《文艺理论》2004 年第 9 期全文转载）也同样是在条分缕析的基础上指出对象“存在着诸多背离学理的地方”的。显然，像这样一种颇具特色的“溯源式”的学术批评，可以最大限度地避免不同学术观点乃至不同学术门派的许多无谓之争。

第五是批评的客观性。客观性是学术批评的一个基本原则，它的有无决定着被批评者是否有可能接受和读者能否从中获得有益的信息。郑惠生的文章至今还没有遭到来自被批评者的直接反驳，重要的原因之一就是他始终坚持批评的客观性，而这一点突出地表现在如下两个方面。一是好处说好，坏处说坏，如《论文艺学的越界——与陶东风教授商榷》（人大复印资料《文艺理论》2003 年第 5 期全文转载）和《对大学文艺学的批评能这样吗——就〈大学文艺学的学科反思〉与陶东风教授商榷》（《汕头大学学报》2003 年第 3 期），虽然对批评对象持许多否定性的意见，但仍实事求是地指出其中存在着若干正确的观点。二是在剖析和评价文本的错谬时不走极端。诚然，郑惠生文章的一些地方措辞相当尖锐，但却非常注意分寸，如《驳“文学经典的终结”——与吴兴明教授商榷》（《学术界》2009 年第 1 期）就这样写道：“在各式各样强劲的非经济的社会力量还非常关注乃至积极干预文学经典的建构或重构的今天，吴兴明教授认为‘文学经典的生命’会因为‘经济力量’的‘商业性扩张’而走到尽头，显然是‘一叶障目，不见泰山’。”“概言之，在文学经典的的确确还大有存在价值的当下，吴兴明教授匆忙断定未来‘不需要它’，是一种缺失逻辑说服力的过激之辞。”“令人感到遗憾的是，吴兴明教授在分析‘文学经典的商业扩张’时明显表现出一种贬斥文学经典‘精英取向’的态度。”而《学术研究岂能背离事实与逻辑——对黄浩教授〈走进‘后文学时代’的批评〉》（《学术界》2008 年第 4 期）则写道：“……所谓‘后文学时代’的许多‘新的东西’不是不新就是臆造。应该说，黄浩教授要建立‘后文学时代’概念及其‘自己的理论评价标准和体系’，是一件可喜的事。但是……如果不尊重事实与逻辑，不遵循学理要求，则无论怎样‘新’，都不可能让人信服，更不可能行之久远。”

值得一提的是，郑惠生的文章虽常见锋芒，但从未见人身攻击，相反，从其文中始终坚持用诸如先生、博士、教授之类的称呼来看，批评不生硬、高度尊重论辩对手是其重要的特色。

总而言之，郑惠生的一系列文艺学批评文章是在充分积累和深入研究的基础上写成的。它既有很高的学术含量，又有独特的个性魅力，可以说是自成一格，是国内文艺理论批评界别样的风景线。

（翁筱曼撰稿）

后　　记

承蒙众多学术期刊编辑、审稿专家的厚爱和对于学术批评的大力支持，本著中的大部分内容曾以单篇论文的形式在《学术界》《学术论坛》《社会科学评论》《东南大学学报：哲学社会科学版》《新疆大学学报：哲学社会科学版》《汕头大学学报：人文社会科学版》《内蒙古师范大学学报：哲学社会科学版》《华文文学》等公开学术刊物上发表，并有5篇被人大复印资料《文艺理论》全文转载。借此机会，谨向翁奕波、金元浦、张永清、马立钊、戴庆瑄、易崇辉、张卫东、李金龙、庄园、徐子方、傅绍良、刘志友、张九玲等编审专家致以谢意和敬意！此外，还要感谢翁奕波、翁筱曼先生同意将《现当代潮人文学史稿》（中国文史出版社2012年版）中关于“郑惠生”的评论作为附录收入本著。

在学术著作销售极不景气的今天，广东高等教育出版社不计盈亏，出版了属于“小众化”的《文艺学批评实践》一书。这让习惯于坐冷板凳的我倍感温暖，也深受鼓舞。在此，由衷地感谢对拙著的出版给予大力支持的广东高等教育出版社的领导，感谢为本书的出版付出辛勤劳动的李婷婷编辑，是你们的辛勤付出让拙著显得“美丽又大方”。谢谢！